ELIZABETH GILBERT

Der Hummerkrieg

Buch

Zwanzig Meilen vor der Küste von Maine liegen sich zwei winzige Inseln gegenüber: Fort Niles und Courne Haven. Sie sind berühmt für ihren Hummerreichtum – und zutiefst verfeindet. Denn seit Beginn des 20. Jahrhunderts ist der Kampf um die Fischereigründe immer neu entbrannt. Und die Fischer, allesamt raue Kerle, sind nicht eben zimperlich, wenn es darum geht, sich gegenseitig die Beute abzuringen.

Dies ist die Welt, in die die kleine Ruth Thomas in einer stürmischen Maiwoche des Jahres 1958 hineingeboren wird. Aber Ruth liebt ihre Insel über alles, vor allem die ungewöhnlichen Menschen, die hier leben: beispielsweise die hinreißend verrückte Mrs. Pommeroy mit ihrer siebenköpfigen Schar von Söhnen – eine warmherzige Frau, die beträchtliche Mengen von Rum konsumiert und das Leben über alles liebt. Und dann gibt es da noch Senator Simon Addams, den spleenigen Zwillingsbruder des draufgängerischen Hummerkönigs Angus Addams und engsten Verbündeten von Ruth. Dass das temperamentvolle Mädchen eines Tages das Inselleben komplett auf den Kopf stellen wird, kann freilich noch niemand ahnen. Die Turbulenzen beginnen, als die junge Ruth dem Fischer Owney Wishnell begegnet, zu dem sie sich besonders hingezogen fühlt. Der Haken ist nur – Owney stammt von der feindlichen Nachbarinsel …

Autorin

Mit ihrer Sammlung von Kurzgeschichten, »Elchgeflüster«, die als »New York Notable Book« ausgezeichnet wurde, hat Elizabeth Gilbert bereits 1998 für Aufsehen gesorgt. Sie gewann zahlreiche literarische Preise und war nominiert für den hochangesehenen PEN/Hemingway Award. Für ihre Arbeit als Journalistin wurde sie 1999 für den *National Magazin Award* vorgeschlagen. »Der Hummerkrieg« ist ihr erster Roman, erhielt in Amerika hymnische Kritiken und wurde u. a. mit den Büchern von John Irving verglichen. Elizabeth Gilbert lebt in Hudson Valley bei New York.

Elizabeth Gilbert

Der Hummerkrieg

Roman

Aus dem Amerikanischen
von Elke Link

GOLDMANN

Die Originalausgabe erschien 2000
unter dem Titel »Stern Men«
bei Houghton Mifflin, New York

Umwelthinweis:
Alle bedruckten Materialien dieses Taschenbuches
sind chlorfrei und umweltschonend.

Taschenbuchausgabe Mai 2003

Umschlaggestaltung: Design Team München
Umschlagfoto: Wolf Huber
Druck: Elsnerdruck, Berlin
Titelnummer: 45521
AB · Herstellung: Sebastian Strohmaier
Made in Germany
ISBN 3-442-45521-9
www.goldmann-verlag.de

1 3 5 7 9 10 8 6 4 2

Für Michael Cooper –
weil er immer cool bleibt

In einem Aquarium in Woods Hole setzte man im Sommer 1892 eine Schneckenmuschel zu einem Hummerweibchen ins Becken. Der Hummer war beinahe 25 cm lang und befand sich seit etwa acht Wochen in Gefangenschaft. Die Schneckenmuschel, die von durchschnittlicher Größe war, wurde mehrere Tage lang nicht belästigt, doch schließlich griff sie der ausgehungerte Hummer an, brach Stück um Stück die Schale ab und machte kurzen Prozess mit den Weichteilen.

Der amerikanische Hummer:
Lebensweise und Entwicklung. Eine Studie
Francis Hobart Herrick, Ph. D., 1895

PROLOG

Zwanzig Meilen vor der Küste von Maine liegen sich Fort Niles Island und Courne Haven Island gegenüber – zwei alte Mistkerle, die sich um die Wette anstarren, und jeder ist der Meinung, allein er wache über den anderen. Ansonsten ist nichts in ihrer Nähe. Niemand leistet ihnen Gesellschaft. Felsig und kartoffelförmig, bilden die beiden ein Zweierarchipel. Die Entdeckung dieser Zwillingsinseln auf einer Karte kommt völlig unerwartet, so als stieße man auf Zwillingsstädte in einer Prärie, Zwillingslager in einer Wüste, Zwillingshütten in einer Tundra. Abgeschieden vom Rest der Welt werden Fort Niles Island und Courne Haven Island voneinander doch nur durch eine schnell fließende Meeresströmung getrennt, die den Namen Worthy Channel trägt. Der Worthy Channel, kaum eine Meile breit, ist bei Ebbe an manchen Stellen so seicht, dass man, es sei denn, man kannte sich genau aus – es sei denn, man kannte sich *wirklich* genau aus –, sogar zögern würde, ihn in einem Kanu zu überqueren.

In ihrer speziellen geographischen Beschaffenheit sind sich Fort Niles Island und Courne Haven Island so erstaunlich ähnlich, dass ihr Schöpfer entweder ein großer Einfaltspinsel oder ein großer Witzbold gewesen sein muss. Sie sind beinahe genaue Duplikate. Die Inseln – die letzten Gipfel derselben uralten, versunkenen Gebirgskette – bestehen aus demselben hochwertigen schwarzen Granit und sind bedeckt von demselben Mantel aus üppigen Fichten. Beide Inseln sind etwa vier Meilen lang und zwei Meilen breit. Auf beiden gibt es eine Hand voll kleiner Buchten, ein paar Süßwasserteiche, vereinzelte Felsenstrände, einen einzigen Sandstrand, einen einzigen hohen Berg und einen einzigen tiefen Hafen, der wie ein geheimer Sack Geld hinter dem Rücken versteckt wird.

Auf beiden Inseln gibt es eine Kirche und ein Schulhaus. Unten am Hafen ist eine Hauptstraße (die auf beiden Inseln Hauptstraße genannt wird), mit einer kleinen Ansammlung öffentlicher Gebäude – Postamt, Kaufmann, Wirtshaus. Auf keiner der beiden Inseln gibt es befestigte Straßen. Die Häuser auf den Inseln sind einander sehr ähnlich, und die Kutter im Hafen sehen identisch aus. Auf den Inseln herrschen dieselben interessanten Wetterverhältnisse, im Winter ist es deutlich wärmer und im Sommer deutlich kühler als in anderen Küstenstädten, und sie stecken häufig in derselben unheimlichen Nebelbank. Man findet auf beiden Inseln die gleichen Farne, Orchideen, Pilze und wilden Rosen. Und zu guter Letzt leben auf den Inseln die gleichen Arten von Vögeln, Fröschen, Rotwild, Ratten, Füchsen, Schlangen und Menschen.

Die ersten menschlichen Spuren auf Fort Niles und Courne Haven stammen von den Penobscot-Indianern. Sie fanden auf den Inseln Vogeleier in Hülle und Fülle, und die alten Steinwaffen dieser frühen Besucher tauchen in manchen Buchten immer noch auf. Die Penobscot blieben nicht lange so weit draußen mitten im Meer, aber sie nutzten die Inseln vorübergehend als Ausgangspunkt für den Fischfang, eine nützliche Praxis, die die Franzosen Anfang des siebzehnten Jahrhunderts übernahmen.

Die ersten dauerhaften Siedler auf Fort Niles und Courne Haven waren zwei holländische Brüder, Andreas und Walter van Heuvel. Nachdem sie im Juni 1702 ihre Frauen und Kinder und ihr Vieh auf die Inseln gebracht hatten, beanspruchten sie für jede Familie eine Insel. Ihre Siedlungen tauften sie Bethel und Canaan. Das Fundament von Walter van Heuvels Haus steht noch, ein moosbedeckter Steinhaufen in einer Wiese auf der Insel, die er Canaan Island nannte – übrigens genau an der Stelle, an der Walter nach nur einem Jahr durch die Hand seines Bruders ermordet wurde. Andreas tötete an diesem Tag auch Walters Kinder und holte die Frau seines Bruders auf Bethel Island, damit sie bei seiner Familie lebte. Andreas war enttäuscht, so heißt es, weil ihm seine eigene Frau nicht schnell genug Kinder gebar. Er wollte mehr Erben, und so hatte er sich aufgemacht, die einzige andere Frau in der Gegend zu beanspruchen. Einige Monate später brach sich Andreas van Heuvel beim Bau eines Schuppens ein Bein und starb an einer darauf folgenden Infektion. Die Frauen und Kinder wurden bald von einem vorüberfahrenden englischen Patrouillenboot gerettet und nach Fort Pemaquid gebracht. Beide Frauen waren damals schwanger. Eine brachte einen gesunden Jungen zur Welt, den sie Niles nannte. Das Kind der anderen Frau starb bei der Geburt, aber ein englischer Arzt namens Thaddeus Courne rettete der Mutter das Leben. Irgendwie war dieses Ereignis namensgebend für die beiden Inseln: Fort Niles und Courne Haven – zwei sehr hübsche Plätze, die in den nächsten fünfzig Jahren nicht mehr besiedelt werden sollten.

Die Schotten und Iren kamen als Nächste, und sie blieben. Ein gewisser Archibald Boyd mit seiner Frau, seinen Schwestern und deren Ehemännern übernahm im Jahr 1758 Courne Haven. Während des nächsten Jahrzehnts bekamen sie Gesellschaft von den Cobbs, den Pommeroys und den Strachans. Duncan Wishnell und seine Familie gründeten im Jahr 1761 eine Schafzucht auf Fort Niles, und Wishnell war bald umgeben von Nachbarn mit den Namen Dalgleish, Thomas, Addams, Lyford, Cardoways und O'Donnell, sowie von einigen Cobbs, die von Courne Haven herübergezogen waren. Die jungen Damen der einen Insel heirateten die jungen Männer der anderen, und die Familiennamen trieben zwischen den beiden Inseln hin und her wie lose Bojen. Mitte des neunzehnten Jahrhunderts tauchten neue Namen von Neuankömmlingen auf: Friend, Cashion, Yale und Cordin.

Diese Leute hatten sozusagen alle dieselben Urahnen. Und weil es dort draußen nicht viele von ihnen gab, überrascht es nicht, dass die Bewohner sich mit der Zeit immer ähnlicher sahen. Das lag an den überhand nehmenden Heiraten untereinander. Fort Niles und Courne Haven schafften es irgendwie, dem

Schicksal der Insel Malaga zu entgehen, unter deren Bevölkerung eine solche Inzucht herrschte, dass am Ende der Staat eingreifen und alle evakuieren musste, aber die Verwandtschaftsgrade lagen dennoch extrem dicht beieinander. Mit der Zeit bildeten sich eine unverwechselbare Gestalt (klein, stramme Muskeln, stämmig) und ein Gesicht heraus (bleicher Teint, dunkle Augenbrauen, kleines Kinn), die schließlich sowohl mit Courne Haven als auch mit Fort Niles assoziiert wurden. Nach mehreren Generationen konnte man gut und gerne behaupten, dass jeder Mann aussah wie sein Nachbar und jede Frau von ihren Vorfahren auf Anhieb erkannt worden wäre.

Alle waren Farmer und Fischer. Alle waren Presbyterianer und Kongregationalisten. Alle waren politisch konservativ. Während des Unabhängigkeitskriegs waren sie Kolonialpatrioten; während des Sezessionskriegs schickten sie junge Männer in blauen Wolljacken aus, um im fernen Virginia für die Union zu kämpfen. Sie ließen sich nicht gerne regieren. Sie zahlten nicht gerne Steuern. Sie vertrauten keinen Experten, und sie interessierten sich weder für Fremde noch für deren Ansichten. Im Lauf der Jahre gehörten die Inseln, zu unterschiedlichen Gelegenheiten und aus verschiedenen Gründen, nacheinander zu diversen Verwaltungsbezirken des Festlands. Die politischen Fusionen nahmen nie ein gutes Ende. Die Inselbewohner waren letztlich mit keinem Arrangement zufrieden, und im Jahr 1900 durften Courne Haven und Fort Niles dann einen unabhängigen Verwaltungsbezirk bilden. Gemeinsam gründeten sie die winzig kleine Domäne Skillet County. Doch auch dieses Bündnis war nicht von Dauer. Am Ende trennten sich die Inseln voneinander; die Menschen auf jeder Insel fühlten sich offenbar am wohlsten, am sichersten und am autonomsten, wenn man sie völlig in Ruhe ließ.

Die Bevölkerungszahl der Inseln wuchs weiterhin. Gegen Ende des neunzehnten Jahrhunderts gab es mit dem Aufkommen des Granithandels eine kräftige Expansion. Dr. Jules Ellis, ein junger Industrieller aus New Hampshire, brachte seine Ellis

Granitgesellschaft auf beide Inseln, wo er mit dem Abbau und dem Verkauf des glänzenden schwarzen Steins bald ein Vermögen machte.

1889 strebte Courne Haven einen Rekord an – die Bevölkerungszahl erreichte den Höchststand von 618. Dazu zählten auch die schwedischen Arbeiter, die von der Ellis Granitgesellschaft für die schwere Arbeit im Steinbruch eingestellt worden waren. (Ein Teil des Granits auf Courne Haven war so rissig und grob, dass er nur zu Pflastersteinen taugte, die auch ungelernte Arbeiter wie die Schweden leicht herstellen konnten.) Im selben Jahr prahlte Fort Niles mit einer Einwohnerzahl von 627 Seelen, doch dazu zählten wiederum die italienischen Einwanderer, die als gelernte Steinmetze eingestellt worden waren. (Auf Fort Niles gab es feinen Granit von Mausoleumsqualität – schönen Granit, dem nur italienische Handwerker gerecht werden konnten.) In den Granitsteinbrüchen gab es nie viel Arbeit für die einheimischen Inselbewohner. Die Ellis Granitgesellschaft stellte lieber Immigranten ein, die nicht so teuer und außerdem leichter zu beaufsichtigen waren. Zwischen den ausländischen Arbeitern und den Einheimischen gab es wenig Kontakt. Auf Courne Haven heirateten einige einheimische Fischer Schwedinnen, mit der Folge, dass es eine Reihe von Blondschöpfen unter der Bevölkerung dieser Insel gab. Auf Fort Niles hingegen sahen alle weiterhin blass, dunkelhaarig und schottisch aus. Niemand auf Fort Niles heiratete einen Italiener. Das wäre untragbar gewesen.

Die Jahre vergingen. Die Trends im Fischfang änderten sich, man wechselte von Leinen zu Netzen, statt Kabeljau fing man Meerhecht. Die Kutter wurden moderner. Die Farmen wurden überflüssig. Auf Courne Haven wurde ein Rathaus gebaut. Auf Fort Niles wurde eine Brücke über den Murder Creek errichtet. 1895 erreichte das Telefon die Inseln, über ein Kabel, das unter dem Meer verlegt wurde, und 1918 verfügten mehrere Häuser über Strom. Die Granitindustrie schrumpfte, bis sie schließlich durch das Aufkommen von Beton ganz einging. Die Bevölkerungszahl ging zurück, beinahe so rasch, wie sie explodiert war.

Die jungen Männer zogen von den Inseln weg, um Arbeit in großen Fabriken und großen Städten zu finden. Die alten Namen verschwanden langsam aus den Verzeichnissen. 1904 starben die letzten Boyds auf Courne Haven. Nach 1910 gab es keine O'Donnells mehr auf Fort Niles, und mit jedem Jahrzehnt des zwanzigsten Jahrhunderts verringerte sich die Anzahl der Familien auf Fort Niles und Courne Haven. Die Inseln waren wieder so spärlich besiedelt wie in früheren Zeiten.

Was die beiden Inseln brauchten – was sie immer gebraucht hätten –, war ein gutes Verhältnis zueinander. Sie waren so weit entfernt vom Rest der Nation, sie waren einander so ähnlich in Temperament, Abstammung und Geschichte – die Einwohner von Courne Haven und Fort Niles hätten eigentlich gute Nachbarn sein sollen. Sie brauchten einander. Sie hätten versuchen sollen, einander dienlich zu sein. Sie hätten Bodenschätze teilen, Belastungen gemeinsam tragen und aus jeder Art von Kooperation profitieren sollen. Und vielleicht hätten sie auch gute Nachbarn werden können. Vielleicht hätte ihr Schicksal nicht zwangsläufig durch Streitigkeiten bestimmt werden müssen. Gewiss herrschte während der ersten beiden Jahrhunderte der Besiedlung Frieden zwischen den beiden Inseln. Wären die Männer von Fort Niles und Courne Haven einfache Farmer oder Hochseefischer geblieben, hätte es vielleicht für eine großartige Nachbarschaft gereicht. Doch wir können unmöglich wissen, was hätte werden können, denn sie wurden am Ende Hummerfänger. Und das war das Ende der guten Nachbarschaft.

Hummer kennen keine Grenzen, und deshalb ist dies auch den Hummerfängern nicht möglich. Hummerfänger suchen Hummer überall dort, wo diese Kreaturen umherstreifen mögen, und das bedeutet, dass Hummerfänger ihre Beute an allen seichten Stellen des Meeres und der Kaltwasserküste jagen. Es bedeutet auch, dass Hummerfänger unablässig um gute Fanggründe streiten. Sie versperren einander den Weg, verheddern sich gegenseitig die Leinen, an denen die Fallen hängen, spionieren die Boote aus und stehlen sich gegenseitig die Informationen.

Hummerfänger kämpfen um jeden Kubikmeter Meer. Jeder Hummer, den ein Fischer fängt, ist ein Hummer, den ein anderer Fischer nicht gefangen hat. Es ist ein hinterhältiges Geschäft, und es produziert hinterhältige Menschen. Wir Menschen werden letztlich zu dem, wonach wir streben. Die Milchwirtschaft macht die Menschen solide, zuverlässig und maßvoll; die Jagd macht die Menschen still, schnell und sensibel; der Hummerfang macht die Menschen misstrauisch, hinterlistig und rücksichtslos.

Der erste Hummerkrieg zwischen Fort Niles Island und Courne Haven Island begann im Jahr 1902. Auch andere Inseln in anderen Buchten von Maine hatten ihre Hummerkriege, aber dieser war der erste von allen. 1902 galt der Hummer noch kaum als Handelsware; er war noch nicht zu einer seltenen Delikatesse geworden. 1902 waren Hummer gewöhnlich, wertlos, gar eine Plage. Nach schlimmen Unwettern wurden die Kreaturen zu Hunderten und Tausenden ans Ufer gespült und mussten mit Mistgabeln und Schubkarren weggeräumt werden.

Man verabschiedete Gesetze, in denen es wohlhabenden Haushalten untersagt wurde, ihren Bediensteten mehr als drei Tage pro Woche Hummer vorzusetzen. Zu diesem Zeitpunkt in der Geschichte war der Hummerfang allenfalls etwas, mit dem die Inselbewohner ihr Einkommen aus der Landwirtschaft oder dem Fischfang mit Booten aufbesserten. Die Männer auf Fort Niles und Courne Haven hatten erst vor etwa dreißig Jahren mit dem Hummerfang begonnen, und sie fischten noch in Jacke und Krawatte. Es war ein junger Erwerbszweig. Deshalb ist es auch bemerkenswert, dass sich überhaupt jemand dem Hummerfang so sehr verschrieben hatte, dass es sich lohnte, deshalb einen Krieg anzufangen. Doch genau das passierte 1902.

Der erste Hummerkrieg zwischen Fort Niles und Courne Haven begann mit einem berühmten und verwegenen Brief, den Mr. Valentine Addams verfasst hatte. Im Jahr 1902 gab es Addams' auf beiden Inseln; Valentine Addams war ein Addams von Fort Niles. Angeblich war er ziemlich intelligent, aber obendrein nervös und vielleicht ein ganz klein bisschen verrückt. Im Frühjahr 1902 schrieb Valentine Addams jedenfalls einen Brief. Er war adressiert an den Vorsitzenden der Zweiten Internationalen Fischereikonferenz in Boston, ein Ereignis von hohem Prestigewert, zu dem Addams nicht geladen worden war. Er schickte feinsäuberlich geschriebene Kopien seines Briefes an mehrere große Fischereizeitungen an der Ostküste. Und er schickte mit dem Postschiff eine Abschrift nach Courne Haven Island.

Geschätzte Herren!

Bedauerlicherweise ist es meine Pflicht, ein abscheuliches neues Verbrechen zu melden, das einige Betrüger unter unseren einheimischen Hummerfängern begangen haben. Ich bezeichne dieses Verbrechen als den »heimtückischen Hummertausch«. Einige skrupellose Hummerfänger haben begonnen, während der Nacht die Fallen von rechtschaffenen Fischern hinaufzuziehen und die großen Hummer des rechtschaffenen Mannes gegen ein paar wertlose junge, kleine Hummer eines gewissenlosen Menschen auszutauschen. Stellen Sie sich die Bestürzung des rechtschaffenen Fischers vor, der bei Tageslicht seine Körbe hochzieht, nur um wertlose kleine Hummer darin zu entdecken! Dieses Treiben hat mich wieder und wieder bestürzt, umso mehr, als es von meinen eigenen Nachbarn von der nahe gelegenen Insel Courne Haven praktiziert wurde! Bitte erwägen Sie mit Ihrer Kommission, diese Hummerbanditen aus Courne Haven (deren Namen ich für Ihre Vertreter auflistе) in Gewahrsam zu nehmen und zu bestrafen.

Ich verbleibe Ihr dankbarer Berichterstatter,

Valentine Addams

Im Frühjahr 1903 schrieb Valentine Addams einen Brief an die Dritte Internationale Fischereikonferenz, die wieder in Boston stattfand. An dieser Konferenz, die noch größer war als die des Vorjahres, nahmen Honoratioren aus den kanadischen Provinzen und aus Schottland, Norwegen und Wales teil. Addams war wieder nicht geladen worden. Weshalb auch? Was suchte ein gewöhnlicher Fischer wie er auf einer solchen Versammlung? Es war ein Treffen von Experten und Gesetzgebern, kein Forum zum Vorbringen lokaler Beschwerden. Weshalb sollte man ihn einladen, zu all den walisischen und kanadischen Honoratioren und all den erfolgreichen Großhändlern aus Massachusetts und all den angesehenen Jagd- und Fischereiaufsehern? Doch sei's drum. Er schrieb jedenfalls:

Werte Herren!

Mit allem Respekt bitte ich Sie, meine Herren, Folgendes an Ihre Kollegen weiterzuleiten: Ein trächtiges Hummerweibchen trägt 25.000 bis 80.000 Eier unter dem Bauch, die wir Fischer als »Beeren« bezeichnen. Früher waren diese salzigen Eierbeeren eine beliebte Beigabe zu Suppen. Sie werden sich erinnern, dass vor einigen Jahren offiziell von deren Verzehr abgeraten wurde und dass das Fangen beerentragender Hummerweibchen zum Verkauf für ungesetzlich erklärt wurde. Zu Recht, meine Herren! Dies hatte den sinnvollen Zweck, das Hummerproblem an der Ostküste zu lösen und den Ostküstenhummer zu erhalten. Werte Herren! Mittlerweile müssen Sie davon gehört haben, dass einige verbrecherische Hummerfänger dieses Gesetz umgangen haben, indem sie die wertvollen Beeren vom Bauch des Tieres abkratzten. Das Motiv dieser skrupellosen Fischer ist es, diese guten, beerentragenden Hummer zu ihrer persönlichen Bereicherung zu verkaufen!

Werte Herren! Wenn sie einfach so ins Meer gekratzt werden, werden aus diesen Hummereiern keine gesunden Jungtiere, sondern vielmehr 25.000 bis 80.000 Köder für hungrige Kabeljau- und Seezungenschwärme. Werte Herren! Diesen gierigen Fischmäulern ist es zuzuschreiben, dass Unmengen von Hummern von unseren Küsten verschwunden sind!

Diesen skrupellosen beerenkratzenden Hummerfängern ist es zuzuschreiben, dass sich unsere Hummerpopulation verringert! Werte Herren! In der Heiligen Schrift steht: »Können so viele Schafe und Rinder für sie geschlachtet werden, dass es für sie ausreicht? Oder sollen alle Fische des Meeres für sie eingesammelt werden, dass es für sie ausreicht?«

Aus zuverlässiger Quelle habe ich erfahren, geschätzte Herren, dass auf meiner Nachbarinsel Courne Haven jeder Fischer Beeren abkratzt! Die staatlichen Jagd- und Fischereiaufseher sträuben sich trotz meiner Berichte, diese Diebe – denn es sind Diebe! – aus Courne Haven festzunehmen oder ihnen Einhalt zu gebieten. Ich beabsichtige, sofort damit zu beginnen, diese Schurken persönlich zu stellen und Strafmaßnahmen zu ergreifen, wie ich sie für angemessen erachte, um für die Gewissheit meiner fundierten Verdachtsmomente und den guten Namen Ihrer Kommission einzustehen. Geschätzte Herren!

Ich verbleibe Ihr bereitwilliger Vertreter, Valentine R. Addams.

(Und ich füge die Namen der Schurken von Courne Haven bei.)

Gleich im darauf folgenden Monat brannte der einzige Pier von Courne Haven ab. Valentine Addams wurde von mehreren Hummerfängern aus Courne Haven verdächtigt, daran beteiligt gewesen zu sein. Addams bemühte sich nicht gerade, den Verdacht zu zerstreuen, denn er zeigte sich bei dem Brand in Courne Haven. In der Morgendämmerung stand er nahe am Ufer in seiner Nussschale von Boot, reckte die Faust und rief: »Portugiesische Huren! Seht euch bloß diese katholischen Bettler an!«, während die Hummerfänger von Courne Haven (die weder portugiesischer noch katholischer waren als Valentine Addams selbst) verzweifelt versuchten, ihre Kutter zu retten. Nicht viel später fand man Addams in der Fineman's Bucht. Zwei Fünfzig-Pfund-Säcke Steinsalz hatten ihn zum Meeresgrund hinabgezogen. Ein Muschelfischer entdeckte die Leiche.

Der Jagd- und Fischereiaufseher bescheinigte den Tod des Ertrunkenen als Selbstmord. Nun gut. Auf seine Weise war dieser Tod ein Selbstmord gewesen. Den einzigen Pier einer Nachbarinsel anzuzünden kommt einem glatten Selbstmord gleich. Das wusste jeder. Kein Mensch, der bei Verstand war, konnte den Fischern von Courne Haven ihren Racheakt, so brutal er auch gewesen sein mag, ernsthaft übel nehmen. Doch er brachte ein Problem mit sich. Addams hinterließ eine hochschwangere Witwe. Bliebe sie auf Fort Niles Island, wäre sie eine große Belastung für ihre Nachbarn, die sie unterstützen müssten. Wie es sich herausstellte, hatte sie genau das vor. Sie würde eine Belastung für Fort Niles werden, wo sich die arbeitenden Familien kaum selbst ernähren konnten. Die Furcht vor dieser Belastung erregte dann doch Ärger über den Tod von Valentine Addams. Dazu kam, dass es keine geringe Beleidigung war, einen Mann mit eben dem Steinsalz zu ertränken, das er benutzt hatte, um seine stinkenden Köder zu konservieren. Also musste ein Ausweg gefunden werden.

Zur Vergeltung ruderten die Männer von Fort Niles Island eines Nachts hinüber nach Courne Haven Island und strichen eine dünne Schicht Teer auf den Sitz jedes Dinghi, das im Hafen festgemacht war. Das war nur ein derber Spaß, rein um des Gelächters willen. Doch dann schnitten sie auf dem Weg alle Bojen, die Hummerfallen in den Fischgründen von Courne Haven markierten, ab. Die Leinen, an denen die Körbe hingen, schlängelten sich durchs Wasser hinunter, und die Fallen verschwanden für immer. Damit war die Hummerindustrie auf Courne Haven für die ganze Saison ruiniert – so klein dieser Wirtschaftszweig 1903 auch gewesen sein mag.

Nun gut.

Eine Woche lang blieb es ruhig. Dann wurde Joseph Cardoway, ein beliebter Mann aus Fort Niles Island, vor einer Taverne auf dem Festland von einem Dutzend Hummerfänger aus

Courne Haven erwischt, die ihn mit langen Bootshaken aus Eichenholz verprügelten. Als Cardoways Wunden wieder verheilt waren, fehlte ihm das linke Ohr, auf dem linken Auge war er blind, und sein linker Daumen hing lose und nutzlos wie eine Verzierung von den zerrissenen Muskeln seiner Hand. Der Angriff empörte jedermann auf Fort Niles. Cardoway war nicht einmal ein Fischer. Er besaß eine kleine Mühle auf Fort Niles und war Eisschneider. Mit dem Hummerfang hatte er nichts zu tun, und doch war er jetzt deshalb verkrüppelt. Von nun an wurde der Hummerkrieg mit voller Inbrunst geführt.

Die Fischer von Courne Haven Island und Fort Niles Island kämpften ein Jahrzehnt lang. Sie kämpften von 1903 bis 1913.

Natürlich nicht ununterbrochen. In Hummerkriegen liefert man sich keine ständigen Gefechte, schon zu damaliger Zeit nicht. Es sind langsame Territorialstreitigkeiten, mit sporadischen Racheakten und Rückzügen. Aber während eines Hummerkriegs herrscht eine stete Spannung, die konstante Gefahr, die Ausrüstung an das Messer eines anderen Mannes zu verlieren. Die Männer werden so aufgezehrt davon, ihren Lebensunterhalt zu verteidigen, dass sie eben diesen Lebensunterhalt von Grund auf vernichten. Sie verbringen so viel Zeit damit, zu kämpfen, zu spionieren und zu provozieren, dass ihnen wenig Zeit bleibt, um wirklich noch zu fischen.

Wie bei jedem Konflikt waren manche Mitstreitende in diesem Hummerkrieg engagierter als andere. Auf Fort Niles waren die Männer der Familie Pommeroy am meisten in die Territorialkämpfe verwickelt und wurden in der Folge von dem Zwist völlig ruiniert. Sie verarmten. Auf Courne Haven wurden die Fischer der Familie Burden ebenfalls völlig ruiniert; sie vernachlässigten ihre Arbeit, um zum Beispiel die Anstrengungen der Familie Pommeroy auf Fort Niles zu unterminieren. Auf beiden Inseln wurden die Cobbs beinahe gänzlich zu Grunde gerichtet. Henry Dalgliesh war vom Krieg so entmutigt, dass er einfach seine Familie packte und von Courne Haven Island nach Long Island, New York, zog, wo er Polizist wurde. Jeder, der in diesem

Jahrzehnt auf Fort Niles oder Courne Haven heranwuchs, tat dies in Armut. Jeder Pommeroy, Burden oder Cobb, der in diesem Jahrzehnt heranwuchs, tat dies in extremer Armut. Und mit Hass. Denn für sie war es eine wahre Hungersnot.

Die Witwe des ermordeten Valentine Addams jedenfalls gebar 1904 Zwillingssöhne: ein schlecht gelauntes Baby, das sie Angus nannte, und ein fettes, teilnahmsloses Baby, dem sie den Namen Simon gab. Die Witwe Addams war kaum vernünftiger als ihr toter Ehemann zu Lebzeiten. Sie duldete nicht, dass in ihrer Anwesenheit die Wörter »Courne Haven« ausgesprochen wurden. Hörte sie sie, fing sie an zu jammern, als würde man sie gerade umbringen. Sie war rachsüchtig und verbittert, und ihr Zorn machte sie alt. Sie stachelte ihre Nachbarn zu offen feindseligen Akten gegen die Fischer auf der anderen Seite des Worthy Channel an. Sie schürte die Wut und den Zorn ihrer Nachbarn beim leisesten Anzeichen einer Beruhigung. Ihre ständigen Ermahnungen, aber auch die unvermeidliche Eigendynamik eines jeden Konflikts führten dazu, dass die Zwillinge der Witwe ganze zehn Jahre alt waren, bevor der Hummerkrieg, den ihr Vater begonnen hatte, gänzlich vorüber war.

Unter den Fischern auf beiden Inseln gab es nur einen Einzigen, der sich aus diesen Streitigkeiten heraushielt, ein Fischer aus Fort Niles mit Namen Ebbett Thomas. Nachdem der Pier von Courne Haven abgebrannt war, holte Thomas still und leise alle seine Hummerkörbe aus dem Wasser. Er reinigte sie und verstaute sie mit seiner gesamten Ausrüstung sicher im Keller. Er holte sein Boot aus dem Wasser, reinigte es und lagerte es an Land unter einer Plane. Es hatte vorher noch nie einen Hummerkrieg gegeben, und so fragt man sich, wie er die zerstörerischen Ereignisse im Voraus erahnen konnte. Doch er war ein Mann von beträchtlicher Intuition. Wie ein kluger Fischer, der es spürt, wenn schlechtes Wetter heraufzieht, merkte Ebbett Thomas offenbar, dass es besser sein könnte, das Ende des Krieges abzuwarten.

Nachdem er seine Ausrüstung sicher versteckt hatte, lief Ebbett Thomas hinauf auf den einzigen großen Hügel von Fort Niles Island zu den Büros der Ellis Granitgesellschaft und bewarb sich um einen Posten. Das war praktisch noch nie vorgekommen – ein Einheimischer, der Arbeit in den Steinbrüchen suchte –, aber Ebbett Thomas gelang es dennoch, einen Posten bei der Ellis Granitgesellschaft zu bekommen. Er schaffte es, Dr. Jules Ellis persönlich – den Gründer und Besitzer der Gesellschaft – zu überreden, ihn einzustellen. Ebbett Thomas wurde der Vorarbeiter der Kistenbauwerkstatt der Ellis Granitgesellschaft und überwachte die Konstruktion der hölzernen Kästen und Kisten, in denen fertig bearbeiteter Granit von der Insel abtransportiert wurde. Er war Fischer, und alle seine Vorfahren waren Fischer gewesen, und auch seine Nachkommen würden alle Fischer werden, doch Ebbett Thomas ließ sein Fischerboot erst wieder zu Wasser, als zehn Jahre vergangen waren. Seine beachtliche Intuition hatte es ihm ermöglicht, diese schwierige Episode zu überstehen, ohne den wirtschaftlichen Ruin zu erleiden, der seine Nachbarn heimgesucht hatte. Er blieb für sich und hielt seine Familie fern von dem ganzen Durcheinander.

Ebbett Thomas war ein ungewöhnlicher Mensch für seine Zeit und diesen Ort. Er war nicht gebildet, aber er war klug und, auf seine Weise, weltgewandt. Dr. Jules Ellis erkannte seine Intelligenz, und er bedauerte es sehr, dass dieser intelligente Mann zu einem elenden Leben als Fischer auf einer kleinen, rückständigen Insel verdammt war. Dr. Ellis dachte sich oft, dass Ebbett Thomas unter anderen Bedingungen ein guter Geschäftsmann hätte werden können, vielleicht sogar ein Professor. Aber Ebbett Thomas kam nie in den Genuss anderer Bedingungen, und so lebte er weiterhin auf Fort Niles, wo er wenig erreichte, außer gut und für einen erklecklichen Gewinn zu fischen. Nach wie vor hielt er sich immer aus den belanglosen Streitigkeiten seiner Nachbarn heraus. Er heiratete seine Kusine dritten Grades, eine unschätzbar praktische Frau namens Patience Burden, und sie hatten zwei Söhne, Stanley und Len.

Ebbett Thomas lebte gut, aber er lebte nicht lange. Im Alter von fünfzig Jahren erlag er einem Schlaganfall. Er lebte nicht lange genug, um zu sehen, wie Stanley, sein Erstgeborener, heiratete. Doch wahrhaft schade ist, dass Ebbett Thomas nicht lange genug lebte, um seine Enkeltochter kennen zu lernen, ein Mädchen namens Ruth, das Stanleys Frau 1958 auf die Welt brachte. Und das ist jammerschade, weil Ebbett Thomas von Ruth fasziniert gewesen wäre. Er hätte vielleicht nicht für alles im Leben seiner Enkelin sonderlich viel Verständnis aufgebracht, aber er hätte es bestimmt mit einiger Neugierde verfolgt.

1

Im Gegensatz zu manchen Schalentieren, denen das Wohlergehen ihrer Jungen völlig gleichgültig ist, behält die Hummermutter ihren Nachwuchs bei sich, bis die kleinen Hummer groß genug sind, um ihr Leben selbst zu beginnen.

Von Krabben, Garnelen und Hummern
William B. Lord, 1867

Die Geburt von Ruth Thomas war, so ist es schriftlich belegt, keine einfache. Ruth kam in einer Woche legendärer, fürchterlicher Stürme zur Welt. Es war zwar kein Orkan, der in der letzten Maiwoche des Jahres 1958 heraufzog, aber es war auch nicht ruhig dort draußen auf dem Meer, und der Wind peitschte über Fort Niles hinweg. Stan Thomas' Frau Mary lag während dieses Sturms in ungewöhnlich starken Wehen. Es war ihr erstes Kind. Sie war keine sehr kräftige Frau, und das Baby erwies sich als widerspenstig, was seine Ankunft betraf. Mary Thomas hätte unter ärztliche Aufsicht in ein Krankenhaus auf dem Festland gebracht werden müssen, doch bei so einem Wetter konnte man eine Frau, die in den Wehen lag, nicht mit dem Schiff herumfahren. Auf Fort Niles gab es keinen Arzt, und es gab auch keine Hebammen. Die in den Wehen liegende Frau hatte keinen ärztlichen Beistand in ihrer Not. Sie musste es einfach alleine durchstehen.

Mary wimmerte und schrie, als die Wehen einsetzten, während ihre Nachbarinnen, die ein Kollektiv von Amateurhebammen gebildet hatten, Trost spendeten, Ratschläge zum Besten gaben und ihr nur von der Seite wichen, um das Neueste über ihren Zustand auf der Insel zu verbreiten. Es sah nämlich nicht sehr gut aus. Die ältesten und klügsten Frauen waren schon sehr bald überzeugt davon, dass Stans Frau es nicht überstehen würde. Mary Thomas stammte sowieso nicht von der Insel, und die Frauen hatten kein großes Vertrauen in ihre Kraft. Bestenfalls fanden die Frauen sie irgendwie verwöhnt, zu zierlich und ein bisschen weinerlich und schüchtern. Sie waren sich ziemlich sicher, dass Mary sie mitten in den Wehen verlassen und hier unter aller Augen vor Schmerzen sterben würde. Trotzdem taten sie ihr Bestes und halfen mit. Sie stritten miteinander über die beste Behandlungsmethode, die besten Positionen, den besten Ratschlag. Und wenn sie rasch nach Hause gingen, um frische Handtücher oder Eis zu holen, erzählten sie ihren Ehemännern, dass die Lage im Hause Thomas sehr ernst sei.

Senator Simon Addams hörte davon und beschloss, seine berühmte gepfefferte Hühnerbrühe zu machen, der er große Heilkräfte zuschrieb und die der Frau in ihrer Not bestimmt helfen würde. Senator Simon war ein alternder Junggeselle, der mit seinem Zwillingsbruder Angus zusammenlebte, der ebenfalls ein alternder Junggeselle war. Die Männer waren die mittlerweile erwachsenen Söhne von Valentine Addams. Angus war der zäheste, aggressivste Hummerfänger auf der Insel. Senator Simon war gar kein Hummerfänger. Er hatte eine Heidenangst vor dem Meer; er konnte keinen Fuß in einen Kutter setzen. Einen Schritt vor die Brandung am Gavon Beach – näher hatte sich Simon noch nie ans Meer herangewagt. Als Teenager hatte ein einheimischer Raufbold einmal versucht, ihn auf ein Pier hinauszuzerren, aber Simon hatte ihm das Gesicht zerkratzt und ihm fast den Arm gebrochen. Er würgte ihn, bis der Junge ohnmächtig wurde. Senator Simon mochte das Wasser überhaupt nicht.

Doch er war praktisch veranlagt und verdiente sich sein Geld, indem er Möbel und Hummerfallen reparierte und Boote (die sicher am Ufer lagen) für andere Männer herrichtete. Man hielt ihn für einen Exzentriker, und er verbrachte seine Zeit damit, Bücher zu lesen und Karten zu studieren, die er sich mit der Post schicken ließ. Er wusste eine Menge über die Welt, obwohl er in seinem ganzen Leben Fort Niles kein einziges Mal verlassen hatte. Sein Wissen in so vielen Bereichen hatte ihm den Spitznamen Senator eingebracht, ein Spitzname, der nur zum Teil spöttisch gemeint war. Simon Addams war ein merkwürdiger Mensch, aber auf der Insel galt er als Autorität.

Der Senator war der Meinung, eine gute gepfefferte Hühnerbrühe könne alles kurieren, sogar eine Geburt, und so kochte er eine ordentliche Portion für Stan Thomas' Frau. Sie war eine Frau, die er sehr bewunderte, und er machte sich Sorgen um sie. Am Nachmittag des 28. Mai brachte er einen Topf warmer Suppe hinüber zum Haus der Thomas'. Die Nachbarinnen ließen ihn ein und verkündeten, dass das kleine Baby bereits da sei. Allen gehe es gut, versicherten sie ihm. Das Baby sei kräftig, und die Mutter würde wieder genesen. Die Mutter könne wahrscheinlich einen Schluck von der Hühnerbrühe gebrauchen.

Senator Simon Addams blickte in die Wiege, und da lag sie: die kleine Ruth Thomas. Ein kleines Mädchen. Ein ungewöhnlich hübsches Baby, mit feuchten schwarzen Haaren und einem wissbegierigen Gesichtsausdruck. Senator Simon Addams fiel sofort auf, dass sie nicht so rot und verschrumpelt aussah wie die meisten Neugeborenen. Sie sah nicht aus wie ein gehäutetes, gekochtes Kaninchen. Sie hatte eine schöne, olivfarbene Haut und für einen Säugling einen äußerst ernsten Gesichtsausdruck.

»Ach, ein süßes kleines Baby ist das«, sagte Senator Simon Addams, und die Frauen ließen ihn Ruth Thomas halten. Er wirkte so riesig, als er das Neugeborene hielt, dass die Frauen lachten – sie lachten über diesen riesigen Junggesellen, der das winzige Kind in den Armen wiegte. Aber Ruth gab in seinen Armen eine Art Seufzer von sich, schürzte den winzigen Mund und blinzelte ganz unbesorgt. Senator Simon spürte einen beinahe großväterlichen Stolz in sich aufsteigen. Er schnalzte mit der Zunge. Er wiegte sie hin und her.

»Ach, ist das nicht ein süßes Baby«, sagte er, und die Frauen lachten und lachten.

Er sagte: »Sie ist einfach toll.«

Ruth Thomas war ein hübsches Baby, das zu einem sehr hübschen Mädchen heranwuchs: dunkle Augenbrauen, breite Schultern und eine bemerkenswerte Haltung. Von frühester Kindheit an war ihr Rücken so gerade wie ein Brett. Sie hatte schon als Kleinkind eine auffallende, erwachsene Ausstrahlung. Ihr erstes Wort war ein sehr entschiedenes »Nein«. Ihr erster Satz war: »Nein danke.« An Spielzeug hatte sie nicht sonderlich viel Freude. Sie saß gerne bei ihrem Vater auf dem Schoß und las Zeitung mit ihm. Sie mochte die Gesellschaft Erwachsener. Sie war so still, dass man sie zuweilen stundenlang gar nicht bemerkte. Sie war Weltklasse im Lauschen. Wenn ihre Eltern die Nachbarn besuchten, setzte sich Ruth heimlich, still und leise unter den Küchentisch und lauschte jedem Wort der Erwachsenen. Einer der Sätze, die sie als Kind am häufigsten hörte, war: »Aber Ruth, ich habe dich gar nicht gesehen!«

Ruth Thomas wurde nicht bemerkt, weil sie sehr wachsam war und weil das ständige Spektakel in Form der Pommeroys von ihr ablenkte. Die Pommeroys wohnten neben Ruth und ihren Eltern. Es gab sieben Pommeroy-Söhne, und Ruth wurde am Ende dieser Folge geboren. Sie ging geradezu unter in dem Chaos, das Webster und Conway und John und Fagan und Timothy und Chester und Robin Pommeroy verbreiteten. Die sieben Pommeroys waren ein Ereignis auf Fort Niles. Andere Frauen hatten in der Geschichte der Insel bestimmt ebenso viele Kinder hervorgebracht, aber im Verlauf von Jahrzehnten und nur mit offensichtlichem Widerwillen. Sieben Babys in einer einzigen Familie in nur knapp sechs Jahren, das kam einer Epidemie gleich.

Senator Simons Zwillingsbruder Angus sagte über die Pommeroys: »Das ist keine Familie. Das ist ein gottverdammter Wurf.«

Angus Addams war aber womöglich nur eifersüchtig, denn er hatte gar keine Familie bis auf seinen exzentrischen Zwillingsbruder, sodass alles, was mit den glücklichen Familien anderer Leute zusammenhing, wie ein Krebsgeschwür in Angus Addams wucherte. Der Senator hingegen fand Mrs. Pommeroy reizend. Ihre Schwangerschaften faszinierten ihn. Er sagte, Mrs. Pommeroy sehe immer aus, als sei sie schwanger, obwohl sie nichts dafür könne. Er sagte, sie habe schwanger so eine süße, entschuldigende Ausstrahlung.

Mrs. Pommeroy war ungewöhnlich jung gewesen, als sie geheiratet hatte – noch keine sechzehn –, und sie genoss das Leben mit ihrem Ehemann in vollen Zügen. Sie war ein richtiger Wildfang. Die junge Mrs. Pommeroy liebte es, zu trinken. Während ihrer Schwangerschaften trank sie so viel, dass ihre Nachbarn sogar den Verdacht hegten, ihre Kinder hätten dadurch einen Hirnschaden davongetragen. Woran auch immer es liegen mochte, keiner der sieben Pommeroy-Söhne konnte je besonders gut lesen. Nicht einmal Webster Pommeroy konnte ein Buch entziffern, dabei galt er als der kluge Kopf der Familie.

Als Kind saß Ruth Thomas oft still auf einem Baum und bewarf Webster Pommeroy mit Steinen, wenn sich die Gelegenheit ergab. Er warf zurück und sagte ihr, sie sei ein Stinkearsch. Sie sagte dann: »Ach ja? Wo hast du das denn gelesen?« Dann zerrte Webster Pommeroy Ruth aus dem Baum und trat ihr ins Gesicht. Ruth war ein kluges Mädchen, dem es manchmal schwer fiel, kluge Kommentare für sich zu behalten. Ins Gesicht getreten zu werden gehörte wohl zu den Dingen, die klugen kleinen Mädchen passierten, vermutete Ruth, die neben so vielen Pommeroys wohnten.

Als Ruth Thomas neun Jahre alt war, geschah etwas Bedeutsames. Ihre Mutter verließ Fort Niles. Ihr Vater, Stan Thomas, begleitete sie. Sie fuhren nach Rockland. Sie wollten nur ein oder zwei Wochen dort bleiben. Ruth sollte kurze Zeit bei den Pommeroys wohnen. Nur bis ihre Eltern wieder zurück waren. Aber in Rockland gab es Komplikationen, und Ruths Mutter kam überhaupt nicht mehr zurück. Damals klärte man Ruth über Einzelheiten noch nicht auf.

Ruths Vater kehrte schließlich zurück, aber nicht sehr lange, deshalb wohnte Ruth für einige Monate bei den Pommeroys. Genau genommen blieb sie den ganzen Sommer über bei ihnen. Dieses bedeutsame Ereignis führte nicht zu übermäßiger seelischer Erschütterung, denn Ruth liebte Mrs. Pommeroy von ganzem Herzen. Ihr gefiel die Vorstellung, bei ihr zu leben. Sie wollte die ganze Zeit mit ihr zusammen sein. Und Mrs. Pommeroy liebte Ruth.

»Du bist wie meine eigene Tochter!«, sagte Mrs. Pommeroy gerne zu Ruth. »Du bist wie eine eigene gottverdammte Tochter, die ich nie, nie hatte!«

Mrs. Pommeroys Aussprache klang in Ruths Ohren schön und zart. Wie jeder, der auf Fort Niles oder Courne Haven geboren worden war, sprach Mrs. Pommeroy mit dem Akzent, den man drüben in Neuengland als »Down East« identifizierte – und er unterschied sich kaum von dem Akzent der ursprünglichen schottisch-irischen Siedler. Ruth liebte diesen Klang. Ruths Mutter sprach nicht in diesem schönen Akzent, und sie benutzte auch keine Wörter wie *beschissen, gottverdammt, Scheiße* und *Arschloch,* Wörter, die die Rede der einheimischen Fischer und vieler ihrer Frauen wunderbar würzten. Ruths Mutter trank auch keine Unmengen Rum und wurde dann ganz weich und zärtlich, so wie Mrs. Pommeroy an jedem einzelnen Tag.

Kurz gesagt, Mrs. Pommeroy hatte Ruths Mutter alles voraus.

Mrs. Pommeroy war keine Frau, die einen ständig umarmte, aber sie stupste einen. Ständig stupste sie Ruth Thomas oder stieß sie voller Zuneigung an, und manchmal rempelte sie sie auch um. Aber immer liebevoll. Sie rempelte Ruth auch nur um, weil Ruth immer noch so klein war. Ruth Thomas hatte noch nicht ihre endgültige Größe erreicht. Mrs. Pommeroy rempelte Ruth vor lauter Liebe um, sodass sie auf dem Po landete.

»Du bist wie eine eigene gottverdammte Tochter, die ich nie hatte!«, sagte Mrs. Pommeroy, dann stupste sie sie und – *bumm* – schon saß Ruth auf dem Boden.

Mrs. Pommeroy hätte nach ihren sieben Söhnen eine Tochter wahrscheinlich wirklich gut getan. Töchter wusste sie wahrhaft zu würdigen, nach all den Jahren mit Webster und Conway und John und Fagan und so weiter und so weiter, die alle aßen wie Waisenkinder und brüllten wie Strafgefangene. Zu dem Zeitpunkt, als Ruth Thomas einzog, hielt Mrs. Pommeroy viel von der Idee, eine Tochter zu haben, und so brachte sie Ruth eine Menge Liebe entgegen.

Doch mehr als jeden anderen liebte Mrs. Pommeroy ihren Mann. Sie liebte Mr. Pommeroy über alle Maßen. Mr. Pommeroy war klein und muskulös, mit Händen so groß und schwer wie Türklopfer. Seine Augen waren schmal. Beim Gehen stemmte er die Fäuste in die Hüften. Er hatte ein merkwürdiges, verkniffenes Gesicht. Er zog fast immer einen Schmollmund, wie zu einem Kuss. Er schlug die Stirn in Falten und blinzelte wie jemand, der gerade eine schwere Mathematikaufgabe im Kopf löst. Mrs. Pommeroy betete ihn an. Wenn sie ihrem Mann zu Hause auf einem Gang begegnete, langte sie durch sein Unterhemd an seine Brustwarzen. Sie zwickte ihn in die Brustwarzen und rief: »Zwick!«

Mr. Pommeroy schrie dann: »Hoppla!«

Dann packte er sie an den Handgelenken. »Wanda! Lass das, ja? Ich kann das nicht leiden.«

Er sagte: »Wanda, wenn deine Hände nicht immer so warm wären, würde ich dich verdammt noch mal rauswerfen.«

Aber er liebte sie. Abends, wenn sie auf dem Sofa saßen und Radio hörten, dann saugte Mr. Pommeroy vielleicht an einer einzelnen Haarsträhne von Mrs. Pommeroy, als wäre es süße Lakritze. Manchmal saßen sie stundenlang schweigend zusammen, sie strickte Wollpullover, er knüpfte Kopfteile für seine Hummerfallen, und zwischen ihnen stand eine Flasche Rum auf dem Boden, aus der sie beide tranken. Wenn Mrs. Pommeroy schon eine Weile davon getrunken hatte, hob sie gerne die Beine hoch, drückte die Füße gegen ihren Mann und sagte: »Ich steh auf dich.«

»Nicht, Wanda«, sagte er kategorisch, ohne sie anzusehen, aber er lächelte dabei.

Sie drückte weiter die Füße gegen ihn.

»Ich steh auf dich«, sagte sie dann. »Ich steh auf dich.«

»Bitte, Wanda. Nicht.« (Er nannte sie Wanda, obwohl sie eigentlich Rhonda hieß. Mit diesem Scherz spielte er auf ihren Sohn Robin an, der – zusätzlich dazu, dass er entsprechend dem örtlichen Dialekt das *r* am Ende eines Wortes wegließ – kein Wort aussprechen konnte, das mit *r* anfing. Robin konnte über Jahre seinen eigenen Namen nicht sagen, und genauso wenig den Namen seiner Mutter. Darüber hinaus machte ihn lange Zeit jedermann auf Fort Niles nach. Auf der gesamten Insel hörte man die großen, starken Fischer klagen, dass ihr *Wuder* kaputt sei oder sie ein neues *Wadio* brauchten. Und die großen, starken Frauen fragten, ob sie sich einen *Wechen* ausleihen durften.)

Ira Pommeroy liebte seine Frau sehr, was für alle leicht nachzuvollziehen war, denn Rhonda Pommeroy war eine wahre Schönheit. Sie trug lange Röcke, die sie beim Gehen ein Stück anhob, als würde sie in Gedanken schick gekleidet durch Atlanta spazieren. Ihr Gesicht verriet immer Erstaunen und Freude. Wenn jemand den Raum auch nur für einen Augenblick verließ, hob sie die Brauen und fragte charmant: »Ja, wo *warst* du denn?«, wenn der- oder diejenige wieder zurückkehrte. Schließlich war sie jung, trotz ihrer sieben Söhne, und sie trug die Haare lang wie ein junges Mädchen. Sie schlang sie sich um den ganzen Kopf und steckte sie zu einem ehrgeizigen, glänzenden Turm hoch. Wie alle anderen auf Fort Niles hielt Ruth Thomas Mrs. Pommeroy für eine große Schönheit. Sie betete sie an. Ruth spielte oft, sie wäre Mrs. Pommeroy.

Als Mädchen wurden Ruth die Haare kurz geschnitten wie einem Jungen. Wenn sie Mrs. Pommeroy spielte, trug sie deshalb ein Handtuch um den Kopf, wie es manche Frauen nach dem

Baden tun, aber ihres stand für Mrs. Pommeroys berühmten glänzenden Haarturm. Ruth engagierte Robin Pommeroy, den jüngsten Sohn, als Mr. Pommeroy. Robin ließ sich leicht herumkommandieren. Außerdem gefiel ihm das Spiel. Wenn Robin Mr. Pommeroy war, machte er den gleichen Schmollmund wie sein Vater, stemmte die Hände in die Hüften und stapfte um Ruth herum. Er konnte fluchen und finster blicken, und er genoss die Autorität, die ihm das Spiel verlieh.

Ruth Thomas und Robin Pommeroy spielten ständig Mr. und Mrs. Pommeroy; sie beschäftigten sich mit nichts anderem mehr. Sie spielten es in ihrer Kindheit stunden- und wochenlang. Sie spielten es draußen im Wald, und das beinahe jeden Tag während des Sommers, in dem Ruth bei den Pommeroys wohnte. Der Auftakt war immer eine Schwangerschaft. Ruth steckte sich einen Stein in die Hosentasche, der für einen der sieben noch ungeborenen Pommeroy-Brüder stehen sollte. Robin kniff die Lippen zusammen und hielt Ruth Vorträge über Babypflege.

»Jetzt hör mir zu«, sagte Robin, die Fäuste in den Hüften. »Wenn das Baby geboren wird, hat es keine Zähne. Hast du verstanden? Es kann nichts Festes essen, so wie wir. Wanda! Du musst dem Baby Saft geben!«

Ruth streichelte den Babystein in ihrer Tasche. Sie sagte: »Ich glaube, ich kriege das Baby gleich jetzt.«

Sie warf den Stein auf den Boden. Das Baby war geboren. So einfach war das.

»Sieh dir dieses Baby an!«, sagte Ruth. »Das ist ein Brummer.«

Jeden Tag bekam der erste Stein, der geboren wurde, den Namen Webster, weil er der Älteste war. Nachdem Webster seinen Namen bekommen hatte, suchte Robin noch einen Stein, der Conway darstellen sollte. Er gab ihn Ruth, die ihn in die Tasche steckte.

»Wanda! Was ist das?«, fragte Robin dann.

»Sieh dir das an«, antwortete Ruth. »Jetzt bekomme ich schon wieder eines von diesen gottverdammten Babys.«

Robin blickte finster drein. »Hör zu. Wenn dieses Baby geboren wird, sind seine Fußknochen zu weich für Schuhe. Wanda! Zieh diesem Baby bloß keine Schuhe an!«

»Dieses Baby nenne ich Kathleen«, sagte Ruth dann. (Sie wollte immer gerne noch ein Mädchen auf der Insel haben.)

»Auf gar keinen Fall«, protestierte Robin. »Das Baby wird auch ein Junge.«

So kam es auch. Sie nannten den Stein Conway und warfen ihn neben seinen großen Bruder Webster. Bald, sehr bald wuchs ein Haufen Söhne im Wald. Ruth Thomas gebar all diese Jungen, den ganzen Sommer über. Manchmal trat sie auf die Steine und sagte: »Ich steh auf dich, Fagan! Ich steh auf dich, John!« Jeden Tag gebar sie jeden dieser Jungen, während Robin, die Hände fest in die Hüften gestemmt, um sie herumstapfte, prahlte und Vorträge hielt. Und wenn am Ende des Spiels Robins Stein geboren wurde, sagte Ruth manchmal: »Dieses miese Baby werf ich weg. Es ist zu fett. Es kann nicht mal richtig sprechen.«

Dann holte Robin aus und haute Ruth das Handtuchhaar vom Kopf. Darauf schleuderte sie das Handtuch nach seinen Beinen, sodass er rote Streifen auf den Schienbeinen bekam. Manchmal schlug sie ihn mit der Faust in den Rücken, wenn er versuchte, wegzulaufen. Ruth konnte gut ausholen, wenn der langsame, dicke Robin das Ziel war. Das Handtuch wurde auf dem Boden nass. Es wurde schmutzig und unbrauchbar, deshalb ließen sie es im Wald liegen und holten sich am nächsten Tag ein neues. Bald stapelten sich die Handtücher im Wald. Mrs. Pommeroy konnte sich nie einen Reim darauf machen.

Wo sind denn nur diese Handtücher hin? Hey! Was ist nur mit meinen Handtüchern passiert?

Die Pommeroys wohnten in dem großen Haus eines toten Großonkels, der ein Verwandter von ihnen beiden gewesen war. Mr. und Mrs. Pommeroy waren bereits vor ihrer Heirat verwandt. Sie waren Cousin und Cousine, und beide hießen praktischerweise Pommeroy, bevor sie sich ineinander verliebten.

(»Wie die gottverdammten Roosevelts«, sagte Angus Addams.) Doch um fair zu sein, war das natürlich keine ungewöhnliche Situation auf Fort Niles. Es standen nicht mehr viele Familien zur Auswahl, und so gehörte jeder zur Verwandtschaft.

Der tote Pommeroy-Großonkel war deshalb ein gemeinsamer toter Großonkel. Er hatte ein großes Haus in der Nähe der Kirche gebaut. Das Geld dazu verdiente er mit einem Gemischtwarenladen, damals, noch vor dem ersten Hummerkrieg. Mr. und Mrs. Pommeroy hatten das Haus gemeinsam geerbt. Als Ruth neun Jahre alt war und den Sommer über bei den Pommeroys wohnte, versuchte Mrs. Pommeroy, sie im Schlafzimmer des toten Onkels einzuquartieren. Es lag unter einer Dachschräge und hatte ein Fenster, von dem aus man eine große Fichte sehen konnte. Der Boden bestand aus angenehmen breiten Holzdielen. Ein hübscher Raum für ein kleines Mädchen. Das einzige Problem war, dass sich der Großonkel in eben diesem Zimmer erschossen hatte, genau in den Mund, und die Tapete war noch gesprenkelt mit rostroten, stumpfen Blutflecken. Ruth Thomas weigerte sich kategorisch, in diesem Zimmer zu schlafen.

»Herrgott, Ruthie, der Mann ist doch tot und begraben«, sagte Mrs. Pommeroy. »Da ist nichts in dem Zimmer, was einem Angst machen könnte.«

»Nein«, sagte Ruth.

»Selbst wenn du einen Geist siehst, Ruthie, dann wäre es nur der Geist meines Onkels, und der würde dir nie wehtun. Er hatte alle Kinder gern.«

»Nein danke.«

»Das ist nicht einmal Blut auf der Tapete!«, log Mrs. Pommeroy. »Es ist ein Pilz. Das kommt von der Feuchtigkeit.«

Mrs. Pommeroy erzählte Ruth, sie habe manchmal den gleichen Pilz an ihrer Schlafzimmertapete, und sie schlafe wunderbar. Sie sagte, sie schlafe jede Nacht wie ein kleines Baby, das ganze Jahr über. In dem Fall, so verkündete Ruth, wolle sie in Mrs. Pommeroys Schlafzimmer schlafen. Und am Ende tat sie genau das.

Ruth schlief auf dem Boden neben dem Bett von Mr. und Mrs. Pommeroy. Sie hatte ein großes Kissen und eine Art Matratze aus stark riechenden Wolldecken. Wenn die Pommeroys irgendwelchen Lärm machten, hörte Ruth zu, und sie hörte zu, wenn sie sich kichernd liebten. Sie hörte auch, wenn sie in ihrem alkoholgeschwängerten Schlaf schnarchten. Wenn Mr. Pommeroy jeden Morgen um vier Uhr aufstand, um nach dem Wind zu sehen und das Haus zum Hummerfang zu verlassen, hörte Ruth Thomas, wie er sich bewegte. Sie hielt die Augen geschlossen und lauschte seinen morgendlichen Verrichtungen.

Mr. Pommeroy hatte einen Terrier, der ihm überallhin folgte, sogar jeden Morgen um vier Uhr früh in die Küche, und die Krallen des Hundes klackten gleichmäßig auf dem Küchenboden. Mr. Pommeroy sprach leise mit dem Hund, während er sich sein Frühstück zubereitete.

»Geh wieder schlafen, Hund«, sagte er. »Willst du nicht wieder schlafen gehen? Willst du dich nicht ausruhen, Hund?«

An manchen Morgen sagte Mr. Pommeroy: »Läufst du mir hinterher, damit du lernst, mir Kaffee zu kochen, Hund? Willst du lernen, mir mein Frühstück zu machen?«

Eine Weile gab es auch eine Katze im Hause Pommeroy. Es war eine riesige Hafenkatze, die zu den Pommeroys gezogen war, weil sie den Terrier und die sieben Pommeroys so sehr hasste, dass sie die ganze Zeit über in ihrer Nähe sein wollte. Die Katze kratzte dem Terrier bei einem Kampf das Auge aus, und die Augenhöhle verwandelte sich in ein stinkendes, infektiöses Loch. Deshalb steckte Conway die Katze in eine Hummerkiste, ließ die Kiste auf den Wellen schwimmen und schoss mit dem Gewehr seines Vaters darauf. Danach schlief der Terrier jede Nacht auf dem Boden neben Ruth Thomas, mit seinem ekelhaften, stinkenden Auge.

Ruth schlief gerne auf dem Boden, aber sie hatte seltsame Träume. Sie träumte, dass der Geist des toten Großonkels der Pommeroys sie in die Küche der Pommeroys jagte, wo sie nach Messern suchte, um ihn zu erstechen, aber außer Schneebesen und Kochlöffeln nichts zu ihrer Verteidigung fand. Sie träumte auch, dass es im Garten der Pommeroys in Strömen goss und die Jungs miteinander rangen. Sie musste mit einem kleinen Regenschirm um sie herumgehen, erst den einen Jungen vor dem Regen schützen, dann einen anderen, dann wieder einen anderen. Alle sieben Pommeroys kämpften in einem einzigen Wirrwarr um sie herum.

Morgens, nachdem Mr. Pommeroy das Haus verlassen hatte, schlief Ruth wieder ein und wachte ein paar Stunden später auf, wenn die Sonne höher stand. Dann krabbelte sie zu Mrs. Pommeroy ins Bett. Mrs. Pommeroy wachte auf, kitzelte Ruth am Hals und erzählte Ruth Geschichten über alle Hunde, die ihr Vater je besessen hatte, früher, als Mrs. Pommeroy noch ein kleines Mädchen war, genau wie Ruth.

»Da waren Beadie, Brownie, Cassie, Prince, Tally, Whippet …«, zählte Mrs. Pommeroy auf. Ruth lernte die Namen aller längst verschiedenen Hunde und konnte sogar darüber abgefragt werden.

Ruth Thomas lebte drei Monate lang bei den Pommeroys, dann kehrte ihr Vater ohne ihre Mutter auf die Insel zurück. Für die Komplikationen hatte man eine Lösung gefunden. Mr. Thomas hatte Ruths Mutter in einer Stadt namens Concord, New Hampshire, zurückgelassen, wo sie für unbestimmte Zeit bleiben sollte. Ruth sagte man klipp und klar, dass ihre Mutter überhaupt nicht nach Hause zurückkehren würde. Ruths Vater holte Ruth von den Pommeroys nach nebenan, wo sie wieder in ihrem eigenen Zimmer schlafen konnte. Ruth nahm mit ihrem Vater ihr ruhiges Leben wieder auf und stellte fest, dass sie ihre Mutter nicht sehr vermisste. Was sie aber sehr vermisste, war, auf dem Boden neben dem Bett von Mr. und Mrs. Pommeroy zu schlafen.

Dann ertrank Mr. Pommeroy.

Alle Männer behaupteten, Ira Pommeroy sei ertrunken, weil er alleine fischte und auf seinem Boot trank. An manche seiner

Leinen hatte er Rumflaschen gebunden, die zwanzig Faden tief im kühlen Wasser baumelten, auf halbem Weg zwischen den oben schwimmenden Bojen und den Hummerfallen am Grund. Jeder tat das gelegentlich. Mr. Pommeroy hatte die Methode nicht direkt erfunden, aber er hatte sie beträchtlich verfeinert, und man war sich einig darüber, dass er ertrunken war, weil er sie zu sehr verfeinert hatte. Er trank einfach zu viel an einem Tag, an dem der Seegang zu hoch und das Deck zu rutschig war. Wahrscheinlich ging er über Bord, bevor er es überhaupt merkte, er verlor bei einer hohen Woge den Halt, während er eine Falle nach oben zog. Und er konnte nicht schwimmen. Schwimmen allein hätte Mr. Pommeroy allerdings nicht viel geholfen. In den hohen Stiefeln, dem langen Ölzeug, den schweren Handschuhen und in dem heimtückischen, kalten Wasser wäre er schnell untergegangen. Zumindest hatte er es schnell hinter sich. Schwimmen allein verlängert manchmal nur das Sterben.

Angus Addams fand drei Tage später die Leiche beim Fischen. Mr. Pommeroys Leiche war fest in Angus' Leinen eingewickelt, wie ein aufgequollener Pökelschinken. Ein Körper kann treiben, und rund um Fort Niles gab es überall Taue im Wasser, in denen sich treibende Leichen verfangen konnten. Mr. Pommeroys Abtrieb endete in Angus' Territorium, ausgerechnet dort. Die Seemöwen hatten Mr. Pommeroy bereits die Augen ausgefressen.

Angus Addams hatte eine Leine hochgezogen, um einen seiner Körbe zu leeren, und damit hatte er auch die Leiche hinaufgezogen. Angus besaß ein kleines Boot, auf dem nicht viel Platz für eine weitere Person an Bord war, tot oder lebendig, und so warf er den toten Mr. Pommeroy in die Box auf die lebenden, munteren Hummer, die er an diesem Morgen gefangen und denen er die Scheren zusammengebunden hatte, damit sie einander nicht in Stücke rissen. Wie Mr. Pommeroy fischte auch Angus alleine. Zu diesem Zeitpunkt seiner Laufbahn hatte Angus keinen Steuermann als Hilfe. Zu diesem Zeitpunkt hatte er noch keine Lust, seinen Fang mit einem jugendlichen Helfer zu teilen. Er besaß nicht einmal ein Funkgerät, was für einen Hummerfänger ungewöhnlich war, aber Angus mochte es nicht, wenn man ihn anschwatzte. Angus hatte an diesem Tag Dutzende Körbe einzuholen. Er holte immer alle Fallen ein, egal, wie hoch der Ertrag war. Und deshalb machte Angus trotz der Leiche, die er geborgen hatte, weiter und zog seine restlichen Leinen hoch, was mehrere Stunden dauerte. Er maß vorschriftsmäßig jeden Hummer, warf die kleinen zurück, behielt diejenigen, die die gesetzliche Mindestgröße erreicht hatten, und band die Scheren sicher zusammen. Er warf alle Hummer auf den Körper des Ertrunkenen in die Kühlbox, wo sie vor der Sonne geschützt waren.

Nachmittags gegen drei Uhr dreißig machte er sich auf den Rückweg nach Fort Niles. Er ging vor Anker. Er warf Mr. Pommeroys Körper in sein Ruderboot, wo er nicht mehr im Weg war, zählte den Fang in Kisten, füllte seine Ködereimer für den nächsten Tag, spritzte das Deck ab, hängte sein Ölzeug auf. Als er mit diesen Arbeiten fertig war, gesellte er sich zu Mr. Pommeroy in das Ruderboot und fuhr Richtung Pier. Er machte sein Ruderboot an der Leiter fest und kletterte hinauf. Dann erzählte er jedem genau, wen er an diesem Morgen in seinen Fischgründen gefunden hatte, so tot wie ein jeder Idiot.

»Ich hab ihn über die Weling gezogen«, sagte Angus Addams grimmig.

Zufälligerweise waren Webster und Conway und John und Fagan und Timothy und Chester Pommeroy gerade am Hafen, als Angus Addams die Leiche ablud. Sie hatten an diesem Nachmittag dort gespielt. Sie sahen den Körper ihres Vaters auf dem Pier liegen, aufgequollen und augenlos. Webster, der Älteste, sah ihn als Erster. Er stotterte und schnappte nach Luft, und dann sahen ihn auch die anderen Jungen. Wie angsterfüllte Soldaten bildeten sie eine seltsame Formation und rannten alle zusammen nach Hause. Sie rannten vom Hafen hinauf, liefen schnell und weinend durch die Straßen, vorbei an der baufälligen alten Kirche zu ihrem Haus, wo ihre Nachbarin Ruth Thomas auf der

Treppe mit ihrem kleinsten Bruder Robin stritt. Die Pommeroys zogen Ruth und Robin mit in ihrem Lauf, und zu acht drängten sie gleichzeitig in die Küche und rannten Mrs. Pommeroy um.

Mrs. Pommeroy hatte mit dieser Nachricht gerechnet, seit drei Nächte zuvor das Boot ihres Mannes gefunden worden war, weitab vom Kurs, ohne dass ihr Mann irgendwo in der Nähe gewesen wäre. Sie wusste bereits, dass ihr Mann tot war, und sie hatte angenommen, seine Leiche würde nie gefunden werden. Doch jetzt, als ihre Söhne und Ruth Thomas mit entsetztem Gesichtsausdruck in die Küche stürzten, wusste Mrs. Pommeroy, dass man die Leiche gefunden hatte. Und dass ihre Söhne sie gesehen hatten.

Die Jungen drängten sich um Mrs. Pommeroy und warfen sie zu Boden, als wären sie wilde, tapfere Soldaten und sie eine lebendige Granate. Sie lagen auf ihr und erstickten sie beinahe. Sie waren unfassbar traurig, und ihr Gewicht lastete schwer auf ihrer Mutter. Auch Ruth Thomas war umgerissen worden und lag verwirrt auf dem Küchenboden. Robin Pommeroy, der immer noch nicht verstand, umrundete den Haufen aus seinen schluchzenden Brüdern und seiner Mutter und stammelte: »Was? Was?«

Was war ein Wort, das Robin im Gegensatz zu seinem eigenen Namen sehr leicht aussprechen konnte, und so wiederholte er es.

»Was? Was? Webster, was?«, sagte er, und er muss völlig ratlos gewesen sein angesichts dieses erbärmlichen Knotens aus Jungen und seiner Mutter, die so leise darunter lag. Er war viel zu klein für so eine Botschaft. Mrs. Pommeroy lag still wie eine Nonne auf dem Boden, umhüllt von ihren Söhnen wie von einem Umhang. Als sie sich hochkämpfte, um aufzustehen, zog sie ihre Jungen mit, die an ihr klebten. Sie pflückte die Kinder von ihren langen Röcken ab wie Dornenzweige oder Käfer. Doch immer wenn ein Junge auf den Boden fiel, krabbelte er wieder zu ihr zurück. Alle waren hysterisch. Trotzdem stand sie schweigend da und pflückte sie ab.

»Webster, was?«, sagte Robin. »Was, was?«

»Ruthie«, sagte Mrs. Pommeroy, »geh nach Hause. Sag's deinem Vater.«

Ihre Stimme mit diesem Akzent klang hinreißend traurig und schön. Ruth fand, das war der schönste Satz, den sie je gehört hatte.

Senator Simon Addams baute den Sarg für Mr. Pommeroy, aber er ging nicht zur Beerdigung, weil er eine Todesangst vor dem Meer hatte und nie zur Beerdigung eines Ertrunkenen ging. Es war ein unerträglicher Schrecken für ihn, ganz egal, wer der Tote war. Er musste fernbleiben. Stattdessen baute er Mr. Pommeroy einen Sarg aus sauberem, weißem Fichtenholz, den er abschmirgelte und mit Öl einließ. Ein hübscher Sarg.

Es war die erste Beerdigung, bei der Ruth Thomas dabei war, und für eine erste Beerdigung war sie schön. Mrs. Pommeroy erwies sich bereits als außergewöhnliche Witwe. Am Morgen schrubbte sie Webster, Conway, John, Fagan, Timothy, Chester und Robin den Hals und die Fingernägel. Sie glättete ihnen die Haare mit einem tollen Schildpattkamm, den sie in ein Glas mit kaltem Wasser tauchte. Ruth war bei ihnen. Sie wich Mrs. Pommeroy sowieso kaum von der Seite, und ganz gewiss nicht an einem wichtigen Tag wie diesem. Sie nahm ihren Platz am Ende der Reihe ein und ließ sich die Haare mit Wasser kämmen. Sie ließ sich die Nägel reinigen und den Hals mit Bürsten schrubben. Mrs. Pommeroy machte Ruth als Letzte sauber, als wäre das Mädchen der allerletzte Sohn. Ruths Kopfhaut wurde ganz heiß und straff vom Kämmen. Ruths Nägel glänzten wie Münzen. Die sieben Pommeroys standen still, bis auf Webster, den ältesten, der sich nervös mit den Fingern auf die Schenkel klopfte. Ihrer Mutter zuliebe benahmen sich die Jungen an diesem Tag sehr gut.

Danach stellte Mrs. Pommeroy etwas Fantastisches mit ihren eigenen Haaren an, als sie am Küchentisch vor dem Spiegel ihrer Schlafzimmerkommode saß. Sie flocht einen komplizierten

Zopf und steckte ihn sich um den Kopf mit Haarnadeln fest. Sie ölte sich die Haare mit einem außergewöhnlichen Mittel ein, bis es so prachtvoll wie Granit glänzte. Sie drapierte sich einen schwarzen Schal um den Hals. Ruth Thomas und die sieben Pommeroys sahen ihr alle zu. Sie strahlte einen tiefen Ernst aus, wie es sich für eine ehrwürdige Witwe geziemte. Sie besaß ein wirkliches Talent dafür. Sie sah sensationell traurig aus. Man hätte sie an diesem Tag fotografieren sollen. Sie war einfach wunderschön.

Fort Niles Island musste mehr als eine Woche warten, bis die Beerdigung abgehalten werden konnte, denn so lange brauchte der Pfarrer, um auf der *New Hope*, dem Missionsschiff, herüberzukommen. Auf Fort Niles gab es keine feste Pfarrei mehr, ebenso wenig wie auf Courne Haven. Auf beiden Inseln verfielen die Kirchen, weil sie nicht benutzt wurden. 1967 war weder auf Fort Niles noch auf Courne Haven die Bevölkerungszahl groß genug, um eine feste Kirche zu unterhalten (es gab auf den beiden Inseln nur knapp über hundert Einwohner). Deshalb teilten sich die Bürger einen Pfarrer mit einem Dutzend anderer abgelegener Inseln an der ganzen Küste von Maine, die in einer ähnlichen Lage waren. Die *New Hope* war eine schwimmende Kirche, die permanent zwischen den verschiedenen fernen Gemeinden im Meer hin und her fuhr und sich nur kurz und zu bestimmten Zwecken dort aufhielt. Die *New Hope* blieb lediglich lange genug im Hafen, um zu taufen, zu verheiraten oder zu beerdigen, je nachdem, was verlangt war. Dann fuhr sie wieder weiter. Das Boot brachte auch Spenden und Bücher und manchmal sogar die Post. Die *New Hope*, Baujahr 1915, hatte während ihrer wohltätigen Amtszeit mehrere Pfarrer befördert. Der derzeitige Pfarrer stammte aus Courne Haven Island, aber man traf ihn dort selten an. Seine Arbeit verschlug ihn manchmal bis nach Neuschottland, und bei so einem weit auseinandergezogenen Pfarrbezirk war es oft schwer, ihn schnell zu erreichen.

Der besagte Pfarrer war Toby Wishnell, aus der Wishnell-Familie auf Courne Haven Island. Jedermann auf Fort Niles Island kannte die Wishnells. Die Wishnells waren das, was man unter »hochklassigen« Hummerfängern verstand, und das bedeutet, dass sie unglaublich geschickt und zwangsläufig wohlhabend waren. Sie waren berühmte Hummerfänger, jedem anderen Fischer überlegen. Sie waren reiche, übernatürlich begabte Fischer, denen es sogar gelungen war, sich während der Hummerkriege (vergleichsweise) hervorzutun. Die Wishnells zogen immer große Mengen Hummer aus jeder Wassertiefe, zu jeder Jahreszeit, und deshalb hasste man sie überall. Andere Fischer konnten nicht fassen, wie viele Hummer die Wishnells für sich beanspruchten. Es schien, als hätten die Wishnells eine Sondervereinbarung mit Gott getroffen. Mehr noch, es schien, als hätten die Wishnells eine Sondervereinbarung mit Hummern als Spezies getroffen.

Unter Hummern galt es offenbar als Ehre und als Privileg, in eine Wishnell-Falle zu gehen. Sie kletterten meilenweit über die Körbe anderer Männer auf dem Meeresboden, nur um von einem Wishnell gefangen zu werden. Es hieß, ein Wishnell könne einen Hummer unter einem Stein im Blumengarten deiner Großmutter finden. Es hieß, ganze Hummerfamilien lebten in den Mauern der Wishnells, wie Nagetiere. Es hieß, die Söhne der Wishnells würden mit Fühlern, Scheren und Panzern geboren werden, die sie am Ende der Stillzeit abwürfen.

Das Glück, das die Wishnells beim Fischen hatten, war widerlich, unverschämt und ererbt. Wishnells hatten ein besonderes Talent, den Männern aus Fort Niles jegliches Selbstvertrauen zu nehmen. Wenn ein Fischer aus Fort Niles auf dem Festland war, um etwas in, sagen wir, Rockland zu erledigen, und dabei einen Wishnell auf der Bank oder an der Tankstelle traf, dann benahm er sich unweigerlich wie ein Idiot. Er verlor jedwede Selbstkontrolle und erniedrigte sich vor dem Wishnell. Er grinste und stammelte und gratulierte Mr. Wishnell zu seiner schönen neuen Frisur und seinem schönen neuen Auto. Er entschuldigte sich für seinen schmutzigen Overall. Wie ein Trottel würde er versuchen, Mr. Wishnell zu erklären, dass er an seinem Boot gearbeitet habe, dass diese dreckigen Lumpen nur seine Arbeitskleidung seien, dass er sie ganz bestimmt bald wegwerfen würde. Der Wishnell ging dann seiner Wege, und der Fischer aus Fort Niles verging den Rest der Woche vor Wut und Scham.

Die Wishnells waren große Innovatoren. Sie waren die ersten Fischer, die leichte Nylonseile statt der alten Hanfseile verwendeten, die man sorgfältig mit heißem Teer überziehen musste, damit sie im Meerwasser nicht verrotteten. Die Wishnells waren die ersten Fischer, die Fallen mit mechanischen Winschen hochzogen. Ja, sie waren die ersten Fischer, die motorisierte Boote benutzten. So war das mit den Wishnells. Sie waren immer die Ersten und immer die Besten. Angeblich kauften sie ihre Köder von Jesus Christus höchstpersönlich. Jede Woche machten sie Geschäfte mit ihrer gewaltigen Ausbeute an Hummern und lachten über ihr ekelhaftes Glück.

Pastor Toby Wishnell war der erste und einzige Mann in der Wishnell-Familie, der nicht fischte. Welch eine böse und wohlgezielte Beleidigung! Als ein Wishnell geboren zu werden – als Hummermagnet, als Hummer*magnat* – und dann dieses Geschenk einfach wegzuwerfen! Das Erbe dieser Dynastie einfach abzulehnen! Wer wäre denn so ein Idiot, das zu tun? Er, Toby Wishnell. Toby Wishnell hatte das alles für den Herrn aufgegeben, und das fand man drüben auf Fort Niles unerträglich und erbärmlich. Von allen Wishnells hassten die Männer aus Fort Niles Toby Wishnell am meisten. Er ärgerte sie maßlos. Und es gefiel ihnen überhaupt nicht, dass er ihr Pfarrer war. Sie wollten diesen Kerl nicht einmal in die Nähe ihrer Seelen lassen.

»Irgendwas ist an diesem Toby Wishnell, was er uns verschweigt«, sagte Ruth Thomas' Vater Stan.

»Der ist schwul, das ist es«, sagte Angus Addams. »Der ist stockschwul.«

»Er ist ein dreckiger Lügner. Und ein geborener Mistkerl«, sagte Stan Thomas. »Und vielleicht ist er auch schwul. Vielleicht ist er auch einfach nur schwul, was wissen wir schon.«

Der Tag, an dem der junge Pastor Tony Wishnell auf der *New Hope* ankam, um die Beerdigung des ertrunkenen, betrunkenen, aufgequollenen, augenlosen Mr. Pommeroy abzuhalten, war ein schöner Frühherbsttag. Der Himmel war blau, und ein kräftiger Wind wehte. Auch Toby Wishnell sah schön aus, eine elegante Gestalt in einem schmalen schwarzen Wollanzug. Zum Schutz gegen den schlammigen Boden steckten seine Hosen in schweren Fischergummistiefeln.

Pastor Toby Wishnells Gesicht hatte etwas übermäßig Feines an sich, etwas zu Hübsches um sein klar umrissenes Kinn. Er war geschliffen. Er war kultiviert. Und hinzu kam, er war auch noch blond. Irgendwann, um die Jahrhundertwende, mussten die Wishnells ein paar der schwedischen Mädchen geheiratet haben, die Töchter der Arbeiter der Ellis Granitgesellschaft, und das weiche blonde Haar war geblieben. Auf Fort Niles Island, wo fast alle blass und dunkel waren, gab es das nicht. Ein paar der Blondschöpfe auf Courne Haven waren recht hübsch, und die Insulaner waren ziemlich stolz darauf. Die Haarfarbe war so zu einem heimlichen Streitpunkt zwischen den beiden Inseln geworden. Auf Fort Niles ärgerte man sich über Blonde, wann immer man sie sah. Ein weiterer Grund, Pastor Toby Wishnell zu hassen.

Pastor Toby Wishnell bereitete Ira Pommeroy eine höchst elegante Beerdigung. Seine Manieren waren perfekt. Er geleitete Mrs. Pommeroy zum Friedhof und hielt ihren Arm. Er führte sie an den Rand des frisch ausgehobenen Grabs. Ruth Thomas' Onkel Len hatte dieses Grab während der letzten paar Tage selbst ausgehoben. Ruths Onkel Len, der immer knapp bei Kasse war, nahm jeden Job an. Len war rücksichtslos und scherte sich im Allgemeinen nie um etwas. Er hatte auch angeboten, die Leiche des ertrunkenen Mr. Pommeroy bei sich im Vorratskeller aufzubewahren, trotz der Proteste seiner Frau. Die Leiche wurde dick mit Steinsalz bestreut, damit sie nicht so stark roch. Len war das egal.

Ruth Thomas betrachtete Mrs. Pommeroy und Pastor Wishnell auf dem Weg zum Grab. Sie gingen in perfektem Gleichschritt, ihre Bewegungen waren so synchron wie bei Eisläufern. Es war ein hübsch anzusehendes Paar. Mrs. Pommeroy bemühte sich tapfer, nicht zu weinen. Sie hielt den Kopf anmutig nach hinten geneigt, als hätte sie Nasenbluten.

Pastor Toby Wishnell hielt seine Grabrede. Er drückte sich sorgfältig aus, und man merkte, dass er gebildet war.

»Gedenken wir des tapferen Fischers«, begann er, »und der Gefahren, denen er auf dem Meer ausgesetzt war ...«

Die Fischer hörten zu, ohne mit der Wimper zu zucken, und betrachteten ihre Fischerstiefel. Die sieben Pommeroys standen in absteigender Linie neben ihrer Mutter, so starr, als wären sie auf dem Boden festgenagelt worden. Nur Webster nicht, der verlagerte das Gewicht von einem Fuß auf den anderen, als würde er gleich losrennen. Webster konnte nicht mehr still stehen, seit er die Leiche seines Vaters auf dem Pier hatte liegen sehen. Seither hampelte er nur nervös herum. Irgendetwas war an diesem Nachmittag mit Webster passiert. Er war zappelig und schreckhaft geworden, und sein Verhalten normalisierte sich nicht. Was Mrs. Pommeroy betraf, so störte einzig ihre Schönheit die andächtige Stille, die sie umgab.

Pastor Wishnell erinnerte an Mr. Pommeroys Geschicklichkeit auf dem Meer und an seine Liebe zu Booten und Kindern. Pastor Wishnell bedauerte, dass einem so erfahrenen Seemann ein solches Unglück zustoßen musste. Pastor Wishnell empfahl den versammelten Nachbarn und Angehörigen, möglichst nicht über Gottes Motive zu spekulieren.

Es gab nicht viele Tränen. Webster Pommeroy weinte, Ruth Thomas weinte, und Mrs. Pommeroy fasste sich immer wieder an die Augenwinkel, aber das war alles. Die Männer der Insel waren still und respektvoll, aber ihre Gesichter verrieten keine persönliche Anteilnahme. Die Ehefrauen und Mütter der Insel wechselten ständig die Plätze, betrachteten das Grab und betrachteten Mrs. Pommeroy, sie betrachteten Toby Wishnell und schließlich betrachteten sie ganz unverhohlen ihre eigenen Ehemänner und Söhne. Es war eine Tragödie, das dachten sie sicher. Es ist hart, einen Mann zu verlieren. Schmerzvoll. Ungerecht. Und doch dachte wahrscheinlich jede dieser Frauen zwischen all diesen teilnahmsvollen Gedanken: Wenigstens war es nicht mein Mann. Sie waren geradezu erleichtert. Wie viele Männer konnten denn in einem Jahr ertrinken? Es kam selten vor, dass jemand ertrank. In so einer kleinen Gemeinschaft kam es so gut wie nie vor, dass zwei Menschen in einem Jahr ertranken. Die Tatsache, dass Mr. Pommeroy ertrunken war, legte den abergläubischen Gedanken nahe, dass die anderen Männer nun immun dagegen seien. Ihre Ehemänner würden einige Zeit sicher sein. Und sie würden dieses Jahr keinen ihrer Söhne verlieren.

Pastor Toby Wishnell bat die Versammelten, daran zu denken, dass auch Christus ein Fischer war und dass Christus versprochen hatte, Mr. Pommeroy mit Heerscharen trompetender Engel zu empfangen. Er bat die Versammelten als Gemeinde Gottes, die spirituelle Erziehung und Führung von Mr. Pommeroys sieben jungen Söhnen nicht zu vernachlässigen. Nun, da sie ihren irdischen Vater verloren hatten, so erinnerte er die Anwesenden, war es umso dringlicher, dass die sieben Pommeroys nicht auch noch ihren himmlischen Vater verloren. Ihre Seelen lagen in der Obhut dieser Gemeinde, und der Herr würde sicherlich jeglichen Glaubensverlust der jungen Pommeroys der Gemeinde anlasten, wofür er sein Volk entsprechend bestrafen würde.

Pastor Wishnell bat die Versammelten, das Zeugnis des hl. Matthäus als Warnung anzusehen. Er las aus seiner Bibel vor: »Wenn aber jemand einem dieser Kleinen, die an mich glauben, Anlass zur Sünde gibt, für den wäre es besser, dass ein Mühlstein an seinen Hals gehängt und er in die Tiefe des Meeres versenkt würde.«

Hinter Pastor Wishnell lag das Meer, und der Hafen von Fort Niles glitzerte in dem harten Nachmittagslicht. Die *New Hope*, das Missionsschiff, ankerte inmitten der gedrungenen Fischerboote. Es glänzte auffallend und sah im Vergleich rank und schlank aus. All das sah Ruth Thomas von ihrem Platz aus, am Abhang eines Hügels, neben Mr. Pommeroys Grab. Bis auf Senator Simon Addams war jeder auf der Insel zur Beerdigung gekommen. Alle waren da, in Ruths Nähe. Nur unten am Dock von Fort Niles stand ein unbekannter, großer blonder Junge. Er war jung, aber er war größer als die sieben Pommeroys. Sogar über die beträchtliche Entfernung hinweg sah Ruth, wie groß er war. Er hatte einen großen Kopf, der in etwa die Form einer Farbdose hatte, und er hatte lange, dicke Arme. Der Junge stand völlig reglos da, den Rücken zur Insel gewandt. Er blickte hinaus aufs Meer.

Ruth Thomas interessierte sich so sehr für den fremden Jungen, dass sie aufhörte, über Mr. Pommeroys Tod zu weinen. Sie beobachtete den fremden Jungen während der ganzen Begräbniszeremonie, und er bewegte sich nie. Die ganze Zeit über blickte er auf das Wasser. Die Arme ließ er hängen. Still und ruhig stand er da. Erst lange nach der Beerdigung, als Pastor Wishnell zum Pier hinunterging, bewegte sich der Junge. Ohne mit dem Pastor zu sprechen, kletterte der große blonde Junge die Leiter hinunter und ruderte Pastor Wishnell zurück zur *New Hope*. Ruth widmete ihm ihre ganze Aufmerksamkeit.

Doch all das geschah nach der Beerdigung. In der Zwischenzeit ging die Zeremonie reibungslos vorüber. Am Ende wurde Mr. Pommeroy, der still in seiner langen Fichtenkiste lag, in der Erde versenkt. Die Männer warfen Erdklumpen auf ihn, die Frauen Blumen. Webster Pommeroy zappelte herum, lief auf der Stelle und sah aus, als würde er jeden Moment losrennen. Mrs. Pommeroy verlor nun doch die Fassung und weinte hübsch. Ruth Thomas sah mit einigem Ärger zu, wie der ertrunkene Ehemann der ihr liebsten Person auf der ganzen Welt begraben wurde.

Ruth dachte: Herrgott! Warum ist er nicht einfach geschwommen?

Senator Simon Addams brachte Mrs. Pommeroys Söhnen an diesem Abend in einer schützenden Baumwolltasche ein Buch. Mrs. Pommeroy machte Abendessen für ihre Jungen. Sie trug immer noch ihr schwarzes Beerdigungskleid, das aus einem für die Jahreszeit zu dicken Stoff genäht war. Sie schrubbte die Wurzelhaare und die raue Haut von einem Eimer Karotten aus ihrem Garten. Der Senator brachte ihr auch eine kleine Flasche Rum, doch sie meinte, sie würde davon nichts trinken, dankte ihm aber trotzdem.

»Das habe ich noch nie erlebt, dass du ein Glas Rum ausschlägst«, sagte Senator Simon Addams.

»Das Trinken macht mir überhaupt keinen Spaß mehr, Senator. Du wirst mich nicht mehr trinken sehen.«

»Hat dir denn das Trinken früher Spaß gemacht?«, fragte der Senator. »Hat es dir je Spaß gemacht?«

»Ach …«, seufzte Mrs. Pommeroy und lächelte traurig. »Was ist in dem Sack?«

»Ein Geschenk für deine Jungs.«

»Isst du mit uns zu Abend?«

»Gerne. Vielen Dank.«

»Ruthie!«, sagte Mrs. Pommeroy, »bring dem Senator ein Glas für seinen Rum.«

Aber die junge Ruth Thomas hatte das bereits getan, und sie hatte ihm auch ein Stück Eis gebracht. Senator Simon rieb Ruth den Kopf mit seiner großen, weichen Hand.

»Mach die Augen zu, Ruthie«, befahl er ihr. »Ich habe ein Geschenk für dich.«

Ruth schloss gehorsam die Augen, wie sie es stets getan hatte, seit sie ein ganz kleines Mädchen war, und er küsste sie auf die Stirn. Er gab ihr immer einen dicken Schmatz als Geschenk. Sie öffnete die Augen und lächelte ihn an. Er liebte sie.

Jetzt legte der Senator die Fingerspitzen seiner Zeigefinger aneinander. »Okay, Ruthie. Aus eins mach zwei.«

Ruth machte mit den Fingern der rechten Hand eine Schere und schnitt durch seine Finger.

»Und ich bin frei!«, rief er und kitzelte sie zwischen den Rippen. Ruth war zu alt für dieses Spiel, aber der Senator liebte es. Er lachte und lachte. Sie lächelte nachsichtig. Manchmal führten sie dieses kleine Ritual vier Mal am Tag durch.

Ruth Thomas aß an diesem Abend mit den Pommeroys zu Abend, obwohl es der Tag des Begräbnisses war. Ruth aß fast immer bei ihnen. Es war schöner dort, denn Ruths Vater kochte nicht gerne warme Mahlzeiten. Auch wenn er sonst einigermaßen sorgfältig und anständig war – sehr häuslich war er nicht. Er hatte nichts gegen kalte Sandwiches zum Abendessen einzuwenden. Er hatte auch nichts dagegen, Ruths Rocksäume mit Heftklammern zu flicken. Er führte sogar den Haushalt auf seine Art, und zwar seit Ruths Mutter weggegangen war. Niemand musste Hunger leiden oder erfrieren oder ohne Pulli hinausgehen, aber es war nicht gerade ein gemütliches Heim. Deshalb verbrachte Ruth die meiste Zeit bei den Pommeroys, wo es viel wärmer und ungezwungener zuging. Mrs. Pommeroy hatte an diesem Abend auch Stan Thomas zum Essen eingeladen, aber er war zu Hause geblieben. Er war der Meinung, ein Mann sollte sich von einer Frau, deren Mann gerade beerdigt worden war, nicht zum Abendessen einladen lassen.

Die sieben Pommeroys saßen mit Leichenbittermienen am Esstisch. Cookie, der Hund des Senators, schlief hinter dem Stuhl des Senators. Der namenlose, einäugige Hund der Pommeroys, der ins Badezimmer gesperrt wurde, solange der Senator zu Besuch war, heulte und bellte wütend angesichts der Tatsache, dass sich ein anderer Hund in seinem Heim befand. Aber Cookie merkte es nicht. Cookie war todmüde. Cookie folgte manchmal den Hummerkuttern hinaus, sogar bei rauem Wetter, und jedes Mal ertrank sie beinahe dabei. Es war schrecklich. Die Töle war erst ein Jahr alt, und sie war so verrückt zu glauben, sie könne gegen den Ozean anschwimmen. Einmal war Cookie von der Strömung erfasst und beinahe bis Courne Haven Island abgetrieben worden, aber zufällig kam das Postboot vorbei und brachte sie halb tot zurück. Es war schrecklich, wenn sie den

Booten bellend hinterherschwamm. Senator Simon Addams wagte sich so nahe er sich traute an den Pier vor und bat Cookie zurückzukommen. Er bettelte und bettelte! Der junge Hund schwamm in kleinen Kreisen immer weiter nach draußen und nieste die Gischt der Außenbordmotoren weg. Die Steuermänner in den verfolgten Booten bewarfen Cookie mit Heringsköder und riefen: »Hau ab hier!«

Natürlich folgte der Senator niemals seinem Hund. Nicht Senator Simon, der das Wasser ebenso sehr fürchtete, wie sein Hund davon inspiriert wurde. »Cookie!«, rief er. »Bitte komm zurück, Cookie! Komm zurück, Cookie! Komm jetzt zurück, Cookie!«

Man konnte es kaum mit ansehen, und Cookie machte das, seit sie ein Welpe war. Cookie jagte fast jeden Tag Boote, und Cookie war jeden Abend müde. Dieser Abend bildete keine Ausnahme. So schlief Cookie während des Essens erschöpft hinter dem Stuhl des Senators. Am Ende von Mrs. Pommeroys Abendessen piekste Senator Simon das letzte Stückchen Schweinefleisch mit den Zinken seiner Gabel auf und wedelte mit der Gabel hinter sich. Das Schweinefleisch fiel auf den Boden. Cookie wachte auf, kaute das Fleisch bedächtig und schlief wieder ein.

Dann zog der Senator das Buch aus der Baumwolltasche, das er als Geschenk für die Jungen mitgebracht hatte. Es war ein enormes Buch, schwer wie eine Schieferplatte.

»Für deine Jungs«, erklärte er Mrs. Pommeroy.

Sie sah es sich an und reichte es Chester. Chester sah es sich an. Ruth Thomas dachte: Ein Buch für diese Jungen? Jemand wie Chester musste einem einfach Leid tun, der so ein dickes Buch in der Hand hielt und es völlig verständnislos anstarrte.

»Weißt du«, erklärte Ruth Thomas Senator Simon, »sie können nicht lesen.«

Dann sagte sie zu Chester: »Tut mir Leid!«, denn sie fand es nicht richtig, so etwas am Tag der Beerdigung des Vaters eines Jungen zur Sprache zu bringen, aber sie war sich nicht ganz sicher, ob der Senator wusste, dass die sieben Pommeroys nicht lesen konnten. Sie wusste nicht, ob er von ihrem Problem gehört hatte.

Senator Simon nahm Chester das Buch wieder ab. Es habe seinem Urgroßvater gehört, sagte er. Sein Urgroßvater hatte das Buch in Philadelphia gekauft, das einzige Mal in seinem ganzen Leben, dass der gute Mann je Fort Niles Island verlassen hatte. Der Einband des Buchs bestand aus dickem, hartem braunen Leder. Der Senator schlug das Buch auf und begann auf der ersten Seite zu lesen.

Er las: »Gewidmet dem König, den Marineministern, den Kapitänen und Offizieren der Königlichen Marine und der allgemeinen Öffentlichkeit. Dies ist die genaueste, eleganteste und perfekteste Ausgabe der gesamten Werke und Entdeckungen des gefeierten Weltumseglers Captain James Cook.«

Senator Simon hielt inne und sah jeden der Pommeroy-Jungen an. »Weltumsegler!«, rief er.

Jeder der Jungen erwiderte seinen Blick mit einem beträchtlichen Mangel an Ausdruck.

»Ein Weltumsegler, Jungs! Captain Cook ist um die ganze Welt gesegelt, Jungs! Möchtet ihr das eines Tages auch machen?«

Timothy Pommeroy stand vom Tisch auf, ging ins Wohnzimmer und legte sich auf den Boden. John nahm sich noch mehr von den Karotten. Webster saß da und trommelte nervös mit den Füßen auf die Küchenfliesen.

Mrs. Pommeroy sagte höflich: »Um die ganze Welt ist er gesegelt, ja, Senator?«

Der Senator las weiter: »Mit einer authentischen, unterhaltsamen, umfassenden und vollständigen Geschichte von Captain Cooks erster, zweiter und dritter Reise.«

Er lächelte Mrs. Pommeroy an. »Das ist ein großartiges Buch für Jungs. Der gute Captain wurde nämlich von Wilden umgebracht. Jungs lieben solche Geschichten. Jungs! Wenn ihr einmal Seeleute werden wollt, dann werdet ihr euch mit James Cook befassen!«

Zu dieser Zeit war nur einer der sieben Pommeroys eine Art Seemann. Conway arbeitete als Ersatzsteuermann für Mr. Duke Cobb, einen Fischer aus Fort Niles. Ein paar Tage die Woche verließ Conway das Haus um fünf Uhr morgens und kam spätnachmittags nach Hering stinkend zurück. Er zog Fallen hoch, band Scheren zu, füllte Köderbeutel und bekam zehn Prozent des Gewinns für seine Arbeit. Mr. Cobbs Frau packte Conway sein Mittagessen ein, was ein Teil seines Lohns war. Mr. Cobbs Boot entfernte sich wie alle Boote nie viel weiter als ein oder zwei Meilen von Fort Niles. Mr. Cobb war gewiss kein Weltumsegler. Und Conway, ein verdrießlicher und fauler Junge, entwickelte sich auch nicht gerade zu einem großen Weltumsegler.

Webster, der älteste Junge, war mit vierzehn der einzige andere Pommeroy, der alt genug war, um zu arbeiten, aber auf einem Boot war er zu nichts zu gebrauchen. Vor Seekrankheit wurde er fast blind, er starb vor Kopfschmerzen und kotzte sich hilflos von oben bis unten voll. Webster wollte gerne Farmer werden. Er hielt ein paar Hühner.

»Ich möchte dir etwas Lustiges zeigen«, sagte Senator Simon zu Chester, der ihm am nächsten saß. Er legte das Buch auf den Tisch und schlug es in der Mitte auf. Die riesige Seite war mit winzigem Text eng bedruckt. Die Buchstaben standen dicht zusammen und bildeten, dick und verblasst, ein kleines Muster wie auf einem alten Stück Stoff.

»Was siehst du hier? Sieh dir die Buchstaben an.«

Ein fürchterliches Schweigen herrschte, während Chester auf die Seite starrte.

»Es gibt nirgendwo ein *s*, nicht wahr, mein Sohn? Die Drucker haben stattdessen *f* benutzt, siehst du, mein Sohn? Das ist im ganzen Buch so. Es war damals völlig gewöhnlich. Aber für uns sieht es merkwürdig aus, nicht? Für uns sieht es aus, als hieße das Wort *reisen* vielmehr *reifen*. Für uns sieht es aus, als würde Captain Cook reifen statt zu reisen! Natürlich war er längst ein reifer Mann. Stell dir vor, Chester, dir würde jemand erzählen, du würdest eines Tages auf einem Boot *reifen*? Ha!«

»Ha!«, machte Chester entsprechend.

»Haben sie schon mit dir gesprochen, Rhonda?«, fragte Senator Simon Mrs. Pommeroy plötzlich und klappte das Buch zu, das wie eine schwere Tür zuschlug.

»Wer, Senator?«

»Die ganzen anderen Männer.«

»Nein.«

»Jungs«, sagte Senator Simon, »geht raus. Eure Mutter und ich müssen uns alleine unterhalten. Raus mit euch. Nehmt euer Buch. Geht raus und spielt.«

Die Jungen verließen schmollend den Raum. Die einen gingen nach oben, die anderen versammelten sich draußen. Chester trug das enorme, unpassende Geschenk von Captain James Cooks Weltumseglungen nach draußen. Ruth schlich sich unbemerkt unter den Küchentisch.

»Sie werden bald kommen, Rhonda«, sagte der Senator zu Mrs. Pommeroy, als das Zimmer leer war. »Die Männer werden bald kommen, um sich mit dir zu unterhalten.«

»Gut.«

»Ich wollte dich warnen. Weißt du, was sie dich fragen werden?«

»Nein.«

»Sie werden fragen, ob du vorhast, hier zu bleiben, auf der Insel. Sie werden wissen wollen, ob du bleibst oder ob du vorhast, aufs Festland zu ziehen.«

»Gut.«

»Es wäre ihnen wahrscheinlich lieber, wenn du gingst.«

Mrs. Pommeroy sagte nichts.

Auf ihrem Posten unter dem Tisch hörte Ruth ein Platschen. Bestimmt goss sich Senator Simon noch einen Schluck Rum auf das Eis in seinem Glas.

»Glaubst du denn, du wirst auf Fort Niles bleiben?«, fragte er.

»Ich denke, wir werden bleiben, Senator. Ich kenne niemanden auf dem Festland. Ich wüsste nicht, wo ich hin sollte.«

»Und ob du nun bleibst oder nicht, sie werden das Boot deines Mannes kaufen wollen. Und sie wollen in seinen Fanggründen fischen.«

»Gut.«

»Du solltest sowohl das Boot als auch die Fanggründe für die Jungen aufheben, Rhonda.«

»Ich weiß nicht, wie mir das gelingen sollte, Senator.«

»Ich auch nicht, um die Wahrheit zu sagen, Rhonda.«

»Die Kinder sind doch noch so jung. In diesem Alter kann man noch nicht fischen gehen, Senator.«

»Ich weiß, ich weiß. Ich weiß auch nicht, wie du es dir leisten könntest, das Boot zu behalten. Du wirst das Geld brauchen, und wenn die Männer es kaufen wollen, dann musst du verkaufen. Du kannst es ja nicht gut an Land liegen lassen und darauf warten, dass deine Jungen erwachsen werden. Und du kannst nicht jeden Tag dort rausfahren und die Männer von den Fischgründen der Pommeroys vertreiben.«

»Das ist richtig, Senator.«

»Und ich sehe auch nicht, dass die Männer dir das Boot oder die Fischgründe lassen. Weißt du, was sie dir sagen werden, Rhonda? Sie werden dir sagen, dass sie nur ein paar Jahre lang dort fischen wollen, damit nichts verkommt. Nur bis die Jungs groß genug sind, um es zu übernehmen. Aber da braucht ihr viel Glück, wenn ihr es zurückhaben wollt, Jungs! Ihr werdet es nie wiedersehen, Jungs!«

Mrs. Pommeroy lauschte seinen Worten gelassen.

»Timothy«, rief Senator Simon und wandte den Kopf zum Wohnzimmer, »möchtest du fischen? Willst du fischen, Chester? Wollt ihr Jungs einmal Hummerfänger werden, wenn ihr groß seid?«

»Du hast die Jungs rausgeschickt, Senator«, sagte Mrs. Pommeroy. »Sie können dich nicht hören.«

»Richtig, richtig. Aber wollen sie Fischer werden?«

»Natürlich wollen sie Fischer werden, Senator«, sagte Mrs. Pommeroy. »Was könnten sie denn sonst tun?«

»Zur Armee gehen.«

»Aber doch nicht für immer, Senator! Wer bleibt denn für immer in der Armee, Senator? Sie werden auf die Insel zurückkommen wollen, um zu fischen, wie alle Männer.«

»Sieben Jungs.« Senator Simon betrachtete seine Hände. »Die Männer werden sich fragen, wie es je genügend Hummer um diese Insel herum geben soll, dass sieben weitere Männer damit ihren Lebensunterhalt verdienen können. Wie alt ist Conway?«

Mrs. Pommeroy sagte dem Senator, dass Conway zwölf war.

»Ach, sie werden dir alles wegnehmen, ganz sicher. Es ist jammerschade, jammerschade. Sie werden die Pommeroy-Fischgründe nehmen und unter sich aufteilen. Sie werden das Boot und die Ausrüstung deines Mannes für ein Butterbrot kaufen, und all das Geld wird in einem Jahr weg sein, weil du deine Jungs satt kriegen musst. Sie werden die Fischgründe deines Mannes übernehmen, und deine Jungs werden bis aufs Messer kämpfen müssen, um sie wieder zurückzugewinnen. Es ist ein Jammer. Und Ruthies Vater bekommt wahrscheinlich das meiste davon. Er und mein habgieriger Bruder. Raffzahn Nummer eins und Raffzahn Nummer zwei.«

Ruth runzelte unter dem Tisch peinlich berührt die Stirn. Ihr Gesicht wurde heiß. Sie verstand das Gespräch nicht ganz, aber sie schämte sich plötzlich zutiefst für ihren Vater und für sich.

»Schade«, sagte der Senator. »Ich würde dir ja raten, darum zu kämpfen, Rhonda, aber ich weiß ehrlich nicht, wie du das schaffen sollst. Nicht ganz allein. Deine Jungs sind noch nicht alt genug, um um ein Fanggebiet zu kämpfen.«

»Ich will nicht, dass meine Jungs um irgendetwas kämpfen, Senator.«

»Dann solltest du ihnen besser etwas anderes beibringen, Rhonda. Du solltest ihnen besser etwas anderes beibringen.«

Die beiden Erwachsenen saßen eine Weile schweigend da. Ruth dämpfte ihren Atem. Dann sagte Mrs. Pommeroy: »Er war kein sehr guter Fischer, Senator.«

»Er hätte lieber erst in sechs Jahren sterben sollen, wenn die Jungen bereit dafür gewesen wären. Das hätte er tun sollen.«

»Senator!«

»Vielleicht wäre das auch nicht besser gewesen. Eigentlich konnte das alles ja von Anfang an nicht gut gehen. Ich habe darüber nachgedacht, Rhonda, seit du diese vielen Söhne hast. Ich habe mir überlegt, wie ihr das alles regelt, und ich habe nie ein gutes Ende kommen sehen. Selbst wenn dein Mann noch leben würde, hätten die Jungs sich am Ende wahrscheinlich gegenseitig bekämpft. Dort draußen gibt es nicht genügend Hummer für alle; das ist eine Tatsache. Schade. Feine, starke Jungs. Mit Mädchen ist es natürlich einfacher. Sie können die Insel verlassen und heiraten. Du hättest Mädchen bekommen sollen, Rhonda! Wir hätten dich einsperren sollen, bis du endlich Töchter bekommen hättest.«

»Senator!«

Wieder platschte es ins Glas, und der Senator sagte: »Und noch etwas. Ich wollte mich entschuldigen, weil ich nicht auf der Beerdigung war.«

»Das ist schon gut, Senator.«

»Ich hätte dabei sein sollen. Ich hätte dabei sein sollen. Ich war immer ein Freund deiner Familie. Aber ich verkrafte es nicht, Rhonda. Ich verkrafte es nicht, wenn jemand ertrinkt.«

»Du verkraftest es nicht, wenn jemand ertrinkt, Senator. Das weiß jeder.«

»Ich danke dir für dein Verständnis. Du bist eine gute Frau, Rhonda. Eine gute Frau. Und noch etwas. Ich wollte mir noch die Haare schneiden lassen.«

»Die Haare? Heute?«

»Sicher, sicher«, sagte er.

Senator Simon schob seinen Stuhl zurück, um aufzustehen, und stieß dabei gegen Cookie. Cookie wachte abrupt auf und bemerkte sofort, dass Ruth unter dem Küchentisch saß. Der Hund bellte und bellte, bis sich der Senator mit einiger Anstrengung bückte, das Tischtuch an einer Ecke hochhob und Ruth entdeckte. Er lachte. »Komm schon raus, Mädchen«, sagte er. »Du kannst zusehen, wie mir die Haare geschnitten werden.«

Der Senator nahm einen Dollarschein aus seiner Hemdtasche und legte ihn auf den Tisch. Mrs. Pommeroy holte das alte Betttuch, ihre Schere und den Kamm aus dem Küchenschrank. Ruth schob einen Stuhl für Simon Addams in die Mitte des Zimmers. Mrs. Pommeroy schlang das Betttuch um Simon und seinen Stuhl und steckte es um seinen Hals fest. Nur sein Kopf und seine Schuhspitzen waren zu sehen.

Sie tauchte den Kamm in ein Glas Wasser, kämmte das Haar des Senators an seinen dicken, bojenförmigen Kopf und teilte es in schmale Reihen. Sie schnitt jeden Abschnitt einzeln, und jedes Segment wurde zwischen ihren zwei längsten Fingern flach gedrückt und dann feinsäuberlich schräg abgeschnitten. Ruth beobachtete diese vertrauten Bewegungsabläufe und wusste genau, was als Nächstes kam. Wenn Mrs. Pommeroy mit dem Haareschneiden fertig war, würden die Ärmel ihres schwarzen Beerdigungskleids voller Haare sein. Sie würde ihm den Hals mit Talkumpuder bestäuben, das Tuch zusammenknüllen und Ruth bitten, es draußen auszuschütteln. Cookie würde Ruth nach draußen folgen und das wehende Tuch anbellen und nach den herumfliegenden feuchten Haarklumpen schnappen.

»Cookie!«, würde Senator Simon dann rufen. »Komm jetzt wieder rein, Kleines!«

Später bekam Mrs. Pommeroy dann natürlich Besuch von den Männern.

Es passierte am folgenden Abend. Ruths Vater ging zu Fuß hinüber zu den Pommeroys, weil es gleich nebenan war, aber die anderen Männer fuhren in dem nicht angemeldeten Lastwagen vor, mit denen sie sonst ihren Müll und ihre Kinder auf der Insel transportierten. Sie brachten Blaubeerkuchen und Aufläufe als Geschenke von ihren Frauen mit und blieben in der Küche, viele lehnten an den Arbeitsplatten und an der Wand. Mrs. Pommeroy kochte den Männern höflich Kaffee.

Draußen auf der Wiese unter dem Küchenfenster versuchte Ruth Thomas Robin Pommeroy beizubringen, seinen Namen richtig auszusprechen oder überhaupt irgendein Wort, das mit *r* begann. Er wiederholte, was Ruth sagte, und sprach mit Inbrunst jeden Konsonanten aus, nur den unmöglichen nicht.

»ROB-in«, sagte Ruth.

»WOB-in«, beharrte er. »WOB-in!«

»RA-dieschen«, sagte Ruth. »RHA-barber. RET-tich.«

»WET-tich«, sagte er.

Drinnen machten die Männer Mrs. Pommeroy Vorschläge. Sie hatten über einige Dinge bereits gesprochen. Sie hatten ein paar Ideen, wie man die traditionellen Pommeroy-Fischgründe unter ihnen zur Nutzung und zur Pflege aufteilen könnte, nur so lange, bis einer der Jungs Interesse und Geschick an dem Gewerbe zeigte. Bis einer der Pommeroy-Jungs wusste, wie man mit einem Boot und all den Fallen umgeht.

»RO-sinen«, lehrte Ruth Thomas Robin draußen vor dem Küchenfenster.

»WO-sinen«, erklärte er.

»RUTH«, sagte sie zu Robin. »RUTH!«

Aber das wollte er nicht einmal versuchen; *Ruth* war viel zu schwierig. Außerdem hatte Robin keine Lust mehr auf das Spiel, bei dem er immer nur der Dumme war. Ruth machte es sowieso keinen großen Spaß. Im Gras waren lauter schwarzglänzende, schleimige Nacktschnecken, und Robin schlug sich dauernd an den Kopf. Die Mücken waren eine Plage an diesem Abend. Das Wetter war nicht kalt genug gewesen, um sie auszurotten. Sie stachen Ruth Thomas und jeden anderen auf der Insel. Aber Robin Pommeroy geriet wirklich in Panik. Am Ende jagten die Mücken Robin und Ruth nach drinnen, wo sie sich vorne in einem Schrank versteckten, bis die Männer von Fort Niles nacheinander aus dem Haus gingen.

Ruths Vater rief nach ihr, und sie nahm seine Hand. Zusammen gingen sie nach nebenan in ihr Haus. Stan Thomas' guter Freund Angus Addams kam mit ihnen. Die Abenddämmerung war schon vorbei, und es wurde kalt. Als sie drinnen waren, schürte Stan den Holzofen im Wohnzimmer an. Angus schickte Ruth nach oben zu dem Schrank im Schlafzimmer ihres Vaters, um das Cribbagebrett zu holen, und dann schickte er sie zum Sideboard im Wohnzimmer, um die guten Spielkarten zu holen. Angus stellte den kleinen, antiken Kartentisch neben dem Ofen auf.

Ruth setzte sich an den Tisch, während die beiden Männer spielten. Wie immer spielten sie schweigend, jeder fest entschlossen zu gewinnen. Ruth hatte in ihrem jungen Leben diese Männer hunderte Male Cribbage spielen sehen. Sie wusste, dass sie sich still verhalten und sich nützlich machen musste, um nicht weggeschickt zu werden. Sie holte Bier aus dem Eisfach, wenn frisches Bier gebraucht wurde. Sie steckte die Stifte für sie in dem Spielbrett um, damit sie sich nicht vorbeugen mussten. Und sie zählte laut mit, wenn sie die Stifte umsteckte. Die Männer sagten wenig.

Manchmal sagte Angus: »Hast du so ein Glück schon mal gesehen?«

Manchmal sagte er: »Da hat ja ein Amputierter was Besseres auf der Hand.«

Manchmal sagte er: »Wer hat diesen lausigen Fetzen ausgeteilt?«

Ruths Vater schlug Angus um Längen, und Angus legte die Karten weg und erzählte ihnen einen unmöglichen Witz.

»Ein paar Männer gehen eines Tages zum Angeln, und sie trinken zu viel«, begann er. Ruths Vater legte ebenfalls seine Karten weg und lehnte sich in seinem Stuhl zurück, um zuzuhören. Angus erzählte seinen Witz äußerst genau. Er sagte: »Diese Leute sind also beim Angeln und haben ihren Spaß und trinken ordentlich. Sie lassen sich richtig voll laufen. Diese Kerle schütten sich sogar derartig zu, dass einer von ihnen, und zwar Mr. Smith, über Bord geht und ertrinkt. Das verdirbt ihnen alles. Teufel! Eine Angelrunde macht keinen Spaß, wenn einer ertrinkt. Also trinken die Männer noch mehr Schnaps, und sie fühlen sich ziemlich elend, weil keiner nach Hause gehen und Mrs. Smith erzählen will, dass ihr Mann ertrunken ist.«

»Du bist unmöglich, Angus«, unterbrach Ruths Vater. »Der Witz ist ja äußerst passend heute.«

Angus fuhr fort: »Dann hat einer von ihnen eine tolle Idee. Er schlägt vor, sie könnten Mr. Jones, den Schönredner, engagieren, um Mrs. Smith die schlechte Nachricht zu überbringen. Genau. Offenbar gibt es in der Stadt einen Typ namens Jones, der berühmt dafür ist, dass er ein richtiger Schönredner ist. Er ist perfekt geeignet. Er wird Mrs. Smith über ihren Mann aufklären, aber er wird es so nett machen, dass es sie gar nicht kümmert. Die anderen Typen denken: Hey, eine klasse Idee! Und so suchen sie den Schönredner Jones, und er willigt ein, kein Problem. Also zieht der Schönredner Jones seinen besten Anzug an. Er bindet sich eine Krawatte um und setzt einen Hut auf. Er geht hinüber zu den Smiths. Er klopft an die Tür. Eine Frau macht auf. Schönredner Jones sagt: ›Verzeihung, Ma'am, sind Sie nicht die Witwe Smith?‹«

An dieser Stelle prustete Ruths Vater in sein Bierglas, und ein dünner Schaumregen flog von seinem Krug auf den Tisch. Angus Addams hielt die Hand hoch, die Handfläche nach oben. Der Witz war noch nicht zu Ende. Also erzählte er weiter.

»Die Lady sagt: ›Na ja, ich bin Mrs. Smith, aber ich bin keine Witwe!‹, und Schönredner Jones sagt: ›Ein Scheißdreck sind Sie, Sweetheart.‹«

Ruth spielte mit dem Klang dieses Worts: *Sweethaht, sweethot …*

»Also, du bist unmöglich.« Ruths Vater wischte sich den Mund ab. Aber er lachte. »Das ist unmöglich, Angus. Jesus Christus, was für ein versauter Witz. Ich kann es nicht fassen, dass du an so einem Abend so einen Witz erzählst. Herrgott im Himmel.«

»Warum, Stan? Erinnert dich das an jemanden, den wir kennen?«, sagte Angus. Dann fragte er mit einer seltsamen Fistelstimme: »Sind Sie nicht die Witwe Pommeroy?«

»Angus, das ist unmöglich«, sagte Ruths Vater und lachte noch mehr.

»Ich bin nicht unmöglich. Ich erzähle Witze.«

»Du bist unmöglich, Angus. Du bist unmöglich.«

Die beiden Männer lachten und lachten, dann beruhigten sie sich wieder ein bisschen. Schließlich fingen Ruths Vater und Angus Addams wieder an, Cribbage zu spielen, und wurden still.

Manchmal sagte Ruths Vater: »Herrgott!«

Manchmal sagte Ruths Vater: »Für dieses Spiel sollte ich erschossen werden.«

Am Ende des Abends hatte Angus Addams ein Spiel gewonnen und Stan Thomas zwei. Ein wenig Geld wechselte den Besitzer. Die Männer steckten die Karten weg und bauten das Cribbagebrett ab. Ruth brachte das Brett wieder in den Schrank im Schlafzimmer ihres Vaters. Angus Addams klappte den Kartentisch zusammen und stellte ihn hinter das Sofa. Die Männer gingen in die Küche und setzten sich an den Tisch. Ruth kam wieder herunter. Ihr Vater gab ihr einen Klaps auf den Po und sagte zu Angus: »Ich nehme nicht an, dass Pommeroy seiner Frau genug Geld hinterlassen hat, um den schönen Sarg zu bezahlen, den dein Bruder gebaut hat.«

Angus Addams sagte: »Machst du Witze? Pommeroy hat überhaupt kein Geld hinterlassen. In dieser gottverdammten Familie gibt es kein Geld. Nicht genügend Geld für eine Beerdigung, das kann ich dir sagen. Nicht genügend Geld für einen Sarg. Nicht genügend Geld, um einen Schinkenknochen zu kaufen, den man ihm in den Arsch schieben kann, damit die Hunde seine Leiche wegschleifen könnten.«

»Wie interessant«, sagte Ruths Vater völlig unbewegt. »Diese Tradition ist mir gar nicht bekannt.«

Dann war es Angus Addams, der lachte. Er nannte Ruths Vater unmöglich.

»Ich bin unmöglich?«, sagte Stan Thomas. »*Ich* unmöglich? Du bist hier derjenige, der unmöglich ist.«

Irgendetwas daran fanden sie beide zum Totlachen. Ruths Vater und Mr. Angus Addams, die sehr, sehr gute Freunde waren, nannten sich den ganzen Abend lang unmögliche Menschen.

Unmöglich! Unmöglich! Als wäre das eine Art Beruhigung. Sie bezeichneten sich gegenseitig als unmöglichen, verdorbenen, entsetzlichen Menschen.

Sie blieben lange wach, und Ruth blieb mit ihnen auf, bis sie zu weinen anfing, weil sie sich so anstrengte, wach zu bleiben. Es war eine lange Woche gewesen, und sie war erst neun. Sie war ein robustes Kind, aber sie hatte eine Beerdigung gesehen und Gespräche mit angehört, die sie nicht verstand, und jetzt war es nach Mitternacht, und sie war erschöpft.

»Hey«, sagte Angus. »Ruthie? Ruthie? Nicht weinen. Was? Ich dachte, wir wären Freunde, Ruthie.«

Ruths Vater sagte: »Armes kleines Ding.«

Er nahm sie auf den Schoß. Sie wollte aufhören zu weinen, aber sie konnte nicht. Sie schämte sich. Sie hasste es, vor anderen zu weinen. Trotzdem weinte sie, bis ihr Vater sie ins Wohnzimmer schickte, um die Spielkarten zu holen, dann ließ er sie auf seinem Schoß sitzen und die Karten mischen. Das hatten sie immer gespielt, als sie klein war. Sie war zu alt, um auf seinem Schoß zu sitzen und Karten zu mischen, aber es tröstete sie.

»Komm schon, Ruthie«, sagte Angus, »schenk uns ein Lächeln.«

Ruth tat ihr Bestes, aber es war kein sonderlich gutes Lächeln. Angus bat Ruth und ihren Vater, ihm ihren lustigsten Witz vorzuspielen, den, den er so gern hatte. Sie taten es.

»Daddy, Daddy«, sagte Ruth mit gespielter Kleinmädchenstimme. »Wie kommt es, dass all die anderen Kinder in die Schule dürfen und ich zu Hause bleiben muss?«

»Sei still und teil aus, Kind«, brummte ihr Vater.

Angus Addams konnte sich nicht mehr halten vor Lachen.

»Das ist unmöglich!«, sagte er. »Ihr seid beide unmöglich.«

2

Sobald er – was sehr schnell passiert – gemerkt hat, dass er gefangen ist, verliert der Hummer jegliches Interesse für den Köder. Er läuft in der Falle hin und her und sucht nach einer Fluchtmöglichkeit.

Der Hummerfang in Maine
John N. Cobb, Vertreter der Fischereikommission der Vereinigten Staaten, 1899

Neun Jahre vergingen.

Ruth Thomas wuchs zu einem Teenager heran und wurde auf eine private Mädchenschule in dem weit entfernten Staat Delaware geschickt. Sie war eine gute Schülerin, doch längst nicht so glänzend, wie sie es ihrer Intelligenz schuldig gewesen wäre. Sie arbeitete gerade so viel, wie sie musste, um annehmbare Noten zu bekommen, und keinen Strich mehr. Es passte ihr nicht, dass man sie auf diese Schule geschickt hatte, aber diese Entwicklung war unvermeidbar gewesen. Damals, in den 1970er Jahren, war auf Fort Niles nur bis zum Alter von dreizehn Jahren für die Ausbildung der Kinder gesorgt. Für die meisten Jungen (also die zukünftigen Hummerfänger) war das schon mehr als genug. Für die anderen – kluge Mädchen und Jungen mit höheren Zielen – mussten besondere Vorkehrungen getroffen werden. Im Normalfall bedeutete das, dass sie aufs Festland geschickt wurden, um bei Familien in Rockland zu leben und dort auf die Highschool zu gehen. Auf die Insel kamen sie nur während längerer Ferien oder über den Sommer. Ihre Väter sahen nach ihnen, wenn sie nach Rockland fuhren, um ihre Hummer zu verkaufen.

Diese Vorgehensweise wäre Ruth Thomas lieber gewesen. Die

Highschool in Rockland war der nächste Schritt in einer normalen Schullaufbahn, und sie hatte fest damit gerechnet. Doch für Ruth machte man eine Ausnahme. Eine teure Ausnahme. Sie bekam einen Platz in einer Privatschule, weit weg von zu Hause. Ruths Mutter, die jetzt in Concord, New Hampshire lebte, fand, das Mädchen sollte einmal etwas anderes sehen als Hummerfänger, Alkoholismus, Ignoranz und kaltes Wetter. Ruths Vater gab missmutig und schweigend seine Zustimmung, also hatte Ruth keine Wahl. Sie ging auf die Schule, aber nur unter Protest. Sie las die Bücher, lernte Mathematik, ignorierte die anderen Mädchen und brachte es hinter sich. Jeden Sommer kehrte sie auf die Insel zurück. Ihre Mutter schlug ihr Alternativen für den Sommer vor, Ferienlager, Reisen oder einen interessanten Ferienjob, aber Ruth weigerte sich mit einer Bestimmtheit, die keine Verhandlungen zuließ.

Ruth Thomas vertrat den Standpunkt, sie gehöre nirgendwo anders hin als auf Fort Niles Island. Gegenüber ihrer Mutter argumentierte sie: Sie sei wirklich glücklich auf Fort Niles, sie sei mit Fort Niles völlig verwachsen, und die einzigen Menschen, die sie verstünden, seien die Bewohner von Fort Niles Island. Doch nichts davon, das muss dazugesagt werden, entsprach ganz der Wahrheit.

Prinzipiell – und darauf legte Ruth Wert – war sie auf Fort Niles glücklich, allerdings langweilte sie sich dort die meiste Zeit. Ihr fehlte die Insel, wenn sie woanders war, aber wenn sie zurückkehrte, wusste sie schon bald nichts mehr mit sich anzufangen. Sie bestand darauf, gleich nach ihrer Heimkehr einen langen Spaziergang am Ufer entlang zu machen (»Das habe ich mir das ganze Jahr gewünscht!«, sagte sie immer, aber der Spaziergang dauerte nur ein paar Stunden, und was passierte auf so einem Spaziergang? Nicht viel. Da war eine Seemöwe; da war ein Seehund; da war wieder eine Seemöwe. Der Anblick war ihr so vertraut wie ihre Zimmerdecke. Sie nahm Bücher mit ans Wasser und behauptete, sie liebe es, beim Tosen der Brandung zu lesen, doch leider bieten viele Plätze auf dieser Erde weitaus bessere Leseplätze als nasse, mit Entenmuscheln übersäte Felsen. Wenn Ruth nicht auf Fort Niles war, stattete sie die Insel mit den Eigenschaften eines fernen Paradieses aus, aber wenn sie wieder zurückkehrte, fand sie ihr Zuhause kalt, feucht, windig und ungemütlich.

Doch immer wenn sie nach Fort Niles zurückgekehrt war, schrieb Ruth in den Briefen an ihre Mutter: »Endlich kann ich wieder frei atmen!«

Ruths Leidenschaft für Fort Niles war in erster Linie ein Protest. Es war ihr Widerstand gegen diejenigen, die sie, angeblich zu ihrem eigenen Besten, wegschicken wollten. Ruth hätte viel lieber selbst bestimmt, was gut für sie war. Schließlich kannte sie sich selbst am besten, und hätte man ihrem Willen freien Lauf gelassen, hätte sie ganz sicher bessere Entscheidungen getroffen. Auf jeden Fall hätte sie nicht entschieden, dass sie auf eine private Eliteschule geschickt wurde, Hunderte von Meilen entfernt, wo die Mädchen hauptsächlich mit der Pflege ihrer Haut und ihrer Pferde beschäftigt waren. Pferde waren nichts für Ruth, nein danke. Dazu war sie nicht der Typ. Sie war härter. Ruth liebte Boote, zumindest behauptete sie das ständig. Ruth liebte Fort Niles Island. Ruth liebte das Fischen.

In Wahrheit hatte Ruth mit ihrem Vater schon auf seinem Hummerkutter gearbeitet und das Ganze nicht als besonders tolle Erfahrung in Erinnerung. Sie war stark genug für diese Arbeit, aber die Monotonie fand sie unerträglich. Als Steuermann stand man hinten im Boot, holte Fallen ein, nahm die Hummer heraus, legte Köder in die Fallen und warf sie wieder ins Wasser, um dann weitere Fallen hochzuholen. Und noch mehr Fallen. Und noch mehr. Man musste vor Tagesanbruch aufstehen und zum Frühstück und zu Mittag Sandwiches essen. Tag für Tag sah man immer wieder das Gleiche, und man entfernte sich dabei selten mehr als zwei Meilen von der Küste. Stunde um Stunde musste sie alleine mit ihrem Vater auf einem kleinen Boot verbringen, wo die beiden nie gut miteinander auszukommen schienen.

Es gab viele Sachen, über die sie sich streiten konnten. Dumme Sachen. Wenn Ruths Vater sein Sandwich gegessen hatte, warf er immer die Tüte ins Meer, was Ruth wahnsinnig machte. Seine Getränkedose warf er gleich hinterher. Sie brüllte ihn deshalb an, dann schnappte er ein und war den Rest der Fahrt angespannt und still. Oder er hatte die Nase voll und verbrachte den Rest der Fahrt damit, sie zu schelten und anzuraunen. Sie arbeite nicht schnell genug; sie gehe nicht vorsichtig genug mit den Hummern um; eines Tages würde sie in einem Haufen Seile hängen bleiben und über Bord gezogen werden und ertrinken, wenn sie nicht besser aufpasse. Solche Sachen.

Auf einer ihrer frühen Fahrten warnte Ruth ihren Vater wegen eines Fasses, das auf der »Backbordseite« trieb, und er lachte ihr ins Gesicht.

»Backbord?«, sagte er. »Wir sind hier nicht bei der Marine, Ruth. Du musst dich nicht um Backbord oder Steuerbord kümmern. Du sollst mir nicht in die Quere kommen, das ist die einzige Richtung, die du beachten musst.«

Ruth schien ihm sogar auf die Nerven zu gehen, wenn sie es gar nicht versuchte, obwohl sie das manchmal absichtlich machte, nur um sich die Zeit zu vertreiben. An einem verregneten Sommertag zum Beispiel zogen sie eine Falle nach der anderen hoch und fanden keine Hummer. Ruths Vater regte sich zunehmend auf. Er fing nichts als Seetang, Krebse und Seeigel. Acht oder neun Leinen später zog Ruth jedoch einen passablen männlichen Hummer aus einer Falle.

»Dad, was ist das?«, fragte sie unschuldig und hielt den Hummer hoch. »So was hab ich noch nie gesehen. Vielleicht können wir ihn in die Stadt bringen und verkaufen.«

»Das ist nicht komisch«, sagte ihr Vater, obwohl Ruth ihren Witz eigentlich ziemlich gelungen fand.

Das Boot stank. Sogar im Sommer fror man. Bei schlechtem Wetter hüpfte und schwankte das Bootsdeck, und Ruth taten die Beine weh, weil sie ständig das Gleichgewicht halten musste. Es war ein kleiner Kutter, der kaum Schutz bot. Sie musste in einen Eimer pinkeln und ihn über Bord kippen. Sie hatte immer eiskalte Hände, und ihr Vater brüllte sie an, wenn sie eine Pause machte, um sich die Hände an dem heißen Auspuffrohr zu wärmen. Er arbeite nie mit Handschuhen, sagte er, nicht mal im Dezember. Warum war es ihr Mitte Juni zu kalt?

Doch wenn Ruths Mutter fragte, wie sie ihren Sommer verbringen wolle, dann antwortete Ruth ausnahmslos, sie habe vor, auf einem Hummerkutter zu arbeiten.

»Ich will mit meinem Dad arbeiten«, sagte Ruth. »Ich bin wirklich nur draußen auf dem Wasser richtig glücklich.«

Was ihr Verhältnis zu den anderen Inselbewohnern betraf, so wurde ihr nicht ganz das perfekte Verständnis entgegengebracht, wie sie ihrer Mutter erzählte. Sie liebte Mrs. Pommeroy. Sie liebte die Brüder Addams, und die liebten sie. Doch wegen ihrer langen Aufenthalte in Delaware wurde sie von allen anderen ziemlich vergessen, oder, was schlimmer war, ausgeschlossen. Sie war nicht mehr wie sie. Um die Wahrheit zu sagen, sie war sowieso von Anfang an nicht wie sie gewesen: ein in sich gekehrtes Kind, ganz anders als die sieben Pommeroys zum Beispiel, die schrien und rauften und von allen verstanden wurden. Und nun, seit sie einen Großteil ihrer Zeit an einem sehr weit entfernten Ort verbrachte, redete Ruth auch noch anders. Sie las unglaublich viele Bücher. Und viele ihrer Nachbarn hielten sie für hochnäsig.

Ende Mai 1976 machte Ruth den Abschluss am Internat. Sie hatte keine Pläne für die Zukunft, außer nach Fort Niles zurückzukehren, wo sie naturgemäß hingehörte. Sie machte keinerlei Anstalten, aufs College zu gehen. Sie sah sich nicht einmal die Broschüren der Colleges an, die an ihrer Schule auslagen, reagierte nie auf die Ratschläge ihrer Lehrer, achtete nie auf die schüchternen Andeutungen ihrer Mutter.

In diesem Mai 1976 wurde Ruth Thomas achtzehn. Sie war einen Meter siebenundsechzig groß. Sie hatte glänzendes, fast schwarzes Haar, das ihr bis auf die Schultern reichte; sie band es jeden Tag zu einem Pferdeschwanz. Ihre Haare waren so dick, dass sie damit einen Knopf an einem Mantel festnähen konnte. Ihr Gesicht war rundlich, ihre Augen standen weit auseinander, sie hatte eine unauffällige Nase und lange, hübsche Wimpern. Sie hatte dunklere Haut als sonst jemand auf Fort Niles, und in der Sonne wurde sie gleichmäßig braun. Sie war muskulös und ein wenig zu schwer für ihre Größe. Sie hatte ein dickeres Hinterteil, als ihr lieb war, aber sie machte kein großes Getue darum, denn sie wollte sich auf gar keinen Fall so anhören wie diese Mädchen auf der Schule in Delaware, die die ganze Zeit so ein lästiges, dämliches Getue um ihre Figur machten. Sie schlief tief. Sie war unabhängig. Sie war sarkastisch.

Ruth kehrte in dem unabhängigen, sarkastischen Alter von achtzehn nach Fort Niles zurück, und zwar im Hummerkutter ihres Vaters. Er holte sie an der Bushaltestelle mit dem vergammelten Lastwagen ab, den er unten am Fährhafen stehen hatte, ein Lastwagen, den er für seine Erledigungen und Einkäufe benutzte, wenn er in die Stadt kam, was etwa alle zwei Wochen der Fall war. Er holte Ruth ab, akzeptierte einen leicht ironischen Kuss von ihr und verkündete sofort, dass er sie beim Kaufmann absetzen würde, wo sie Lebensmittel besorgen sollte, während er ein gottverdammtes Gespräch mit seinem gottverdammten Großhändler haben würde, diesem elenden Schweinehund. (»Du weißt ja, was wir dort draußen brauchen«, sagte er. »Gib nicht mehr als fünfzig Dollar aus.«) Dann zählte er Ruth die Gründe auf, weshalb sein gottverdammter Großhändler ein elender Schweinehund war, was sie in allen Einzelheiten schon oft gehört hatte. Sie verfiel in Gedanken und dachte bei sich, wie seltsam es war, dass ihr Vater, der sie seit mehreren Monaten nicht mehr gesehen hatte, nicht daran dachte, sie nach ihrer Abschlusszeremonie zu fragen. Nicht, dass ihr das wichtig gewesen wäre. Aber seltsam fand sie es doch.

Die Bootsfahrt zurück nach Fort Niles dauerte mehr als vier Stunden. Ruth und ihr Vater unterhielten sich währenddessen kaum, weil das Boot laut war und weil sie im Heck herumrutschen musste, um dafür zu sorgen, dass die Kisten mit den Lebensmitteln nicht umfielen oder nass wurden. Sie dachte über ihre Pläne für den Sommer nach. Sie hatte keine Pläne für den Sommer. Während er das Boot beladen hatte, hatte ihr Vater ihr erzählt, dass er für diese Saison einen Steuermann angeheuert habe – ausgerechnet Robin Pommeroy. Ruths Vater hatte keine Arbeit für seine Tochter. Obwohl sie nörgelte, dass er sie außen vor gelassen habe, war sie im Stillen froh, nicht wieder für ihn zu arbeiten. Hätte er sie gefragt, hätte sie allein aus Prinzip für ihn als Steuermann gearbeitet, aber sie wäre dort draußen nicht glücklich gewesen. Also war sie einerseits erleichtert. Andererseits bedeutete es, dass sie nichts mit ihrer Zeit anzufangen hatte. Sie hatte nicht genügend Vertrauen in ihre Fähigkeiten als Steuermann, um sich bei anderen Fischern zu bewerben. Selbst dann nicht, wenn sie wirklich unbedingt einen Job gewollt hätte, was sie allerdings nicht wirklich tat. Außerdem hatte ihr Vater ihr auch erzählt, dass jeder auf Fort Niles bereits eine Hilfe hatte. Alle Arbeitsverhältnisse waren längst ausgehandelt. Wochen bevor Ruth auftauchte, hatte jeder alte Mann auf Fort Niles einen jungen Mann für die Schwerarbeit im Heck des Bootes gefunden.

»Vielleicht kannst du einspringen, wenn jemand krank oder gefeuert wird«, brüllte ihr Vater ihr plötzlich mitten während der Fahrt zurück nach Fort Niles zu.

»Ja, vielleicht mach ich das«, brüllte Ruth zurück.

Sie machte sich schon im Voraus Gedanken über die nächsten drei Monate und – wem sollte sie etwas vormachen? – über den Rest ihres Lebens, das noch absolut keine Form angenommen hatte. Ihr Blick war nach hinten gerichtet, während sie auf einer Kiste mit Konservendosen saß. Rockland war an diesem diesigen Tag längst außer Sicht, und die anderen bewohnten und unbewohnten Inseln, an denen sie langsam und lärmend vorbeifuhren, sahen so klein und braun und nass aus wie Scheißhaufen. Zumindest fand das Ruth. Sie überlegte, ob sie auf Fort Niles einen anderen Job finden konnte, obwohl die Vorstellung von einem Job auf Fort Niles, der nichts mit Hummerfang zu tun hatte, an sich schon ein Witz war. Ha-ha.

Was zum Teufel fange ich mit meiner Zeit an?, dachte Ruth. Sie spürte ein schreckliches und vertrautes Gefühl der Langeweile in sich aufsteigen, während das Boot auf seiner holprigen Fahrt durch die kalte Atlantikbucht tuckerte. Soweit sie es absehen konnte, gab es nichts für sie zu tun, und sie wusste genau, was das hieß. Nichts zu tun zu haben bedeutete, seine Zeit mit den anderen wenigen Inselbewohnern zu verbringen, die nichts zu tun hatten. Ruth sah es schon kommen. Sie würde ihren Sommer mit Mrs. Pommeroy und Senator Simon Addams verbringen. Sie sah es deutlich kommen. Aber so schlimm war es auch wieder nicht, sagte sie sich. Mrs. Pommeroy und Senator Simon waren ihre Freunde; sie mochte sie. Sie würden viel zu erzählen haben. Sie würden ihr viele Fragen über ihre Abschlusszeremonie stellen. Es würde bestimmt nicht allzu langweilig werden.

Doch das beunruhigende, unangenehme Gefühl der bevorstehenden Langeweile hielt sich in Ruths Magen, wie Seekrankheit. Schließlich vertrieb sie die Langeweile – jetzt schon! –, indem sie im Kopf einen Brief an ihre Mutter aufsetzte. Sie würde ihn noch diesen Abend schreiben, in ihrem Zimmer. Der Brief würde folgendermaßen beginnen: »Liebe Mom, sobald ich Fort Niles wieder betreten hatte, fiel all die Spannung von meinem Körper, und ich atmete zum ersten Mal seit vielen Monaten tief durch. Die Luft roch nach Hoffnung!«

Genau das würde sie schreiben. Ruth traf diesen Entschluss auf dem Hummerkutter ihres Vaters, genau zwei Stunden, bevor Fort Niles überhaupt in Sicht kam, und sie verbrachte den Rest der Fahrt damit, im Geiste diesen Brief zu entwerfen, der sehr poetisch war. Diese Übung heiterte sie beträchtlich auf.

Senator Simon Addams war diesen Sommer dreiundsiebzig Jahre alt, und er arbeitete an einem ganz besonderen Projekt, einem ehrgeizigen und exzentrischen Projekt. Er wollte den Stoßzahn eines Elefanten suchen, der, wie er glaubte, vor Potter Beach im Watt vergraben lag. Der Senator meinte, dort draußen seien vielleicht sogar zwei Stoßzähne vergraben, aber er wäre schon zufrieden, nur einen zu finden.

Senator Simons feste Überzeugung, dass 138 Jahre Meerwasser einem so starken Material wie reinem Elfenbein nicht geschadet hatten, verlieh ihm die nötige Zuversicht für seine Suche. Er wusste, dass die Stoßzähne irgendwo sein mussten. Sie waren vielleicht vom Skelett und voneinander getrennt worden, aber sie hatten sich bestimmt nicht zersetzt. Sie hatten sich nicht auflösen können. Sie lagen entweder weit draußen im Meer, vergraben im Sand, oder sie waren an einem Strand angespült worden. Und der Senator glaubte, sie konnten gut und gerne ihren Weg nach Fort Niles Island gefunden haben. Diese wertvollen Elefantenstoßzähne waren womöglich von Strömungen direkt am Potter Beach angeschwemmt worden – so wie dort seit Jahrhunderten Strandgut angeschwemmt wurde. Warum nicht?

Die Stoßzähne, die der Senator suchte, stammten von einem Elefanten, der ein Passagier auf dem 400-Tonnen-Dampfer *Clarice Monroe* gewesen war. Dieses Schiff war Ende Oktober 1838 gleich vor dem Worthy Channel gesunken. Zur damaligen Zeit war das ein großes Ereignis gewesen. Der hölzerne Schaufelraddampfer geriet kurz nach Mitternacht während eines plötzlichen Schneesturms in Brand. Das Feuer mochte von etwas so Banalem wie einer umgefallenen Lampe verursacht worden sein, aber der Sturm verbreitete es, bevor man es unter Kontrolle hatte bringen können, und das Deck des Dampfers stand rasch in Flammen.

Der Kapitän der *Clarice Monroe* war ein Trinker. Das Feuer war ziemlich sicher nicht seine Schuld, aber es war sein Verderben. Er geriet in eine schändliche Panik. Ohne die Passagiere oder die Crew zu wecken, befahl er dem wachhabenden Matrosen, ein einziges Rettungsboot zu Wasser zu lassen, mit dem er, seine Frau und der junge Matrose davonruderten. Der Kapitän überließ die dem Untergang geweihte *Clarice Monroe*, seine Passagiere und seine Fracht den Flammen. Die drei Überlebenden im Ruderboot verirrten sich im Sturm, ruderten einen vollen Tag, hatten dann keine Kraft mehr, weiterzurudern, und trieben einen weiteren Tag lang im Wasser. Als sie von einem Handelsschiff aufgefischt wurden, war der Kapitän an Unterkühlung gestorben, seiner Frau waren Finger, Füße und Ohren erfroren, und der junge Matrose hatte vollends den Verstand verloren.

Ohne ihren Kapitän war die *Clarice Monroe,* die immer noch in Flammen stand, auf die Felsen vor Fort Niles Island zugetrieben, wo sie inmitten der Wellen zerbrach. Unter den siebenundneunzig Passagieren gab es keine Überlebenden. Viele der Leichen trieben hinüber zum Potter Beach, wo sie sich in Meerwasser und Schlamm neben den verkohlten, ramponierten Wrackteilen des Dampfschiffs aufhäuften. Die Männer von Fort Niles sammelten die Leichen auf, hüllten sie in Sackleinen und lagerten sie im Eiskeller. Manche wurden von Familienmitgliedern identifiziert, die noch im Oktober auf Fährschiffen nach Fort Niles kamen, um ihre Brüder und Ehefrauen und Mütter und Kinder abzuholen. Die Unglücklichen, die niemand holte, wurden auf dem Friedhof von Fort Niles bestattet, unter kleinen Granittafeln, auf denen einfach nur ERTRUNKEN stand.

Doch das Dampfschiff hatte noch eine weitere Fracht verloren.

Die *Clarice Monroe* hatte von New Brunswick hinunter nach Boston einen kleinen Zirkus befördert, der aus mehreren bemerkenswerten Nummern bestand: sechs weißen Showpferden, mehreren dressierten Affen, einem Kamel, einem dressierten Bären, einer Meute Hunde, einem Käfig tropischer Vögel und einem afrikanischen Elefanten. Nachdem das Schiff auseinandergebrochen war, versuchten die Zirkuspferde durch den Schneesturm zu schwimmen. Drei ertranken, die anderen drei erreichten das Ufer von Fort Niles Island. Als das Wetter am nächsten Morgen aufklarte, kam jedermann auf der Insel nach draußen, um die drei prächtigen weißen Stuten zu sehen, die sich vorsichtig einen Weg durch die verschneiten Felsen suchten.

Keines der anderen Tiere schaffte es. Der junge Matrose der *Clarice Monroe,* der mit seinem toten Kapitän und der halb erfrorenen Frau des Kapitäns in dem Ruderboot gefunden worden war und den der eisige Sturm ins Delirium getrieben hatte, behauptete bei seiner Rettung – er beharrte darauf! –, dass er gesehen habe, wie der Elefant über die Reling des brennenden Wracks gesprungen und kräftig durch die Wellen geschwommen sei, die Stoßzähne und den Rüssel hoch über dem aufgewühlten, eisigen Wasser. Er schwor, er habe den Elefanten durch den salzigen Schaum schwimmen sehen, während er selbst vom Wrack wegruderte. Er sah den Elefanten immer weiter schwimmen und dann mit einem einzigen letzten, kräftigen Trompeten in den Wellen versinken.

Wie gesagt hatte der Matrose zum Zeitpunkt seiner Rettung den Verstand verloren, aber es gab Leute, die ihm seine Geschichte glaubten. Senator Simon Addams hatte sie immer geglaubt. Er hatte die Geschichte von frühester Kindheit an gehört und war immer fasziniert von ihr gewesen. Und die Stoßzähne dieses Zirkuselefanten wollte der Senator nun bergen, 138 Jahre später, im Frühjahr 1976.

Er wollte mindestens einen Stoßzahn im Naturkundemuseum von Fort Niles ausstellen. 1976 gab es das Naturkundemuseum von Fort Niles noch nicht, aber der Senator arbeitete daran. Seit Jahren hatte er Artefakte und Proben für das Museum gesammelt und sie in seinem Keller gelagert. Das Ganze war seine Idee. Er hatte niemanden, der ihn darin unterstützte, und er war der einzige Kustos. Er fand, ein Elefantenstoßzahn würde einen höchst eindrucksvollen Mittelpunkt seiner Sammlung bilden.

Der Senator konnte natürlich nicht selbst nach den Stoßzähnen suchen. Er war ein kräftiger alter Mann, aber er war nicht in der Verfassung, den ganzen Tag im Schlick herumzugraben. Selbst wenn er jünger gewesen wäre, hätte er nicht den Mut gehabt, in der Meerwasserpampe und dem sich ständig verändernden Watt vor dem Potter Beach herumzuwaten. Er hatte viel zu viel Angst vor dem Wasser. Deshalb hatte er einen Assistenten angestellt: Webster Pommeroy.

Webster Pommeroy, der in diesem Sommer dreiundzwanzig

war, hatte sowieso nichts anderes zu tun. Jeden Tag machten sich der Senator und Webster auf zum Potter Beach, wo Webster nach dem Elefantenzahn suchte. Die Aufgabe war ideal für Webster Pommeroy, denn Webster Pommeroy war nicht fähig, irgendetwas anderes zu tun. Weil er sehr zart besaitet war und so schlimm seekrank wurde, konnte er weder Hummerfänger noch Steuermann werden, aber die Probleme lagen bei ihm tiefer. Etwas stimmte nicht mit Webster Pommeroy. Jeder sah das. Etwas war mit Webster passiert an dem Tag, an dem er die Leiche seines Vaters – augenlos und aufgequollen – auf dem Dock von Fort Niles hatte liegen sehen. Webster Pommeroy zerbrach in diesem Moment; er zerbrach in Stücke. Er wuchs nicht mehr, er entwickelte sich nicht mehr, er sprach auch beinahe nichts mehr. Er verwandelte sich in eine zuckende, nervöse, schwer gestörte lokale Tragödie. Mit dreiundzwanzig war er noch so zierlich und klein, wie er es mit vierzehn gewesen war. Er schien für immer die Gestalt eines Knaben zu behalten. Er schien für immer in dem Moment gefangen zu sein, in dem er seinen toten Vater erkannte.

Senator Simon Addams war ernsthaft besorgt um Webster Pommeroy. Er wollte dem Jungen helfen. Der Junge brach dem Senator das Herz. Er fand, der Junge brauche eine Berufung. Der Senator benötigte allerdings mehrere Jahre, um Websters Talent zu entdecken, denn es war alles andere als offensichtlich, worin Webster Pommeroys Begabung lag, so es überhaupt eine gab. Die einzige Idee, die der Senator hatte, war, den jungen Mann für das Projekt seines Naturkundemuseums zu gewinnen.

Am Anfang schickte der Senator Webster zu Nachbarn auf Fort Niles, wo er interessante Artefakte oder Antiquitäten für das Museum erbitten sollte, aber Webster war zu schüchtern für diese Aufgabe und scheiterte kläglich. Er klopfte an eine Tür, aber wenn jemand öffnete, stand er meistens nur stumm da und tappte mit den Füßen auf den Boden. Mit seinem Verhalten verstörte er jede Hausfrau auf der Insel. Webster Pommeroy, der auf der Schwelle stand und aussah, als würde er gleich zu weinen anfangen, war kein geborener Bittsteller.

Als Nächstes versuchte der Senator, Webster damit zu beschäftigen, im Garten der Addams' einen Schuppen zu bauen, für die wachsende Museumssammlung des Senators. Webster war zwar gewissenhaft, aber kein talentierter Zimmermann. Er war weder stark noch praktisch veranlagt. Wegen seines Tremors war er bei den Bauarbeiten nutzlos. Schlimmer als nutzlos sogar. Er stellte eine Gefahr für sich und andere dar, weil er immer Sägen und Bohrer fallen ließ und sich auf die Finger hämmerte. Deshalb zog der Senator Webster wieder von den Bauarbeiten ab.

Andere Beschäftigungen, die sich der Senator für ihn ausdachte, waren ebenso ungeeignet für Webster. Langsam sah es so aus, als wäre Webster zu überhaupt nichts nütze. Der Senator benötigte fast neun Jahre, um herauszufinden, worin Webster gut war.

Im Schlick.

Unten am Potter Beach waren wahrhaftige Schlickgründe, die nur bei Ebbe ganz zu sehen waren. Beim niedrigsten Wasserstand waren es mehr als vier Hektar Schlick, weit und flach und nach ranzigem Blut riechend. Zeitweise wurde in diesem Schlick nach Muscheln gegraben, und häufig förderte man dabei verborgene Schätze zu Tage – alte Bootsteile, Holzbojen, einzelne Stiefel, seltsame Knochen, Bronzelöffel und längst nicht mehr gebräuchliche Eisenwerkzeuge. Die schlammige Bucht war offenbar ein natürlicher Magnet für verloren gegangene Gegenstände, und so kam der Senator auf die Idee, im Watt nach den Elefantenstoßzähnen zu suchen. Warum sollten sie nicht dort sein? Wo sollten sie sonst sein?

Er fragte Webster, ob er nicht Lust hätte, wie ein Muschelfischer durch den Schlick zu waten und systematisch nach Artefakten zu suchen. Vielleicht könnte Webster die seichteren Stellen der Watten vor Potter Beach durchkämmen, in hohen Stiefeln? Würde Webster das zu sehr beunruhigen? Webster Pommeroy zuckte die Schultern. Er wirkte nicht beunruhigt. So begann Webster Pommeroy, das Watt zu durchsuchen. Und er machte seine Sache großartig.

Wie es sich herausstellte, konnte sich Webster durch jede Art von Schlamm und Schlick bewegen. Er konnte mit Schlick fertig werden, der ihm beinahe bis zur Brust reichte. Webster Pommeroy bewegte sich durch Schlick wie ein speziell zu diesem Zweck konstruiertes Schiff, und er fand wunderbare Schätze – eine Armbanduhr, einen Haifischzahn, einen Walschädel, einen intakten Schubkarren. Tag für Tag saß der Senator auf den schmutzigen Felsen am Ufer und sah Webster zu. Im Sommer 1975 sah er Webster jeden Tag zu, wie er den Schlick durchsuchte.

Als Ruth Thomas dann Ende Mai 1976 aus dem Internat zurückkam, waren der Senator und Webster wieder bei der Sache. Da sie nichts anderes zu tun und weder Arbeit noch Freunde in ihrem Alter hatte, machte Ruth Thomas es sich zur Gewohnheit, jeden Morgen hinunter zum Watt von Potter Beach zu gehen, um Webster Pommeroy zuzusehen, wie er den Schlick durchkämmte. Stundenlang saß sie dann mit Senator Simon Addams am Strand und beobachtete Webster. Am Ende jedes Tages gingen die drei dann gemeinsam zurück in die Stadt.

Sie waren ein seltsames Dreiergespann – der Senator, Ruth und Webster. Webster wirkte in jeder Gesellschaft seltsam. Senator Simon Addams, ein ungewöhnlich großer Mann, hatte einen unförmigen Kopf, der aussah, als wäre er einmal eingetreten worden und schlecht verheilt. Er machte immer Späße über seine merkwürdige dicke Nase. (»Mit der Form meiner Nase habe ich nichts zu tun«, sagte er gerne. »Ich habe sie zum Geburtstag bekommen.«) Häufig rang er seine großen, teigigen Hände. Er hatte einen kräftigen Körper, bekam aber schwere Panikattacken; er bezeichnete sich als Meisterfeigling. Häufig sah er aus, als hätte er Angst, jemand könnte um die Ecke biegen und ihm eine Ohrfeige verpassen. Er war so ziemlich das Gegenteil von Ruth Thomas, die häufig aussah, als würde sie gleich dem Nächsten, der um die Ecke bog, eine Ohrfeige verpassen.

Wenn Ruth am Strand saß und den riesenhaften Senator Simon und den winzigen Webster Pommeroy betrachtete, fragte sie sich manchmal, wie es gekommen war, dass sie sich mit diesen zwei schwachen, seltsamen Männern eingelassen hatte. Wie waren sie zu so guten Freunden geworden? Was würden die Mädchen in Delaware wohl zu dieser Mini-Truppe sagen? Sie schämte sich keinesfalls für den Senator und für Webster, versicherte sie sich. Vor wem sollte sie sich auch schämen, dort draußen auf Fort Niles Island? Doch die beiden waren merkwürdig, und jeder, der nicht von der Insel kam, würde beim Anblick des Dreiergespanns auch Ruth für merkwürdig halten.

Trotzdem, sie musste zugeben, es war faszinierend, Webster zuzusehen, wie er im Schlick herumkroch und nach einem Stoßzahn suchte. Ruth rechnete nicht im Mindesten damit, dass Webster einen Elefantenstoßzahn finden würde, aber es machte ihr Spaß, ihn bei der Arbeit zu beobachten. Man musste es einfach gesehen haben.

»Das ist gefährlich, was Webster dort draußen macht«, sagte der Senator immer zu Ruth, wenn sie Webster zusahen, wie er immer tiefer in den Schlick eintauchte.

Es war wirklich gefährlich, aber der Senator hatte nicht die geringste Absicht, sich einzumischen, selbst wenn Webster in den weichsten, zähesten Schlick eindrang und mit beiden Armen in dem dicken Schlamm nach Artefakten suchte. Der Senator war nervös, Ruth war nervös, aber Webster bewegte sich stoisch, ohne Furcht. Dies waren die einzigen Momente, in denen sein zuckender Körper je still war. Im Schlick war er ruhig. Im Schlick hatte er nie Angst. Doch manchmal schien selbst er zu versinken. Dann unterbrach er seine Suche, und der Senator und Ruth sahen ihn langsam untergehen. Es war furchtbar. Manchmal sah es aus, als würden sie ihn gleich verlieren.

»Sollten wir ihm nachgehen?«, schlug der Senator dann ängstlich vor.

»Nicht in diese beschissene Todesfalle«, antwortete Ruth. »Ich nicht.«

(Als Ruth achtzehn war, hatte sie ein ziemlich loses Mundwerk. Ihr Vater machte häufig Bemerkungen darüber. »Ich weiß nicht, wo du dein gottverdammtes Mundwerk her hast«, sagte er, und sie antwortete: »Das ist mir auch ein gottverdammtes Rätsel.«)

»Schafft er das wirklich?«, fragte der Senator.

»Nein«, sagte Ruth. »Würde mich nicht wundern, wenn er versinkt. Aber ich gehe ihm nicht nach, und du auch nicht. Nicht in diese beschissene Todesfalle.«

Nein, sie nicht. Nicht dort hinaus, wo vergessene Hummer und Muscheln und Schnecken und Seeraupen zu gottloser Größe heranwuchsen, und wo nur Christus wusste, was da noch kreuchte und fleuchte. Als die schottischen Siedler zum ersten Mal nach Fort Niles kamen, hatten sie von großen Felsen aus mit Gaffen lebende Hummer aus eben diesem Watt herausgezogen, die so groß wie Menschen waren. Es gab alte Tagebücher mit Beschreibungen vom Fang grauenhafter Hummer, die einen Meter fünfzig lang waren, uralt wie Alligatoren und verkrustet mit Schlamm, zu widerwärtiger Größe herangewachsen in all den Jahrhunderten, in denen sie sich unbelästigt versteckt hatten. Auch Webster, der nur mit bloßen Händen den Schlick durchsiebte, hatte darin ein paar versteinerte Hummerscheren gefunden, die die Größe von Baseballhandschuhen hatten. Er hatte Kammmuscheln ausgegraben, die so groß waren wie Melonen, Seeigel, Hundshaie, tote Fische. Auf gar keinen Fall würde Ruth Thomas da hineingehen. Auf gar keinen Fall.

So mussten der Senator und Ruth dasitzen und zusehen, wie Webster versank. Was konnten sie tun? Nichts. Sie saßen in angespanntem Schweigen da. Manchmal flog eine Möwe über sie hinweg. Manchmal rührte sich gar nichts. Sie sahen zu und warteten, und manchmal spürten sie Panik in sich aufsteigen. Aber Webster selbst geriet im Schlick nie in Panik. Er stand da, bis über die Hüften eingesunken, und wartete. Er schien auf etwas Unbekanntes zu warten, das er nach langer Zeit finden würde.

Oder vielleicht fand es auch ihn. Dann bewegte sich Webster schließlich wieder durch den stinkenden Schlamm.

Ruth war nicht klar, wie er das machte. Vom Strand aus sah es aus, als wäre plötzlich ein Steg von unten zu Websters nackten Füßen hinaufgestiegen, auf dem er jetzt sicher stand, und der Steg führte ihn langsam, aber sicher weg von der gefährlichen Stelle. Warum blieb er nie stecken? Warum schnitt er sich nie an Muscheln, Glas, Hummern, Mollusken, Eisen, Stein? All die verborgenen Gefahren im Schlick schienen höflich Platz zu machen, um Webster Pommeroy durchzulassen. Natürlich war er nicht immer in Gefahr. Manchmal trödelte er im seichten, knöcheltiefen Schlamm gleich am Ufer herum und starrte ausdruckslos nach unten. Das konnte langweilig werden. Und wenn es zu langweilig wurde, dann unterhielten sich Senator Simon und Ruth, die auf den Felsen saßen. Meistens unterhielten sie sich über Seekarten, Entdeckungsreisen, Schiffbruch und verborgene Schätze, die Lieblingsthemen des Senators. Besonders Schiffbruch.

Eines Nachmittags erzählte Ruth dem Senator, sie wolle vielleicht versuchen, Arbeit auf einem Hummerkutter zu finden. Das war nicht ganz die Wahrheit, obwohl es genau dem entsprach, was Ruth am vorigen Tag in einem langen Brief an ihre Mutter geschrieben hatte. Ruth *wollte* auf einem Hummerkutter arbeiten wollen, aber es mangelte ihr an echtem Verlangen danach. Sie erwähnte es dem Senator gegenüber nur, weil ihr gefiel, wie es sich anhörte.

»Ich habe mir überlegt«, sagte sie, »Arbeit auf einem Hummerkutter zu suchen.«

Der Senator wurde sofort böse. Er hasste es, wenn Ruth davon sprach, mit einem Boot zu fahren. Es machte ihn schon nervös genug, wenn sie für einen Tag mit ihrem Vater nach Rockland fuhr. Jedes Mal, wenn Ruth mit ihrem Vater aufs Meer hinausschipperte, regte sich der Senator – seit Jahren – darüber auf. Jeden Tag stellte er sich vor, sie würde über Bord gehen und ertrinken oder das Boot würde sinken oder es käme ein fürchterlicher Sturm, der sie wegspülen würde. Als Ruth ihm also von ihrem Vorhaben erzählte, sagte der Senator, er würde das Risiko nicht hinnehmen, sie an das Meer zu verlieren. Er würde Ruth ausdrücklich verbieten, auf einem Hummerkutter zu arbeiten.

»Willst du denn sterben?«, fragte er. »Willst du ertrinken?«

»Nein, ich will Geld verdienen.«

»Auf gar keinen Fall. Auf *gar* keinen Fall. Du gehörst nicht auf ein Boot. Wenn du Geld brauchst, dann gebe ich dir Geld.«

»Das ist keine besonders ehrenvolle Art, sich seinen Lebensunterhalt zu verdienen.«

»Warum willst du denn auf einem Boot arbeiten? Mit deiner Intelligenz? Boote sind etwas für Idioten wie die sieben Pommeroys. Das solltest du denen überlassen. Weißt du, was du tun solltest? Geh aufs Festland und bleib dort. Zieh nach Nebraska. Das würde ich jedenfalls tun. Bloß weg vom Meer.«

»Wenn der Hummerfang gut genug für die sieben Pommeroys ist, dann ist er gut genug für mich«, sagte Ruth. Sie war zwar nicht überzeugt davon, aber es klang nach festen Grundsätzen.

»Herrgott noch mal, Ruth.«

»Du hast den sieben Pommeroys zugeredet, für immer Seeleute zu werden, Senator. Du hast immer versucht, ihnen Jobs als Fischer zu besorgen. Du sagst ihnen immer, sie sollten Weltumsegler werden. Ich verstehe nicht, warum du mich nicht hin und wieder ein wenig ermutigst.«

»Ich ermutige dich sehr wohl.«

»Nicht darin, Fischer zu werden.«

»Ich bringe mich um, wenn du Fischer wirst, Ruth. Ich werde mich jeden einzelnen Tag umbringen.«

»Aber was, wenn ich Fischer werden wollte? Was, wenn ich Seemann werden wollte? Was, wenn ich zur Küstenwache gehen wollte? Was, wenn ich Weltumsegler werden wollte?«

»Du willst überhaupt kein Weltumsegler werden.«

»Ich könnte Weltumsegler werden wollen.«

Ruth wollte kein Weltumsegler werden. Sie plapperte nur so

dahin. Sie und der Senator verbrachten Stunden damit, solchen Unsinn zu reden. Tag für Tag. Keiner achtete allzu sehr auf den Unsinn des anderen. Senator Simon tätschelte seinem Hund den Kopf. »Cookie sagt: ›Was redet Ruth denn da, Weltumsegler? Ruth will kein Weltumsegler werden.‹ Das hast du doch gesagt, Cookie? Stimmt es, Cookie?«

»Halt dich da raus, Cookie«, sagte Ruth.

Etwa eine Woche später brachte der Senator das Thema wieder zur Sprache, während sie einträchtig Webster im Watt beobachteten. Die Gespräche zwischen dem Senator und Ruth verliefen immer so, in großen unendlichen Kreisen. Genau genommen redeten sie nur über ein Thema, und das, seit Ruth etwa zehn Jahre alt war. Sie drehten sich im Kreis. Sie fingen immer wieder von vorne an, wie zwei Schulmädchen.

»Wozu brauchst du denn Erfahrung auf einem Fischkutter, um Himmels willen?«, fragte Senator Simon. »Du bist nicht dein Leben lang an diese Insel gefesselt wie die Pommeroys. Das sind arme Schweine. Sie können nichts als Fischen.«

Ruth hatte schon vergessen, dass sie überhaupt erwähnt hatte, auf einem Fischerboot zu arbeiten. Aber jetzt verteidigte sie die Idee. »Eine Frau kann diese Arbeit genauso gut tun.«

»Ich habe nicht behauptet, dass eine Frau das nicht könnte. Ich behaupte, niemand sollte es tun. Es ist eine fürchterliche Arbeit. Es ist eine Arbeit für Trottel. Und wenn jeder versuchen würde, Hummerfänger zu werden, dann wären ziemlich bald alle Hummer weg.«

»Dort draußen gibt es genügend Hummer für alle.«

»Ganz sicher nicht, Ruthie. Herrgott, wer hat dir das denn bloß erzählt?«

»Mein Dad.«

»Na ja, für ihn gibt es genügend Hummer.«

»Was soll das denn heißen?«

»Er ist Raffzahn Nummer zwei. Er wird nie zu kurz kommen.«

»Nenn meinen Vater nicht so. Er hasst diesen Spitznamen.«

Der Senator streichelte seinen Hund. »Dein Dad ist Raffzahn

Nummer zwei. Mein Bruder ist Raffzahn Nummer eins. Das weiß jeder. Sogar Cookie hier weiß das.«

Ruth blickte hinaus zu Webster im Watt und gab keine Antwort. Nach ein paar Minuten sagte Senator Simon: »Weißt du, auf Hummerkuttern gibt es keine Rettungsboote. Man ist dort nicht sicher.«

»Warum sollte es denn Rettungsboote auf Hummerkuttern geben? Hummerkutter sind kaum größer als Rettungsboote.«

»Ein Rettungsboot kann einen doch gar nicht retten ...«

»Natürlich kann ein Rettungsboot einen retten. Rettungsboote retten die ganze Zeit Menschen«, behauptete Ruth.

»Sogar in einem Rettungsboot kannst du nur hoffen, bald gerettet zu werden. Wenn sie dich in der ersten Stunde nach einem Schiffbruch in deinem Rettungsboot finden, dann ist natürlich alles in Ordnung ...«

»Wer spricht denn hier von Schiffbruch?«, fragte Ruth, aber sie wusste sehr gut, dass der Senator bei jeder Gelegenheit von Schiffbruch redete. Seit Jahren sprach er mit ihr über Schiffbruch.

Der Senator sagte: »Wenn du in deinem Rettungsboot nicht in der ersten Stunde gerettet wirst, dann stehen die Chancen schlecht, überhaupt gerettet zu werden. Ganz schlecht, wirklich, Ruthie. Schlechter mit jeder Stunde. Nach einem ganzen Tag irgendwo auf See in einem Rettungsboot, da kannst du davon ausgehen, gar nicht gerettet zu werden. Was würdest du dann tun?«

»Ich würde rudern.«

»Du würdest rudern. Du würdest rudern, wenn du in einem Rettungsboot festsitzt und die Sonne untergeht, ohne dass Rettung in Sicht wäre? Du würdest rudern. Das ist dein Plan?«

»Ich müsste mir wohl etwas ausdenken.«

»Etwas ausdenken? Was gibt es denn da auszudenken? Wie man zu einem anderen Kontinent rudert?«

»Herrgott, Senator. Ich werde nie in einem Rettungsboot auf dem offenen Meer treiben. Ich verspreche es.«

»Wenn du Schiffbruch erleidest«, sagte der Senator, »dann wirst du nur durch Zufall gerettet – wenn du überhaupt gerettet wirst. Und denk daran, Ruthie, die meisten Überlebenden eines Schiffbruchs sind verletzt. Schließlich sind sie nicht bei ruhiger See vom Schiff gesprungen, um eine Runde schwimmen zu gehen. Die meisten Überlebenden eines Schiffbruchs haben gebrochene Beine oder entsetzliche Schnittwunden oder Verbrennungen. Und was glaubst du bringt dich am Ende um?«

Ruth wusste die Antwort. »Erfrierungen?«, riet sie falsch, nur um das Gespräch nicht schon zu beenden.

»Nein.«

»Haie?«

»Nein. Wassermangel. Durst.«

»Ist das wahr?«, fragte Ruth höflich.

Aber jetzt, wo die Sprache auf Haie gekommen war, schwieg der Senator. Schließlich sagte er: »In den Tropen schwimmen die Haie bis hoch zum Boot. Sie heben die Schnauze ins Boot, wie schnüffelnde Hunde. Aber Barrakudas sind schlimmer. Nimm mal an, du hast Schiffbruch erlitten. Du hältst dich an einem Wrackteil fest. Ein Barrakuda schwimmt vorbei und versenkt seine Zähne in dir. Du kannst ihn abreißen, Ruthie, aber sein Kopf bleibt an dir haften. Wie eine schnappende Schildkröte, Ruthie. Ein Barrakuda hält sich noch lange nach seinem Tod an dir fest. Das stimmt.«

»Hier in der Gegend mache ich mir keine großen Gedanken wegen Barrakudas, Senator. Und ich finde, du solltest dir auch keine Gedanken wegen Barrakudas machen.«

»Aha, und was ist dann mit den Goldmakrelen? Für Goldmakrelen musst du nicht in den Tropen sein, Ruthie. Wir haben ganze Schwärme von Goldmakrelen direkt da draußen.« Senator Simon deutete hinter das Watt und Webster auf den offenen Atlantik. »Goldmakrelen jagen in Schwärmen, wie Wölfe. Und Stachelrochen! Überlebende eines Schiffbruchs haben erzählt, dass riesige Rochen unter ihr Boot geschwommen und dort den ganzen Tag geblieben sind. Sie haben sie Deckenfische genannt.

Dort draußen gibt es Rochen, die größer sind als dein kleines Rettungsboot. Sie schwimmen unter deinem Boot wie der Schatten des Todes.«

»Das hast du schön erzählt, Senator. Sehr schön.«

Der Senator fragte: »Was ist das für ein Sandwich, Ruthie?«

»Schinkensalat. Willst du die Hälfte?«

»Nein, nein. Iss du mal.«

»Du kannst mal beißen.«

»Was ist da drauf? Senf?«

»Warum beißt du nicht mal, Senator?«

»Nein, nein, iss du mal. Ich sag dir noch was. In einem Rettungsboot verliert man den Verstand. Man verliert jegliches Gefühl für die Zeit. Angenommen, da sitzen Leute zwanzig Tage lang in einem offenen Boot. Dann werden sie gerettet, und sie stellen überrascht fest, dass sie nicht mehr laufen können. Ihre Füße sind verätzt vom Salzwasser, und sie haben offene Wunden, weil sie in Salzwasserpfützen gesessen sind; sie haben Verletzungen vom Untergang des Schiffs und Verbrennungen von der Sonne; und dann stellen sie überrascht fest, Ruthie, dass sie nicht laufen können. Sie können ihre Situation nicht im Mindesten verstehen.«

»Delirium.«

»Stimmt. Delirium. Genau. Manche Menschen haben in einem Rettungsboot ein so genanntes ›kollektives Delirium‹. Sagen wir, es sind zwei Männer in einem Boot. Beide verlieren sie den Verstand, auf die gleiche Weise. Ein Mann sagt: ›Ich geh schnell auf ein Bier in die Kneipe‹, steigt über Bord und ertrinkt. Der zweite Mann sagt: ›Ich komm mit, Ed‹, steigt über Bord und ertrinkt ebenfalls.«

»Und die Haie lauern.«

»Und die Goldmakrelen. Und es gibt noch ein anderes häufig vorkommendes kollektives Delirium, Ruthie. Nehmen wir an, es sind nur zwei Männer in einem Rettungsboot. Als sie gerettet werden, schwören beide, ein dritter Mann sei die ganze Zeit über bei ihnen gewesen. Sie sagen: ›Wo ist mein Freund?‹ Und die Retter sagen ihnen: ›Ihr Freund liegt in dem Bett neben Ihnen. Er ist in Sicherheit.‹ Und die Männer sagen: ›Nein! Wo ist mein anderer Freund? Wo ist der andere Mann?‹ Aber es hat nie einen anderen Mann gegeben. Das glauben sie nicht. Für den Rest ihres Lebens werden sie sich fragen: ›Wo ist der andere Mann?‹«

Ruth Thomas reichte dem Senator die Hälfte ihres Sandwiches, das er schnell aß.

»In der Arktis hingegen stirbt man natürlich an der Kälte«, fuhr er fort.

»Natürlich.«

»Man schläft ein. Wer im Rettungsboot einschläft, wacht nie wieder auf.«

»Natürlich nicht.«

An anderen Tagen unterhielten sie sich über Kartografie. Der Senator war ein großer Verehrer von Ptolemäus. Er prahlte mit Ptolemäus, als wäre Ptolemäus sein eigener talentierter Sohn.

»Bis 1511 hat niemand die Karten von Ptolemäus verändert!«, verkündete er stolz. »Na, das nenne ich eine lange Zeit, Ruth. Dreizehnhundert Jahre lang war der Kerl der Experte schlechthin! Nicht übel, Ruth. Gar nicht übel.«

Ein weiteres Lieblingsthema des Senators war der Untergang der *Victoria* und der *Camperdon*. Er kam immer wieder darauf zu sprechen. Es brauchte keinen besonderen Auslöser. Eines Samstagnachmittags Mitte Juni beispielsweise erzählte Ruth dem Senator gerade, wie sehr sie die Abschlusszeremonie an ihrer Schule gehasst habe, da sagte der Senator: »Denk an den Untergang der *Victoria* und der *Camperdon*, Ruthie!«

»Okay«, sagte Ruth freundlich, »wenn du darauf bestehst.«

Und Ruth Thomas dachte an den Untergang der *Victoria* und der *Camperdon*, weil der Senator ihr vom Untergang der *Victoria* und der *Camperdon* erzählt hatte, seit sie ein Kleinkind war. Diesen Untergang fand er sogar noch verstörender als den der *Titanic*.

Die *Victoria* und die *Camperdon* waren Flaggschiffe der mächtigen britischen Marine gewesen. Im Jahr 1893 kollidierten sie bei helllichtem Tag auf ruhiger See, weil ein Kommandeur während der Manöver einen idiotischen Befehl gegeben hatte. Der Zusammenstoß erregte den Senator so sehr, weil er an einem Tag geschah, an dem normalerweise kein Schiff hätte sinken sollen, und weil die Seeleute die besten der ganzen Welt waren. Sogar die Schiffe waren die besten der Welt, und die Offiziere waren die besten der britischen Marine, aber die Schiffe gingen unter. Die *Victoria* und die *Camperdon* kollidierten, weil die großartigen Offiziere – in vollem Wissen, dass der Befehl, den sie erhalten hatten, idiotisch war – ihn aus Pflichtbewusstsein erfüllt hatten und dafür gestorben waren. Die *Victoria* und die *Camperdon* bewiesen, dass auf See alles möglich war. Egal, wie ruhig das Wetter, egal, wie erfahren die Crew, in einem Boot war man nie sicher.

In den Stunden nach der Kollision der *Victoria* und der *Camperdon*, so erzählte der Senator Ruth Thomas seit Jahren, war das Meer voller Ertrinkender. Die Schrauben des sinkenden Schiffes richteten die Männer entsetzlich zu. Sie wurden, wie er immer betonte, in Stücke gehackt.

»Sie wurden in Stücke gehackt, Ruthie«, sagte der Senator.

Sie verstand nicht ganz, was das mit ihrer Geschichte über den Schulabschluss zu tun hatte, aber sie ließ ihn reden.

»Ich weiß, Senator«, sagte sie. »Ich weiß.«

In der darauf folgenden Woche, wieder am Potter Beach, kamen Ruth und der Senator erneut auf untergegangene Schiffe zu sprechen.

»Was ist denn mit der *Margaret B. Rouss*?«, fragte Ruth, nachdem der Senator lange Zeit geschwiegen hatte. »Dieser Schiffbruch ist für alle ziemlich gut ausgegangen.«

Sie erwähnte den Namen dieses Schiffes immer vorsichtig. Manchmal wirkte der Name *Margaret B. Rouss* beruhigend auf den Senator, aber manchmal regte er sich auch auf.

»Herrgott, Ruthie!«, explodierte er. »Herrgott!«

Dieses Mal regte er sich auf.

»Die *Margaret B. Rouss* hatte Holz geladen, und es dauerte eine Ewigkeit, bis sie versunken war. Du weißt das, Ruthie. Herrgott! Du weißt, dass das eine Ausnahme war. Du weißt, dass es normalerweise nicht so einfach ist, Schiffbruch zu erleiden. Und ich sag dir noch etwas. Es ist unter gar keinen Umständen angenehm, torpediert zu werden, egal mit welcher Fracht, egal, was mit der Crew der gottverdammten *Margaret B. Rouss* passiert ist.«

»Und was ist mit der Crew passiert, Senator?«

»Du weißt ganz genau, was mit der Crew der *Margaret B. Rouss* passiert ist.«

»Sie sind vierzig Meilen gerudert ...«

»... fünfundvierzig Meilen.«

»Sie sind fünfundvierzig Meilen nach Monte Carlo gerudert, wo sie sich mit dem Fürsten von Monaco anfreundeten. Und von diesem Zeitpunkt an lebten sie in Luxus. Das ist eine schöne Geschichte über einen Schiffbruch, nicht wahr?«

»Einen ungewöhnlich glimpflichen Schiffbruch, Ruthie.«

»Eben.«

»Eine Ausnahme.«

»Mein Vater sagt bei jedem Boot, das sinkt, es ist eine Ausnahme.«

»Er ist neunmalklug. Genau wie du neunmalklug bist. Du glaubst nur wegen der *Margaret B. Rouss*, du könntest dein Leben sicher auf dem Wasser in irgendeinem Hummerkutter verbringen?«

»Ich verbringe mein Leben auf überhaupt keinem Wasser, Senator. Ich habe nur gesagt, dass ich mir vielleicht für drei Monate einen Job auf dem Wasser suchen könnte. Die meiste Zeit wäre ich weniger als zwei Meilen vom Ufer entfernt. Ich habe nur gesagt, ich will den Sommer über auf dem Wasser arbeiten.«

»Du weißt, dass es überaus gefährlich ist, mit einem Boot auf das offene Meer hinauszufahren. Es ist sehr gefährlich dort draußen. Und die meisten Leute werden es nicht schaffen, irgendwelche fünfundvierzig Meilen in irgendein Monte Carlo zu rudern.«

»Tut mir Leid, dass ich davon angefangen habe.«

»In den meisten Fällen wäre man bereits erfroren. Am nördlichen Polarkreis gab es einmal einen Schiffbruch. Die Männer saßen drei Tage lang im Rettungsboot, bis zu den Knien im eisigen Wasser.«

»Welches Schiff?«

»Ich erinnere mich nicht an den Namen.«

»Wirklich?« Ruth hatte noch nie von einem untergegangenen Schiff gehört, das der Senator nicht mit Namen kannte.

»Auf den Namen kommt es nicht an. Die schiffbrüchigen Seemänner sind schließlich auf einer isländischen Insel gelandet. Sie hatten allesamt Erfrierungen. Die Eskimos haben versucht, ihre erfrorenen Gliedmaßen wieder zu beleben. Was haben die Eskimos gemacht, Ruthie? Sie haben den Männern die Füße kräftig mit Öl eingerieben. Die Männer brüllten und baten die Eskimos, aufzuhören. Aber die Eskimos haben den Männern weiter kräftig die Füße mit Öl eingerieben. Ich kann mich nicht mehr an den Namen des Schiffs erinnern. Aber du solltest daran denken, wenn du ein Boot besteigst.«

»Ich habe nicht vor, nach Island zu segeln.«

»Manche der Männer auf der isländischen Insel wurden ohnmächtig von den Schmerzen durch das kräftige Reiben, und sie starben dort.«

»Ich habe nicht behauptet, ein Schiffbruch sei etwas Gutes, Senator.«

»Jeder dieser Männer musste schließlich amputiert werden.«

»Senator?«

»Bis zum Knie, Ruthie.«

»Senator?«, wiederholte Ruth.

»Sie starben an den Schmerzen beim Einreiben.«

»Senator, bitte.«

»Die Überlebenden mussten bis zum nächsten Sommer in der Arktis bleiben, und alles, was sie zu essen hatten, war Walfischspeck.«

»Bitte«, sagte sie.

Bitte. *Bitte.*

Denn da stand Webster vor ihnen. Bis zu seinem dünnen Bauch hinauf war er von Schlamm überzogen. Seine nass geschwitzten Haare hatten sich gelockt, und sein Gesicht war mit Schlammschlieren übersät. Und er hielt einen Elefantenstoßzahn flach auf seinen schmutzigen, ausgestreckten Händen.

»Oh, Senator«, sagte Ruth. »Oh mein Gott.«

Webster legte den Stoßzahn in den Sand, dem Senator vor die Füße, wie man ein Geschenk vor einen Regenten legen würde. Dem Senator fehlten die Worte angesichts dieses Geschenks. Die drei Menschen an dem Strand – der alte Mann, die junge Frau, der winzige, schlammige junge Mann – betrachteten den Elefantenstoßzahn. Niemand rührte sich, bis sich Cookie steif erhob und misstrauisch zu dem Ding hintrottete.

»Nein, Cookie«, sagte Senator Simon. Der Hund nahm die Haltung einer Sphinx an und reckte die Nase dem Stoßzahn entgegen, als wolle er daran riechen.

Schließlich sagte Webster entschuldigend und zögernd: »Wahrscheinlich war es ein kleiner Elefant.«

Der Stoßzahn war in der Tat klein. Sehr klein für einen Elefanten, der in 138 Jahren Mythenbildung zu einer stattlichen Größe herangewachsen war. Der Stoßzahn war ein wenig länger als Websters Arm. Es war ein schlanker Stoßzahn, mit einer bescheidenen Krümmung. An einem Ende war eine stumpfe Spitze, wie ein Daumen. Am anderen Ende war die schartige Kante, wo er vom Schädel abgebrochen war. Durch das Elfenbein zogen sich tiefschwarze Rillen.

»Es war wahrscheinlich nur ein kleiner Elefant«, wiederholte Webster, weil der Senator immer noch nicht geantwortet hatte. Diesmal klang Webster beinahe verzweifelt. »Wir haben wohl gedacht, er wäre größer, nicht?«

Der Senator stand auf, so langsam und steif, als wäre er 138 Jahre lang am Strand gesessen, um auf den Stoßzahn zu warten. Er starrte ihn noch ein wenig an, dann legte er den Arm um Webster.

»Das hast du gut gemacht, mein Sohn«, sagte er.

Webster sank auf die Knie, der Senator hockte sich neben ihn und legte dem Jungen die Hand auf die hagere Schulter.

»Bist du enttäuscht, Webster?«, fragte er. »Hast du gedacht, ich wäre enttäuscht? Es ist ein schöner Stoßzahn.«

Webster hob die Schultern. Er blickte schuldbewusst drein. Ein leichter Wind kam auf, und Webster erschauerte leicht.

»Es war wahrscheinlich nur ein kleiner Elefant«, wiederholte er.

Ruth sagte: »Webster, das ist ein großartiger Elefantenstoßzahn. Du hast gut gearbeitet, Webster. Du hast das ganz toll gemacht.«

Dann schluchzte Webster zweimal auf.

»Ach, komm schon, Junge«, sagte der Senator, und auch seine Stimme klang erstickt. Webster weinte. Ruth wandte den Kopf ab. Sie hörte aber immer noch, wie er diese traurigen Geräusche von sich gab, also stand sie auf und ging weg von den Felsen zu den Fichten, die das Ufer säumten. Sie ließ Webster und den Senator eine gute Weile am Strand sitzen, während sie zwischen den Bäumen herumging, Stöcke aufsammelte und sie zerbrach. Die Mücken plagten sie, aber es war ihr egal. Sie konnte es nicht ertragen, wenn jemand weinte. Hin und wieder warf sie einen Blick in Richtung Strand, aber sie konnte sehen, dass Webster immer noch schluchzte und der Senator ihn immer noch tröstete, und das wollte sie sich nicht antun.

Ruth setzte sich, mit dem Rücken zum Strand, auf einen moosbewachsenen Baumstamm. Sie hob einen flachen Stein auf, und ein Salamander schoss heraus und erschreckte sie. Vielleicht sollte sie Tierärztin werden. Vor kurzem hatte der Senator ihr ein Buch über die Züchtung von Spürhunden gegeben. Es hatte ihr ziemlich gut gefallen. Das Buch, 1870 verlegt, war in einem wunderschönen Stil verfasst. Eine Beschreibung des besten Chesapeake Labradors, der dem Autor je unter die Augen gekommen war, hatte sie beinahe zu Tränen gerührt. Der Labrador hatte einen getroffenen Seevogel apportiert, indem er über krachende Eisschollen gesprungen und weit hinaus geschwommen war, bis außer Sichtweite. Bugle, so hieß der Hund, war halb erfroren an Land zurückgekehrt, trug aber ganz sanft den Vogel in seinem weichen Maul. Ohne einen Kratzer.

Ruth warf einen verstohlenen Blick über die Schulter zu Webster und dem Senator. Webster hatte offenbar aufgehört zu weinen. Sie lief hinunter ans Ufer, wo Webster saß und grimmig geradeaus blickte. Der Senator hatte den Stoßzahn zu einer warmen Pfütze im Watt getragen, um ihn zu säubern. Ruth Thomas ging zu ihm. Er richtete sich auf und reichte ihr den Stoßzahn. Sie trocknete ihn an ihrem Hemd. Er war leicht wie ein Knochen und gelb wie alte Zähne, und der hohle Innenraum war mit Schlamm gefüllt. Er war warm. Sie hatte nicht einmal gesehen, wie Webster ihn gefunden hatte! All die Stunden am Strand, die sie ihm zugesehen hatte, wie er den Schlick durchsuchte, und sie hatte den Moment verpasst, in dem er ihn fand!

»Du hast auch nicht gesehen, wie er ihn gefunden hat«, sagte sie zu dem Senator. Er schüttelte den Kopf. Ruth wog ihn in ihrer Hand. »Unglaublich«, sagte sie.

»Ich hätte nicht gedacht, dass er ihn wirklich findet, Ruth«, flüsterte der Senator verzweifelt. »Was soll ich denn jetzt bloß zum Teufel mit ihm anfangen? Sieh ihn dir an, Ruth.«

Ruth sah hin. Webster zitterte wie ein alter Motor im Leerlauf.

»Ist er durcheinander?«, fragte sie.

»Natürlich ist er durcheinander! Dieses Vorhaben hat ihn ein Jahr lang beschäftigt. Ich weiß nicht«, flüsterte der Senator panisch, »was ich jetzt mit dem Jungen anfangen soll.«

Webster Pommeroy stand auf und stellte sich neben Ruth und den Senator. Der Senator richtete sich zu voller Größe auf und lächelte breit.

»Hast du ihn sauber gemacht?«, fragte Webster. »Sieht er jetzt sch-sch-schöner aus?«

Der Senator drehte sich um und drückte den kleinen Webster Pommeroy fest an sich. Er sagte: »Ja, er ist fantastisch! Er ist großartig! Ich bin so stolz auf dich, mein Sohn! Ich bin so stolz auf dich!«

Webster schluchzte erneut auf und fing wieder an zu weinen. Ruth schloss automatisch die Augen.

»Weißt du, was ich finde, Webster?«, hörte Ruth den Senator fragen. »Ich finde, es ist ein prachtvoller Fund. Wirklich. Und ich finde, wir sollten ihn zu Mr. Ellis bringen.«

Ruth riss die Augen auf.

»Und weißt du, was Mr. Ellis tun wird, wenn er uns mit dem Stoßzahn kommen sieht?«, fragte der Senator, seinen gewaltigen Arm um Websters Schulter gelegt. »Weißt du das, Webster?«

Webster wusste es nicht. Mitleid erregend zuckte er mit den Achseln.

Der Senator sagte: »Mr. Ellis wird strahlen. Stimmt's, Ruthie? Wäre das nichts? Mr. Ellis hat bestimmt große Freude daran.«

Ruth gab keine Antwort.

»Glaubst du nicht, Ruthie? Nein?«

3

Ein Hummer, so will's die Natur,
handelt zum eig'nen Vorteil nur.
Innerlich ist er recht derb,
nach außen jedoch ehrenwert.

Der Arzt und der Poet
J. H. Stevenson, 1718-1785

Mr. Lanford Ellis lebte im Haus Ellis, das im Jahr 1883 erbaut worden war. Das Haus war das prächtigste Gebäude auf Fort Niles Island, und es war auch prächtiger als alles auf Courne Haven. Es war aus schwarzem Granit von bester Qualität gebaut, wie eine große Bank oder ein Bahnhof, nur in etwas kleineren Proportionen. Es gab Säulen, Bogen, tiefe Fenster und eine glitzernde, gekachelte Eingangshalle von der Größe eines weiträumigen, widerhallenden römischen Badehauses. Das Haus Ellis lag auf dem höchsten Punkt von Fort Niles und war so weit wie nur irgend möglich vom Hafen entfernt. Es stand am Ende der Ellis Road. Besser gesagt, das Haus Ellis hielt die Ellis Road unvermittelt auf, als wäre es ein großer Polizist mit Pfeife, der Respekt einflößend den Arm ausstreckt.

Die Ellis Road gab es seit 1880. Es war eine alte Arbeiterstraße, die die drei Steinbrüche der Ellis Granitgesellschaft auf Fort Niles Island miteinander verbunden hatte. Früher einmal war die Ellis Road eine viel befahrene Durchgangsstraße gewesen, doch als Webster Pommeroy, Senator Simon Addams und Ruth Thomas an diesem Junimorgen im Jahr 1976 über die Straße auf das Haus Ellis zugingen, war sie schon längst nicht mehr in Gebrauch.

Neben der Ellis Road verliefen auf einer Strecke von zwei Meilen die Schienen der stillgelegten Ellis-Bahn, die es seit 1882 gab. Die Schienen waren damals gelegt worden, um die tonnenschweren Granitblöcke von den Steinbrüchen zu den Schaluppen zu transportieren, die im Hafen warteten. Diese schweren Frachter machten sich auf den Weg nach New York, Philadelphia und Washington. In trägem Verband fuhren sie die Städte an, die ständig Pflastersteine aus Courne Haven Island und Granit besserer Qualität aus Fort Niles Island gebrauchen konnten. Jahrzehntelang transportierten die Schaluppen das Innere der beiden Inseln ab und kehrten Wochen später voll geladen mit der Kohle zurück, die gebraucht wurde, um noch mehr Granit abzubauen und die Inseln noch mehr auszuweiden.

Neben der uralten Ellis-Bahn lagen orange verrostet und verstreut Geräte und Maschinenteile der Ellis Granitgesellschaft – Spitzhammer, Keile, Unterlegscheiben und andere Werkzeuge –, die niemand, nicht einmal Senator Simon, mehr identifizieren konnte. Die große Drehbank der Ellis Granitgesellschaft, die größer war als die Antriebsmaschine einer Lokomotive, verrottete im nahe gelegenen Wald, um nie wieder benutzt zu werden. Die Drehbank saß jämmerlich inmitten von Düsternis und Ranken, als wäre sie zur Strafe dorthin verbannt worden. Ihr verwittertes 140 Tonnen schweres Räderwerk hatte sich tollwütig ineinander verbissen. Verrostete, pythonhafte Kabel lauerten im Gras.

Sie gingen. Webster Pommeroy und Senator Simon Addams und Ruth Thomas gingen mit dem Elefantenstoßzahn die Ellis Road hinauf, an der Ellis-Bahn entlang, auf das Haus Ellis zu. Sie lächelten nicht, lachten nicht. Keiner von ihnen besuchte Ellis Haus häufig.

»Ich weiß gar nicht, warum wir uns die Mühe machen«, sagte Ruth. »Er wird nicht einmal da sein. Er ist immer noch in New Hampshire. Er kommt erst nächsten Samstag.«

»Dieses Jahr ist er früher auf die Insel gekommen«, sagte der Senator.

»Was soll das heißen?«

»Dieses Jahr ist Mr. Ellis am achtzehnten April gekommen.«
»Du machst wohl Witze.«
»Ich mache keine Witze.«
»Er ist schon hier? War er die ganze Zeit schon hier? Seit ich aus der Schule zurück bin?«
»Genau.«
»Das hat mir niemand gesagt.«
»Hast du jemanden gefragt? Es sollte dich aber nicht überraschen. Im Haus Ellis ist jetzt alles anders als früher.«
»Tja. Das sollte ich wohl wissen.«
»Ja, Ruthie. Das solltest du wohl.«
Der Senator verscheuchte beim Gehen die Mücken, die ihm um den Kopf flogen, mit einem Fächer, den er sich aus Farnwedeln gemacht hatte.
»Kommt deine Mutter diesen Sommer auf die Insel, Ruth?«
»Nein.«
»Hast du deine Mutter dieses Jahr gesehen?«
»Eigentlich nicht.«
»Was? Du warst dieses Jahr nicht in Concord?«
»Eigentlich nicht.«
»Gefällt es deiner Mutter in Concord?«
»Offenbar. Schließlich wohnt sie schon ziemlich lange dort.«
»Bestimmt wohnt sie in einem schönen Haus. Ist es schön?«
»Ich habe dir bestimmt schon eine Million Mal gesagt, dass es schön ist.«
»Weißt du, dass ich deine Mutter seit zehn Jahren nicht mehr gesehen habe?«
»Auch das hast du mir bestimmt eine Millionen Mal gesagt.«
»Sie kommt also diesen Sommer nicht auf die Insel?«
»Sie kommt nie«, sagte Webster Pommeroy unvermittelt. »Ich weiß nicht, warum immer alle von ihr reden.«
Damit war das Gespräch beendet. Die drei sagten eine ganze Weile lang gar nichts, dann fragte Ruth: »Mr. Ellis ist am achtzehnten April gekommen?«
»Ganz genau«, sagte der Senator.

Das waren ungewöhnliche Neuigkeiten, geradezu erstaunliche. Die Familie Ellis kam am dritten Samstag im Juni nach Fort Niles Island, und zwar seit dem dritten Samstag im Juni 1883. Den Rest des Jahres über lebten sie in Concord, New Hampshire. Der ursprüngliche Patriarch der Familie, Dr. Jules Ellis, hatte 1883 damit angefangen, seine immer größer werdende Familie im Sommer auf die Insel zu bringen, um sie von den Krankheiten der Stadt fern zu halten. Außerdem wollte er ein Auge auf seine Granitgesellschaft haben. Kein Einheimischer wusste, was für eine Art Doktor Dr. Jules Ellis genau war. Wie ein Arzt benahm er sich jedenfalls gewiss nicht. Er benahm sich eher wie ein Industriekapitän. Doch das war während einer anderen Ära, wie Senator Simon gerne betonte, als ein Mann noch vieles sein konnte. Damals, als ein Mann noch viele Hüte tragen konnte.

Keiner der Einheimischen auf Fort Niles mochte die Familie Ellis, aber irgendwie war man stolz darauf, dass Dr. Ellis Fort Niles ausgewählt hatte, um sein Haus darauf zu bauen, und nicht Courne Haven, wo die Ellis Granitgesellschaft ebenfalls arbeitete. Dieser Stolz war jedoch unangebracht; die Inselbewohner hatten keinen Grund, sich geschmeichelt zu fühlen. Dr. Ellis hatte Fort Niles Island nicht deshalb als Standort für sein Haus gewählt, weil er die Insel lieber mochte. Er hatte Fort Niles ausgewählt, weil er sowohl Fort Niles als auch Courne Haven, das gleich auf der anderen Seite des Worthy Channel lag, im Auge behalten konnte, indem er das Haus Ellis auf den höchsten, nach Osten ausgerichteten Felsen baute. Er konnte auf der einen Insel leben und die andere genau beobachten. Außerdem kam er so noch in den Genuss des Sonnenaufgangs.

Während der Regentschaft von Dr. Jules Ellis brachte der Sommer immer eine ganze Schar Besucher nach Fort Niles Island. Bald waren es fünf Ellis-Kinder, die jeden Sommer kamen, zusammen mit zahlreichen entfernteren Verwandten, ständig wechselnden gut gekleideten Sommergästen und Geschäftsfreunden der Familie sowie dem Sommerpersonal, bestehend aus sechzehn Bediensteten. Das Personal transportierte die Sommerausrüstung der Familie Ellis aus Concord erst mit dem Zug und dann auf Schiffen nach Fort Niles. Am dritten Samstag im Juni erschienen die Bediensteten an den Docks, luden zahllose Schrankkoffer mit Sommerporzellan, Wäsche, Kristall und Vorhängen aus. Auf Fotografien sehen diese Stapel von Schrankkoffern selbst wie Gebäude, wie seltsame Bauwerke aus. Dieses Großereignis, die Ankunft der Familie Ellis, verlieh dem dritten Samstag im Juni eine große Bedeutung.

Das Personal der Familie Ellis brachte mit den Booten auch mehrere Reitpferde für den Sommer mit. Das Haus Ellis hatte einen feinen Stall, außerdem einen gepflegten Rosengarten, einen Ballsaal, einen Eiskeller, Gästehäuser, einen Rasentennisplatz und einen Goldfischteich. Die Familie und ihre Freunde, die den Sommer auf Fort Niles verbrachten, ergötzten sich an diversen Freizeitbeschäftigungen. Am Ende des Sommers, am zweiten Samstag im September, reisten sie dann ab, Dr. Ellis, seine Frau, seine fünf Kinder, seine Reitpferde, seine sechzehn Diener, seine Gäste, das Silber, das Porzellan, die Wäsche, das Kristall und die Vorhänge. Die Familie und das Personal drängten sich auf ihre Fähre, die Sachen wurden in die Stapel von Schrankkoffern gepackt, und alles und jeder wurde für den Winter wieder nach Concord, New Hampshire, verfrachtet.

Doch all das war lange her. Diese gewaltige Aufführung hatte seit Jahren nicht mehr stattgefunden.

In Ruth Thomas' neunzehntem Sommer im Jahr 1976 war der einzige Ellis, der noch nach Fort Niles Island kam, Dr. Jules Ellis' ältester Sohn Lanford Ellis. Er war ein Greis, vierundneunzig Jahre alt.

Alle anderen Kinder von Dr. Jules Ellis waren bis auf eine Tochter tot. Es gab Enkel und sogar Urenkel von Dr. Ellis, denen das große Haus auf Fort Niles vielleicht gefallen hätte, aber Lanford Ellis hielt nichts von ihnen. Er mochte sie nicht und hielt sie fern von der Insel. Es war sein gutes Recht. Das Haus gehörte einzig und allein ihm; er war der Alleinerbe. Mr. Lanford Ellis' eine noch lebende Schwester Vera Ellis war das einzige Familienmitglied, an dem ihm etwas lag, aber Vera Ellis hielt sich für zu schwach für die Reise. Sie fand, sie sei bei schlechter Gesundheit. Sie hatte viele glückliche Sommer auf Fort Niles verbracht, doch jetzt blieb sie lieber das ganze Jahr über in Concord, mit einer Hausdame, die sich um sie kümmerte.

Seit zehn Jahren verbrachte Lanford Ellis also seine Sommer alleine auf Fort Niles. Er hatte keine Pferde und lud keine Gäste ein. Er spielte nicht Crocket und machte keine Bootsfahrten. Er hatte kein Personal im Haus Ellis, bis auf einen Mann, Cal Cooley, der sowohl Hausverwalter als auch Betreuer war. Cal Cooley kochte sogar für den alten Mann. Cal Cooley lebte das ganze Jahr über im Haus Ellis und hielt auf alles ein Auge.

Senator Simon Addams, Webster Pommeroy und Ruth Thomas gingen auf das Haus Ellis zu. Sie gingen nebeneinander, und Webster lehnte den Stoßzahn an eine Schulter, als wäre er eine Muskete aus dem Revolutionskrieg. Zu ihrer Linken verlief die stillgelegte Ellis-Bahn. Tief im Wald zu ihrer Rechten standen die düsteren Überreste der »Wichtelhütten«, winzige Häuschen, die ein Jahrhundert zuvor von der Ellis Granitgesellschaft für die Arbeiter aus Italien gebaut worden waren. Früher wurden über dreihundert Arbeiter in diese Hütten gepfercht. Sie waren allgemein nicht sehr willkommen, auch wenn sie an Feiertagen ihre Umzüge auf der Ellis Road abhalten durften. Auf der Insel hatte es auch eine kleine katholische Kirche für die Italiener gegeben. Jetzt nicht mehr. 1976 war die katholische Kirche schon längst abgebrannt.

Während der Herrschaft der Ellis Granitgesellschaft war Fort Niles so etwas wie eine richtige Stadt, belebt und zweckmäßig. Wie ein Fabergé-Ei – ein Gegenstand, dessen Oberfläche detailliert gestaltet worden war. Und was sich alles auf so einer kleinen Oberfläche drängte! Es gab einmal zwei Textilwarengeschäfte auf der Insel. Es gab einmal ein kleines Museum, eine Eisbahn, einen Tierpräparator, eine Zeitung, eine Ponyrennbahn, ein Hotel mit einer Pianobar und, auf gegenüberliegenden Straßenseiten, das Ellis Eureka Theater und den Ellis Olympia Tanzsaal. 1976 war alles abgebrannt oder verfallen. Wo war das alles hin?, fragte sich Ruth. Und wie hatte das alles je dorthin gepasst? Das meiste Land war wieder verwaldet. Vom Ellis-Imperium waren nur zwei Gebäude geblieben: der Laden der Ellis Granitgesellschaft und das Haus Ellis. Der Laden, ein dreistöckiges Holzhaus unten am Hafen, war baufällig und stand leer. Die Steinbrüche waren natürlich auch noch da, über 350 Meter tiefe Löcher, die nun mit Quellwasser gefüllt waren.

Ruth Thomas' Vater nannte die Wichtelhütten hinten im Wald »Guinee-Hütten«, ein Ausdruck, den er von seinem Vater oder Großvater haben musste, denn schon als Ruths Vater noch ein kleiner Junge war, standen die Wichtelhütten fast alle leer. Sogar als Senator Simon noch ein kleiner Junge war, leerten sich die Wichtelhütten bereits. Das Granitgeschäft war 1910 am Absterben und 1930 tot. Bevor der Granit knapp geworden wäre, ging der Absatz zurück. Die Ellis Granitgesellschaft hätte noch eine Ewigkeit Stein abgebaut, bei entsprechender Nachfrage. Die Gesellschaft hätte den Granit abgebaut, bis sowohl Fort Niles als auch Courne Haven völlig zerstört gewesen wären. Bis die Inseln dünne Granitschalen im Ozean gewesen wären. Zumindest behaupteten das die Inselbewohner. Sie behaupteten, die Familie Ellis hätte alles abtransportiert, wenn sie das Zeug, aus dem die Inseln gemacht waren, noch hätten verkaufen können.

Die drei gingen die Ellis Road hinauf und wurden nur einmal langsamer, als Webster eine tote Schlange auf dem Boden liegen sah und stehen blieb, um sie mit der Spitze des Elefantenstoßzahns zu stupsen.

»Schlange«, sagte er.

»Harmlos«, sagte Senator Simon.

Ein andermal blieb Webster stehen und versuchte, dem Senator den Stoßzahn zu geben.

»Nimm du ihn«, sagte er. »Ich will nicht dort hoch. Ich will keinen Mr. Ellis sehen.«

Aber Senator Simon weigerte sich. Er sagte, Webster habe den Stoßzahn gefunden und solle auch die Anerkennung für seinen Fund bekommen. Er sagte, vor Mr. Ellis müsse man sich nicht fürchten, denn Mr. Ellis sei ein guter Mensch. Auch wenn es in der Vergangenheit Mitglieder der Familie Ellis gegeben habe, vor denen man sich habe fürchten müssen, so sei doch Mr. Lanford Ellis ein anständiger Mensch, für den Ruthie sozusagen wie eine Enkelin war.

»Nicht wahr, Ruthie? Dich strahlt er doch immer an, nicht? Und er war immer gut zu deiner Familie?«

Ruth antwortete nicht. Die drei gingen weiter.

Keiner sagte mehr etwas, bis sie das Haus Ellis erreichten. Keines der Fenster war geöffnet, nicht einmal ein Vorhang war aufgezogen. Die Hecken vor dem Haus waren immer noch mit einer Plane überzogen, zum Schutz gegen die bösen Winterstürme. Der Ort sah verlassen aus. Der Senator stieg die breiten, schwarzen Granittreppen zu den dunklen Eingangstüren hinauf und klingelte. Und klopfte. Und rief. Niemand öffnete. In der Auffahrt parkte ein grüner Pickup, den die drei als Cal Cooleys erkannten.

»Tja, sieht so aus, als wäre der gute Cal Cooley hier«, sagte der Senator.

Er ging zur Rückseite des Hauses, und Ruth und Webster folgten ihm. Sie gingen an den Gärten vorbei, die mittlerweile weniger Gärten als ein Gewirr von ungepflegtem Unterholz waren. Sie gingen am Tennisplatz vorbei, der zugewachsen und nass war. Sie gingen am Brunnen vorbei, der zugewachsen und trocken war. Sie gingen auf den Stall zu, dessen große Schiebetür weit offen stand. Das Tor war so groß, dass zwei Kutschen nebeneinander durchgepasst hätten. Es war ein schöner Stall, aber er war lange schon nicht mehr benutzt worden, sodass es überhaupt nicht mehr nach Pferd roch.

»Cal Cooley!«, rief Senator Simon. »Mr. Cooley?«

Mitten in dem Stall mit dem Steinboden und den kühlen, leeren, geruchslosen Boxen saß Cal Cooley. Er saß auf einem einfachen Hocker vor etwas enorm Großem und polierte den Gegenstand mit einem Lappen.

»Mein Gott!«, staunte der Senator. »Was haben Sie denn da!«

Was Cal Cooley da hatte, war ein riesiges Stück von einem Leuchtturm, das oberste Teil eines Leuchtturms. Ja, es war die prächtige runde, aus Glas und Messing bestehende Linse eines Leuchtturms. Sie war etwa zweieinhalb Meter groß. Cal Cooley hatte dickes, zurückgekämmtes, blauschwarzes Haar und ungewöhnlich große, blauschwarze Augen. Er war groß und breit, hatte eine dicke Nase, ein mächtiges Kinn und eine tiefe, gerade Linie über der Stirn, durch die er aussah, als sei er in eine Wäscheleine gelaufen. Er sah aus, als könnte er indianische Vorfahren haben. Cal Cooley arbeitete seit etwa zwanzig Jahren für die Familie Ellis, aber er schien nicht einen Tag gealtert zu sein, und einem Fremden wäre es schwer gefallen zu sagen, ob er vierzig oder sechzig war.

»Ach, da ist ja mein guter Freund, der Senator«, sagte Cal Cooley mit seinem schleppenden Dialekt.

Cal Cooley stammte ursprünglich aus Missouri, was er beharrlich wie *Missourah* aussprach. Er hatte einen ausgeprägten Südstaatenakzent, den er, wie Ruth Thomas glaubte – obwohl sie nie im Süden gewesen war – auch noch übertrieb. Ihrer Meinung nach war Cal Cooleys ganzes Auftreten unecht. An Cal Cooley hasste sie vieles, aber ganz besonders störte sie sein unechter Akzent und seine Angewohnheit, sich selbst als den »guten, alten« Cal Cooley zu bezeichnen. Zum Beispiel: »Der gute, alte Cal Cooley kann gar nicht mehr erwarten, bis es Frühjahr wird« oder »Der gute, alte Cal Cooley sieht aus, als bräuchte er noch was zu trinken.«

Diese Affektiertheit fand Ruth unerträglich.

»Na, so was! Da ist ja auch Miss Ruth Thomas!«, sprach Cal Cooley weiter. »Eine Augenweide, wie immer. Wen haben wir denn da bei ihr: einen Wilden.«

Webster Pommeroy stand schlammbedeckt und schweigend mit dem Stoßzahn in der Hand da, während Cal Cooley ihn anstarrte. Er zappelte nervös hin und her, als würde er gleich davonlaufen.

»Ich weiß, was das ist«, sagte Senator Simon Addams und ging auf das riesige und prachtvolle Glas zu, das Cal Cooley poliert hatte. »Ich weiß genau, was das ist!«

»Kommen Sie darauf, mein Freund?«, fragte Cal Cooley und zwinkerte Ruth Thomas zu, als teilten sie ein wunderbares Geheimnis. Sie wandte den Blick ab. Sie spürte, wie ihr Gesicht heiß wurde. Sie fragte sich, ob sie ihr Leben irgendwie so einrichten konnte, dass sie für immer auf Fort Niles wohnen bleiben konnte, ohne Cal Cooley je wieder zu begegnen.

»Das ist die Fresnel-Linse vom Leuchtturm von Goat's Rock, nicht wahr?«, fragte der Senator.

»Ja. Ganz genau. Waren Sie schon mal dort? Sie waren doch bestimmt schon mal auf Goat's Rock.«

»Äh, nein«, gab der Senator errötend zu. »Plätze wie Goat's Rock kann ich nie besuchen. Ich fahre nicht mit Booten, wissen Sie.«

Und das wusste Cal Cooley ganz genau, dachte Ruth.

»Ach ja?«, fragte Cal unschuldig.

»Ich habe nämlich Angst vor dem Wasser.«

»Ein fürchterliches Handikap«, murmelte Cal Cooley.

Ruth fragte sich, ob Cal Cooley in seinem Leben schon einmal ernsthaft zusammengeschlagen worden war. Sie hätte gerne zugesehen.

»Meine Güte«, staunte der Senator. »Meine Güte. Wie haben Sie denn bloß den Leuchtturm von Goat's Rock bekommen? Es ist ein außergewöhnlicher Leuchtturm. Es ist einer der ältesten Leuchttürme des Landes.«

»Nun, mein Freund. Wir haben ihn gekauft. Mr. Ellis hat ihn sich schon immer gewünscht. Da haben wir ihn gekauft.«

»Aber wie haben Sie ihn hierher gebracht?«

»Erst mit dem Boot, dann mit dem Lastwagen.«

»Aber wie haben Sie ihn hierher gebracht, ohne dass es jemand gemerkt hat?«

»Hat es denn niemand gemerkt?«

»Er ist fantastisch.«

»Ich restauriere ihn für Mr. Ellis. Ich poliere jeden einzelnen Zentimeter und jede einzelne Schraube. Ich habe schon neunzig Stunden lang poliert, schätze ich. Wahrscheinlich brauche ich Monate, bis ich fertig bin. Aber dann wird er strahlen!«

»Ich wusste gar nicht, dass der Leuchtturm von Goat's Rock zu verkaufen ist. Ich wusste gar nicht, dass man so etwas erwerben kann.«

»Die Küstenwache hat dieses schöne Artefakt durch ein modernes Gerät ersetzt. Der neue Leuchtturm braucht nicht einmal einen Wärter. Ist das nicht seltsam? Alles läuft vollautomatisch. Sehr teuer zu betreiben. Der neue Leuchtturm funktioniert rein elektrisch und ist absolut hässlich.«

»Das ist *wirklich* ein Artefakt«, sagte der Senator. »Sie haben Recht. Ja, das würde sich gut in einem Museum machen!«

»Das ist richtig, mein Freund.«

Senator Simon Addams betrachtete die Fresnel-Linse. Sie war schön anzusehen, ganz aus Messing und Glas, mit schräg geschliffenen Gläsern, die dick wie Holzbretter waren und in Stufen übereinander lagen. Der kleine Teil, den Cal Cooley bereits auseinander gebaut, poliert und wieder zusammengesetzt hatte, glänzte nur so vor lauter Gold und Kristall. Als Senator Simon Addams hinter die Linse trat, um das ganze Ding zu betrachten, sah man ihn verzerrt und wellig, wie durch Eis.

»Ich habe noch nie einen Leuchtturm gesehen«, sagte er. Seine Stimme klang ganz erstickt vor Aufregung. »Noch nie mit eigenen Augen. Ich hatte noch nie die Gelegenheit.«

»Das ist kein Leuchtturm«, korrigierte ihn Cal Cooley penibel. »Das ist nur die Linse eines Leuchtturms, Sir.«

Ruth verdrehte die Augen.

»Ich habe noch nie so etwas gesehen. Meine Güte, das ist ein Geschenk, das ist wirklich ein Geschenk für mich. Bilder habe ich natürlich schon gesehen. Ich habe Bilder von eben diesem Leuchtturm gesehen.«

»Dieses Projekt lag Mr. Ellis und mir schon immer sehr am Herzen. Mr. Ellis hat den Staat gefragt, ob er es kaufen könnte, sie haben einen Preis genannt, und er war einverstanden. Und ich habe, wie gesagt, schon ungefähr neunzig Stunden daran gearbeitet.«

»Neunzig Stunden«, wiederholte der Senator und starrte wie betäubt die Fresnel-Linse an.

»1929 ist sie gebaut worden, von den Franzosen«, erklärte Cal. »Sie wiegt fünftausend Pfund, mein Freund.«

Die Fresnel-Linse ruhte auf der originalen Drehscheibe aus Messing, die Cal Cooley nun ganz leicht anschubste. Die ganze Linse begann sich bei dieser Berührung mit gespenstischer Leichtigkeit zu drehen – gewaltig, leise und absolut gleichmäßig.

»Zwei Finger«, sagte Cal Cooley und hielt zwei seiner Finger hoch. »Man braucht nur zwei Finger, um dieses Fünftausend-Pfund-Gewicht zu drehen. Können Sie das fassen? Haben Sie schon einmal so eine erstaunliche Konstruktion gesehen?«

»Nein«, antwortete Senator Simon Addams. »Nein, noch nie.«

Cal Cooley drehte die Fresnel-Linse noch einmal. Das wenige Licht in dem Stall schien sich auf der großen, sich drehenden Linse zu sammeln, um dann abzuprallen und in Funken an den Wänden zu explodieren.

»Sehen Sie, wie sie das Licht frisst«, sagte Cal Cooley.

»Auf einer Insel in Maine«, sagte der Senator, »hat eine Frau tödliche Verbrennungen erlitten, als das Sonnenlicht durch die Linse fiel und sie traf.«

»Diese Linsen sind an sonnigen Tagen mit dunklen Leinensäcken verhüllt worden«, sagte Cal Cooley. »Sonst wäre durch die Linsen alles in Brand gesetzt worden; so stark sind sie.«

»Leuchttürme habe ich schon immer geliebt.«

»Ich auch, Sir. Mr. Ellis ebenfalls.«

»Während der Herrschaft von Ptolemäus dem Zweiten wurde in Alexandria ein Leuchtturm gebaut, der zu den alten Weltwundern zählte. Er wurde im vierzehnten Jahrhundert von einem Erdbeben zerstört.«

»Zumindest steht es so in den Geschichtsbüchern«, sagte Cal Cooley. »Aber es ist umstritten.«

»Die frühesten Leuchttürme«, sinnierte der Senator, »wurden von den Libyern in Ägypten gebaut.«

»Die Leuchttürme der Libyer sind mir bekannt«, sagte Cal Cooley gelassen.

Die antike Fresnel-Linse des Leuchtturms von Goat's Rock drehte sich immer weiter in dem riesigen, leeren Stall, und der Senator starrte sie fasziniert an; dann wurde sie langsamer und blieb mit einem leisen Flüstern stehen. Der Senator war wie hypnotisiert.

»Und was haben *Sie* da?«, fragte Cal Cooley schließlich.

Cal betrachtete Webster Pommeroy, der den Elefantenstoßzahn hielt. Der schlammverkrustete Webster, der höchst jämmerlich aussah, umklammerte seinen kleinen Fund verzweifelt. Er gab Cal keine Antwort, aber er tappte nervös mit den Füßen. Der Senator antwortete auch nicht. Er war immer noch wie verzaubert von der Fresnel-Linse.

Deshalb sagte Ruth Thomas: »Webster hat heute einen Elefantenstoßzahn gefunden, Cal. Er stammt vom Schiffbruch der *Clarice Monroe* vor 138 Jahren. Webster und Simon haben fast ein Jahr danach gesucht. Ist er nicht wunderschön?«

Und er war wunderschön. Unter allen anderen Umständen hätte man den Stoßzahn als unbestreitbar wunderschönen Gegenstand wahrgenommen. Aber nicht im Schatten des Hauses Ellis, und nicht neben dieser intakten und schönen Fresnel-Linse aus Messing und Glas, die 1929 von den Franzosen hergestellt worden war. Der Stoßzahn wirkte plötzlich lächerlich. Außerdem konnte Cal Cooley mit seiner Größe und seinem Auftreten alles herabwürdigen. Cal Cooley stellte die neunzig Stunden Polieren der Linse als einen heroischen, schöpferischen Akt dar, neben dem – natürlich ohne ein Wort darüber zu verlieren – das eine Jahr im Leben eines armen Jungen, das dieser im Schlick verbracht hatte, lediglich als kläglichen Jux erscheinen ließ.

Der Elefantenstoßzahn sah plötzlich aus wie ein armseliger kleiner Knochen.

»Äußerst interessant«, sagte Cal Cooley schließlich. »Was für ein außerordentlich interessantes Projekt.«

»Ich dachte, Mr. Ellis würde ihn vielleicht gerne sehen«, sagte der Senator. Er hatte aufgehört, die Fresnel-Linse anzustarren und bedachte Cal Cooley mit einem flehentlichen Hundeblick. »Ich dachte mir, es würde ihn bestimmt erheitern, wenn er den Stoßzahn sieht.«

»Kann sein.«

Cal Cooley legte sich nicht fest.

»Wenn Mr. Ellis heute zu sprechen ist …«, begann der Senator, dann verstummte er. Der Senator trug keinen Hut, aber wenn er ein Hutträger gewesen wäre, dann hätte er die Hutkrempe in seinen bangen Händen geknetet. Doch so rang er die Hände nur.

»Ja, mein Freund?«

»Wenn Mr. Ellis zu sprechen ist, würde ich gerne mit ihm darüber reden. Über den Stoßzahn. Wissen Sie, ich glaube, mit diesem Objekt könnte man ihn endlich davon überzeugen, dass wir das Naturkundemuseum auf der Insel brauchen. Ich würde Mr. Ellis gerne fragen, ob er mir erlaubt, den Laden der Ellis Granitgesellschaft für das Naturkundemuseum zu benutzen. Für die Insel. Für die Bildung, wissen Sie.«

»Ein Museum?«

»Ein Naturkundemuseum. Webster und ich sammeln jetzt seit mehreren Jahren Artefakte. Wir haben eine ziemlich umfangreiche Sammlung.«

Was Cal Cooley wusste. Was Mr. Ellis wusste. Was jedermann wusste. Ruth war jetzt richtig wütend. Sie hatte Bauchschmerzen. Sie merkte, wie sie die Stirn runzelte, und zwang sich, zu entspannen. Auf keinen Fall wollte sie vor Cal Cooley ihre Gefühle preisgeben. Sie zwang sich, unbeteiligt zu gucken. Sie fragte sich, was man wohl anstellen müsse, damit Cal Cooley gefeuert würde. Oder getötet.

»Wir haben viele Artefakte«, sagte der Senator. »Vor kurzem habe ich einen reinweißen Hummer erworben, in Alkohol konserviert.«

»Ein Naturkundemuseum«, wiederholte Cal Cooley, als würde er sich diese Idee zum ersten Mal durch den Kopf gehen lassen. »Faszinierend.«

»Wir brauchen einen Raum für das Museum. Die Artefakte haben wir bereits. Das Gebäude ist groß genug, um weiterhin Artefakte sammeln zu können. Vielleicht könnte man dort sogar diese Fresnel-Linse ausstellen.«

»Sie sagen doch wohl nicht, Sie wollen Mr. Ellis' *Leuchtturm*?« Cal Cooley sah völlig entgeistert aus.

»Oh, nein. Nein! Nein, nein, nein! Wir wollen nichts von Mr. Ellis, bis auf die Erlaubnis, den Laden zu benutzen. Wir würden ihn natürlich mieten. Vielleicht käme ihm das sogar gelegen, da das Gebäude seit Jahren nicht mehr benutzt wird. Wir brauchen kein Geld von Mr. Ellis. Wir wollen nichts von seinem Besitz.«

»Das hoffe ich allerdings, dass Sie nicht um Geld bitten.«

»Wisst ihr was?«, sagte Ruth Thomas. »Ich warte draußen. Ich habe keine Lust mehr, hier rumzustehen.«

»Ruth«, sagte Cal Cooley besorgt. »Du scheinst dich über etwas aufzuregen, mein Schatz.«

Sie beachtete ihn nicht. »Webster, kommst du mit?«

Aber Webster Pommeroy zog es vor, neben dem Senator auf der Stelle zu treten und seinen viel versprechenden Stoßzahn zu halten. So ging Ruth Thomas alleine hinaus aus dem Stall und zurück über die verlassenen Weiden zu den Kliffs, die nach Osten und auf Courne Haven Island blickten. Sie hasste es, zuzusehen, wie Simon Addams vor Mr. Lanford Ellis' Hausmeister kroch. Sie hatte das schon früher erlebt und fand es unerträglich. So ging sie zum Rand des Kliffs und zupfte Flechten von ein paar Steinen. Auf der anderen Seite des Channels konnte sie deutlich Courne Haven Island erkennen. Über der Insel schwebte wie eine Fata Morgana aus Wolken ein Atompilz.

Das war das fünfte Mal, dass Senator Simon Addams Mr. Lanford Ellis einen offiziellen Besuch abstattete. Das heißt, das fünfte Mal, von dem Ruth Thomas wusste. Mr. Ellis gewährte dem Senator nie ein Treffen. Vielleicht war der Senator schon öfter da gewesen, aber Ruth hatte nicht davon erfahren. Vielleicht waren noch mehr Stunden damit verbracht worden, umsonst vor dem Haus Ellis zu warten, vielleicht hatte Cal Cooley noch öfter mit unaufrichtigen Entschuldigungen beteuert, wie Leid es ihm tue, aber Mr. Ellis fühle sich nicht wohl und empfange keine Gäste. Jedes Mal war Webster mitgekommen und hatte eine neue Entdeckung oder ein Fundstück mitgebracht, mit dem der Senator hoffte, Mr. Ellis von der Notwendigkeit eines Naturkundemuseums überzeugen zu können. Das Naturkundemuseum wäre ein öffentlicher Ort, erklärte der Senator immer bereitwillig, an dem die Inselbewohner – für nur zehn Cent Eintritt! – die Artefakte ihrer einzigartigen Geschichte erforschen konnten. Senator Simon hatte eine sehr gewandte Rede für Mr. Ellis vorbereitet, aber er bekam nie Gelegenheit, sie zu halten. Er hatte die Rede mehrere Male Ruth vorgetragen. Sie lauschte höflich, auch wenn es ihr mit jedem Mal mehr das Herz brach.

»Du solltest weniger bitten«, schlug sie immer vor. »Sei entschiedener.«

Es war richtig, dass einige von Senator Simons Artefakten uninteressant waren. Er sammelte alles und war nicht gerade das, was man sich unter einem Kustos vorstellt – jedenfalls keiner, der aus mehreren Stücken auswählt und die wertlosen ausrangiert. Der Senator fand, alles Alte hätte seinen Wert. Auf einer Insel werfen die Leute überhaupt selten etwas weg, sodass im Grunde jeder Keller auf Fort Niles Island bereits ein Museum war – ein Museum für veraltete Fischerausrüstung oder ein Museum für die Besitztümer verstorbener Vorfahren oder ein Museum für die Spielsachen längst erwachsener Kinder. Doch nirgendwo wurden diese Dinge sortiert, katalogisiert oder erläutert, und der Wunsch des Senators, ein Museum zu gründen, war durchaus nobel.

»Es sind die gewöhnlichen Gegenstände«, erklärte er Ruth

ständig, »die selten werden. Während des Bürgerkriegs war die gewöhnlichste Sache der Welt ein Unionssoldatenrock aus blauer Wolle. Ein einfacher blauer Rock mit Messingknöpfen. Jeder Soldat der Union hatte so einen. Doch haben die Soldaten nach dem Krieg diese Jacken als Andenken aufgehoben? Nein. Ja, die feinen Uniformen der Generäle haben sie aufgehoben und die schönen Kniehosen der Kavalleriesoldaten, aber niemand hat daran gedacht, die einfachen blauen Jacken aufzuheben. Die Männer sind vom Krieg heimgekehrt und haben die Jacken bei der Feldarbeit getragen, und als die Jacken auseinander gefallen sind, haben ihre Frauen Lumpen und Steppdecken daraus gemacht, und heute ist ein gewöhnlicher Rock aus dem Bürgerkrieg eines der seltensten Dinge der Welt.«

Das erklärte er Ruth, während er eine leere Frühstücksflockenpackung oder eine ungeöffnete Tunfischdose in eine Schachtel legte, auf der FÜR DIE NACHWELT stand.

»Wir können heute unmöglich erahnen, was morgen von Bedeutung sein wird, Ruth«, pflegte er dabei zu sagen.

»Cornflakes?«, antwortete sie dann fassungslos. »Cornflakes, Senator? *Cornflakes*?«

So war es nicht überraschend, dass der Senator in seinem Haus bald keinen Platz mehr für seine wachsende Sammlung fand. Und es war nicht überraschend, dass der Senator auf die Idee kam, den Laden der Ellis Granitgesellschaft zu benutzen, der seit vierzig Jahren leer stand. Ein nutzloser, vergammelnder Bau, und trotzdem hatte Mr. Ellis dem Senator nie eine Antwort, ein einfaches Nicken oder sonst irgendeine Erwiderung gegeben; stets wurde das Ganze nur verschoben. Er schien endlos warten zu wollen. Lanford Ellis schien davon auszugehen, dass er den Senator überlebte. Dann würde sich die Angelegenheit von selbst regeln, ohne die Unannehmlichkeit, eine Entscheidung treffen zu müssen.

Die Hummerkutter arbeiteten immer noch im Worthy Channel, wo sie ihre Kreise zogen. Vom Kliff aus erkannte Ruth das Boot von Mr. Angus Addams, das Boot von Mr. Duke Cobb und das Boot ihres Vaters. Dahinter sah sie ein viertes Boot, das vielleicht jemandem aus Courne Haven Island gehörte; sie konnte es nicht identifizieren. Der Worthy Channel war verschandelt durch lauter Hummerfallenbojen, die sich wie verstreute Konfetti auf dem Boden oder Müll auf einer Autobahn zusammenballten. In diesem Kanal setzten die Männer ihre Fallen beinahe übereinander. Das Fischen dort war riskant. Die Grenze zwischen Courne Haven Island und Fort Niles Island war nie genau bestimmt worden, aber umstrittener als im Worthy Channel war sie nirgends. Männer von beiden Inseln definierten und verteidigten ihre Fischgründe eisern und bedrängten einander stets. Sie schnitten sich gegenseitig die Fallen ab und führten gemeinsame Feldzüge gegen die andere Insel.

»Die bringen ihre Fallen auf unseren gottverdammten Türschwellen aus, wenn wir sie reinlassen«, sagte Angus Addams.

Auf Courne Haven Island sagten sie dasselbe von den Fischern auf Fort Niles, und beide Behauptungen waren richtig.

An diesem Tag trieb sich das Boot aus Courne Haven ein bisschen nahe an Fort Niles herum, fand Ruth Thomas, aber man konnte es nicht mit Sicherheit sagen, nicht einmal von oben. Sie versuchte, Bojen zu zählen. Sie riss einen Grashalm ab, hielt ihn zwischen den Daumen und machte eine Pfeife daraus. Sie spielte ein Spiel mit sich: Sie tat so, als würde sie das alles zum ersten Mal in ihrem Leben sehen. Sie schloss lange die Augen, dann öffnete sie sie langsam. Das Meer! Der Himmel! Es war schön. Sie lebte wirklich an einem schönen Fleckchen. Sie versuchte, auf die Hummerkutter hinunterzublicken, als wüsste sie nicht, was sie kosteten, wem sie gehörten und wie sie rochen. Wie würde das alles einem Besucher erscheinen? Wie würde der Worthy Channel für jemanden aussehen, der beispielsweise aus Nebraska kam? Die Schiffe würden an Spielzeug erinnern, hübsch und stabil wie Badewannenschiffchen. Die Besatzung bestünde aus hart arbeitenden Seemännern in pittoresken Overalls, die einander vom Bug aus freundlich zuwinkten.

Ruth fragte sich, ob ihr der Hummerfang mehr Spaß machen

würde, wenn sie ein eigenes Boot hätte und ihr eigener Kapitän wäre. Vielleicht war nur die Arbeit mit ihrem Vater so unangenehm. Doch sie konnte sich nicht vorstellen, wen sie als Steuermann anstellen sollte. Sie ging die Namen aller jungen Männer auf Fort Niles durch und stellte schnell fest, ja, dass alle Idioten waren. Jeder Einzelne dieser Trunkenbolde. Inkompetent, faul, mürrisch und schwerfällig waren sie, konnten sich nicht ausdrücken und sahen seltsam aus. Sie hatte für keinen von ihnen etwas übrig, außer vielleicht für Webster Pommeroy, der ihr Leid tat und um den sie sich sorgte wie eine Mutter. Aber Webster war ein verstörter junger Mann, und ganz gewiss kein Steuermann. Nicht dass Ruth das Musterbeispiel eines Hummerfängers gewesen wäre. Da machte sie sich nichts vor. Sie wusste nicht viel über Navigation, nichts über Boote. Sie hatte ihrem Vater einmal »Feuer!« zugerufen, als sie Rauch aus dem Laderaum kommen sah; dieser Rauch war jedoch Wasserdampf, der aus einem geplatzten Schlauch austrat.

»Ruth«, hatte er gesagt, »du bist ja ganz süß, aber sehr schlau bist du nicht.«

Aber sie *war* schlau. Ruth hatte immer das Gefühl gehabt, schlauer zu sein als alle um sie herum. Wie kam sie eigentlich darauf? Wer hatte je so etwas zu ihr gesagt? Ruth würde weiß Gott nie jemandem davon erzählen. Es würde sich entsetzlich anhören, schrecklich, wenn sie zugab, für wie klug sie sich hielt.

»Du glaubst, du bist klüger als alle anderen.« Diesen Vorwurf hatte Ruth oft von ihren Nachbarn auf Fort Niles gehört. Ein paar der sieben Pommeroys hatten es zu ihr gesagt, genau wie Angus Addams und Mrs. Pommeroys Schwestern und dieses alte Miststück aus der Langly Road, wo Ruth einen Sommer lang für zwei Dollar Rasen gemäht hatte.

»Ach, bitte«, war Ruths Standardantwort.

Mit mehr Überzeugung konnte sie es jedoch nicht leugnen, denn eigentlich hielt sie sich sogar für deutlich klüger als alle anderen. Es war ein Gefühl, das nicht ihrem Kopf entsprang, sondern in ihrer Brust saß. Sie spürte es in der Lunge.

Sie war jedenfalls klug genug, um an ein eigenes Boot zu kommen, wenn sie eines wollte. Wenn sie es wollte, dann würde sie es auch bekommen. Mit Sicherheit. Sie war bestimmt nicht dümmer als die Männer von Fort Niles oder Courne Haven, die durch den Hummerfang ein gutes Auskommen hatten. Warum nicht? Angus Addams kannte eine Frau auf Monhegan Island, die alleine fischte und gut über die Runden kam. Der Bruder der Frau war gestorben und hatte ihr sein Boot vermacht. Sie hatte drei Kinder und keinen Ehemann. Die Frau hieß Flaggie. Flaggie Cornwall. Sie hatte ziemlichen Erfolg damit. Ihre Bojen, hatte Angus erzählt, waren leuchtend rosa gestrichen, mit gelben, herzförmigen Tupfen darauf. Aber Flaggie Cornwall war auch ganz schön zäh. Sie schnitt die Fangkörbe anderer Männer ab, wenn sie glaubte, sie kämen ihr ins Gehege. Angus Addams hatte einen ziemlichen Respekt vor ihr. Er sprach häufig von ihr. Ruth konnte das auch. Sie konnte alleine fischen. Aber sie würde ihre Bojen nicht rosa mit gelben Herzchen anmalen. *Herrgott noch mal, Flaggie, hab doch ein bisschen Selbstachtung!* Ruth würde ihre Bojen in einem hübschen, klassischen Blaugrün anstreichen. Ruth fragte sich, was Flaggie wohl für ein Name war. Es musste ein Spitzname sein. Florence? Agatha? Ruth hatte nie einen Spitznamen gehabt. Sie beschloss, wenn sie Hummerfänger – Hummerfängerin? – würde, dann würde sie sich etwas einfallen lassen, wie sie gutes Geld damit verdienen konnte, ohne jeden Morgen so gottverdammt früh aufstehen zu müssen. Im Ernst, gab es einen Grund, weshalb ein schlauer Fischer um vier Uhr morgens aufstehen musste? Es musste eine bessere Lösung geben.

»Gefällt dir unsere Aussicht?«

Cal Cooley stand unmittelbar hinter Ruth. Er hatte sie erschreckt, aber sie zeigte es nicht. Sie wandte sich langsam um und sah ihn unverwandt an.

»Vielleicht.«

Cal Cooley setzte sich nicht; er stand da, direkt hinter Ruth Thomas. Seine Knie berührten beinahe ihre Schultern.

»Ich habe deine Freunde nach Hause geschickt«, sagte er.

»Hat Mr. Ellis den Senator empfangen?«, fragte Ruth, die die Antwort bereits kannte.

»Mr. Ellis ist heute nicht ganz auf der Höhe. Er konnte den Senator nicht empfangen.«

»Nicht auf der Höhe? Er empfängt den Senator doch nie.«

»Das könnte stimmen.«

»Ihr habt keine Ahnung, wie man sich benimmt. Ihr habt keine Ahnung, wie unhöflich ihr seid.«

»Ich weiß nicht, was Mr. Ellis über diese Leute denkt, Ruth, aber ich habe sie nach Hause geschickt. Ich fand es zu früh am Morgen, um sich mit geistig Behinderten abzugeben.«

»Es ist vier Uhr nachmittags, du Arschloch.« Ruth gefiel, wie das klang. Ganz ruhig.

Cal Cooley blieb einige Zeit hinter Ruth stehen. Er stand hinter ihr wie ein Butler, aber vertrauter. Höflich, aber zu nahe. In seiner Nähe fühlte sie sich immer irgendwie unwohl. Und es war ihr nicht wohl dabei, mit ihm zu sprechen, ohne ihn zu sehen.

»Warum setzt du dich nicht?«, sagte sie schließlich doch.

»Du willst, dass ich mich neben dich setze?«, fragte er.

»Das liegt ganz bei dir, Cal.«

»Danke«, sagte er und setzte sich wirklich. »Sehr gastfreundlich von dir. Danke für die Einladung.«

»Es ist dein Grund und Boden. Auf deinem Grund und Boden kann ich nicht gastfreundlich sein.«

»Es ist nicht mein Grund und Boden, mein Fräulein. Es ist Mr. Ellis' Grund und Boden.«

»Wirklich? Ich vergesse das immer, Cal. Ich vergesse, dass es nicht dein Grund und Boden ist. Vergisst du das auch manchmal?«

Cal antwortete nicht. Er fragte: »Wie heißt der kleine Junge? Der kleine Junge mit dem Stoßzahn.«

»Das ist Webster Pommeroy.«

Was Cal Cooley wusste.

Cal blickte hinaus aufs Wasser und rezitierte lustlos: »Pommeroy, der Schiffsjunge, das war ein rechter Lümmel. Schob sich ein Glas in seinen Arsch, beschnitt des Käpt'ns Pimmel.«

»Nett«, sagte Ruth.

»Scheint ein netter Junge zu sein.«

»Er ist dreiundzwanzig Jahre alt, Cal.«

»Und ich glaube, er ist in dich verliebt. Stimmt das?«

»Mein Gott, Cal. Das ist jetzt wirklich relevant.«

»Das hör sich einer an, Ruth! Du bist jetzt ja sehr gebildet. Es ist ein echtes Vergnügen, zu hören, was für große Worte du gebrauchst. Es lohnt sich wirklich. Wir freuen uns alle sehr, dass sich deine teure Ausbildung auszahlt.«

»Ich weiß, du willst mich nur ärgern, Cal, aber ich kann mir nicht vorstellen, was du davon hast.«

»Das stimmt nicht, Ruth. Ich will dich nicht ärgern. Ich bin dein größter Anhänger.«

Ruth lachte auf. »Weißt du was, Cal? Dieser Elefantenstoßzahn ist wirklich ein wichtiges Fundstück.«

»Ja. So viel hast du schon gesagt.«

»Du hast nicht auf die Geschichte geachtet, eine interessante Geschichte, über einen ungewöhnlichen Schiffbruch. Du hast Webster nicht gefragt, wie er ihn gefunden hat. Es ist eine unglaubliche Geschichte, und du hast überhaupt nicht zugehört. Es wäre wirklich ärgerlich, wenn es nicht so verdammt typisch wäre.«

»Das stimmt nicht. Ich höre immer zu.«

»Bei manchen Dingen hörst du besonders gut zu.«

»Der gute, alte Cal Cooley kann unmöglich nicht zuhören.«

»Dann hättest du besser zuhören sollen, als es um diesen Stoßzahn ging.«

»Ich interessiere mich für diesen Stoßzahn, Ruth. Ich bewahre ihn sogar für Mr. Ellis auf, damit er sich ihn später ansehen kann. Ich glaube, er wird ihn sehr interessieren.«

»Wie meinst du das, aufbewahren?«

»Ich bewahre ihn auf.«

»Du hast ihn behalten?«

»Wie gesagt, ich bewahre ihn auf.«

»Du hast ihn behalten. Du hast sie ohne ihren Stoßzahn weggeschickt. Herrgott. Warum tut jemand so etwas?«

»Möchtest du eine Zigarette mit mir rauchen, junge Dame?«

»Ich finde, ihr seid alles Arschlöcher.«

»Ich erzähl es niemandem, wenn du gerne eine Zigarette rauchen möchtest.«

»Verdammte Scheiße, ich rauche nicht, Cal.«

»Ich bin mir sicher, du tust viele schlimme Dinge, von denen du niemandem was erzählst.«

»Du hast Webster den Stoßzahn abgenommen und ihn weggeschickt? Das ist grausam. Und typisch.«

»Du siehst heute sehr hübsch aus, Ruth. Das wollte ich dir schon vorhin sagen, aber die Gelegenheit hat sich nicht ergeben.«

Ruth stand auf. »Okay«, sagte sie. »Ich gehe jetzt.«

Sie wollte losgehen, aber Cal Cooley sagte: »Ich glaube, du musst noch bleiben.«

Ruth blieb stehen. Sie drehte sich nicht um, aber sie stand still, denn an seinem Tonfall erkannte sie, was nun kommen würde.

»Wenn du heute noch nichts vorhast«, sagte Cal Cooley, »würde Mr. Ellis dich gerne empfangen.«

Zusammen gingen sie auf das Haus Ellis zu. Sie liefen schweigend an den Weiden vorbei, vorbei an den alten Gärten, die Stufen zur Veranda auf der Rückseite des Hauses hinauf und durch die breiten Türen. Sie gingen durch das große Wohnzimmer, durch einen Korridor, die bescheidene Hintertreppe für das Personal hinauf und einen weiteren Gang entlang, bis sie schließlich vor einer Tür stehen blieben.

Cal Cooley stand da, als wolle er anklopfen, doch stattdessen trat er zurück. Er ging noch ein paar Schritte weiter und verschwand dann in einem zurückgesetzten Eingang. Ruth folgte ihm, als er ihr winkte. Cal Cooley legte Ruth seine schweren

Hände auf die Schultern und flüsterte: »Ich weiß, du hasst mich.« Und er lächelte.

Ruth hörte zu.

»Ich weiß, dass du mich hasst, aber ich kann dir sagen, worum es hier geht, wenn du es wissen willst.«

Ruth gab keine Antwort.

»Willst du es wissen?«

»Es ist mir egal, was du mir erzählst oder nicht erzählst«, sagte Ruth. »Das ändert nichts in meinem Leben.«

»Natürlich ist es dir nicht egal. Zuallererst«, sagte Cal mit gedämpfter Stimme, »möchte Mr. Ellis dich einfach nur sehen. Seit ein paar Wochen fragt er nach dir, und ich habe ihn immer angelogen. Ich habe ihm gesagt, du bist noch auf der Schule. Dann habe ich gesagt, du arbeitest mit deinem Vater auf seinem Boot.«

Cal Cooley wartete auf eine Antwort von Ruth, aber sie reagierte nicht.

»Ich finde, du solltest mir dafür danken«, sagte er. »Ich lüge Mr. Ellis nicht gerne an.«

»Dann lass es doch bleiben«, sagte Ruth.

»Er wird dir einen Umschlag geben«, sagte Cal. »Mit dreihundert Dollar darin.«

Wieder wartete Cal auf eine Reaktion, aber Ruth tat ihm den Gefallen nicht, also fuhr er fort. »Mr. Ellis wird dir sagen, es ist Taschengeld, nur für dich allein. Und bis zu einem gewissen Grad stimmt das auch. Du kannst es ausgeben, für was du willst. Aber du weißt doch, wofür es eigentlich ist, nicht? Mr. Ellis möchte dich um einen Gefallen bitten.«

Ruth schwieg weiterhin.

»Genau«, sagte Cal Cooley. »Er möchte, dass du deine Mutter in Concord besuchst. Ich soll dich hinbringen.«

Sie standen in der zurückgesetzten Tür. Seine großen Hände lasteten auf ihren breiten Schultern wie Angst. Cal und Ruth standen lange so da. Schließlich sagte er: »Bring's hinter dich, mein Fräulein.«

»Scheiße«, sagte Ruth.

Er ließ die Hände sinken. »Nimm einfach nur das Geld. Und sieh zu, dass du ihn nicht verärgerst.«

»Ich verärgere ihn nie.«

»Nimm das Geld und sei höflich. Über die Einzelheiten reden wir später.«

Cal Cooley trat aus der Tür und ging zurück zur ersten Tür. Er klopfte. Er flüsterte Ruth zu: »Das wolltest du doch, nicht wahr? Es wissen? Du magst keine Überraschungen. Du willst immer wissen, was vor sich geht, stimmt's?«

Er drückte die Tür auf, und Ruth trat ein, alleine. Die Tür schloss sich hinter ihr mit einem schönen streifenden Geräusch, wie das Rascheln eines teuren Stoffes.

Sie stand in Mr. Ellis' Schlafzimmer.

Das Bett war gemacht, so makellos, als würde es nie benutzt werden. Es sah aus, als würde das Bettzeug derselben Zeit entstammen wie das Möbel selbst und sei an das Holz genagelt oder geklebt worden. Es wirkte wie ein Ausstellungsstück in einem teuren Laden. Überall standen Bücherregale, angefüllt mit Reihen dunkler Bücher, von denen jedes genau dieselbe Farbe und Größe hatte wie seine Nachbarn, als würde Mr. Ellis nur einen Band besitzen und hätte Kopien im ganzen Raum verteilt. Im Kamin brannte ein Feuer, und auf dem Kaminsims standen riesige Vogelfallen. Das Muster der muffigen Tapete wurde von gerahmten Drucken von Klippern und großen Schiffen unterbrochen.

Mr. Ellis saß nahe am Kamin, in einem großen Ohrensessel. Er war sehr, sehr alt und sehr dünn. Eine karierte Decke war ihm über den Bauch gezogen und um die Füße festgesteckt worden. Er war völlig kahl, und sein Schädel sah dünn und kalt aus. Er streckte Ruth Thomas die Arme entgegen, die alten, kranken Hände nach oben gerichtet und geöffnet. Seine Augen schwammen in Blau, schwammen in Tränen.

»Ich freue mich, Sie zu sehen, Mr. Ellis«, sagte Ruth.

Er strahlte über das ganze Gesicht.

4

Auf der Suche nach Beute läuft der Hummer behände auf seinen feingliedrigen Beinen über den Meeresboden. Nimmt man ihn aus dem Wasser, kann er wegen des Gewichts seines Körpers und der Scheren, die die dünnen Beine nicht mehr stützen können, nur noch kriechen.

Der amerikanische Hummer:
Lebensweise und Entwicklung. Eine Studie
Francis Hobart Herrick, Ph. D., 1895

Als Ruth Thomas an diesem Abend ihrem Vater erzählte, dass sie im Haus Ellis gewesen war, sagte er: »Ruth, es ist mir egal, mir wem du deine Zeit verbringst.«

Ruth hatte gleich nachdem sie Mr. Ellis verlassen hatte, ihren Vater gesucht. Sie ging hinunter zum Hafen und sah, dass sein Boot festgemacht war, aber die anderen Fischer sagten, er sei für heute schon längst fertig. Sie versuchte es zu Hause, aber als sie nach ihm rief, kam keine Antwort. So stieg Ruth auf ihr Fahrrad und fuhr hinüber zu den Addams-Brüdern, um zu sehen, ob er Angus auf ein Bier besucht hatte. Genauso war es.

Die beiden Männer hatten es sich in Klappstühlen auf der Veranda bequem gemacht und hielten ein Bier in der Hand. Senator Simons Hund Cookie lag hechelnd auf Angus' Füßen. Die Sonne war fast schon untergegangen, und die Luft schimmerte golden. Fledermäuse sausten über ihre Köpfe hinweg. Ruth ließ ihr Fahrrad im Garten fallen und trat auf die Veranda.

»Hey, Dad.«

»Hey, Süßes.«

»Hey, Mr. Addams.«

»Hey, Ruth.«

»Wie läuft's mit den Hummern?«

»Wunderbar, wunderbar«, sagte Angus. »Ich spare auf eine Waffe, damit ich mir meinen scheißverdammten Kopf wegpusten kann.«

Angus Addams, der so ziemlich das Gegenteil seines Zwillingsbruders war, wurde im Alter immer schlanker. Seine Haut war gezeichnet von den Jahren, die er in allen möglichen Spielarten von schlechtem Wetter verbracht hatte. Er zwinkerte, als würde er in die Sonne blicken. Er wurde taub, nachdem er sich sein Leben lang zu nahe an lauten Schiffsmaschinen aufgehalten hatte, und er sprach laut. Er hasste beinahe jeden auf Fort Niles, und man hatte keine Chance, ihm den Mund zu stopfen, wenn ihm danach war, bis in jede Einzelheit auszuführen, weshalb und warum er beinahe jeden hasste.

Die meisten Inselbewohner hatten Angst vor Angus Addams. Ruths Vater mochte ihn. Als Junge hatte Ruths Vater als Steuermann für Angus gearbeitet, und er war ein kluger, kräftiger, ehrgeiziger Lehrling gewesen. Jetzt hatte Ruths Vater natürlich sein eigenes Boot, und die beiden Männer dominierten die Hummerindustrie von Fort Niles. Raffzahn Nummer eins und Raffzahn Nummer zwei. Sie fischten bei jedem Wetter, ohne je den Hals voll zu kriegen, ohne Rücksicht auf ihre Kollegen. Die Jungen auf der Insel, die als Steuermann für Angus Addams und für Stan Thomas arbeiteten, kündigten gewöhnlich nach ein paar Wochen, weil sie nicht mithalten konnten. Andere Fischer – Fischer, die mehr tranken und (nach Ansicht von Ruths Vater) fetter, fauler und dümmer waren – waren einfachere Arbeitgeber.

Was Ruths Vater betraf, so war er immer noch der bestaussehende Mann auf Fort Niles Island. Nachdem Ruths Mutter gegangen war, hatte er nie wieder geheiratet, aber Ruth wusste, dass er Affären hatte. Sie konnte sich vorstellen, mit wem er sie hatte, aber er sprach nie mit ihr darüber, und sie wollte lieber nicht zu viel darüber nachdenken. Ihr Vater war nicht groß, aber er hatte breite Schultern und schmale Hüften. »Gar keinen Po«, sagte er gerne. Mit fünfundvierzig wog er immer noch so viel wie mit fünfundzwanzig. Er achtete äußerst sorgfältig auf seine Kleidung und rasierte sich jeden Tag. Alle zwei Wochen ging er zu Mrs. Pommeroy, um sich die Haare schneiden zu lassen. Ruth hatte den Verdacht, dass etwas zwischen ihrem Vater und Mrs. Pommeroy lief, aber diese Vorstellung war ihr so zuwider, dass sie den Gedanken nie weiterspann. Ruths Vater hatte dunkelbraune Haare, und seine Augen waren beinahe grün. Er trug einen Schnurrbart.

Mit ihren achtzehn Jahren fand Ruth ihren Vater als Mensch ziemlich in Ordnung. Sie wusste, er galt als Geizhals und als Arbeitstier, aber sie wusste auch, dass man leicht in so einen Ruf kam auf einer Insel, auf der die Männer gewöhnlich den Ertrag aus dem Verkauf des Fangs einer ganzen Woche an einem Abend in der Bar ausgaben. Für diese Männer war Genügsamkeit etwas Arrogantes und Unverschämtes. Diese Männer waren ihrem Vater nicht ebenbürtig. Sie wussten das und ärgerten sich darüber. Ruth wusste auch, dass der beste Freund ihres Vaters ein Tyrann und Eiferer war, aber sie mochte Angus Addams trotzdem. Jedenfalls war er bestimmt nicht scheinheilig, und das stellte ihn über viele Leute.

Meistens kam Ruth mit ihrem Vater aus. Am besten kam sie mit ihm aus, wenn sie nicht zusammen arbeiteten oder wenn er nicht versuchte, ihr etwas beizubringen, zum Beispiel Auto zu fahren, Seile zu flicken oder mit dem Kompass zu navigieren. In solchen Situationen konnte man darauf warten, dass sie sich anbrüllten. Doch die Brüllerei störte Ruth weniger. Was sie wirklich störte, war, wenn ihr Vater still wurde. Er wurde meistens dann richtig still, wenn irgendetwas im Zusammenhang mit Ruths Mutter stand. In dieser Hinsicht war er Ruths Meinung nach ein Feigling. Sein Schweigen empörte sie manchmal.

»Willst du ein Bier?«, fragte Angus Addams Ruth.

»Nein danke.«

»Gut so«, sagte Angus. »Macht dich fett wie die Hölle.«

»Dich hat es aber nicht fett gemacht, Mr. Addams.«

»Weil ich arbeite.«

»Ruth kann auch arbeiten«, sagte Stan Thomas über seine Tochter. »Sie will diesen Sommer unbedingt auf einem Hummerkutter arbeiten.«

»Ihr beide redet jetzt schon fast einen Monat davon. Der Sommer ist fast vorbei.«

»Willst du sie nicht als Steuermann nehmen?«

»Nimm du sie, Stan.«

»Wir würden uns gegenseitig umbringen«, sagte Ruths Vater. »Nimm du sie.«

Angus Addams schüttelte den Kopf. »Ich sag dir die Wahrheit«, sagte er. »Ich fische lieber alleine, wenn es irgendwie geht. Früher, da haben wir auch alleine gefischt. So ist es besser. Ohne zu teilen.«

»Ich weiß, dass du nicht gerne teilst«, sagte Ruth.

»Dieses blöde Geteile hasse ich allerdings, mein Fräulein. Und ich sag dir auch, warum. 1936, da habe ich das ganze gottverdammte Jahr über nur dreihundertfünfzig Dollar verdient, und ich hab mir die Eier abgefischt. Ich hatte Ausgaben von fast dreihundert Dollar. Mir sind fünfzig für den ganzen Winter geblieben. Und ich musste mich um meinen gottverdammten Bruder kümmern. Also, nein, ich teile nicht, wenn es auch anders geht.«

»Komm schon, Angus. Gib Ruth einen Job. Sie ist stark«, sagte Stan. »Komm hierher, Ruth. Krempel dir die Ärmel hoch, Baby. Zeig uns, wie stark du bist.«

Ruth ging zu ihm und beugte gehorsam den Arm.

»Mit der Schere zerknackt sie ihre Beute«, sagte ihr Vater und tastete ihren Muskel ab. Dann beugte Ruth den linken Arm, den er auch abtastete. »Und mit der hier zwickt sie zu!«

Angus sagte: »Scheiße, Mann.«

»Ist dein Bruder hier?«, fragte Ruth Angus.

»Er ist zu den Pommeroys rüber«, sagte Angus. »Er macht sich gottverdammte Sorgen um diesen gottverdammten Rotzlöffel.«

»Er macht sich Sorgen um Webster?«

»Er sollte diesen kleinen Mistkerl einfach adoptieren, gottverdammt noch mal.«

»Der Senator hat tatsächlich Cookie hier gelassen?«, fragte Ruth.

Angus brummte wieder und versetzte dem Hund einen Schubs mit dem Fuß. Cookie wachte auf und blickte sich geduldig um.

»Zumindest ist der Hund in liebenden Händen«, sagte Ruths Vater grinsend. »Zumindest hat Simon seinen Hund bei jemandem gelassen, der sich gut um ihn kümmert.«

»Zärtlich und liebevoll um ihn kümmert«, fügte Ruth hinzu.

»Ich hasse diesen gottverdammten Hund«, sagte Angus.

»Wirklich?«, fragte Ruth mit großen Augen. »Ist das so? Das wusste ich gar nicht. Wusstest du das, Dad?«

»Das wäre mir neu, Ruth.«

»Ich hasse diesen gottverdammten Hund«, sagte Angus. »Und die Tatsache, dass ich ihn füttern muss, zerfrisst mir die Seele.«

Ruth und ihr Vater brachen in Lachen aus.

»Ich hasse diesen gottverdammten Hund«, sagte Angus, und seine Stimme wurde lauter, während er seine Probleme mit Cookie aufzählte. »Dieser Hund hat eine gottverdammte Ohrenentzündung, und ich muss gottverdammte Tropfen dagegen kaufen, und zweimal am Tag muss ich den Hund halten, wenn Simon ihm die Tropfen gibt. Ich muss die gottverdammten Tropfen kaufen, wo es mir doch lieber wäre, der gottverdammte Hund würde taub werden. Er säuft aus der Toilette. Er kotzt jeden gottverdammten Tag, und er hatte noch nicht einmal in seinem ganzen Leben einen festen Stuhlgang.«

»Stört dich sonst noch was?«, fragte Ruth.

»Simon will, dass ich gottverdammt nett zu dem Hund bin, aber das läuft meinem Instinkt zuwider.«

»Der da wäre?«, fragte Ruth.

»Mit schweren Stiefeln auf ihm herumzutrampeln.«

»Du bist unmöglich«, sagte Ruths Vater und konnte sich kaum halten vor Lachen. »Du bist unmöglich, Angus.«

Ruth ging ins Haus und holte sich ein Glas Wasser. Die Küche der Addams' war makellos sauber. Angus Addams war ein Schwein, aber Senator Simon Addams sorgte für seinen Zwillingsbruder wie eine Ehefrau. Bei ihm blitzte der Chrom, und der Kühlschrank war voll. Ruth wusste ganz sicher, dass Senator Simon jeden Morgen um vier Uhr aufstand und Angus Frühstück machte (Brötchen, Eier, ein Stück Kuchen) und ihm Sandwiches zum Mittagessen auf dem Hummerkutter einpackte. Die anderen Männer auf der Insel neckten Angus oft deswegen und sagten, sie hätten es auch gerne so gut zu Hause, und Angus Addams antwortete ihnen darauf, sie sollten scheißverdammt noch mal die Schnauze halten, und sie hätten außerdem schon mal gar nicht so faule, fette, gottverdammte Huren heiraten sollen. Ruth blickte aus dem Küchenfenster auf den Garten hinaus, wo trocknende Overalls und lange Unterwäsche im Wind wehten. Auf der Theke lag ein Laib Hefebrot. Sie schnitt sich ein Stück ab und ging kauend wieder auf die Veranda.

»Für mich nicht, danke«, sagte Angus.

»Entschuldigung. Wolltest du ein Stück?«

»Nein, aber ich nehm noch ein Bier, Ruth.«

»Ich hol es, wenn ich wieder in die Küche gehe.«

Angus hob die Augenbrauen und pfiff. »So behandeln gebildete Mädchen ihre Freunde, was?«

»Oh, Mann.«

»Behandeln Ellis-Mädchen so ihre Freunde?«

Ruth gab keine Antwort, und ihr Vater starrte auf seine Füße. Es wurde sehr still auf der Veranda. Ruth wartete, ob ihr Vater Angus Addams darauf hinweisen würde, dass Ruth eine Thomas war und keine Ellis, aber ihr Vater sagte nichts.

Angus stellte seine leere Bierflasche auf den Boden, sagte: »Dann hol ich's mir wohl lieber selbst« und ging ins Haus.

Ruths Vater blickte auf zu ihr. »Was hast du heute gemacht, Kleines?«, fragte er.

»Darüber können wir beim Abendessen reden.«

»Ich esse heute hier. Wir können jetzt darüber reden.«

Also sagte sie: »Ich war heute bei Mr. Ellis. Willst du immer noch jetzt darüber reden?«

Ihr Vater sagte gleichmütig: »Es ist mir egal, worüber du redest oder wann du darüber redest.«

»Ärgerst du dich darüber, dass ich ihn besucht habe?«

In dem Moment kam Angus Addams wieder heraus, gerade als Ruths Vater sagte: »Es ist mir egal, mit wem du deine Zeit verbringst, Ruth.«

»Mit wem zum Teufel verbringt sie denn ihre Zeit?«, fragte Angus.

»Mit Lanford Ellis.«

»Dad. Ich will jetzt nicht darüber reden.«

»Schon wieder diese gottverdammten Mistkerle«, sagte Angus.

»Ruth hatte ein kleines Treffen mit ihm.«

»Dad …«

»Wir müssen vor unseren Freunden keine Geheimnisse haben, Ruth.«

»Schön«, sagte Ruth und warf ihrem Vater den Umschlag zu, den Mr. Ellis ihr gegeben hatte. Er öffnete ihn und betrachtete die Scheine darin. Er legte den Umschlag auf die Armlehne seines Stuhls.

»Was zum Teufel ist das?«, fragte Angus. »Was ist das, ein Haufen Geld? Hat Mr. Ellis dir das Geld gegeben, Ruth?«

»Ja. Ja, hat er.«

»Na, dann gibst du es ihm verdammt noch mal zurück.«

»Ich finde, das geht dich überhaupt nichts an, Angus. Willst du, dass ich das Geld zurückgebe, Dad?«

»Es ist mir egal, wie diese Leute mit ihrem Geld um sich werfen, Ruth«, sagte Stan Thomas. Aber er nahm den Umschlag wieder in die Hand, zog die Geldscheine heraus und zählte sie. Es waren fünfzehn Scheine. Fünfzehn Zwanzigdollarscheine.

»Wofür ist denn das gottverdammte Geld?«, fragte Angus.

»Wofür zum Teufel ist denn das gottverdammte Geld überhaupt?«

»Halt dich da raus, Angus«, sagte Ruths Vater.

»Mr. Ellis hat gesagt, es ist Taschengeld für mich.«

»'ne Tasche Geld?«, fragte ihr Vater.

»Taschengeld.«

»Taschengeld? Taschengeld?«

Sie antwortete nicht.

»Dich hat er jedenfalls in der Tasche«, sagte ihr Vater. »Hat er dich in der Tasche, Ruth?« Wieder gab sie keine Antwort.

»Diese Ellis-Leute wissen wirklich, wie man andere in die Tasche kriegt.«

»Ich weiß nicht, wofür es ist, aber beweg deinen Arsch dort rüber und gib es zurück«, sagte Angus.

Die drei saßen da, und das Geld lag bedrohlich zwischen ihnen.

»Und da ist noch was wegen diesem Geld«, sagte Ruth.

Ruths Vater fuhr sich mit der Hand über das Gesicht, nur einmal, als hätte er plötzlich gemerkt, dass er müde war.

»Ja?«

»Da ist noch was wegen diesem Geld. Mr. Ellis würde es sehr gerne sehen, wenn ich einen Teil davon verwenden würde, um Mom zu besuchen. Meine Mutter.«

»Herrgott noch mal!«, explodierte Angus Addams. »Herrgott, du warst das ganze gottverdammte Jahr dort, Ruth! Du bist gerade erst gottverdammt noch mal hierher zurückgekommen, und sie versuchen, dich wieder wegzuschicken!«

Ruths Vater sagte nichts.

»Diese gottverdammten Ellis', die schicken dich überall hin, sagen dir, was du tun sollst und wohin du fahren sollst und wen du besuchen sollst«, fuhr Angus fort. »Du machst gottverdammt noch mal alles, was dir diese gottverdammte Familie befiehlt. Du wirst noch genauso schlimm wie deine gottverdammte Mutter.«

»Halt dich da raus, Angus!«, rief Stan Thomas.

»Wärst du damit einverstanden, Dad?«, fragte Ruth vorsichtig.

»Herrgott noch mal, Stan!«, geiferte Angus. »Sag deiner gottverdammten Tochter, sie soll hier bleiben, wo sie hingehört.«

»Erstens«, sagte Ruths Vater zu Angus, »hältst du jetzt deinen gottverdammten Mund.«

Ein Zweitens gab es nicht.

»Wenn du nicht willst, dass ich sie besuche, dann fahre ich nicht«, sagte Ruth. »Wenn du willst, dass ich das Geld zurückbringe, dann bringe ich das Geld zurück.«

Ruths Vater betastete den Umschlag. Nach einem kurzen Moment des Schweigens sagte er zu seiner achtzehnjährigen Tochter: »Es ist mir egal, mit wem du deine Zeit verbringst.«

Er warf ihr den Umschlag mit dem Geld wieder zu.

»Was hast du für ein Problem?«, brüllte Angus Addams seinen Freund an. »Was habt ihr gottverdammten Leute alle für ein Problem?«

Was Ruth Thomas' Mutter betraf, so gab es da sicherlich ein großes Problem.

Die Leute von Fort Niles Island hatten schon immer Probleme mit Ruth Thomas' Mutter gehabt. Das größte Problem war ihre Herkunft. Sie war anders als all die Leute auf Fort Niles Island, deren Familien schon immer hier gelebt hatten. Sie war anders als all die Leute, die genau wussten, wer ihre Vorfahren waren. Ruth Thomas' Mutter war auf Fort Niles geboren worden, aber sie war nicht richtig von *hier*. Ruth Thomas' Mutter stellte ein Problem dar, weil sie die Tochter einer Waisen und eines ausländischen Arbeiters war.

Niemand kannte den richtigen Namen der Waisen; niemand wusste irgendetwas über den Arbeiter. Deshalb hatte Ruth Thomas' Mutter einen Stammbaum, der an beiden Enden verödet war – zwei Sackgassen. Ruths Mutter hatte keine männlichen oder weiblichen Vorfahren, keine überlieferten einzigartigen, typischen Eigenschaften ihrer Familie. Während Ruth Thomas die Vorfahren ihres Vaters über zweihundert Jahre zurückverfolgen konnte, ohne den Friedhof von Fort Niles zu verlassen, gab es keine Möglichkeit, mehr über die Waise und den fremden Arbeiter zu erfahren, mit denen die schlichte Geschichte ihrer Mutter anfing und aufhörte. Niemand wusste etwas über sie zu berichten, und so hatte man sie auf Fort Niles immer schon mit Misstrauen bedacht. Ihre Vergangenheit war zweifach geheimnisumwittert, wohingegen sonst niemandes Herkunft auch nur ein einziges Geheimnis barg. Man sollte nicht einfach ohne Familienchronik auf Fort Niles auftauchen. Das verbreitete nur Unruhe.

Ruth Thomas' Großmutter – die Mutter ihrer Mutter – trug als Waise den fantasielosen, rasch erfundenen Namen Jane Smith. Jane Smith wurde 1884 als kleines Baby auf den Stufen des Bath Marinekrankenhauses für Waisenkinder zurückgelassen. Die Schwestern fanden sie, badeten sie und verliehen ihr diesen gewöhnlichen Namen, der, wie sie fanden, so gut wie jeder andere war. Damals war das Bath Marinekrankenhaus für Waisenkinder eine relativ neue Einrichtung. Gleich nach dem Bürgerkrieg gegründet, nahm man sich dort der Kinder an, die durch diesen Krieg zu Waisen geworden waren – insbesonders der Kinder von Marineoffizieren, die im Krieg ihr Leben verloren hatten.

Das Bath Marinekrankenhaus für Waisenkinder war eine strenge und gut organisierte Institution, wo Wert auf Sauberkeit, Bewegung und regelmäßige Verdauung gelegt wurde. Vielleicht war das Baby, das den Namen Jane Smith bekam, die Tochter eines Seemanns, vielleicht sogar eines Marineoffiziers, aber das Baby hatte überhaupt keine Anhaltspunkte an sich. Es gab keinen Brief, keinen verräterischen Gegenstand, keine charakteristische Bekleidung. Nur ein recht gesundes Baby, das fest gewickelt still und leise auf die Treppe des Waisenhauses gelegt worden war.

1894, als die Waise Jane Smith zehn Jahre alt wurde, wurde sie von einem gewissen Herrn namens Dr. Jules Ellis adoptiert.

Jules Ellis war ein junger Mann, aber er hatte sich bereits einen guten Namen gemacht. Er war der Gründer der Ellis Granitgesellschaft aus Concord, New Hampshire. Dr. Jules Ellis verbrachte seine Sommerferien offenbar immer auf Inseln in Maine, wo er mehrere lukrative Steinbrüche besaß. Er mochte Maine. Er hielt die Einwohner von Maine für besonders robust und anständig; als er beschloss, es sei an der Zeit, ein Kind zu adoptieren, wählte er deshalb eines in einem Waisenhaus in Maine aus. Er war der Meinung, damit sei ihm ein kräftiges Mädchen garantiert.

Seine Gründe, ein Mädchen zu adoptieren, waren folgende: Dr. Jules Ellis hatte eine Lieblingstochter, ein verwöhntes neunjähriges Mädchen namens Vera, und Vera bat beharrlich um eine Schwester. Sie hatte mehrere Brüder, aber die fand sie sterbenslangweilig. Sie wollten für die langen, isolierten Sommer auf Fort Niles Island ein Mädchen zum Spielen. Und so erwarb Dr. Jules Ellis Jane Smith als Schwester für seine kleine Tochter.

»Das ist deine neue Zwillingsschwester«, eröffnete er Vera an ihrem zehnten Geburtstag.

Die zehn Jahre alte Jane war ein dickes, schüchternes Mädchen. Bei ihrer Adoption bekam sie den Namen Jane Smith-Ellis, eine weitere Erfindung, gegen die sie ebenso wenig protestierte wie bei ihrer ersten Taufe. An dem Tag, an dem er Jane seiner Tochter schenkte, hatte Mr. Jules Ellis dem Mädchen eine große rote Schleife auf den Kopf gesetzt. Auf den Fotos, die gemacht wurden, wirkt die Schleife absolut lächerlich auf dem dicken Mädchen in dem Waisenhauskleid. Die Schleife sieht aus wie eine offene Wunde.

Von diesem Zeitpunkt an begleitete Jane Smith-Ellis Vera Ellis überall hin. An jedem dritten Sonntag im Juni reisten die Mädchen nach Fort Niles Island, und an jedem zweiten Samstag im September begleitete Jane Smith-Ellis Vera Ellis zurück nach Concord in die Villa Ellis.

Es gibt keinen Grund zu der Annahme, Ruth Thomas' Großmutter hätte auch nur einen Augenblick lang wirklich als

Schwester von Miss Vera Ellis gegolten. Obwohl die Mädchen durch die Adoption zu rechtmäßigen Geschwistern wurden, wäre die Vorstellung absurd, dass man ihnen im Haushalt der Familie Ellis gleich viel Respekt entgegenbrachte. Vera Ellis liebte Jane Smith-Ellis nicht wie eine Schwester, aber sie verließ sich voll und ganz auf sie als Dienstmädchen. Obwohl Jane Smith-Ellis die Pflichten einer Zofe hatte, war sie, von Rechts wegen, ein Familienmitglied und erhielt deshalb keinen Lohn für ihre Arbeit.

»Deine Großmutter«, hatte Ruths Vater immer gesagt, »war eine Sklavin für diese gottverdammte Familie.«

»Deine Großmutter«, hatte Ruths Mutter immer gesagt, »konnte sich glücklich schätzen, von einer so großzügigen Familie wie den Ellis' adoptiert zu werden.«

Miss Vera Ellis war keine große Schönheit, aber sie hatte das Glück, reich zu sein, und sie war stets exquisit gekleidet. Es gibt Aufnahmen von Miss Vera Ellis, auf denen sie perfekt ausgestattet ist fürs Schwimmen, Reiten, Eislaufen, Lesen und, als sie älter wurde, fürs Tanzen, Autofahren und Heiraten. Diese Kleider aus der Zeit der Jahrhundertwende waren aufwändig und schwer. Es war Ruth Thomas' Großmutter, die Miss Vera Ellis die Kleider zuknöpfte, die ihre Glacéhandschuhe ordnete, die die Federn auf ihren Hüten pflegte und die ihre Strümpfe und Spitzenwäsche auswusch. Es war Ruth Thomas' Großmutter, die Korsetts, Slips, Schuhe, Krinolinen, Sonnenschirme, Morgenmäntel, Puder, Broschen, Capes, Sommerkleider und Handtaschen auswählte, ordnete und verpackte – alles, was Miss Vera für ihren jährlichen Sommeraufenthalt auf Fort Niles benötigte. Es war Ruth Thomas' Großmutter, die jeden Herbst Miss Veras Ausrüstung für ihre Rückkehr nach Concord verpackte, ohne ein einziges Stück zu verlegen.

Natürlich kam es häufig vor, dass Miss Vera Ellis übers Wochenende nach Boston oder im Oktober ins Hudson Valley reiste, oder nach Paris, um ihre Umgangsformen zu verfeinern. Und auch zu solchen Gelegenheiten brauchte sie jemanden, der ihr zur Seite stand. Ruth Thomas' Großmutter, die Waise Jane Smith-Ellis, war äußerst dienlich.

Jane Smith-Ellis war auch keine Schönheit. Keine der beiden Frauen war sehr hübsch anzusehen. Auf Fotografien hat Miss Vera Ellis wenigstens einen halbwegs interessanten Gesichtsausdruck – einen Ausdruck teurer Überheblichkeit –, aber Ruths Großmutter fehlt sogar der. Jane Smith-Ellis steht hinter der exquisit gelangweilten Miss Vera Ellis, und ihr Gesicht verrät nichts. Keinen Witz, kein entschlossenes Kinn, keinen mürrischen Zug um den Mund. Kein Funken ist in ihr, aber auch keine Sanftmut. Einfach nur tiefe und stumpfe Müdigkeit.

Im Sommer 1905 heiratete Miss Vera Ellis Joseph Hanson, einen jungen Mann aus Boston. Die Heirat war von geringer Bedeutung, was hieß, dass Joseph Hansons Familie gut genug war, die Familie Ellis aber viel besser, und so behielt Miss Vera all ihre Macht. Die Heirat bereitete ihr keine übermäßigen Unannehmlichkeiten. Sie bezeichnete sich nie als Mrs. Joseph Hanson; sie blieb weiterhin Miss Vera Ellis. Das Paar wohnte im Elternhaus der Braut, der Villa Ellis in Concord. Jeden dritten Samstag im Juni folgte das Paar der Tradition, nach Fort Niles zu ziehen, und jeden zweiten Samstag im September reisten sie zurück nach Concord.

Darüber hinaus veränderte die Heirat zwischen Miss Vera Ellis und Joe Hanson das Leben von Ruths Großmutter nicht im Mindesten. Jane Smith-Ellis' Pflichten waren immer noch klar umrissen. Natürlich stand sie Miss Vera auch am eigentlichen Hochzeitstag bei. (Nicht als Brautjungfer. Töchter aus befreundeten Familien und Kusinen übernahmen diese Rolle. Jane war die Zofe, die Miss Vera ankleidete, die die vielen Perlenknöpfe am Rücken ihres Kleids zuknöpfte, die die hohen Hochzeitsstiefel zuhakte, die den Schleier aus französischer Spitze zurechtzupfte.) Ruths Großmutter begleitete Miss Vera auch auf ihrer Hochzeitsreise nach Bermuda. (Um die Sonnenschirme am Strand zusammenzusammeln, um Miss Vera Sand aus dem Haar zu bürsten, um dafür zu sorgen, dass die wollenen Badeanzüge trockneten, ohne auszubleichen.) Ruths Großmutter blieb auch nach der Hochzeit und der Hochzeitsreise bei Miss Vera.

Miss Vera und Joseph Hanson hatten keine Kinder, aber Vera hatte wichtige soziale Verpflichtungen. Ständig musste sie Veranstaltungen besuchen, Termine einhalten und Briefe schreiben. Miss Vera lag jeden Morgen im Bett, nachdem sie in dem Frühstück herumgestochert hatte, das ihr Ruths Großmutter auf einem Tablett gebracht hatte, und diktierte ihr – wie jemand mit einem richtigen Beruf, der einem richtigen Angestellten diktiert – die Aufgaben, die an diesem Tag erledigt werden mussten.

»Sieh zu, ob du dich darum kümmern kannst, Jane«, sagte sie dann.

Jeden Tag, Jahr um Jahr.

Diese Routine wäre sicherlich noch viele Jahre fortgeführt worden, wenn nicht etwas ganz Delikates geschehen wäre. Jane Smith-Ellis wurde schwanger. Ende 1925 war die schweigsame Waise, die die Ellis' aus dem Bath Marinekrankenhaus für Waisenkinder adoptiert hatten, schwanger. Jane war einundvierzig Jahre alt. Es war unvorstellbar. Es erübrigt sich zu sagen, dass sie nicht verheiratet war, und niemand hatte es je für möglich gehalten, dass sie einen Verehrer haben könnte. Niemand in der Familie Ellis hatte Jane Smith-Ellis auch nur einen Augenblick lang für eine Frau mit intimen Beziehungen gehalten. Sie hatten niemals damit gerechnet, sie könnte einen Freund haben, geschweige denn einen Liebhaber. Sie hatten nie einen Gedanken darauf verschwendet. Andere Bedienstete gerieten ständig in alle möglichen idiotischen Situationen, aber Jane war zu praktisch und zu unentbehrlich, um in Schwierigkeiten zu geraten. Miss Vera konnte gar nicht so lange ohne Jane auskommen, dass Jane Zeit gehabt hätte, überhaupt Schwierigkeiten zu finden. Weshalb sollte sich Jane auch Ärger einhandeln wollen?

Die Familie Ellis hatte in der Tat Fragen wegen der Schwangerschaft. Sie hatte viele Fragen. Und Forderungen. Wie konnte das geschehen? Wer war verantwortlich für diese Katastrophe?

Doch Ruth Thomas' Großmutter, so gehorsam sie sonst auch war, verriet ihnen nichts, bis auf eine Kleinigkeit.

»Es ist ein Italiener«, sagte sie.

Ein Italiener? Ein *Italiener*? Unerhört! Was sollten sie davon halten? Offenbar war der Verantwortliche einer von den Hunderten italienischer Arbeiter in den Steinbrüchen der Ellis Granitgesellschaft auf Fort Niles. Die Angelegenheit war unbegreiflich für die Familie Ellis. Wie war Jane Smith-Ellis zu den Steinbrüchen gelangt? Oder noch rätselhafter: Wie war *ein Arbeiter zu ihr* gelangt? Hatte Ruths Großmutter mitten in der Nacht die Wichtelhütten besucht, wo die Italiener lebten? Oder – o Graus! – war ein italienischer Arbeiter im Haus Ellis gewesen? Undenkbar. Hatte es noch weitere Begegnungen gegeben? Womöglich schon seit Jahren? Hatte es noch andere Liebhaber gegeben? War es ein Fehltritt, oder hatte Jane ein perverses Doppelleben geführt? War es eine Vergewaltigung? Eine Laune? Eine Liebesaffäre?

Die italienischen Arbeiter in den Steinbrüchen sprachen kein Englisch. Sie wurden ständig ausgetauscht, und sogar ihre direkten Vorgesetzten kannten ihre Namen nicht. Selbst den Vorarbeitern in den Steinbrüchen wäre es nicht aufgefallen, hätte man den Italienern die Köpfe vertauscht. Niemand betrachtete sie als Individuen. Sie waren katholisch. Sie hatten keinen sozialen Kontakt zu den einheimischen Inselbewohnern, geschweige denn zu jemandem, der mit der Familie Ellis zu tun hatte. Die Italiener wurden größtenteils ignoriert. Eigentlich wurde nur Notiz von ihnen genommen, um sie zu kritisieren. Die Zeitung von Fort Niles Island, die bald nach dem Verschwinden der Granitindustrie einging, brachte gelegentlich Leitartikel, in denen gegen die Italiener gewettert wurde.

Im *Fort Niles Bugle* vom Februar 1905 stand: »Diese Garibaldianer stellen die ärmsten, niedrigsten Kreaturen Europas dar. Ihre Frauen und Kinder sind krumm und lahm geworden durch die Perversionen der italienischen Männer.«

»Diese Neapolitaner«, steht in einem späteren Leitartikel,

»schockieren unsere Kinder durch ihr schreckliches Geschnatter und Gebell auf den Straßen.«

Es war undenkbar, dass ein Italiener, ein Garibaldianer, ein Neapolitaner, Zugang zum Haushalt der Familie Ellis bekommen haben könnte. Doch wenn Ruth Thomas' Großmutter von der Familie Ellis über den Vater ihres Kindes befragt wurde, sagte sie immer nur: »Es ist ein Italiener.«

Es wurde erwogen, Maßnahmen zu ergreifen. Dr. Jules Ellis wollte Jane sofort entlassen, aber seine Frau erinnerte ihn daran, dass es schwierig wäre und auch ein wenig grob, eine Frau zu entlassen, die immerhin keine Angestellte war, sondern ein rechtmäßiges Mitglied der Familie.

»Dann verstoßt sie!«, tobten Vera Ellis' Brüder, aber Vera wollte nichts davon hören. Jane hatte einen Fehltritt begangen, und Vera fühlte sich betrogen, aber trotzdem war Jane unverzichtbar. Nein, es gab keine andere Möglichkeit: Jane musste bei der Familie bleiben, weil Vera Ellis ohne sie nicht leben konnte. Sogar Veras Brüder mussten zugeben, dass das ein wichtiges Argument war. Immerhin war Vera unmöglich, und wenn sie nicht ständig von Jane umsorgt würde, wäre sie eine mörderische kleine Hexe. Ja, Jane durfte bleiben.

Statt einer Strafe für Jane verlangte Vera jedoch eine Bestrafung der italienischen Arbeiter auf Fort Niles. Der Ausdruck »Lynchmob« war ihr wahrscheinlich nicht bekannt, doch das, was ihr vorschwebte, war nicht weit davon entfernt. Sie fragte ihren Vater, ob es zu viel Aufwand wäre, ein paar Italiener zusammenzutreiben und zu verprügeln, oder vielleicht ein paar Wichtelhütten anzuzünden. Aber Dr. Jules Ellis wollte nichts davon wissen. Dr. Ellis war ein viel zu cleverer Geschäftsmann, als dass er die Arbeit in den Steinbrüchen unterbrochen oder seine guten Arbeiter verletzt hätte, deshalb wurde beschlossen, die ganze Angelegenheit zu vertuschen. Sie sollte so diskret wie möglich behandelt werden.

Jane Smith-Ellis blieb während ihrer Schwangerschaft bei der Familie Ellis und erfüllte ihre Pflichten für Miss Vera. Ihr Baby wurde im Juni 1926 auf der Insel geboren, in eben der Nacht, in der die Familie Ellis für den Sommer auf Fort Niles ankam. Niemand hatte erwogen, den Zeitplan wegen der hochschwangeren Jane zu ändern. Jane hätte in ihrem Zustand nicht einmal in der Nähe eines Bootes sein sollen, aber Vera nahm sie im neunten Monat schwanger mit auf die Reise. Das Baby wurde quasi auf dem Pier von Fort Niles geboren. Das kleine Mädchen bekam den Namen Mary. Sie war die uneheliche Tochter einer Waisen und eines italienischen Arbeiters, und sie war Ruths Mutter.

Miss Vera gewährte Ruths Großmutter nach der schwierigen Entbindung von Mary eine Woche, in der sie ihre Pflichten nicht erfüllen musste. Am Ende der Woche rief Vera Jane zu sich und schluchzte den Tränen nahe: »Ich brauche dich, meine Liebe. Das Baby ist süß, aber ich brauche deine Hilfe. Ich schaffe es einfach nicht ohne dich. Jetzt musst du dich um mich kümmern.«

So begann für Jane Smith-Ellis die Zeit, in der sie die ganze Nacht wach blieb, um ihr Baby zu versorgen, und den ganzen Tag für Miss Vera arbeitete - nähte, ankleidete, Zöpfe flocht, Bäder einließ, ein Kleid nach dem anderen zuknöpfte und aufknöpfte. Die Bediensteten im Haus Ellis kümmerten sich tagsüber um das Baby, so gut es ging, durften aber ihre eigenen Pflichten nicht vernachlässigen. Obwohl Ruths Mutter rechtmäßig und dem Gesetz nach eine Ellis war, verbrachte sie ihre frühe Kindheit in den Räumen der Dienstboten, in Speisekammern und Vorratskellern, und wurde still von Hand zu Hand weitergereicht, als wäre sie Schmuggelware. Als die Familie im Winter nach Concord zurückkehrte, war es genauso schlimm. Vera gönnte Jane keine Pause.

Anfang Juni 1927 - Mary war knapp über ein Jahr alt - bekam Miss Vera Ellis die Masern und damit hohes Fieber. Ein Arzt, der zu den Sommergästen der Familie auf Fort Niles gehörte, behandelte Vera mit Morphium, das ihre Beschwerden linderte und sie jeden Tag für lange Stunden schlafen ließ. Diese Stunden verschafften Jane Smith-Ellis ihre erste Verschnaufpause, seit sie als Kind ins Haus Ellis gekommen war. Zum ersten Mal lernte sie so etwas wie Freizeit kennen, zum ersten Mal war sie von ihren Pflichten entbunden.

Eines Nachmittags also, während Miss Vera und die kleine Mary beide schliefen, spazierte Ruths Großmutter den steilen Felsweg an der Ostküste der Insel hinunter. War das ihr erster Ausflug? Die ersten freien Stunden ihres Lebens? Wahrscheinlich. Sie hatte ihr Strickzeug in einer schwarzen Tasche dabei. Es war ein schöner, klarer Tag, und das Meer war ruhig. Unten am Strand kletterte Jane Smith-Ellis auf einen großen Felsen, der ins Meer ragte, und dort hockte sie sich hin und strickte. Weit unter ihr hoben und senkten sich die Wellen gleichmäßig und sanft. Möwen zogen ihre Kreise. Sie war allein. Sie strickte weiter. Die Sonne schien.

Mehrere Stunden später wachte Miss Vera im Ellis Haus auf und klingelte. Sie hatte Durst. Ein Dienstmädchen kam mit einem Glas Wasser in ihr Zimmer, aber Miss Vera wollte es nicht.

»Ich will Jane«, sagte sie. »Sie sind ein *Schatz*, aber ich will meine Schwester Jane. Würden Sie sie rufen? Wo kann sie nur sein?«

Das Dienstmädchen gab die Bitte an den Butler weiter. Der Butler ließ einen jungen Hilfsgärtner kommen und trug ihm auf, Jane Smith-Ellis zu holen. Der junge Gärtner ging an den Kliffs entlang, bis er Jane sah, die dort unten auf ihrem Felsen saß und strickte.

»Miss Jane!«, rief er hinunter und winkte.

Sie blickte auf und winkte zurück.

»Miss Jane!«, rief er. »Miss Vera verlangt nach Ihnen!«

Sie nickte und lächelte. Und dann, so berichtete der junge Gärtner später, erhob sich eine gewaltige, stille Welle aus dem Meer und verschlang den großen Felsen, auf dem Jane Smith-Ellis saß. Als die gigantische Welle zurückwich, war Jane verschwunden. Das Wasser wogte wieder leicht, aber von Jane war keine Spur zu entdecken. Der Gärtner rief die anderen Bediensteten, die den Felsweg hinuntereilten, um nach ihr zu suchen, aber sie fanden nicht einmal einen Schuh. Sie war verschwunden. Sie war schlicht und einfach vom Meer geholt worden.

»Unsinn«, erklärte Miss Vera Ellis, als man ihr sagte, Jane sei verschwunden. »Natürlich ist sie nicht verschwunden. Geht und sucht sie. Sofort. Sucht sie.«

Die Bediensteten und die Einwohner von Fort Niles Island suchten, aber niemand fand Jane Smith-Ellis. Tagelang kämmten die Suchtrupps die Küste ab, aber man fand keine Spur.

»Sucht sie«, befahl Miss Vera weiterhin. »Ich brauche sie. Außer ihr kann mir niemand helfen.«

So ging es wochenlang weiter, bis ihr Vater, Dr. Jules Ellis, mit all ihren vier Brüdern in ihr Zimmer kam und ihr vorsichtig beizubringen versuchte, wie die Dinge standen.

»Es tut mir sehr Leid, meine Liebe«, sagte Dr. Ellis zu seiner einzigen leiblichen Tochter. »Es tut mir wirklich Leid, aber Jane ist weg. Es hat keinen Sinn mehr, weiter nach ihr zu suchen.«

Miss Vera machte trotzig ein finsteres Gesicht. »Könnte nicht jemand zumindest ihren Körper finden? Kann man nicht im Meer danach baggern?«

Miss Veras jüngster Bruder spottete. »Man kann das Meer nicht ausbaggern, Vera, als wäre es ein Fischteich.«

»Wir werden die Trauerzeremonie so lange wie möglich hinauszögern«, versprach Dr. Ellis seiner Tochter.

»Vielleicht taucht Janes Leiche noch rechtzeitig auf. Aber du darfst dem Personal nicht mehr sagen, sie sollen Jane suchen. Das ist nur Zeitverschwendung, und der Haushalt muss in Ordnung gehalten werden.«

»Du wirst schon sehen«, verkündete Veras ältester Bruder Lanford, »sie finden sie nicht. Niemand wird Jane je finden.«

Die Familie Ellis schob den Trauergottesdienst für Jane Smith-Ellis bis zur ersten Septemberwoche auf. Doch dann blieben nur noch ein paar Tage, bis sie nach Concord zurückkehren mussten, und sie konnten nicht länger damit warten. Die Trauerfeierlichkeiten erst in Concord abzuhalten, wo man auf der Familiengrabstelle einen Gedenkstein hätte aufstellen können, stand außer Frage; dort war kein Platz für Jane. Fort Niles schien so gut wie jeder andere Ort für Janes Beerdigung. Da es keine Leiche zu bestatten gab, war die Beerdigung von Ruths Großmutter eher ein Gedenkgottesdienst als eine Beerdigung. Auf einer Insel, wo Ertrunkene häufig nicht gefunden werden, ist ein solcher Gottesdienst nichts Ungewöhnliches. Man stellte einen Gedenkstein aus schwarzem Fort-Niles-Granit auf dem Friedhof von Fort Niles auf. Darauf stand:

JANE SMITH-ELLIS
? 1884–10. JULI 1927
SCHMERZLICH VERMISST

Miss Vera besuchte resigniert den Gottesdienst. Sie akzeptierte immer noch nicht, dass Jane sie verlassen hatte. Sie war sogar ziemlich verärgert. Am Ende des Gottesdienstes bat Miss Vera einige der Dienstboten, ihr Janes Baby zu bringen. Mary war knapp über ein Jahr alt. Als Erwachsene sollte sie Ruth Thomas' Mutter werden, aber damals war sie noch ein ganz kleines Mädchen. Miss Vera nahm Mary Smith-Ellis in die Arme und wiegte sie. Sie lächelte auf das Kind hinab und sagte: »Nun, kleine Mary. Ab jetzt wollen wir dir unsere ganze Aufmerksamkeit widmen.«

5

Der Hummer ist weit über die Grenzen unserer Insel hinaus beliebt, und er bereist alle Teile der bekannten Welt, wie ein Geist, der in einer luftdichten, versiegelten Kiste eingesperrt ist.

Von Krabben, Garnelen und Hummern
W. B. Lord, 1867

Cal Cooley bereitete alles für Ruth Thomas' Besuch bei ihrer Mutter in Concord vor. Als er mit seinen Vorbereitungen fertig war, rief er Ruth an. Sie sollte am nächsten Morgen um sechs Uhr mit gepackten Taschen auf ihrer Veranda stehen. Ruth sagte zu, aber kurz vor sechs Uhr an diesem Morgen überlegte sie es sich anders. Einen kurzen Moment lang spürte sie Panik in sich aufsteigen, und so nahm sie Reißaus. Aber sie lief nicht weit. Sie ließ ihre Taschen auf der Veranda stehen und rannte nach nebenan zu Mrs. Pommeroy.

Ruth meinte, Mrs. Pommeroy wäre wahrscheinlich schon auf, und sie bekäme vielleicht ein Frühstück. Mrs. Pommeroy war wirklich auf. Aber sie war nicht allein, und sie machte nicht Frühstück. Sie strich ihre Küche. Ihre beiden älteren Schwestern, Kitty und Gloria, halfen ihr. Alle drei trugen schwarze Mülltüten zum Schutz ihrer Kleider, und Kopf und Arme ragten aus dem Plastik heraus. Ruth war sofort klar, dass die drei Frauen die ganze Nacht aufgeblieben waren. Als Ruth das Haus betrat, stürzten sich die Frauen gleichzeitig auf sie, drängten sie in ihre Mitte und bekleckerten sie überall mit Farbe.

»Ruth!«, riefen sie. »Ruthie!«

»Es ist sechs Uhr morgens! Was macht ihr denn?«

»Streichen!«, rief Kitty. »Wir streichen!«

Kitty holte mit einem Pinsel in Ruths Richtung aus, spritzte dabei noch mehr Farbe über Ruths Hemd, und fiel lachend auf die Knie. Kitty war betrunken. Ja, Kitty war eine Trinkerin. (»Ihre Großmutter war genauso«, hatte Senator Simon Ruth einmal erzählt. »Von den alten T-Modellen hat sie immer den Tankdeckel abgeschraubt und die Dämpfe eingeatmet. Die ist ihr ganzes Leben lang benebelt auf der Insel herumgetorkelt.«) Gloria half ihrer Schwester auf. Kitty hielt sich anmutig den Mund zu, um nicht mehr zu lachen, dann hob sie mit einer damenhaften Bewegung die Hände zum Kopf, um sich die Haare zu richten.

Alle drei Pommeroy-Schwestern hatten großartige Haare, und alle steckten sie sich zu genau so einem Turm hoch, der Mrs. Pommeroy zu so einer berühmten Schönheit gemacht hatte. Mrs. Pommeroys Haar wurde jedes Jahr silbriger. Es war schon so silbrig geworden, dass sie schimmerte wie eine schwimmende Forelle, wenn sie den Kopf im Sonnenlicht wandte. Kitty und Gloria hatten ebenso prachtvolles Haar, aber sie waren nicht so attraktiv wie Mrs. Pommeroy. Gloria hatte ein grobes, unglückliches Gesicht, und Kittys Gesicht war gezeichnet; über eine Wange zog sich eine dicke Brandnarbe, die von einer Explosion in einer Konservenfabrik vor vielen Jahren stammte.

Gloria, die Älteste, hatte nie geheiratet. Kitty, die Nächste, war immer wieder einmal mit dem Bruder von Ruths Vater verheiratet, Ruths rücksichtslosem Onkel Len Thomas. Kitty und Len hatten keine Kinder. Mrs. Pommeroy war die einzige der Pommeroy-Schwestern, die Kinder hatte, jene Schwemme von Söhnen: Webster und Conway und Fagan und so weiter und so fort. Mittlerweile, im Jahr 1976, waren die Jungen erwachsen. Vier hatten die Insel verlassen und ein Leben an anderen Plätzen auf dem Planeten gefunden, aber Webster, Timothy und Robin waren noch immer zu Hause. Sie wohnten in ihren alten Zimmern in dem riesigen Haus neben Ruth und ihrem Vater. Webster hatte natürlich keine Arbeit. Aber Timothy und Robin arbeiteten als Steuermänner auf Booten. Die Pommeroys fanden immer nur vorübergehend Arbeit auf den Booten von anderen. Sie hatten keine eigenen Boote, keine Möglichkeit, sich ihren Lebensunterhalt zu verdienen. Alles deutete darauf hin, dass Timothy und Robin für immer als Aushilfen arbeiten würden. An diesem Morgen waren beide schon draußen zum Fischen; sie hatten bereits vor Sonnenaufgang das Haus verlassen.

»Was machst du heute, Ruthie?«, fragte Gloria. »Was hast du denn so früh schon vor?«

»Ich verstecke mich.«

»Bleib, Ruthie!«, sagte Mrs. Pommeroy. »Du kannst bleiben und uns zusehen!«

»Eher zusehen, dass ihr nicht noch mehr Unfug macht«, sagte Ruth und deutete auf die Farbe auf ihrem Hemd. Kitty ging bei diesem Witz wieder in die Knie und konnte sich kaum halten vor Lachen. Es warf Kitty immer regelrecht um, wenn jemand einen Witz machte. Es war, als würde sie von ihnen getreten werden. Gloria wartete, bis Kitty aufgehört hatte zu lachen, und half ihr wieder auf. Kitty seufzte und richtete sich die Haare.

Alles, was sich in Mrs. Pommeroys Küche befand, lag auf dem Küchentisch oder war unter Laken versteckt. Die Küchenstühle hatten sie auf dem Wohnzimmersofa gestapelt, wo sie nicht im Weg standen. Ruth holte sich einen Stuhl und setzte sich in die Mitte der Küche, während die drei Pommeroy-Schwestern wieder weiterstrichen. Mrs. Pommeroy strich die Fensterbretter mit einem kleinen Pinsel. Gloria malte eine Wand mit einer Rolle an. Kitty kratzte begleitet von seltsamen betrunkenen Ausfallschritten und Handbewegungen alte Farbe von einer anderen Wand.

»Wann hast du denn beschlossen, die Küche zu streichen?«, fragte Ruth.

»Gestern Abend«, sagte Mrs. Pommeroy.

»Ist das nicht eine widerliche Farbe, Ruthie?«, fragte Kitty.

»Sie ist ziemlich scheußlich.«

Mrs. Pommeroy trat von ihrem Fensterbrett zurück und betrachtete ihre Arbeit. »Sie ist scheußlich«, gab sie zu, wirkte aber gar nicht unglücklich.

»Ist das Bojenfarbe?«, riet Ruth. »Streichst du deine Küche mit Bojenfarbe?«

»Ich fürchte, es ist Bojenfarbe, mein Schatz. Erkennst du die Farbe?«

»Das gibt's doch nicht«, sagte Ruth, denn sie erkannte die Farbe wirklich. Erstaunlicherweise strich Mrs. Pommeroy ihre Küche in eben dem Farbton, in dem ihr toter Ehemann immer seine Fallenbojen gestrichen hatte – ein kräftiges Hellgrün, das die Augen strapazierte. Hummerfänger benutzen immer grelle Farben für ihre Bojen, damit sie die Fallen bei jedem Wetter in dem gleichmäßigen Blau des Meeres entdeckten. Es war dicke Industriefarbe, gänzlich ungeeignet für den vorliegenden Zweck.

»Hast du Angst, deine Küche im Nebel zu verlieren?«, fragte Ruth.

Kitty fiel vor Lachen auf die Knie. Gloria runzelte die Stirn und sagte: »Herrgott, Kitty. Reiß dich doch zusammen.« Sie zog Kitty hoch.

Kitty fasste sich an die Haare und sagte: »Wenn ich in einer Küche mit so einer Farbe wohnen müsste, würde ich alles vollkotzen.«

»Darf man Bojenfarbe überhaupt für Innenräume nehmen?«, fragte Ruth. »Muss man für Innenräume denn nicht Innenraumfarbe verwenden? Bekommt man davon Krebs oder so was?«

»Ich weiß nicht«, sagte Mrs. Pommeroy. »Ich habe gestern Abend diese ganzen Farbdosen im Geräteschuppen gefunden, und da habe ich mir gedacht, die lass ich besser nicht verkommen! Außerdem erinnert es mich an meinen Mann. Als Kitty und Gloria zum Abendessen vorbeigekommen sind, haben wir angefangen zu kichern, und als Nächstes haben wir schon die Küche gestrichen. Wie findest du es?«

»Ehrlich?«, fragte Ruth.

»Egal«, sagte Mrs. Pommeroy. »Mir gefällt es.«

»Wenn ich in dieser Küche leben müsste, ich würde so viel kotzen, dass mir der Kopf abfällt«, verkündete Kitty.

»Pass auf, Kitty«, sagte Gloria. »Es könnte schon bald sein, dass du in dieser Küche leben musst.«

»Das werd ich verdammt noch mal nicht!«

»Kitty ist jederzeit in diesem Haus willkommen«, sagte Mrs. Pommeroy. »Du weißt das, Kitty. Du weißt das auch, Gloria.«

»Du bist so gemein, Gloria«, sagte Kitty.

Gloria strich weiter ihre Wand, mit zusammengekniffenen Lippen, und ihre Rolle hinterließ saubere, gleichmäßige Farbbahnen.

Ruth fragte: »Wirft dich Onkel Len wieder raus, Kitty?«

»Ja«, sagte Gloria ruhig.

»Nein!«, sagte Kitty. »Nein, er wirft mich nicht raus, Gloria! Du bist so verdammt gemein, Gloria!«

»Er sagt, er wirft sie raus, wenn sie nicht aufhört zu trinken«, sagte Gloria in demselben ruhigen Tonfall.

»Und warum hört er verdammt noch mal nicht auf zu trinken?«, fragte Kitty. »Len sagt, ich soll aufhören zu trinken, aber niemand trinkt so viel wie er.«

»Kitty kann gerne bei mir einziehen«, sagte Mrs. Pommeroy.

»Warum kann *er* denn verdammt noch mal jeden scheißverdammten Tag was trinken?«, schimpfte Kitty.

»Na ja«, sagte Ruth, »weil er ein widerlicher alter Alkoholiker ist.«

»Er ist ein Arsch«, sagte Gloria.

»Er hat den knackigsten Arsch auf dieser Insel; so viel steht fest«, sagte Kitty. Gloria strich weiter, aber Mrs. Pommeroy lachte. Von oben hörte man ein Baby schreien.

»Oje«, sagte Mrs. Pommeroy.

»Jetzt hast du es geschafft«, sagte Gloria. »Jetzt hast du das gottverdammte Baby geweckt, Kitty.«

»Das war ich nicht!«, rief Kitty, und das Geschrei des Babys wurde zu einem Heulen.

»Oje«, wiederholte Mrs. Pommeroy.

»Gott, ist das ein lautes Baby«, sagte Ruth, und Gloria sagte: »Ohne Scheiß, Ruth.«

»Dann ist Opal wohl zu Hause.«

»Sie ist vor ein paar Tagen heimgekommen, Ruth. Offenbar haben sie und Robin sich versöhnt, das ist gut so. Sie sind jetzt eine Familie, und sie sollten zusammen sein. Ich finde, sie sind beide ziemlich reif. Sie werden auf eine gute Art erwachsen.«

»In Wahrheit«, sagte Gloria, »hat ihre Familie die Nase voll von ihr und hat sie wieder hierher geschickt.«

Sie hörten oben Schritte, und das Geschrei ließ nach. Bald darauf kam Opal mit dem Baby auf dem Arm nach unten.

»Du bist immer so laut, Kitty«, jammerte Opal. »Immer weckst du meinen Eddie.«

Opal war Robin Pommeroys Frau, eine Tatsache, die Ruth immer noch verwunderte: der fette, verträumte, siebzehnjährige Robin Pommeroy hatte eine Frau. Opal stammte aus Rockland und war ebenfalls siebzehn. Ihrem Vater gehörte dort eine Tankstelle. Robin hatte sie auf seinen Fahrten in die Stadt kennen gelernt, als er Benzinkanister für seinen Lastwagen auf der Insel voll füllte. Sie war recht hübsch (»Eine süße, dreckige kleine Schlampe«, verkündete Angus Addams), mit aschblonden Haaren, die sie nachlässig zu Zöpfen flocht. An diesem Morgen trug sie einen Morgenmantel und schmuddelige Pantoffeln, und sie kam dahergeschlurft wie eine alte Frau. In natura war sie fetter als in Ruths Erinnerung, aber Ruth hatte sie seit dem letzten Sommer nicht mehr gesehen. Das Baby steckte in dicken Windeln und trug nur eine Socke. Der Kleine nahm die Finger aus dem Mund und griff nach der Luft.

»Mein Gott!«, rief Ruth. »Das ist ja ein Brummer!«

»Hey, Ruth«, sagte Opal schüchtern.

»Hey, Opal. Dein Baby ist ein ganz schöner Brummer!«

»Ich wusste gar nicht, dass du von der Schule zurück bist, Ruth.«

»Ich bin schon fast einen Monat wieder da.«

»Bist du froh?«

»Klar.«

»Zurück nach Fort Niles kommen ist wie vom Pferd fallen«, sagte Kitty Pommeroy. »Man verlernt es nie.«

Ruth ignorierte das. »Dein Baby ist enorm, Opal! Hallo, Eddie! Hey, Eddieboy!«

»Das stimmt!«, sagte Kitty. »Er ist unser großer, dicker Babyboy! Stimmt's, Eddie? Bist du unser großer, dicker Junge?«

Opal stellte Eddie zwischen ihre Beine auf den Boden und gab ihm ihre beiden Zeigefinger zum Festhalten. Er versuchte, die Knie gerade zu halten, und schwankte wie ein Betrunkener. Sein Bauch ragte ulkig über der Windel hervor, und seine Schenkel waren prall und rund. Seine Arme schienen aus einzelnen Segmenten zu bestehen, und er hatte mehr als nur ein Kinn. Auf seiner Brust glänzte Spucke.

»Ist das ein Brummer!« Mrs. Pommeroy lächelte breit. Sie kniete sich vor Eddie und kniff ihn in die Wangen. »Wer ist mein großer, dicker Junge? Wie groß bist du? Wie groß ist Eddie?«

Eddie machte verzückt: »Gah!«

»Ja, er ist wirklich schwer«, sagte Opal zufrieden. »Ich kann ihn kaum mehr hochheben. Sogar Robin sagt, Eddie wird zu schwer zum Herumtragen. Robin sagt, Eddie sollte besser bald Laufen lernen.«

»Der wird bald ein großer Fischer!«, sagte Kitty.

»Ich glaube nicht, dass ich schon jemals so einen dicken, gesunden Jungen gesehen habe«, sagte Gloria. »Seht euch diese Beine an. Dieser Junge spielt bestimmt einmal Football. Ist das nicht das dickste Baby, das du je gesehen hast, Ruth?«

»Das ist das dickste Baby, das ich je gesehen habe«, stimmte Ruth zu.

Opal wurde rot. »In meiner Familie sind alle Babys dick. Sagt jedenfalls meine Mom. Und Robin war auch ein dickes Baby, nicht wahr, Mrs. Pommeroy?«

»Oh, ja, Robin war ein großes, dickes Baby. Aber nicht so groß und dick wie Mr. Eddie!« Mrs. Pommeroy kitzelte Eddies Bauch.

»Gah!«, rief er.

Opal sagte: »Ich kann ihm kaum genug zu essen geben. Ihr solltet ihn mal bei Mahlzeiten sehen. Er isst mehr als ich! Gestern allein fünf Scheiben Speck!«

»Oh Gott!«, sagte Ruth. Speck! Sie konnte gar nicht aufhören, das Kind anzustarren. So ein Baby hatte sie noch nie gesehen. Er sah aus wie ein fetter, glatzköpfiger Mann, der auf sechzig Zentimeter geschrumpft war.

»Er hat eben einen großen Appetit. Nicht wahr? Nicht wahr, du großer, dicker Junge?« Gloria nahm Eddie ächzend auf und bedeckte seine Wangen mit Küssen. »Nicht wahr, mein Pausbäckchen? Du hast einen großen, gesunden Appetit. Weil du unser kleiner Holzfäller bist, nicht wahr? Du bist unser kleiner Footballspieler, nicht wahr? Du bist der dickste kleine Junge auf der ganzen Welt.«

Das Baby quiekte und trat Gloria kräftig. Opal streckte die Arme nach ihm aus. »Ich nehme ihn, Gloria. Er hat Aa in der Windel.« Sie nahm Eddie und sagte: »Ich gehe nach oben und mache ihn sauber. Bis nachher. Bis später, Ruth.«

»Tschüs, Opal«, sagte Ruth.

»Bye, bye, großer Junge!«, rief Kitty und winkte Eddie.

»Bye, bye, du großer, dicker, hübscher Junge!«, rief Gloria.

Die Pommeroy-Schwestern sahen Opal zu, wie sie die Treppe hinaufging, und sie strahlten und winkten Eddie, bis er nicht mehr zu sehen war. Dann hörten sie Opals Schritte in dem Schlafzimmer über ihnen, und alle hörten im selben Moment auf zu strahlen.

Gloria wischte sich die Hände ab, wandte sich ihren Schwestern zu und sagte streng: »Dieses Baby ist zu dick.«

»Sie füttert ihn zu viel«, sagte Mrs. Pommeroy mit gerunzelter Stirn.

»Ist nicht gut fürs Herz«, verkündete Kitty.

Die Frauen wandten sich wieder ihrer Malerarbeit zu.

Kitty fing sofort wieder an, von ihrem Mann, Len Thomas, zu reden.

»Ja, sicher, er schlägt mich«, sagte sie zu Ruth. »Aber eins sag ich dir. Alles, was er mir antut, zahle ich ihm doppelt und dreifach wieder zurück.«

»Was?«, fragte Ruth. »Was will sie denn damit sagen, Gloria?«

»Kitty will sagen, dass Len sie nicht fester schlagen kann als sie ihn.«

»Das stimmt«, sagte Mrs. Pommeroy stolz. »Kitty hat einen ganz guten Schwinger drauf.«

»Richtig«, sagte Kitty. »Ich hau ihm den Kopf mitten durch die verdammte Tür, wenn mir danach ist.«

»Und er macht dann dasselbe mir dir, Kitty«, sagte Ruth. »Nette Abmachung.«

»Nette Ehe«, sagte Gloria.

»Das stimmt«, sagte Kitty zufrieden. »Es ist eine nette Ehe. Nicht, dass du eine Ahnung von so etwas hättest, Gloria. Und keiner wirft hier irgendjemanden raus.«

»Das wird sich zeigen«, sagte Gloria ganz leise.

Mrs. Pommeroy war als junges Mädchen ein ziemlicher Wildfang gewesen, aber nach dem Tod von Mr. Pommeroy hatte sie aufgehört zu trinken. Gloria war nie ein Wildfang gewesen. Kitty war als junges Mädchen auch ein Wildfang gewesen und bis heute geblieben. Sie war ein Schluckspecht auf Lebenszeit, immer am Jammern und nie bei der Sache. Kitty war der lebende Beweis, was vielleicht aus Mrs. Pommeroy geworden wäre. Kitty hatte, als sie noch jünger war, eine Zeit lang auf dem Festland gelebt. Sie arbeitete damals jahrelang in einer Heringskonservenfabrik und sparte all ihr Geld, um sich ein schnelles Cabrio zu kaufen. Und sie schlief mit zahllosen Männern – zumindest behauptete das Gloria. Kitty habe abgetrieben, behauptete Gloria, deshalb konnte Kitty jetzt keine Kinder bekommen. Nach der Explosion in der Konservenfabrik kehrte Kitty Pommeroy nach Fort Niles zurück. Sie ließ sich mit Len Thomas ein, der ebenfalls ein Trunkenbold war, und seither prügelten sich die beiden. Ruth konnte ihren Onkel Len nicht ausstehen.

»Ich habe eine Idee, Kitty«, sagte Ruth.

»Ja?«

»Warum ermordest du Onkel Len nicht im Schlaf?«

Gloria lachte, und Ruth fuhr fort: »Warum knüppelst du ihn nicht zu Tode, Kitty? Ich meine, bevor er es mit dir macht. Du musst ihm zuvorkommen.«

»Ruth!«, ermahnte Mrs. Pommeroy sie, aber sie lachte ebenfalls.

»Warum nicht, Kitty? Warum verprügelst du ihn nicht?«

»Sei still, Ruth. Davon verstehst du nichts.«

Kitty saß auf dem Stuhl, den Ruth hereingebracht hatte, und zündete sich eine Zigarette an. Ruth ging zu ihr und setzte sich auf ihren Schoß.

»Runter von meinem gottverdammten Schoß, Ruth. Du hast einen knochigen Hintern, genau wie dein alter Herr.«

»Woher weißt du, dass mein alter Herr einen knochigen Hintern hat?«

»Vom Vögeln, Dummerchen«, sagte Kitty.

Ruth lachte, als wäre es ein guter Witz, aber sie hatte das beunruhigende Gefühl, es könnte wahr sein. Sie lachte, um ihr Unbehagen zu verbergen, und hüpfte von Kittys Schoß.

»Ruth Thomas«, sagte Kitty, »du weißt überhaupt nichts mehr über diese Insel. Du lebst hier nicht mehr, deshalb hast du kein Recht, irgendetwas zu sagen. Du stammst ja nicht mal von hier.«

»Kitty!«, rief Mrs. Pommeroy. »Das ist gemein!«

»Entschuldige, Kitty, aber ich lebe durchaus hier.«

»Ein paar Monate im Jahr, Ruth. Du lebst hier wie ein Tourist, Ruth.«

»Ich glaube kaum, dass ich etwas dafür kann, Kitty.«

»Das stimmt«, sagte Mrs. Pommeroy. »Ruth kann nichts dafür.«

»Ruth kann für gar nichts etwas, wenn es nach dir ginge.«

»Ich glaube, ich bin ins falsche Haus gekommen«, sagte Ruth. »Ich glaube, ich bin heute ins Haus des Hasses gekommen.«

»Nein, Ruth«, sagte Mrs. Pommeroy. »Ärgere dich nicht. Kitty zieht dich nur auf.«

»Ich ärgere mich nicht«, sagte Ruth, die sich langsam doch ärgerte. »Ich finde das alles sehr spaßig.«

»Ich ziehe niemanden auf. Du weißt nichts mehr über diesen Ort. Seit vier gottverdammten Jahren warst du ja kaum mehr hier. In vier Jahren ändert sich vieles, Ruth.«

»Ja, besonders an einem Ort wie diesem«, sagte Ruth. »Große Veränderungen, wo ich nur hinsehe.«

»Ruth wollte nicht weg«, sagte Mrs. Pommeroy. »Mr. Ellis hat sie auf die Schule geschickt. Sie hatte keine Wahl, Kitty.«

»Genau«, sagte Ruth. »Ich wurde verbannt.«

»Das stimmt«, sagte Mrs. Pommeroy und ging zu Ruth, um sie zu stupsen. »Sie wurde verbannt! Sie haben sie uns weggenommen.«

»Ich wünschte, ein reicher Millionär würde mich auf eine Millionärsprivatschule verbannen«, murmelte Kitty.

»Nein, das wäre nichts für dich, Kitty, glaub mir.«

»Ich wünschte, ein Millionär hätte mich auf eine Privatschule geschickt«, sagte Gloria, mit etwas festerer Stimme als ihre Schwester.

»Okay, Gloria«, sagte Ruth. »Du kannst dir das wünschen. Aber Kitty nicht.«

»Was soll denn der Scheiß bedeuten?«, bellte Kitty. »Was? Bin ich zu blöd für die Schule?«

»Du hättest dich auf dieser Schule zu Tode gelangweilt. Gloria hätte es vielleicht gefallen, aber du hättest es gehasst.«

»Was soll denn das nun wieder heißen?«, fragte Gloria. »Dass ich mich nicht gelangweilt hätte? Warum nicht, Ruth? Weil ich langweilig bin? Bezeichnest du mich als langweilig, Ruth?«

»Hilfe«, sagte Ruth.

Kitty murmelte immer noch vor sich hin, dass sie gottverdammt noch mal klug genug für jede gottverdammte Schule sei, und Gloria fixierte Ruth.

»Hilf mir, Mrs. Pommeroy«, bat Ruth, und Mrs. Pommeroy sagte hilfsbereit: »Ruth bezeichnet niemanden als dumm. Sie sagt nur, dass Gloria ein kleines bisschen klüger ist als Kitty.«

»Gut«, sagte Gloria. »Genau.«

»Oh Gott, rette mich«, sagte Ruth und duckte sich unter den Küchentisch, als Kitty durch den Raum auf sie losging. Kitty bückte sich und haute Ruth mehrmals auf den Kopf.

»Au«, sagte Ruth, aber sie lachte. Die Szene war wirklich lächerlich. Dabei war sie nur zum Frühstücken gekommen! Mrs. Pommeroy und Gloria lachten auch.

»Ich bin verdammt noch mal nicht dumm, Ruth!« Kitty schlug sie wieder.

»Au.«

»Du bist hier die Dumme, Ruth, und du bist nicht einmal mehr von hier.«

»Au.«

»Hör auf zu meckern«, sagte Kitty. »Hältst du nicht einmal einen Schlag auf den Kopf aus? Ich hatte fünf Gehirnerschütterungen in meinem Leben.« Kitty ließ Ruth einen Moment in Ruhe, um ihre Gehirnerschütterungen an den Fingern abzuzählen. »Ich bin aus dem Hochstuhl gefallen. Ich bin vom Rad gefallen. Ich bin in einen Steinbruch gefallen, und zwei Gehirnerschütterungen hat Len mir verpasst. Und ich bin in eine Fabrikexplosion geraten. Und ich habe Ausschlag. Also erzähl mir nicht, du hältst keinen gottverdammten Schlag aus, Mädchen!« Wieder haute sie Ruth eine runter. Aber jetzt auf lustige Art. Liebevoll.

»Au«, wiederholte Ruth. »Ich werde verprügelt. Au.«

Gloria Pommeroy und Mrs. Pommeroy lachten weiter. Schließlich fing sich Kitty wieder und sagte: »Da ist jemand an der Tür.«

Mrs. Pommeroy machte auf. »Es ist Mr. Cooley«, sagte sie. »Guten Morgen, Mr. Cooley.«

Eine tiefe, schleppende Stimme drang durch den Raum: »Meine Damen …«

Ruth blieb unter dem Tisch, den Kopf in den Armen verborgen.

»Alle herhören, es ist Cal Cooley!«, rief Mrs. Pommeroy.

»Ich suche Ruth Thomas«, sagte er.

Kitty Pommeroy hob das Laken an einer Ecke des Tisches hoch und rief: »Ta-da!« Ruth winkte Cal mit wackelnden Fingern wie ein Kind.

»Da ist ja die junge Frau, die ich suche«, sagte er. »Versteckt sich vor mir, wie immer.«

Ruth kroch heraus und stand auf.

»Hallo, Cal. Du hast mich gefunden.« Sie ärgerte sich nicht darüber; sie entspannte sich eher. Es war, als hätte sie durch Kittys Schläge einen klaren Kopf bekommen.

»Du scheinst beschäftigt zu sein, Ruth.«

»Ich bin in der Tat ein wenig beschäftigt, Cal.«

»Du hast offenbar unsere Verabredung vergessen. Du solltest vor deinem Haus auf mich warten. Vielleicht warst du zu beschäftigt, um deine Verabredung einzuhalten?«

»Ich habe mich verspätet«, sagte Ruth. »Ich habe meiner Freundin geholfen, ihre Küche zu streichen.«

Cal Cooley blickte sich lange im Raum um, betrachtete die grauenhafte grüne Bojenfarbe, die derangierten Schwestern in den Mülltüten, das Laken, das hastig auf den Küchentisch geworfen worden war, die Farbe auf Ruths Hemd.

»Der gute, alte Cal Cooley lockt dich nur ungern von deiner Arbeit weg«, sagte Cal Cooley schleppend.

Ruth grinste. »Ich lasse mich nur ungern vom guten, alten Cal Cooley verlocken.«

»Du bist ja früh auf, Meister«, sagte Kitty Pommeroy und stupste Cal in den Arm.

»Cal«, sagte Ruth, »ich glaube, du kennst Mrs. Kitty Pommeroy? Ihr zwei habt euch bereits kennen gelernt? Oder täusche ich mich?«

Die Schwestern lachten. Vor ihrer Hochzeit mit Len Thomas – und auch mehrere Jahre danach – hatte Kitty eine Affäre mit Cal Cooley gehabt. Amüsanterweise hielt Cal Cooley diese Information für streng geheim, aber auch der letzte Mensch auf der Insel wusste Bescheid. Und jeder wusste, dass sie ihre Affäre immer noch gelegentlich wieder aufleben ließen, obwohl Kitty verheiratet war. Jeder außer Len Thomas natürlich. Die Leute fanden das ziemlich lustig.

»Schön, dich zu sehen, Kitty«, sagte Cal nüchtern.

Kitty ging wieder in die Knie vor Lachen. Gloria half Kitty auf. Kitty fasste sich erst an den Mund, dann an die Haare.

»Ich trenne dich nur ungern von deinem Kaffeeklatsch, Ruth«, sagte Cal, und Kitty gackerte wild. Er zuckte zusammen.

»Ich muss jetzt los«, sagte Ruth.

»Ruth!«, rief Mrs. Pommeroy.

»Ich werde wieder verbannt.«

»Die Arme!«, rief Kitty. »Bei dem musst du aufpassen, Ruth. Er ist ein Gockel, und er wird stets ein Gockel bleiben. Schlag immer die Beine übereinander.« Darüber lachte sogar Gloria, nur Mrs. Pommeroy nicht. Sie sah Ruth Thomas an – und zwar besorgt.

Ruth umarmte alle drei Schwestern. Als Mrs. Pommeroy an der Reihe war, drückte sie sie lange und flüsterte ihr ins Ohr: »Sie schicken mich zu meiner Mutter.«

Mrs. Pommeroy seufzte. Umarmte Ruth fest. Flüsterte ihr ins Ohr: »Bring sie mit, Ruth. Bring sie wieder hierher, wo sie hingehört.«

Cal Cooley schützte gerne Müdigkeit vor, wenn er in Gesellschaft von Ruth Thomas war. Er tat gerne so, als machte sie ihn müde. Er seufzte oft und schüttelte den Kopf, als wüsste Ruth die Opfer, die er ihretwegen auf sich nahm, nicht im Mindesten zu würdigen. Und als sie nun von Mrs. Pommeroys Haus zu seinem Lastwagen gingen, seufzte er, schüttelte den Kopf und sagte, als wäre er schon völlig erschöpft: »Warum musst du dich immer vor mir verstecken, Ruth?«

»Ich habe mich nicht vor dir versteckt, Cal.«

»Nein?«

»Ich wollte dir nur aus dem Weg gehen. Sich vor dir zu verstecken ist zwecklos.«

»Immer hast du mir etwas vorzuwerfen, Ruth«, beklagte sich Cal Cooley. »Hör auf zu lächeln, Ruth. Ich meine es ernst. Du hast mir schon immer irgendwas vorgeworfen.«

Er öffnete die Tür des Lastwagens und hielt inne. »Hast du kein Gepäck?«, fragte er.

Sie schüttelte den Kopf und stieg ein.

Mit dramatischer Müdigkeit sagte Cal: »Wenn du keine Kleider zu Miss Vera mitnimmst, wird dir Miss Vera neue Kleider kaufen müssen.«

Als Ruth keine Antwort gab, sagte er: »Du weißt das, nicht wahr? Wenn das ein Protest sein soll, dann wird der Schuss nach hinten losgehen, mitten in dein hübsches Gesicht. Du machst dir zwangsläufig alles schwerer, als es sein muss.«

»Cal«, flüsterte Ruth verschwörerisch und beugte sich im Führerhaus des Lastwagens zu ihm. »Ich nehme nicht gerne Gepäck mit, wenn ich nach Concord fahre. Ich möchte nicht, dass irgendjemand in der Villa Ellis denkt, ich würde bleiben.«

»Ist das dein Trick?«

»Das ist mein Trick.«

Sie fuhren auf den Pier zu, wo Cal den Laster parkte. Er sagte zu Ruth: »Du siehst heute sehr schön aus.«

Jetzt war es Ruth, die dramatisch seufzte.

»Du isst und isst«, fuhr Cal fort, »und du wirst kein bisschen dicker. Das ist ein Wunder. Ich frage mich immer, wann dich dein großer Appetit einholt und du aufgehst wie ein Ballon. Ich glaube, das ist dein Schicksal.«

Sie seufzte wieder. »Du machst mich so verdammt müde, Cal.«

»Tja, und du machst mich verdammt müde, Süßes.«

Sie stiegen aus dem Laster aus, und Ruth blickte auf den Pier und über die Bucht, aber die *Stonecutter,* das Boot der Familie Ellis, lag nicht da. Was für eine Überraschung. Sie kannte den üblichen Ablauf. Cal Cooley kutschierte Ruth seit Jahren herum, zur Schule, zu ihrer Mutter. Sie hatten Fort Niles immer mit der *Stonecutter* verlassen, mit freundlicher Genehmigung von Mr.

Lanford Ellis. Aber an diesem Morgen sah Ruth nur die alten Hummerkutter auf dem Wasser auf und ab schaukeln. Und es gab noch etwas Seltsames: die *New Hope* war da. Das Missionsboot lag lang und makellos im Wasser, die Maschine im Leerlauf.

»Was macht die *New Hope* hier?«

»Pastor Wishnell nimmt uns mit nach Rockland«, sagte Cal Cooley.

»Warum?«

»Mr. Ellis möchte nicht mehr, dass die *Stonecutter* für Kurzfahrten verwendet wird. Außerdem ist er mit Pastor Wishnell gut befreundet, der ihm damit einen Gefallen erweist.«

Ruth war noch nie auf der *New Hope* gewesen, obwohl sie sie schon seit Jahren hatte an- und ablegen sehen. Es war das feinste Boot in der Gegend, so fein wie Lanford Ellis' Jacht. Das Boot war Pastor Toby Wishnells ganzer Stolz. Er mochte vielleicht im Namen Gottes dem großen Fischererbe der Familie Wishnell abgeschworen haben, aber den Blick für ein schönes Boot hatte er nicht verloren. Er hatte die *New Hope* in einen vierzig Fuß langen Traum aus Glas und Messing verwandelt, und sogar die Männer auf Fort Niles Island, die Toby Wishnell allesamt hassten, mussten zugeben, dass die *New Hope* eine Schau war. Obwohl sie natürlich in jedem Fall etwas dagegen hatten, wenn sie in ihrem Hafen auftauchte.

Was nicht häufig der Fall war. Pastor Toby Wishnell hielt sich selten in der Gegend auf. Er fuhr die Küste von Casco bis Neuschottland entlang und kümmerte sich um jede Insel, die auf dem Weg lag. Er war fast immer auf See. Und obwohl er gleich auf der anderen Seite des Worthy Channel auf Courne Haven Island seine Basis hatte, besuchte er Fort Niles nicht oft. Zu Beerdigungen und Hochzeiten kam er natürlich. Gelegentlich auch wegen einer Taufe, aber die meisten Einwohner von Fort Niles verzichteten auf diese Zeremonie, um ihn nicht rufen zu müssen. Er kam nur dann nach Fort Niles, wenn er eingeladen wurde, und das geschah selten genug.

Deshalb war Ruth wirklich überrascht, als sie das Boot sah.

An diesem Morgen stand ein junger Mann am Ende des Piers von Fort Niles und wartete auf sie. Cal Cooley und Ruth Thomas gingen auf ihn zu, und Cal schüttelte dem Jungen die Hand. »Guten Morgen, Owney.«

Der junge Mann antwortete nicht, sondern kletterte die Kaileiter zu einem hübschen kleinen Ruderboot hinunter. Cal Cooley und Ruth Thomas folgten ihm, und das Ruderboot schwankte unter ihrem Gewicht. Der junge Mann machte die Leine los, setzte sich ins Heck und ruderte hinaus zur *New Hope*. Er war groß und schwer – um die zwanzig Jahre alt, mit einem großen, kantigen Kopf. Er hatte einen dicken, eckigen Körper, die Hüften waren so breit wie die Schultern. Er trug Ölzeug, wie ein Hummerfänger, und er hatte hohe Fischerstiefel an. Obwohl er gekleidet war wie ein Hummerfänger, war sein Ölzeug sauber, und seine Stiefel rochen nicht nach Köder. Seine Hände auf den Rudern waren eckig und dick wie die Hände eines Fischers, aber sie waren sauber. Er hatte keine Schnittwunden, Knubbel oder Narben. Er trug die Kleidung eines Fischers, er hatte die Figur eines Fischers, aber er war offensichtlich kein Fischer. Wenn er an den Rudern zog, sah Ruth seine riesigen Unterarme, die heraustraten wie Truthahnbeine und auf denen leichte, blonde Härchen verstreut waren wie Asche. Er hatte einen selbst gemachten Stoppelhaarschnitt und gelbe Haare, eine Farbe, die auf Fort Niles Island nie gesehen wurde. Schwedische Haare. Hellblaue Augen.

»Wie heißt du noch mal?«, fragte Ruth den Jungen. »Owen?«

»Owney«, antwortete Cal Cooley. »Er heißt Owney Wishnell. Er ist der Neffe vom Pastor.«

»Owney?«, sagte Ruth. »Owney, ja? Wirklich? Hallo, Owney.«

Owney sah Ruth an, aber er grüßte sie nicht. Ruhig ruderte er bis zur *New Hope* hinaus. Sie kletterten eine Leiter hinauf, und Owney zog das Ruderboot hinter sich hoch und verstaute es an Deck. Es war das sauberste Boot, das Ruth je gesehen hatte. Sie und Cal Cooley gingen nach hinten zur Kabine, wo Pastor Toby Wishnell ein Sandwich aß.

»Owney«, sagte Pastor Wishnell, »los geht's.«

Owney holte den Anker hoch und setzte das Boot in Bewegung. Er manövrierte sie aus dem Hafen hinaus, und sie sahen ihm alle zu, obwohl er sich dessen nicht bewusst zu sein schien. Er fuhr um Untiefen vor Fort Niles herum und an Bojen vorbei, die mit Warnglocken auf den Wellen schaukelten. Er fuhr nahe am Hummerkutter von Ruths Vater vorbei. Es war noch früh am Morgen, aber Stan Thomas war schon seit drei Stunden draußen. Ruth lehnte sich über die Reling und sah, wie ihr Vater mit seinem langen hölzernen Bootshaken eine Fallenboje angelte. Sie sah Robin Pommeroy im Heck, der einen Fangkorb ausräumte und zu kleine Hummer und Krabben mit einer Bewegung aus dem Handgelenk wieder ins Meer warf. Nebel umkreiste sie wie ein Gespenst. Ruth rief ihnen nicht zu. Robin Pommeroy unterbrach seine Arbeit für einen Augenblick und sah zur *New Hope* hoch. Er war eindeutig geschockt, als er Ruth sah. Er verharrte einen Moment lang reglos, mit offen stehendem Mund, und starrte zu ihr hinauf.

Ruths Vater blickte überhaupt nicht auf. Er legte keinen Wert darauf, die *New Hope* mit seiner Tochter an Bord zu sehen.

Weiter draußen kamen sie an Angus Addams vorbei, der alleine fischte. Auch er blickte nicht auf. Er hielt den Kopf gesenkt und drückte wie wild verwesenden Hering in Ködertaschen, als wäre er ein Bankräuber, der seine Beute in einen Sack stopft.

Als Owney Wishnell auf dem richtigen Kurs war und aufs offene Meer hinaus in Richtung Rockland hielt, sprach Pastor Toby Wishnell schließlich Cal Cooley und Ruth Thomas an. Er betrachtete Ruth schweigend. Zu Cal sagte er: »Sie sind zu spät gekommen.«

»Das tut mir Leid.«

»Ich habe sechs Uhr gesagt.«

»Ruth war um sechs Uhr nicht fertig.«

»Wir wollten um sechs auslaufen, um am frühen Nachmittag in Rockland zu sein, Mr. Cooley. Ich habe Ihnen das erklärt, nicht wahr?«

»Die junge Dame ist schuld.«

Ruth verfolgte das Gespräch mit einiger Freude. Cal Cooley war normalerweise ein arrogantes Arschloch; es war angenehm zu sehen, wie er vor dem Pastor kuschte. Sie hatte noch nie gesehen, dass Cal vor jemandem gekuscht hätte. Ob Toby Wishnell Cal wirklich fertig machen würde? Das hätte sie nur zu gerne mit angesehen.

Aber Toby Wishnell war mit Cal schon fertig. Er wandte sich seinem Neffen zu, und Cal Cooley sah Ruth von der Seite an. Sie hob eine Augenbraue.

»Es *war* deine Schuld«, sagte er.

»Du bist ein tapferer Mann, Cal.«

Er blickte finster. Ruth wandte ihre Aufmerksamkeit Pastor Wishnell zu. Er war Mitte vierzig und sah immer noch außerordentlich gut aus. Er hatte wahrscheinlich so viel Zeit auf See verbracht wie jeder Fischer aus Fort Niles oder Courne Haven, aber er sah nicht aus wie die Fischer, die Ruth kannte. Er hatte etwas Vornehmes an sich, das zu der Vornehmheit seines Bootes passte: schöne Linien, stimmige Details, ein letzter Schliff. Seine blonden Haare waren dünn und glatt, er trug einen Seitenscheitel und die Haare glatt gekämmt. Er hatte eine schmale Nase und blassblaue Augen. Er trug eine kleine Nickelbrille. Pastor Toby Wishnell sah aus wie ein britischer Eliteoffizier: privilegiert, kühl, brillant.

Sie fuhren lange Zeit, ohne sich weiter zu unterhalten. Sie hatten bei schlimmem Nebel abgelegt, bei kaltem Nebel, der wie ein nasses Handtuch auf dem Körper liegt und Lungen, Knöcheln und Knien wehtut. Im Nebel zwitschern keine Vögel, deshalb kreischten auch keine Möwen, und es war eine ruhige Fahrt. Als sie sich weiter von der Insel entfernten, ließ der Nebel nach, bis er ganz verschwand und der Tag klar wurde. Dennoch war es ein merkwürdiger Tag. Der Himmel war blau, der Wind blies schwach, aber die See war aufgewühlt – unablässig fuhren sie durch gewaltige Wogen. Das kommt manchmal vor, wenn viel weiter draußen auf dem Meer ein Sturm herrscht. Im Meer sind die Auswirkungen dieser Naturgewalt zu spüren, aber am Himmel ist kein Anzeichen des Sturms zu entdecken. Es scheint, als würden das Meer und der Himmel nicht miteinander reden. Sie nehmen keine Notiz voneinander, als hätte man sie einander nie vorgestellt. Seeleute nennen das »Grundsee«. Es ist seltsam, bei so schwerer See zu fahren, unter einem Himmel, der blau ist wie an einem Picknicktag. Ruth stellte sich an die Reling und betrachtete das Wasser, das schäumte und brodelte.

»Ihnen macht die schwere See nichts aus?«, fragte Pastor Toby Wishnell Ruth.

»Ich werde nicht seekrank.«

»Sie können sich glücklich schätzen, Mädchen.«

»Heute haben wir bestimmt kein Glück«, sagte Cal Cooley schleppend. »Die Fischer sagen, Frauen oder Priester an Bord bringen Unglück, und wir haben beides.«

Der Pastor lächelte matt. »Beginne nie eine Reise an einem Freitag«, zählte er auf. »Geh nie auf ein Schiff, das einen unglücklichen Stapellauf hatte. Geh nie auf ein Schiff, dessen Name geändert wurde. Male nie etwas Blaues auf ein Schiff. Pfeife nie auf einem Boot, sonst pfeifst du den Wind her. Bring nie Frauen oder Priester an Bord. Störe nie ein Vogelnest auf einem Schiff. Sag nie die Zahl dreizehn auf einem Boot. Benutze nie das Wort Schwein.«

»Schwein?«, sagte Ruth. »Den kannte ich noch nicht.«

»Nun, jetzt ist es zweimal gesagt worden«, sagte Cal Cooley. »Schwein, Schwein, Schwein. Wir haben Priester, wir haben Frauen, wir haben Leute, die Schwein rufen. Jetzt sind wir zum Untergang verurteilt. Vielen Dank an alle Beteiligten.«

»Cal Cooley ist ein ganz alter Seebär«, sagte Ruth zu Pastor Wishnell. »Er stammt aus Missourah, da ist er ja geradezu durchdrungen von nautischem Wissen.«

»Ich bin ein alter Seebär, Ruth.«

»Eigentlich, Cal, glaube ich ja, dass du ein Farmerjunge bist«, verbesserte sich Ruth. »Ich glaube, du bist ein Landei.«

»Nur weil ich in Missourah geboren wurde, heißt das noch

nicht, dass ich nicht in meinem Herzen ein Mann der Insel sein kann.«

»Ich glaube nicht, dass die anderen Männer von der Insel unbedingt deiner Meinung wären, Cal.«

Cal zuckte die Schultern. »Niemand kann etwas dafür, wo er geboren wird. Eine Katze kann im Ofen Junge kriegen, aber das macht sie noch nicht zu Keksen.«

Ruth lachte, Cal Cooley nicht. Pastor Wishnell sah Ruth genau an.

»Ruth?«, sagte er. »Ist das Ihr Name? Ruth Thomas?«

»Ja, Sir«, sagte Ruth und hörte auf zu lachen. Sie hielt sich die Hand vor und hüstelte.

»Ihr Gesicht kommt mir bekannt vor, Ruth.«

»Wenn ich Ihnen bekannt vorkomme, dann nur, weil ich genauso aussehe wie alle anderen auf Fort Niles. Wir sehen uns alle ähnlich, Sir. Sie wissen doch, was man über uns sagt – wir sind zu arm, um uns neue Gesichter zu kaufen, deshalb teilen wir uns eines. Ha.«

»Ruth ist viel hübscher als alle anderen auf Fort Niles«, mischte sich Cal ein. »Viel dunkler. Sehen Sie sich diese hübschen dunklen Augen an. Das ist das Italienische in ihr. Von ihrem italienischen Großpapa.«

»Cal«, schnauzte Ruth, »sei still jetzt.« Er ergriff jede Gelegenheit, sie an die Schande ihrer Großmutter zu erinnern.

»Italienisch?«, fragte Pastor Wishnell stirnrunzelnd. »Auf Fort Niles?«

»Erzähl dem Mann von deinem Großpapa, Ruth«, sagte Cal.

Ruth ignorierte Cal ebenso wie der Pastor. Pastor Wishnell betrachtete Ruth immer noch sehr aufmerksam. Schließlich sagte er: »Ah ...« Er nickte. »Ich weiß jetzt, wie es kommt, dass ich Sie wiedererkenne. Ich glaube, ich habe Ihren Vater beerdigt, Ruth, als Sie noch klein waren, genau. Ich glaube, ich habe die Beerdigung Ihres Vaters abgehalten. Stimmt das?«

»Nein, Sir.«

»Ich bin mir ziemlich sicher.«

»Nein, Sir. Mein Vater ist nicht tot.«

Pastor Wishnell dachte nach. »Ihr Vater ist nicht ertrunken? Vor fast zehn Jahren?«

»Nein, Sir. Ich glaube, Sie denken an einen Mann namens Ira Pommeroy. Sie haben vor etwa zehn Jahren die Beerdigung von Mr. Pommeroy abgehalten. Mein Vater hat gerade Hummerkörbe ausgebracht, als wir aus dem Hafen ausgelaufen sind. Wir sind an ihm vorbeigefahren. Er ist quicklebendig.«

»Er wurde in den Leinen eines anderen Mannes gefunden, dieser Ira Pommeroy?«

»Das ist richtig.«

»Und er hatte mehrere Kinder?«

»Sieben Söhne.«

»Und eine Tochter?«

»Nein.«

»Aber Sie waren doch da? Auf der Beerdigung?«

»Ja, Sir.«

»Dann habe ich es mir also nicht eingebildet.«

»Nein, Sir. Ich war da. Sie haben es sich nicht eingebildet.«

»Ich hatte angenommen, Sie seien eine Angehörige.«

»Nein, Pastor Wishnell. Ich gehöre nicht zu dieser Familie.«

»Und die hübsche Witwe …?«

»Mrs. Pommeroy?«

»Ja, Mrs. Pommeroy. Sie ist nicht Ihre Mutter?«

»Nein, Sir. Sie ist nicht meine Mutter.«

»Ruth gehört zur Familie Ellis«, sagte Cal Cooley.

»Ich gehöre zur Familie Thomas«, korrigierte Ruth. Sie sprach weiterhin ruhig, aber sie war äußerst aufgebracht. Was hatte Cal Cooley nur an sich, dass sie immer sofort Mordfantasien bekam? Niemand sonst löste diese Reaktion in ihr aus. Cal musste nur den Mund aufmachen, und sie stellte sich vor, wie er von einem Lastwagen überfahren wurde. Unglaublich.

»Ruths Mutter ist Miss Vera Ellis' treue Nichte«, erklärte Cal Cooley. »Ruths Mutter lebt bei Miss Vera Ellis in der Villa Ellis in Concord.«

»Meine Mutter ist Miss Vera Ellis' Zofe«, sagte Ruth mit ruhiger Stimme.

»Ruths Mutter ist Miss Vera Ellis' treue Nichte«, wiederholte Cal Cooley. »Wir fahren sie jetzt besuchen.«

»Ach ja?«, sagte Pastor Wishnell. »Ich war mir sicher, Sie wären eine Pommeroy, junge Dame. Ich war mir sicher, diese hübsche junge Witwe wäre Ihre Mutter.«

»Nein. Zweimal nein.«

»Lebt sie noch auf der Insel?«

»Ja«, sagte Ruth.

»Mit ihren Söhnen?«

»Ein paar ihrer Söhne sind zur Armee. Einer arbeitet auf einer Farm in Orono. Drei wohnen zu Hause.«

»Wovon lebt sie? Woher bekommt sie Geld?«

»Ihre Söhne schicken ihr Geld. Und sie schneidet Haare.«

»Davon kann sie leben?«

»Jeder auf der Insel lässt sich von ihr die Haare schneiden. Sie macht das hervorragend.«

»Vielleicht sollte ich mir einmal von ihr die Haare schneiden lassen.«

»Sie würden sicher zufrieden gestellt«, sagte Ruth förmlich. Sie konnte es nicht fassen, wie sie mit diesem Mann redete. *Sie würden sicher zufrieden gestellt?* Was redete sie da? Was kümmerte sie Pastor Wishnells Zufriedenheit in Bezug auf Haare?

»Interessant. Und was ist mit Ihrer Familie, Ruth? Ist Ihr Vater demnach Hummerfänger?«

»Ja.«

»Ein schrecklicher Beruf.«

Ruth antwortete nicht.

»Wild. Bringt die Gier im Menschen zum Vorschein. Wie sie ihre Fanggründe verteidigen! Noch nie habe ich solche Gier gesehen! Auf diesen Inseln gab es mehr Morde wegen Fanggründen ...«

Der Pastor verstummte. Ruth gab wieder keine Antwort. Sie hatte seinen Neffen, Owney Wishnell, betrachtet, der ihr den

Rücken zuwandte. Owney stand am Steuer und hielt weiterhin die *New Hope* auf Kurs Richtung Rockland. So wie er sie den ganzen Morgen schon missachtet hatte, hätte man leicht annehmen können, Owney Wishnell sei taub. Doch jetzt, als Pastor Wishnell begonnen hatte, über den Hummerfang zu reden, schien eine Veränderung in Owneys Körper vorzugehen. Sein Rücken wurde fest, wie bei einer Katze, die auf der Jagd war. Eine leichte Welle der Anspannung. Er hörte zu.

»Natürlich«, fuhr Pastor Wishnell fort, »sehen Sie das anders als ich, Ruth. Sie sehen nur die Hummerfänger auf Ihrer Insel. Ich sehe viele. Ich sehe Männer wie Ihre Nachbarn an der ganzen Küste. Ich sehe, wie sich wilde Dramen abspielen, auf – wie viele Inseln sind es, Owney? Wie viele Inseln betreuen wir, Owney? Wie viele Hummerkriege haben wir gesehen? Bei wie vielen Streitigkeiten über Hummerfanggründe war ich allein im letzten Jahrzehnt der Vermittler?«

Aber Owney Wishnell antwortete nicht. Er stand völlig still, seinen farbdosenförmigen Kopf nach vorne gerichtet, seine großen Hände auf dem Steuerrad der *New Hope,* seine großen Füße – groß wie Schaufeln – in den sauberen, hohen Hummerfängerstiefeln. Das Boot unter seinem Kommando kämpfte die Wellen nieder.

»Owney weiß, wie schrecklich das Leben als Hummerfänger ist«, sagte Pastor Wishnell nach einer Weile. »1965, da war er ein Kind, haben ein paar Fischer auf Courne Haven versucht, ein Kollektiv zu gründen. Erinnern Sie sich daran, Ruth?«

»Ich erinnere mich, davon gehört zu haben.«

»Es war natürlich eine großartige Idee, auf dem Papier. Ein Fischerkollektiv ist die einzige Möglichkeit, in diesem Geschäft erfolgreich zu sein statt zu hungern. Kollektiver Handel mit Großhändlern, kollektiver Handel mit Köderverkäufern, Preisfestlegungen, Vereinbarungen über Fallenbeschränkungen. Eigentlich eine sehr kluge Sache.

Aber erzählen Sie das mal diesen Dummköpfen, die sich mit der Fischerei ihren Lebensunterhalt verdienen.«

»Es fällt ihnen schwer, einander zu trauen«, sagte Ruth. Ruths Vater wehrte sich mit aller Macht gegen jede Art eines Fischerkollektivs. So wie Angus Addams. So wie Onkel Len Thomas. So wie die meisten Fischer, die sie kannte.

»Wie gesagt, es sind Dummköpfe.«

»Nein«, sagte Ruth. »Sie sind unabhängig, und es fällt ihnen schwer, etwas zu ändern. Sie fühlen sich sicherer, wenn sie alles so weitermachen wie immer und sich um sich selbst kümmern.«

»Ihr Vater?«, fragte Pastor Wishnell. »Wie bringt er seinen Hummerfang nach Rockland?«

»Mit seinem Boot.« Sie war sich nicht sicher, wie es gekommen war, dass dieses Gespräch zu einem Verhör geworden war.

»Und wie bekommt er Köder und Benzin?«

»Er bringt es aus Rockland mit dem Boot mit.«

»Und das tun auch alle anderen Männer auf der Insel, nicht wahr? Jeder Mann in seinem eigenen kleinen Boot, jeder tuckert alleine nach Rockland, weil sie einander nicht trauen können. Dann könnten sie nämlich abwechselnd den gemeinsamen Fang hinüberfahren. Richtig?«

»Mein Dad will nicht, dass alle Welt weiß, wie viele Hummer er fängt oder welchen Preis er bekommt. Warum sollte er wollen, dass jeder das weiß?«

»Also ist er Dummkopf genug, sich niemals mit seinen Nachbarn auf eine Partnerschaft einzulassen.«

»Mir ist es lieber, meinen Vater nicht für einen Dummkopf zu halten«, sagte Ruth ruhig. »Außerdem hat niemand das Kapital, um eine Kooperative ins Leben zu rufen.«

Cal Cooley schnaubte. »Sei still, Cal«, fügte Ruth weniger ruhig hinzu.

»Nun, mein Neffe Owney hat den Krieg aus der Nähe miterlebt, der aus dem letzten Versuch einer Kollektivgründung entstanden ist. Es war Dennis Burden, der versucht hat, die Kooperative auf Courne Haven zu bilden. Er hat sein Leben damit ruiniert. Und es waren Dennis Burdens kleine Kinder, denen wir Essen und Kleider gebracht haben, nachdem seine Nachbarn –

seine eigenen Nachbarn – sein Boot angezündet haben und der arme Mann kein Geld mehr verdienen konnte.«

»Ich habe gehört, dass Dennis Burden eine geheime Abmachung mit dem Großhandel von Sandy Point getroffen hatte«, sagte Ruth. »Ich habe gehört, er hat seine Nachbarn betrogen.« Sie pausierte, dann imitierte sie den Tonfall des Pastors und fügte hinzu: »Seine eigenen Nachbarn.«

Der Pastor runzelte die Stirn. »Das ist ein Mythos.«

»Nicht nach dem, was ich gehört habe.«

»Hätten Sie dem Mann das Boot angezündet?«

»Ich war nicht dabei.«

»Nein. Sie waren nicht dabei. Aber ich war da und Owney war da. Und es war eine gute Lektion für Owney, durch die er erfahren hat, wie es im Hummergeschäft wirklich zugeht. Er hat diese mittelalterlichen Schlachten und Streitigkeiten auf jeder Insel von hier bis Kanada gesehen. Er sieht die Verderbtheit, die Gefahr, die Habsucht. Und er weiß, es gibt Besseres, als sich auf so einen Beruf einzulassen.«

Owney Wishnell gab keinen Kommentar dazu ab.

Schließlich sagte der Pastor zu Ruth: »Sie sind ein kluges Mädchen, Ruth.«

»Danke.«

»Sie scheinen eine gute Ausbildung genossen zu haben.«

Cal Cooley warf ein: »Zu viel Ausbildung. Hat ein verdammtes Vermögen gekostet.«

Der Pastor warf Cal einen so strengen Blick zu, dass Ruth beinahe zusammengezuckt wäre. Cal wandte den Kopf ab. Ruth hatte das Gefühl, es war das letzte Mal, dass sie das Wort *verdammt* auf der *New Hope* gehört hatte.

»Und was wird aus Ihnen, Ruth?«, fragte Pastor Toby Wishnell. »Sie sind doch vernünftig, nicht wahr? Was fangen Sie mit Ihrem Leben an?«

Ruth Thomas betrachtete den Rücken und den Hals von Owney Wishnell, der, das wusste sie, genau zuhörte.

»Ein College?«, schlug Pastor Toby Wishnell vor.

Welch ein Drängen in seiner Haltung lag!

So beschloss Ruth, den Kampf zu eröffnen. Sie sagte: »Mehr als alles andere, Sir, möchte ich Hummerfänger werden.«

Pastor Toby Wishnell blickte sie kühl an. Sie hielt seinem Blick stand.

»Weil es so eine edle Berufung ist, Sir«, sagte sie.

Das war das Ende des Gesprächs. Ruth hatte es abgewürgt. Sie konnte nicht anders. Sie konnte nicht anders, wenn es darum ging, eine große Klappe zu haben. Sie war äußerst beschämt darüber, wie sie mit diesem Mann gesprochen hatte. Beschämt und auch ein wenig stolz. Yeah! Sie konnte selbst den Besten eine freche Antwort geben! Aber, guter Gott, welch ein betretenes Schweigen nun herrschte. Vielleicht hätte sie doch auf ihre Manieren achten sollen.

Die *New Hope* schaukelte und wogte auf der rauen See. Cal Cooley sah fahl aus, und er ging rasch hinaus an Deck, wo er sich an der Reling festhielt. Schweigend und mit dunkelrot angelaufenem Hals fuhr Owney weiter. Ruth Thomas fühlte sich alleine in Pastor Wishnells Gegenwart zutiefst unwohl, aber sie hoffte, dass man ihr das nicht anmerkte. Sie versuchte, entspannt auszusehen. Sie versuchte, sich nicht weiter mit dem Pastor zu unterhalten. Obwohl er ihr noch ein letztes Mal etwas zu sagen hatte. Sie waren noch eine Stunde von Rockland entfernt, als Pastor Toby Wishnell Ruth ein letztes Mal etwas sagte.

Er beugte sich zu ihr und sagte: »Wussten Sie, dass ich der erste Mann in der Familie Wishnell war, der kein Hummerfänger geworden ist, Ruth? Wussten Sie das?«

»Ja, Sir.«

»Gut«, sagte er. »Dann werden Sie verstehen, was ich Ihnen sage. Mein Neffe Owney wird der zweite Wishnell sein, der nicht fischt.«

Er lächelte, lehnte sich zurück und beobachtete sie genau während der restlichen Fahrt. Sie zeigte ein kleines, trotziges Lächeln. Sie würde diesem Mann ihr Unbehagen nicht verraten. Nein, Sir. Er hielt während der nächsten Stunde seinen kühlen, intelligenten Blick auf sie gerichtet. Sie lächelte ihn einfach nur an. Sie fühlte sich elend.

Cal Cooley fuhr Ruth Thomas in dem zweifarbigen Buick nach Concord, der der Familie Ellis gehörte, seit Ruth ein kleines Mädchen war. Nachdem sie Cal gesagt hatte, sie sei müde, legte sie sich auf den Rücksitz und tat so, als würde sie schlafen. Während der ganzen Fahrt pfiff er »Dixie«. Er wusste, dass Ruth wach war, und er wusste, dass er sie damit wahnsinnig ärgerte.

In der Abenddämmerung kamen sie in Concord an. Es regnete leicht, und der Buick machte ein nettes, zischendes Geräusch auf dem nassen Schotter – ein Geräusch, das Ruth auf einer der unbefestigten Straßen auf Fort Niles noch nie gehört hatte. Cal fuhr in die lange Auffahrt der Villa Ellis und ließ das Auto ausrollen, bis es stillstand. Ruth tat immer noch so, als würde sie schlafen, und Cal tat so, als würde er sie wecken. Er drehte sich auf dem Vordersitz herum und stieß sie in die Hüfte.

»Versuch mal, wieder zu Bewusstsein zu kommen.«

Sie schlug langsam die Augen auf und streckte sich theatralisch. »Sind wir schon da?«

Sie stiegen aus dem Auto aus, gingen zum Eingang, und Cal klingelte. Er steckte die Hände in die Jackentasche.

»Du bist verdammt sauer, dass du hier bist«, sagte Cal und lachte. »Du hasst mich so sehr.«

Die Tür ging auf, und Ruths Mutter stand vor ihnen. Sie schnappte kurz nach Luft, dann trat sie hinaus, um ihre Tochter zu umarmen. Ruth legte ihrer Mutter den Kopf auf die Schulter und sagte: »Da bin ich.«

»Ich bin mir nie sicher, ob du wirklich kommst.«

»Da bin ich.«

Ruths Mutter sagte: »Du siehst wunderbar aus, Ruth«, obwohl sie es, da ihre Tochter den Kopf auf ihre Schulter gelegt hatte, gar nicht richtig sehen konnte.

»Da bin ich«, sagte Ruth. »Da bin ich.«

Cal Cooley hüstelte diskret.

6

Die jungen Hummer, die aus den Eiern ausschlüpfen, unterscheiden sich in jeder Beziehung, in der Form, der Lebensweise und der Fortbewegung, von den ausgewachsenen Tieren.

William Saville-Kent, 1897

Miss Vera Ellis hatte nie gewollt, dass Ruths Mutter heiratete.

Als Mary Smith-Ellis ein kleines Mädchen war, sagte Miss Vera immer: »Du weißt, wie schwer ich es hatte, als deine Mutter gestorben ist.«

»Ja, Miss Vera«, sagte Mary dann.

»Ich habe es kaum geschafft ohne sie.«

»Ich weiß, Miss Vera.«

»Du siehst ihr so ähnlich.«

»Danke.«

»Ich kann nichts ohne dich tun!«

»Ja, ich weiß.«

»Meine Gehilfin!«

»Ja, Miss Vera.«

Ruths Mutter führte mit Miss Vera ein ziemlich eigenartiges Leben. Mary Smith-Ellis hatte nie enge Freundinnen oder einen Geliebten. Ihr Leben war bestimmt von Dienstleistungen – Flicken, Briefe schreiben, Packen, Einkaufen, Zöpfe flechten, Beruhigen, Helfen, Baden und so weiter und so fort. Sie hatte genau die Arbeitslast geerbt, die früher ihre Mutter zu tragen hatte, und sie war ebenso wie ihre Mutter als Dienerin aufgezogen worden.

Im Winter in Concord, im Sommer auf Fort Niles. Mary ging zur Schule, aber nur, bis sie sechzehn war und nur, weil Miss

Vera keine völlige Idiotin zur Gesellschafterin haben wollte. Abgesehen von den Schuljahren bestand Mary Smith-Ellis' Leben darin, Aufgaben für Miss Vera zu erfüllen. Auf diese Weise verbrachte Mary ihre Kindheit und Jugend. Dann war sie eine junge Frau, dann eine nicht mehr ganz so junge. Sie hatte nie einen Verehrer. Sie war nicht unattraktiv, aber sie hatte viel zu tun. Sie hatte Arbeiten zu erledigen.

Am Ende des Sommers 1955 beschloss Miss Vera Ellis, für die Einwohner von Fort Niles ein Picknick zu veranstalten. Im Haus Ellis hatte sie gerade Gäste aus Europa, denen sie etwas vom Geist der Insel vermitteln wollte, deshalb plante sie ein Hummeressen am Gavin Beach, zu dem alle Einwohner von Fort Niles eingeladen werden sollten. So etwas war noch nie vorgekommen. Niemals zuvor waren zu gesellschaftlichen Anlässen die Einwohner von Fort Niles und die Familie Ellis geladen, aber Miss Vera meinte, es würde ein wunderbares Ereignis werden. Eine Neuheit.

Mary organisierte natürlich alles. Sie sprach mit den Frauen der Fischer und vereinbarte mit ihnen, dass sie Blaubeerkuchen backen sollten. Sie hatte eine bescheidene, ruhige Art, und die Frauen der Fischer mochten sie. Sie wussten, dass sie vom Haus Ellis kam, aber das lasteten sie ihr nicht an. Sie schien ein nettes Mädchen zu sein, wenn auch ein wenig unscheinbar und schüchtern. Mary bestellte auch Mais und Kartoffeln, Holzkohle und Bier. Von der Grundschule von Fort Niles lieh sie sich lange Tische aus und ließ die Kirchenbänke aus der Kirche von Fort Niles hinunter zum Strand bringen. Sie sprach mit Mr. Fred Burden aus Courne Haven, der ein recht anständiger Geiger war, und beauftragte ihn, für die Musik zu sorgen. Schließlich brauchte sie noch mehrere hundert Pfund Hummer. Die Frauen der Fischer rieten ihr, sich an Mr. Angus Addams zu wenden, der der erfolgreichste Fischer der Insel war. Sie sollte nachmittags am Pier auf sein Boot, die *Sally Chestnut,* warten.

So ging Mary an einem windigen Augustnachmittag hinunter zum Pier und bahnte sich einen Weg durch die aufgetürmten hölzernen Hummerfallen, die Netze und Fässer. Jeden Fischer, der stinkend in seinen hohen Stiefeln und dem klebrigen Ölzeug an ihr vorbeikam, fragte sie: »Verzeihung, Sir? Sind Sie Mr. Angus Addams? Verzeihen Sie? Sind Sie der Kapitän der *Sally Chestnut*, Sir?«

Alle schüttelten nur den Kopf oder brummten verneinend und gingen einfach an ihr vorbei. Sogar Angus Addams selbst ging einfach vorbei, mit gesenktem Kopf. Er hatte keine Ahnung, wer zum Teufel diese Frau war und was zum Teufel sie wollte, und er hatte keine Lust, es herauszufinden. Ruth Thomas' Vater war einer der Männer, die an Mary Smith-Ellis vorbeigingen, und als sie fragte: »Sind Sie Angus Addams?«, brummte er verneinend wie die anderen. Nur wurde er, nachdem er vorbeigegangen war, langsamer und drehte sich um, um sich die Frau noch einmal anzusehen. Gut und lange anzusehen.

Sie war hübsch. Sie sah nett aus. Sie trug klassische hellbraune Hosen und eine kurzärmlige weiße Bluse mit einem kleinen runden Kragen, der mit winzigen gestickten Blümchen verziert war. Sie war nicht geschminkt. Sie hatte eine dünne silberne Armbanduhr am Handgelenk, und ihre dunklen Haare waren kurz und hübsch gewellt. Sie hatte einen Notizblock und einen Stift bei sich. Ihm gefiel ihre schlanke Taille und ihre gepflegte Erscheinung. Sie sah ordentlich aus. Stan Thomas war ein pingeliger Mensch, und ihm gefiel so etwas.

Ja, Stan Thomas sah sie sich wirklich gut an.

»Sind Sie Mr. Angus Addams, Sir?«, fragte sie Wayne Pommeroy, der mit einem zerbrochenen Fangkorb auf der Schulter vorbeiwankte. Wayne war erst verlegen und dann ärgerte er sich über seine Verlegenheit, sodass er an ihr vorbeieilte, ohne zu antworten.

Stan Thomas sah sie sich immer noch an, als sie sich umwandte und ihn sah. Er lächelte. Sie ging zu ihm und lächelte ebenfalls, irgendwie hoffnungsvoll. Es war ein nettes Lächeln.

»Sie sind sicher, dass Sie nicht Mr. Angus Addams sind?«, fragte sie.

»Nein. Ich bin Stan Thomas.«

»Ich heiße Mary Ellis«, sagte sie und streckte ihm die Hand entgegen. »Ich arbeite im Haus Ellis.«

Stan Thomas gab keine Antwort, aber er blickte sie auch nicht unfreundlich an, und so fuhr sie fort.

»Meine Tante Vera veranstaltet nächsten Sonntag eine Feier für die ganze Insel, und sie würde gerne mehrere hundert Pfund Hummer kaufen.«

»Ja?«

»Ja, genau.«

»Von wem will sie die kaufen?«

»Ich denke, das ist wohl einerlei. Mir wurde gesagt, ich soll Angus Addams suchen, aber auch mir ist das einerlei.«

»Ich könnte sie ihr verkaufen, aber sie müsste den Einzelhandelspreis zahlen.«

»Haben Sie denn so viele Hummer?«

»Ich kann sie holen. Sie sind alle dort draußen.« Er ließ die Hand über den Ozean schweifen und lachte. »Ich muss sie nur aufsammeln.«

Mary lachte.

»Aber es müsste der Einzelhandelspreis sein«, wiederholte er. »Wenn ich sie ihr verkaufe.«

»Ach, ich bin sicher, das wäre in Ordnung. Sie will nur sichergehen, dass genug da ist.«

»Ich will bei dem Geschäft kein Geld verlieren. Ich habe einen Großhändler in Rockland, der jede Woche eine bestimmte Menge Hummer von mir erwartet.«

»Ich bin sicher, Ihr Preis wird in Ordnung sein.«

»Wie wollen Sie denn die Hummer kochen?«

»Also ... tut mir Leid ... ich weiß es gar nicht.«

»Ich mache es für Sie.«

»Oh, Mr. Thomas!«

»Ich mache ein großes Feuer am Strand und koche sie in Mülltonnen, mit Seetang.«

»Ach du meine Güte! Macht man das so?«

»So macht man das.«

»Ach du meine Güte! In Mülltonnen! Sagen Sie bloß.«

»Die Familie Ellis kann neue kaufen. Ich bestelle sie für Sie. In ein paar Tagen hole ich sie in Rockland ab.«

»Wirklich?«

»Der Mais kommt direkt obendrauf. Und die Muscheln. Ich mache alles für Sie. Anders geht's nicht.«

»Mr. Thomas, wir bezahlen Sie auf jeden Fall für alles, und wir wären Ihnen sehr dankbar. Ich hatte wirklich keine Ahnung, wie man das macht.«

»Nicht nötig«, sagte Stan Thomas. »Zum Teufel, ich mach das umsonst.« Sein so dahingesagter Satz überraschte ihn selbst. Stan Thomas hatte in seinem ganzen Leben noch nie etwas umsonst gemacht.

»Mr. Thomas!«

»Sie könnten mir helfen. Wie wäre das, Mary? Sie könnten mir dabei helfen. Das wäre Lohn genug für mich.«

Er legte Mary die Hand auf den Arm und lächelte. Seine Hände waren dreckig und stanken nach faulem Heringsköder, aber was zum Teufel. Ihm gefiel die Farbe ihrer Haut, die dunkler und glatter war, als man es sonst auf der Insel sah. Sie war nicht so jung, wie er zuerst gedacht hatte. Aus der Nähe sah er jetzt, dass sie kein Teenager mehr war. Aber sie war schlank und hatte hübsche runde Brüste. Ihm gefiel ihr ernstes, nervöses kleines Stirnrunzeln. Einen schönen Mund hatte sie auch. Er drückte ihren Arm.

»Ich glaube, Sie sind eine gute Helferin«, sagte er.

Sie lachte. »Ich helfe die ganze Zeit!«, sagte sie. »Glauben Sie mir, Mr. Thomas, ich bin eine sehr gute Helferin!«

Am Tag des Picknicks regnete es in Strömen, und das war das letzte Mal, dass die Familie Ellis versuchte, die ganze Insel einzuladen. Es war ein trostloser Tag. Miss Vera blieb nur eine Stunde lang unten am Strand und saß nörgelnd unter einer Plane. Ihre europäischen Gäste gingen am Strand spazieren und verloren ihre Regenschirme im Wind. Einer der Herren aus Österreich klagte, dass seine Kamera durch den Regen kaputt gegangen sei. Mr. Burden, der Geiger, betrank sich in irgendeinem Auto und spielte seine Geige dort, bei geschlossenen Fenstern und verriegelten Türen. Es dauerte Stunden, bis sie ihn herausbekamen. Stan Thomas' Feuergrube geriet bei dem durchnässten Sand und dem peitschenden Regen nie richtig in Brand, und die Frauen von der Insel hielten ihre Kuchen und Pasteten eng an den Körper gedrückt, als würden sie kleine Babys schützen. Die ganze Angelegenheit war eine Katastrophe.

Mary Smith-Ellis eilte in geborgtem Fischerölzeug hin und her, stellte Stühle unter Bäume, legte Bettlaken auf Tische, aber der Tag war einfach nicht mehr zu retten. Die Feier, deren Organisation man ihr aufgetragen hatte, endete in einem Desaster, aber Stan Thomas gefiel die Art, wie sie die Niederlage hinnahm, ohne zu resignieren. Es gefiel ihm, wie sie herumsauste und versuchte, alle bei Laune zu halten. Sie war eine nervöse Frau, aber er mochte ihre Energie. Sie war eine gute Arbeiterin. Das gefiel ihm sogar sehr. Trägheit verachtete er.

»Sie sollten mit zu mir kommen und sich aufwärmen«, schlug er vor, als sie am Ende des Nachmittags an ihm vorbeieilte.

»Oh, nein«, sagte sie. »Sie sollten mit mir zum Haus Ellis kommen und sich aufwärmen.«

Später wiederholte sie die Einladung, nachdem er ihr geholfen hatte, die Tische in die Schule und die Kirchenbänke in die Kirche zurückzubringen. So fuhr er sie hoch zum Haus Ellis, an die höchste Stelle der Insel. Er wusste natürlich, wo es war, auch wenn er das Anwesen noch nie betreten hatte.

»Es muss schön sein, hier zu wohnen«, sagte er.

Sie saßen in seinem Lastwagen auf der kreisförmigen Einfahrt; das Fensterglas war von ihrem Atem und den dampfend nassen Kleidern beschlagen.

»Ach, sie wohnen nur den Sommer über hier«, sagte Mary.

»Und Sie?«

»Ich wohne natürlich auch hier. Ich wohne da, wo die Familie gerade wohnt. Ich kümmere mich um Miss Vera.«

»Sie kümmern sich um Miss Vera? Die ganze Zeit?«

»Ich bin ihre Helferin«, sagte Mary mit einem matten Lächeln.

»Und wie war noch mal Ihr Nachname?«

»Ellis.«

»Ellis?«

»Ja, genau.«

Er verstand das nicht ganz. Er verstand nicht, wer diese Frau war. Eine Bedienstete? Sie benahm sich jedenfalls wie eine Bedienstete, und er hatte gesehen, wie dieses Miststück von Vera Ellis sie andauernd angiftete. Doch wieso war ihr Nachname Ellis? War sie eine arme Verwandte? Hatte man je gehört, dass eine Ellis Stühle und Kirchenbänke durch die Gegend schob und in geborgtem Ölzeug durch den Regen sauste? Er überlegte, ob er sie fragen sollte, wie sie verdammt noch mal dahin gehörte, aber sie war so nett, und er wollte sie nicht gegen sich aufbringen. Stattdessen nahm er ihre Hand. Sie ließ es zu.

Immerhin war Stan Thomas ein gut aussehender junger Mann mit einem gepflegten Haarschnitt und hübschen dunklen Augen. Er war nicht groß, aber er war schlank und hatte eine gute Figur und strahlte eine angenehme Intensität aus, eine Direktheit, die Mary sehr gut gefiel. Sie hatte überhaupt nichts dagegen, dass er ihre Hand hielt, obwohl sie sich erst so kurz kannten.

»Wie lange werden Sie hier sein?«, fragte er.

»Bis zur zweiten Septemberwoche.«

»Stimmt. Da fahren sie – Sie – ja immer.«

»Ja.«

»Ich möchte Sie wiedersehen«, sagte er.

Sie lachte.

»Ich meine es ernst«, sagte er. »Ich möchte das noch einmal machen. Es gefällt mir, Ihre Hand zu halten. Wann kann ich Sie wiedersehen?«

Mary dachte ein paar Minuten schweigend nach, dann sagte sie offen: »Ich würde Sie auch gerne öfter sehen, Mr. Thomas.«

»Gut. Sagen Sie Stan zu mir.«

»Ja.«

»Wann kann ich Sie also sehen?«

»Ich bin mir nicht sicher.«

»Wahrscheinlich will ich Sie gleich morgen sehen. Wie wäre es mit morgen? Wie kann ich Sie morgen sehen?«

»Morgen?«

»Gibt es einen Grund, weshalb ich Sie morgen nicht sehen können sollte?«

»Ich weiß nicht«, sagte Mary und sah ihn plötzlich fast panisch an. »Ich weiß nicht!«

»Sie wissen es nicht? Mögen Sie mich nicht?«

»Doch, doch. Ich mag Sie, Mr. Thomas. Stan.«

»Gut. Ich komme morgen gegen vier Uhr vorbei und hole Sie ab. Wir machen eine Spazierfahrt.«

»Du meine Güte.«

»Das machen wir«, sagte Stan Thomas. »Sagen Sie das, wem auch immer Sie es sagen müssen.«

»Ich weiß nicht, ob ich es jemandem sagen muss, aber ich weiß nicht, ob ich Zeit für eine Spazierfahrt habe.«

»Dann erledigen Sie alles, was Sie tun müssen. Denken Sie sich etwas aus. Ich will Sie wirklich sehen. Hey! Ich bestehe darauf!«

»Schön!« Sie lachte.

»Gut. Gilt die Einladung noch?«

»Natürlich!«, sagte Mary. »Bitte kommen Sie mit hinein!«

Sie stiegen aus dem Lastwagen aus, aber Mary ging nicht den Weg zur großen Eingangstür hinauf. Durch den Regen rannte sie zur Seite des Hauses, und Stan Thomas eilte ihr nach. Unter dem Schutz der großen Dachvorsprünge rannte sie am Granitsaum des Hauses entlang und verschwand in einer einfachen Holztür, die sie für Stan offen hielt. Sie waren in einem Gang auf der Rückseite des Hauses. Mary nahm seine Regenjacke und hängte sie an einen Haken.

»Wir gehen in die Küche«, sagte sie und öffnete eine weitere Tür. Eine eiserne Wendeltreppe führte in eine riesige, altmodische Kellerküche. Man sah einen großen Steinkamin mit eisernen Haken und Töpfen und Vertiefungen, die wohl immer noch zum Brotbacken genutzt wurden. An einer Wand befanden sich Becken, an einer anderen Öfen und Herde. Kräutersträuße hingen an der Decke, und der Boden bestand aus alten, sauberen Fliesen. An dem großen Holztisch in der Mitte des Raums saß eine kleine Frau mittleren Alters mit kurzen roten Haaren und wachem Gesicht, die flink Bohnen in eine silberne Schüssel schnitt.

»Hallo, Edith«, sagte Mary.

Die Frau nickte ihr zu und sagte: »Sie braucht dich.«

»Wirklich!«

»Sie ruft ständig nach dir.«

»Seit wann?«

»Den ganzen Nachmittag schon.«

»Aber ich musste doch die ganzen Stühle und Tische zurückbringen«, sagte Mary, eilte zu einem der Becken, wusch sich hastig die Hände und rieb sie sich an ihrer Hose trocken.

»Sie weiß nicht, dass du schon zurück bist, Mary«, sagte die Frau namens Edith, »du kannst dich also genauso gut hinsetzen und eine Tasse Kaffee trinken.«

»Ich sollte aber nachsehen, was sie braucht.«

»Was ist mit deinem Freund hier?«

»Stan!«, sagte Mary und wandte sich zu ihm um. Sie hatte offensichtlich vergessen, dass er da war. »Es tut mir Leid, aber ich kann mich jetzt doch nicht mit Ihnen zum Aufwärmen hinsetzen.«

»Setz dich hin und trink einen Kaffee, Mary«, sagte Edith, die immer noch die Bohnen schnitt. Ihre Stimme nahm einen Befehlston an. »Sie weiß nicht, dass du schon zurück bist.«

»Ja, Mary, setzen Sie sich, und trinken Sie einen Kaffee«, sagte Stan Thomas, und Edith, die Bohnenschneiderin, sah ihn aus den Augenwinkeln heraus an. Es war ein ganz kurzer Seitenblick, aber sie nahm damit eine ganze Menge an Informationen auf.

»Und warum setzen Sie sich nicht, Sir?«, sagte Edith.

»Danke, Ma'am, gerne.« Er setzte sich.

»Hol deinem Gast einen Tasse Kaffee, Mary.«

Mary zuckte zusammen. »Ich kann nicht«, sagte sie. »Ich muss nach Miss Vera sehen.«

»Die stirbt nicht, wenn du dich fünf Minuten hinsetzt und aufwärmst«, sagte Edith.

»Ich kann nicht!«, sagte Mary. Sie sauste an Stan Thomas und Edith vorbei durch die Küchentür. Sie hörten sie mit schnellen Schritten die Treppe hinaufeilen, während sie noch »Tut mir Leid« rief, und weg war sie.

»Ich kann mir den Kaffee ja auch selbst holen«, sagte Stan Thomas.

»Ich hol ihn. Das ist meine Küche.«

Edith verließ ihre Bohnen und schenkte Stan eine Tasse Kaffee ein. Ohne zu fragen, wie er ihn trank, gab sie einen Schuss Sahne dazu und bot keinen Zucker an, was ihm recht war. Für sich selbst bereitete sie ihn genauso zu.

»Sind Sie ihr Freund?«, fragte sie, nachdem sie sich hingesetzt hatte. Sie betrachtete ihn mit einem Misstrauen, das sie nicht zu verbergen suchte.

»Ich habe sie gerade erst kennen gelernt.«

»Interessieren Sie sich für sie?«

Stan Thomas antwortete nicht, aber er hob ironisch überrascht die Augenbrauen.

»Ich kann Ihnen keinen Rat geben«, sagte Edith.

»Sie müssen mir keinen Rat geben.«

»Jemand sollte das aber.«

»Jemand wie wer?«

»Wissen Sie, sie ist bereits verheiratet, Mr. …?«

»Thomas. Stan Thomas.«

»Sie ist bereits verheiratet, Mr. Thomas.«

»Nein. Sie trägt keinen Ring. Sie hat nichts gesagt.«

»Sie ist verheiratet mit diesem alten Miststück da droben.« Edith streckte einen dürren gelben Daumen zur Decke. »Sehen Sie, wie Mary weghuscht, noch bevor sie gerufen hat?«

»Darf ich Sie etwas fragen?«, sagte Stan. »Wer zum Teufel ist sie eigentlich, verdammt noch mal?«

»Mir gefällt es nicht, wie Sie reden«, sagte Edith, obwohl ihr Tonfall nicht darauf schließen ließ, dass es ihr allzu viel ausmachte. Sie seufzte. »Mary ist streng genommen Miss Veras Nichte. Aber in Wirklichkeit ist sie ihre Sklavin. Es ist eine Familientradition. Mit ihrer Mutter war es das Gleiche, und diese arme Frau konnte sich nur aus der Sklaverei befreien, indem sie ertrunken ist. Marys Mutter war die Frau, die damals im Jahr 1927 von der Welle weggespült wurde. Ihre Leiche hat man nie gefunden. Haben Sie davon gehört?«

»Ja, ich habe davon gehört.«

»Oh Gott, ich habe diese Geschichte bestimmt schon eine Million Mal erzählt. Dr. Ellis hat Jane als Spielgefährtin für seine kleine Tochter adoptiert – die jetzt diese kreischende Nervensäge da oben ist. Jane war Marys Mutter. Sie ist von irgendeinem italienischen Steinbrucharbeiter schwanger geworden. War das ein Skandal.«

»Ich hab was darüber gehört.«

»Na ja, sie haben versucht, es zu vertuschen, aber die Leute haben nichts gegen einen schönen Skandal.«

»Hier ganz bestimmt nicht.«

»Dann ist sie ertrunken, und Miss Vera hat das Baby zu sich genommen und das kleine Mädchen als ihr Dienstmädchen aufgezogen, als Ersatz für ihre Mutter. Das ist Mary. Also, ich für meinen Teil, ich kann nicht glauben, dass die Leute, die auf Kinder aufpassen, das erlaubt haben.«

»Welche Leute, die auf Kinder aufpassen?«

»Ich weiß nicht. Es kann nicht sein, dass es gesetzlich erlaubt ist, dass ein Kind heutzutage in Sklaverei aufwächst.«

»Sie meinen doch nicht im Ernst Sklaverei.«

»Ich meine das sehr ernst, was ich sage, Mr. Thomas. Wir sind hier alle im Haus gesessen und haben zugesehen, und wir haben uns gefragt, warum dem noch niemand ein Ende gemacht hat.«

»Warum haben Sie dem Ganzen kein Ende gemacht?«

»Ich bin Köchin, Mr. Thomas. Ich bin nicht bei der Polizei. Und was machen Sie? Nein, ich bin sicher, ich weiß es. Sie leben hier, also müssen Sie Fischer sein.«

»Ja.«

»Verdienen Sie gut?«

»Gut genug.«

»Gut genug wofür?«

»Gut genug für hier.«

»Ist Ihre Arbeit gefährlich?«

»Nicht sehr.«

»Möchten Sie was Richtiges trinken?«

»Gerne.«

Edith, die Köchin, ging zu einem Schränkchen, schob ein paar Flaschen zur Seite und kam mit einem silbernen Flachmann zurück. Daraus goss sie eine bernsteinfarbene Flüssigkeit in zwei saubere Kaffeetassen. Eine reichte sie Stan. »Sie sind doch kein Säufer?«, fragte sie.

»Und Sie?«

»Sehr witzig, bei der vielen Arbeit. Sehr witzig.« Edith blickte Stan genau an. »Und Sie haben nie jemanden von hier geheiratet?«

»Ich habe nie jemanden von irgendwoher geheiratet«, sagte Stan und lachte.

»Sie scheinen recht gutmütig zu sein. Alles ist ein großer Spaß. Wie lange bemühen Sie sich schon um Mary?«

»Niemand bemüht sich um irgendjemanden, Ma'am.«

»Wie lange interessieren Sie sich schon für Mary?«

»Ich habe sie erst diese Woche kennen gelernt. Es ist wohl eine größere Sache, als ich dachte. Ich finde, sie ist ein nettes Mädchen.«

»Sie ist ein nettes Mädchen. Aber haben sie denn hier auf der Insel keine netten Mädchen?«

»Hey, immer mit der Ruhe.«

»Na ja, ich finde es ungewöhnlich, dass Sie nicht verheiratet sind. Wie alt sind Sie?«

»Über zwanzig. Ende zwanzig.« Stan Thomas war fünfundzwanzig.

»Ein gut aussehender, gutmütiger Mann wie Sie, mit einem gut gehenden Geschäft? Der nicht trinkt? Und noch nicht verheiratet ist? Meines Wissens nach heiratet man hier jung, besonders die Fischer.«

»Vielleicht mag mich hier niemand.«

»Sie sind nicht auf den Mund gefallen. Vielleicht haben Sie ehrgeizigere Pläne.«

»Hören Sie, ich habe Mary nur bei ein paar Besorgungen begleitet.«

»Wollen Sie sie wiedersehen? Haben Sie das vor?«

»Ich habe darüber nachgedacht.«

»Sie ist fast dreißig Jahre alt, wissen Sie.«

»Ich finde, sie sieht toll aus.«

»Und sie ist eine Ellis – rechtlich gesehen ist sie eine Ellis –, aber sie hat kein Geld, also machen Sie sich da keine falschen Vorstellungen. Außer für Essen und für Kleidung würden die ihr nie einen Pfennig geben.«

»Ich weiß nicht, was ich Ihrer Meinung nach für Vorstellungen haben soll.«

»Das versuche ich gerade herauszufinden.«

»Das sehe ich, dass Sie versuchen, etwas herauszufinden. Das sehe ich ziemlich deutlich.«

»Sie hat keine Mutter, Mr. Thomas. Sie hat in diesem Haus eine wichtige Stellung, weil Miss Vera sie braucht, aber niemand in diesem Haus passt auf Mary auf. Sie ist eine junge Frau ohne eine Mutter, die auf sie achtet, und ich versuche herauszufinden, was Sie für Absichten haben.«

»Sie reden jedenfalls nicht wie eine Mutter. Bei allem Respekt, Ma'am, aber Sie reden wie ein Vater.«

Das gefiel Edith. »Den hat sie ja auch nicht.«

»Ganz schön hart.«

»Wie wollen Sie es denn anstellen, sie zu treffen, Mr. Thomas?«

»Ich werde sie wohl gelegentlich abholen und eine Spazierfahrt mit ihr machen.«

»Aha.«

»Was halten Sie davon?«

»Das ist nicht meine Sache.«

Stan Thomas lachte laut. »Ach, ich glaube, Sie können alles zu Ihrer Sache machen, Ma'am.«

»Sehr witzig«, sagte sie. Sie trank noch einen Schluck. »Mit Ihnen ist alles ein großer Spaß. Mary fährt in ein paar Wochen wieder weg. Und sie kommt erst nächsten Juni wieder.«

»Dann muss ich sie jeden Tag abholen und eine Spazierfahrt mit ihr machen.«

Stan Thomas schenkte Edith sein breitestes Lächeln, das äußerst gewinnend war.

Edith verkündete: »Sie kriegen einen ganzen Haufen Schwierigkeiten. Schade, denn Sie sind mir nicht unsympathisch, Mr. Thomas.«

»Danke. Sie sind mir auch nicht unsympathisch.«

»Ruinieren Sie mir das Mädchen nicht.«

»Ich habe nicht vor, irgendjemanden zu ruinieren«, sagte er.

Edith hielt das Gespräch offenbar für beendet und widmete sich wieder den Bohnen. Da sie Stan Thomas nicht aufforderte zu gehen, saß er noch eine Weile in der Küche des Hauses Ellis, in der Hoffnung, Mary würde zurückkommen und sich zu ihm setzen. Er wartete noch lange, aber Mary kehrte nicht zurück, deshalb ging er schließlich nach Hause. Es war bereits dunkel und regnete immer noch. Er würde sie wohl an einem anderen Tag wiedersehen müssen.

Im nächsten August heirateten sie. Es war keine übereilte Hochzeit. Es war keine unerwartete Hochzeit, da Stan Mary im Juni 1956 – am Tag, nachdem sie mit der Familie Ellis nach Fort Niles Island zurückgekehrt war – sagte, sie würden am Ende dieses Sommers heiraten. Er sagte ihr, sie würde von nun an bei ihm auf Fort Niles bleiben und das Sklavendasein bei der gottverdammten Miss Vera Ellis vergessen. So war alles im Voraus arrangiert worden. Dennoch wirkte die Zeremonie selbst ein wenig hastig.

Mary und Stan wurden in Stan Thomas' Wohnzimmer von Mort Beekman getraut, der damals der fahrende Pastor für die Inseln von Maine war. Mort Beekman war der Vorgänger von Toby Wishnell und somit der Kapitän der *New Hope*. Im Gegensatz zu Wishnell war Pastor Mort Beekman sehr beliebt. Man hatte immer das Gefühl, ihm sei alles scheißegal, was allen Beteiligten nur recht war. Beekman war kein Eiferer, und auch das war gut für seine Beziehung zu den Fischern in seinen weit auseinander liegenden Gemeinden.

Stan Thomas und Mary Smith-Ellis hatten keinen Trauzeugen, keine Ringe, keine Brautjungfern, aber Pastor Mort Beekman setzte die Zeremonie getreu seiner Natur einfach fort. »Wofür zum Teufel braucht ihr überhaupt einen Zeugen?«, fragte er. Beekman war zufällig wegen einer Taufe auf der Insel, was kümmerten ihn Ringe oder Brautjungfern oder Trauzeugen? Diese beiden jungen Leute sahen jedenfalls aus wie erwachsene Menschen. Konnten sie den Trauschein unterschreiben? Ja. Waren sie alt genug, das ohne Erlaubnis zu tun? Ja. Würde es ein großer Aufwand sein? Nein.

»Wollt ihr die ganzen Gebete und die Bibel und so?«, fragte Pastor Beekman das Paar.

»Nein, danke«, sagte Stan. »Nur den Teil für die Hochzeit.«

»Vielleicht ein bisschen Beten ...«, schlug Mary zögerlich vor.

Pastor Mort Beekman seufzte und bastelte eine Hochzeitszeremonie mit einem bisschen Beten zurecht, um der Dame willen. Ihm fiel auf, dass sie fürchterlich aussah, so blass wie sie war und wie sie zitterte. Die ganze Zeremonie war in etwa vier Minuten vorbei. Auf dem Weg zur Tür steckte Stan Thomas dem Pastor einen Zehndollarschein zu.

»Sehr freundlich von Ihnen«, sagte Stan. »Danke, dass Sie vorbeigekommen sind.«

»Ist doch selbstverständlich«, sagte der Pastor und machte

sich auf den Weg zu seinem Boot, damit er die Insel noch vor Dunkelheit verlassen konnte; auf Fort Niles gab es keine anständige Unterkunft für ihn, und er hatte keine Lust, auf diesem ungastlichen Felsen zu übernachten.

Es war die am wenigsten pompöse Hochzeit in der Geschichte der Familie Ellis. Natürlich nur, wenn Mary Smith-Ellis als Mitglied der Familie Ellis betrachtet werden konnte, was nun ernsthaft in Frage gestellt wurde.

»Als deine Tante«, hatte Miss Vera zu Mary gesagt, »ist es meine Pflicht, dir mitzuteilen, dass ich eine Ehe in deinem Fall grundsätzlich für einen Fehler halte. Und ich halte es in deinem Fall für einen besonders großen Fehler, dich an diesen Fischer und an diese Insel zu ketten.«

»Aber Sie lieben doch diese Insel«, hatte Mary gesagt.

»Nicht im Februar, Liebes.«

»Aber ich könnte Sie doch im Februar besuchen.«

»Mein Liebes, du wirst einen Ehemann haben, um den du dich kümmern musst, und für Besuche wird keine Zeit sein. Ich hatte auch einmal einen Ehemann, ich weiß, wie das ist. Es war äußerst einschränkend«, erklärte sie, obwohl es nicht im Mindesten einschränkend gewesen war.

Zur Überraschung vieler diskutierte Miss Vera nicht weiter über Marys Hochzeitspläne. Denjenigen, die vor dreißig Jahren Veras gewaltige Empörung über die Schwangerschaft von Marys Mutter erlebt hatten und ihre Wutanfälle bei dem Tod von Marys Mutter vor neunundzwanzig Jahren (ganz zu schweigen von ihren täglichen Ausbrüchen wegen aller möglichen Unwichtigkeiten), war die Ruhe, mit der sie auf Marys Neuigkeiten reagierte, rätselhaft. Wie konnte Vera das hinnehmen? Wie konnte sie noch eine Helferin verlieren? Wie konnte sie eine solche Treulosigkeit dulden?

Vielleicht war niemand von dieser Reaktion mehr überrascht als Mary selbst, die im Laufe dieses Sommers zehn Pfund abgenommen hatte, vor lauter Sorge wegen Stan Thomas. Was sollte sie mit Stan Thomas anfangen? Er drängte sie nicht, ihn zu treffen, er hielt sie nicht von ihren Aufgaben ab, aber er beharrte unablässig darauf, dass sie am Ende des Sommers heiraten würden. Seit Juni redete er davon, und es schien keinen Raum für Verhandlungen zu geben.

»Du hältst das auch für eine gute Idee«, erinnerte er sie, und das tat sie auch. Ihr gefiel die Vorstellung zu heiraten. Sie hatte sich vorher nicht viele Gedanken darüber gemacht, aber jetzt schien es genau das Richtige zu sein.

Und er sah gut aus. Und er war so selbstbewusst.

»Wir werden auch nicht jünger«, erinnerte er sie, und das wurden sie in der Tat nicht.

Trotzdem übergab sich Mary an dem Tag, an dem sie Miss Vera sagen musste, dass sie Stan Thomas heiraten würde, zwei Mal. Sie konnte es nicht länger aufschieben und sagte es ihr Mitte Juli. Doch das Gespräch war überraschenderweise gar nicht schwierig. Vera regte sich nicht auf, obwohl sie sich schon oft wegen viel geringerer Dinge aufgeregt hatte. Vera hielt ihre »Die Ehe ist ein großer Fehler«-Rede wie eine besorgte Tante, und dann fand sie sich gänzlich mit der Vorstellung ab und überließ es Mary, all die panischen Fragen zu stellen.

»Was machen Sie denn ohne mich?«, fragte sie.

»Mary, du süßes, süßes Mädchen. Mach dir darüber keine Gedanken.« Dazu lächelte sie warm und tätschelte Mary die Hand.

»Aber was mache ich denn dann? Ich war noch nie weg von Ihnen!«

»Du bist eine nette, fähige junge Frau. Du schaffst das gut ohne mich.«

»Aber Sie finden nicht, dass ich das tun sollte, nicht wahr?«

»Ach Mary. Was macht es schon aus, was ich denke?«

»Sie denken, er wird ein schlechter Ehemann sein.«

»Ich habe nie ein Wort gegen ihn gesagt.«

»Aber Sie mögen ihn nicht.«

»Du bist diejenige, die ihn mögen muss, Mary.«

»Sie denken, ich werde arm und einsam sterben.«

»Ach, niemals, Mary. Du wirst immer ein Dach über dem Kopf

haben. Du wirst niemals Streichhölzer in der Stadt verkaufen müssen oder so etwas Fürchterliches.«

»Sie glauben, ich finde keine Freunde hier auf der Insel. Sie glauben, ich werde einsam sein, und Sie glauben, im Winter werde ich verrückt.«

»Wer würde sich denn nicht mit dir anfreunden?«

»Sie halten mich für unmoralisch, weil ich mit einem Fischer weglaufe. Sie denken, ich werde jetzt doch wie meine Mutter.«

»Was ich so alles denke!«, sagte Miss Vera und lachte.

»Ich werde glücklich mit Stan«, sagte Mary. »Bestimmt.«

»Nichts würde mich mehr freuen. Eine glückliche Braut ist eine strahlende Braut.«

»Aber wo sollen wir heiraten?«

»In einem Gotteshaus, das will ich doch hoffen.«

Mary schwieg, ebenso wie Miss Vera. Es war Tradition, dass Mädchen aus der Familie Ellis im Garten von Haus Ellis heirateten und dass sie vom Bischof der Episkopalkirche in Concord getraut wurden, der für diesen Anlass mit dem Boot herübergefahren wurde. Mädchen aus der Familie Ellis bekamen verschwenderische Hochzeiten, bei denen jedes verfügbare Mitglied der Familie Ellis und alle lieben Freunde der Familie zugegen waren. Mädchen aus der Familie Ellis gaben elegante Empfänge im Haus Ellis. Als Miss Vera Ellis also eine Hochzeit in einem namenlosen »Gotteshaus« vorschlug, hatte Mary allen Grund zu schweigen.

»Aber ich will hier heiraten, im Haus Ellis.«

»Ach, Mary. Tu dir das doch nicht an. Du solltest eine einfache Zeremonie haben und es hinter dich bringen.«

»Aber kommen Sie denn?«, fragte Mary nach einer langen Weile.

»Ach, Liebes.«

»Und?«

»Ich würde die ganze Zeit nur weinen, mein Liebes, und dir deinen besonderen Tag verderben.«

Später an diesem Nachmittag rief Mr. Lanford Ellis – Veras älterer Bruder und der regierende Patriarch der Familie – Mary Smith-Ellis zu sich auf sein Zimmer, um ihr zu ihrer bevorstehenden Hochzeit zu gratulieren. Er gab seiner Hoffnung Ausdruck, Stan Thomas sei ein ehrenwerter junger Mann. Er sagte: »Du solltest dir ein hübsches Hochzeitskleid kaufen« und überreichte ihr einen Umschlag. Sie wollte ihn öffnen, aber er sagte: »Mach ihn nicht hier auf.« Er gab ihr einen Kuss. Er drückte ihr die Hand und sagte: »Wir waren dir immer sehr zugetan.« Mehr sagte er nicht.

Mary öffnete den Umschlag erst, als sie abends alleine in ihrem Zimmer war. Sie zählte tausend Dollar in bar. Zehn Hundertdollarscheine, die sie unter ihr Kopfkissen schob. 1956 war das eine Menge Geld für ein Hochzeitskleid, doch am Ende wurde Mary in einem geblümten Baumwollkleid getraut, das sie zwei Sommer zuvor selbst genäht hatte. Sie wollte das Geld nicht ausgeben. Stattdessen beschloss sie, den Umschlag samt Inhalt Stan Thomas zu überreichen.

Dieses Geld brachte sie in die Ehe ein, und dazu ihre Kleidung und ihre Bettwäsche. Das waren ihre gesamten Besitztümer, nachdem sie der Familie Ellis jahrzehntelang gedient hatte.

In der Villa Ellis in Concord führte Ruth Thomas' Mutter ihre Tochter in ihr Zimmer. Sie hatten sich einige Zeit nicht gesehen. Ruth besuchte Concord nur ungern und daher selten. Sogar an Weihnachten hatte Ruth schon oft ihr Zimmer im Internat einem Aufenthalt in Concord und der Villa Ellis vorgezogen. Letztes Jahr zum Beispiel.

»Du siehst wunderbar aus, Ruth«, sagte ihre Mutter.

»Danke. Du siehst auch gut aus.«

»Hast du kein Gepäck?«

»Nein. Diesmal nicht.«

»Wir haben das Zimmer für dich neu tapeziert.«

»Es sieht hübsch aus.«

»Und hier ist ein Bild von dir, als du noch klein warst.«

»So was«, sagte Ruth und beugte sich zu dem gerahmten

Foto vor, das neben der Kommode an der Wand hing. »Das bin ich?«

»Das bist du.«

»Was habe ich in der Hand?«

»Kieselsteine. Kieselsteine von der Auffahrt der Ellis'.«

»Sieh dir diese Fäuste an!«

»Und da bin ich«, sagte Ruths Mutter.

»Da bist du.«

»Ich versuche, dich dazu zu bringen, dass du mir die Kieselsteine gibst.«

»Es sieht nicht so aus, als würdest du sie bekommen.«

»Nein, da hast du Recht. Ich wette, ich habe sie nicht bekommen.«

»Wie alt war ich da?«

»Ungefähr zwei. Entzückend.«

»Und wie alt warst du?«

»Ach. Dreiunddreißig oder so.«

»Das Bild habe ich noch nie gesehen.«

»Nein, ich glaube nicht.«

»Wer hat das Foto denn gemacht?«

»Miss Vera.«

Ruth Thomas setzte sich auf das Bett, ein schönes Erbstück aus Messing mit einer Spitzendecke darüber. Ihre Mutter setzte sich neben sie und sagte: »Findest du, es riecht muffig hier drin?«

»Nein, gar nicht.«

Eine Weile saßen sie schweigend da. Ruths Mutter stand auf und zog die Rollläden hoch. »Lassen wir ein bisschen Licht herein«, sagte sie und setzte sich wieder.

»Danke«, sagte Ruth.

»Als ich diese Tapete gekauft habe, dachte ich, es wären Kirschblüten, aber wenn ich sie mir jetzt ansehe, glaube ich, es sind Apfelblüten. Ist das nicht komisch? Ich weiß nicht, warum ich das nicht gleich gesehen habe.«

»Apfelblüten sind hübsch.«

»Wahrscheinlich ist es egal.«

»Beides ist hübsch. Das hast du gut gemacht mit der Tapete.«

»Wir haben jemanden damit beauftragt.«

»Es sieht wirklich nett aus.«

Nach einem weiteren langen Schweigen nahm Mary Smith-Ellis Thomas die Hand ihrer Tochter und fragte: »Sollen wir jetzt zu Ricky gehen?«

Ricky lag in einem Kinderbett, obwohl er neun Jahre alt war. Er war so groß wie ein Kleinkind, vielleicht wie ein Dreijähriger, und seine Finger und Zehen waren gekrümmt wie Krallen. Er hatte schwarze, kurze Haare, die hinten verfilzt waren, weil er den Kopf ständig hin und her drehte. Unablässig rieb er den Kopf an der Matratze, unablässig drehte er das Gesicht von einer Seite zur anderen, als würde er verzweifelt nach etwas suchen. Und auch seine Augen rollten nach links und nach rechts, immer auf der Suche. Er kreischte und jaulte und heulte, aber als Mary kam, fing er an, gleichmäßig vor sich hin zu murmeln.

»Hier ist Mama«, sagte sie. »Hier ist Mama.«

Sie hob ihn aus dem Bett und legte ihn auf den Rücken auf ein Lammfell auf dem Boden. Er konnte nicht aufrecht sitzen oder den Kopf halten. Er konnte nicht alleine essen. Er konnte nicht sprechen. Auf dem Lammfell fielen seine kleinen krummen Beine auf die eine Seite und die Arme auf die andere. Hin und her drehte er den Kopf, hin und her, und seine Finger winkten und spannten sich an, sie flatterten in der Luft wie Wasserpflanzen im Meer.

»Macht er Fortschritte?«, fragte Ruth.

»Nun«, sagte ihre Mutter, »ich glaube, ja, Ruth. Ich glaube immer, er macht ein bisschen Fortschritte, aber außer mir sieht das nie jemand.«

»Wo ist seine Pflegerin?«

»Ach, sie ist irgendwo in der Nähe. Vielleicht ist sie unten in der Küche und macht eine Pause. Sie ist neu, und sie scheint mir sehr nett zu sein. Sie singt Ricky gerne vor. Nicht wahr, Ricky?

Singt Sandra dir vor? Weil sie weiß, dass dir das gefällt. Nicht wahr?«

Mary sprach mit ihm, wie Mütter mit Neugeborenen sprechen oder wie Senator Simon mit seinem Hund Cookie sprach, in einem liebevollen Tonfall, ohne eine Antwort zu erwarten.

»Siehst du deine Schwester?«, fragte sie. »Siehst du deine große Schwester? Sie ist zu Besuch gekommen, kleiner Junge. Sie ist gekommen, um Ricky zu besuchen.«

»Hallo, Ricky«, sagte Ruth und versuchte, den Tonfall ihrer Mutter nachzuahmen. »Hallo, kleiner Bruder.«

Ruth war übel. Sie beugte sich vor und tätschelte Rickys Kopf, den er unter ihrer Handfläche wegzog, und sie spürte, wie sein verfilztes Haar blitzartig davonrutschte – weg. Sie zog die Hand zurück, und er hielt den Kopf einen Augenblick ruhig. Dann schüttelte er ihn so plötzlich wieder, dass Ruth zusammenfuhr.

Ricky war auf die Welt gekommen, als Ruth neun Jahre alt war. Er wurde in einem Krankenhaus in Rockland geboren. Ruth sah ihn nie, als er ein Baby war, weil ihre Mutter nach Rickys Geburt nie mehr auf die Insel zurückkehrte. Als sich der Geburtstermin näherte, fuhr ihr Vater mit seiner Frau nach Rockland, und Ruth wohnte nebenan bei Mrs. Pommeroy. Ihre Mutter sollte mit einem Baby zurückkommen, aber sie tat es nie. Sie kam nicht zurück, weil mit dem Baby etwas nicht stimmte. Niemand hatte damit gerechnet.

Nach allem, was Ruth gehört hatte, hatte ihr Vater sofort, als er das schwer zurückgebliebene Baby gesehen hatte, mit gemeinen Schuldzuweisungen begonnen. Er war empört und verärgert. Wer hatte seinem Sohn das angetan? Auf der Stelle war es für ihn klar, dass das Baby dieses traurige Leiden von Marys Vorfahren geerbt hatte. Was wusste man denn schon von der Waise aus dem Bath Marinekrankenhaus für Waisenkinder oder von dem italienischen Einwanderer? Wer wusste, welche Monster in dieser dunklen Vergangenheit gelauert hatten? Stan Thomas' Vorfahren hingegen waren zehn Generationen weit zurückzuverfolgen, und so etwas war noch nie vorgekommen. In

Stans Familie hatte es nie irgendwelche Missgeburten gegeben. Das hat man offenbar davon, sagte Stan, wenn man jemanden heiratet, dessen Herkunft nicht bekannt ist. Ja, das hat man davon.

Mary, die noch erschöpft im Krankenhausbett lag, reagierte darauf mit ihrer eigenen irren Verteidigung. Normalerweise war sie keine Kämpferin, aber diesmal kämpfte sie. Sie kämpfte mit schmutzigen Mitteln. Oh, ja, sagte sie, man konnte Stans Vorfahren alle zurückverfolgen, und zwar deshalb, weil sie alle miteinander verwandt waren. Sie waren alle Geschwister und Nichten und Neffen, und man musste kein Genie sein, um zu begreifen, dass nach genügend Generationen von Inzucht und Inzest so etwas dabei herauskommt. So etwas wie dieses Kind, dieser kleine Ricky mit dem Wackelkopf und den Krallenhänden.

»Das ist *dein* Sohn, Stan!«, sagte sie.

Es war ein hässlicher, erbärmlicher Streit, der die Schwestern auf der Säuglingsstation ziemlich aufregte, die jedes grausame Wort mithörten. Ein paar der jüngeren Schwestern weinten. So etwas hatten sie noch nie gehört. Die Oberschwester hatte ab Mitternacht Dienst und führte Stan Thomas aus dem Zimmer seiner Frau. Die Oberschwester war eine mächtige Frau, die nicht leicht einzuschüchtern war, nicht einmal von einem großmäuligen Hummerfänger. Sie drängte ihn weg, während Mary ihn immer noch anbrüllte.

»Um Himmels willen«, schnauzte die Schwester Stan an, »die Frau braucht ihre Ruhe.«

Ein paar Nachmittage später kam ein Besucher zu Mary, Stan und dem Neugeborenen ins Krankenhaus; es war Mr. Lanford Ellis. Irgendwie hatte er die Neuigkeit mitgekriegt. Er war auf der *Stonecutter* nach Rockland gefahren, um Mary und Stan seine Aufwartung zu machen und das Mitgefühl der Familie Ellis wegen ihrer tragischen Situation zum Ausdruck zu bringen. Stan und Mary hatten sich mittlerweile wieder ausgesöhnt, der Umgang blieb aber kühl. Zumindest konnten sie sich in ein und demselben Raum aufhalten.

Lanford Ellis erzählte Mary von einem Gespräch, das er mit seiner Schwester Vera geführt hatte, und von ihrer Übereinkunft. Er und seine Schwester hätten das Problem diskutiert und beschlossen, dass Mary das Baby besser nicht nach Fort Niles Island bringen sollte. Mary hätte dort keine medizinische Unterstützung, keine professionelle Hilfe für Ricky. Die Ärzte hatten bereits angekündigt, dass er den Rest seines Lebens rund um die Uhr betreut werden musste. Hatten Mary und Stan einen Plan?

Mary und Stan gaben zu, dass dem nicht so war. Lanford Ellis zeigte Mitgefühl. Ihm war klar, dass dies eine schwierige Zeit für das Paar war, und er machte einen Vorschlag. Weil die Familie Ellis Mary so zugetan war, wollten sie unbedingt helfen. Lanford Ellis würde für Rickys Unterbringung in einer geeigneten Einrichtung aufkommen. Sein Leben lang. Egal, was es kostete. Er hatte von einem exzellenten privaten Heim in New Jersey gehört.

»New Jersey?«, sagte Mary Thomas fassungslos.

New Jersey schien weit weg, räumte Lanford Ellis ein. Aber das Heim war angeblich das beste im Land. Er hatte an diesem Morgen mit dem Verwalter gesprochen. Wenn Stan und Mary mit diesem Arrangement kein gutes Gefühl hatten, dann gab es noch eine andere Möglichkeit …

Wenn …

Wenn was?

Wenn Mary und ihre Familie noch Concord zögen, wo Mary ihre Stellung als Betreuerin von Miss Vera wieder aufnehmen könnte, würde die Familie Ellis dort, in der Villa Ellis, Ricky eine private Betreuung besorgen. Lanford Ellis würde einen Teil des Personaltrakts in einen geeigneten Bereich für den jungen Ricky umwandeln lassen. Er würde für gute private Pflegerinnen und für die beste medizinische Versorgung aufkommen. Sein ganzes Leben lang. Er würde auch Stan Thomas einen guten Posten besorgen und Ruth auf eine gute Schule schicken.

»Wagen Sie es bloß nicht, verdammt«, sagte Stan Thomas mit gefährlich leiser Stimme. »Wagen Sie es bloß nicht, verdammt noch mal zu versuchen, meine Frau wieder zurückzuholen.«

»Es ist nur ein Vorschlag«, sagte Lanford Ellis. »Die Entscheidung liegt bei Ihnen.« Dann ging er.

»Habt ihr Leute sie verdammt noch mal vergiftet?«, brüllte Stan Thomas Lanford nach, während der alte Mann durch den Krankenhausgang davonging. Stan folgte ihm. »Habt ihr meine Frau vergiftet? Seid ihr daran schuld? Ich will eine Antwort! Habt ihr gottverdammten Leute euch diese scheißverdammte Geschichte ausgedacht, nur um sie zurückzubekommen?«

Aber Lanford Ellis hatte nichts mehr zu sagen, und die mächtige Schwester griff wieder ein.

Natürlich erfuhr Ruth Thomas nie Einzelheiten von dem Streit ihrer Eltern, der auf das Angebot von Mr. Ellis folgte. Aber sie wusste, dass ein paar Dinge sofort klargestellt wurden, gleich dort im Krankenhauszimmer. Auf überhaupt gar keinen Fall würde Mary Smith-Ellis Thomas, Kind einer Waise, ihren Sohn, so behindert er auch sein mochte, in ein Heim geben. Und auf überhaupt gar keinen Fall würde Stan Thomas, Inselbewohner in der zehnten Generation, nach Concord, New Hampshire, ziehen. Auch seiner Tochter würde er nicht erlauben, dorthin zu ziehen, wo man vielleicht eine Sklavin für Miss Ellis aus ihr machte, so wie vor ihr aus ihrer Mutter und ihrer Großmutter.

Nachdem diese Punkte feststanden, blieb wenig Raum für Verhandlungen. So heftig der Streit auch gewesen sein mochte, die Entscheidung fiel schnell und war endgültig. Mary ging mit ihrem Sohn nach Concord. Sie kehrte in die Villa Ellis und zu ihrer Stellung bei Vera Ellis zurück. Stan Thomas fuhr alleine zu seiner Tochter auf die Insel. Aber nicht sofort. Für ein paar Monate verschwand er.

»Wo warst du?«, fragte ihn Ruth, als sie siebzehn war. »Wo hattest du dich die ganze Zeit über versteckt?«

»Ich war wütend«, antwortete er. »Und der Rest geht dich nichts an.«

»Wo ist meine Mutter?«, fragte Ruth ihren Vater, damals, als sie neun Jahre alt war und er schließlich alleine nach Fort Niles zurückkehrte. Seine Erklärung war eine einzige Katastrophe – er faselte etwas darüber, was alles nicht wichtig sei und wonach es sich nicht zu fragen lohnte und was man vergessen sollte. Ruth wurde nicht schlau daraus, und als dann Mr. Pommeroy ertrank, dachte sie – logischerweise –, dass ihre Mutter vielleicht auch ertrunken war. Natürlich. Das war die Antwort. Allerdings bekam Ruth ein paar Wochen nach dieser Schlussfolgerung Briefe von ihrer Mutter, was sehr verwirrend war. Eine Zeit lang glaubte sie, die Briefe kämen vom Himmel. Als sie älter wurde, setzte sie sich die Geschichte Stück für Stück zusammen. Schließlich hatte Ruth den Eindruck, sie hätte den ganzen Vorfall verstanden.

Jetzt, in Rickys Zimmer, in dem es nach seiner Medizin roch, nahm Ruths Mutter eine Flasche mit Lotion von der Kommode und setzte sich neben ihren Sohn auf den Boden. Sie rieb ihm die Lotion in seine seltsamen Füße, massierte und streckte ihm die Zehen und drückte die Daumen in seine krummen Fußsohlen.

»Wie geht es deinem Vater?«, fragte sie.

Ricky kreischte und brummelte.

»Gut«, sagte Ruth.

»Kümmert er sich gut um dich?«

»Vielleicht kümmere ich mich gut um ihn.«

»Ich habe mir immer Sorgen gemacht, ob du auch genug Liebe bekommst.«

»Ich habe genug bekommen.«

Ruths Mutter sah aber trotzdem so besorgt aus, dass Ruth versuchte, sich etwas auszudenken, um sie zu beruhigen, eine liebevolle Geschichte, in der ihr Vater vorkam. Sie sagte: »Wenn ich Geburtstag habe und er mir Geschenke gibt, dann sagt er immer: ›Jetzt setz aber nicht wieder deinen Röntgenblick ein, Ruth.‹«

»Röntgenblick?«

»Bevor ich die Geschenke aufmache, weißt du? Wenn ich das

Päckchen anschaue. Das sagt er immer. ›Nicht wieder deinen Röntgenblick, Ruth.‹ Er ist ziemlich lustig.«

Mary Smith-Ellis Thomas nickte bedächtig, ohne auch nur im Mindesten weniger besorgt dreinzublicken.

»Macht er dir schöne Geburtstagsgeschenke?«

»Klar.«

»Das ist gut.«

»Als ich noch klein war, hat er mich an meinem Geburtstag immer auf einen Stuhl gestellt und gesagt: ›Fühlst du dich größer heute? Du siehst jedenfalls irgendwie größer aus.‹«

»Daran erinnere ich mich noch.«

»Wir kommen wirklich gut miteinander aus«, sagte Ruth.

»Ist Angus Addams noch da?«

»Aber sicher. Wir sehen Angus fast jeden Tag.«

»Ich hatte immer Angst vor ihm. Einmal habe ich gesehen, wie er ein Kind mit einer Boje verprügelt hat. Damals, kurz nach der Hochzeit.«

»Wirklich? Ein Kind?«

»Irgendeinen armen Jungen, der bei ihm auf dem Boot gearbeitet hat.«

»Dann war es kein Kind. Sein Steuermann wahrscheinlich. Ein fauler Jugendlicher. Angus ist ein harter Chef, mit Sicherheit. Er kann mit niemandem mehr fischen gehen. Er kommt mit niemandem aus.«

»Er hat wahrscheinlich nie sehr viel von mir gehalten.«

»Er erweckt nicht gerne den Eindruck, er würde von irgendjemandem viel halten.«

»Du musst verstehen, Ruth, dass ich damals solche Leute einfach nicht kannte. Weißt du, es war in meinem ersten Winter auf Fort Niles, als Angus Addams beim Fischen seinen Finger verloren hat. Erinnerst du dich daran? Es war so kalt, und er hatte keine Handschuhe an, und so hat er sich die Hände erfroren. Ich glaube, sein Finger ist in die – wie heißt das noch mal?«

»Die Winsch.«

»Sein Finger ist in die Winsch geraten und hat sich in einem

Seil verfangen. Er ist einfach abgerissen. Der andere Mann auf dem Boot hat gesagt, Angus hat den Finger über Bord geworfen und den Rest des Tages weitergefischt.«

»So wie ich es gehört habe«, sagte Ruth, »hat er die Wunde mit einer brennenden Zigarre ausgebrannt, damit er den ganzen Tag weiterfischen konnte.«

»Ach, Ruth.«

»Aber ich weiß nicht so recht, ob ich das glauben soll. Ich habe Angus Addams nicht ein einziges Mal mit einer Zigarre im Mund gesehen, die wirklich gebrannt hat.«

»Ach, Ruth.«

»Eines steht fest. Ihm fehlt auf jeden Fall ein Finger.«

Ruths Mutter sagte nichts. Ruth blickte auf ihre Hände hinunter. »Tut mir Leid«, sagte sie. »Du wolltest gerade etwas sagen?«

»Nur, dass ich noch nie unter so groben Leuten war.«

Ruth überlegte, ob sie ausführen sollte, dass viele Leute Miss Vera Ellis ziemlich grob fanden, aber sie verkniff es sich und sagte: »Ich verstehe.«

»Ich war erst ein Jahr auf der Insel, als Angus Addams mit Snoopy, seiner Katze, zu uns gekommen ist. Er hat gesagt: ›Mary, ich kann diese Katze nicht mehr ertragen. Wenn du sie mir nicht abnimmst, erschieße ich sie hier vor deinen Augen.‹ Und er hatte eine Waffe dabei. Du weißt ja, wie kräftig seine Stimme ist und wie böse er sich immer anhört? Na ja, ich habe ihm geglaubt, und deshalb habe ich natürlich die Katze genommen. Dein Vater war wütend; ich sollte die Katze zurückgeben, aber Angus hat wieder damit gedroht, sie vor mir zu erschießen. Ich wollte nicht zusehen, wie die Katze erschossen wird. Dein Dad meinte, er würde es nicht tun, aber ich war mir einfach nicht sicher. Es war eine hübsche Katze. Erinnerst du dich an Snoopy?«

»Ich glaube.«

»Ein hübsche, große weiße Katze. Dein Vater hat gesagt, Angus würde uns austricksen, er würde auf diese Art nur die Katze loswerden wollen. Wahrscheinlich war es wirklich ein Trick, denn ein paar Wochen später hat Snoopy fünf Junge bekommen, und diese Jungen waren jetzt unser Problem. Dann war ich diejenige, die böse wurde, aber dein Vater und Angus fanden das unheimlich lustig. Und Angus fand es ziemlich schlau von sich, mich so auszutricksen. Dein Vater und er haben mich monatelang damit aufgezogen. Am Ende hat dein Vater die Kätzchen ertränkt.«

»Schade.«

»Allerdings. Aber ich glaube, mit den Kätzchen hat sowieso irgendwas nicht gestimmt.«

»Ja«, sagte Ruth. »Sie konnten nicht schwimmen.«

»Ruth!«

»Ich mach ja nur Spaß. Entschuldige. Das war ein blöder Witz.« Ruth hasste sich. Wieder einmal stellte sie mit Erstaunen fest, wie schnell sie bei ihrer Mutter einen kritischen Punkt erreichte, diesen Punkt, an dem sie auf Kosten einer derart zerbrechlichen Frau einen grausamen Witz machte. Entgegen ihren besten Absichten rutschte ihr innerhalb von Minuten etwas heraus, das ihre Mutter kränkte. Kaum war sie mit ihr zusammen, spürte Ruth, wie sie sich in ein wütendes Rhinozeros verwandelte. Ein Rhinozeros in einem Porzellanladen. Aber warum war ihre Mutter so verletzlich? Ruth war an Frauen wie sie nicht gewöhnt. Sie war an Frauen wie die Pommeroy-Schwestern gewöhnt, die durch das Leben marschierten, als wären sie unbesiegbar. Ruth fühlte sich in Gesellschaft starker Menschen besser. Bei starken Menschen fühlte sich Ruth weniger wie ein … Rhinozeros.

Mary rieb ihrem Sohn die Beine ein, drehte sanft jeden Fuß im Kreis und streckte den Knöchel. »Ach, Ruth«, sagte sie, »es hat mir so wehgetan, als die Kätzchen ertränkt worden sind.«

»Das tut mir Leid«, sagte Ruth, und das stimmte auch. »Das tut mir Leid.«

»Danke dir, mein Schatz. Möchtest du mir mit Ricky helfen? Hilfst du mir, ihn einzureiben?«

»Klar«, sagte Ruth, obwohl sie sich nichts weniger Reizvolles vorstellen konnte.

»Du kannst ihm die Hände einreiben. Es soll gut sein, damit sie sich nicht zu sehr verkrümmen, armer kleiner Kerl.«

Ruth spritzte sich ein bisschen Lotion auf die Handfläche und rieb Ricky damit eine Hand ein. Auf der Stelle verspürte sie einen Krampf im Magen, eine sich aufbauende Welle, als würde sie seekrank. Solch eine verkümmerte, leblose kleine Hand!

Ruth war einmal mit ihrem Vater beim Fischen gewesen, als er eine Falle mit einem Hummer hochzog, der sich gerade gehäutet hatte. Im Sommer war es nichts Ungewöhnliches, Hummer mit neuen, weichen Panzern zu finden, die erst wenige Tage alt waren, aber dieser Hummer hatte sich wahrscheinlich ungefähr eine Stunde zuvor gehäutet. Sein perfekter und leerer Panzer lag neben ihm in der Falle, nutzlos, eine hohle Rüstung. Ruth hatte den nackten Hummer in der Hand gehalten, und bei dieser Berührung hatte sie das gleiche Gefühl von Seekrankheit verspürt wie jetzt, als sie ihren Bruder berührte. Ein Hummer ohne Panzer war wie Fleisch ohne Knochen; als Ruth ihn aufhob, hing der schlaffe Hummer auf ihrer Hand und leistete nicht mehr Widerstand als eine nasse Socke. Er hing da, als würde er schmelzen und ihr gleich von den Fingern tropfen. Er war überhaupt nicht mit einem normalen Hummer vergleichbar, mit einem dieser schnappenden, wilden kleinen Kampfpanzer. Und doch spürte sie sein Leben in ihrer Hand, sein Blut in ihrer Handfläche strömen. Sein Fleisch war bläulich und gallertartig, wie eine rohe Muschel. Sie musste sich schütteln. Indem sie ihn angefasst hatte, hatte sie schon begonnen, ihn zu töten, hatte ihre Fingerabdrücke auf seinen dünnhäutigen Organen hinterlassen. Sie warf ihn über Bord und sah zu, wie er durchsichtig schimmernd versank. Er hatte keine Chance. Er hatte keine Chance der Welt. Wahrscheinlich wurde er von irgendetwas gefressen, bevor er überhaupt den Boden erreichte.

»So«, sagte Ruths Mutter. »Das ist lieb von dir.«

»Armer kleiner Kerl«, zwang sich Ruth zu sagen, während sie die seltsamen Finger ihres Bruders mit der Lotion einrieb, sein Handgelenk, seinen Unterarm. Es hörte sich gekünstelt an, aber ihre Mutter schien es nicht zu merken. »Armer kleiner Kerl.«

»Wusstest du, dass damals in den vierziger Jahren, als dein Vater ein kleiner Junge war und auf die Schule von Fort Niles ging, die Lehrer den Kindern beigebracht haben, Knoten zu machen? Das war ein wichtiger Teil des Lehrplans auf der Insel. Und sie haben gelernt, Tidenkalender zu lesen. In der Schule! Kannst du dir das vorstellen?«

»Das war bestimmt eine gute Idee«, sagte Ruth. »Für die Kinder auf der Insel ist es wichtig, solche Dinge zu wissen. Vor allem damals. Sie sollten ja Fischer werden, oder?«

»Aber in der Schule, Ruth? Konnten sie den Kindern nicht erst das Lesen beibringen und die Knoten bis zum Nachmittag aufheben?«

»Sie haben sicher auch Lesen gelernt.«

»Deshalb wollten wir dich auf eine Privatschule schicken.«

»Dad wollte das nicht.«

»Ich meinte die Ellis' und ich. Ich bin sehr stolz auf dich, Ruth. Ich bin stolz darauf, wie gut du warst. Elfte in deinem Jahrgang! Und ich bin stolz, dass du Französisch gelernt hast. Sagst du etwas auf Französisch für mich?«

Ruth lachte.

»Was?«, fragte ihre Mutter. »Was ist so lustig?«

»Nichts. Nur wenn ich in Gegenwart von Angus Addams Französisch spreche, dann sagt er: ›Wo? Wo tut's dir weh?‹«

»Ach, Ruth.« Sie klang traurig. »Ich hatte gehofft, du würdest mir etwas auf Französisch vorsagen.«

»Das lohnt sich nicht, Mom. Ich habe einen blöden Akzent.«

»Nun gut, wie du willst, mein Schatz.«

Eine Weile schwiegen sie, dann sagte Ruths Mutter: »Deinem Vater wäre es wahrscheinlich lieber gewesen, du wärst auf der Insel geblieben und hättest gelernt, Knoten zu machen!«

»Genau das hätte er gewollt«, sagte Ruth.

»Und die Gezeiten! Bestimmt wollte er, dass du die Gezeiten lernst. Ich habe es versucht, aber ich konnte es nicht. Dein Vater hat versucht, mir beizubringen, wie man mit einem Boot umgeht. Das Fahren war leicht, aber ich sollte auch wissen, wo die ganzen Felsen und Riffs waren, und welche bei welchen Gezeiten herausragen. Sie hatten praktisch keine Tonnen da draußen, und die wenigen, die sie hatten, sind immer abgetrieben. Dein Vater hat mich angeschrien, wenn ich mich nach den Tonnen richten wollte. Er hat den Tonnen nicht vertraut, aber woher sollte ich das wissen? Und die Strömungen! Ich dachte, man richtet das Boot aus und gibt Gas. Ich hatte keine Ahnung von Strömungen!«

»Woher auch?«

»Woher auch, Ruth? Ich dachte, ich würde über das Leben auf der Insel Bescheid wissen, weil ich die Sommer dort verbracht hatte, aber ich wusste überhaupt nichts. Ich hatte keine Vorstellung davon, wie schlimm der Wind im Winter wird. Wusstest du, dass manche Leute deswegen den Verstand verloren haben?«

»Das haben die meisten Leute auf Fort Niles, glaube ich«, sagte Ruth und lachte.

»Es hört nicht auf zu blasen! In meinem ersten Winter fing der Wind Ende Oktober an und ließ erst im April wieder nach. Ich hatte ganz merkwürdige Träume in diesem Winter, Ruth. Immer habe ich geträumt, dass die Insel gleich weggeweht wird. Die Bäume auf der Insel hatten ganz lange Wurzeln, die bis zum Meeresgrund reichten, und nur sie haben verhindert, dass die Insel vom Wind davongetrieben wird.«

»Hattest du Angst?«

»Ich hatte eine Heidenangst.«

»War denn niemand nett zu dir?«

»Doch. Mrs. Pommeroy war nett zu mir.«

Es klopfte an der Tür, und Ruths Mutter erschrak. Auch Ricky erschrak und schlenkerte wieder den Kopf hin und her. Er kreischte; es war ein fürchterliches Geräusch, wie die kreischenden Bremsen eines alten Autos.

»Schhh«, machte seine Mutter. »Schhh.«

Ruth öffnete die Kinderzimmertür. Cal Cooley stand davor.

»Schon alles erzählt?«, fragte er. Er kam herein und quetschte seine große Gestalt in einen Schaukelstuhl. Er lächelte Mary zu, ohne Ricky anzusehen.

»Miss Vera möchte spazieren fahren«, sagte er.

»Oh!«, rief Mary und sprang auf. »Ich sage der Schwester Bescheid. Wir holen die Mäntel. Ruth, hol deinen Mantel.«

»Sie möchte einkaufen gehen«, sagte Cal immer noch lächelnd, doch jetzt blickte er Ruth dabei an. »Sie hat gehört, dass Ruth ohne Gepäck gekommen ist.«

»Und von wem hat sie das gehört, Cal?«, fragte Ruth.

»Keine Ahnung. Ich weiß nur, dass sie dir etwas Neues zum Anziehen kaufen will, Ruth.«

»Ich brauche nichts.«

»Ich hab es dir ja gesagt«, verkündete er mit größter Befriedigung. »Ich habe dir gesagt, nimm dir was zum Anziehen mit, sonst kauft dir Miss Vera neue Sachen, und du bist sauer.«

»Hör zu, mir ist das egal«, sagte Ruth. »Was auch immer ihr mit mir anstellen wollt, es ist mir egal. Es ist mir scheißegal. Bringt es nur hinter euch.«

»Ruth!«, rief Mary, aber es war Ruth egal. Zum Teufel mit ihnen allen. Cal Cooley schien es ebenfalls egal zu sein. Er zuckte nur mit den Achseln.

Mit dem alten zweifarbigen Buick fuhren sie in die Stadt. Mary und Cal brauchten fast eine Stunde, um Miss Vera anzuziehen und die Treppen hinunter ins Auto zu verfrachten, wo sie mit ihrem perlenbesetzten Täschchen auf dem Beifahrersitz saß. Sie habe das Haus seit mehreren Monaten nicht mehr verlassen, sagte Mary.

Miss Vera war sehr klein; wie ein Vogel hockte sie auf dem Vordersitz. Ihre Hände waren winzig, und ihre dünnen Finger bewegten sich leicht zitternd über das Perlentäschchen, als würde sie Braille lesen oder einen endlosen Rosenkranz beten. Sie hatte Spitzenhandschuhe dabei, die sie neben sich auf den Sitz legte. Immer wenn Cal Cooley eine Kurve fuhr, legte sie die linke Hand auf die Handschuhe, als hätte sie Angst, sie würden wegrutschen. Bei jeder Kurve hielt sie die Luft an, obwohl Cal etwa mit der Geschwindigkeit eines gesunden Fußgängers fuhr. Miss Vera trug einen langen Nerzmantel und einen Hut mit schwarzem Schleier. Sie sprach sehr leise, und ihre Stimme zitterte leicht. Sie lächelte beim Sprechen, sprach mit der Spur eines britischen Akzents und versah jeden Satz mit einem Hauch von Schwermut.

»Ach, Autofahren …«, sagte sie.

»Ja«, pflichtete Ruths Mutter bei.

»Kannst du fahren, Ruth?«

»Ja«, sagte Ruth.

»Ach, wie klug von dir. Ich habe das nie beherrscht. Ich stieß immer zusammen …« Bei der Erinnerung fing Miss Vera an zu kichern. Sie bedeckte den Mund mit der Hand wie ein schüchternes Mädchen. Ruth hatte Miss Vera nicht so albern in Erinnerung. Das musste mit dem Alter gekommen sein, eine späte Affektiertheit. Ruth sah die alte Frau an und dachte daran, wie Miss Vera damals auf Fort Niles Island die einheimischen Männer, die in ihrem Garten arbeiteten, aus dem Gartenschlauch trinken ließ. Sie hatte sie nicht in ihre Küche gelassen, um ein Glas Wasser zu trinken. Nicht am heißesten Tag. Ihr Verhalten war so verhasst, dass es zu einem feststehenden Ausdruck auf der Insel wurde: Aus dem Schlauch trinken. Es bezeichnete den höchsten Grad der Erniedrigung. Meine Frau hat das Haus und auch noch die Kinder. Dieses Miststück lässt mich aus dem Schlauch trinken.

An einem Stoppschild vor einer Kreuzung hielt Cal Cooley und ließ ein anderes Auto durchfahren. Als er weiterfahren wollte, rief Miss Vera: »Warten Sie!«

Cal blieb stehen. Es waren keine anderen Autos zu sehen. Er machte Anstalten, weiterzufahren.

»Warten Sie!«, wiederholte Miss Vera.

»Wir dürfen fahren«, sagte Cal. »Wir sind jetzt dran.«

»Ich halte es für klüger zu warten. Vielleicht kommen noch mehr Autos.«

Cal schaltete in die Parkstellung und wartete vor dem Stoppschild. Mehrere Minuten saßen sie schweigend da. Schließlich hielt ein Kombi hinter dem Buick und hupte einmal kurz. Cal sagte nichts. Mary sagte nichts. Miss Vera sagte nichts. Ruth sank in ihren Sitz und dachte bei sich, wie viele Arschlöcher es doch auf der Welt gab. Der Kombifahrer hupte wieder, dann noch einmal, und Miss Vera sagte: »Wie unverschämt.«

Cal kurbelte das Fenster herunter und winkte den Kombi vorbei. Er fuhr. Sie saßen vor dem Stoppschild im Buick. Ein weiteres Auto hielt hinter ihnen, und Cal winkte auch dieses vorbei. Ein roter, rostiger Pickup fuhr aus der anderen Richtung an ihnen vorbei. Dann waren, wie vorher auch, keine Autos mehr zu sehen.

Miss Vera umklammerte die Handschuhe mit ihrer linken Hand und sagte: »Los!«

Cal fuhr langsam über die Kreuzung und weiter auf den Highway. Miss Vera kicherte wieder. »Eine Heldentat!«, sagte sie.

Sie fuhren ins Zentrum von Concord, und Mary dirigierte Cal Cooley direkt vor ein Damenbekleidungsgeschäft. Der Name, Blaire's, stand in eleganter, goldener Kursivschrift auf dem Fenster.

»Ich gehe nicht hinein«, sagte Miss Vera. »Das ist zu anstrengend. Aber Mr. Blaire soll herauskommen. Ich sage ihm dann, was wir brauchen.«

Mary ging in den Laden und kam bald mit einem jungen Mann heraus. Sie wirkte unsicher. Der junge Mann ging auf die Beifahrerseite und klopfte ans Fenster. Miss Vera runzelte die Stirn. Er lächelte und bedeutete ihr, das Fenster herunterzukurbeln. Die Haltung von Ruths Mutter, die hinter ihm stand, verriet äußerste Besorgnis.

»Wer, zum Teufel?«, sagte Miss Vera.

»Vielleicht sollten Sie das Fenster herunterkurbeln und sehen, was er will«, schlug Cal vor.

»Das werde ich nicht tun!« Zornig blickte sie den jungen Mann an. Sein Gesicht glänzte in der Morgensonne, und er lächelte sie an und bedeutete ihr erneut, das Fenster herunterzukurbeln. Ruth rutschte auf dem Rücksitz auf die andere Seite und kurbelte dort das Fenster herunter.

»Ruth!«, rief Miss Vera.

»Kann ich Ihnen helfen?«, fragte Ruth den Mann.

»Ich bin Mr. Blaire«, sagte der junge Mann. Er streckte Ruth durch das Fenster seine Hand entgegen.

»Sehr erfreut, Mr. Blaire«, sagte sie. »Ruth Thomas.«

»Das ist er nicht!«, verkündete Miss Vera. Mit plötzlicher und erschreckender Beweglichkeit drehte sie sich in ihrem Sitz herum und starrte den jungen Mann wütend an. »Sie sind nicht Mr. Blaire. Mr. Blaire hat einen silbernen Schnurrbart!«

»Das ist mein Vater, Ma'am. Er hat sich zur Ruhe gesetzt, und ich führe den Laden jetzt.«

»Sagen Sie Ihrem Vater, dass Miss Vera Ellis ihn sprechen möchte.«

»Ich würde ihm das gerne sagen, Ma'am, aber er ist nicht hier. Mein Vater lebt in Miami, Ma'am.«

»Mary!«

Ruths Mutter eilte zum Buick und steckte den Kopf durch Ruths Fenster.

»Mary! Wann war das?«

»Ich weiß nicht. Ich weiß gar nichts davon.«

»Ich brauche nichts zum Anziehen«, sagte Ruth. »Ich brauche nichts. Fahren wir wieder.«

»Wann hat sich Ihr Vater zur Ruhe gesetzt?«, fragte Ruths Mutter den jungen Mr. Blaire. Sie war blass.

»Vor sieben Jahren, Ma'am.«

»Unmöglich! Er hätte mich davon unterrichtet!«

»Können wir woanders hin?«, fragte Ruth. »Gibt es noch ein Geschäft in Concord?«

»Es gibt kein Geschäft in Concord außer Blaire's«, sagte Miss Vera.

»Nun, wir freuen uns, dass Sie dieser Meinung sind«, sagte Mr. Blaire. »Und wir können Ihnen sicherlich helfen, Ma'am.«

Miss Vera gab keine Antwort.

»Mein Vater hat mir alles beigebracht, was er wusste, Ma'am. Alle seine Kunden sind jetzt meine Kunden. Sie sind zufrieden wie eh und je!«

»Nehmen Sie den Kopf aus meinem Auto.«

»Ma'am?«

»Tun Sie Ihren verdammten Kopf aus meinem Auto raus.«

Ruth fing an zu lachen. Der junge Mann zog den Kopf aus dem Buick und ging steif und schnell zurück in seinen Laden. Mary folgte ihm, versuchte seinen Arm zu berühren und ihn zu beschwichtigen, aber er schüttelte sie ab.

»Junge Dame, das ist nicht lustig.« Miss Vera wandte sich wieder in ihrem Sitz um und funkelte Ruth zornig an.

»Entschuldigung.«

»Stell dir nur vor!«

»Sollen wir wieder nach Hause fahren, Miss Vera?«, fragte Cal.

»Wir warten auf Mary!«, schnauzte sie.

»Natürlich. Das habe ich ja gemeint.«

»Aber das haben Sie nicht gesagt.«

»Verzeihen Sie.«

»Ach, diese Dummköpfe!«, rief Miss Vera. »Überall!«

Mary kam zurück und setzte sich schweigend neben ihre Tochter. Cal fuhr vom Randstein weg, und Miss Vera rief verzweifelt: »Vorsichtig! Vorsichtig, vorsichtig, vorsichtig!«

Niemand sagte etwas auf der Heimfahrt, bis sie vor dem Haus vorfuhren. Dort drehte sich Miss Vera um und lächelte Ruth schief zu. Sie kicherte wieder. Sie hatte sich gefasst. »Wir haben eine schöne Zeit, deine Mutter und ich«, sagte sie. »Nach all den Jahren mit Männern sind wir endlich wieder alleine. Wir haben keine Ehemänner, um die wir uns kümmern müssen, keine Brüder oder Väter, die uns etwas vorschreiben. Wir sind zwei unabhängige Frauen, und wir tun und lassen, was wir wollen. Stimmt's, Mary?«

»Ja.«

»Deine Mutter hat mir gefehlt, als sie weggelaufen ist und deinen Vater geheiratet hat, Ruth. Wusstest du das?«

Ruth sagte nichts. Ihre Mutter blickte sie nervös an und sagte leise: »Bestimmt weiß Ruth das.«

»Ich weiß noch, wie sie aus dem Haus ging, nachdem sie mir gesagt hat, sie will einen Fischer heiraten. Ich habe sie weggehen sehen. Ich war oben in meinem Zimmer. Kennst du dieses Zimmer, Ruth? Den Blick über den Weg vor dem Haus? Ach, meine kleine Mary sah so klein und tapfer aus. Ach Mary. Deine kleinen Schultern waren so gerade, als wolltest du sagen: Ich kann alles! Du liebes Ding, Mary. Du armes, liebes, süßes Ding. Du warst so tapfer.«

Mary schloss die Augen. Ruth spürte eine entsetzliche, wilde Wut in ihrer Kehle aufsteigen.

»Ja, ich habe deine Mutter weggehen sehen, Ruth, und ich musste weinen. Ich saß in meinem Zimmer und habe Tränen vergossen. Mein Bruder ist zu mir ins Zimmer gekommen und hat den Arm um mich gelegt. Du weißt ja, wie freundlich mein Bruder Lanford ist. Nicht?«

Ruth brachte kein Wort heraus. Sie hatte die Zähne so fest zusammengebissen, dass sie sich nicht vorstellen konnte, auch nur ein einziges Wort herauszulassen. Und gewiss keine Nettigkeiten. Es könnte höchstens für ein paar ordentliche Flüche reichen. Dazu wäre sie für dieses bösartige Miststück vielleicht in der Lage.

»Und mein wundervoller Bruder hat zu mir gesagt: ›Vera, alles wird gut.‹ Weißt du, was ich geantwortet habe? Ich habe gesagt: ›Jetzt weiß ich, wie sich die arme Mrs. Lindbergh gefühlt hat!‹«

Schweigend saßen sie eine halbe Ewigkeit da und ließen den Satz nachwirken. Ruths Gedanken rasten. Wie konnte sie dieser Frau eine reinhauen? Konnte sie aus diesem uralten Auto aussteigen und zurück nach Fort Niles laufen?

»Aber jetzt ist sie bei mir, wo sie hingehört«, sagte Miss Vera. »Und wir tun, was uns gefällt. Keine Ehemänner, die uns etwas vorschreiben. Keine Kinder, um die wir uns kümmern müssen. Bis auf Ricky natürlich. Armer Ricky. Aber er braucht nicht viel, Gott weiß. Deine Mutter und ich sind unabhängige Frauen, Ruth, und wir haben eine schöne Zeit zusammen. Wir genießen unsere Unabhängigkeit, Ruth. Das gefällt uns sehr.«

Ruth blieb eine Woche bei ihrer Mutter. Sie trug jeden Tag dieselben Kleider, und niemand verlor ein Wort darüber. Einkaufsfahrten gab es nicht mehr. Sie schlief in ihren Kleidern und zog sie jeden Morgen nach ihrem Bad wieder an. Sie beschwerte sich nicht.

Was kümmerte es sie?

Das war ihre Überlebensstrategie: Scheiß drauf.

Scheiß auf alles. Was sie von ihr wollten, würde sie tun. Dass ihre Mutter auf ungeheuerliche Art und Weise von Miss Vera ausgebeutet wurde, sie würde es ignorieren. Ruth saß ihre Zeit in Concord ab. Brachte es hinter sich. Versuchte, bei Verstand zu bleiben. Denn wenn sie auf alles reagierte, was sie ärgerte, dann befände sie sich in einem Dauerzustand von Ekel und Wut, und das hätte ihre Mutter nur noch nervöser, Miss Vera noch raubtierhafter und Cal Cooley noch selbstgefälliger gemacht. Also saß sie es aus. Scheiß drauf.

Jeden Abend gab sie ihrer Mutter vor dem Zubettgehen einen Gutenachtkuss auf die Wange. Miss Vera fragte dann kokett: »Wo ist mein Kuss?«, und Ruth ging auf stählernen Beinen durch das Zimmer, bückte sich und küsste die lavendelblaue Wange. Sie tat das ihrer Mutter zuliebe. Sie tat es, weil es weniger Umstände machte, als einen Aschenbecher durch das Zimmer zu werfen. Sie sah, wie erleichtert ihre Mutter war. Gut. Wenn sie damit helfen konnte, gut. Scheiß drauf.

»Wo ist *mein* Kuss?«, fragte Cal jeden Abend.

Und jeden Abend brummte Ruth so etwas wie »Gute Nacht, Cal. Bitte versuche dran zu denken, uns nicht im Schlaf zu ermorden.«

Miss Vera sagte dann: »Solche hässlichen Wörter von einem Kind in deinem Alter.«

Yeah, dachte Ruth. Yeah. Na und. Sie wusste, sie sollte einfach den Mund halten, aber hin und wieder versetzte sie Cal Cooley gerne einen Seitenhieb. Dann fühlte sie sich wieder wie sie selbst. Es war ein irgendwie vertrautes Gefühl. Ein Trost. Sie nahm diese Zufriedenheit mit ins Bett und kuschelte sich daran wie an einen Teddybär. Ihr abendlicher Seitenhieb gegen Cal half Ruth Thomas einzuschlafen, ohne stundenlang über der ewigen, quälenden Frage zu brüten: Welches Schicksal hatte ihr Leben mit dem der Familie Ellis verknüpft? Und warum?

7

Wenn die Hummereier sich entwickeln, gibt es darunter immer auch unregelmäßige Formen, und in manchen Fällen scheint sogar die größere Anzahl anormal zu sein.

Der amerikanische Hummer:
Lebensweise und Entwicklung. *Eine Studie*
Francis Hobart Herrick, Ph. D., 1895

Am Ende der Woche fuhren Cal Cooley und Ruth zurück nach Rockland, Maine. Es regnete die ganze Zeit. Sie saß vorne im Buick neben Cal, der einfach nicht aufhörte zu reden. Er zog sie auf, weil sie die ganze Zeit über die Kleidung nicht gewechselt hatte, wegen der Einkaufsfahrt zu Blaire's, und er imitierte auf groteske Art das unterwürfige Verhalten ihrer Mutter.

»Halt den Mund, Cal«, sagte Ruth.

»Oh, Miss Vera, soll ich Ihnen jetzt die Haare waschen? Oh, Miss Vera, soll ich Ihnen jetzt die Hühneraugen feilen? Oh, Miss Vera, soll ich Ihnen jetzt den Arsch abwischen?«

»Lass meine Mutter in Ruhe«, sagte Ruth. »Sie tut, was sie tun muss.«

»Oh, Miss Vera, soll ich jetzt mitten im Verkehr stehen bleiben?«

»Du bist viel schlimmer, Cal. Du kriechst den Ellis' mehr in den Arsch als sonst jemand. Du holst aus dem alten Mann raus, was du nur kriegen kannst, und vor Miss Vera spielst du den unterwürfigen Diener.«

»Ach, Süße, das finde ich gar nicht. Ich finde, deine Mutter gewinnt den ersten Preis.«

»Cal, du Arschloch.«

»Du drückst dich äußerst gewählt aus, Ruth!«

»Leck mich am Arsch, du Sykophant.«

Cal brach in Lachen aus. »Schon besser! Lass uns was essen.«

Ruths Mutter hatte ihnen einen Korb mit Brot, Käse und Schokolade mitgegeben, den Ruth jetzt aufmachte. Der Käse war rund, weich und mit Wachs überzogen. Als Ruth ihn anschnitt, drang ein vernichtender Gestank heraus. Es roch wie Fäulnis auf dem Boden eines feuchten Lochs. Genauer gesagt, wie Erbrochenes auf dem Boden dieses Lochs.

»Heilige Scheiße!«, rief Cal.

»Oh Gott!«, sagte Ruth, stopfte den Käse wieder in den Korb und schlug den Deckel zu. Sie zog sich den Halsausschnitt ihres Sweatshirts über die Nase. Zwei nutzlose Maßnahmen.

»Schmeiß das weg!«, schrie Cal. »Raus mit dem Zeug.«

Ruth öffnete den Korb, kurbelte das Fenster herunter und warf den Käse hinaus. Er sprang und hüpfte hinter ihnen auf dem Highway. Sie hielt den Kopf aus dem Fenster und holte tief Luft.

»Was war das?«, wollte Cal wissen. »Was *war* das?«

»Meine Mutter hat nur gesagt, es sei Käse aus Schafsmilch«, sagte Ruth, als sie wieder normal atmete. »Er ist selbst gemacht. Irgendjemand hat ihn Miss Vera zu Weihnachten geschenkt.«

»Um sie zu ermorden!«

»Angeblich ist es eine Delikatesse.«

»Eine Delikatesse? Sie hat gesagt, es ist eine Delikatesse?«

»Lass sie in Frieden.«

»Sie wollte, dass wir das essen?«

»Es war ein Geschenk. Sie hat es nicht gewusst.«

»Jetzt weiß ich jedenfalls, was Stinkkäse ist.«

Ruth sagte: »Es reicht, Cal. Tu mir einen Gefallen und halte den Rest der Fahrt den Mund.«

Als sie am Pier in Rockland ankamen, waren Pastor Wishnell und sein Neffe bereits da. Ruth konnte die *New Hope* sehen, die auf der flachen, grauen, regengesprenkelten See wartete. Niemand grüßte.

Pastor Wishnell sagte: »Fahr mich zum Laden, Cal. Ich brauche Öl, Lebensmittel und Papier.«

»Klar«, sagte Cal. »Kein Problem.«

»Bleib hier«, sagte Pastor Wishnell zu Owney, und Cal, der den Tonfall des Pastors imitierte, deutete auf Ruth und sagte: »Bleib hier.«

Die zwei Männer fuhren weg und ließen Ruth und Owney im Regen auf dem Pier zurück. Der junge Mann trug eine brandneue gelbe Regenjacke, einen gelben Regenhut und gelbe Stiefel. Breitbeinig stand er reglos da und blickte hinaus aufs Meer. Er hatte die großen Hände auf dem Rücken gefaltet. Ruth gefiel seine Größe. Sein Körper wirkte massig und schwerfällig. Ihr gefielen seine blonden Wimpern.

»Hattest du eine gute Woche?«, fragte Ruth Owney Wishnell.

Er nickte.

»Was hast du gemacht?«

Er seufzte. Er verzog das Gesicht, als würde er angestrengt nachdenken. »Nicht viel«, sagte er schließlich. Er sprach leise und bedächtig.

»Aha«, sagte Ruth. »Ich habe meine Mutter in Concord, New Hampshire, besucht.«

Owney nickte, runzelte die Stirn und holte tief Luft. Er schien beinahe etwas sagen zu wollen, doch stattdessen verschränkte er wieder die Hände hinter dem Rücken und schwieg mit ausdruckslosem Gesicht. Er ist unglaublich schüchtern, dachte Ruth. Sie fand das reizend. So groß und so schüchtern!

»Um dir die Wahrheit zu sagen«, sagte Ruth, »ich werde immer traurig, wenn ich sie sehe. Es gefällt mir nicht auf dem Festland; ich will zurück nach Fort Niles. Was ist mit dir? Wärst du lieber dort draußen? Oder hier?«

Owney Wishnells Gesicht wurde rosa, kirschrot, wieder rosa, und dann wieder normal. Fasziniert betrachtete Ruth dieses außergewöhnliche Schauspiel und fragte: »Störe ich dich?«

»Nein.« Wieder lief sein Gesicht an.

»Meine Mutter drängt mich immer, Fort Niles zu verlassen. Na ja, drängen kann man eigentlich nicht sagen, aber ich musste in Delaware auf die Schule gehen, und jetzt möchte sie, dass ich nach Concord ziehe. Oder aufs College gehe. Aber mir gefällt es dort draußen.« Ruth deutete auf den Ozean. »Ich will nicht bei der Familie Ellis wohnen. Sie sollen mich in Ruhe lassen.« Sie verstand nicht, weshalb sie so auf diesen mächtigen, stillen, schüchternen jungen Mann in der sauberen gelben Regenjacke einredete; wahrscheinlich klang sie wie ein Kind oder ein Idiot. Doch als sie Owney anblickte, merkte sie, dass er zuhörte. Er sah sie nicht an, als wäre sie ein Kind oder ein Idiot. »Bist du sicher, dass ich dich nicht störe?«

Owney Wishnell hüstelte in seine Faust und starrte Ruth an. Seine blassblauen Augen flackerten vor Anstrengung. »Ähm«, sagte er und hüstelte wieder. »Ruth.«

»Ja?« Sie fand es toll, dass er ihren Namen aussprach. Sie hatte nicht gewusst, dass er ihn sich gemerkt hatte. »Ja, Owney?«

»Möchtest du etwas sehen?«, fragte er. Er platzte so mit der Frage heraus, als wäre sie ein Geständnis. Es klang beinahe drängend, als würde er gleich ein Versteck mit gestohlenem Geld preisgeben.

»Ja«, sagte Ruth, »sehr gerne.«

Er wirkte unsicher, angespannt.

»Zeig's mir«, sagte Ruth. »Zeig mir etwas. Klar. Zeig mir, was immer du mir zeigen willst.«

»Muss schnell gehen«, sagte Owney, und urplötzlich wurde er lebendig. Er eilte ans Ende des Piers, und Ruth folgte ihm. Er kletterte rasch die Leiter hinunter und stieg in ein Ruderboot, machte es in Sekundenschnelle los und bedeutete Ruth zu folgen. Er schien bereits zu rudern, als sie ins Boot hüpfte. Er ruderte mit schönen, festen Schlägen – *swisch, swisch, swisch* –, und das Boot schob sich über die Wellen.

Er ruderte ohne nachzulassen an der *New Hope* und an all den anderen Booten vorbei, die im Hafen lagen. Seine Knöchel auf den Rudern waren weiß, und sein Mund bildete eine feste, konzentrierte Linie. Ruth hielt sich auf beiden Seiten des Bootes fest und staunte über seine Kraft. Noch vor dreißig Sekunden, als sie noch auf dem Pier stand, hatte sie nicht mit so etwas gerechnet. Owney ruderte, bis sie den Schutz der Bucht verlassen hatten. Die Wellen waren zu Wogen geworden, die gegen das kleine Ruderboot schlugen. Sie erreichten einen gewaltigen Granitfelsen – eigentlich eine kleine Granitinsel –, und er ruderte mit dem Boot auf dessen Rückseite zu. Von der Küste aus waren sie nicht mehr zu sehen. Wellen plätscherten an den Felsen.

Owney starrte hinaus auf den Ozean, runzelte die Stirn und atmete schwer. Er ruderte weg von der Insel, etwa fünfzehn Meter aufs Meer hinaus, dann hielt er. Er stand in dem Ruderboot auf und blickte ins Wasser, setzte sich, ruderte ein paar Meter weiter und blickte wieder ins Wasser. Ruth beugte sich hinaus, aber sie sah nichts.

Owney Wishnell langte nach einem Bootshaken auf dem Boden des Ruderbootes, einem langen Stock mit einem Haken am Ende. Langsam tauchte er ihn ins Wasser und zog daran. Ruth sah, dass er mit dem Bootshaken an einer Boje zog, wie sie die Hummerfänger verwendeten, um zu markieren, wo sie ihre Körbe ausgebracht hatten. Aber diese Boje war reinweiß, ohne die grellen Markierungsfarben der Hummerfänger. Und statt auf der Oberfläche zu schaukeln, hing die Boje an einer kurzen Leine, so dass sie mehrere Fuß unter Wasser war. Niemand hätte sie finden können, ohne ganz genau zu wissen, wo man suchen musste.

Owney warf die Boje an Bord und zog die zugehörige Leine nach und nach hoch, bis das Ende erreicht war. Und da hing ein selbst gebauter, hölzerner Hummerkorb. Owney zog ihn an Bord; er war voller riesiger, schnappender Hummer.

»Wem gehört diese Falle?«, fragte Ruth.

»Mir!«, sagte Owney.

Er öffnete die Klappe und zog die Hummer heraus, einen nach dem anderen. Er hielt Ruth jeden Einzelnen hin, damit sie sie sehen konnte, und warf sie dann ins Wasser.

»Hey!«, sagte sie nach dem dritten. »Wirf sie nicht zurück! Die sind gut!«

Er warf jeden Einzelnen zurück. Die Hummer waren in der Tat gut. Sie waren riesig. Sie steckten in dieser Falle wie Fische in einem Hochseenetz. Doch sie benahmen sich seltsam. Wenn Owney sie anfasste, schnappten sie nicht und wehrten sich nicht. Sie lagen still in seiner Hand. Ruth hatte noch nie solche gehorsamen Hummer gesehen. Und sie hatte noch nicht annähernd so viele in einer einzigen Falle gesehen.

»Warum sind das so viele? Warum wehren sie sich nicht?«, fragte sie.

»Tun sie eben nicht«, sagte er. Er warf wieder einen ins Meer.

»Warum behältst du sie nicht?«, sagte Ruth.

»Kann ich nicht!«, rief Owney.

»Wann hast du den Korb ausgebracht?«

»Letzte Woche.«

»Warum ist deine Boje unter Wasser, wo du sie nicht sehen kannst?«

»Verstecke sie.«

»Vor wem?«

»Allen.«

»Wie hast du dann die Falle gefunden?«

»Ich wusste, wo sie ist«, sagte er. »Ich weiß, wo sie sind.«

»›Sie?‹«

Er warf den letzten Hummer ins Meer und ließ dann den Korb über die Seite mit einem gewaltigen Platscher ins Wasser fallen. Als er sich die Hände an seinem Overall abwischte, sagte er mit tragischem Nachdruck: »Ich weiß, wo die Hummer sind.«

»Du weißt, wo die Hummer sind.«

»Ja.«

»Du bist wirklich ein Wishnell«, sagte sie. »Stimmt's?«

»Ja.«

»Wo sind deine anderen Fallen, Owney?«

»Überall.«

»Überall? An der ganzen Küste von Maine?«

»Ja.«
»Weiß das dein Onkel?«
»Nein!« Er sah sie entgeistert, ja entsetzt an.
»Wer hat die Fallen gebaut?«
»Ich.«
»Wann?«
»Nachts.«
»Du machst das alles hinter dem Rücken deines Onkels.«
»Ja.«
»Weil er dich umbringen würde, stimmt's?«
Keine Antwort.
»Warum wirfst du sie zurück, Owney?«
Er bedeckte das Gesicht mit den Händen, dann senkte er sie. Er sah aus, als würde er gleich weinen. Er konnte nur den Kopf schütteln.
»Ach, Owney.«
»Ich weiß.«
»Das ist verrückt.«
»Ich weiß.«
»Du könntest reich sein! Mein Gott, wenn du ein Boot und ein bisschen Ausrüstung hättest, dann könntest du reich sein!«
»Ich kann nicht.«
»Weil irgendjemand ...«
»Mein Onkel.«
»... es herausfinden würde.«
»Ja.«
»Er will, dass du Priester wirst oder irgend so was Erbärmliches, ja?«
»Ja.«
»Also, das ist eine scheißverdammte Verschwendung.«
»Ich will kein Priester werden.«
»Da mache ich dir keinen Vorwurf, Owney. Ich will auch kein Priester werden. Wer weiß sonst noch davon?«
»Wir müssen los«, sagte Owney. Er nahm die Ruder, drehte das Boot herum, den breiten, geraden Rücken zur Küste gerich-

tet, und fing an, mit seinen schönen, langen Zügen wie eine prachtvolle Maschine durchs Wasser zu rudern.

»Wer weiß sonst noch davon, Owney?«

Er hörte auf zu rudern und sah sie an. »Du.«

Sie erwiderte seinen Blick, betrachtete seinen großen, eckigen blonden Kopf und seine blauen schwedischen Augen.

»Du«, wiederholte er. »Nur du.«

8

Mit zunehmender Größe wird der Hummer mutiger und wagt sich weiter vom Ufer weg. Allerdings verliert er nie den Instinkt, sich zu vergraben, und versteckt sich weiterhin unter Steinen, wenn es notwendig wird.

Der amerikanische Hummer:
Lebensweise und Entwicklung. Eine Studie
Francis Hobart Herrick, Ph. D., 1895

Am Ende der Eiszeit war Georges Bank ein Wald, üppig, dicht und urtümlich, mit Flüssen, Bergen und Säugetieren. Dann ertrank alles im Meer und wurde zu einem der besten Fischgründe der Welt. Diese Verwandlung dauerte Millionen von Jahren. Die Europäer hingegen brauchten nicht lange, diesen Ort zu finden, kaum dass sie die Neue Welt erreicht hatten, und sie fischten dort wie verrückt.

Die großen Boote waren mit Netzen und Leinen für jede Fischart ausgerüstet – Rotbarsch, Hering, Kabeljau, Makrele, Wale in verschiedenster Größe, Tintenfisch, Tunfisch, Schwertfisch, Hundshai –, sogar mit Schleppnetzen für Muscheln. Gegen Ende des neunzehnten Jahrhunderts war Georges Bank zu einer internationalen schwimmenden Stadt geworden; deutsche, russische, amerikanische, kanadische, französische und portugiesische Boote holten Tonnen von Fisch aus dem Wasser. An Bord waren Männer, die die zappelnden Fische so gedankenlos in die Wannen schaufelten, als wären es Kohlebriketts. Jedes Schiff blieb eine Woche, manchmal sogar zwei Wochen am Stück draußen. Nachts glitzerten die Lichter von hundert und aberhundert Schiffen auf dem Wasser wie die Lichter einer kleinen Stadt.

Die Boote und Schiffe, die dort draußen auf dem offenen Meer lagen, eine Tagesreise von jedem Ufer entfernt, waren dem schlechten Wetter völlig ausgeliefert. Die Stürme kamen schnell und unerbittlich. Sie konnten eine ganze Flotte auslöschen und damit auch den Ort zerstören, aus dem sie kam. Es konnte passieren, dass ein Dorf ein paar Fischkutter auf eine Routinefahrt zur Georges Bank schickte, und ein paar Tage später hatte es sich in ein Dorf von Witwen und Waisen verwandelt. Die Zeitungen listeten die Toten auf und die Hinterbliebenen, die von ihnen Abhängigen. Hierin lag wohl der Kern der Tragödie. Es war dringend geboten zu zählen, wer übrig war, damit man schätzen konnte, wie viele Seelen am Festland zurückgeblieben waren, ohne Väter, Brüder, Ehemänner, Söhne, Onkel, die für sie sorgten. Was sollte aus ihnen werden?

46 TOTE, hieß es in der Schlagzeile. 197 HINTERBLIEBENE.

Die zweite war die wirklich traurige Zahl. Das war die Zahl, die jeder wissen musste.

Doch beim Hummerfang ist und war es immer anders. Er ist zwar durchaus gefährlich, aber nicht so tödlich wie der Hochseefischfang. Nicht im Entferntesten. Orte, die vom Hummerfang leben, verlieren ihre Männer nicht in ganzen Bataillonen. Hummerfänger fischen alleine, sind selten außer Sichtweite vom Ufer, sind im Allgemeinen am frühen Nachmittag zu Hause, um Pastete zu essen und Bier zu trinken und mit ihren Stiefeln auf dem Sofa einzuschlafen. Witwen und Waisen treten nicht scharenweise in Erscheinung. Es gibt keine Witwenvereinigungen, keine Witwengruppen. In Gemeinden, die vom Hummerfang leben, tauchen Witwen vereinzelt auf, durch Unfälle, Ertrinken, seltsame Nebel und Stürme, die kommen und gehen, ohne weitere Verwüstungen anzurichten.

So lag der Fall auch bei Mrs. Pommeroy, die 1976 die einzige Witwe auf Fort Niles war; besser gesagt, die einzige Witwe eines Fischers. Sie war die einzige Frau, die ihren Mann an die See verloren hatte. Was brachte ihr dieser Status? Sehr wenig. Die Tatsache, dass ihr Ehemann ein Trunkenbold war, der an einem ruhigen, sonnigen Tag über Bord gegangen war, reduzierte die katastrophischen Dimensionen dieses Ereignisses, und im Laufe der Jahre geriet ihre Tragödie zunehmend in Vergessenheit. Mrs. Pommeroy hatte selbst etwas von einem ruhigen, sonnigen Tag an sich, und sie war so nett, dass es den Leuten schwer fiel, daran zu denken, dass man sie eigentlich bemitleiden müsste.

Außerdem hatte sie sich ohne Ehemann recht gut über Wasser gehalten. Sie hatte ohne Ira Pommeroy überlebt, und nichts ließ die Welt vermuten, dass sie unter dem Verlust litt. Sie hatte ihr großes Haus, das lange vor ihrer Geburt gebaut und abbezahlt worden war. Es war so solide gebaut, dass kaum etwas zur Instandhaltung nötig war. Nicht dass jemand an Instandhaltung gedacht hätte. Sie hatte ihren Garten. Sie hatte ihre Schwestern, die reizbar, aber treue Seelen waren. Sie hatte Ruth Thomas, die ihr wie eine Tochter Gesellschaft leistete. Sie hatte ihre Söhne, die zwar ein ziemlicher Haufen von Versagern waren, aber auch keine schlimmeren Versager als die Söhne aller anderen, und sie steuerten alle etwas zur Unterstützung ihrer Mutter bei.

Die Pommeroys, die auf der Insel geblieben waren, verdienten natürlich wenig, weil sie nur als Steuermann auf den Booten anderer arbeiten konnten. Sie verdienten wenig, weil die Boote der Pommeroys und die Fischgründe der Pommeroys und die Ausrüstung der Pommeroys beim Tod ihres Vaters verloren worden waren. Die anderen Männer der Insel hatten alles für ein Butterbrot gekauft, und die Pommeroys hatten es nie wiederbeschaffen können. Aus diesem Grund und wegen ihrer angeborenen Faulheit, hatten die sieben Pommeroys keine Zukunft auf Fort Niles. Wenn sie erwachsen wären, würden sie nicht einfach anfangen können, auf Hummerfang zu gehen. In diesem Wissen wuchsen sie auf, und deshalb kam es nicht überraschend, dass ein paar für immer die Insel verlassen hatten. Warum auch nicht? Zu Hause hatten sie keine Zukunft.

Fagan, das mittlere Kind, war der Einzige der sieben Pommeroys, der ehrgeizig war. Er war der Einzige, der ein Ziel im Leben hatte, und er verfolgte es erfolgreich. Er arbeitete auf einer miesen kleinen Kartoffelfarm in einem abgelegenen County in Maine, das keinen Zugang zum Meer hatte. Weg vom Meer und Farmer werden war alles, was er immer gewollt hatte. Und genau das hatte er geschafft. Keine Seemöwen, kein Wind. Er schickte seiner Mutter Geld nach Hause. Er rief sie alle paar Wochen an, um ihr zu sagen, wie es um die Kartoffelernte stand. Er hegte die Hoffnung, irgendwann Vorarbeiter auf der Farm zu werden. Sie fand ihn sterbenslangweilig, aber sie war stolz auf ihn, weil er Arbeit hatte, und sie war froh über das Geld, das er schickte.

Conway, John und Chester Pommeroy waren alle zum Militär gegangen, und Conway (durch und durch ein Mann der Navy, wie er gerne sagte, als wäre er ein Admiral) hatte das Glück, das letzte Jahr der Kämpfe im Vietnamkrieg mitzuerleben. Er gehörte zur Besatzung eines Flusspatrouillenbootes in einem hässlichen, umkämpften Gebiet. Er hatte zwei Einsätze in Vietnam. Den ersten überlebte er unverletzt. Aber er schrieb prahlerische und geschmacklose Briefe an seine Mutter, in denen er in kleinstem Detail erklärte, wie viele seiner Kumpel es erwischt hatte und welche dummen Fehler diese Idioten begangen hatten, die selbst daran schuld waren, dass es sie erwischt hatte. Er beschrieb seiner Mutter auch genau, wie die Leichen seiner Kumpel aussahen, nachdem es sie erwischt hatte, und er versicherte ihr, dass es ihn niemals erwischen würde, weil er zu klug für diese Scheiße war.

1972, auf seinem zweiten Einsatz, erwischte es Conway beinahe doch. Eine Kugel traf ihn nahe der Wirbelsäule, aber nach sechs Monaten in einem Militärkrankenhaus war er wiederhergestellt. Er heiratete die Witwe eines seiner idiotischen Kumpels, die es damals auf dem Flusspatrouillenboot wirklich erwischt hatte, und zog nach Connecticut. Er ging am Stock. Er bekam Versehrtenrente. Conway ging es gut. Conway lag seiner verwitweten Mutter nicht auf der Tasche.

John und Chester waren zur Armee gegangen. John wurde nach Deutschland versetzt, wo er auch weiterhin blieb, nachdem er seinen Militärdienst abgeleistet hatte. Was einer der sieben Pommeroys in einem europäischen Land mit sich anfangen konnte, lag jenseits von Ruth Thomas' Vorstellungskraft, aber niemand hörte je von John, und deshalb nahmen alle an, dass es ihm gut ging. Chester leistete seine Zeit in der Armee ab, zog nach Kalifornien, nahm viele Drogen und schloss sich ein paar Verrückten an, die sich für Wahrsager hielten. Sie nannten sich die »Gypsy Bandoleer Bandits«.

Die Gypsy Bandoleer Bandits fuhren in einem alten Schulbus herum und verdienten sich ihr Geld durch Handlesen und Kartenlegen, obwohl Ruth gehört hatte, dass sie eigentlich Marihuana verkauften. An diesem Teil der Geschichte war Ruth ziemlich interessiert. Sie hatte noch nie Marihuana probiert, aber ihr Interesse dafür war enorm. Chester kam einmal, 1974, ohne seine Brüder von den Gypsy Bandits zu Besuch auf die Insel, als Ruth Thomas gerade Schulferien hatte, und er wollte ihr einen seiner berühmten spirituellen Ratschläge geben. Er war völlig breit.

»Worin soll ich dich beraten?«, fragte Chester. »Du kannst alles Mögliche haben.« An den Fingern zählte er die verschiedenen Möglichkeiten ab. »Ich kann dich über deine Arbeit beraten, über dein Liebesleben, darüber, was du tun solltest, du kannst eine spezielle Beratung haben oder eine normale Beratung.«

»Hast du Gras dabei?«, fragte Ruth.

»Oh, yeah.«

»Darf ich's mal probieren? Ich meine, verkaufst du es? Ich habe Geld. Ich könnte dir was abkaufen.«

»Ich kenne einen Kartentrick.«

»Das muss nicht sein, Chester.«

»Doch, doch, ich kenne einen Kartentrick.« Er hielt Ruth einen Stoß Karten ins Gesicht und nuschelte: »Nimm dir 'ne Karte.«

Sie wollte nicht.

»Nimm dir 'ne Karte!«, schrie Chester Pommeroy, der Gypsy Bandoleer Bandit.

»Warum sollte ich?«

»Nimm dir so 'ne Scheißkarte! Mach schon! Ich hab diese Scheißkarte schon drin versteckt, und ich weiß, dass es die Herz Drei ist, also nimm diese Scheißkarte, ja?«

Sie wollte nicht. Er warf die Karten an die Wand.

Sie fragte: »Kann ich jetzt bitte was von dem Gras probieren?«

Er funkelte sie böse an und schubste sie weg. Er trat gegen einen Tisch und nannte sie eine blöde Kuh. Er war wirklich seltsam geworden, befand Ruth, und so ging sie ihm den Rest der Woche aus dem Weg. Das alles geschah, als Ruth sechzehn war, und es war das letzte Mal, dass sie Chester Pommeroy sah. Sie hörte nur, dass er einen Haufen Kinder hatte, aber nicht verheiratet war. Von seinem Marihuana bekam sie nie etwas ab.

Vier der sieben Pommeroys hatten für immer die Insel verlassen, und so blieben noch drei, die zu Hause lebten. Webster Pommeroy, der Älteste und Klügste, war klein, unterentwickelt, depressiv und schüchtern. Seine einzige Begabung lag darin, den Schlick nach Artefakten für Senator Simons zukünftiges Naturkundemuseum durchzupflügen. Webster brachte seiner Mutter kein Geld nach Hause, aber er kostete sie auch nicht viel. Er trug immer noch seine Kinderkleidung und aß fast nichts. Mrs. Pommeroy liebte ihn am meisten und sorgte sich am meisten um ihn, und es war ihr egal, dass er kein Geld beisteuerte, solange er nicht Tag für Tag mit einem Kissen auf dem Kopf auf dem Sofa verbrachte und jämmerlich seufzte.

Am anderen Ende war der wohl bekannte Idiot Robin Pommeroy, der Jüngste. Mit siebzehn war er mit Opal aus der Stadt verheiratet und Vater des Riesenbabys Eddie. Robin arbeitete als Steuermann auf dem Boot von Ruths Vater. Ruths Vater hasste Robin eigentlich, weil der Junge den ganzen Tag redete. Seit er seinen Sprachfehler überwunden hatte, war Robin zu einem wahren Quasselkopf geworden. Und er redete nicht nur mit

Ruths Vater, der als Einziger außer ihm auf dem Boot war. Er sprach auch mit sich selbst und mit den Hummern. In den Pausen ging er ans Funkgerät und redete mit allen anderen Hummerkuttern. Immer wenn er einen anderen Hummerkutter in der Nähe sah, nahm er sich das Funkgerät und funkte dem heranfahrenden Kapitän: »Ihr seid aber ein hübscher Anblick!« Dann schaltete er das Mikrofon ab und wartete auf eine Antwort, die meistens in die Richtung von »Schnauze, Junge!« ging. Traurig fragte er dann Ruths Vater: »Warum sagt uns nie jemand, dass wir ein hübscher Anblick sind?«

Robin ließ immer versehentlich Sachen vom Boot fallen. Irgendwie rutschte ihm der Bootshaken aus der Hand, dann rannte er das Boot entlang, um ihn noch herauszufischen. Zu spät. Das passierte nicht täglich, aber immerhin so gut wie täglich. Ruths Vater ärgerte sich sehr darüber, denn er musste zurücksetzen und versuchen, den Bootshaken wieder rauszufischen. Ruths Vater war mittlerweile dazu übergegangen, für den Notfall alle seine Ausrüstungsgegenstände doppelt anzuschaffen. Ruth machte den Vorschlag, er solle an jedem Gegenstand eine kleine Boje anbringen, damit wenigstens nichts unterging. »Robinsicher machen« nannte sie das.

Robin war anstrengend, aber Ruths Vater nahm ihn in Kauf, weil er nicht nur billig, sondern richtig billig war. Robin nahm weit weniger Geld als jeder andere Steuermann. Er musste weniger Geld nehmen, weil niemand mit ihm arbeiten wollte. Er war dumm und faul, aber er war stark genug für diese Arbeit, und Ruths Vater sparte sich eine Menge Geld durch Robin Pommeroy. Er nahm ihn in Kauf, weil er unterm Strich mehr verdiente.

Blieb noch Timothy. Als das ruhigste Kind der sieben Pommeroys war Timothy nie besonders frech gewesen, und er wuchs daher zu einem recht anständigen Kerl heran. Er störte niemanden. Er sah aus wie sein Vater, mit den schweren Türknauffäusten und den festen Muskeln, dem schwarzen Haar und den zusammengezwickten Augen. Er arbeitete auf dem Boot von Len

Thomas, Ruth Thomas' Onkel, und er war ein guter Arbeiter. Len Thomas war ein Schaumschläger und ein Hitzkopf, aber Timothy holte schweigend Fallen ein, zählte Hummer, füllte Köderbeutel und stand im Heck, während das Boot fuhr. Er blickte weg von Len und behielt seine Gedanken für sich. Len konnte gut damit leben, denn er hatte normalerweise Schwierigkeiten, einen Steuermann zu finden, der mit seinem legendären Naturell zurechtkam. Einmal war er mit einem Schraubenschlüssel auf einen Jungen losgegangen, und der Junge war den ganzen Nachmittag ohnmächtig gewesen. Aber Timothy verärgerte Len nicht. Timothy verdiente ziemlich gutes Geld, und er gab alles seiner Mutter, bis auf einen kleinen Teil, mit dem er seinen Whiskey kaufte. Den trank er jeden Abend ganz alleine in seinem Zimmer, und die Tür blieb dann fest verschlossen.

All dies soll zeigen, dass Mrs. Pommeroys viele Söhne letztendlich doch keine finanzielle Last für sie darstellten und in der Tat so nett waren, ihr etwas Geld zu geben. Eigentlich waren sie alles in allem ganz gut geraten, bis auf Webster. Mrs. Pommeroy stockte die Summe, die sie von ihren Söhnen bekam, zudem noch mit Haareschneiden auf.

Sie konnte gut Haare schneiden, ja, sie hatte Talent. Sie lockte und färbte den Frauen die Haare und schien eine natürliche Begabung für Proportionen zu haben. Doch wie die Dinge lagen, hatte sie sich auf Männerhaar spezialisiert. Sie schnitt Männern die Haare, die in ihrem Leben bisher nur drei Arten von Frisuren verpasst bekommen hatten: von ihren Müttern, von der Armee und von ihren Frauen. Diese Männer interessierten sich nicht für Schnitte, aber sie ließen Mrs. Pommeroy frivole Dinge mit ihren Haaren anstellen. Mit geballter Eitelkeit saßen sie da, während Mrs. Pommeroy an ihnen arbeitete, und genossen die Aufmerksamkeit wie ein Starlet.

Die Sache war die, dass sie die Männer wundervoll aussehen lassen konnte. Wie von Zauberhand verdeckte Mrs. Pommeroy kahle Stellen, ermunterte Männer mit schmalem Kinn, sich einen Bart wachsen zu lassen, dünnte wilde, unkontrollierbare

Locken aus und zähmte die eigensinnigsten Tollen. Sie schmeichelte jedem Mann und scherzte mit ihm, sie stupste und neckte ihn, während sie an seinen Haaren arbeitete, und das Flirten machte jeden auf der Stelle attraktiver, es brachte Farbe in die Wangen und ließ die Augen glänzen. Fast gelang es ihr, Männer vor wahrer Hässlichkeit zu retten. Sie konnte sogar Senator Simon und Angus Addams annehmbar aussehen lassen. Wenn sie mit einem alten Griesgram wie Angus Addams fertig war, ließ ihre angenehme Gesellschaft sogar ihn bis in den Nacken erröten. Wenn sie mit einem von Natur aus gut aussehenden Mann wie Ruths Vater fertig war, sah er unverschämt gut aus, wie ein Star aus einer Filmmatinee.

»Versteck dich«, sagte sie ihm dann. »Raus hier, Stan. Wenn du so durch die Stadt läufst, bist du selbst schuld, wenn du vergewaltigt wirst.«

Überraschenderweise hatten die Damen auf Fort Niles nichts dagegen, wenn Mrs. Pommeroy ihren Männern die Haare schnitt. Vielleicht, weil das Ergebnis immer ein großer Erfolg war. Vielleicht, weil sie auf einfache Weise einer Witwe helfen wollten. Vielleicht hatten die Frauen Mrs. Pommeroy gegenüber Schuldgefühle, überhaupt Ehemänner zu haben; Männer zu haben, denen es bisher gelungen war, sich nicht zu betrinken und dann über Bord zu fallen. Oder vielleicht hassten die Frauen ihre Ehemänner nach all den Jahren so sehr, dass die Vorstellung, diesen stinkenden, fettigen, trägen Fischern selbst mit den Fingern durch die schmutzigen Haare zu fahren, Ekel erregend war. Sie konnten das genauso gut Mrs. Pommeroy überlassen, da es ihr wirklich zu gefallen schien und ihre Männer ausnahmsweise einmal in gottverdammt gute Laune versetzte.

Als Ruth also von dem Besuch bei ihrer Mutter in Concord zurückkehrte, ging sie gleich zu Mrs. Pommeroy, die gerade dabei war, der gesamten Familie von Russ Cobb die Haare zu schneiden. Alle Cobbs hatten sich bei Mrs. Pommeroy versammelt: Mr. Russ Cobb, seine Frau Ivy und ihre jüngste Tochter Florida, die vierzig Jahre alt war und immer noch bei ihren Eltern lebte.

Es war eine erbärmliche Familie. Russ Cobb war beinahe achtzig, aber er ging immer noch jeden Tag fischen. Er sagte, er würde fischen gehen, solange er seine Beine noch über den Bootsrand schwingen könne. Im letzten Winter war ihm wegen seiner Diabetes oder »dem Zucker«, wie er es nannte, sein rechtes Bein am Knie amputiert worden war, aber er ging immer noch jeden Tag fischen und schwang das, was ihm vom Bein noch geblieben war, über den Bootsrand. Seine Frau Ivy war eine enttäuscht aussehende Frau, die Stechginsterzweige, Kerzen und Weihnachtsmanngesichter auf Sanddollars malte und versuchte, das Ganze als Weihnachtsschmuck an ihre Nachbarn zu verkaufen. Florida, die Tochter der Cobbs, sagte nie ein Wort. Sie war verheerend schweigsam.

Mrs. Pommeroy hatte bereits Ivy Cobbs duftiges weißes Haar auf Lockenwickler gedreht und kümmerte sich gerade um Russ Cobbs Koteletten, als Ruth hereinkam.

»Wie dick die sind!«, sagte Mrs. Pommeroy gerade zu Mr. Cobb. »Sie haben so dicke Haare, Sie sehen aus wie Rock Hudson!«

»Cary Grant!«, grölte er.

»Cary Grant!« Mrs. Pommeroy lachte. »Okay! Sie sehen aus wie Cary Grant!«

Mrs. Cobb verdrehte die Augen. Ruth ging durch die Küche und gab Mrs. Pommeroy einen Kuss auf die Wange. Mrs. Pommeroy nahm ihre Hand und hielt sie lange. »Willkommen zu Hause, mein Schatz.«

»Danke.« Ruth hatte das Gefühl, zu Hause zu sein.

»Hat es dir gefallen?«

»Es war die schlimmste Woche meines Lebens.« Ruth wollte das sarkastisch und witzelnd sagen, aber es klang wie die ungeschminkte Wahrheit, als sie es sagte.

»Es ist Pastete da.«

»Vielen Dank.«

»Hast du deinen Vater schon begrüßt?«

»Noch nicht.«

»Ich bin hier gleich fertig«, sagte Mrs. Pommeroy. »Setz dich hin, mein Schatz.«

Also setzte sich Ruth neben die schweigende Florida Cobb auf einen Stuhl, der in dem scheußlichen Bojengrün gestrichen worden war. In demselben Furcht erregenden Grün wie der Küchentisch und der Eckschrank. Die ganze Küche hatte diesen schrecklichen Farbton. Ruth sah zu, wie Mrs. Pommeroy bei dem hässlichen Mr. Cobb ihren üblichen Zauber anwandte. Ihre Hände standen nie still in seinem Haar. Selbst wenn sie nicht schnitt, streichelte sie ihm den Kopf, fingerte in seinen Haaren herum, tätschelte ihn, zog ihn an den Ohren. Er lehnte den Kopf in ihre Hände zurück wie eine Katze, die sich am Bein ihres Lieblingsmenschen reibt.

»Wie nett«, murmelte sie wie eine Geliebte, die ihn ermutigte. »Sehen Sie mal, wie nett Sie aussehen.«

Sie schnitt ihm die Koteletten, rasierte ihm den Nacken durch den Seifenschaum bogenförmig sauber und wischte ihn mit einem Handtuch ab. Sie ging so zärtlich mit Mr. Cobb um, als wäre er der letzte Mensch, den sie je berühren würde, als wäre sein hässlicher Schädel ihr allerletzter menschlicher Kontakt auf dieser Erde. Mrs. Cobb saß mit ihren stahlgrauen Lockenwicklern da und sah zu, ihre grauen Hände im Schoß, den stählernen Blick auf das kaputte Gesicht ihres Mannes gerichtet.

»Wie geht es, Mrs. Cobb?«, fragte Ruth.

»Wir haben gottverdammte Waschbären in unserem ganzen gottverdammten Garten«, sagte Mrs. Cobb und demonstrierte dabei ihre erstaunliche Fähigkeit zu sprechen, ohne die Lippen zu bewegen. Als Ruth noch ein Kind war, verwickelte sie Mrs. Cobb immer in ein Gespräch, nur um dieses Phänomen zu sehen. Um die Wahrheit zu sagen, das war auch der Grund, weshalb sie mit ihren achtzehn Jahren Mrs. Cobb in ein Gespräch verwickelte.

»Hatten Sie früher schon Schwierigkeiten mit Waschbären?«

»Noch nie.«

Ruth beobachtete den Mund der Frau. Er bewegte sich wirklich nicht. Unglaublich. »Wirklich?«, fragte sie.

»Ich würde gerne mal einen erschießen.«

»Bis 1958 gab es keinen einzigen Waschbären auf der Insel«, sagte Russ Cobb. »Auf Courne Haven schon, aber nicht hier.«

»Wirklich? Was ist passiert? Wie sind sie hierher gekommen?«, fragte Ruth, die genau wusste, was er gleich antworten würde.

»Sie haben sie hier rübergebracht.«

»Wer?«

»Die Leute aus Courne Haven! Ein paar trächtige Waschbären in einem Sack. Haben sie rübergerudert. Mitten in der Nacht. Haben sie auf unserem Strand ausgesetzt. Dein Großonkel David Thomas hat's gesehen. Er hat gesehen, wie sie was aus einer Tasche rausgelassen haben. Hat gesehen, wie sie weggerudert sind. Ein paar Wochen später – überall Waschbären. Überall auf dieser gottverdammten Insel. Haben die Hühner gefressen. Müll. Alles.«

In der Version, die Ruth von ihrer Verwandtschaft gehört hatte, war es Johnny Pommeroy, der kurz bevor er wegging und 1954 in Korea getötet wurde, die Fremden am Strand gesehen hatte. Aber sie ließ es gut sein.

»Als kleines Mädchen hatte ich einen Babywaschbären als Haustier«, erinnerte sich Mrs. Pommeroy lächelnd. »Der Waschbär hat mich in den Arm gebissen, fällt mir dabei wieder ein, und mein Vater hat ihn getötet. Ich glaube, er war ein Er. Zumindest habe ich ihn immer als Er bezeichnet.«

»Wann war das, Mrs. Pommeroy?«, fragte Ruth. »Wie lange ist das her?«

Mrs. Pommeroy runzelte die Stirn und grub die Daumen tief in Mr. Cobbs Nacken. Das gefiel ihm so gut, dass er zufrieden stöhnte. Unschuldig sagte sie: »Ach, ich glaube, das war Anfang der vierziger Jahre, Ruth. Gott, ich bin so alt. In den vierziger Jahren! So lange her.«

»Dann war es kein Waschbär«, sagte Mr. Cobb. »Kann es nicht gewesen sein.«

»Doch, es war ja nur ein kleiner Waschbär. Er hatte einen gestreiften Schwanz und eine süße kleine Maske. Ich habe ihn Masky genannt.«

»War kein Waschbär. Kann nicht sein. Auf dieser Insel hat es bis 1958 keine Waschbären gegeben«, sagte Mr. Cobb. »Die Leute aus Courne Haven haben sie 1958 herübergebracht.«

»Na ja, es war ein Babywaschbär«, gab Mrs. Pommeroy als Erklärung.

»Wahrscheinlich ein Stinktier.«

»Ich würde gerne mal einen Waschbären erschießen!«, sagte Mrs. Cobb mit einer solchen Eindringlichkeit, dass sich ihr Mund tatsächlich bewegte und ihre stille Tochter Florida tatsächlich erschrak.

»Mein Vater hat Masky jedenfalls erschossen«, sagte Mrs. Pommeroy.

Sie trocknete Mr. Cobb die Haare mit einem Handtuch und bürstete ihm mit einem kleinen Backpinsel den Nacken. Sie tupfte ihm Talkumpuder unter seinen ausgefransten Hemdkragen und rieb ihm öliges Haarwasser in die drahtigen Haare, die sie zu einer runden Pompadourfrisur formte.

»Sehen Sie sich an!«, sagte sie und reichte ihm einen antiken Silberspiegel. »Sie sehen aus wie ein Countrysänger. Was meinen Sie, Ivy? Ist er nicht ein hübscher Teufel?«

»Albern«, sagte Ivy Cobb, aber ihr Mann strahlte, und seine Wangen glänzten so wie seine Pompadourfrisur. Mrs. Pommeroy nahm ihm den Umhang vorsichtig ab, um seine Haare nicht in ihrer giftgrünen Küche zu verstreuen. Er wandte den Kopf langsam von einer Seite zur anderen und lächelte sich an, strahlend wie ein hübscher Teufel.

»Wie findest du deinen Vater, Florida?«, fragte Mrs. Pommeroy. »Sieht er nicht gut aus?«

Florida Cobb lief puterrot an.

»Sie sagt nichts«, sagte Mr. Cobb plötzlich entrüstet. Er knallte den Handspiegel auf den Küchentisch und holte etwas Geld aus der Tasche. »Sagt nie ein gottverdammtes Wort. Würde nicht mal Scheiße sagen, und wenn sie den Mund davon voll hätte.«

Ruth lachte und beschloss, sich nun doch ein Stück Pastete zu holen.

»Ich nehme Ihnen jetzt die Wickler raus, Ivy«, sagte Mrs. Pommeroy.

Später, nachdem die Cobbs gegangen waren, setzten sich Mrs. Pommeroy und Ruth vor das Haus auf die Veranda. Dort stand ein altes Sofa, dessen Polster ein Muster aus großen, roten Rosen hatte und das roch, als hätte es zumindest darauf geregnet – oder Schlimmeres. Ruth trank Bier, Mrs. Pommeroy trank Früchtepunsch, und Ruth erzählte Mrs. Pommeroy von dem Besuch bei ihrer Mutter.

»Wie geht's Ricky?«, fragte Mrs. Pommeroy.

»Ach, ich weiß nicht. Er ist, na ja … Er zappelt herum.«

»Das war so traurig damals, als das Baby geboren wurde. Weißt du, ich habe dieses arme Baby nie gesehen.«

»Ich weiß.«

»Ich habe deine arme Mutter danach nie mehr gesehen.«

Ruth hatte Mrs. Pommeroys Akzent vermisst.

»Ich weiß.«

»Ich habe versucht, sie anzurufen. Ich habe sie wirklich angerufen. Ich habe ihr gesagt, sie soll ihr Baby hierher auf die Insel bringen, aber sie hat gesagt, er sei viel zu krank. Ich habe ihr gesagt, sie soll mir beschreiben, was mit ihm nicht stimmt, und ich sag dir was: Für mich hat es sich nicht allzu schlimm angehört.«

»Doch, es ist schlimm.«

»Für mich hat es sich nicht so angehört, als könnten wir hier auf der Insel nicht damit fertig werden. Was braucht er denn? Bestimmt nicht viel, ein bisschen Medizin. Das ist doch einfach. Herrgott, Mr. Cobb nimmt jeden Tag Medizin wegen seinem Zucker, und er schafft es. Was braucht Ricky noch? Jemanden, der auf ihn aufpasst. Wir hätten das machen können. Das ist das Kind von jemandem; da findet man doch einen Platz für ihn. Das habe ich ihr gesagt. Sie hat nur geweint.«

»Jeder hat gesagt, er gehört in ein Heim.«

»Wer ist jeder? Vera Ellis hat das gesagt. Wer noch?«

»Die Ärzte.«

»Sie hätte das Baby hierher nach Hause bringen sollen. Wir hätten das gut geschafft hier draußen. Sie könnte ihn immer noch hierher bringen. Wir würden uns so gut wie jeder andere um das Kind kümmern.«

»Sie hat gesagt, du wärst ihre einzige Freundin. Sie hat gesagt, du warst der einzige Mensch hier draußen, der nett zu ihr war.«

»Das ist lieb. Aber es ist nicht wahr. Alle waren nett zu ihr.«

»Angus Addams nicht.«

»Ach, er hat sie geliebt.«

»Geliebt? *Geliebt?*«

»Er hat sie so sehr gemocht, wie er alle mag.«

Ruth lachte. Dann sagte sie: »Kennst du jemanden namens Owney Wishnell?«

»Wer ist das? Aus Courne Haven?«

»Pastor Wishnells Neffe.«

»Ach ja. Der große blonde Junge.«

»Ja.«

»Ich weiß, wer das ist.«

Ruth sagte nichts.

»Warum?«, wollte Mrs. Pommeroy wissen. »Warum fragst du?«

»Nur so«, sagte Ruth.

Die Verandatür schwang auf, nachdem ihr Robin Pommeroys Frau Opal einen Tritt versetzt hatte, weil sie ihren riesigen Sohn auf den Armen trug und deshalb den Türknauf nicht drehen konnte. Als das Baby Mrs. Pommeroy sah, ließ es einen wahnsinnigen Schrei los, wie ein kleiner Gorilla, der sich freut.

»Da ist ja mein kleiner Enkel«, sagte Mrs. Pommeroy.

»Hey, Ruth«, grüßte Opal schüchtern.

»Hey, Opal.«

»Wusste gar nicht, dass du da bist.«

»Hey, dicker Eddie«, sagte Ruth zu dem Baby. Opal trug das Kind hinüber und bückte sich leicht keuchend, damit Ruth den enormen Jungen auf den Kopf küssen konnte. Ruth rutschte ein Stück, um Opal auf dem Sofa Platz zu machen, die sich setzte, ihr T-Shirt anhob und Eddie die Brust gab. Er stürzte sich darauf und fing an zu saugen, mit Konzentration und lautem Geschmatze. Er sog an dieser Brust, als würde er auf diese Weise Luft bekommen.

»Tut das nicht weh?«, fragte Ruth.

»Schon«, sagte Opal. Sie gähnte, ohne die Hand vor den Mund zu halten, und offenbarte ein ganzes Bergwerk silberner Füllungen.

Die drei Frauen auf dem Sofa blickten alle das dicke Baby an, das so grimmig an Opals Brust hing.

»Der saugt wie eine gute alte Bilgepumpe«, sagte Ruth.

»Beißt auch«, sagte die wortkarge Opal.

Ruth zuckte zusammen.

»Wann hast du ihn zuletzt gefüttert?«, fragte Mrs. Pommeroy.

»Ich weiß nicht. Vor einer Stunde. Einer halben Stunde.«

»Du solltest das nach Plan machen, Opal.«

Sie zuckte die Achseln. »Er hat immer Hunger.«

»Natürlich hat er das, Schätzchen. Weil du ihn die ganze Zeit fütterst. Das baut seinen Appetit auf. Du kennst doch den Spruch: ›Das Baby nimmt, was Mutter gibt.‹«

»Ist das ein Spruch?«, fragte Ruth.

»Ich hab ihn mir gerade ausgedacht«, sagte Mrs. Pommeroy.

»Das hast du aber hübsch gereimt«, sagte Ruth, und Mrs. Pommeroy lachte und stupste sie. Endlich konnte Ruth wieder andere necken, ohne Angst haben zu müssen, sie würden gleich in Tränen ausbrechen. Sie stupste Mrs. Pommeroy zurück.

»Meiner Ansicht nach soll er essen, wann er will«, sagte Opal. »Ich denke mir, wenn er isst, hat er Hunger. Gestern waren es drei Hot Dogs.«

»Opal!«, rief Mrs. Pommeroy. »Er ist erst zehn Monate!«
»Ich kann nichts dafür.«
»Du kannst nichts dafür? Hat er sich die Hot Dogs selbst geholt?«, fragte Ruth. Mrs. Pommeroy und Opal lachten, und das Baby ploppte plötzlich mit einem lauten Geräusch weg von der Brust, als würde ein luftdichter Verschluss aufgehen. Eddie rollte mit dem Kopf wie ein Betrunkener, dann lachte auch er.
»Ich habe einen Babywitz erzählt!«, sagte Ruth.
»Eddie mag dich«, sagte Opal. »Magst du Ruuf? Magst du deine Tante Ruuf, Eddie?« Sie setzte Ruth das Baby auf den Schoß, wo es schief grinste und ihr eine gelbe Suppe auf die Hose spuckte. Ruth gab ihn seiner Mutter zurück.
»Hoppla«, sagte Opal. Sie hob das Baby hoch und ging ins Haus, kam gleich darauf wieder und warf Ruth ein Handtuch zu. »Ich glaube, es ist Schlafenszeit für Eddie«, sagte sie und verschwand wieder im Haus.
Ruth wischte sich die warme schaumige Pfütze vom Bein. »Babykotze«, sagte sie.
»Sie füttert das Baby zu viel«, sagte Mrs. Pommeroy.
»Eddie nimmt die notwendigen Korrekturen vor, würde ich sagen.«
»Neulich hat sie ihm Schokoladensoße gegeben. Mit einem Löffel. Aus dem Glas. Ich hab's gesehen!«
»Diese Opal ist nicht sonderlich helle.«
»Aber sie hat große, dicke Möpse.«
»Die Glückliche.«
»Der glückliche kleine Eddie. Wie kann sie mit siebzehn so große Möpse haben? Als ich siebzehn war, wusste ich noch nicht mal, was Möpse sind.«
»Doch, doch. Herrgott, Mrs. Pommeroy, du warst schon verheiratet, als du siebzehn warst.«
»Ja, das stimmt. Aber als ich zwölf war, habe ich nicht gewusst, was Möpse sind. Ich habe die Brust meiner Schwester gesehen und sie gefragt, was das für große Dinger sind. Sie hat gesagt, es ist Babyspeck.«

»Gloria hat das gesagt?«

»Kitty hat das gesagt.«

»Sie hätte dir die Wahrheit sagen sollen.«

»Sie hat die Wahrheit wahrscheinlich gar nicht gekannt.«

»Kitty? Kitty ist mit der Wahrheit auf die Welt gekommen.«

»Stell dir mal vor, sie hätte mir die Wahrheit gesagt! Stell dir vor, sie hätte gesagt: ›Das sind Titten, Rhonda, und eines Tages werden erwachsene Männer daran saugen wollen.‹«

»Erwachsene Männer und auch Jungs. Und bei Kitty wohl auch die Ehemänner von anderen Frauen.«

»Warum hast du mich nach diesem Owney Wishnell gefragt, Ruth?«

Ruth warf Mrs. Pommeroy einen schnellen Seitenblick zu, dann sah sie auf den Garten hinaus. Sie sagte: »Einfach so.«

Mrs. Pommeroy sah Ruth lange an. Sie neigte den Kopf. Sie wartete.

»Stimmt es, dass du der einzige Mensch auf dieser Insel warst, der nett zu meiner Mutter war?«, fragte Ruth.

»Nein, Ruth, ich hab es dir doch gesagt. Wir haben sie alle gemocht. Sie war wunderbar. Sie war allerdings ein bisschen *empfindlich,* und manchmal fiel es ihr schwer zu verstehen, wie manche Leute hier sind.«

»Angus Addams zum Beispiel.«

»Ach, auch andere. Sie konnte die Trinkerei nicht verstehen. Ich habe ihr immer gesagt, Mary, diese Männer frieren ihr ganzes Leben lang zehn Stunden am Tag in nassen Klamotten. Das kann einen wirklich nerven. Sie müssen trinken, sonst halten sie das nicht aus.«

»Mein Dad hat nie viel getrunken.«

»Er hat auch nie viel mit ihr geredet. Sie war einsam dort draußen. Sie konnte die Winter nicht leiden.«

»Ich glaube, sie ist auch in Concord einsam.«

»Ja, da bin ich mir sicher. Will sie, dass du zu ihr ziehst?«

»Ja. Sie will, dass ich aufs College gehe. Sie sagt, die Familie Ellis will das. Sie sagt, Mr. Ellis bezahlt natürlich alles. Vera Ellis denkt, wenn ich noch länger hier bleibe, werde ich schwanger. Sie will, dass ich nach Concord ziehe und dann auf ein kleines, angesehenes Mädchencollege gehe, wo die Ellis' die Dekanin kennen.«

»Hier werden die Leute wirklich schwanger, Ruth.«

»Ich glaube, Opals Baby ist so groß, dass es für uns alle reicht. Außerdem muss man heutzutage mit jemandem schlafen, um schwanger zu werden. Heißt es zumindest.«

»Du solltest bei deiner Mutter sein, wenn das ihr Wunsch ist. Hier hält dich nichts. Die Leute hier draußen, Ruth, das sind nicht wirklich deine Leute.«

»Ich sag dir was. Ich werde nichts in meinem Leben machen, was die Ellis' von mir verlangen. Das ist mein Plan.«

»Das ist dein Plan?«

»Im Moment.«

Mrs. Pommeroy zog sich die Schuhe aus und legte die Füße hoch auf den alten hölzernen Hummerkorb, den sie auf der Veranda als Tisch benutzte. Sie seufzte. »Erzähl mir mehr von Owney Wishnell«, sagte sie.

»Na ja, ich habe ihn kennen gelernt«, sagte Ruth.

»Und?«

»Er ist ein ungewöhnlicher Mensch.«

Wieder wartete Mrs. Pommeroy, und Ruth blickte hinaus auf den Vorgarten. Eine Seemöwe, die auf einem Spielzeuglastwagen hockte, starrte zurück. Auch Mrs. Pommeroy starrte Ruth an.

»Was?«, fragte Ruth. »Was starrt ihr mich alle so an?«

»Ich glaube, da gibt es noch mehr zu erzählen«, sagte Mrs. Pommeroy. »Erzähl doch, Ruth.«

Also fing Ruth an, Mrs. Pommeroy von Owney Wishnell zu erzählen, obwohl sie ursprünglich überhaupt nicht die Absicht gehabt hatte, irgendjemandem von ihm zu erzählen.

Sie erzählte Mrs. Pommeroy von Owneys sauberer Fischerkleidung, seinem Geschick mit Schiffen und dass er sie hinter den Felsen gerudert hatte, um ihr seine Hummerkörbe zu zeigen. Sie erzählte von Pastor Wishnells drohenden Vorträgen über die Übel und Laster des Hummerfangs und dass Owney beinahe geweint hatte, als er ihr seinen nutzlosen Korb voller Hummer gezeigt hatte.

»Das arme Kind«, sagte Mrs. Pommeroy.

»Ein Kind ist er nicht gerade. Ich glaube, er ist ungefähr so alt wie ich.«

»Gott segne ihn.«

»Kannst du das fassen? Er hat entlang der ganzen Küste Fallen, und er wirft die Hummer wieder ins Wasser. Du solltest sehen, wie er mit ihnen umgeht. Es ist wirklich seltsam. Er versetzt sie in eine Art Trance.«

»Er sieht aus wie ein Wishnell, ja?«

»Ja.«

»Dann sieht er gut aus?«

»Er hat einen großen Kopf.«

»Den haben sie alle.«

»Owneys Kopf ist wirklich riesig. Er sieht aus wie ein Wetterballon mit Ohren.«

»Ich bin sicher, dass er gut aussieht. Sie haben auch alle eine breite Brust, die Wishnells, bis auf Toby Wishnell. Viele Muskeln.«

»Vielleicht ist es Babyspeck«, sagte Ruth.

»Muskeln«, sagte Mrs. Pommeroy und lächelte. »Das sind alles große, alte Schweden. Bis auf den Pastor. Ach, ich wollte immer so gerne einen Wishnell heiraten.«

»Welchen?«

»Irgendeinen. Irgendeinen Wishnell. Ruth, die verdienen so viel Geld. Du hast ihre Häuser dort drüben gesehen. Wunderhübsche Häuser. Wunderhübsche Gärten. Sie haben immer diese netten kleinen Blumengärten ... Allerdings habe ich, glaube ich, als Mädchen nie mit einem Wishnell gesprochen. Nicht zu fassen. Ich habe sie manchmal in Rockland gesehen, und sie sahen so gut aus.«

»Du hättest einen Wishnell heiraten sollen.«

»Wie denn, Ruth? Ehrlich. Normale Leute heiraten keine

Wishnells. Außerdem hätte meine Familie mich umgebracht, wenn ich jemanden aus Courne Haven geheiratet hätte. Davon abgesehen habe ich nicht einmal einen Wishnell kennen gelernt. Ich könnte dir nicht sagen, wen ich hätte heiraten wollen.«

»Du hättest dir bestimmt den Allerbesten aussuchen können«, sagte Ruth. »Einen, der genau so sexy aussieht wie du!«

»Ich habe meinen Ira geliebt«, sagte Mrs. Pommeroy. Aber sie tätschelte Ruth den Arm für das Kompliment.

»Sicher hast du deinen Ira geliebt. Aber er war dein Cousin.«

Mrs. Pommeroy seufzte. »Ich weiß. Aber wir hatten viel Spaß. Er hat mich immer zu den Meereshöhlen am Boon Rock mitgenommen. Mit den Stalaktiten oder wie auch immer die heißen, die überall runterhingen. Gott, das war schön.«

»Er war dein Cousin! Man soll seinen Cousin nicht heiraten! Du hast Glück, dass deine Kinder nicht mit Rückenflossen geboren wurden!«

»Du bist unmöglich, Ruth! Unmöglich!« Aber sie lachte.

Ruth sagte: »Du glaubst nicht, wie viel Angst dieser Owney vor Pastor Wishnell hat.«

»Ich glaube alles. Magst du diesen Owney Wishnell, Ruth?«

»Ob ich ihn mag? Ich weiß nicht. Nein. Doch. Ich weiß nicht. Ich finde ihn … interessant.«

»Du redest nie von Jungs.«

»Ich habe nie Jungs getroffen, über die ich hätte reden können.«

»Sieht er gut aus?«, fragte Mrs. Pommeroy wieder.

»Ich hab's dir doch gesagt. Er ist groß. Er ist blond.«

»Sind seine Augen sehr blau?«

»Das klingt wie der Titel von einem Liebeslied.«

»Sind sie sehr blau oder nicht, Ruth?« Sie klang leicht verärgert.

Ruth änderte ihren Tonfall. »Ja. Sie sind sehr blau, Mrs. Pommeroy.«

»Soll ich dir was Lustiges erzählen, Ruth? Ich habe immer heimlich gehofft, du würdest einen meiner Jungs heiraten.«

»Ach, Mrs. Pommeroy, nein.«

»Ich weiß. Ich weiß.«

»Es ist einfach …«

»Ich weiß, Ruth. Sieh sie dir doch an. Was für ein Haufen! Du könntest mit keinem von ihnen verheiratet sein. Fagan ist ein Farmer. Kannst du dir das vorstellen? Ein Mädchen wie du könnte nie auf einer Kartoffelfarm leben. John? Wer weiß etwas von John? Wo ist er? Wir wissen es nicht einmal. Europa? Ich kann mich kaum an John erinnern. Es ist so lange her, seit ich ihn zum letzten Mal gesehen habe, dass ich mich kaum an sein Gesicht erinnere. Ist das nicht schrecklich, wenn eine Mutter so etwas sagt?«

»Ich kann mich auch kaum an John erinnern.«

»Du bist nicht seine Mutter, Ruth. Dann ist da Conway. Aus irgendeinem Grund ist er ein brutaler Mensch geworden. Und jetzt hinkt er. Du würdest nie einen Mann heiraten, der hinkt.«

»Keine Hinker für mich!«

»Und Chester? Oje.«

»Oje.«

»Denkt, er kann wahrsagen! Fährt mit diesen Hippies herum!«

»Verkauft Gras.«

»Verkauft Gras?«, fragte Mrs. Pommeroy überrascht.

»Ich mache doch nur Spaß«, log Ruth.

»Wahrscheinlich tut er es.« Mrs. Pommeroy seufzte. »Und Robin. Nun, ich muss zugeben, ich habe nie gedacht, du würdest Robin heiraten. Nicht einmal, als ihr beide noch klein wart. Du hast nie viel von Robin gehalten.«

»Du hast wahrscheinlich gedacht, er würde mich nicht fragen können, ob ich ihn heiraten will. Er würde es nicht aussprechen können. So etwa: Wüddest du mich bitte heiwaten, Wuuf? Das wäre für alle nur peinlich gewesen.«

Mrs. Pommeroy schüttelte den Kopf und wischte sich schnell die Augen. Ruth merkte das und hörte auf zu lachen.

»Was ist mit Webster?«, fragte Ruth. »Bleibt noch Webster.«

»Genau, Ruth.« Mrs. Pommeroy klang traurig. »Ich habe immer gedacht, du würdest Webster heiraten.«

»Ach, Mrs. Pommeroy.« Ruth rutschte näher an ihre Freundin und legte den Arm um sie.

»Was ist mit Webster passiert, Ruth?«

»Ich weiß nicht.«

»Er war der Klügste. Er war mein klügster Sohn.«

»Ich weiß.«

»Nachdem sein Vater gestorben ist …«

»Ich weiß.«

»Er ist nicht einmal mehr gewachsen.«

»Ich weiß. Ich weiß.«

»Er ist so ängstlich. Er ist wie ein Kind.« Mrs. Pommeroy wischte sich mit dem Handrücken Tränen von beiden Wangen – eine schnelle, leichte Bewegung. »Deine Mom und ich haben beide einen Sohn, der nicht gewachsen ist«, sagte sie. »Ach je. Ich bin vielleicht eine Heulsuse. Oder?« Sie wischte sich die Nase am Ärmel ab und lächelte Ruth an. Einen Moment lang drückten sie die Stirn aneinander. Ruth legte Mrs. Pommeroy die Hand auf den Hinterkopf, und Mrs. Pommeroy schloss die Augen. Dann zog sie den Kopf weg und sagte: »Ich glaube, meinen Söhnen wurde etwas genommen, Ruthie.«

»Ja.«

»Meinen Söhnen wurde viel genommen. Ihr Vater. Ihr Erbe. Ihr Boot. Ihre Fischgründe. Ihre Ausrüstung.«

»Ich weiß«, sagte Ruth. Wie schon seit Jahren fühlte sie sich schuldig, wenn sie an ihren Vater dachte, der mit Mr. Pommeroys Fallen auf seinem Boot arbeitete.

»Ich wünschte, ich hätte noch einen Sohn für dich.«

»Was? Für mich?«

»Zum Heiraten. Ich wünschte, ich hätte noch einen Sohn, und ich könnte ihn normal machen. Einen guten.«

»Komm schon, Mrs. Pommeroy. Alle deine Söhne sind gut.«

»Du bist lieb, Ruth.«

»Außer Chester, natürlich. Der ist zu nichts gut.«

»Auf ihre Art sind sie ganz in Ordnung. Aber nicht gut genug für ein kluges Mädchen wie dich. Ich wette, ich könnte es hinkriegen, wenn ich es noch einmal versuchen würde.« Mrs. Pommeroy traten wieder Tränen in die Augen. »Ach, was rede ich denn, eine Frau mit sieben Kindern.«

»Macht nichts.«

»Außerdem kann ich schließlich nicht von dir verlangen, dass du wartest, bis ein Baby groß wird. Hör mir zu.«

»Ich höre zu.«

»Ich rede jetzt wirres Zeug.«

»Ein bisschen wirr schon«, gab Ruth zu.

»Ach, es läuft wohl nicht alles im Leben so, wie es soll.«

»Nicht immer. Aber manchmal doch.«

»Wahrscheinlich. Findest du nicht, dass du bei deiner Mutter wohnen solltest, Ruth?«

»Nein.«

»Hier draußen gibt es nichts für dich.«

»Das ist nicht wahr.«

»Die Wahrheit ist, ich habe dich gerne hier, aber das ist unfair. Hier gibt es nichts für dich. Es ist wie ein Gefängnis. Es ist unser kleines San Quentin. Ich habe mir immer gedacht: ›Ach, Ruth wird Webster heiraten‹, und ich habe immer gedacht: ›Ach, Webster wird den Hummerkutter seines Vaters übernehmen.‹ Ich dachte, ich hätte alles im Griff. Aber es gibt kein Boot.«

Und es gibt kaum noch einen Webster, dachte Ruth.

»Denkst du denn nie, du solltest dort leben?« Mrs. Pommeroy streckte den Arm aus. Sie hatte sicher vorgehabt, Richtung Westen zu zeigen, auf die Küste und das Land, das dahinter lag, aber sie deutete in die völlig verkehrte Richtung. Sie zeigte auf das offene Meer hinaus. Ruth wusste aber, was sie zu sagen versuchte. Mrs. Pommeroy war berühmt für ihren nicht vorhandenen Orientierungssinn.

»Ich muss keinen deiner Söhne heiraten, um hier bei dir zu bleiben«, sagte Ruth.

»Ach, Ruth.«

»Ich will nicht, dass du mir sagst, ich soll gehen. Das höre ich oft genug von meiner Mom und Lanford Ellis. Ich gehöre auf diese Insel wie alle anderen auch. Vergiss meine Mutter.«

»Ach Ruth. Sag das nicht.«

»Na gut, ich meinte nicht, du sollst sie vergessen. Aber es ist egal, wo sie lebt oder mit wem sie lebt. Mir ist das egal. Ich bleibe hier bei dir; ich gehe dahin, wo du auch hingehst.« Ruth lächelte, während sie das sagte, und sie stupste Mrs. Pommeroy so wie Mrs. Pommeroy sie oft stupste. Ein neckischer kleiner Stups, liebevoll.

»Aber ich gehe nirgendwohin«, sagte Mrs. Pommeroy.

»Gut. Ich auch nicht. Es ist entschieden. Ich gebe nicht nach. Von nun an bleibe ich hier. Keine Reisen mehr nach Concord. Kein Unsinn mehr über das College.«

»So was kannst du nicht versprechen.«

»Ich kann machen, was ich will. Ich kann noch viel mehr versprechen.«

»Lanford Ellis würde dich umbringen, wenn er dich so reden hörte.«

»Zum Teufel damit. Zum Teufel mit ihnen. Was immer Lanford Ellis von mir will, von nun an tue ich das Gegenteil. Scheiß auf die Ellis'. Schaut alle her! Schau her, Welt! Achtung, Baby!«

»Aber warum willst du dein Leben auf dieser beschissenen Insel verbringen? Das sind nicht deine Leute hier draußen, Ruth.«

»Doch. Deine und meine. Wenn es deine Leute sind, sind es auch meine Leute!«

»Was du nicht sagst!«

»Ich fühle mich heute richtig klasse. Heute kann ich große Versprechungen machen.«

»Scheint so!«

»Du denkst, ich meine nichts davon ernst.«

»Ich denke, du sagst wunderbare Dinge. Und ich denke, am Ende machst du, was du willst.«

Sie saßen noch etwa eine Stunde draußen auf der Veranda. Opal kam noch ein paar Mal gelangweilt und ziellos mit Eddie heraus, und Mrs. Pommeroy und Ruth hoben ihn abwechselnd auf den Schoß und versuchten, ihn reiten zu lassen, ohne sich dabei wehzutun. Als Opal zum letzten Mal kam, ging sie nicht ins Haus zurück; sie lief hinunter zum Hafen, um »runter in den Laden« zu gehen, wie sie sagte. Ihre Sandalen flappten ihr an die Fußsohlen, und ihr dickes Baby schmatzte, während es schwer auf ihrer rechten Hüfte saß. Mrs. Pommeroy und Ruth sahen zu, wie Mutter und Baby den Hügel hinuntergingen.

»Findest du, ich sehe alt aus, Ruth?«

»Du siehst aus wie der Hauptgewinn. Du warst immer die schönste Frau hier draußen.«

»Schau doch mal«, sagte Mrs. Pommeroy und hob das Kinn. »Mein Hals ist ganz schlaff.«

»Nein, das stimmt nicht.«

»Doch, Ruth.« Mrs. Pommeroy zog an der Haut unter ihrem Kinn. »Ist das nicht schrecklich, wie das alles da hängt? Ich sehe aus wie ein Pelikan.«

»Du siehst aus wie ein sehr junger Pelikan«, sagte Ruth.

»So ist es besser, Ruth. Vielen Dank.« Mrs. Pommeroy strich sich über den Hals und fragte: »Was hast du gedacht, als du mit Owney Wishnell alleine warst?«

»Ach, ich weiß nicht.«

»Sicher weißt du es. Sag's mir.«

»Da gibt es nichts zu erzählen.«

»Hmm«, sagte Mrs. Pommeroy. »Wirklich.« Sie zwickte sich in den Handrücken. »Sieh mal, wie trocken und schlaff ich bin. Wenn ich etwas an mir ändern könnte, dann würde ich versuchen, meine alte Haut wiederzubekommen. Ich hatte eine schöne Haut, als ich so alt war wie du.«

»In meinem Alter hat jeder eine schöne Haut.«

»Was würdest du an deinem Aussehen ändern, wenn du es könntest, Ruth?«

Ohne zu zögern antwortete Ruth: »Ich wäre gerne größer. Ich hätte gerne kleinere Brustwarzen. Und ich würde gerne singen können.«

Mrs. Pommeroy lachte. »Wer hat denn gesagt, dass deine Brustwarzen zu groß sind?«

»Niemand. Ach komm, Mrs. Pommeroy. Außer mir hat sie niemand gesehen.«

»Hast du sie Owney Wishnell gezeigt?«

»Nein«, sagte Ruth. »Ich würde es aber gerne.«

»Dann solltest du es auch.«

Dieser kurze Wortwechsel ergab sich völlig überraschend, und sowohl Ruth als auch Mrs. Pommeroy waren leicht geschockt von der Reaktion der anderen. Die Ausführung der Idee klang in den Gedanken, die auf der Veranda nun gedacht wurden, noch lange – sehr lange – nach. Ruth brannte das Gesicht. Mrs. Pommeroy schwieg. Sie schien sehr sorgfältig über Ruths Kommentar nachzudenken. »Gut«, sagte sie schließlich, »ich glaube, du willst ihn.«

»Ach, ich weiß nicht. Er ist seltsam. Er sagt fast nie etwas …«

»Nein, du willst ihn. Er ist derjenige, den du willst. Ich kenne mich in diesen Dingen aus, Ruth. Also müssen wir ihn für dich holen. Irgendwie kriegen wir das schon hin.«

»Niemand muss irgendwas hinkriegen.«

»Wir kriegen das hin, Ruth. Ich freue mich, dass du jemanden willst. Das ist normal für ein Mädchen in deinem Alter.«

»Ich bin noch nicht bereit für so was Blödes«, sagte Ruth.

»Dann mach dich bereit.«

Ruth wusste nicht, was sie darauf sagen sollte. Mrs. Pommeroy schwang die Beine hoch auf das Sofa und legte Ruth ihre bloßen Füße auf den Schoß. »Ich steh auf dich, Ruth«, sagte sie, und sie klang tieftraurig.

Ruth war plötzlich äußerst verlegen wegen ihres Eingeständnisses. Sie fühlte sich schuldig wegen allem, was sie gesagt hatte: schuldig wegen ihres offenen sexuellen Interesses an einem Wishnell, schuldig, weil sie ihre Mutter verlassen hatte, schuldig wegen ihres verrückten Versprechens, Fort Niles nie zu verlassen, schuldig, weil sie zugegeben hatte, dass sie nie und nimmer einen von Mrs. Pommeroys Söhnen heiraten würde. Aber das war die Wahrheit! Mrs. Pommeroy könnte den Rest ihres Lebens jedes Jahr einen Sohn bekommen, und Ruth würde nie einen von ihnen heiraten. Arme Mrs. Pommeroy!

»Ich hab dich lieb, weißt du das«, sagte sie zu Mrs. Pommeroy. »Dich mag ich am allerliebsten.«

»Ich steh auf dich, Ruth«, sagte Mrs. Pommeroy leise als Antwort.

Später an diesem Nachmittag verließ Ruth Mrs. Pommeroy und ging hinüber zum Haus der Addams', um zu sehen, was der Senator so machte. Ihr war noch nicht danach, nach Hause zu gehen. Ihr war auch nicht danach, mit ihrem Vater zu reden, wenn sie traurig war. Dann doch lieber mit dem Senator. Vielleicht würde er ihr ein paar alte Aufnahmen von Überlebenden eines Schiffbruchs zeigen und sie aufmuntern. Aber als sie bei den Addams' ankam, war nur Angus da. Er versuchte gerade, ein Gewinde in ein Stück Rohr zu schneiden, und er hatte eine richtig miese Laune. Er sagte ihr, der Senator sei wieder unten am Potter Beach, mit diesem dürren gottverdammten Schwachkopf von Webster Pommeroy, und sie suchten einen gottverdammten Elefantenstoßzahn.

»Nein«, sagte Ruth, »den Elefantenstoßzahn haben sie schon gefunden.«

»Herrgott, Ruthie, sie suchen den gottverdammten anderen Stoßzahn.« Er sagte das, als wäre er aus irgendeinem Grund böse auf sie.

»Herrje«, sagte sie. »Entschuldigung.«

Als sie unten am Potter Beach anlangte, lief der Senator unglücklich über den steinigen Sand, Cookie dicht an seinen Fersen.

»Ich weiß nicht, was ich mit Webster machen soll, Ruth«, sagte der Senator. »Er lässt es sich nicht ausreden.«

Webster Pommeroy war weit draußen im Schlick, kletterte unbeholfen dort herum. Er sah verstört und panisch aus. Ruth hätte ihn fast nicht erkannt. Er sah aus wie ein Kind, das dort herumtrampelte, ein dummes kleines Kind in großen Schwierigkeiten.

»Er gibt keine Ruhe«, sagte der Senator. »Er ist schon die ganze Woche so. Vor zwei Tagen hat es in Strömen gegossen, aber er wollte nicht reinkommen. Ich habe Angst, dass er sich verletzt. Gestern hat er sich beim Graben an einer Blechdose geschnitten. Es war nicht einmal eine alte Blechdose. Hat sich richtig den Daumen aufgerissen. Aber ich darf es mir nicht ansehen.«

»Was passiert, wenn du weggehst?«

»Ich lasse ihn nicht dort draußen, Ruth. Er würde die ganze Nacht dort draußen bleiben. Er sagt, er will den anderen Stoßzahn finden, als Ersatz für den, den Mr. Ellis genommen hat.«

»Dann geh doch hoch zum Haus Ellis und verlange den Stoßzahn zurück, Senator. Sag den Scheißkerlen, du brauchst ihn.«

»Das kann ich nicht, Ruth. Vielleicht behält Mr. Ellis den Stoßzahn, während er über das Museum nachdenkt. Vielleicht lässt er ihn schätzen oder so.«

»Mr. Ellis hat das Ding wahrscheinlich nicht einmal gesehen. Woher weißt du, dass Cal Cooley ihn nicht behalten hat?«

Sie sahen Webster noch eine Weile zu, wie er draußen herumfuhrwerkte.

Der Senator sagte leise: »Vielleicht könntest du hinauf zum Haus Ellis gehen und fragen?«

»Ich gehe nicht da hoch«, sagte Ruth. »Ich gehe nie wieder dort hoch.«

»Warum bist du denn heute hier heruntergekommen, Ruth?«, fragte der Senator nach einem unangenehmen Schweigen. »Brauchst du etwas?«

»Nein, ich wollte nur hallo sagen.«

»Nun, hallo, Ruthie.« Er sah sie nicht an; er beobachtete Webster mit echter Besorgnis im Gesicht.

»Hallo. Du hast es zur Zeit nicht leicht, nicht wahr?«, fragte Ruth.

»Ach, mir geht es gut. Wie geht es deiner Mutter, Ruth? Wie war deine Reise nach Concord?«

»Ich glaube, bei ihr ist alles in Ordnung.«

»Hast du ihr meine Grüße ausgerichtet?«

»Ich glaube schon. Du könntest ihr einen Brief schreiben, wenn du ihr wirklich einmal eine Freude machen willst.«

»Das ist eine schöne Idee, eine schöne Idee. Ist sie immer noch so hübsch?«

»Ich weiß nicht, wie hübsch sie früher war, aber sie sieht gut aus. Aber ich glaube, sie ist einsam. Die Ellis' sagen ihr ständig, ich soll aufs College gehen; sie würden es bezahlen.«

»Mr. Ellis hat das gesagt?«

»Nicht zu mir. Aber meine Mom redet davon, und Miss Vera, und sogar Cal Cooley. Das kommt noch, Senator. Mr. Ellis wird es bald vorschlagen, darauf wette ich.«

»Na ja, das Angebot hört sich ziemlich verlockend an.«

»Von jedem anderen wäre es ein tolles Angebot.«

»Stur, stur.«

Der Senator ging den ganzen Strand entlang. Ruth folgte ihm, und Cookie folgte Ruth. Der Senator war nicht bei der Sache.

»Störe ich?«, fragte Ruth.

»Nein«, sagte der Senator. »Nein, nein. Aber du kannst hier bleiben. Du kannst hier bleiben und mit aufpassen.«

»Mach dir keine Gedanken. Das wird wieder«, sagte Ruth. Aber sie konnte es nicht ertragen, Webster so mühsam im Schlick herumschlagen zu sehen. Und sie wollte dem Senator nicht weiter folgen, wenn er immer nur den Strand entlangging und die Hände rang. »Ich wollte sowieso nach Hause.«

Also machte sie sich auf den Heimweg. Ihr fiel nichts mehr ein, und es gab niemanden mehr auf Fort Niles, mit dem sie reden wollte. Es gab nichts auf Fort Niles, was sie machen wollte. Sie konnte sich genauso gut bei ihrem Vater zurückmelden, beschloss sie. Sie konnte genauso gut Abendessen machen.

9

Wird das Tier mit dem Schwanz oder dem Kopf voraus ins Wasser geworfen, richtet es sich, wenn es nicht völlig erschöpft ist, sofort auf und schießt mit ein paar heftigen Schwanzschlägen schräg zum Meeresboden hinab, als würde es eine schiefe Ebene hinunterrutschen.

Der amerikanische Hummer:
Lebensweise und Entwicklung. Eine Studie
Francis Hobart Herrick, Ph.D., 1895

Der zweite Hummerkrieg zwischen Courne Haven und Fort Niles fand zwischen 1928 und 1930 statt. Es war ein erbärmlicher Krieg, nicht der Rede wert.

Der dritte Hummerkrieg zwischen Courne Haven und Fort Niles wütete im Jahr 1946, eine hässliche, kurze Angelegenheit von vier Monaten. Er hatte größere Auswirkungen auf manche Inselbewohner als die Bombardierung von Pearl Harbour. Dieser Krieg hielt die Männer der Inseln vom Fischen ab, und zwar in einem Jahr, in dem in den Fischgewässern von Maine eine absolute Rekordmenge an Hummern gefangen wurde: sechstausend lizenzierte Fischer fingen in diesem Jahr neunzehn Millionen Pfund Hummer. Aber die Männer von Fort Niles und Courne Haven verpassten diesen Reichtum, weil sie zu sehr mit Streiten beschäftigt waren.

Der vierte Hummerkrieg zwischen Courne Haven und Fort Niles begann Mitte der fünfziger Jahre. Den Grund für diesen Krieg fand man nie ganz heraus. Es gab keinen bestimmten Anlass, nicht einen einzelnen Vorfall, der die Sicherungen zum

Durchbrennen brachte. Wie begann er also? Durch Schieben. Durch allmähliches, typisches, alltägliches Geschiebe. Entsprechend den Gesetzen von Maine darf jeder, der eine Lizenz zum Hummerfang hat, seine Körbe überall in den Fischgründen von Maine zu Wasser lassen. So steht es in den Gesetzen. Die Wirklichkeit sieht anders aus. Bestimmte Familien fischen in bestimmten Fanggründen, weil sie es immer schon getan haben; bestimmte Gebiete gehören zu bestimmten Inseln, weil es immer schon so war; bestimmte Fahrrinnen werden von bestimmten Leuten kontrolliert, weil sie es immer schon getan haben. Der Ozean wird zwar nicht durch Zäune und Besitzurkunden markiert, aber es gibt strikte Traditionen, und ein Neuling tut gut daran, diese Traditionen zu beachten.

Diese Grenzen sind zwar unsichtbar, aber real, und sie werden ständig getestet. Es liegt in der Natur des Menschen, seinen Besitz zu vergrößern, und Hummerfänger bilden keine Ausnahme. Sie schieben. Sie probieren aus, wie weit sie gehen können. Sie drücken und rütteln an den Grenzen, wann immer sie können, und versuchen, jedes Reich ein Stückchen hierhin, ein Stückchen dahin zu verschieben.

Vielleicht hat Mr. Cobb seine Fallen immer nur bis zu einer bestimmten Bucht ausgebracht. Doch was würde passieren, wenn Mr. Cobb eines Tages beschlösse, ein paar Fallen einige Fuß weiter draußen auszubringen, da wo Mr. Thomas traditionell immer gefischt hat? Was können ein paar Fuß denn schaden? Vielleicht würde es sogar unbemerkt bleiben. Mr. Thomas ist nicht mehr so genau wie früher, denkt Mr. Cobb. Vielleicht war Mr. Thomas krank, oder er hatte eines schlechtes Jahr, oder er hat seine Frau verloren und ist nicht mehr ganz so aufmerksam wie früher, und vielleicht – nur vielleicht – wird sein Geschiebe nicht bemerkt.

Vielleicht ist es auch so. Es könnte sein, dass Mr. Thomas es gar nicht merkt. Oder es ist ihm, aus welchen Gründen auch immer, vielleicht nicht wichtig genug, um Mr. Cobb deswegen anzugehen. Vielleicht ist es ihm aber doch nicht egal. Vielleicht regt er sich darüber wahnsinnig auf. Vielleicht tut Mr. Thomas seine Unzufriedenheit kund. Wenn Mr. Cobb in der nächsten Woche seine Körbe einholen will, dann stellt er vielleicht fest, dass Mr. Thomas einen halben Schlag in jede Leine geknotet hat, als Warnung. Vielleicht sind Mr. Thomas und Mr. Cobb Nachbarn, die in der Vergangenheit immer gut miteinander auskamen. Vielleicht sind ihre Ehefrauen Schwestern. Vielleicht sind sie gute Freunde. Mit diesen harmlosen Knoten will Mr. Thomas auf seine Weise sagen: »Ich sehe, was du hier vorhast, mein Freund, und ich bitte dich, dich verdammt noch mal aus meinem Territorium zurückzuziehen, solange ich noch Geduld mit dir habe.«

Vielleicht zieht sich Mr. Cobb dann zurück, und die Angelegenheit ist damit beendet. Vielleicht aber auch nicht. Wer weiß, was er für Gründe hat, weiterzumachen. Vielleicht ärgert sich Mr. Cobb, dass Mr. Thomas überhaupt so ein großes Stück Ozean beansprucht, wo doch Mr. Thomas gar kein so begnadeter Fischer ist. Vielleicht ist Mr. Cobb wütend, weil ihm das Gerücht zu Ohren gekommen ist, dass Mr. Thomas Hummer unter der gesetzlich vorgeschriebenen Mindestgröße behält, oder vielleicht hat Mr. Thomas' Sohn Mr. Cobbs attraktive dreizehnjährige Tochter mehr als einmal lüstern angesehen. Vielleicht hat Mr. Cobb selbst Probleme zu Hause und braucht mehr Geld. Vielleicht hat Mr. Cobbs Großvater früher Anspruch auf eben diesen Meeresarm erhoben, und Mr. Cobb holt sich nur zurück, was seiner Meinung nach rechtmäßig seiner Familie zusteht.

Er bringt also in der nächsten Woche wieder seine Körbe in Mr. Thomas' Fanggründen aus, nur ist das in seinen Augen jetzt nicht Mr. Thomas' Territorium, sondern das freie Meer und sein Eigentum als freier Amerikaner. Und um die Wahrheit zu sagen, er ist auch ein bisschen sauer auf diesen habgierigen Mistkerl Thomas, der einem einfach Knoten in die Leinen bindet, Herrgott noch mal, wo er doch nur versucht, sich seinen Lebensunterhalt zu verdienen. Was zum Teufel soll das denn bedeuten, ihm Knoten in die Leinen zu machen? Wenn Mr. Thomas ein

Problem hat, warum redet er dann nicht darüber wie ein Mann? Mittlerweile ist es Mr. Cobb auch egal, ob Mr. Thomas versucht, seine Fallen abzuschneiden. Soll er sie doch kappen! Zum Teufel mit ihm! Soll er es doch versuchen. Er wird dem Mistkerl eins überbraten.

Wenn Mr. Thomas dann wieder die Bojen seines Nachbarn in seinem Territorium vorfindet, muss er sich entscheiden. Die Leinen kappen? Mr. Thomas fragt sich, wie ernst Cobb es meint. Wer sind Cobbs Freunde und Verbündete? Kann Thomas es sich leisten, Fallen zu verlieren, falls Cobb sich rächt, indem er sie seinerseits kappt? Ist es überhaupt ein gutes Fanggebiet? Ist es wert, dafür zu kämpfen? Hatte je ein Cobb einen rechtmäßigen Anspruch darauf? Ist Cobb böswillig oder unwissend?

Es gibt viele Gründe, die jemanden dazu bringen können, Fallen versehentlich im Gebiet eines anderen auszubringen. Sind die Fallen in einem Sturm dorthin getrieben worden? Ist Cobb ein junger Hitzkopf? Sollte man bei jedem Affront gleich protestieren? Muss man ständig vor seinen Nachbarn auf der Hut sein? Andererseits, soll man denn schweigend dasitzen und zusehen, wie ein habgieriger Mistkerl von fremden Tellern isst, Herrgott noch mal? Kann es denn angehen, dass einem einfach die Lebensgrundlage genommen wird? Was ist, wenn Cobb beschließt, das ganze Areal zu übernehmen? Was, wenn Cobb Thomas seinerseits in die Fanggründe von jemand anderem drängt und Thomas noch mehr Schwierigkeiten bekommt? Muss man denn jeden Tag Stunden damit verbringen, solche Entscheidungen zu treffen?

Ja, man muss.

Als Hummerfänger muss man solche Entscheidungen jeden Tag treffen. So läuft das Geschäft. Und im Lauf der Jahre entwickelt ein Hummerfänger eine Taktik, einen Ruf. Wenn er fischt, um seinen Lebensunterhalt zu verdienen, wenn er fischt, um seine Familie zu ernähren, dann kann er sich es nicht leisten, passiv zu bleiben, und bald ist er entweder als Schieber oder als Kapper bekannt. Man kann es kaum vermeiden, das eine oder das andere zu werden. Jeder muss sich entweder bemühen, sein Territorium auszudehnen, indem er sich an die Fallen eines anderen heranschiebt, oder er muss sein Gebiet verteidigen, indem er alle Fallen kappt, mit denen sich jemand bei ihm hineinschieben will.

Sowohl *Schieber* als auch *Kapper* sind abfällige Bezeichnungen. Niemand möchte so genannt werden, aber beinahe jeder Hummerfänger ist das eine oder das andere. Oder beides. Im Allgemeinen sind junge Männer eher Schieber, und Kapper sind älter. Schieber haben wenige Fallen in ihrer Flotte; Kapper haben viele. Schieber haben wenig zu verlieren; Kapper haben alles zu verteidigen. Die Spannung zwischen Schiebern und Kappern lässt nie nach, selbst nicht innerhalb eines Ortes, gar innerhalb einer Familie.

Auf Fort Niles Island war Angus Addams der bekannteste Kapper unter den Bewohnern. Er kappte alles und jeden, der ihm zu nahe kam, und er prahlte damit. Von seinen Verwandten und Nachbarn sagte er: »Die haben seit fünfzig Jahren versucht, mir den Arsch wegzuschieben, und ich habe jeden einzelnen von diesen Mistkerlen gekappt.« In der Regel kappte Angus ohne Warnung. Er verschwendete keine Zeit damit, freundliche Warnknoten in die Leinen eines Fischers zu machen, der aus Unwissenheit oder versehentlich in sein Gebiet eingedrungen war. Es war ihm egal, wer dieser Fischer auf Irrwegen war oder welche Motive er hatte. Angus Addams kappte mit Wut und Konsequenz, und er fluchte, während er das nasse, algenglatte Seil durchsägte, verfluchte diejenigen, die versuchten zu nehmen, was rechtmäßig ihm gehörte. Er war ein guter Fischer. Er wusste, dass schlechtere als er, die ein Stück von dem, was er hatte, abhaben wollten, ihm unablässig folgten und ihn beobachteten. Bei Gott, er würde es ihnen nicht geben.

Angus Addams hatte sogar Ruths Vater, Stan Thomas, gekappt, der sein bester Freund auf der ganzen Welt war. Stan Thomas war kein großer Schieber, aber er hatte einmal Fallen hinter dem Jatty Rock ausgebracht, wo die einzigen Bojen, die dort je auf dem Wasser geschaukelt waren, die gelbgrün gestreiften Bojen von Angus Addams waren. Stan hatte bemerkt, dass Angus dort seit Monaten keine Körbe mehr ausgebracht hatte, und beschloss, es einmal zu versuchen. Er glaubte nicht, dass Angus das auffallen würde. Doch Angus fiel es auf. Und Angus kappte jeden einzelnen Korb an der Leine seines besten Freundes, zog die gekappten rotblauen Thomas-Bojen hoch, band sie mit einem Meter Seil zusammen und hörte für diesen Tag auf zu fischen, so stinksauer war er. Er machte sich auf die Suche nach Stan Thomas. Er fuhr durch alle Mündungen und Inseln im und um den Worthy Channel, bis er die *Miss Ruthie* ein Stück weiter fahren sah, umgeben von Seemöwen, die gierig auf Köder lauerten. Angus gab Gas und fuhr zu dem Boot hin. Stan Thomas unterbrach seine Arbeit und blickte zu seinem Freund hinüber.

»Ist was, Angus?«, fragte Stan.

Angus Addams warf die gekappten Bojen zu Stan aufs Deck, ohne ein Wort zu sagen. Er schmiss ihm die Bojen mit einer triumphierenden Geste hin, als wären es die abgetrennten Köpfe seiner schlimmsten Feinde. Stan betrachtete die Bojen gelassen.

»Ist was, Angus?«, wiederholte er.

»Versuch du noch einmal zu schieben«, sagte Angus, »und als Nächstes kapp ich dir deinen gottverdammten Hals.«

Das war Angus' Standarddrohung. Stan Thomas hatte sie schon x-mal gehört, manchmal an einen Übeltäter gerichtet, manchmal, wenn bei Bier und Cribbage hämisch alte Geschichten erzählt wurden. Aber Angus hatte sie noch nie Stan gegenüber ausgesprochen. Die zwei Männer, die zwei besten Freunde, sahen einander an. Ihre Boote schwankten unter ihnen.

»Du schuldest mir zwölf Fallen«, sagte Stan Thomas. »Die waren brandneu. Ich könnte dir jetzt sagen, du sollst dich hinsetzen und mir zwölf brandneue Fallen bauen, aber du kannst mir zwölf von deinen alten geben, und wir vergessen die Sache.«

»Du kannst mich am Arsch lecken.«

»Du hast das ganze Frühjahr keine Fallen dort ausgebracht«, sagte Stan.

»Glaub bloß nicht, du kannst mich verdammt noch mal verarschen, weil wir so was wie eine gottverdammte Geschichte haben, Stan.«

Angus Addams war dunkelrot am Hals, aber Stan Thomas hielt seinem Blick stand, ohne irgendeine Spur von Ärger zu zeigen. »Wenn du jemand anders wärst«, sagte Stan, »würde ich dir die Zähne einschlagen dafür, wie du mit mir redest.«

»Du sollst mir keine gottverdammte Sonderbehandlung geben.«

»Stimmt. Von dir bekomm ich ja auch keine.«

»Genau. Und du wirst auch nie eine von mir kriegen, deshalb halt deine gottverdammten Fallen zum Teufel noch mal von meinem Arsch fern.«

Dann fuhr er mit seinem Boot weg und zeigte Stan Thomas den Mittelfinger. Stan und Thomas sprachen fast acht Monate nicht mehr miteinander. Und dies alles spielte sich zwischen guten Freunden ab, zwischen zwei Männern, die jede Woche mehrmals zusammen zu Abend aßen, zwischen zwei Nachbarn, zwischen einem Lehrer und seinem Schützling. Das spielte sich zwischen zwei Männern ab, die nicht glaubten, der andere arbeite Tag und Nacht daran, ihn zu zerstören, was nämlich die Männer von Fort Niles Island und Courne Haven Island voneinander annahmen. Meistens auch zu Recht.

Es ist ein riskantes Geschäft. Und genau dieses Schieben und Kappen führte zum vierten Hummerkrieg, damals in den späten Fünfzigern. Wer fing ihn an? Schwer zu sagen. Feindseligkeit lag in der Luft. Manche Männer kamen aus Korea zurück, wollten wieder fischen und mussten feststellen, dass man ihnen ihre Fanggründe weggenommen hatte. Im Frühjahr 1957 waren mehrere junge Männer gerade volljährig geworden und hatten sich eigene Kutter gekauft. Sie versuchten, sich Platz zu verschaffen. Im Jahr zuvor war der Fischfang ertragreich gewesen, deshalb hatte jeder genügend Geld, um sich mehr Fallen und größere Boote mit größeren Maschinen zu kaufen, und die Fischer bedrängten sich gegenseitig.

Auf beiden Seiten wurde gekappt, und es wurde auch geschoben. Über einige Boote hinweg wurden Flüche gerufen.

Im Laufe der Monate wuchs der Groll stetig an. Angus Addams hatte keine Lust mehr, Fallen aus Courne Haven in seinem Fanggebiet zu kappen, und so wandte er fantasievollere Methoden an, um dem Feind die Tour zu vermasseln. Er nahm seinen gesamten Hausmüll mit an Bord, und wenn ihm fremde Fallen unterkamen, holte er sie ein und stopfte sie mit Müll voll. Einmal stopfte er ein altes Kissen in eine Falle, damit keine Hummer hineinkommen konnten, und er verschwendete auch mal einen ganzen Nachmittag damit, Nägel in eine Falle zu schlagen. Am Ende sah sie aus wie ein Folterinstrument mit Dornen. Angus hatte noch einen Trick auf Lager: Er füllte eine verirrte Falle mit Steinen und warf sie wieder ins Meer. Dieser Trick war äußerst aufwändig. Er musste erst die Steine mit Säcken und einem Schubkarren auf sein eigenes Boot laden, was allein schon viel Zeit kostete. Aber Angus betrachtete das nicht als Zeitverschwendung. Gerne malte er sich aus, wie die Mistkerle aus Courne Haven sich abmühten, eine Falle einzuholen, nur um lauter Schutt darin zu finden.

Angus hatte einen Heidenspaß an diesen Spielchen, bis er eines Tages eine seiner eigenen Fallen hochzog und darin eine Kinderpuppe fand, in deren Brust eine rostige Schere steckte. Das war eine alarmierende, brutale Botschaft aus dem Meer. Angus Addams' Steuermann kreischte wie ein Mädchen, als er die Puppe sah. Sie versetzte sogar Angus in Schrecken. Ihre blonden Haare hingen ihr nass über das Gesicht, das aus zersprungenem Porzellan bestand. Die steifen Lippen der Puppe formten ein erschrockenes O. Eine Krabbe war in die Falle gekrochen und hing am Kleid der Puppe.

»Was ist das für ein Scheiß?«, schrie Angus. Er zog die durchstochene Puppe aus der Falle und riss die Schere heraus. »Soll das eine scheißverdammte Drohung sein?«

Er nahm die Puppe mit zurück nach Fort Niles und zeigte sie dort herum, hielt sie den Leuten auf eine Weise ins Gesicht, die ziemlich unangenehm war. Die erstochene Puppe vermittelte eine Brutalität, über die sich jeder ärgerte. Eine Puppe? Was zum Teufel sollte das bedeuten? Müll und Nägel waren eine Sache, aber eine ermordete Puppe? Wenn jemand auf Courne Haven ein Problem mit Angus hatte, warum konnte dieser Mensch es ihm nicht ins Gesicht sagen? Wem gehörte die Puppe überhaupt? Wahrscheinlich gehörte sie der armen Tochter eines Fischers. Welcher Mensch würde die Puppe seiner kleinen Tochter erstechen, nur um damit etwas auszudrücken? Und was genau wollte er denn damit ausdrücken?

Die Leute dort drüben auf Courne Haven waren Tiere.

Am nächsten Morgen versammelten sich viele der Hummerfänger von Fort Niles weit früher als sonst im Hafen. Es war noch über eine Stunde bis zum Sonnenaufgang und immer noch dunkel. Die Sterne waren am Himmel zu sehen, und der düstere Mond stand niedrig. Die Männer machten sich als kleine Flotte in Richtung Courne Haven auf. Ihre Motoren schickten eine riesige stinkende Wolke von Dieselabgasen nach oben. Sie hatten keine bestimmte Absicht, aber sie fuhren entschlossen nach Courne Haven hinüber und hielten mit ihren Booten kurz vor der Hafeneinfahrt. Sie waren zu zwölft, die Fischer von Fort Niles, eine kleine Blockade. Niemand sagte etwas. Ein paar der Männer rauchten Zigaretten.

Nach etwa einer halben Stunde rührte sich etwas am Pier von Courne Haven. Die Männer von Courne Haven, die herunterkamen, um auf Hummerfang zu gehen, blickten aufs Meer hinaus und sahen die Reihe von Booten. Sie versammelten sich zu einer kleinen Gruppe auf dem Pier und blickten weiter zu den Booten hinaus. Ein paar der Männer tranken Kaffee aus Thermoskannen, und Dampf stieg zwischen ihnen auf. Die Gruppe wurde größer, als weitere Männer, die auf Hummerfang gehen wollten, zu der Gruppe auf dem Pier stießen.

Einige der Männer deuteten mit dem Finger. Ein paar rauchten ebenfalls. Nach etwa fünfzehn Minuten war es klar, dass sie nicht wussten, wie sie auf die Blockade reagieren sollten. Niemand näherte sich seinem Boot. Alle schlurften herum und unterhielten sich. Die Männer von Fort Niles konnten in ihren Booten wässrige Destillate der Gespräche auf Courne Haven hören. Manchmal war ein Husten oder ein Lachen deutlich zu erkennen. Das Gelächter machte Angus Addams völlig fertig.

»Scheißverdammte Weicheier«, sagte er, aber nur ein paar Männer in der Blockade konnten ihn hören, weil er vor sich hin nuschelte.

»Was ist los?«, sagte der Mann in dem Boot neben ihm, Angus' Cousin Barney.

»Was ist so lustig?«, fragte Angus. »Denen werd ich zeigen, was lustig ist.«

»Ich glaube nicht, dass die über uns lachen«, sagte Barney. »Ich glaube, die lachen einfach nur.«

»Denen zeig ich, was lustig ist.«

Angus Addams ging an sein Ruder, ließ den Motor aufheulen und schoss auf den Hafen von Courne Haven zu. Er raste zwischen den Booten hindurch, die in seinem Kielwasser schaukelten, dann verlangsamte er die Fahrt vor dem Pier. Es war Ebbe, und sein Boot lag weit, weit unterhalb der versammelten Fischer von Courne Haven. Sie gingen an den Rand des Piers, um zu Angus Addams hinunterzublicken. Keiner der anderen Fischer von Fort Niles war ihm gefolgt, sie waren an der Hafeneinfahrt geblieben. Niemand wusste, was er tun sollte.

»IHR SPIELT WOHL GERNE MIT PUPPEN?«, brüllte Angus Addams. Seine Freunde konnten ihn in ihren Booten klar und deutlich über das Wasser hören. Er hielt die ermordete Puppe hoch und schüttelte sie. Einer der Männer von Courne Haven sagte etwas, das seine Freunde zum Lachen brachte.

»KOMM HIER RUNTER!«, rief Angus. »KOMM HIER RUNTER UND SAG DAS NOCH MAL!«

»Was hat er denn gesagt?«, fragte Barney Addams Don Pommeroy. »Hast du gehört, was der gesagt hat?«

Don Pommeroy zuckte die Achseln.

In dem Moment kam ein großer Mann zum Pier hinunter, und die Fischer machten ihm Platz. Er war groß und breit und trug keinen Hut auf seinem schimmernden blonden Haarschopf. Er trug ein paar säuberlich aufgeschossene Leinen über der Schulter und hatte eine Blechdose mit Essen bei sich. Das Gelächter auf dem Pier von Courne Haven erstarb. Angus Addams sagte nichts; zumindest nichts, was seine Freunde hören konnten.

Ohne Angus eines Blickes zu würdigen, kletterte der blonde Mann den Pier hinunter, die Blechdose unter den Arm geklemmt, und bestieg ein Ruderboot. Er machte es vom Pfosten los und begann zu rudern. Seine Schläge waren schön anzusehen: erst ein langer Zug, gefolgt von einem schnellen, muskulösen Schwung. Innerhalb kürzester Zeit hatte er seinen Kutter erreicht und kletterte an Bord. Mittlerweile hatten die Männer in der Hafeneinfahrt erkannt, dass das Ned Wishnell war, ein wirklich hochklassiger Fischer und der jetzige Patriarch der Wishnell-Dynastie. Voller Neid sahen sie sein Boot an. Es war fünfundzwanzig Fuß lang, makellos, weiß, mit einem sauberen blauen Streifen. Ned Wishnell ließ den Motor an und fuhr aus dem Hafen.

»Wo zum Teufel will der hin?«, fragte Barney Addams.

Don Pommeroy zuckte wieder die Achseln.

Ned Wishnell fuhr genau auf sie zu, genau auf ihre Blockade, als wären sie gar nicht da. Die Fischer von Fort Niles blickten einander unsicher an. Sie wussten nicht, ob sie diesen Mann aufhalten sollten. Angus Addams war nicht da, um ihnen Anweisungen zu geben. Paralysiert sahen sie zu, wie Ned Wishnell mitten hindurch fuhr, zwischen Don Pommeroy und Duke Cobb hindurch, ohne nach links oder nach rechts zu blicken. Die Boote aus Fort Niles schwankten in seinem Kielwasser. Don musste sich an seiner Reling festhalten, sonst wäre er über Bord gegangen. Die Männer sahen zu, wie Ned Wishnell davonfuhr und immer kleiner wurde.

»Wo zum Teufel will der hin?« Barney schien offenbar immer noch eine Antwort zu erwarten.

»Ich glaube, er geht fischen«, sagte Don Pommeroy.

»Tolle Sache«, sagte Barney. Er zwinkerte auf den Ozean hinaus. »Hat er uns nicht gesehen?«

»Natürlich hat er uns gesehen.«

»Warum hat er nichts gesagt?«

»Was zum Teufel sollte er denn sagen?«

»Ich weiß nicht. So was wie: ›Hallo, Leute! Was ist los?‹«

»Halt die Klappe, Barney.«

»Wieso sollte ich?«, sagte Barney, aber er tat es.

Ned Wishnells Dreistigkeit nahm den Männern von Fort Niles alles Bedrohliche, und so kletterten die Fischer von Courne Haven einer nach dem anderen ihren Pier hinunter, stiegen in ihre Boote und machten sich auf zum Hummerfang. Wie ihr Nachbar Ned fuhren sie durch die Blockade der Boote von Fort Niles, ohne nach rechts oder nach links zu blicken. Angus Addams schrie noch eine Weile hinter ihnen her, doch das brachte die restlichen Männer aus Fort Niles in Verlegenheit, die nacheinander umdrehten und nach Hause fuhren. Angus fuhr als Letzter. Wie Barney später berichtete, war er »völlig fertig, fluchte und schimpfte und tobte wie ein Wahnsinniger«. Angus hatte eine Stinkwut, weil ihn seine Freunde sitzen gelassen hatten und weil aus einer Blockade, die recht anständig hätte werden können, ein nutzloser, fader Witz geworden war.

Das hätte das Ende des vierten Hummerkriegs zwischen Fort Niles und Courne Haven sein können. Wenn die Ereignisse dieses Morgens den Streit beendet hätten, dann wäre er gar nicht als Hummerkrieg in Erinnerung geblieben, sondern lediglich als eine der vielen Auseinandersetzungen und Konfrontationen. Im Lauf des Sommers wurde weiter geschoben und gekappt, aber nur noch vereinzelt. Meistens war Angus Addams verantwortlich für das Kappen, aber daran waren die Männer beider Inseln gewöhnt. Angus Addams hielt an seinem Eigentum fest wie ein Bullterrier. Alle anderen vereinbarten neue Grenzen. Einige

Fanggründe wurden getauscht; ein paar neue Fischer übernahmen alte Gebiete, ein paar alte Fischer reduzierten ihre Arbeit, einige Kriegsrückkehrer nahmen ihren alten Beruf als Fischer wieder auf.

Alles mündete in einem normalen, angespannten Frieden.

Für ein paar Wochen.

Ende April fuhr Angus Addams zufällig zur gleichen Zeit wie Don Pommeroy nach Rockland, um seine Hummer zu verkaufen. Don, ein Junggeselle, war ein wohl bekannter Idiot. Er war der harmlosere Bruder von Ira Pommeroy, dem missmutigen, hart gesottenen Ehemann von Rhonda Pommeroy, dem Vater von Webster und Conway und John und Fagan und so weiter. Angus Addams hielt von keinem der beiden Pommeroys sonderlich viel, aber schließlich landete er doch mit Don im Wayside Hotel, wo sie den Abend mit Trinken verbrachten, denn es war zu schlechtes Wetter und zu dunkel, um noch nach Hause zu fahren. Außerdem war ihm langweilig. Angus hätte vielleicht lieber alleine in seinem Hotelzimmer getrunken, aber so entwickelten sich die Dinge nun einmal nicht. Die Männer trafen sich beim Großhändler, und Don sagte: »Lass uns noch was trinken, Angus«, und Angus war einverstanden.

An diesem Abend waren ein paar Männer aus Courne Haven im Wayside. Fred Burden, der Geiger, war mit seinem Schwager Carl Cobb da. Es war stürmisch, eiskalt und regnete, und die Männer aus Courne Haven und die Männer aus Fort Niles waren die einzigen Gäste an der Bar. Sie kamen schließlich ins Gespräch. Es war keine unfreundliche Unterhaltung. Ja, sie begann, als Fred Burden ein Glas vor Angus Addams hinstellen ließ.

»Der soll dir Kraft geben«, rief Fred hinüber, »nachdem du einen langen Tag unsere Fallen gekappt hast.«

Das war allerdings eine feindselige Gesprächseröffnung, und so rief Angus Addams zurück: »Dann schick mir lieber die ganze Flasche. Ich habe heute verdammt noch mal mehr gekappt, als ein Drink wert ist.«

Auch das war feindselig, aber es führte nicht zu einer Prügelei. Es führte dazu, dass alle lachten. Die Männer hatten genug getrunken, um leutselig zu sein, aber noch nicht genug, um eine Prügelei anzufangen. Fred Burden und Carl Cobb rutschten an der Bar ein Stück näher an ihre Nachbarn aus Fort Niles heran. Natürlich kannten sie einander. Sie klopften sich auf den Rücken, bestellten noch ein paar Gläser Bier und Whisky, redeten über ihre neuen Boote und den neuen Großhändler und das neueste Fallenmodell. Sie redeten über die neuen Fischereibestimmungen, die der Staat ihnen auferlegte, und was für Idioten die neuen Aufseher waren. Es gab so viele Gemeinsamkeiten, dass für ausreichend Gesprächsstoff gesorgt war.

Carl Cobb war während des Koreakriegs in Deutschland stationiert gewesen. Er zog seine Brieftasche heraus und präsentierte ein bisschen deutsches Geld. Alle sahen sich Angus Addams' Stummel an, wo er den Daumen in der Winsch verloren hatte, und er musste erzählen, wie er den Finger über Bord geworfen und die Wunde mit seiner Zigarre ausgebrannt hatte. Fred Burden erzählte den anderen Männern, dass die Sommertouristen auf Courne Haven beschlossen hatten, auf der Insel ginge es zu brutal zu. Deshalb legten sie zusammen, um für die Monate Juli und August einen Polizisten zu bezahlen. Der Polizist, ein rothaariger Teenager aus Bangor, wurde in seiner ersten Woche auf der Insel dreimal verprügelt. Die Sommergäste besorgten dem Jungen sogar ein Polizeiauto, mit dem sich der dumme Kerl in einer Hochgeschwindigkeitsjagd überschlug, als er versuchte, ein Auto ohne Nummernschild zu erwischen.

»Eine Hochgeschwindigkeitsjagd!«, sagte Fred Burden. »Auf einer Insel, die vier Meilen lang ist! Herrgott noch mal, wie weit wollte der Kerl gehen? Der verdammte Typ hätte jemanden umbringen können.«

Jedenfalls, so fuhr Fred Burden fort, wurde der benommene junge Polizist aus seinem kaputten Auto gezogen und wieder verprügelt, diesmal von einem Nachbarn, der wütend war, weil er ein umgekipptes Polizeiauto in seinem Garten fand. Nach drei Wochen kehrte der junge Polizist nach Bangor zurück. Das Polizeiauto war immer noch auf der Insel. Einer der Wishnells hatte es gekauft und wieder hergerichtet, damit sein Kind damit herumfahren konnte. Die Sommertouristen waren wütend, aber Henry Burden und alle anderen sagten ihnen, wenn es ihnen auf Courne Haven nicht gefiele, sollten sie doch zurück nach Boston gehen, wo sie so viele Polizisten haben konnten, wie sie wollten.

Don Pommeroy meinte, das sei ein Vorteil an Fort Niles – dort gebe es keine Sommertouristen. Der Familie Ellis gehöre fast die ganze Insel, und sie wollten sie ganz für sich.

»Das ist aber wieder ein Vorteil von Courne Haven«, sagte Fred Burden. »Keine Familie Ellis.«

Alle lachten. Das war ein gutes Argument.

Angus Addams erzählte von der alten Zeit auf Fort Niles, als die Granitindustrie noch blühte. Damals hatten sie einen Polizisten, den idealen Inselpolizisten schlechthin. Zuallererst war er ein Addams, also kannte er jeden und wusste, wie die Dinge liefen. Er ließ die Inselbewohner in Ruhe und sorgte im Prinzip nur dafür, dass die Italiener nicht zu viele Schwierigkeiten machten. Roy Addams war sein Name; er war von der Familie Ellis angestellt worden, um für Ordnung zu sorgen. Den Ellis' war es egal, was der gute alte Roy machte, solange niemand ermordet oder ausgeraubt wurde. Er hatte einen Streifenwagen – eine große Packardlimousine mit Holzarmaturen –, aber er fuhr ihn nie. Roy hatte seine eigene Theorie über das Polizistendasein. Er saß bei sich zu Hause, hörte Radio, und wenn etwas auf der Insel passierte, wusste jeder, wo er zu finden war. Sobald er von einem Verbrechen hörte, machte er sich auf und knöpfte sich den Übeltäter vor. Das sei ein guter Inselpolizist gewesen, meinte Angus. Fred und sein Schwager stimmten zu.

»Es hat nicht einmal ein Gefängnis gegeben«, sagte Angus. »Wenn du in Schwierigkeiten gekommen bist, musstest du eine Weile bei Roy im Wohnzimmer sitzen.«

»Das hört sich recht gut an«, sagte Fred. »So sollte es ein Polizist auf einer Insel halten.«

»Wenn überhaupt Polizei da sein muss«, sagte Angus.

»Stimmt. Wenn überhaupt.«

Dann erzählte Angus den Witz über den kleinen Eisbären, der wissen will, ob in seiner Familie Koalabärenblut ist, und Fred Burden sagte, das erinnere ihn an den mit den drei Eskimos in der Bäckerei. Don Pommeroy erzählte den mit dem Japaner und dem Eisberg, aber er versaute die Pointe, deshalb musste Angus Addams ihn noch mal richtig erzählen. Carl Cobb sagte, er habe ihn schon mal anders gehört, und er erzählte seine Version noch einmal ganz, die beinahe die gleiche war. Das war Zeitverschwendung. Don steuerte den Witz über die katholische Dame und den sprechenden Frosch bei, aber auch an dem scheiterte er ziemlich.

Angus Addams ging auf die Toilette, und als er zurückkam, stritten sich Don Pommeroy und Fred Burden, und zwar ziemlich verbissen. Einer hatte mit irgendetwas angefangen. Ein Wort gab das andere. Sicher ist, sie haben sich nicht lange bitten lassen. Angus Addams ging hinüber, um herauszufinden, worum sich der Streit drehte.

»Unmöglich«, sagte Fred Burden mit rotem Gesicht. Er spuckte beim Reden. »Niemals könntest du das! Er würde dich umbringen!«

»Ich sage nur, ich könnte es«, sagte Don Pommeroy langsam und gemessen. »Ich sage nicht, dass es leicht wäre.«

»Wovon redet er denn?«, fragte Angus Carl.

»Don hat mit Fred Burden um hundert Dollar gewettet, dass er einen Ein-Meter-fünfzig-Affen im Kampf schlagen könnte«, sagte Carl.

»Was?«

»Zu Brei schlagen würde er dich!«, brüllte Fred jetzt. »Fertig machen würde dich ein Ein-Meter-fünfzig-Affe.«

»Ich bin ein guter Kämpfer«, sagte Don.

Angus verdrehte die Augen und setzte sich. Fred Burden tat ihm Leid. Fred Burden kam aus Courne Haven, aber er hatte es nicht verdient, in so ein blödes Gespräch mit einem bekannten Idioten wie Don Pommeroy verwickelt zu werden.

»Hast du denn überhaupt schon mal einen gottverdammten Affen gesehen?«, fragte Fred. »Wie ein Affe gebaut ist? Die Arme eines Ein-Meter-fünfzig-Affen hätten eine Spanne von eins achtzig. Weißt du, wie stark ein Affe ist? Du könntest keinen Affen verprügeln, der einen halben Meter groß ist. Er würde dich umhauen.«

»Aber er würde nicht wissen, wie man kämpft«, sagte Don. »Das ist mein Vorteil. Ich kann kämpfen.«

»Das ist doch jetzt blöd. Wir setzen doch voraus, dass er weiß, wie man kämpft.«

»Tun wir nicht.«

»Worüber reden wir dann? Wie können wir darüber reden, gegen einen Ein-Meter-fünfzig-Affen zu kämpfen, wenn der Affe nicht mal kämpfen kann?«

»Ich sage nur, ich könnte ihn schlagen, wenn er kämpfen könnte.« Don sprach sehr ruhig. Er war der Fürst der Logik.

»Wenn ein Ein-Meter-fünfzig-Affe kämpfen könnte, dann könnte ich ihn schlagen.«

»Was ist mit den Zähnen?«, fragte Carl Cobb, der jetzt echtes Interesse zeigte.

»Halt's Maul, Carl«, sagte sein Schwager Fred.

»Das ist eine gute Frage«, sagte Don und nickte weise. »Der Affe dürfte seine Zähne nicht einsetzen.«

»Dann würde er aber doch nicht kämpfen!«, brüllte Fred. »Ein Affe würde doch kämpfen, indem er beißt!«

»Beißen ist verboten«, sagte Don, und sein Verdikt war endgültig.

»Würde er boxen? Ist es das?«, fragte Fred Burden. »Sagst du, du könntest einen Ein-Meter-fünfzig-Affen in einem Boxkampf schlagen?«

»Genau«, sagte Don.

»Aber ein Affe wüsste gar nicht, wie man boxt«, bemerkte Carl Cobb mit gerunzelter Stirn.

Don nickte zufrieden. »Genau deshalb«, sagte er, »würde ich gewinnen.«

Fred Burden blieb nun keine andere Wahl, als Don k. o. zu schlagen, und das tat er auch. Angus Addams sagte später, er hätte es selbst getan, wenn Don noch ein einziges gottverdammtes Wort über einen Boxkampf mit einem Ein-Meter-fünfzig-Affen gesagt hätte, aber Fred war der Erste, der es nicht mehr aushielt, und so verpasste er Don eine. Carl Cobb sah so verblüfft aus, dass er wiederum Angus wirklich ärgerte, und so schlug Angus Carl. Dann schlug Fred Angus. Auch Carl schlug Angus, aber nicht so fest. Don stand vom Boden wieder auf und warf sich, gebeugt und mit Geheule, Fred direkt in die Eingeweide, sodass Fred rückwärts in ein paar leere Barhocker fiel, die schwankten und klappernd umfielen.

Die beiden Männer – Fred und Don – wälzten sich auf dem Boden der Bar. Irgendwie lagen sie nun Kopf an Fuß und Fuß an Kopf, was keine sehr effektive Lage in einem Kampf war. Sie sahen aus wie ein großer, schwerfälliger Seestern – nur Arme und Beine. Fred Burden lag obenauf, stemmte die Spitze seines Stiefels in den Boden und drehte sich und Don im Kreis, um irgendwie Halt zu finden.

Carl und Angus hatten aufgehört zu kämpfen. Sie waren sowieso nicht richtig an der Sache beteiligt. Jeder hatte einen Treffer gelandet, das genügte ihnen. Jetzt standen sie nebeneinander mit dem Rücken zur Bar und sahen ihren Freunden auf dem Boden zu.

»Gib's ihm, Fred!«, johlte Carl und warf Angus einen verlegenen Seitenblick zu.

Angus zuckte die Achseln. Ihm war es ziemlich egal, ob Don Pommeroy verprügelt wurde. Er hatte es verdient, der Idiot. Ein Ein-Meter-fünfzig-Affe. Herrgott noch mal.

Fred Burden grub Don die Zähne ins Schienbein und biss sich fest. Don brüllte angesichts dieser Ungerechtigkeit: »Beißen verboten! Beißen verboten!« Er war offensichtlich empört, denn er hatte diese Regel in Bezug auf den Affenkampf eindeutig festgelegt. Angus Addams beobachtete von der Bar aus eine Weile das unbeholfene Gerangel, dann seufzte er, wandte sich um und bat den Barkeeper um die Rechnung. Der Barkeeper, ein kleiner, zierlicher Mann, dem die Angst im Gesicht stand, hielt einen Baseballschläger, der halb so groß war wie er.

»Den brauchen Sie nicht«, sagte Angus und nickte auf den Schläger.

Der Barkeeper sah erleichtert aus und schob den Schläger wieder unter die Bar. »Soll ich die Polizei rufen?«

»Kein Grund zur Besorgnis. Das ist keine große Sache. Die beiden sollen es auskämpfen.«

»Worum geht es eigentlich?«, fragte der Barkeeper.

»Ach, das sind alte Freunde«, sagte Angus, und der Barkeeper lächelte erlöst, als würde das alles erklären. Angus zahlte seine Rechnung und ging an den Männern vorbei (die auf dem Boden miteinander rangen und ächzten), um sich oben hinzulegen.

»Wo gehst du hin?« Don Pommeroy schrie Angus vom Boden aus nach, als er ging. »Wo zum Teufel gehst du hin?«

Angus hatte den Schauplatz des Kampfes verlassen, weil er dachte, das Ganze sei harmlos, aber es stellte sich heraus, dass es genau das schließlich doch nicht war.

Fred Burden war ein hartnäckiger Mistkerl, und Don war so stur, wie er dumm war, und keiner der beiden Männer gab nach. Der Kampf ging noch gute zehn Minuten weiter, nachdem Angus ins Bett gegangen war. Nach Carl Cobbs Aussage waren Fred und Don »zwei Hunde auf freiem Feld«, bissen, traten, schlugen zu. Don versuchte, Fred ein paar Flaschen über den Kopf zu hauen, und Fred brach Don ein paar Finger, und zwar so heftig, dass man das Knacken hörte. Der Barkeeper, ein nicht sonderlich heller Mensch, dem Angus gesagt hatte, er müsse sich wegen der Rauferei keine Gedanken machen, ließ dies auch sein.

Selbst als Fred auf Dons Brustkorb saß, die Fäuste voller Haare hatte und Dons Kopf immer wieder auf den Boden haute, griff der Barkeeper nicht ein. Fred schlug Dons Kopf auf den Boden, bis Don bewusstlos war, dann lehnte er sich keuchend zurück.

Der Barkeeper polierte gerade einen Aschenbecher mit einem Handtuch, als Carl meinte: »Vielleicht sollten Sie jemanden rufen.« Der Barkeeper blickte über die Bar und sah, dass Don sich nicht bewegte und sein Gesicht ganz zerschlagen war. Auch Fred blutete, und einer seiner Arme hing merkwürdig herunter. Der Barkeeper rief die Polizei.

Angus Addams hörte erst am nächsten Morgen davon, als er zum Frühstück aufstand und seine Sachen packte, um nach Fort Niles zurückzufahren. Er erfuhr, dass Don Pommeroy im Krankenhaus war, und dass es nicht gut aussah. Er sei nicht mehr aufgewacht, hörte Angus. Er habe »innere Verletzungen«, und es hieß, ein Lungenflügel habe einen Riss.

»Scheißkerl«, sagte Angus tief beeindruckt.

Er hätte nie gedacht, der Streit würde sich zu so einer ernsten Sache ausweiten. Die Polizei stellte Angus Fragen, aber sie ließen ihn gehen. Fred Burden hielten sie noch fest, doch der war selbst so lädiert, dass man noch keine Anklage erhoben hatte. Die Polizei war ratlos, denn der Barkeeper – der einzige nüchterne, verlässliche Zeuge – beharrte darauf, dass die beiden Männer alte Freunde waren, die nur Spaß gemacht hatten.

Angus kam am Spätnachmittag auf der Insel an und ging Dons Bruder Ira suchen, aber Ira hatte die Neuigkeiten bereits gehört. Die Polizei von Rockland hatte ihn angerufen und ihn informiert, dass sein Bruder im Koma liege, weil er von einem Fischer aus Courne Haven in einer Bar verprügelt worden sei. Ira drehte durch. Er rannte durch die Gegend, ließ seine Muskeln spielen, fuchtelte mit den Fäusten in der Luft herum und brüllte. Rhonda, seine Frau, versuchte ihn zu beruhigen, aber er hörte nicht auf sie. Er würde mit einer Schrotflinte nach Courne Haven fahren und »Schwierigkeiten machen«. Er versammelte sich mit ein paar Freunden und wiegelte sie richtig auf. Am Ende nahm niemand eine Schrotflinte mit an Bord, aber der angespannte Frieden, der zwischen den beiden Inseln geherrscht hatte, war gebrochen, und der vierte Hummerkrieg gegen Courne Haven stand unmittelbar bevor.

Die täglichen Einzelheiten dieses Krieges sind unbedeutend; es war ein typischer Hummerkrieg. Sie kämpften, kappten, schoben; Vandalismus, Diebstahl, Aggressionen, Anschuldigungen, Paranoia, Einschüchterungen, Terror, Feigheit und Drohungen waren an der Tagesordnung. Handel gab es so gut wie keinen. Es ist schon schwer genug, vom Fischfang zu leben, aber es ist noch schwerer, wenn der Fischer seine Tage damit verbringen muss, sein Eigentum zu verteidigen oder das Eigentum eines anderen anzugreifen.

Ruths Vater holte ohne viel Aufhebens und ohne zu zögern seine Fallen aus dem Wasser, genau wie sein Vater es während des ersten Hummerkriegs zwischen Courne Haven und Fort Niles, damals im Jahr 1903, gemacht hatte. Er holte das Boot aus dem Wasser und lagerte es in seinem Vorgarten. »Ich mische mich bei solchen Sachen nicht ein«, erzählte er seinen Nachbarn. »Mir ist es egal, wer wem was angetan hat.« Stan Thomas hatte alles durchgerechnet. Wenn er das Ende des Krieges abwartete, würde er weniger Geld verlieren als seine Nachbarn. Er wusste, er würde nicht ewig dauern.

Der Krieg dauerte sieben Monate. Stan Thomas nutzte die Zeit, um sein Boot zu reparieren, neue Fallen zu bauen, sein Tauwerk zu teeren, seine Bojen anzumalen. Während seine Nachbarn unablässig kämpften und sich selbst und andere wieder in die Armut trieben, polierte er seine Ausrüstung zu glänzender Perfektion. Klar, die anderen übernahmen seine Fischgründe, aber er wusste, sie würden sich völlig verausgaben, und er würde sich alles zurückholen können – und mehr. Sie würden am Ende sein. In der Zwischenzeit richtete er seine Ausrüstung her, und jedes Messingteil und jedes Fass sah danach fantastisch aus. Seine frisch gebackene Frau Mary half ihm viel und malte seine Bojen sehr hübsch an. Sie hatten keine Geldprobleme; das Haus war längst abbezahlt, und Mary war äußerst genügsam. Sie hatte ihr ganzes Leben in einem Zimmer gewohnt, das nur zehn Quadratmeter groß war, und sie hatte nie etwas besessen. Sie erwartete nichts, bat um nichts. Sie konnte einen herzhaften Eintopf aus einer Karotte und einem Hühnerknochen machen. Sie legte einen Garten an, flickte die Kleider ihres Mannes, stopfte ihm die Socken. Sie war an solche Arbeit gewöhnt. Zwischen dem Stopfen von Wollsocken und dem Sortieren von Seidenstrümpfen besteht kein sehr großer Unterschied.

Mary Smith-Ellis Thomas versuchte sanft, ihren Mann davon zu überzeugen, im Haus Ellis zu arbeiten und nicht wieder mit dem Hummerfang zu beginnen, aber er wollte nichts davon hören. Er wolle keines dieser Arschlöcher in seiner Nähe haben, sagte er ihr. »Du könntest in den Ställen arbeiten«, sagte sie, »da würdest du sie nie sehen.« Aber er wollte auch nicht die Scheiße der Pferde von irgendeinem dieser Arschlöcher schaufeln. Also ließ sie es sein. Mary hatte im Stillen davon geträumt, ihr Mann und die Ellis' würden einander eines Tages gern haben, und sie würde wieder im Haus Ellis willkommen sein. Nicht als Dienstbotin, sondern als Mitglied der Familie. Vielleicht würde Vera Ellis Stan dann endlich bewundern. Vielleicht würde Vera Stan und Mary zum Lunch einladen. Vielleicht würde Vera Stan eine Tasse Tee einschenken und sagen: »Ich bin so glücklich, dass Mary einen so findigen Herrn geheiratet hat.«

Als sie eines Nachts in ihrem neuen Zuhause mit ihrem neuen Mann im Bett lag, fing Mary ganz vorsichtig an, Andeutungen zu machen. »Vielleicht könnten wir Miss Vera einmal besuchen …«, begann sie, aber ihr Ehemann unterbrach sie mit dem Hinweis, dass er eher seine eigenen Ausscheidungen essen würde, als Vera Ellis zu besuchen.

»Oh«, sagte Mary.

Also ließ sie es bleiben. Sie verwandte all ihren Einfallsreichtum darauf, ihrem Mann durch die mageren Monate des Hummerkriegs zu helfen, und dafür erntete sie kleine, wertvolle Anerkennungen. Er saß gerne im Wohnzimmer und sah ihr zu, wie sie Vorhänge nähte. Das Haus war makellos, und ihre Versuche, es zu schmücken, fand er liebenswert. Mary stellte Wassergläser mit selbst gepflückten Blumen auf das Fensterbrett. Sie polierte seine Ausrüstung. Sie war wirklich bezaubernd.

»Komm her«, sagte er dann am Ende des Tages und klopfte sich aufs Knie.

Mary ging zu ihm hinüber und setzte sich auf seinen Schoß. Er öffnete die Arme. »Komm hier rein«, sagte er, und sie drückte sich an ihn. Wenn sie sich hübsch anzog oder sich nett frisierte, nannte er sie Mint, weil sie so frisch aussah wie Pfefferminze.

»Komm her, Mint«, sagte er.

Oder wenn er ihr zusah, wie sie seine Hemden bügelte, sagte er: »Schön machst du das, Mint.«

Sie verbrachten jeden Tag miteinander, und zwar den ganzen Tag, weil er nicht aufs Meer hinausfuhr. In ihrem Haus bekam man das Gefühl, sie arbeiteten auf ein gemeinsames Ziel hin, und sie waren ein Team, unverdorben von den niedrigen Streitigkeiten der restlichen Welt. Der Hummerkrieg zwischen Courne Haven und Fort Niles tobte um sie herum und zerfraß alle außer ihnen. Sie waren Mr. und Mrs. Stan Thomas. Sie brauchten, so glaubte Mary, nur einander. Sie stärkten ihr Zuhause, während das von anderen stark angegriffen wurde.

Diese sieben Kriegsmonate waren die glücklichste Zeit ihrer Ehe. Diese sieben Kriegsmonate lösten in Mary Smith-Ellis Thomas ein Glücksgefühl aus – das Gefühl, dass sie zweifellos die richtige Entscheidung getroffen hatte, als sie Vera Ellis verlassen hatte, um Stan zu heiraten. Sie spürte plötzlich ihren eigenen Wert. Sie war an Arbeit gewöhnt, aber sie war überhaupt nicht daran gewöhnt, für ihre eigene Zukunft zu arbeiten, zu ihrem eigenen Nutzen. Sie hatte einen Ehemann, und er liebte sie. Sie war ihm wichtig. Das sagte er ihr.

»Du bist klasse, Mint.«

Nach sieben Monaten der täglichen Pflege hatte Stan Thomas eine Paradeausrüstung. Er konnte sich die Hände reiben wie ein Millionär, wenn er seine Ausrüstung und sein Boot betrachtete. Er konnte lachen wie ein Tyrann, wenn er seine Freunde und Nachbarn beobachtete, die sich durch den Krieg selbst ruinierten.

Kämpft es aus, drängte er die anderen im Stillen. Na los. Kämpft es aus.

Je länger die anderen kämpften, desto schwächer wurden sie. Umso besser für Stan Thomas, wenn er dann schließlich sein Boot wieder zu Wasser ließe. Er wünschte, der Krieg ginge noch weiter, aber im November 1957 war der vierte Hummerkrieg zwischen Courne Haven und Fort Niles zu Ende. Hummerkriege enden meistens im Winter. Viele Fischer hören im November unter ansonsten besten Bedingungen auf zu arbeiten, weil das Wetter zu rau ist. Wenn weniger Fischer dort draußen sind, sinkt die Wahrscheinlichkeit einer Konfrontation. Der Krieg hätte wegen des Wetters zu Ende gehen können. Beide Inseln hätten ihren Winterschlaf halten können, und wenn das Frühjahr kam, wären die alten Streitigkeiten vielleicht fallen gelassen worden. Doch 1957 kam es anders.

Am achten November machte sich ein junger Mann namens Jim Burden aus Courne Haven Island auf, um auf Hummerfang zu gehen. Er hatte gleich frühmorgens sein Boot auftanken wollen, aber bevor er die Tankstelle erreicht hatte, sah er die in einem scheußlichen grellen Grün gestrichenen Bojen eines Fremden zwischen seinen Fallen schaukeln. Es waren die Bojen von Ira Pommeroy aus Fort Niles Island. Jim erkannte sie sofort. Und er wusste, wer Ira Pommeroy war. Ira Pommeroy, der Ehemann von Rhonda, Vater von Webster und Conway und John und so weiter, war der Bruder von Don Pommeroy. Der in einem Krankenhaus in Rockland war und wieder laufen lernte, nachdem er von Fred Burden verprügelt worden war. Der wiederum Jim Burdens Vater war.

Ira Pommeroy hatte Fred Burden und den jungen Jim seit Monaten belästigt, und Jim hatte genug davon. Jim Burden hatte diese Fallen erst am Tag zuvor gleich vor der Nordküste von Courne Haven ausgebracht. Sie waren so nahe an Courne Haven, dass Jim sie praktisch von seinem Haus aus sehen konnte. Sie waren an einer Stelle, wo ein Fischer aus Fort Niles nichts zu suchen hatte. Um diese verbrecherischen Fallen zu Wasser zu lassen, musste Ira Pommeroy mitten in der Nacht herübergekommen sein. Was trieb einen Menschen zu so etwas? Schlief der Mann denn nie?

Es sollte angemerkt werden, dass die Bojen, die Ira Pommeroy vor Jims Küstenlinie gesetzt hatte, Attrappen waren. An den Leinen waren keine Fallen angebracht, sondern Zementblöcke. Ira Pommeroy hatte nicht vor, Jim Burden die Hummer wegzunehmen. Er hatte vor, Jim Burden in den Wahnsinn zu treiben, und das funktionierte. Jim, ein sanftmütiger Neunzehnjähriger, den dieser Hummerkrieg ziemlich eingeschüchtert hatte, verlor augenblicklich jegliche Geduld und machte sich auf den Weg zu Ira Pommeroy. Jim kochte vor Wut. Normalerweise fluchte er nicht, doch während er sein Boot über die Wellen jagte, murmelte er Dinge wie: »Verdammt, verdammt, verdammt. Der Teufel soll ihn holen!«

Er erreichte Fort Niles und machte sich auf die Suche nach Ira Pommeroys Boot. Er war sich nicht sicher, ob er es erkennen würde, aber er war fest entschlossen, es zu finden. Er kannte sich auf dem Wasser um Fort Niles einigermaßen aus, aber ein paar Mal kam er Felsvorsprüngen gefährlich nahe, die er vom Ruder aus nicht sehen konnte. Er achtete nicht sehr auf den Untergrund oder auf Landmarken, die ihm den Weg nach Hause weisen würden. Er dachte nicht daran, nach Hause zurückzukommen. Er suchte Boote, die einem Fischer aus Fort Niles gehörten.

Er suchte den Horizont nach Möwenschwärmen ab und folgte den Möwen zu den Hummerkuttern. Immer wenn er ein Boot fand, fuhr er nahe heran, bremste ab und versuchte zu sehen, wer an Bord war. Er sagte nichts zu den Fischern, und sie sagten nichts zu ihm. Sie unterbrachen ihre Arbeit und sahen ihn an. *Was hat der Junge denn vor? Was hat er denn für ein Gesicht? Er ist ja ganz lila, um Himmels willen.*

Jim Burden sagte kein Wort. Er sauste wieder davon, auf der Suche nach Ira Pommeroy. Er wusste nicht genau, was er tun würde, sobald er ihn gefunden hatte, aber seine Gedanken gingen in Richtung Mord.

Es war ein Pech für Jim Burden, dass es ihm nicht einfiel, im Hafen von Fort Niles nach Ira Pommeroys Boot zu suchen, denn dort lag es und schaukelte ruhig vor sich hin. Ira Pommeroy hatte sich den Tag freigegeben. Er war erschöpft, weil er in der Nacht Zementblöcke vor Courne Haven versenkt hatte, und er hatte bis acht Uhr morgens geschlafen. Während Jim Burden auf der Suche nach Ira im Atlantik herumsauste, lag Ira mit seiner Frau Rhonda im Bett und machte noch einen Sohn.

Jim Burden fuhr weit hinaus. Er fuhr viel weiter hinaus, als ein Hummerkutter jemals fahren muss. Er fuhr jenseits aller Bojen. Er folgte dem, was er für einen Schwarm Möwen hielt, weit, weit hinaus aufs Meer, doch als er näher kam, verschwanden die Seemöwen. Sie lösten sich am Himmel auf wie Zucker in heißem Wasser. Jim Burden fuhr langsamer und blickte sich um. Wo war er? In der Ferne schimmerte Fort Niles Island, eine bleiche, graue Erscheinung. Seine Wut wich nun Frustration, und als auch diese nachließ, wurde sie durch so etwas wie Angst ersetzt. Das Wetter wurde schlecht. Der Seegang war hoch. Über den Himmel peitschten schnelle, schwarze Wolken, die rasch heraufgezogen waren. Jim war sich gar nicht sicher, wo er war.

»Verdammt«, sagte Jim Burden. »Zum Teufel mit ihm.«

Dann ging ihm der Treibstoff aus.

»Verdammt«, sagte er wieder, und diesmal meinte er es ernst.

Er versuchte, die Maschine anzulassen, aber es ging nicht.

Keine Chance. Er hatte überhaupt nicht daran gedacht, dass so etwas passieren konnte. Er hatte den Treibstoff vergessen.

»Oje«, sagte der neunzehnjährige Jim Burden.

Jetzt fürchtete und schämte er sich gleichzeitig. Ein toller Fischer war er. Denkt nicht an seinen Tank. Wie blöd konnte man eigentlich sein? Jim ging ans Funkgerät und sandte einen knackenden Hilferuf aus. »Hilfe«, sagte er, »mein Tank ist leer.« Er war sich nicht sicher, ob es dafür einen seemännischeren Ausdruck gab. Eigentlich wusste er überhaupt nicht viel über die Schifffahrt. Es war das erste Jahr, in dem er alleine zum Fischfang fuhr. Er hatte jahrelang als Steuermann für seinen Vater gearbeitet und deshalb angenommen, er wisse alles über den Ozean, doch jetzt wurde ihm klar, dass er vorher nichts als ein Passagier gewesen war. Sein Dad hatte sich um alles gekümmert, während er nur die Schwerarbeit hinten im Boot gemacht hatte. All die Jahre hatte er nicht richtig aufgepasst, und jetzt saß er alleine auf einem Boot mitten im Nirgendwo.

»Hilfe!«, sagte er wieder ins Funkgerät. Dann fiel ihm das Wort ein. »Mayday!«, sagte er. »Mayday!«

Die erste Stimme, die ihm antwortete, war die von Ned Wishnell, und als der junge Jim sie hörte, zuckte er zusammen. Ned Wishnell war der beste Fischer in Maine, sagten die Leute. So etwas würde Ned Wishnell nie passieren, es würde keinem Wishnell passieren. Jim hatte insgeheim gehofft, er könne sein Missgeschick durchstehen, ohne dass Ned Wishnell es herausfände.

»Ist da Jimmy?«, knisterte Neds Stimme.

»Hier ist die *Mighty J*«, antwortete Jim. Er dachte, er würde sich erwachsener anhören, wenn er den Namen des Bootes nannte. Doch gleich darauf schämte er sich für den Namen. Die *Mighty J*! Ja, genau.

»Ist da Jimmy?«, hörte er Neds Stimme wieder.

»Hier ist Jimmy«, sagte Jimmy. »Ich hab kein Benzin mehr. Tut mir Leid.«

»Wo bist du, mein Junge?«

»Ich … äh … weiß nicht.« Er hasste es, das sagen zu müssen, hasste es, das zuzugeben. Ausgerechnet vor Ned Wishnell!

»Das hab ich nicht verstanden, Jimmy.«

»Ich weiß es nicht!« Jetzt schrie Jimmy. Wie peinlich.

»Ich weiß nicht, wo ich bin.«

Stille folgte. Dann ein unverständliches Gegurgel.

»Das hab ich nicht verstanden, Ned«, sagte Jim. Er versuchte zu klingen wie der ältere Mann und imitierte dessen Tonfall. Versuchte, ein bisschen Würde zu wahren.

»Siehst du irgendwelche Landmarken?«, fragte Ned.

»Fort Niles ist, ähm, vielleicht zwei Meilen westlich«, doch noch während er das sagte, merkte er, dass er die ferne Insel gar nicht mehr sah. Ein Nebel war heraufgezogen, und es wurde dunkel wie am Abend, obwohl es erst zehn Uhr morgens war. Er wusste nicht, in welche Richtung er trieb.

»Wirf den Anker aus. Bleib, wo du bist«, sagte Ned Wishnell und verabschiedete sich.

Ned fand den Jungen. Es dauerte mehrere Stunden, aber er fand Jimmy. Er hatte die anderen Fischer verständigt, und sie alle würden Jimmy suchen. Selbst ein paar Fischer aus Fort Niles fuhren hinaus, um nach Jim Burden zu suchen. Es war fürchterliches Wetter. An einem normalen Tag wären alle wegen des Wetters in den Hafen eingelaufen, aber sie blieben draußen, um nach dem jungen Jimmy zu suchen. Sogar Angus Addams machte sich auf die Suche nach Jim Burden. Es war das einzig Richtige. Der Junge war erst neunzehn, und er hatte sich verirrt.

Aber es war Ned Wishnell, der ihn fand. Wie, wusste niemand. Aber er war ein Wishnell – ein talentierter Fischer, ein Held des Wassers –, deshalb war niemand überrascht, dass er das kleine Boot in dem Nebel in dem großen Ozean fand, ohne den kleinsten Hinweis, wo er suchen sollte. Alle waren an nautische Wunder seitens der Wishnells gewöhnt.

Als Ned bei der *Mighty J* ankam, herrschte wirklich schweres Wetter, und Jim Burden war – trotz seines kleinen Ankers – weit von der Stelle weggetrieben worden, von der aus er seinen Hilferuf gefunkt hatte. Nicht dass Jim gewusst hätte, wo er am Anfang gewesen war. Er hörte Ned Wishnells Boot, bevor er es sehen konnte. Er hörte den Motor durch den Nebel.

»Hilfe!«, rief er. »Mayday!«

Ned fuhr um ihn herum und tauchte in seinem riesigen, glänzenden Boot aus dem Nebel auf, mit seinem gut aussehenden, männlichen Gesicht. Ned war böse. Er war böse und still. Sein Tag war ruiniert. Jim Burden sah sofort, wie böse er war, und sein Magen krampfte sich zusammen. Ned Wishnell hielt neben der *Mighty J*. Es hatte angefangen zu regnen. Es war warm für Maine im November, was nichts anderes bedeutete, als dass es eiskalt und trist und nass war. Der Wind peitschte den Regen schräg herunter. Jims Hände waren in seinen Handschuhen rot und aufgesprungen, aber Ned Wishnell trug gar keine Handschuhe. Er trug keinen Hut. Als Jim das sah, nahm er schnell seinen Hut ab und ließ ihn zu Boden fallen. Sofort bereute er seine Entscheidung, als ihm der eiskalte Regen auf die Kopfhaut prasselte.

»Hallo«, sagte er schwach.

Ned warf Jim eine Leine hinüber und sagte: »Mach fest.« Seine Stimme klang gepresst vor Ärger.

Jim band die Boote zusammen – sein kleines, billiges Boot an diese Wishnell-Schönheit. Die *Mighty J* schaukelte still und nutzlos, während Neds Boot in kompetentem Leerlauf vor sich hin tuckerte.

»Bist du sicher, dass es am Tank liegt?«, fragte Ned.

»Ziemlich sicher.«

»Ziemlich sicher?« Empört.

Jim antwortete nicht.

»Es ist kein Motorschaden?«

»Ich glaube nicht«, sagte Jim. Aber seine Stimme war ohne jede Autorität. Er wusste, er hatte jedes Recht verloren, zu klingen, als ob er etwas wisse.

Ned blickte grimmig drein. »Du weißt nicht, ob dein Tank leer ist.«

»Ich – ich bin mir nicht sicher.«

»Ich seh's mir an«, sagte Ned.

Er beugte sich über seine Reling, um die *Mighty J* näher heranzuziehen und sie längsseits an sein Boot zu bekommen. Mit seinem Bootshaken zog er Jims Boot näher, und zwar mit einem heftigen Ruck. Er war wirklich sauer. Normalerweise ging er ganz sanft mit Booten um. Jim beugte sich auch vor, um die Boote näher zueinander zu ziehen. Bei dem hohen Seegang schaukelten die Boote stark. Sie trieben auseinander und krachten zusammen. Ned stellte einen gestiefelten Fuß auf seine Reling und machte eine Bewegung, um sich zur *Mighty J* hinüberzuschwingen. Es war eine dumme Bewegung.

Eine sehr dumme Bewegung für einen hochklassigen Seemann wie Ned Wishnell. Aber Ned war sauer und deshalb achtlos.

Und es passierte etwas. Der Wind blies, eine Welle erhob sich, ein Fuß rutschte, eine Hand verlor den Halt. Dann passierte es.

Ned Wishnell war im Wasser.

Jim starrte zu dem Mann hinunter, und im allerersten Moment reagierte er beinahe belustigt. Ned Wishnell war im Wasser! So was Verrücktes. Als würde man eine nackte Nonne sehen.

Sieh dir das an! Ned war tropfnass, und als er kurz aus dem Wasser auftauchte, keuchte er, und sein Mund bildete einen wenig beeindruckenden, schwachen kleinen Kreis. Ned blickte voller Panik zu Jim Burden hoch, ein Gesichtsausdruck, der überhaupt nicht zu einem Wishnell passte. Ned Wishnell wirkte verzweifelt, in Not. Und das gab Jim Burden einen Moment, um eine zweite Reaktion zu genießen, nämlich Stolz. Ned Wishnell brauchte Jim Burdens Hilfe. Das war ein Ding!

Sieh dir das an!

Jim hatte nur kurz gezögert, aber das hinderte ihn daran, blitzschnell die Maßnahmen zu ergreifen, die Ned Wishnell vielleicht das Leben gerettet hätten. Hätte er einen Bootshaken genommen und ihn Ned sofort entgegengestreckt, hätte er hinuntergelangt, um Ned zu retten, noch während er hineinfiel, dann hätte alles anders aussehen können. Aber Jim stand während dieser kurzen Momente der Belustigung und des Stolzes einfach nur da – und eine Woge kam und schlug die beiden Boote zusammen. Schlug sie mit einer Wucht zusammen, die Jim beinahe die Füße wegzog. Zwischen den Booten war natürlich Ned Wishnell, und als die Boote nach dem Zusammenstoß wieder auseinandertrieben, war er verschwunden. Er war untergegangen.

Es musste ihn ziemlich erwischt haben. Er trug hohe Stiefel, die sich wahrscheinlich mit Wasser gefüllt hatten, und er konnte nicht schwimmen. Was immer passiert war, Ned Wishnell war verschwunden.

Das war das Ende des vierten Hummerkriegs zwischen Fort Niles und Courne Haven. Es war quasi der Abschluss. Ned Wishnell zu verlieren war eine Tragödie für beide Inseln.

Die Reaktion auf Fort Niles und Courne Haven war vergleichbar mit der landesweiten Reaktion auf das Attentat auf Martin Luther King ein paar Jahre später. Die schockierten Bürger waren mit etwas konfrontiert, was sie für unmöglich gehalten hatten – und alle fühlten sich verändert durch diesen Tod (und vielleicht auch ein wenig beteiligt daran). Auf beiden Inseln hatte man das Gefühl, dass etwas von Grund auf nicht stimmte, wenn so etwas passieren konnte, wenn der Streit so weit führte, dass ein Mann wie Ned Wishnell deshalb starb.

Es ist nicht sicher, ob der Tod eines anderen Fischers dieses Gefühl hätte hervorrufen können. Ned Wishnell war der Patriarch einer Dynastie, die unverwundbar zu sein schien. Er hatte an diesem Hummerkrieg nicht teilgenommen. Er hatte zwar nicht seine Ausrüstung aus dem Wasser geholt wie Stan Thomas, aber Ned Wishnell hatte, wie die Schweiz, immer über solchen Konflikten gestanden. Er hatte nichts zu schieben oder zu kappen. Er wusste, wo die Hummer waren. Andere Fischer versuchten, ihm zu folgen, versuchten, hinter seine Geheimnisse zu kommen, aber Ned war das egal. Er machte gar keine Anstalten, sie zu vertreiben. Er bemerkte sie kaum. Sie konnten niemals einen solchen Fang machen wie er. Ihn schüchterte niemand ein. Er hegte keinen Groll. Er konnte sich das leisten.

Die Tatsache, dass Ned Wishnell ertrunken war, als er einem Jungen helfen wollte, der in diesen Krieg hineingezogen worden war, erschien jedermann hässlich. Selbst Ira Pommeroy war entsetzt, der im Grunde für die Tragödie verantwortlich war. Ira fing an zu trinken. Er trank viel mehr als sonst, und damals verwandelte er sich von einem Gewohnheitstrinker zu einem Säufer. Ein paar Wochen, nachdem Ned Wishnell ertrunken war, bat Ira Pommeroy seine Frau Rhonda, ihm zu helfen, einen Beileidsbrief an Mrs. Ned Wishnell zu schreiben. Aber es gab keine Möglichkeit, die Witwe Wishnell zu erreichen. Sie war nicht mehr auf Courne Haven Island. Sie war verschwunden.

Eigentlich stammte sie gar nicht von dort. Wie alle Wishnells hatte Ned eine Schönheit aus der Ferne geheiratet. Mrs. Ned Wishnell war ein rotblondes, langbeiniges, intelligentes Mädchen aus einer einflussreichen Familie im Nordosten, die den Sommer immer in Kennebunkport, Maine, verbracht hatte. Sie war nicht zu vergleichen mit den Frauen der anderen Fischer; so viel stand fest. Sie hieß Allison, und sie hatte Ned kennen gelernt, als sie mit ihrer Familie auf einem Schiff die Küste von Maine entlangfuhr. Sie hatte diesen Mann in seinem Fischerboot gesehen, und sein Aussehen hatte sie betört, seine faszinierende Ruhe, sein Geschick. Sie überredete ihre Eltern, seinem Boot in den Hafen von Courne Haven zu folgen, und sie näherte sich ihm mit großer Unverfrorenheit. Er erregte sie sehr, er brachte sie zum Zittern. Er war ganz anders als die Männer, die sie kannte, und sie heiratete ihn – zum Erstaunen ihrer Familie – innerhalb weniger Wochen. Sie war verrückt nach dem Mann gewesen, aber auf Courne Haven Island hielt sie nichts mehr, nachdem ihr Mann ertrunken war. Der Krieg, sein Tod hatten sie gedemütigt.

Die schöne Allison Wishnell erfuhr die Einzelheiten über den Tod ihres Mannes, blickte sich um und fragte sich, was zum Teufel sie auf diesem Felsen mitten im Ozean verloren hatte. Es war ein scheußliches Gefühl. Es war, wie nach einer durchzechten Nacht im schmutzigen Bett eines Fremden aufzuwachen. Es war, wie in einem fremden Land im Gefängnis aufzuwachen. Wie war sie hierher gekommen? Sie sah sich ihre Nachbarn an und kam zu dem Schluss, sie seien Tiere. Und was war das für ein Haus, dieses nach Fisch riechende Haus, in dem sie lebte? Und warum gab es nur einen Laden auf der Insel, einen Laden, in dem es nichts gab außer verstaubter Konservendosen? Und was war mit diesem fürchterlichen Wetter? Wessen Idee war das Ganze bloß gewesen?

Mrs. Ned Wishnell war sehr jung, knapp über zwanzig, als ihr

Mann ertrank. Unmittelbar nach der Trauerfeierlichkeit kehrte sie zu ihren Eltern zurück. Sie gab ihren Ehenamen auf. Sie wurde wieder zu Allison Cavanaugh und schrieb sich am Smith College ein, wo sie Kunstgeschichte studierte und nie jemandem erzählte, dass sie die Frau eines Hummerfängers gewesen war. Sie ließ alles zurück. Sie ließ sogar ihren Sohn auf der Insel zurück. Bei dieser Entscheidung spielten Verhandlungen kaum - und seelische Erschütterungen noch weniger - eine Rolle. Die Leute sagten, Mrs. Ned Wishnell hätte sowieso nie sehr an ihrem Jungen gehangen; irgendetwas an ihrem Kind jagte ihr Angst ein. Die Wishnells auf Courne Haven bestanden einfach darauf, dass das Baby bei der Familie bleiben sollte, und damit war die Sache besiegelt. Sie gab ihn auf.

Der Junge wurde dann von seinem Onkel großgezogen, einem jungen Mann, der gerade aus dem Priesterseminar zurückgekehrt war, einem jungen Mann, der den Ehrgeiz hatte, fahrender Priester für all die abgelegenen Inseln in Maine zu werden. Der Onkel hieß Toby. Pastor Toby Wishnell. Er war der jüngste Bruder von Ned Wishnell und sah ebenso gut aus, wenn auch auf feinere Art und Weise. Toby Wishnell war der erste Wishnell, aus dem kein Fischer wurde. Das Baby - Ned Wishnells kleiner Junge - sollte sein Mündel sein. Das Baby hieß Owney, und es war erst ein Jahr alt.

Wenn Owney Wishnell seine Mutter vermisste, als sie wegging, so zeigte er es nicht. Wenn Owney Wishnell seinen ertrunkenen Vater vermisste, so zeigte er auch das nicht. Er war ein großes, blondes, stilles Baby. Er bereitete niemandem Schwierigkeiten, außer wenn er aus dem Bad gehoben wurde. Dann brüllte und strampelte er, und seine Kraft war erstaunlich. Das Einzige, was Owney Wishnell offenbar wirklich wollte, war, die ganze Zeit im Wasser zu sein.

Ein paar Wochen nach Ned Wishnells Beerdigung, als klar wurde, dass der Hummerkrieg beendet war, ließ Stan Thomas sein Boot wieder zu Wasser und begann mit all seiner erworbenen

Macht zu fischen. Er fischte mit einer Zielstrebigkeit, die ihm bald den Spitznamen Raffzahn Nummer zwei (der natürliche Nachfolger von Angus Addams, der seit langem als Raffzahn Nummer eins bekannt war) einbringen sollte. Die kurze Zeit der Häuslichkeit mit seiner Frau war vorüber. Mary Smith-Ellis Thomas war nicht länger sein Partner. Sein Partner war jeder Teenager, der sich als sein Steuermann abschuftete.

Stan kam jeden Nachmittag erschöpft und in Gedanken vertieft nach Hause zu Mary. Er führte ein Tagebuch über jeden Tag auf dem Meer, sodass er das Hummervorkommen an jeder Stelle des Ozeans erfassen konnte. Er verbrachte lange Nächte mit Seekarten und Taschenrechnern, und er ließ Mary nicht an seiner Arbeit teilhaben.

»Was machst du da?«, fragte sie. »Woran arbeitest du?«

»Fischen«, sagte er.

Für Stan Thomas war jede Arbeit, die mit dem Fischen zu tun hatte, gleichzusetzen mit dem Akt des Fischens, selbst wenn sie auf dem Land vorgenommen wurde. Und da seine Frau kein Fischer war, waren ihm ihre Ansichten keine Hilfe. Er rief sie nicht mehr zu sich auf seinen Schoß, und sie hätte es nie gewagt, sich uneingeladen dorthin zu setzen. Es war eine freudlose Zeit in ihrem Leben. Mary wurde langsam klar, dass ihr Ehemann einen unangenehmen Zug an sich hatte. Während des Hummerkriegs, als er sein Boot und seine Ausrüstung aus dem Wasser geholt hatte, dachte sie, er handle aus tugendhaften Motiven. Sie glaubte, ihr Mann halte sich aus dem Krieg heraus, weil er ein friedfertiger Mensch sei. Das war ein völliges Missverständnis, und das wurde ihr nun langsam klar. Er hatte sich aus dem Krieg herausgehalten, um seine Interessen zu wahren und einen Riesengewinn zu erzielen, wenn der Krieg vorüber war und er wieder anfangen konnte zu fischen. Und jetzt, wo er einen Riesengewinn erzielte, konnte er kaum eine Minute aufhören, sich hämisch darüber zu freuen.

Er verbrachte seine Abende damit, die Notizen abzuschreiben, die er auf seinem Boot in Bücher voller langer, komplizierter

Zahlenreihen eingetragen hatte. Die Aufzeichnungen waren peinlich genau und reichten Jahre zurück. An manchen Abenden blätterte er in seinen Büchern und grübelte über außergewöhnlich große Hummervorkommen in vergangenen Zeiten. Er unterhielt sich mit seinen Büchern. »Wäre es doch nur das ganze Jahr lang Oktober«, sagte er zu seinen Zahlenreihen.

An manchen Abenden sprach er beim Arbeiten mit seinem Taschenrechner. Er sagte: »Ich passe auf, ich passe auf.« Oder: »Hör auf, mich reinzulegen!«

Im Dezember teilte Mary ihrem Mann mit, dass sie schwanger sei.

»Klasse, Mint«, sagte er, aber er war nicht so aufgeregt, wie sie gehofft hatte.

Mary schrieb Vera Ellis heimlich einen Brief und erzählte ihr von ihrer Schwangerschaft, aber sie erhielt keine Antwort. Das erschütterte sie tief; sie weinte ohne Unterlass. Der einzige Mensch, der sich überhaupt für Marys Schwangerschaft interessierte, war ihre Nachbarin Rhonda Pommeroy, die, wie gewöhnlich, selbst schwanger war.

»Ich kriege wahrscheinlich einen Jungen«, sagte Rhonda angeheitert.

Rhonda war wie üblich betrunken. Wie üblich betrunken auf eine reizende Art, wie es junge Mädchen sind, die zum allerersten Mal Alkohol probieren. »Ich kriege wahrscheinlich noch einen Jungen, Mary, also musst du ein Mädchen kriegen. Hast du es gespürt, als du schwanger geworden bist?«

»Ich glaube nicht«, sagte Mary.

»Ich spüre es jedes Mal. Es macht irgendwie *klick*! Und das hier ist ein Junge. Ich weiß es immer. Und deins wird ein Mädchen. Ich wette, es wird ein Mädchen! Wie wär das? Wenn sie erwachsen ist, kann sie einen von meinen Jungs heiraten! Und wir sind dann verwandt!« Rhonda stupste Mary so fest, dass sie sie beinahe umwarf.

»Wir sind doch schon verwandt«, sagte Mary. »Durch Len und Kitty.«

»Es wird dir gefallen, ein Baby zu kriegen«, sagte Rhonda. »Es macht richtig Spaß.«

Aber es machte nicht wirklich Spaß, zumindest Mary nicht. Zur Entbindung saß sie auf der Insel fest, und das war für sie ein regelrechter Albtraum. Ihr Mann hielt das Geschrei und die vielen Frauen nicht aus, deshalb ging er Hummer fangen und ließ sie das Baby alleine, ohne seine Hilfe, bekommen. Es war in vielerlei Hinsicht eine grausame Angelegenheit. Die ganze Woche hatte es gestürmt, und keiner der anderen Männer auf der Insel wagte es, mit dem Boot hinauszufahren. An diesem Tag fuhren Stan und sein verängstigter Steuermann alleine hinaus. Er riskierte lieber sein Leben, so schien es, als seiner Frau zu helfen oder ihre Schmerzen mit anzuhören. Er hatte einen Jungen erwartet, aber er war höflich genug, seine Enttäuschung zu verbergen, als er vom Hummerfang nach Hause kam und sein kleines Mädchen sah. Zuerst konnte er sie gar nicht in die Arme nehmen, weil Senator Simon Addams da war und das Baby in Beschlag genommen hatte.

»Ist das nicht ein süßes kleines Baby?«, wiederholte der Senator immer wieder, während die Frauen über seinen zärtlichen Umgang mit dem Kind lachten.

»Wie sollen wir sie nennen?«, fragte Mary ihren Mann leise. »Gefällt dir der Name Ruth?«

»Es ist mir egal, wie du sie nennst«, sagte Stan Thomas über seine Tochter, die erst eine Stunde alt war. »Nenn sie, wie immer du willst, Mint.«

»Möchtest du sie mal halten?«, fragte Mary.

»Ich muss mich waschen«, sagte er. »Ich rieche wie ein Köderbeutel.«

10

Wie wäre es mit einem Streifzug durch die zauberhaften Felsentümpel, die bewachsenen Felsvorsprünge und juwelengeschmückten Beete, die die Gärten des Meeres säumen?

Von Krabben, Garnelen und Hummern
W. B. Lord, 1867

Es wurde Juli auf Fort Niles im Hochsommer des Jahres 1976. Doch der Monat war nicht so aufregend, wie er es hätte sein können.

Die Zweihundertjahrfeier ging an Fort Niles ohne bemerkenswerten Trubel vorbei. Ruth war sich sicher, an dem einzigen Ort in ganz Amerika zu leben, der keine anständige Feier zu Stande brachte. Ihr Dad ging an dem Tag sogar Fallen einholen, obwohl er offenbar wegen patriotischer Regungen immerhin Robin Pommeroy den Tag freigegeben hatte. Ruth verbrachte den Feiertag mit Mrs. Pommeroy und ihren beiden Schwestern. Mrs. Pommeroy hatte sich bemüht, für sie alle Kostüme zu nähen. Sie wollte, dass sie vier sich als Damen aus der Kolonialzeit verkleideten und bei der Parade durch die Stadt mitmarschierten, aber am Morgen des vierten Juli hatte sie nur Ruths Kostüm fertig, und Ruth weigerte sich, sich als Einzige zu verkleiden. Also steckte Mrs. Pommeroy Opal in das Kleid, und Baby Eddie spuckte es sofort voll.

»Jetzt wirkt das Kleid authentischer«, sagte Ruth.

»Er hat heute Morgen Pudding gegessen«, sagte Opal achselzuckend. »Da muss Eddie immer spucken.«

Eine kurze Parade zog durch die Hauptstraße, aber es gab

mehr Teilnehmer als Zuschauer. Senator Simon Addams rezitierte die Gettysburg-Rede aus dem Kopf, aber er rezitierte die Gettysburg-Rede immer aus dem Kopf, sobald sich ihm eine Gelegenheit bot. Robin Pommeroy ließ ein paar billige Feuerwerkskörper los, die ihm sein Bruder Chester geschickt hatte. Dabei verbrannte er sich die Hand so schwer, dass er zwei Wochen lang nicht Fischen konnte. Ruths Vater war deswegen so sauer, dass er Robin feuerte und einen neuen Steuermann einstellte, Duke Cobbs zehnjährigen Enkel, der dünn und schwach war wie ein Mädchen aus der dritten Klasse und, was wenig hilfreich war, Angst vor Hummern hatte. Aber der Junge war billig.

»Du hättest mich einstellen können«, sagte Ruth zu ihrem Vater. Sie war eine Weile beleidigt, aber sie meinte es nicht wirklich ernst, und das wusste er.

So war der Monat Juli beinahe um, als Mrs. Pommeroy eines Nachmittags einen höchst ungewöhnlichen Anruf erhielt. Der Anruf kam von Courne Haven Island. Pastor Toby Wishnell war am Apparat.

Pastor Wishnell wollte wissen, ob Mrs. Pommeroy Zeit habe, ein oder zwei Tage auf Courne Haven zu verbringen. Offenbar gab es auf der Insel eine große Hochzeit, und die Braut hatte dem Pastor anvertraut, dass sie sich Gedanken wegen ihrer Haare mache. Auf Courne Haven gab es keinen professionellen Friseur. Die Braut war nicht mehr jung, und sie wollte gerne das Beste aus sich machen.

»Ich bin keine professionelle Friseuse, Pastor«, sagte Mrs. Pommeroy.

Pastor Wishnell meinte, das sei egal. Die Braut habe für eine nicht unerhebliche Summe einen Fotografen aus Rockland engagiert, und sie wolle für die Aufnahmen hübsch aussehen. Sie verlasse sich darauf, dass der Pastor ihr half. Sicherlich sei das eine merkwürdige Bitte an einen Pastor, gab Toby Wishnell bereitwillig zu, aber man hätte ihn schon um merkwürdigere Dinge gebeten. Die Leute erwarteten von ihren Pastoren, dass sie sich in allen möglichen Bereichen auskannten, erzählte Pastor

Wishnell Mrs. Pommeroy, und diese Dame bilde keine Ausnahme. Der Pastor erklärte weiter, dass diese Braut sich mehr als andere berechtigt fühle, den Pastor um einen so ungewöhnlichen und persönlichen Gefallen zu bitten, weil sie eine Wishnell sei. Sie sei sogar Pastor Wishnells Kusine zweiten Grades, Dorothy Wishnell, genannt Dotty. Dotty sollte am 30. Juli Fred Burdens ältesten Sohn Charlie heiraten.

Jedenfalls, so fuhr der Pastor fort, habe er Dotty gegenüber erwähnt, dass es gleich drüben auf Fort Niles eine talentierte Stylistin gebe. Zumindest habe er das von Ruth Thomas gehört. Ruth Thomas habe ihm erzählt, dass Mrs. Pommeroy recht geschickt mit Haaren umgehe. Mrs. Pommeroy sagte dem Pastor, sie sei wirklich nichts Besonderes, sie habe das nie gelernt oder so.

Der Pastor sagte: »Sie kriegen das schon hin. Und noch etwas …« Dotty, die gehört hatte, dass Mrs. Pommeroy so gut frisierte, fragte sich, ob Mrs. Pommeroy nicht auch dem Bräutigam die Haare schneiden könnte. Und dem Trauzeugen, wenn es ihr nichts ausmachte. Und der Brautjungfer, der Brautmutter, dem Brautvater, den Blumenmädchen sowie einigen Angehörigen des Bräutigams. Wenn es ihr nicht zu viele Umstände machen würde. Und, sagte Pastor Wishnell, wenn er so darüber nachdachte, konnte es auch nicht schaden, wenn bei ihm die Haare einmal wieder ein wenig nachgeschnitten würden.

»Da der professionelle Fotograf, der engagiert wurde, bekanntermaßen teuer ist«, fuhr der Pastor fort, »und da beinahe jeder Bewohner der Insel auf der Hochzeit sein wird, wollen alle wirklich gut aussehen. Es passiert nicht oft, dass ein professioneller Fotograf hierher kommt. Natürlich wird Sie die Braut gut bezahlen. Ihr Vater ist Babe Wishnell.«

»Ohhh«, machte Mrs. Pommeroy beeindruckt.

»Und, machen Sie es?«

»Das sind ziemlich viele Haare zu schneiden, Pastor Wishnell.«

»Ich kann Ihnen Owney schicken, damit er Sie mit der *New*

Hope abholt«, sagte der Pastor. »Sie können hier bleiben, so lange Sie gebraucht werden. Das wäre eine gute Gelegenheit, ein bisschen zusätzliches Geld zu verdienen.«

»Ich glaube, ich habe noch nie so vielen Leuten auf einmal die Haare geschnitten. Ich weiß nicht, ob ich das alles an einem Tag schaffe.«

»Sie könnten sich eine Hilfe mitbringen.«

»Kann ich eine meiner Schwestern mitbringen?«

»Natürlich.«

»Kann ich Ruth Thomas mitbringen?«, fragte Mrs. Pommeroy.

Der Pastor überlegte erst einen Augenblick. »Ich denke schon«, sagte er dann. »Wenn sie nicht zu beschäftigt ist.«

»Ruth? Beschäftigt?« Mrs. Pommeroy fand diese Vorstellung urkomisch. Sie lachte laut heraus, dem Pastor direkt ins Ohr.

In eben diesem Moment war Ruth wieder mit Senator Simon Addams unten am Potter Beach. Sie wurde langsam depressiv, wenn sie dort ihre Zeit verbrachte, aber sonst wusste sie nichts mit sich anzufangen. Nur deshalb leistete sie weiterhin dem Senator ein paar Stunden täglich Gesellschaft. Sie hatte auch gerne ein Auge auf Webster, wegen Mrs. Pommeroy, die sich ständig um ihren ältesten, seltsamsten Sohn Sorgen machte. Außerdem ging sie hin, weil es schwierig war, mit sonst jemandem auf der Insel zu reden. Sie konnte schließlich nicht gut die ganze Zeit bei Mrs. Pommeroy verbringen.

Nicht, dass es noch Spaß gemacht hätte, Webster im Schlick zuzusehen. Sein Anblick war quälend und traurig. Er hatte all seine Anmut verloren. Er strampelte herum. Er suchte nach dem zweiten Stoßzahn, als würde er ihn einerseits unbedingt finden wollen, gleichzeitig aber Angst davor haben. Ruth dachte, Webster könnte eines Tages im Schlick versinken und nie mehr wieder auftauchen. Sie fragte sich, ob das nicht sogar sein Plan war. Sie fragte sich, ob Webster Pommeroy den unbeholfensten Selbstmord der Welt plante.

»Webster braucht ein Lebensziel«, sagte der Senator.

Bei der Vorstellung, Webster Pommeroy würde ein Lebensziel suchen, wurde Ruth sogar noch depressiver. »Hast du nichts, womit er sonst seine Zeit verbringen könnte?«

»Was denn, Ruth?«

»Kann er nichts für das Museum tun?«

Der Senator seufzte. »Wir haben alles, was wir für das Museum brauchen, außer einem Gebäude. Bis wir das haben, können wir nichts tun. Im Schlick graben, Ruth, das kann er gut.«

»Mittlerweile kann er es nicht mehr so gut.«

»Er hat jetzt Schwierigkeiten dabei, ja.«

»Was machst du, wenn Webster den anderen Stoßzahn findet? Wirfst du noch einen Elefanten für ihn rein?«

»Wir werden sehen, was passiert, Ruth.«

Webster hatte in letzter Zeit nichts Gutes im Watt gefunden. Er hatte nichts als Müll entdeckt. Er fand ein Ruder, aber es war kein altes Ruder. Es war aus Aluminium (»Das ist *großartig*!« hatte der Senator vor Webster geschwärmt, der ganz außer sich war, als er es ihm überreichte. »Was für ein *wertvolles* Ruder!« Webster hatte außerdem eine enorme Anzahl einzelner Stiefel aus dem Schlamm gezogen, und einzelne Handschuhe, die Hummerfänger in all den Jahren weggeworfen hatten. Und auch Flaschen. Webster hatte in den letzten Tagen viele Flaschen gefunden, aber keine alten. Waschmittelflaschen aus Plastik. Er hatte nichts entdeckt, was all die Zeit wert gewesen wäre, die er in diesem kalten, pampigen Schlick verbrachte. Er sah jeden Tag dünner und ängstlicher aus.

»Glaubst du, er stirbt?«, fragte Ruth den Senator.

»Ich hoffe nicht.«

»Könnte es sein, dass er völlig durchdreht und jemanden umbringt?«

»Ich glaube nicht«, sagte der Senator.

An dem Tag, an dem Pastor Wishnell Mrs. Pommeroy anrief, war Ruth bereits seit mehreren Stunden mit dem Senator und Webster am Potter Beach. Sie sah sich mit dem Senator ein Buch an, ein Buch, das Ruth im Laden der Heilsarmee in Concord vor einem Monat für den Senator gekauft hatte. Sie hatte es ihm gleich nach dem Besuch bei ihrer Mutter geschenkt, aber er hatte es noch nicht gelesen. Er meinte, er habe Schwierigkeiten, sich zu konzentrieren, weil er sich so große Sorgen um Webster mache.

»Es ist bestimmt ein tolles Buch, Ruth«, sagte er. »Danke, dass du es heute mitgenommen hast.«

»Nichts zu danken«, sagte sie. »Ich habe es bei dir auf der Veranda liegen sehen, und ich dachte mir, du willst es vielleicht ansehen. Wenn dir langweilig wird oder so.«

Das Buch hieß: *Verlorene Schätze: Wie und wo man sie findet. Ein Führer zu den verlorenen Schätzen der Welt.* Unter normalen Umständen hätte so etwas dem Senator großen Spaß gemacht.

»Es gefällt dir doch?«, fragte Ruth.

»Oh, ja, Ruth. Es ist ein tolles Buch.«

»Hast du etwas gelernt?«

»Nicht allzu viel, Ruth, um ehrlich zu sein. Ich bin noch nicht fertig damit. Ich habe ein bisschen mehr Informationen von der Autorin erwartet, um dir die Wahrheit zu sagen. Vom Titel her«, sagte Senator Simon und drehte das Buch um, »sollte man meinen, die Autorin würde einem verraten, wie man ganz bestimmte Schätze findet, aber darüber schreibt sie nicht viel. Bis jetzt sagt sie nur, wenn man überhaupt etwas findet, dann ist es Zufall. Und sie zählt ein paar Leute auf, die Glück hatten und auf Schätze gestoßen sind, als sie gar nichts gesucht haben. Nach System sieht mir das nicht gerade aus.«

»Wie weit hast du es gelesen?«

»Nur das erste Kapitel.«

»Aha. Ich dachte, es könnte dir wegen der schönen Farbaufnahmen gefallen. Es gibt viele Fotos von verlorenen Schätzen. Hast du sie gesehen? Hast du die Fotos von den Fabergé-Eiern gesehen? Ich dachte, die würden dir gefallen.«

»Wenn es Fotos von diesen Gegenständen gibt, Ruth, dann sind sie nicht wirklich verloren. Oder?«

»Na ja, Senator, ich verstehe, was du meinst. Aber das sind Fotos von verlorenen Schätzen, die bereits gefunden wurden, von ganz normalen Leuten, ganz alleine. Wie der Mann, der den Paul-Revere-Kelch gefunden hat. Bist du schon bei dem Teil?«

»Nein, noch nicht«, sagte der Senator. Er schirmte mit der Hand die Augen ab und blickte hinaus auf das Watt. »Ich glaube, es wird bald regnen. Hoffentlich nicht zu bald, denn Webster kommt nicht mit rein, selbst wenn es regnet. Er hat schon einen fürchterlichen Schnupfen. Du solltest mal hören, wie rasselnd er atmet.«

Ruth nahm dem Senator das Buch ab. Sie sagte: »Ich habe einen Abschnitt hier gesehen – wo ist es? Da steht, in Kalifornien hat ein Jugendlicher ein Schild gefunden, das Sir Francis Drake zurückgelassen hat. Es war aus Eisen, und darauf stand, dass Königin Elizabeth dieses Land beansprucht. Es war ungefähr dreihundert Jahre lang dort.«

»Na, das ist doch was.«

Ruth bot dem Senator einen Kaugummi an. Er lehnte ab, deshalb steckte sie ihn sich selbst in den Mund. »Die Autorin sagt, die meisten verborgenen Schätze auf der ganzen Welt gibt es auf Cocos Island.«

»Das steht in deinem Buch?«

»Es ist dein Buch, Senator. Ich habe es durchgeblättert, als ich aus Concord zurückgekommen bin, und ich habe den Teil über Cocos Island gesehen. Die Autorin sagt, Cocos Island ist eine richtige Goldgrube für Leute, die vergrabene Schätze suchen. Sie schreibt, Captain James Cook habe immer mit Beute auf Cocos Island Halt gemacht. Der große Weltumsegler!«

»Der große Weltumsegler.«

»Und auch der Pirat Benito Bonito. Und Captain Richard Davis und der Pirat Jean Lafitte. Ich dachte, es interessiert dich ...«

»Ja, es interessiert mich ja, Ruth.«

»Weißt du, weshalb ich dachte, es interessiert dich? Der Teil über Cocos Island, meine ich? Die Insel ist nur etwa so groß wie Fort Niles. Wie findest du das? Ist das nicht witzig? Du würdest dich dort wie zu Hause fühlen. Und es gäbe diese ganzen vergrabenen Schätze. Du könntest mit Webster dort hinfahren und sie ausgraben. Wie wäre das, Senator?«

Die ersten großen schweren Regentropfen fielen.

»Das Wetter ist jedenfalls bestimmt besser auf Cocos Island.« Sie lachte.

Der Senator sagte: »Ach Ruth, Webster und ich, wir fahren nirgendwo hin. Das weißt du doch. Du solltest solche Sachen nicht sagen, nicht einmal aus Spaß.«

Ruth war getroffen. Sie fing sich wieder und sagte: »Ihr beide würdet bestimmt reich wie Könige zurückkehren, wenn ihr je nach Cocos Island kommen würdet.«

Er gab keine Antwort.

Sie wusste nicht, weshalb sie weiterbohrte. Herrgott, wie verzweifelt sie klang. Wie begierig nach einem Gespräch. Es war erbärmlich, aber es fehlte ihr, mit dem Senator stundenlang am Strand zu sitzen und ungestört Unsinn zu reden, und sie war es nicht gewöhnt, von ihm ignoriert zu werden. Plötzlich war sie eifersüchtig auf Webster Pommeroy, weil er all die Aufmerksamkeit bekam. Und da fühlte sie sich so richtig erbärmlich. Sie stand auf, zog sich ihre Kapuze über und fragte: »Kommt ihr mit rein?«

»Das liegt bei Webster. Ich glaube, er hat nicht gemerkt, dass es regnet.«

»Du hast keine wasserfeste Jacke an, oder? Soll ich dir eine holen?«

»Nein, schon gut.«

»Du und Webster, ihr solltet beide mit reinkommen, bevor ihr völlig durchnässt seid.«

»Manchmal kommt Webster, wenn es regnet, aber manchmal bleibt er auch draußen und wird immer nasser. Das hängt von seiner Stimmung ab. Ich habe zu Hause Bettlaken auf die Leine gehängt, Ruth. Würdest du sie mir abnehmen, bevor sie nass werden?«

Es schüttete bereits.

»Ich glaube, die Bettlaken sind schon nass, Senator.«
»Wahrscheinlich hast du Recht. Vergiss es.«

Ruth rannte durch den mittlerweile strömenden Regen zu Mrs. Pommeroy. Mrs. Pommeroy war mit ihrer Schwester Kitty oben in dem großen Schlafzimmer, wo sie Kleider aus dem Schrank zog. Kitty saß auf dem Bett und sah ihrer Schwester zu. Sie trank Kaffee, allerdings mit einem Schuss Gin, wie Ruth wusste. Ruth verdrehte die Augen. Langsam hatte sie Kittys Trinkerei satt.

»Ich sollte mir einfach was Neues nähen«, sagte Mrs. Pommeroy gerade. »Aber ich hab keine Zeit dafür!« Und dann: »Da ist ja meine Ruth. Du bist ja tropfnass.«

»Was machst du da?«

»Ich suche ein hübsches Kleid.«

»Für welchen Anlass?«

»Ich bin eingeladen.«

»Wo?«, fragte Ruth.

Kitty Pommeroy fing an zu lachen, gefolgt von Mrs. Pommeroy.

»Ruth«, sagte sie, »das glaubst du nicht. Wir gehen auf eine Hochzeit auf Courne Haven. Morgen!«

»Sag ihr, von wem wir das haben!«, brüllte Kitty Pommeroy.

»Pastor Wishnell!«, sagte Mrs. Pommeroy. »Er hat uns eingeladen.«

»Du spinnst.«

»Ich spinne nicht!«

»Du und Kitty, ihr fahrt nach Courne Haven?«

»Sicher. Und du auch.«

»Ich?«

»Er will, dass du kommst. Babe Wishnells Tochter heiratet, und ich frisiere sie! Und ihr beide helft mir dabei. Wir eröffnen vorübergehend einen kleinen Salon.«

»Ganz schön affig«, sagte Ruth.

»Genau«, sagte Mrs. Pommeroy.

An diesem Abend fragte Ruth ihren Vater, ob sie zu einer großen Wishnell-Hochzeit nach Courne Haven fahren dürfe. Er antwortete nicht gleich. Der Vater und die Tochter redeten immer weniger miteinander.

»Pastor Wishnell hat mich eingeladen«, sagte sie.

»Mach, was du willst«, sagte Stan Thomas. »Es ist mir egal, mit wem du deine Zeit verbringst.«

Am nächsten Tag, einem Samstag, schickte Pastor Wishnell Owney herüber, um alle abzuholen. An dem Morgen von Dotty Wishnells und Charlie Burdens Hochzeit gingen Mrs. Pommeroy, Kitty Pommeroy und Ruth Thomas um sieben Uhr ans Ende des Piers, wo Owney auf sie wartete. Er ruderte Kitty und Mrs. Pommeroy hinüber zur *New Hope*. Ruth genoss es, ihm zuzusehen. Er kam zurück, um auch Ruth zu holen, und sie kletterte die Leiter hinunter und sprang in sein Ruderboot. Er blickte zu Boden, statt sie anzusehen, und Ruth fiel nichts ein, was sie hätte sagen können. Aber sie sah ihn gerne an. Er ruderte auf das glänzende Missionsschiff seines Onkels zu, wo Mrs. Pommeroy und Kitty sich über die Reling beugten und winkten wie Touristen auf einer Kreuzfahrt. Kitty rief: »Sieht gut aus, Junge!«

»Wie läuft's so?«, fragte Ruth Owney.

Er war so verdutzt über ihre Frage, dass er aufhörte zu rudern.

»Mir geht es gut«, sagte er. Er starrte sie an. Er wurde nicht rot und wirkte auch nicht verlegen.

»Schön«, sagte Ruth.

Einen Moment lang schaukelten sie auf dem Wasser.

»Mir geht es auch gut«, sagte Ruth.

»Okay«, sagte Owney.

»Du kannst weiterrudern, wenn du willst.«

»Okay«, sagte Owney und fing wieder an zu rudern.

»Bist du mit der Braut verwandt?«, fragte Ruth, und Owney hörte auf zu rudern.

»Sie ist meine Cousine«, sagte Owney. Sie schaukelten auf dem Wasser.

»Du kannst gleichzeitig rudern und mit mir reden«, sagte Ruth, und jetzt wurde Owney rot. Er brachte sie zum Schiff, ohne ein weiteres Wort zu sagen.

»Er ist süß«, flüsterte Mrs. Pommeroy Ruth zu, als sie an Deck der *New Hope* kletterte. »Wen haben wir denn da!«, kreischte Kitty Pommeroy, und als Ruth sich umdrehte, sah sie Cal Cooley, der aus der Kommandobrücke trat.

Ruth stieß einen Entsetzensschrei aus, der nur zum Teil gespielt war. »Um Himmels willen«, sagte sie. »Der ist ja überall.«

Kitty schlang die Arme um ihren ehemaligen Liebhaber, und Cal befreite sich. »Das reicht schon.«

»Was zum Teufel machst du hier?«, fragte Ruth.

»Ich habe die Aufsicht«, sagte Cal. »Und ich freue mich auch, dich zu sehen.«

»Wie bist du hierher gekommen?«

»Owney hat mich vorher herübergerudert. Der gute, alte Cal Cooley ist bestimmt nicht geschwommen.«

Es war eine kurze Fahrt nach Courne Haven Island, und als sie das Boot verließen, führte Owney sie zu einem zitronengelben Cadillac, der neben dem Pier parkte.

»Wem gehört das Auto?«, fragte Ruth.

»Meinem Onkel.«

Wie sich herausstellte, passte es farblich zum Haus. Pastor Wishnell wohnte ganz in der Nähe des Piers von Courne Haven, in einem wunderschönen gelben Haus mit lavendelfarbenen Verzierungen. Es war ein dreistöckiges viktorianisches Haus mit einem Turm und einer halbkreisförmigen Veranda; rund um die ganze Veranda hingen im Abstand von einem Meter bunt blühende Pflanzen an Haken. Der mit Schieferplatten ausgelegte Weg zum Haus war von Lilien gesäumt. Der Garten des Pastors auf der Rückseite des Hauses war ein kleines Rosenmuseum, umgeben von einer niedrigen Ziegelmauer. Auf der Fahrt dorthin waren Ruth einige andere Häuser aufgefallen, die ebenso hübsch waren. Ruth war nicht mehr auf Courne Haven gewesen, seit sie ein kleines Mädchen war. Damals war sie noch zu jung gewesen, um die Unterschiede zu Fort Niles zu bemerken.

»Wer wohnt in den großen Häusern?«, fragte sie Owney.

»Sommergäste«, antwortete Cal Cooley. »Ihr habt Glück, dass es auf Fort Niles keine gibt. Mr. Ellis hält sie fern. Dafür könnt ihr Mr. Ellis auch dankbar sein. Sommergäste sind Ungeziefer.«

Es waren auch Sommergäste, denen die Segelboote und die Rennboote rund um die Insel gehörten. Auf der Bootsfahrt hatte Ruth zwei silberne Rennboote gesehen, die über das Wasser schossen. Sie fuhren so nahe hintereinander, dass der Kopf des einen Bootes das Hinterteil des anderen zu küssen schien. Sie sahen aus wie zwei Libellen, die sich jagen und versuchen, sich in der salzigen Luft zu lieben.

Pastor Wishnell richtete Mrs. Pommeroy in seinem Garten, direkt vor einem weißen Spalier mit rosa Rosen, alles zum Haareschneiden her. Er hatte einen Hocker und einen kleinen Beistelltisch hinausgetragen, für ihre Scheren und Kämme und ein großes Glas mit Wasser, um die Kämme hineinzutauchen. Kitty Pommeroy setzte sich auf die niedrige Ziegelmauer und rauchte ein paar Zigaretten. Die Stummel vergrub sie in der Erde unter den Rosen, wenn sie glaubte, dass niemand hinsah. Owney Wishnell saß auf der Treppe der hinteren Veranda in seinen merkwürdig sauberen Fischerkleidern. Ruth setzte sich neben ihn. Er behielt die Hände auf den Knien, und sie konnte die lockigen goldenen Härchen auf seinen Fingerknöcheln erkennen. Er hatte außerordentlich saubere Hände. Sie war nicht daran gewöhnt, Männer mit sauberen Händen zu sehen.

»Wie lange wohnt dein Onkel schon hier?«, fragte sie.

»Schon immer.«

»Das sieht gar nicht wie ein Haus aus, das zu ihm passt. Wohnt hier sonst noch jemand?«

»Ich.«

»Und sonst?«

»Mrs. Post.«

»Wer ist Mrs. Post?«

»Sie kümmert sich um das Haus.«

»Solltest du nicht deinen Freundinnen da drüben helfen?«, fragte Cal Cooley. Lautlos war er hinter ihnen auf die Veranda getreten. Jetzt bückte er seine große Gestalt und ließ sich neben Ruth nieder, sodass sie zwischen den beiden Männern saß.

»Ich glaube nicht, dass sie Hilfe brauchen, Cal.«

»Dein Onkel möchte, dass du zurück nach Fort Niles fährst, Owney«, sagte Cal Cooley. »Du sollst Mr. Ellis zu der Hochzeit abholen.«

»Mr. Ellis kommt zu der Hochzeit?«, fragte Ruth.

»Tut er.«

»Er kommt doch nie hierher.«

»Egal. Owney, es ist Zeit. Ich komme mit.«

»Kann ich auch mit?«, fragte Ruth Owney.

»Das kannst du ganz gewiss nicht«, sagte Cal.

»Dich habe ich nicht gefragt, Cal. Darf ich mit, Owney?«

Aber Pastor Wishnell kam auf sie zu, und als Owney ihn sah, sprang er schnell die Stufen hinunter und sagte zu seinem Onkel: »Ich fahre gleich los. Ich bin schon unterwegs.«

»Beeil dich«, sagte der Pastor, als er die Treppe zu seiner Veranda hinaufging. Über die Schulter blickend sagte er: »Ruth, Mrs. Pommeroy braucht deine Hilfe.«

»Beim Haareschneiden bin ich keine große Hilfe«, sagte Ruth, aber der Pastor und Owney waren bereits weg. Jeder in eine andere Richtung.

Cal sah Ruth an und hob zufrieden eine Augenbraue. »Ich frage mich, warum du unbedingt deine Zeit mit diesem Jungen verbringen willst.«

»Weil ich ihn nicht so zum Kotzen finde, Cal.«

»Findest du mich so zum Kotzen, Ruth?«

»Ach, *dich* doch nicht. Du warst doch nicht gemeint.«

»Mir hat unser kleiner Ausflug nach Concord gefallen. Mr. Ellis hat mir viele Fragen gestellt, als ich zurückgekommen bin. Er wollte wissen, wie du mit deiner Mutter auskommst und ob du dich dort zu Hause gefühlt hast. Ich habe ihm gesagt, du hättest dich großartig mit deiner Mutter verstanden und dich dort sehr wohl gefühlt, aber er will sicher selbst noch einmal mit dir darüber reden. Wenn ich so darüber nachdenke, vielleicht solltest du ihm einen Brief schreiben, wenn du Zeit findest, und ihm danken, dass er dir die Reise ermöglicht hat. Es ist ihm wichtig, dass ihr beide ein gutes Verhältnis habt, da deine Mutter und deine Großmutter der Familie Ellis ja sehr nahe gestanden sind. Und es ist ihm wichtig, dass du so viel Zeit wie möglich woanders als auf Fort Niles verbringst, Ruth. Ich habe ihm gesagt, ich würde dich jederzeit gerne nach Concord begleiten und dass uns unsere gemeinsame Reise viel Spaß gemacht hat. Das macht mir wirklich Spaß, Ruth.« Jetzt sah er sie mit schweren Lidern an. »Obwohl ich mir die Idee nicht aus dem Kopf schlagen kann, dass wir beide eines Tages in einem Motel an der Route One enden und wilden Sex miteinander haben.«

Ruth lachte. »Schlag dir das aus dem Kopf.«

»Warum lachst du?«

»Weil der gute, alte Cal Cooley so lustig ist«, sagte Ruth. Was überhaupt nicht der Wahrheit entsprach. In Wahrheit lachte Ruth, weil sie beschlossen hatte – wie so oft, mit wechselndem Erfolg –, dass der gute, alte Cal Cooley sie nicht aufregen würde. Sie würde es nicht zulassen. Er konnte ihr die unflätigsten Beschimpfungen an den Kopf werfen, aber sie würde nicht darauf eingehen. Bestimmt nicht heute.

»Es ist nur eine Frage der Zeit, wann du anfängst, wilden Sex zu haben, Ruth. Alle Anzeichen deuten darauf hin.«

»Jetzt spielen wir was anderes«, sagte Ruth. »Jetzt lässt du mich eine Weile in Ruhe.«

»Und du solltest dich übrigens von Owney Wishnell fern halten«, sagte Cal, als er die Verandastufen hinunter in den Garten ging. »Es ist offensichtlich, dass du etwas mit diesem Jungen vorhast, und das gefällt niemandem.«

»Niemandem?«, rief Ruth ihm nach. »Wirklich, Cal? Niemandem?«

»Komm her, du großer, alter Mann«, sagte Kitty Pommeroy zu Cal, als sie ihn sah. Cal Cooley machte auf dem Absatz kehrt und ging steif in die andere Richtung. Er fuhr zurück nach Fort Niles, um Mr. Ellis abzuholen.

Dotty Wishnell, die Braut, war eine sympathische Blondine Mitte dreißig. Sie war schon einmal verheiratet gewesen, aber ihr Mann war an Hodenkrebs gestorben. Sie und ihre sechsjährige Tochter Candy bekamen als Erste die Haare gemacht. Dotty Wishnell kam im Bademantel und mit nassen, ungekämmten Haaren zu Pastor Wishnells Haus. Ruth fand das ziemlich lässig für eine Braut an ihrem Hochzeitstag, und es machte Ruth die Frau sofort sympathisch. Dotty hatte ein recht attraktives Gesicht, aber sie wirkte erschöpft. Sie war noch nicht geschminkt und kaute Kaugummi. Über ihre Stirn und um ihren Mund zogen sich tiefe Falten.

Dotty Wishnells Tochter war extrem still. Candy sollte die Brautjungfer ihrer Mutter sein, was Ruth für eine schrecklich ernste Aufgabe für eine Sechsjährige hielt, aber Candy schien ihr gewachsen zu sein. Sie hatte ein erwachsenes Gesicht für ein Kind, ein Gesicht, das einfach nicht zu einem Kind gehörte.

»Bist du nervös, weil du Brautjungfer bist?«, fragte Mrs. Pommeroy Candy.

»Natürlich nicht.« Candy hatte den starken Mund der alternden Königin Victoria. Sie hatte einen sehr gescheiten Gesichtsausdruck. »Ich war schon Blumenmädchen bei Miss Dorphmans Hochzeit, und wir sind nicht einmal verwandt.«

»Wer ist denn Miss Dorphman?«

»Sie ist natürlich meine Lehrerin.«

»Natürlich«, wiederholte Ruth, und Kitty Pommeroy und Mrs. Pommeroy lachten. Auch Dotty lachte. Candy sah die vier Frauen an, als wäre sie von ihnen allen enttäuscht.

»Na toll«, sagte Candy, als hätte sie schon einmal so einen lästigen Tag hinter sich gebracht und würde sich auf keinen weiteren freuen. »So weit, so schlecht.«

Dotty Wishnell bat Mrs. Pommeroy, Candy zurechtzumachen und zu sehen, ob sie ihren dünnen, braunen Haaren ein paar Locken verleihen könne. Dotty Wishnell wollte, dass ihre Tochter »bezaubernd« aussah. Mrs. Pommeroy meinte, es wäre ein Leichtes, ein bezauberndes Kind bezaubernd aussehen zu lassen, und sie würde alles in ihrer Macht Stehende tun, um alle zufrieden zu stellen.

»Ich könnte ihr süße kleine Ponyfransen machen«, sagte sie.

»Keine Ponyfransen«, insistierte Candy. »Auf gar keinen Fall.«

»Sie weiß nicht einmal, was Ponyfransen sind«, sagte Dotty.

»Tu ich doch, Mom«, sagte Candy.

Mrs. Pommeroy machte sich an Candys Haare, während Dotty dabeistand und zusah. Die beiden Frauen unterhielten sich angenehm, obwohl sie einander noch nie begegnet waren.

»Das Gute ist«, erzählte Dotty Mrs. Pommeroy, »dass Candy ihren Namen behalten kann. Candys Daddy war ein Burden, und ihr neuer Daddy ist auch ein Burden. Mein erster Ehemann und Charlie waren Cousins ersten Grades, wirklich. Charlie war einer der Platzanweiser bei meiner ersten Hochzeit, heute ist er der Bräutigam. Gestern habe ich noch zu ihm gesagt: ›Man kann nie wissen, wie es kommt‹, und er hat gesagt: ›Man kann nie wissen.‹ Er will Candy adoptieren, hat er gesagt.«

»Ich habe auch meinen ersten Mann verloren«, sagte Mrs. Pommeroy. »Es war eigentlich mein einziger Ehemann. Ich war ein junges Ding wie Sie. Es stimmt schon; man kann nie wissen.«

»Wie ist Ihr Mann gestorben?«

»Er ist ertrunken.«

»Wie hieß er mit Nachnamen?«

»Er hieß Pommeroy, meine Liebe.«

»Ich glaube, ich erinnere mich.«

»Das war 1967. Aber wir müssen heute nicht darüber reden, denn heute ist ein Freudentag.«

»Sie armes Ding.«

»*Sie* armes Ding. Ach, machen Sie sich keine Gedanken um

mich, Dotty. Was mir passiert ist, ist lange, lange her. Aber Sie haben Ihren Mann erst letztes Jahr verloren, nicht wahr? Das hat Pastor Wishnell erzählt.«

»Letztes Jahr«, antwortete Dotty und starrte geradeaus. Die Frauen schwiegen einen Augenblick. »Am zwanzigsten März 1975.«

»Da ist mein Dad gestorben«, sagte Candy.

»Darüber müssen wir heute nicht reden«, sagte Mrs. Pommeroy und formte mit ihrem feuchten Finger einen weiteren perfekten Ring in Candys Haare. »Heute ist ein glücklicher Tag. Heute heiratet deine Mom.«

»Ja, ich bekomme heute wieder einen Ehemann, so viel ist klar«, sagte Dotty. »Ich bekomme einen neuen. Diese Insel ist kein Ort, um ohne Ehemann zu leben. Und du bekommst einen neuen Daddy, Candy. Stimmt's?«

Candy äußerte sich nicht dazu.

»Gibt es noch andere Mädchen auf Courne Haven, mit denen Candy spielen kann?«, fragte Mrs. Pommeroy.

»Nein«, antwortete Dotty. »Es gibt ein paar Teenager, aber die wollen nicht mehr so gerne mit Candy spielen, und nächstes Jahr gehen sie auf dem Festland zur Schule. Es gibt hier hauptsächlich kleine Jungs.«

»Als Ruth noch klein war, war es dasselbe! Sie hatte nur meine Söhne als Spielkameraden.«

»Ist das Ihre Tochter?«, fragte Dotty und sah Ruth an.

»Sie ist praktisch meine Tochter«, sagte Mrs. Pommeroy. »Und sie ist nur unter Jungs aufgewachsen.«

»War das schwer für dich?«, fragte Dotty Ruth.

»Es war fürchterlich«, sagte Ruth. »Es hat mich völlig zerstört.«

Dotty blickte plötzlich ganz besorgt drein. Mrs. Pommeroy sagte: »Sie macht nur Spaß. Es war gut. Ruth hat meine Jungen geliebt. Sie waren wie Brüder für sie. Candy wird es gut haben.«

»Ich glaube, Candy wünscht sich manchmal, ein ganz mädchenhaftes Mädchen zu sein und zur Abwechslung einmal Mädchenspiele zu spielen«, sagte Dotty. »Ich bin das einzige Mädchen, mit dem sie spielen kann, und mit mir macht es keinen Spaß. Mit mir hat es das ganze Jahr über keinen Spaß gemacht.«

»Weil mein Dad gestorben ist«, sagte Candy.

»Darüber müssen wir heute nicht reden, Kleines«, sagte Mrs. Pommeroy. »Heute heiratet deine Mami. Heute ist ein glücklicher Tag, Schätzchen.«

»Es wäre nett, wenn es ein paar kleine Jungs in *meinem* Alter gäbe«, sagte Kitty Pommeroy. Außer Ruth, die empört schnaubte, schien das niemand gehört zu haben.

»Ich wollte immer eine kleine Tochter«, sagte Mrs. Pommeroy. »Aber ich hatte einen ganzen Haufen Jungs. Macht es Spaß? Macht es Spaß, Candy hübsch anzuziehen? Meine Jungs durfte ich nie anfassen. Und Ruth hatte immer kurze Haare, damit konnte man nicht herumspielen.«

»Du hast sie mir doch kurz geschnitten«, sagte Ruth. »Ich wollte immer genau solche Haare haben wie du, aber du hast sie mir dauernd abgeschnitten.«

»Du hättest sie nicht kämmen können, Schätzchen.«

»Ich kann mich alleine anziehen«, sagte Candy.

»Bestimmt kannst du das, Süße.«

»Keine Ponyfransen.«

»Na gut«, sagte Mrs. Pommeroy. »Du bekommst keine Ponyfransen, auch wenn sie dir gut stehen würden.« Fachmännisch band sie eine weiße Schleife um die Locken, die sie kunstvoll auf Candys Kopf drapiert hatte. »Bezaubernd?«, fragte sie Dotty.

»Bezaubernd«, sagte Dotty. »Reizend. Das haben Sie toll gemacht. Bei mir bleibt sie nie still sitzen, und vom Frisieren verstehe ich gar nichts. Wie man sieht. Sehen Sie mich nur an. Besser kann ich es nicht.«

»Na los. Danke, Candy.« Mrs. Pommeroy beugte sich vor und gab dem kleinen Mädchen einen Kuss auf die Wange. »Du warst sehr tapfer.«

»Natürlich«, sagte Candy.

»Natürlich«, sagte Ruth.

»Sie sind die Nächste, Dotty. Wir frisieren die Braut, dann können Sie sich anziehen, und dann frisieren wir Ihre Freundinnen. Jemand sollte ihnen sagen, dass sie langsam herkommen können. Was soll ich mit Ihren Haaren machen?«

»Ich weiß nicht. Ich glaube, ich will einfach nur glücklich aussehen«, wies Dotty sie an. »Kriegen Sie das hin?«

»Eine glückliche Braut kann man nicht verstecken, nicht einmal unter einer schlechten Frisur«, sagte Mrs. Pommeroy. »Ich könnte Ihnen ein Handtuch um den Kopf wickeln, und wenn Sie glücklich sind, sehen Sie trotzdem gut aus, wenn Sie Ihren Mann heiraten.«

»Nur Gott kann eine Braut glücklich machen«, sagte Kitty Pommeroy aus irgendeinem Grund ganz ernst.

Dotty dachte nach und seufzte. »Na ja«, sagte sie und spuckte ihren Kaugummi in ein benutztes Papiertaschentuch, das sie aus ihrem Bademantel gezogen hatte, »sehen Sie, was Sie für mich tun können. Geben Sie Ihr Bestes.«

Mrs. Pommeroy machte sich an Dotty Wishnells Brautfrisur, und Ruth verließ die Frauen, um sich Pastor Wishnells Haus genauer anzusehen. Der feine, feminine Stil verwirrte sie immer noch. Sie ging die ganze lange, bogenförmige Veranda mit den Rohrmöbeln und den bunten Kissen entlang. Das musste die mysteriöse Mrs. Post angeschafft haben. Sie sah ein kleines, in einem fröhlichen Rot angemaltes Vogelhäuschen. Sie wusste, sie durfte das nicht, aber vor lauter Neugier betrat sie durch die Verandatür das Haus. Sie stand in einem kleinen Salon. Bunte Bücher lagen auf Beistelltischchen, und Zierdeckchen schmückten die Rückenlehnen von Sofa und Sesseln.

Als Nächstes ging sie durch ein Wohnzimmer, dessen Tapete mit hellgrünen Lilien bedruckt war. Eine Perserkatze aus Keramik hockte neben dem Kamin, und eine echte rote Katze lag auf der Lehne einer roséfarbenen Couch. Die Katze blickte Ruth an und schlief unbesorgt wieder ein. Ruth berührte eine handgewebte Wolldecke auf einem Schaukelstuhl. Hier wohnte Pastor

Wishnell? Hier wohnte Owney Wishnell? Sie ging weiter. In der Küche roch es nach Vanille, und auf der Theke stand ein Mokkakuchen. Hinter der Küche war eine Treppe. *Was war dort oben?* Sie war wohl verrückt, so herumzuschnüffeln. Es wäre ihr schwer gefallen zu erklären, was sie im oberen Stockwerk von Pastor Toby Wishnells Haus trieb, aber sie hätte nur zu gerne Owneys Zimmer gefunden. Sie wollte sehen, wo er schlief.

Sie stieg die steile Holztreppe hinauf, guckte oben in ein blitzsauberes Badezimmer mit einem Farn, der im Fenster hing, und einer kleinen Lavendelseife auf einem Halter über dem Becken. An der Wand hing ein gerahmtes Foto von einem kleinen Mädchen und einem kleinen Jungen, die sich küssten. FREUNDE stand darunter, in rosafarbenen Buchstaben.

Ruth ging weiter, bis sie vor einem Schlafzimmer stand, in dem Stofftiere an den Kissen lehnten. Im nächsten Raum – der ein eigenes Badezimmer hat – stand ein wunderschönes Empirebett. Im letzten Zimmer war ein einzelnes Bett mit einer Rosendecke. Wo schlief Owney? Bestimmt nicht bei den Teddybären. Nicht auf dem Empirebett. Das konnte sie sich nicht vorstellen. Owney spürte sie in diesem Haus überhaupt nicht.

Aber Ruth suchte weiter. Sie stieg auch in den zweiten Stock hinauf. Es war heiß, und die Decken waren schräg. Als sie eine halb angelehnte Tür sah, schob sie sie automatisch auf. Und stand vor Pastor Wishnell.

»Oh«, machte Ruth.

Er stand hinter einem Bügelbrett und blickte sie an. Er trug seine schwarzen Hosen. Er hatte kein Hemd an. Das bügelte er nämlich gerade. Sein Rumpf war lang und schien weder Muskeln noch Fett noch Haare zu haben. Er nahm das Hemd vom Bügelbrett, schlüpfte in die gestärkten Ärmel und knöpfte es zu, von oben nach unten, ganz langsam.

»Ich habe Owney gesucht«, sagte Ruth.

»Er ist nach Fort Niles gefahren, um Mr. Ellis abzuholen.«

»Wirklich? Tut mir Leid.«

»Das wussten Sie sehr wohl.«

»Ja, stimmt. Ja, das habe ich gewusst. Tut mir Leid.«

»Das ist nicht Ihr Haus, Miss Thomas. Wie kommen Sie dazu, hier einfach herumzulaufen?«

»Sie haben Recht. Es tut mir Leid, dass ich Sie gestört habe.« Ruth ging rückwärts in den Gang.

Pastor Wishnell sagte: »Nein, Miss Thomas. Kommen Sie rein.«

Ruth blieb stehen, dann ging sie wieder ins Zimmer. Sie dachte: Scheiße, und sah sich um. Das hier war jedenfalls ganz sicher Pastor Wishnells Zimmer. Es war das erste Zimmer in dem Haus, das zu ihm passte. Es war schlicht und kahl. Die Wände und die Decke waren weiß; sogar der nackte Holzboden war weiß gestrichen. Es roch leicht nach Schuhputzmittel. Das Bett des Pastors hatte ein schmales Messinggestell, eine blaue Wolldecke und ein dünnes Kissen. Unter dem Bett stand ein Paar Lederpantoffeln. Auf dem Nachttisch gab es weder eine Lampe noch ein Buch, und das einzige Fenster in dem Zimmer hatte nur ein Sprungrollo, keinen Vorhang. Es gab eine Kommode, auf der ein kleiner Zinnteller mit ein paar Münzen stand. Der Raum wurde von einem großen dunklen Holzschreibtisch dominiert, neben einem Bücherregal mit schweren Bänden. Auf dem Schreibtisch waren eine elektrische Schreibmaschine, ein Stapel Papier, eine Suppendose mit Stiften.

Über dem Schreibtisch hing eine Karte von der Küste von Maine, die voller Bleistiftmarkierungen war. Ruth suchte instinktiv nach Fort Niles. Es war nicht markiert. Sie fragte sich, was das wohl bedeutete. Nicht bekehrt? Undankbar?

Der Pastor steckte das Bügeleisen aus, wickelte das Kabel herum und stellte es auf seinen Schreibtisch.

»Sie haben ein hübsches Haus«, sagte Ruth. Sie steckte die Hände in die Taschen und versuchte, unbeschwert auszusehen, als wäre sie eingeladen worden. Pastor Wishnell klappte das Bügelbrett zusammen und stellte es in den Schrank.

»Wurden Sie nach der Ruth in der Bibel benannt?«, fragte er. »Setzen Sie sich.«

»Ich weiß nicht, nach wem ich benannt wurde.«

»Kennen Sie die Bibel nicht?«

»Nicht allzu gut.«

»Ruth war eine große Frau aus dem Alten Testament. Sie war das Vorbild der weiblichen Treue.«

»Ach ja?«

»Die Bibel könnte Ihnen gefallen, Ruth. Sie enthält viele schöne Geschichten.«

Ruth dachte: Genau. Geschichten. Action-Abenteuer. Ruth war Atheistin. Das hatte sie im Jahr zuvor beschlossen, als sie das Wort gelernt hatte. Diese Vorstellung gefiel ihr immer noch. Sie hatte es niemandem erzählt, aber das Wissen darum fand sie aufregend.

»Warum helfen Sie Mrs. Pommeroy nicht?«, fragte er.

»Das werde ich jetzt gleich tun«, sagte Ruth und überlegte, ob sie einfach weglaufen sollte.

»Ruth«, sagte Pastor Wishnell, »setzen Sie sich. Sie können sich aufs Bett setzen.«

Auf der ganzen Welt gab es kein Bett, auf dem Ruth weniger gerne gesessen hätte als auf dem von Pastor Wishnell. Sie setzte sich.

»Wird Ihnen Fort Niles nie langweilig?«, fragte er. Er steckte sich das Hemd in die Hose, indem er mit der flachen Hand viermal ruhig darüberfuhr. Sein Haar war feucht, und sie konnte noch die Striche des Kamms sehen. Seine Haut war so blass wie feines Leinen. Er lehnte sich seitlich an den Schreibtisch, verschränkte die Arme und sah sie an.

»Ich konnte noch nicht genug Zeit dort verbringen, dass mir hätte langweilig werden können«, sagte Ruth.

»Wegen der Schule?«

»Weil Lanford Ellis mich ständig wegschickt«, sagte sie. Sie fand, diese Aussage höre sich ein wenig Mitleid erregend an, und so zuckte sie unbekümmert die Achseln, als sei das keine große Sache.

»Ich glaube, Mr. Ellis liegt viel an Ihrem Wohlbefinden. Ich habe gehört, er hat Ihre Ausbildung bezahlt und angeboten, Ihnen das College zu finanzieren. Er verfügt über eine Menge Geld, und offenbar liegt ihm etwas daran, was aus Ihnen wird. Das ist doch nicht schlecht, oder? Sie sind für Besseres geboren als für Fort Niles. Finden Sie nicht?«

Ruth gab keine Antwort.

»Wissen Sie, ich verbringe auch nicht viel Zeit auf meiner Insel, Ruth. Ich bin sehr selten auf Courne Haven. In den letzten zwei Monaten habe ich einundzwanzig Predigten gehalten, neunundzwanzig Familien besucht und war in elf Andachten. Die Hochzeiten, Beerdigungen und Taufen kann ich oft gar nicht mehr mitzählen. Für viele dieser Menschen bin ich ihre einzige Verbindung zum Herrn. Aber ich werde auch gerufen, um weltliche Ratschläge zu geben. Sie brauchen mich, damit ich geschäftliche Unterlagen für sie lese oder ihnen helfe, ein neues Auto zu finden. Viele Dinge. Sie wären überrascht. Ich schlichte Streitigkeiten zwischen Leuten, die sich sonst am Ende prügeln würden. Ich bin ein Friedensstifter. Das ist kein leichtes Leben; manchmal würde ich lieber zu Hause bleiben und mein schönes Haus genießen.«

Mit einer Geste bezeichnete er sein schönes Haus. Es war aber eine kleine Geste und schien nur sein Zimmer einzubeziehen, in dem es, soweit Ruth sehen konnte, nicht viel zu genießen gab.

»Doch ich verlasse mein Zuhause«, fuhr Pastor Wishnell fort, »weil ich Pflichten habe. Im Laufe meines Lebens war ich auf jeder Insel in Maine. Es gibt Zeiten, da sehen sie in meinen Augen alle gleich aus, wie ich zugeben muss. Doch von allen Inseln, die ich besuche, ist Fort Niles die isolierteste. Mit Sicherheit ist es die am wenigsten religiöse.«

Das kommt, weil wir dich nicht leiden können, dachte Ruth.

»Stimmt das?«, fragte sie.

»Das ist sehr schade, denn gerade die Zurückgezogenen auf dieser Welt sind es, die am dringendsten Beistand brauchen. Fort Niles ist ein seltsamer Ort, Ruth. Im Lauf der Jahre hatten die Leute Gelegenheit, sich mehr mit der Welt jenseits ihrer Insel einzulassen. Ich weiß nicht, ob Sie alt genug sind, um sich zu erinnern, dass einmal vom Bau eines Fährterminals geredet wurde.«

»Doch.«

»Dann wissen Sie ja von diesem Fehlschlag. Nun, die einzigen Touristen, die diese Inseln besuchen können, sind die, die ein eigenes Boot haben. Und jedes Mal, wenn jemand von Fort Niles nach Rockland will, muss er mit seinem Hummerkutter fahren. Jeder Nagel, jede Dose Bohnen, jeder Schnürsenkel auf Fort Niles muss mit einem Hummerkutter gebracht werden.«

»Wir haben einen Laden.«

»Ach, bitte, Ruth. Wohl kaum. Und jedes Mal, wenn eine Frau aus Fort Niles Lebensmittel einkaufen oder einen Arzt besuchen muss, muss sie sich mit einem Hummerkutter hinfahren lassen.«

»Auf Courne Haven ist es dasselbe«, sagte Ruth. Sie dachte bei sich, sie hatte schließlich schon einmal gehört, wie der Pastor über dieses Thema dachte, und sie hatte keine Lust, sich das noch einmal anzuhören. Was hatte das alles mit ihr zu tun? Ihm gefiel es wirklich, ab und zu eine kleine Predigt zu halten. Ich Glückspilz, dachte Ruth mürrisch.

»Nun, das Schicksal von Courne Haven ist eng mit dem von Fort Niles verbunden. Und Fort Niles handelt langsam; Ihre Insel nimmt Veränderungen als Letzte wahr. Die meisten Männer auf Fort Niles bauen sich ihre Fallen noch selbst, weil ihnen die aus Draht ohne jeden Grund suspekt sind.«

»Nicht jeder.«

»Wissen Sie, Ruth, überall sonst in Maine fangen die Hummerfänger an, Fiberglasboote in Betracht zu ziehen. Nur als Beispiel. Wie lange wird es dauern, bis Fiberglas nach Fort Niles kommt? Die Antwort raten Sie so gut wie ich. Ich kann mir leicht vorstellen, wie Angus Addams auf so eine Idee reagiert. Fort Niles leistet immer Widerstand. Fort Niles hat gegen die gesetzlich vorgeschriebene Mindestgröße für Hummer mehr Widerstand geleistet als sonst jemand im Staat Maine. Und jetzt wird im Rest von Maine davon geredet, die Anzahl der Fallen freiwillig zu beschränken.«

»Wir werden die Anzahl der Fallen nie beschränken«, sagte Ruth.

»Vielleicht wird man sie *für* Sie beschränken, junges Fräulein. Wenn eure Fischer es nicht freiwillig tun, wird es vielleicht ein Gesetz, und dann klettern staatliche Aufseher in eure Boote, so wie damals, als die gesetzlich vorgeschriebene Mindestgröße eingeführt wurde. So kommen Innovationen nach Fort Niles. Man muss es euch in eure sturen Kehlen rammen, bis ihr daran erstickt.«

Was hat er gerade gesagt? Sie starrte ihn an. Er lächelte leicht, und er hatte in einem gleichmäßigen und ruhigen Tonfall gesprochen. Ruth war entsetzt über seine abfällige kleine Rede, die er fast wie nebenbei gehalten hatte. Natürlich war alles, was er gesagt hatte, richtig, aber diese hochnäsige Art! Sie selbst hätte in ihrem Leben schon ein paar böse Sachen über Fort Niles sagen können, aber sie hatte das Recht, kritisch von ihrer eigenen Insel und ihren eigenen Leuten zu reden. Jemanden, der so selbstgefällig und unattraktiv war, derartig herablassend sprechen zu hören, war unerträglich. Plötzlich musste sie Fort Niles entrüstet verteidigen. Wie konnte er es wagen!

»Die Welt ändert sich, Ruth«, fuhr er fort. »Es gab eine Zeit, da waren viele der Männer aus Fort Niles Hechtfischer. Jetzt gibt es im Atlantik nicht mehr genügend Hechte, um ein Kätzchen damit zu füttern. Der Rotbarsch wird auch immer weniger, und bald ist der einzige Hummerköder, der noch übrig ist, der Hering. Und manchmal sind die Heringe, die heute verwendet werden, so schlecht, dass nicht einmal die Seemöwen sie fressen. Hier draußen gab es einmal eine Granitindustrie, die alle reich gemacht hat, aber auch die ist jetzt verschwunden. Wovon wollen die Leute auf Ihrer Insel in zehn, zwanzig Jahren leben? Glauben sie, dass bis in alle Ewigkeit hinein jeder Tag gleich sein wird? Dass sie sich darauf verlassen können, immer so viele Hummer zu fangen? Sie werden fischen und fischen, bis nur noch ein einziger Hummer da ist, und dann werden sie bis zum Tod um den Letzten kämpfen. Sie wissen es, Ruth. Sie wissen, wie diese Leute sind. Sie werden nie damit einverstanden sein, zu tun, was wirklich in ihrem Interesse wäre. Glauben Sie, diese Narren werden zur Vernunft kommen und eine Fischereikooperative bilden, Ruth?«

»Das wird nie passieren«, sagte Ruth. *Narren?*

»Sagt das Ihr Vater?«

»Das sagen alle.«

»Nun, vielleicht haben alle Recht. Sie haben zumindest in der Vergangenheit hart dagegen angekämpft. Ihr Freund Angus Addams ist einmal auf ein Treffen der Kooperative gekommen, damals, als unser Danny Burden bei dem Versuch, ein Kollektiv zwischen beiden Inseln zu gründen, beinahe seine Familie ruiniert hätte und fast getötet worden wäre. Ich war da. Ich habe gesehen, wie er sich benahm. Angus hat sich mit einer Tüte Popcorn in die erste Reihe gesetzt, während ein paar höher entwickelte Individuen Möglichkeiten diskutierten, wie die beiden Inseln zum Nutzen aller zusammenarbeiten könnten. Angus Addams saß da, grinste und aß Popcorn. Auf die Frage, was das soll, hat er mir gesagt: ›Ich genieße die Vorstellung. Das ist lustiger als ein Tonfilm.‹ Männer wie Angus Addams denken, es geht ihnen besser, wenn sie immer alleine arbeiten. Habe ich Recht? Denkt das nicht jeder Mann auf Ihrer Insel?«

»Ich weiß nicht, was jeder Mann auf meiner Insel denkt.«

»Sie sind eine kluge junge Frau. Ich bin sicher, Sie wissen genau, was die denken.«

Ruth kaute die Innenseite ihrer Lippe. »Ich glaube, ich sollte jetzt Mrs. Pommeroy helfen«, sagte sie.

»Warum verschwenden Sie Ihre Zeit mit diesen Leuten?«, fragte Pastor Wishnell.

»Mrs. Pommeroy ist meine Freundin.«

»Ich spreche nicht von Mrs. Pommeroy. Ich spreche von den Hummerfängern auf Fort Niles. Ich spreche von Angus Addams, Simon Addams ...«

»Senator Simon ist kein Hummerfänger. Er war noch nie auf einem Boot.«

»Ich spreche von Männern wie Len Thomas, Don Pommeroy, Stan Thomas …«

»Stan Thomas ist mein Vater, Sir.«

»Ich weiß sehr wohl, dass Stan Thomas Ihr Vater ist.«

Ruth stand auf.

»Setzen Sie sich«, sagte Pastor Toby Wishnell.

Sie setzte sich. Ihr Gesicht glühte. Sie bereute es sofort, dass sie sich hingesetzt hatte. Sie hätte einfach das Zimmer verlassen sollen.

»Sie gehören nicht nach Fort Niles, Ruth. Ich habe Erkundigungen über Sie eingezogen, und soweit ich erfahren habe, bieten sich Ihnen andere Möglichkeiten. Sie sollten sie wahrnehmen. Nicht jeder hat so ein Glück. Owney zum Beispiel kann nicht wählen wie Sie. Ich weiß, dass Sie einiges Interesse am Leben meines Neffen haben.«

Ruths Gesicht glühte noch stärker.

»Betrachten wir einmal Owney. Was soll aus ihm werden? Das sind meine Sorgen, nicht Ihre, aber lassen Sie uns gemeinsam darüber nachdenken. Sie sind in einer viel besseren Position als Owney. Tatsache ist, dass es für Sie einfach keine Zukunft auf dieser Insel gibt. Jeder sture Idiot, der dort lebt, sorgt dafür. Fort Niles ist dem Untergang geweiht. Dort gibt es keine Führung. Es fehlt eine moralische Instanz. Himmel noch mal, sehen Sie sich doch diese verrottete, verwahrloste Kirche an! Wie konnte man das nur zulassen?«

Weil wir dich verdammt noch mal nicht ausstehen können, dachte Ruth.

»Die ganze Insel wird in zwei Jahrzehnten verlassen sein. Gucken Sie nicht so überrascht, Ruth. Das kann gut und gerne passieren. Jahr um Jahr fahre ich diese Küste auf und ab, und ich sehe Gemeinden, die ums Überleben kämpfen. Wer auf Fort Niles hat das je versucht? Haben Sie irgendeine Regierungsform, einen gewählten Vertreter? Wer ist Ihr Führer? Angus Addams? Diese Schlange? Wer ist die Speerspitze in der nächsten Generation? Len Thomas? Ihr Vater? Wann hat sich Ihr Vater je um die Interessen anderer gekümmert?«

Ruth geriet in die Enge. »Sie wissen gar nichts über meinen Vater«, sagte sie und versuchte, so ruhig zu klingen wie Pastor Wishnell, aber irgendwie hörte sich ihre Stimme schrill an.

Pastor Wishnell lächelte. »Ruth«, sagte er, »denken Sie an meine Worte. Ich weiß eine Menge über Ihren Vater. Und ich wiederhole meine Vorhersage. Heute in zwanzig Jahren wird Ihre Insel eine Geisterstadt sein. Ihre Leute werden sich das selbst zuzuschreiben haben, wegen ihrer Sturheit und ihrer Isolation. Erscheinen Ihnen zwanzig Jahre weit weg? Sie sind es nicht.«

Er blickte Ruth kühl an. Sie versuchte, kühl zurückzublicken.

»Glauben Sie nicht, nur weil es auf Fort Niles immer Menschen gegeben hat, wird es immer so bleiben. Diese Inseln sind anfällig, Ruth. Haben Sie schon einmal von den Isles of Shoals gehört, aus dem frühen neunzehnten Jahrhundert? Die Bevölkerungszahl wurde immer kleiner, und es herrschte immer mehr Inzucht, sodass die Gesellschaft daran zerbrach. Die Bewohner brannten ihr Rathaus nieder, schliefen mit ihren Geschwistern, hängten ihren einzigen Pastor, praktizierten Schwarze Magie. Als der Reverend Jedidiah Morse im Jahr 1820 zu Besuch kam, fand er nur noch eine Hand voll Leute vor. Sofort verheiratete er sie alle, um weitere Sünden zu verhindern. Mehr konnte er nicht tun. Eine Generation später waren die Inseln verlassen. Fort Niles könnte es auch so ergehen. Glauben Sie nicht?«

Ruth sagte nichts dazu.

»Neulich«, sagte Pastor Wishnell, »kam mir noch eine Sache zu Ohren. Ein Hummerfänger auf Frenchman's Island hat mir erzählt, dass damals, als der Staat die gesetzliche Mindestgröße einführte, ein gewisser Hummerfänger namens Jim die kleinen Hummer immer behalten und sie den Sommergästen auf seiner Insel verkauft hat. Er hatte ein nettes kleines illegales Geschäft am Laufen, aber es sprach sich herum, denn so etwas spricht sich immer herum, und jemand informierte den Fischereiaufseher. Der Fischereiaufseher fuhr Jim mehrmals nach, um ihn mit den kleinen Hummern zu erwischen. Er untersuchte sogar ein paar Mal Jims Boot. Aber Jim hatte die kleinen Hummer in einem Sack, den er mit einem Stein beschwerte und ans Heck seines Bootes hängte. So wurde er nie erwischt.

Doch eines Tages spionierte der Fischereiaufseher Jim mit einem Fernglas nach und sah, wie er den Sack füllte und ihn über das Heck warf. Der Aufseher verfolgte Jim mit seinem Polizeiboot, und Jim, der wusste, dass er nahe dran war, erwischt zu werden, gab so viel Gas, wie er nur konnte, und fuhr nach Hause. Er fuhr direkt auf den Strand, schnappte sich den Sack und rannte. Der Aufseher verfolgte ihn. Jim ließ den Sack fallen und kletterte auf einen Baum. Als der Aufseher den Sack öffnete, was fand er da wohl, Ruth?«

»Ein Stinktier.«

»Ein Stinktier. Richtig. Sie haben demnach die Geschichte schon einmal gehört.«

»Sie ist Angus Addams passiert.«

»Sie ist nicht Angus Addams passiert. Sie ist niemandem passiert. Sie ist apokryph.«

Ruth und der Pastor starrten einander an.

»Wissen Sie, was apokryph bedeutet, Ruth?«

»Ja, ich weiß, was apokryph bedeutet«, entgegnete Ruth barsch, die gerade in diesem Moment überlegte, was apokryph wohl bedeutete.

»Man erzählt sich diese Geschichte auf allen Inseln in Maine. Man erzählt sie, weil es den Leuten ein gutes Gefühl gibt, dass ein alter Hummerfänger dem Gesetz ein Schnippchen schlagen konnte. Doch ich habe sie Ihnen nicht aus dem Grund erzählt, Ruth. Ich habe sie Ihnen erzählt, weil es eine gute Fabel darüber ist, was passieren kann, wenn jemand zu viel herumschnüffelt. Sie hatten keine Freude an unserem Gespräch, nicht wahr?«

Sie zog es vor, darauf nicht zu antworten.

»Aber Sie hätten sich dieses unangenehme Gespräch ersparen können, wenn Sie mein Haus nicht betreten hätten. Sie sind selbst schuld, weil Sie hier ohne Einladung herumgeschnüffelt haben. Und wenn Sie das Gefühl haben, ein Stinktier hätte Sie angespritzt, dann wissen Sie, wem Sie das zuzuschreiben haben. Ist es nicht so, Ruth?«

»Ich gehe jetzt Mrs. Pommeroy helfen«, sagte Ruth. Sie stand wieder auf.

»Das ist eine sehr gute Idee, finde ich. Und viel Spaß auf der Hochzeit, Ruth.«

Ruth wäre am liebsten aus dem Zimmer gerannt, aber sie wollte Pastor Wishnell nicht zeigen, wie sehr seine »Fabel« sie aufgewühlt hatte, und so ging sie einigermaßen würdevoll hinaus.

Doch sobald sie den Raum verlassen hatte, rannte sie den Gang entlang und die beiden Treppen hinunter, durch die Küche, durch das Wohnzimmer und aus dem Salon. Sie setzte sich in einen der Rohrstühle auf der Veranda. Verdammtes Arschloch, dachte sie. Unglaublich.

Sie hätte aus diesem Zimmer abhauen sollen, kaum dass er mit seiner kleinen Ansprache begonnen hatte. Worum zum Teufel ging es da eigentlich? Er kannte sie nicht einmal. *Ich habe Erkundigungen über Sie eingezogen, Ruth.* Es hatte nicht das Recht, ihr zu sagen, mit wem sie sich abgeben oder nicht abgeben sollte, ihr zu sagen, sie solle sich von ihrem eigenen Vater fern halten. Bedrückt und ärgerlich saß Ruth für sich allein auf der Veranda. Mehr als alles andere war es beschämend, von diesem Priester Vorträge gehalten zu bekommen. Und außerdem seltsam, ihm zuzusehen, wie er sich das Hemd anzog, und auf seinem Bett zu sitzen. Seltsam, sein leeres, kleines Mönchszimmer zu sehen und sein jämmerliches kleines Bügelbrett. Irrer. Sie hätte ihm sagen sollen, dass sie Atheistin war.

Drüben im Garten waren Mrs. Pommeroy und Kitty noch dabei, die Frauen zu frisieren. Dotty Wishnell und Candy waren schon gegangen. Wahrscheinlich zogen sie sich für die Trauung um. Eine kleine Gruppe Frauen aus Courne Haven wartete noch auf Mrs. Pommeroys Betreuung. Sie hatten alle feuchtes Haar. Mrs. Pommeroy hatte den Frauen gesagt, sie sollten sich die Haare zu Hause waschen, damit sie ihre Zeit ganz dem Schneiden und Legen widmen konnte. Auch ein paar Männer waren im Rosengarten, die auf ihre Frauen warteten – oder auf ihren eigenen Haarschnitt.

Kitty Pommeroy kämmte die langen, blonden Haare eines hübschen jungen Mädchens aus, das etwa dreizehn Jahre alt sein musste. Es gab so viele Blonde auf der Insel! All die Schweden von der Granitindustrie. Pastor Wishnell hatte von der Granitindustrie gesprochen, als ob sie heute nicht jedem scheißegal wäre. Es war doch unwichtig, ob die Granitindustrie am Ende war, oder etwa nicht? Wen kümmerte das noch? Niemand auf Fort Niles musste hungern, weil die Granitindustrie nicht mehr existierte. Der Kerl war ein Schwarzmaler. Verdammtes Arschloch. Armer Owney. Ruth versuchte sich eine Kindheit mit diesem Onkel vorzustellen. Erbarmungslos, gemein, hart.

»Wo warst du denn?«, rief Mrs. Pommeroy zu Ruth hinüber.

»Auf der Toilette.«

»Alles in Ordnung?«

»Ja«, sagte Ruth.

»Dann komm her.«

Ruth ging hinüber und setzte sich auf die niedrige Ziegelmauer. Sie fühlte sich völlig erschlagen, und wahrscheinlich sah sie auch so aus. Aber niemandem, nicht einmal Mrs. Pommeroy, fiel das auf. In der Gruppe wurde zu viel geplappert. Ruth merkte, dass sie mitten in eine völlig hirnverbrannte Diskussion geraten war.

»Es ist ekelhaft«, sagte das junge Mädchen, um das Kitty sich kümmerte. »Er tritt auf diese ganzen Seeigel, und das ganze Boot ist bedeckt mit, na ja, Innereien.«

»Das muss nicht sein«, sagte Mrs. Pommeroy. »Mein Mann hat die Seeigel immer zurück ins Wasser geworfen. Seeigel tun niemandem etwas.«

»Seeigel fressen Köder!«, sagte einer der Courne-Haven-Männer im Rosengarten. »Sie setzen sich auf den Köderbeutel, fressen den Köder, und dann fressen sie auch noch den Beutel.«

»Mein ganzes Leben lang hatte ich Stacheln in den Fingern von diesen gottverdammten Seeigeln«, sagte ein anderer.

»Aber warum muss Tuck darauf *treten*?«, fragte das hübsche Mädchen. »Das ist widerlich. Und es hält ihn vom Fischen ab. Er regt sich immer wahnsinnig auf deshalb; er verliert schnell die Beherrschung. Er nennt sie Hureneier.« Sie kicherte.

»Jeder nennt sie Hureneier«, sagte der Fischer mit den Stacheln in den Fingern.

»Das stimmt«, sagte Mrs. Pommeroy. »Wenn jemand die Beherrschung verliert, kostet es ihn Arbeitszeit. Die Leute sollten gelassener werden.«

»Ich hasse diese Fische am Grund, die man manchmal mit hochzieht. Durch das schnelle Auftauchen sind sie immer ganz aufgedunsen«, sagte das Mädchen. »Diese Fische mit den großen Augen, ja? Immer wenn ich mit meinem Bruder rausfahre, fangen wir eine ganze Tonne von denen.«

»Ich war seit Jahren nicht mehr auf einem Hummerkutter«, sagte Mrs. Pommeroy.

»Die sehen aus wie Kröten«, sagte das Mädchen. »Tuck zertritt sie auch.«

»Es gibt keinen Grund, grausam zu Tieren zu sein«, sagte Mrs. Pommeroy. »Überhaupt keinen Grund.«

»Tuck hat einmal einen Hai mit raufgezogen.«

»Wer ist Tuck?«, fragte Mrs. Pommeroy.

»Das ist mein Bruder«, sagte das Mädchen. Sie sah Ruth an. »Wer bist du?«

»Ruth Thomas. Und du?«

»Mandy Addams.«

»Bist du mit Simon und Angus Addams verwandt? Den Brüdern?«

»Wahrscheinlich. Ich weiß es nicht. Wohnen sie auf Fort Niles?«

»Ja.«

»Sind sie süß?«

Kitty Pommeroy lachte so sehr, dass sie wieder in die Knie ging.

»Ja«, sagte Ruth. »Sie sind hinreißend.«

»Sie sind über siebzig, mein Liebes«, sagte Mrs. Pommeroy. »Und sie sind wirklich hinreißend.«

»Was ist mit ihr los?«, fragte Mandy und sah Kitty an, die sich die Augen wischte und nur noch mit Mrs. Pommeroys Hilfe aufstehen konnte.

»Sie ist betrunken«, sagte Ruth. »Sie fällt ständig hin.«

»Ich bin betrunken!«, rief Kitty. »Ich bin wirklich betrunken, Ruth! Aber du musst es nicht allen erzählen.«

Kitty fing sich wieder und kämmte weiter.

»Also, ich glaube, meine Haare sind jetzt genug gekämmt worden«, sagte Mandy, aber Kitty kämmte feste weiter.

»Herrgott, Ruth«, sagte Kitty. »Du bist ein Plappermaul. Und ich falle nicht die ganze Zeit hin.«

»Wie alt bist du?«, fragte Mandy Addams Ruth. Ihre Augen waren auf Ruth gerichtet, aber mit dem Kopf leistete sie dem Zug von Kitty Pommeroys Kamm Widerstand.

»Achtzehn.«

»Kommst du von Fort Niles?«

»Ja.«

»Ich hab dich noch nie gesehen.«

Ruth seufzte. Sie hatte keine Lust, diesem Dummkopf ihr Leben zu erklären. »Ich weiß. Ich war auf der Highschool.«

»Ich gehe nächstes Jahr auf die Highschool. Wo warst du? In Rockland?«

»In Delaware.«

»Ist das in Rockland?«

»Nicht so ganz«, sagte Ruth, und als Kitty wieder anfing, sich vor Lachen zu schütteln, fügte sie hinzu: »Immer mit der Ruhe, Kitty. Es wird ein langer Tag. Es ist noch zu früh, um alle zwei Minuten hinzufallen.«

»Ist das in Rockland?«, jaulte Kitty und wischte sich die Augen. Auch die Fischer aus Courne Haven und ihre Frauen, die im Garten von Toby Wishnell um die Pommeroy-Schwestern herum saßen, lachten. Das ist gut, dachte Ruth. Zumindest wissen sie, dass das kleine blonde Mädchen eine Idiotin ist. Vielleicht lachten sie aber auch über Kitty Pommeroy.

Ruth erinnerte sich daran, was Pastor Wishnell darüber gesagt hatte, dass Fort Niles in zwanzig Jahren verschwinden würde. Er war doch verrückt. Es würde für alle Zeiten genügend Hummer geben. Hummer waren Überlebende aus der Urzeit. Der Rest des Ozeans könnte ausgelöscht werden, den Hummern wäre das egal. Hummer können sich im Schlamm vergraben und monatelang dort leben. Sie können Steine essen. Es ist ihnen scheißegal, dachte Ruth bewundernd. Hummer würden prächtig gedeihen, wenn es außer anderen Hummern sonst keine Nahrung mehr gäbe. Der letzte Hummer der Welt würde sich wahrscheinlich selbst fressen, wenn er das Letzte wäre, was man noch essen konnte. Um Hummer musste man sich überhaupt keine Sorgen machen.

Pastor Wishnell hatte sie doch nicht mehr alle.

»Hat dein Bruder wirklich einen Hai gefangen?«, fragte Mrs. Pommeroy Mandy.

»Sicher. Mann, ich glaube, so viel ist mein Haar noch nie an einem Tag gekämmt worden.«

»Jeder hat schon mal einen Hai gefangen«, sagte einer der Fischer. »Wir alle haben hin und wieder mal einen Hai mit raufgezogen.«

»Sie bringen sie einfach um?«, fragte Mrs. Pommeroy.

»Sicher.«

»Dazu besteht doch kein Grund.«

»Kein Grund, einen Hai zu töten?« Der Fischer klang amüsiert. Mrs. Pommeroy war eine Dame und eine Fremde (eine attraktive fremde Dame), und alle Männer in dem Garten hatten gute Laune in ihrer Gegenwart.

»Es gibt keinen Grund, grausam zu Tieren zu sein«, sagte Mrs.

Pommeroy. Sie hatte ein paar Haarnadeln im Mundwinkel stecken. Sie arbeitete am Kopf einer alten Dame mit stahlgrauen Haaren, an der das Gespräch völlig vorbeizugehen schien. Ruth vermutete, sie war die Mutter der Braut oder des Bräutigams.

»Richtig«, sagte Kitty Pommeroy. »Das haben Rhonda und ich von unserem Vater gelernt. Er war kein grausamer Mensch. Er hat nie Hand an eines von uns Mädchen gelegt. Er hat uns oft geschimpft, aber er hat nie eine geschlagen.«

»Es ist reine Grausamkeit, Tiere zu reizen«, sagte Mrs. Pommeroy. »Alle Tiere sind Geschöpfe Gottes, genau wie jeder von uns. Ich finde, wenn jemand ohne Grund grausam zu einem Tier ist, stimmt etwas nicht mit ihm.«

»Ich weiß nicht«, sagte der Fischer. »Ich ess sie jedenfalls gerne.«

»Tiere zu essen ist etwas anderes, als sie zu quälen. Grausamkeit gegenüber Tieren ist unverzeihlich.«

»Richtig«, wiederholte Kitty. »Ich finde es widerlich.«

Ruth konnte nicht fassen, was sie da mit anhörte. Es war eine Unterhaltung, wie sie die Leute auf Fort Niles auch immer hatten – dumm, redundant, uninformiert. Offenbar mochte man auch auf Courne Haven solche Gespräche.

Mrs. Pommeroy nahm sich eine Haarnadel aus dem Mund und legte der alten Dame auf dem Stuhl eine kleine graue Locke. »Andererseits«, sagte sie, »muss ich zugeben, dass ich früher Fröschen Feuerwerkskörper in den Mund gesteckt und sie hochgejagt habe.«

»Ich auch«, sagte Kitty.

»Aber ich habe nicht gewusst, was das anrichtet.«

»Na klar«, sagte einer der amüsierten Fischer aus Courne Haven. »Wie auch?«

»Ich werfe manchmal Schlangen vor den Rasenmäher und überfahre sie«, sagte Mandy Addams, der hübsche Teenager.

»Das ist aber wirklich grausam«, sagte Mrs. Pommeroy. »Dafür gibt es keinen Grund. Schlangen sind nützlich, sie fressen Schädlinge.«

»Ach, das hab ich auch gemacht«, sagte Kitty Pommeroy. »Mann, Rhonda, wir haben das doch zusammen gemacht, du und ich. Wir haben doch immer Schlangen zerstückelt.«

»Aber wir waren noch Kinder. Wir wussten es nicht besser.«

»Ja«, sagte Kitty, »wir waren noch Kinder.«

»Wir wussten es nicht besser.«

»Genau«, sagte Kitty. »Weißt du noch, wie du unter der Spüle das Nest mit den Mäusebabys gefunden und sie alle ertränkt hast?«

»Kinder wissen nicht, wie man mit Tieren umgeht, Kitty«, sagte Mrs. Pommeroy.

»Du hast jedes in einer anderen Teetasse ertränkt. Du hast es als Mäusetee bezeichnet. Immer wieder hast du gesagt: ›Ach! Sind die süß! Sind die süß!‹«

»Mit Mäusen habe ich kein Problem«, sagte einer der Fischer aus Courne Haven. »Ich sage Ihnen, womit ich ein Problem habe. Mit Ratten.«

»Wer ist jetzt an der Reihe?«, fragte Mrs. Pommeroy fröhlich. »Wer will als Nächster hübsch gemacht werden?«

Ruth Thomas betrank sich auf der Hochzeit.

Kitty Pommeroy half ihr. Kitty freundete sich mit dem Barkeeper an, einem fünfzigjährigen Fischer aus Courne Haven, der Chucky Strachan hieß. Chucky Strachan war hauptsächlich deshalb zu der großen Ehre gekommen, als Barkeeper zu arbeiten, weil er ein großer Trunkenbold war. Chucky und Kitty fanden einander sofort, so wie sich zwei geschwätzige Säufer in einer lebhaften Menge immer finden, und sie machten sich daran, sich auf der Wishnell-Hochzeit großartig zu amüsieren. Kitty ernannte sich zu Chucks Assistentin und sorgte dafür, dass sie mit seinen Kunden mithielt, Glas für Glas. Sie bat Chuck, Ruth etwas Nettes zusammenzumixen, damit die kleine Süße etwas lockerer wurde.

»Gib ihr was Fruchtiges«, wies Kitty ihn an. »Gib ihr was, das so süß ist wie sie.« Also schenkte er Ruth ein großes Glas Whiskey ein, mit einem kleinen bisschen Eis.

»Na, das ist doch ein Drink für eine Dame«, sagte Chucky.

»Ich meinte einen Cocktail!«, sagte Kitty. »Das wird ihr scheußlich schmecken! Daran ist sie nicht gewöhnt! Sie war auf einer Privatschule!«

»Mal sehen«, meinte Ruth Thomas und trank den Whiskey, den Chucky ihr gegeben hatte, nicht in einem Zug, aber doch recht schnell.

»Sehr fruchtig«, sagte sie. »Sehr süß.«

Der Whiskey strahlte eine angenehme Wärme in ihrem Bauch aus. Ihre Lippen fühlten sich größer an. Sie trank noch ein Glas, worauf sie unglaublich liebevoll wurde. Sie umarmte Kitty lange und fest und sagte: »Du warst mir immer die liebste von allen Pommeroy-Schwestern«, was nicht weiter von der Wahrheit hätte entfernt sein können, aber es tat gut, das zu sagen.

»Ich hoffe, alles läuft gut für dich, Ruthie«, lallte Kitty.

»Ach, Kitty, du bist so lieb. Du warst immer so lieb zu mir.«

»Wir alle wollen, dass es gut für dich läuft, Süße. Wir halten alle die Daumen an und hoffen, alles läuft gut.«

»Ihr haltet die Daumen an?« Ruth runzelte die Stirn.

»Wir drücken dir den Atem, meine ich«, sagte Kitty, und sie fielen beide beinahe um vor Lachen.

Chucky Strachan machte Ruth noch einen Drink.

»Bin ich ein guter Barkeeper?«, fragte er.

»Du bist wirklich Spezialist, wenn es darum geht, Whiskey und Eis in einem Glas zu mischen«, gab Ruth zu. »So viel steht fest.«

»Das ist meine Cousine, die da heiratet«, sagte er. »Wir müssen feiern. Dotty Wishnell ist meine Cousine! Hey! Charlie Burden ist auch mein Cousin!«

Chucky Strachan sprang hinter der Bar hervor und packte sich Kitty Pommeroy. Er vergrub das Gesicht in Kittys Hals. Er küsste Kitty das ganze Gesicht, die gute Seite ihres Gesichts, die keine Brandnarbe hatte. Chucky war dürr, und seine Hose rutschte immer tiefer über seinen dürren Hintern. Jedes Mal, wenn er sich auch nur ein kleines bisschen bückte, stellte er einen hübschen Neuengland-Ausschnitt zur Schau. Ruth bemühte sich, den Blick abzuwenden. Eine matronenhafte Frau in einem geblümten Rock wartete auf einen Drink, aber Chucky bemerkte sie nicht. Die Frau lächelte hoffnungsvoll in seine Richtung, aber er gab Kitty Pommeroy einen Klaps auf den Po und machte sich ein Bier auf.

»Bist du verheiratet?«, fragte Ruth Chucky, während er Kittys Hals ableckte.

Er ließ von Kitty ab, reckte eine Faust in die Luft und verkündete: »Mein Name ist Clarence Henry Strachan, und ich bin verheiratet!«

»Kann ich etwas zu trinken haben, bitte?«, fragte ihn die matronenhafte Dame höflich.

»Sagen Sie's dem Barkeeper!«, rief Chucky Strachan und führte Kitty auf die Sperrholztanzfläche in der Mitte des Zeltes.

Die Hochzeitszeremonie als solche hatte Ruth nicht übermäßig beeindruckt. Sie hatte kaum hingesehen, kaum aufgepasst. Sie war verblüfft, wie groß das Anwesen von Dottys Vater, wie hübsch der Garten war. Diese Wishnells hatten mit Sicherheit Geld. Ruth war Hochzeiten wie auf Fort Niles gewöhnt, wo die Gäste Aufläufe und Bohnengerichte und Pasteten mitbrachten. Nach der Hochzeit wurde dann immer das Geschirr sortiert.

Auf der Hochzeit von Dotty Wishnell und Charlie Burden sorgte hingegen ein Partyservice vom Festland für die Verpflegung. Und wie Pastor Wishnell versprochen hatte, kam auch ein professioneller Fotograf. Die Braut trug Weiß, und manche der Gäste, die auf Dottys erster Hochzeit gewesen waren, meinten, dieses Kleid sei noch schöner als das letzte. Charlie Burden, ein stämmiger Kerl mit Säufernase und misstrauischen Augen, gab einen unglücklichen Bräutigam ab. Er sah traurig aus, als er da vor allen stand und die zeremoniellen Worte sprach. Dottys kleine Tochter Candy, die Brautjungfer, weinte, und als ihre Mutter versuchte, sie zu trösten, sagte sie garstig: »Ich *weine* nicht!« Der Pastor redete eine Ewigkeit über Pflichten und Belohnungen.

Nachdem die Zeremonie vorbei war, betrank sich Ruth. Nachdem sie sich betrunken hatte, verlegte sie sich aufs Tanzen. Sie tanzte mit Kitty Pommeroy und mit Mrs. Pommeroy und mit dem Bräutigam. Sie tanzte mit Chucky Strachan, dem Barkeeper, und sie tanzte mit zwei gut aussehenden Männern in hellbraunen Hosen, die, wie sie später herausfand, Sommergäste waren. Sommergäste auf einer Inselhochzeit! Was für eine Vorstellung! Sie tanzte mit beiden jungen Männern ein paar Mal, und irgendwie hatte sie dann das Gefühl, sie hätte sich über sie lustig gemacht, obwohl sie sich später nicht mehr erinnern konnte, was sie gesagt hatte. Sie ließ eine Menge sarkastischer Kommentare fallen, die sie nicht zu verstehen schienen. Sie tanzte sogar mit Cal Cooley, als er sie aufforderte. Die Band spielte Countrymusik.

»Ist die Band von hier?«, fragte sie Cal, und er antwortete, die Musiker seien mit Babe Wishnells Boot hergefahren.

»Die sind gut«, sagte Ruth. Aus irgendeinem Grund ließ sie es geschehen, dass Cal Cooley sie eng an sich drückte. »Ich würde gerne ein Instrument spielen. Ich würde gerne Geige spielen. Ich kann nicht einmal singen. Ich kann gar nichts spielen. Nicht einmal Radio. Amüsierst du dich gut, Cal?«

»Ich würde mich noch viel besser amüsieren, wenn du an meinem Bein rauf- und runterrutschen würdest, als wäre es eine eingeschmierte Feuerwehrstange.«

Ruth lachte.

»Du siehst gut aus«, sagte er Ruth. »Du solltest öfter Pink tragen.«

»Ich sollte öfter Pink tragen? Ich trage Gelb.«

»Ich habe gesagt, du solltest öfter *trinken*. Es gefällt mir, wie du dann wirst. Ganz weich und nachgiebig.«

»Ich bin rachgierig?«, sagte Ruth, aber sie tat nur so, als hätte sie ihn falsch verstanden.

Er roch an ihrem Haar. Sie ließ ihn. Sie wusste, dass er an ihrem Haar roch, weil sie seinen stoßweisen Atem auf der Kopfhaut spürte. Er drückte sich gegen ihr Bein, und sie spürte seine Erektion. Auch das ließ sie zu. Was soll's, dachte sie. Er rieb sich an ihr. Er wiegte sie leicht. Er hielt die Hand tief unten an ihrem Rücken und zog sie fest an sich. Das alles ließ sie ihn tun. Was soll's, dachte sie weiter. Es war der gute, alte Cal Cooley, aber es fühlte sich ziemlich gut an. Er küsste sie oben auf den Kopf, und plötzlich war es, als wäre sie aufgewacht.

Es war Cal Cooley!

»Oh Gott, ich muss ganz dringend aufs Klo«, sagte Ruth und befreite sich von Cal, was nicht leicht war, weil er sie unbedingt festhalten wollte. Was war denn bloß in sie gefahren, mit *Cal Cooley* zu tanzen? Herrgott im Himmel. Sie bahnte sich einen Weg durch das Zelt, ging aus dem Garten hinaus und die Straße entlang, bis diese endete und der Wald anfing. Sie ging hinter einen Baum, hob ihr Kleid und pinkelte auf einen flachen Stein, wobei sie es sogar schaffte, sich nicht die Beine nass zu spritzen. Sie konnte nicht glauben, dass sie Cal Cooleys Penis gespürt hatte, auch wenn es nur durch seine Hose hindurch war. Das war ekelhaft. Sie schloss einen Pakt mit sich, den Rest ihres Lebens alles zu tun, um zu vergessen, dass sie je Cal Cooleys Penis gespürt hatte.

Als sie aus dem Wald ging, bog sie falsch ab und landete in einer Straße, die FURNACE STREET hieß. Haben die hier Straßenschilder?, wunderte sie sich. Wie die anderen Straßen auf Courne Haven war auch diese hier nicht gepflastert. Es war Abenddämmerung. Sie kam an einem kleinen weißen Haus mit einer Veranda vorbei; auf der Veranda saß eine alte Frau in einem Flanellkleid. Sie hielt einen flaumigen gelben Vogel. Ruth schielte den Vogel und die Frau an. Sie war ein wenig wacklig auf den Beinen.

»Ich suche das Haus von Babe Wishnell«, sagte sie. »Können Sie mir sagen, wo das ist? Ich glaube, ich habe mich verlaufen.«

»Ich habe mich jahrelang um meinen kranken Mann gekümmert«, sagte die Frau, »und mein Gedächtnis ist nicht mehr das, was es einmal war.«

»Wie geht es Ihrem Mann, Ma'am?«

»Er hat nicht mehr viele gute Tage.«

»Er ist schlimm krank?«

»Tot.«

»Oh.« Ruth kratzte einen Mückenstich an ihrem Knöchel. »Wissen Sie, wo Babe Wishnells Haus ist? Ich soll dort auf einer Hochzeit sein.«

»Ich glaube, es ist gleich in der nächsten Straße. Biegen Sie links ab«, sagte die Frau. »Es ist einige Zeit her, seit ich dort war. Und mein Gedächtnis ist nicht mehr das, was es einmal war.«

»Ich finde, Ihr Gedächtnis funktioniert noch recht gut.«

»Sie sind sehr nett. Wer heiratet denn?«

»Babe Wishnells Tochter.«

»Das kleine Mädchen?«

»Ich glaube. Verzeihung, Ma'am, ist das ein Entenküken, das Sie da haben?«

»Es ist ein Hühnerküken. Es ist ganz weich.« Die Frau strahlte Ruth an, und Ruth strahlte zurück.

»Dann danke für Ihre Hilfe«, sagte Ruth. Sie ging an der nächsten Ecke nach links und fand zurück zur Hochzeit.

Als sie in das Zelt trat, fasste eine heiße, trockene Hand sie am Arm. Sie rief: »Hey!« Es war Cal Cooley.

»Mr. Ellis möchte dich sehen«, sagte er, und bevor sie protestieren konnte, führte Cal sie hinüber zu Mr. Ellis. Ruth hatte vergessen, dass er zur Hochzeit kam, doch da saß er schon in seinem Rollstuhl. Er strahlte sie an, und Ruth, die in letzter Zeit viel gestrahlt hatte, strahlte zurück. Mein Gott, war er dünn. Er wog sicher keine fünfundfünfzig Kilo, und früher war er ein großer, starker Mann gewesen. Sein Kopf war eine kahle, gelbe Kugel, blank poliert wie der Griff eines oft benutzten Spazierstocks. Er hatte keine Augenbrauen. Er trug einen uralten schwarzen Anzug mit silbernen Knöpfen. Wie jedes Mal staunte Ruth darüber, wie schlecht er im Vergleich zu seiner Schwester Vera gealtert war. Miss Vera täuschte gerne Gebrechlichkeit vor, aber sie war äußerst rüstig. Miss Vera war klein, aber sie war robust wie Feuerholz. Ihr Bruder war ein Kümmerling. Als Ruth ihn im Frühjahr gesehen hatte, hatte sie gar nicht glauben können, dass er dieses

Jahr von Concord nach Fort Niles gekommen war. Und jetzt konnte sie nicht glauben, dass er wegen der Hochzeit aus Fort Niles nach Courne Haven gekommen war. Er war vierundneunzig Jahre alt.

»Ich freue mich, Sie zu sehen, Mr. Ellis«, sagte sie.

»Miss Thomas«, antwortete er, »du siehst gut aus. Du trägst die Haare hübsch aus dem Gesicht gekämmt.« Mit seinen wässrigen blauen Augen schielte er zu ihr hoch. Er hielt ihre Hand. »Möchtest du dich setzen?«

Sie holte tief Luft und setzte sich neben ihn auf einen hölzernen Klappstuhl. Er ließ sie los. Sie überlegte, ob sie wohl nach Whisky roch. Man musste sich schrecklich nahe an Mr. Ellis setzen, um zu hören und gehört zu werden, und sie wollte nicht, dass ihr Atem sie verriet.

»Meine Enkelin!«, sagte er und lächelte sie so breit an, dass seine Haut beinahe zu zerreißen schien.

»Mr. Ellis.«

»Ich kann dich nicht hören, Miss Thomas.«

»Ich sagte: Guten Tag, Mr. Ellis. Guten Tag, Mr. Ellis.«

»Du hast mich schon lange nicht mehr besucht.«

»Nicht mehr, seit ich mit Senator Simon und Webster Pommeroy vorbeigekommen bin.« Ruth hatte einige Schwierigkeiten, die Wörter *Senator* und *Simon* zu artikulieren. Mr. Ellis schien das nicht aufzufallen. »Aber ich hatte vor, Sie zu besuchen. Ich hatte zu tun. Ich komme sehr bald ins Haus Ellis und besuche Sie.«

»Wir essen zusammen.«

»Danke. Das ist sehr freundlich, Mr. Ellis.«

»Ja. Du kommst am Donnerstag. Nächsten Donnerstag.«

»Vielen Dank. Ich freue mich darauf.« Donnerstag!

»Du hast mir nicht erzählt, wie deine Reise nach Concord war.«

»Es war schön, danke. Vielen Dank, dass Sie mir zugeredet haben zu fahren.«

»Schön. Ich habe einen Brief von meiner Schwester erhalten,

in dem das Gleiche steht. Es wäre vielleicht nicht verkehrt, wenn du ihr schreiben und ihr für ihre Gastfreundschaft danken würdest.«

»Das werde ich tun«, sagte Ruth, die sich nicht einmal fragte, woher er wusste, dass sie das nicht getan hatte. Mr. Ellis wusste solche Dinge immer. Natürlich würde sie einen Brief schreiben, jetzt, wo der Vorschlag gemacht worden war. Und wenn sie schrieb, dann würde Mr. Ellis zweifellos davon wissen, noch bevor seine Schwester den Brief bekäme. Das gehörte einfach zu ihm: seine Allwissenheit. Mr. Ellis suchte in einer Tasche seines Anzugs und zog ein Taschentuch hervor. Er faltete es auf und hob es sich mit seiner zittrigen Hand an die Nase. »Was glaubst du, wird aus deiner Mutter werden, wenn meine Schwester von uns geht?«, fragte er. »Ich frage nur, weil Mr. Cooley mich neulich darauf angesprochen hat.«

Ruths Magen verkrampfte sich, als wäre er zugeschnürt worden. Was zum Teufel sollte das bedeuten? Sie dachte einen Augenblick lang nach, und dann sagte sie etwas, was sie bestimmt nicht gesagt hätte, wenn sie nichts getrunken hätte.

»Ich hoffe nur, dass für sie gesorgt wird, Sir.«

»Wie meinen?«

Ruth antwortete nicht. Sie war sich ziemlich sicher, dass Mr. Ellis sie verstanden hatte. Das hatte er auch, denn schließlich sagte er: »Es ist sehr teuer, für jemanden zu sorgen.«

Ruth fühlte sich in Lanford Ellis' Gegenwart so unwohl wie immer. Wenn sie ihn traf, wusste sie nie, wie das ausgehen würde: was er ihr auftragen würde, was er ihr vorenthalten würde, was er ihr geben würde. Das war immer so gewesen, seit sie acht Jahre alt war. Damals hatte Mr. Ellis sie in sein Arbeitszimmer gerufen. Er hatte ihr einen Stapel Bücher gegeben und gesagt: »Lies diese Bücher in der Reihenfolge, in der ich sie dir gegeben habe, von oben nach unten. Du darfst nicht mehr mit den sieben Pommeroys in den Steinbrüchen schwimmen, wenn du keinen Badeanzug trägst.« Diese Anweisungen enthielten keinerlei Drohung. Sie wurden einfach erteilt.

Ruth befolgte Mr. Ellis' Befehle, weil sie wusste, welche Macht der Mann über ihre Mutter hatte. Er hatte mehr Macht über sie als Miss Vera, weil er das Geld der Familie kontrollierte. Miss Vera übte ihre Kontrolle über Mary Smith-Ellis Thomas in belanglosen kleinen Grausamkeiten aus. Mr. Ellis hingegen war nie grausam zu Ruths Mutter gewesen. Ruth war sich dessen bewusst. Aus irgendeinem Grund hatte sie dieses Wissen immer in Panik versetzt, statt sie zu beruhigen. Und so hatte Ruth im Alter von acht Jahren die Bücher gelesen, die er ihr gegeben hatte. Sie tat, was ihr aufgetragen wurde. Sie besorgte sich keinen Badeanzug, um in den Steinbrüchen mit den sieben Pommeroys schwimmen zu gehen; sie ging einfach nicht mehr mit ihnen schwimmen. Das schien eine annehmbare Lösung zu sein, weil sie nichts mehr darüber hörte.

Die Treffen mit Mr. Ellis waren auch deshalb bedeutsam, weil sie so selten waren. Er rief Ruth nur etwa zweimal im Jahr zu sich. Am Anfang jedes Gesprächs teilte er ihr mit, wie sehr er ihr zugetan war. Dann tadelte er sie ein wenig, weil sie ihn nicht von sich aus besucht hatte. Er nannte sie *Enkelin, mein Schatz, mein Liebes.* Ihr war klar, und zwar seit frühester Kindheit, dass sie als sein Liebling angesehen wurde und dass das ein Glück für sie war. Es gab andere auf Fort Niles – sogar erwachsene Männer –, die gerne wenigstens ein einziges Mal eine Audienz bei Mr. Ellis bekommen hätten, denen aber keine gewährt wurde. Senator Simon Addams zum Beispiel versuchte seit Jahren, ihn zu sprechen. Viele Leute auf Fort Niles glaubten, Ruth habe einen besonderen Einfluss auf den Mann, obwohl sie ihn so selten sah. Meistens erfuhr sie über Cal Cooley von seinen Bitten und Forderungen, hörte, was ihm missfiel und was ihm gefiel. Wenn sie Mr. Ellis persönlich sah, dann waren seine Anweisungen für gewöhnlich einfach und direkt.

Als Ruth dreizehn war, hatte er sie gerufen, um ihr zu sagen, dass sie auf eine Privatschule in Delaware gehen würde. Er erklärte nicht, wie oder warum es zu dieser Entscheidung gekommen war oder wer sie getroffen hatte. Er fragte sie auch nicht nach ihrer Meinung dazu. Er sagte, die Schule sei teuer, aber dafür werde gesorgt. Er teilte ihr mit, Cal Cooley würde sie Anfang September in die Schule fahren, und es werde von ihr erwartet, dass sie die Weihnachtsferien bei ihrer Mutter in Concord verbringe. Sie würde erst im folgenden Juni wieder nach Fort Niles zurückkehren. Das waren Fakten, die nicht zu diskutieren waren.

Als Ruth sechzehn war, rief Mr. Ellis Ruth in einer wenig bedeutsamen Angelegenheit zu sich, um ihr zu sagen, sie solle sich von nun an die Haare aus dem Gesicht kämmen. Das war seine einzige Anweisung in diesem Jahr. Sie befolgte sie seither und trug einen Pferdeschwanz. Offenbar gefiel ihm das.

Mr. Ellis war einer der wenigen Erwachsenen in Ruths Leben, die sie nie als stur bezeichnet hatten. Das kam sicher daher, dass sie es in seiner Anwesenheit nicht war.

Sie fragte sich, ob er ihr sagen würde, sie solle heute Abend nichts mehr trinken. Was sollte das? Würde er ihr sagen, sie solle aufhören zu tanzen wie ein leichtes Mädchen? Oder kam etwas Größeres, die Ankündigung, es sei Zeit für sie, aufs College zu gehen? Oder zu ihrer Mutter nach Concord zu ziehen? Davon wollte Ruth nichts hören.

Im Allgemeinen ging sie Mr. Ellis hartnäckig aus dem Weg, weil sie Angst vor dem hatte, worum er sie bitten würde, und vor der Gewissheit, dass sie gehorchen würde. Von Mr. Ellis hatte sie noch nicht direkt gehört, was ihre Pläne für den Herbst sein würden, aber sie hatte sehr das Gefühl, dass sie Fort Niles verlassen sollte. Cal Cooley hatte angedeutet, dass Mr. Ellis sie aufs College schicken wollte, und Vera Ellis hatte das Mädchencollege erwähnt, mit dessen Dekanin sie befreundet war. Ruth war sicher, dass dieses Thema bald zur Sprache kommen würde. Sogar Pastor Wishnell hatte sie darauf angesprochen, und alle Anzeichen deuteten darauf hin, dass bald eine Entscheidung von Mr. Ellis persönlich kommen würde. Ruth hasste nichts mehr an ihrem Charakter als ihren bedingungslosen Gehorsam Mr. Ellis gegenüber. Und obwohl sie sich entschlossen hatte, von nun an seine Wünsche nicht mehr zu befolgen, so wollte sie ihre Unabhängigkeit doch nicht gerade heute demonstrieren.

»Wie hast du in letzter Zeit deine Tage verbracht, Ruth?«, fragte Mr. Ellis.

Ruth, die an diesem Abend keine Anweisungen von ihm hören wollte, beschloss, ihn abzulenken. Das war eine neue Taktik, eine verwegene Taktik. Aber sie hatte getrunken und war deshalb verwegener als normalerweise.

»Mr. Ellis«, sagte sie, »erinnern Sie sich an den Elefantenstoßzahn, den wir Ihnen gebracht haben?«

Er nickte.

»Hatten Sie Gelegenheit, ihn sich anzusehen?«

Er nickte wieder. »Sehr gut«, sagte er. »Ich höre, du hast einen großen Teil deiner Zeit mit Mrs. Pommeroy und ihren Schwestern verbracht.«

»Mr. Ellis«, sagte Ruth, »könnten wir vielleicht über diesen Elefantenstoßzahn sprechen? Nur kurz.«

Genau. Sie würde jetzt das Gespräch lenken. So schwer konnte das doch nicht sein. Mit allen anderen machte sie das schließlich auch. Mr. Ellis hob eine Augenbraue. Das heißt, er hob die Haut unter der Stelle, wo eine Augenbraue gewesen wäre, wenn er eine Augenbraue gehabt hätte.

»Meine Freunde haben mehrere Jahre gebraucht, um diesen Stoßzahn zu finden, Mr. Ellis. Dieser junge Mann, Webster Pommeroy, hat ihn gefunden. Er hat hart gearbeitet. Und mein anderer Freund, Senator Simon?« Diesmal sprach Ruth den Namen fehlerlos aus. Sie fühlte sich stocknüchtern. »Senator Simon Addams? Sie kennen ihn?«

Mr. Ellis antwortete nicht. Er suchte sein Taschentuch wieder und hob es noch einmal an die Nase.

Ruth fuhr fort: »Er hat viele interessante Artefakte, Mr. Ellis. Simon Addams sammelt seit Jahren ungewöhnliche Gegenstände. Er würde gerne ein Museum auf Fort Niles eröffnen. Um auszustellen, was er gesammelt hat. ›Fort Niles Naturkundemuseum‹ soll es heißen, und er findet, der Laden der Ellis Granitgesellschaft wäre für dieses Museum sehr geeignet. Da er ja leer steht. Vielleicht haben Sie schon von dieser Idee gehört? Ich glaube, er bittet schon seit Jahren um Ihre Erlaubnis. Ich glaube, er … Dieses Projekt erscheint Ihnen vielleicht nicht interessant, aber für ihn bedeutet es alles, und er ist ein guter Mensch. Und er hätte gerne den Elefantenzahn zurück. Für sein Museum. Wenn er ein Museum haben kann, natürlich.«

Mr. Ellis saß in seinem Rollstuhl, die Hände lagen auf den Schenkeln. Seine Schenkel waren nicht viel breiter als seine Handgelenke. Unter seiner Anzugjacke trug er einen dicken, schwarzen Pullover. Er langte in die Innentasche seines Anzugs und holte einen kleinen Messingschlüssel heraus, den er zwischen Daumen und Zeigefinger hielt. Der Schlüssel zitterte wie eine Wünschelrute in seiner Hand. Er reichte ihn Ruth und sagte: »Das ist der Schlüssel zum Laden der Ellis Granitgesellschaft.«

Ruth nahm ihn vorsichtig an sich. Er war kühl und scharf, und es hätte keine größere Überraschung für sie geben können. Sie sagte: »Oh!« Sie war verblüfft.

»Mr. Cooley wird dir den Elefantenstoßzahn nächste Woche bringen.«

»Danke, Mr. Ellis. Ich weiß das zu schätzen. Sie müssen nicht …«

»Du kommst am Donnerstag zum Essen zu mir.«

»Das werde ich. Ja. Großartig. Soll ich Simon Addams sagen … Ähm, was soll ich Simon Addams wegen des Ladens sagen?«

Doch Mr. Ellis hatte sein Gespräch mit Ruth Thomas beendet. Er schloss die Augen und beachtete sie nicht mehr. Sie ging weg. Ruth Thomas ging auf die andere Seite des Zelts, so weit weg wie nur möglich von Mr. Ellis. Sie fühlte sich nüchtern und ein bisschen schlapp, deshalb blieb sie kurz an dem Spieltisch stehen, der als Bar diente, und ließ sich von Chucky Strachan noch ein Glas Whiskey mit Eis geben. Sie hatte einen Tag mit lauter seltsamen Gesprächen hinter sich, von Pastor Wishnell bis zu

Mr. Ellis, und langsam wünschte sie sich, sie wäre mit dem Senator und Webster Pommeroy zu Hause geblieben. Sie fand einen Stuhl in der Ecke hinter der Band und setzte sich. Als sie die Ellbogen auf die Knie stützte und das Gesicht in den Händen vergrub, hörte sie ihren Pulsschlag im Kopf. Als Applaus erklang, blickte sie auf. Ein Mann Mitte sechzig, mit einem blondgrauen Bürstenhaarschnitt und dem Gesicht eines alten Soldaten, stand in der Mitte des Zelts und hob ein Champagnerglas in die Höhe. Es war Babe Wishnell.

»Meine Tochter!«, sagte er. »Heute ist die Hochzeit meiner Tochter, und ich würde gerne ein paar Worte sagen!«

Es gab mehr Applaus. Jemand rief: »Nur zu, Babe!«, und alle lachten.

»Meine Tochter heiratet nicht den bestaussehenden Mann auf Courne Haven, aber ihren Vater darf sie ja schließlich nicht heiraten! Charlie Burden? Wo ist Charlie Burden?«

Der Bräutigam erhob sich gequält.

»Du hast dir heute eine Wishnell geholt, Charlie!«, bellte Babe Wishnell. Wieder Applaus. Jemand rief: »Hol sie dir, Charlie!«, und Babe Wishnell funkelte zornig in die Richtung, aus der die Stimme kam. Das Gelächter hörte auf.

Doch dann zuckte er die Achseln und sagte. »Meine Tochter ist ein schamhaftes Mädchen. Als Teenager war sie so schamhaft, dass sie nicht mal über einen Kartoffelacker gelaufen ist. Wisst ihr, warum? Weil Kartoffeln Augen haben! Sie hätten ihr unter den Rock gucken können!«

An dieser Stelle spielte er ein Mädchen, das anmutig den Rock hebt. Er winkte feminin mit den Händen. Die Menge brüllte vor Lachen. Die Braut, die ihre Tochter auf dem Schoß hatte, wurde rot.

»Mein neuer Schwiegersohn erinnert mich an Cape Cod. Ich meine, seine Nase erinnert mich an Cape Cod. Weiß jemand, warum mich seine Nase an Cape Cod erinnert? Weil sie genauso vorsteht!« Babe Wishnell brüllte über seinen eigenen Witz. »Charlie, das war nur ein Spaß. Du kannst dich jetzt hinsetzen,

Charlie. Applaus für Charlie. Das ist kein Spielverderber. Also, diese beiden gehen auf Hochzeitsreise. Sie fahren eine Woche nach Boston. Ich hoffe, sie haben viel Spaß.«

Noch mehr Applaus folgte, dann rief dieselbe Stimme: »Hol sie dir, Charlie!« Diesmal ignorierte Babe Wishnell die Stimme.

»Ich hoffe, sie haben wirklich ihren Spaß. Sie haben ihn sich verdient. Besonders Dotty, denn sie hat ein hartes Jahr hinter sich, immerhin hat sie ihren Mann verloren. Also, ich hoffe, ihr habt eine schöne Zeit, Charlie und Dotty.« Er erhob sein Glas. Die Gäste murmelten und hoben auch ihre Gläser. »Es tut ihnen gut, eine Weile wegzukommen«, sagte Babe Wishnell. »Sie lassen das Mädchen bei Dottys Mutter und mir, aber was soll's. Wir mögen das Mädchen. Hallo, Candy!«

Er winkte dem Mädchen zu. Candy, die auf dem Schoß ihrer Mutter saß, blickte so hoheitsvoll und unergründlich wie eine Löwin.

»Das erinnert mich an die Hochzeitsreise mit Dottys Mutter.«

Jemand in der Menge johlte, und alle lachten. Babe Wishnell drohte mit dem Finger, *ta-ta-ta,* und fuhr fort: »Als ich mit Dottys Mutter auf Hochzeitsreise gefahren bin, haben wir die Niagarafälle besucht. Das war während des Revolutionskriegs! Nein, es war 1945. Der Krieg war gerade vorbei. Der Zweite Weltkrieg natürlich. Also, mich hat's bei einem Schiffbruch im Südpazifik ziemlich übel erwischt. Und ich hatte in Neuguinea ziemlich üble Sachen miterlebt, aber jetzt wollte ich auf meiner Hochzeitsreise was erleben! Und ob! Ich wollte was anderes erleben!«

Alle sahen zu Gladys Wishnell hin, die den Kopf schüttelte.

»Also sind wir zu den Niagarafällen. Wir mussten mit einem Boot fahren, der *Maid of the Mist.* Also, ich hab damals nicht gewusst, ob Gladys leicht seekrank wird. Ich dachte, vielleicht wird ihr unter dem Wasserfall ganz schwindelig, weil man ja – na ja, man fährt ja *direkt* darunter durch. Ich bin also in die Apotheke und habe – wie heißt das noch mal? – eine Flasche Drambuie gekauft. Wie heißt noch mal das Mittel gegen Seekrankheit?«

»Dramamin!«, rief Ruth Thomas.

Babe Wishnell blickte durch das düster werdende Zelt zu Ruth hinüber. Er sah sie ernst und aufmerksam an. Er wusste nicht, wer sie war, aber er nahm ihre Antwort an.

»Dramamin. Ich habe Dramamin in der Apotheke gekauft. Und da ich sowieso schon mal da war, habe ich auch gleich eine Packung Gummis gekauft.«

Das brachte die Hochzeitsgäste in Fahrt. Sie johlten und klatschten, und alle sahen zu Dotty Wishnell und ihrer Mutter Gladys hin, die beide einen unbezahlbaren Gesichtsausdruck hatten, eine Mischung aus Unglauben und Entsetzen.

»Ja, ich habe Dramamin und eine Packung Gummis gekauft. Der Apotheker gibt mir also das Dramamin. Er gibt mir die Gummis. Er sieht mich an und sagt: ›Wenn ihr so verdammt schlecht davon wird, warum tun Sie ihr das dann an?‹«

Die Hochzeitsgäste tobten. Sie klatschten und pfiffen. Dotty Wishnell und ihre Mutter fielen fast um vor Lachen. Ruth spürte eine Hand auf der Schulter. Sie blickte auf. Es war Mrs. Pommeroy.

»Hey«, sagte Ruth.

»Darf ich mich setzen?«

»Sicher, sicher.« Ruth klopfte auf den Stuhl neben ihr, und Mrs. Pommeroy setzte sich.

»Versteckst du dich?«, fragte sie Ruth.

»Ja. Müde?«

»Ja.«

»Ich weiß, dass Charlie Burden denkt, er wird reich, jetzt wo er eine Wishnell heiratet«, fuhr Babe Wishnell fort, als das Gelächter erstarb. »Ich weiß, er denkt, heute ist sein Glückstag. Wahrscheinlich hat er ein Auge auf ein paar von meinen Booten und auf die Ausrüstung geworfen. Ja, das kann er haben. Er kann am Ende alle meine Boote haben. Aber ausbooten lasse ich mich deswegen noch lange nicht!«

Die Menge machte: »Aaaah …« Gladys Wishnell wischte sich die Augen.

»Mein neuer Schwiegersohn ist nicht der Klügste auf der Insel. Ich habe gehört, sie wollten ihn einmal zum Leuchtturmwärter auf Crypt Rock machen. Das hat nicht so gut funktioniert. Charlie hat um neun Uhr die Lichter ausgeschaltet. Als sie ihn gefragt haben, warum, hat er geantwortet: ›Alle guten Menschen sollten um neun Uhr im Bett sein.‹ Genau! Lichter aus, Charlie!«

Die Gäste lachten herzlich. Charlie Burden sah aus, als würde er sich gleich übergeben.

»Das ist ein richtiger Witzbold«, sagte Ruth zu Mrs. Pommeroy.

»Ihm gefallen Wortspiele«, stimmte sie zu.

Mrs. Pommeroy nahm Ruths Hand, während sie zusahen, wie Babe Wishnell seinen Trinkspruch mit ein paar weiteren Wortspielen und ein paar weiteren Seitenhieben auf seinen neuen Schwiegersohn beendete.

»Dieser Mann könnte jeden einzelnen von uns kaufen und verkaufen«, sagte Mrs. Pommeroy schwermütig.

Am Ende der Rede gab es Beifallsrufe für Babe Wishnell, der sich theatralisch verbeugte und sagte: »Und jetzt ist es mir eine Ehre, zu verkünden, dass Lanford Ellis bei uns ist. Er möchte ein paar Worte sagen, und ich denke, wir wollen alle hören, was er zu sagen hat. Genau. Wir sehen Mr. Ellis nicht oft. Ich fühle mich wirklich geehrt, dass er zur Hochzeit meiner Tochter gekommen ist. Da ist er, dort drüben. Jetzt sind bitte alle ganz leise. Mr. Lanford Ellis. Ein sehr wichtiger Mann. Er wird ein paar Worte sagen.«

Cal Cooley rollte Mr. Ellis in seinem Rollstuhl in die Mitte des Raums. Im Zelt wurde es still. Cal zog Mr. Ellis' Decke fester.

»Ich kann mich glücklich schätzen«, begann Mr. Ellis, »solche Nachbarn zu haben.« Ganz langsam blickte er all die Leute in dem Zelt an. Es schien, als würde er jeden Nachbarn zählen. Ein Baby fing an zu weinen, und man hörte es rascheln, als die Mutter das Kind aus dem Zelt brachte. »Etwas hat Tradition auf dieser Insel – und auch auf Fort Niles –, und zwar harte Arbeit. Ich erinnere mich an die Zeit, als die Schweden auf Courne Haven Pflastersteine für die Ellis Granitgesellschaft gemacht haben. Dreihundert gute Arbeiter konnten pro Person zweihundert Pflastersteine täglich herstellen, für fünf Cent das Stück. Meine Familie hat harte Arbeit immer sehr geschätzt.«

»Das ist aber eine interessante Hochzeitsrede«, flüsterte Ruth Mrs. Pommeroy zu.

Mr. Ellis fuhr fort: »Jetzt seid ihr alle Hummerfänger. Das ist auch eine feine Arbeit. Manche von euch sind Schweden, die Nachfahren der Wikinger. Die Wikinger haben den Ozean den Weg des Hummers genannt. Ich bin ein alter Mann. Was wird aus Fort Niles und Courne Haven werden, wenn ich nicht mehr bin? Ich bin ein alter Mann. Ich liebe diese Inseln.«

Mr. Ellis schwieg. Er blickte auf den Boden. Sein Gesicht verriet nichts, und ein Beobachter hätte denken können, der Mann hatte keine Ahnung, wo er war, und hätte völlig vergessen, dass er zu einem Publikum sprach. Die Stille dauerte lange an. Die Hochzeitsgäste fingen an, einander Blicke zuzuwerfen. Sie zuckten die Achseln und sahen Cal Cooley an, der ein paar Schritte hinter Mr. Ellis stand. Aber Cal wirkte nicht besorgt; wie immer verriet sein Gesicht nichts als gelangweilten Abscheu. Irgendwo hustete ein Mann. Es war so still, dass Ruth den Wind in den Bäumen hören konnte. Nach ein paar Minuten stand Babe Wishnell auf.

»Wir möchten Mr. Ellis danken, dass er den weiten Weg nach Courne Haven gefahren ist«, sagte er. »Was meint ihr? Das bedeutet uns viel. Wie wär's mit einem großen Applaus für Mr. Lanford Ellis? Vielen Dank, Lanford.«

Erleichtert klatschte die Menge Beifall. Cal Cooley schob seinen Boss an den Rand des Zelts. Mr. Ellis blickte immer noch zu Boden. Die Band fing wieder an zu spielen, und eine Frau lachte zu laut.

»Nun, das war auch eine ungewöhnliche Rede«, sagte Ruth.

»Weißt du, wer drüben bei Pastor Wishnell ganz alleine auf der Hintertreppe sitzt?«, fragte Mrs. Pommeroy Ruth.

»Wer?«

»Owney Wishnell.« Mrs. Pommeroy gab Ruth eine Taschenlampe. »Warum gehst du nicht zu ihm? Lass dir Zeit.«

11

Vom Hunger zum Kannibalismus ist es nur ein kleiner Schritt, und obwohl tunlichst vermieden wird, dass sich die jungen Hummer zusammenscharen, kommt es immer wieder vor, dass einzelne Tiere kurz in Kontakt mit anderen kommen, und wenn sie Hunger haben, ergreifen sie jede Gelegenheit.

Die Hummerzucht
A. D. Mead, Ph. D. 1908

Ruth ging mit ihrem Whisky in der einen Hand und Mrs. Pommeroys Taschenlampe in der anderen hinüber zu Pastor Wishnells Haus. Innen brannte kein Licht. Sie ging auf die Rückseite des Hauses und entdeckte Owney, genau wie Mrs. Pommeroy gesagt hatte. Er saß auf den Stufen. Sein Körper warf in der Dunkelheit einen riesigen Schatten. Als Ruth langsam den Strahl ihrer Taschenlampe über ihn gleiten ließ, sah sie, dass er ein graues Sweatshirt mit Reißverschluss und Kapuze trug. Sie ging hinüber, setzte sich neben ihn und schaltete die Taschenlampe aus. Sie saßen eine Weile im Dunkeln.

»Willst du?«, fragte Ruth. Sie hielt Owney ihr Whiskeyglas hin. Er nahm es und trank einen großen Schluck. Der Inhalt schien ihn nicht zu überraschen, im Gegenteil. Es war, als hätte er in diesem Moment Whiskey von Ruth Thomas erwartet, als hätte er dagesessen und darauf gewartet. Er gab ihr das Glas zurück, sie trank einen Schluck und reichte es ihm wieder. Bald war das Glas leer. Owney war so still, sie konnte ihn kaum atmen hören. Sie stellte das Glas auf die Treppe neben die Taschenlampe.

»Hast du Lust, spazieren zu gehen?«, fragte sie.

»Ja«, sagte Owney und stand auf.

Er bot ihr seine Hand an. Sie nahm sie. Ein fester Griff. Er führte sie nach hinten durch den Garten, über die niedrige Ziegelmauer, vorbei an den Rosen. Sie hatte die Taschenlampe auf der Treppe am Haus liegen lassen, deshalb mussten sie vorsichtig gehen. Die Nacht war klar, und sie konnten den Weg ganz gut erkennen. Sie gingen durch den Garten eines Nachbarn, dann waren sie im Wald.

Owney führte Ruth zu einem schmalen Pfad. Jetzt war es dunkel, weil über ihnen Fichten aufragten. Owney und Ruth gingen hintereinander. Um nicht hinzufallen, legte sie die rechte Hand auf seine rechte Schulter, als Stütze. Als sie dann sicherer wurde, nahm sie die Hand von seiner Schulter, langte aber immer nach ihm, wenn es ihr zu unsicher wurde.

Sie sagten nichts. Ruth hörte eine Eule.

»Hab keine Angst«, sagte Owney. »Auf der Insel gibt es viele Geräusche.«

Sie kannte diese Geräusche. Der Wald war gleichzeitig vertraut und verwirrend. Alles roch, klang und sah aus wie Fort Niles, aber es war nicht Fort Niles. Die Luft roch mild, aber es war nicht ihre Luft. Sie hatte keine Ahnung, wo sie waren, bis sie plötzlich eine große Öffnung auf der rechten Seite wahrnahm und begriff, dass sie sich hoch oben befanden, am Rand eines alten Steinbruchs. Es war eine alte Narbe von der Ellis Granitgesellschaft, wie es sie auch auf Fort Niles gab. Jetzt bewegten sie sich sehr vorsichtig weiter, denn der Weg, den Owney gewählt hatte, führte nur wenige Schritte an einem offenbar jähen Abhang vorbei. Ruth wusste, dass einige der Steinbrüche ein paar Hundert Meter tief waren. Sie machte ganz kleine Kindertapser, weil sie Sandalen mit glatten Sohlen trug. Sie spürte, dass es unter ihren Füßen rutschig war.

Sie gingen eine Weile am Rand des Steinbruchs entlang, dann waren sie wieder im Wald. Der Schutz der Bäume, der umschlossene Raum, die sie umgebende Dunkelheit waren eine Erleichterung nach dem klaffenden Steinbruch. Einmal überquerten sie alte Bahnschienen. Sie drangen immer tiefer in den Wald ein und sahen immer weniger, und nachdem sie eine halbe Stunde schweigend gegangen waren, wurde die Dunkelheit plötzlich noch dichter, und Ruth sah, warum. Gleich zu ihrer Linken war ein Granitfels, der in die Dunkelheit aufragte. Es war eine vielleicht dreißig Meter hohe Wand aus gutem schwarzen Granit, die das Licht schluckte. Ruth streckte die Hand aus und fuhr mit den Fingern über die Oberfläche. Sie war feucht und kühl und mit Moos bewachsen.

Sie fragte: »Wohin gehen wir?« Sie konnte Owney kaum erkennen.

»Spazieren.«

Sie lachte, ein leises, hübsches Geräusch, das sich überhaupt nicht fortpflanzte.

»Haben wir ein Ziel?«, fragte sie.

»Nein«, sagte er und lachte zu ihrer großen Freude. Ruth lachte mit; ihr gefiel der Klang von Gelächter in diesem Wald.

Jetzt blieben sie stehen. Ruth lehnte sich mit dem Rücken an die Granitwand. Die Wand war leicht geneigt, und Ruth neigte sich mit ihr. Sie konnte Owney, der vor ihr stand, gerade noch erkennen. Sie langte nach seinem Arm und spürte ihn entlang bis zu seiner Hand. Eine nette Hand.

»Komm her, Owney«, sagte sie und lachte wieder. »Komm hier rein.« Sie zog ihn zu sich, und er legte die Arme um sie. So standen sie da. An ihrem Rücken war der kalte, dunkle Granit; an ihrem Bauch war Owneys großer, warmer Körper. Sie zog ihn näher zu sich und drückte das Gesicht an seine Brust. Es gefiel ihr sehr, wie er sich anfühlte. Sein Rücken war breit. Es war ihr egal, ob das alles war. Es war ihr egal, ob sie sich noch stundenlang so umarmten und sonst nichts machten.

Nein, Moment; es war ihr nicht egal.

Jetzt würde sich alles ändern, das wusste sie, und sie hob das Gesicht und küsste ihn auf den Mund. Um genau zu sein, sie küsste ihn in den Mund, ein bedächtiger und langer feuchter Kuss, und – welch eine nette Überraschung! – was Owney Wishnell für eine dicke, großartige Zunge hatte! Gott, was für eine schöne Zunge. Ganz schwer und salzig. Es war eine hinreißende Zunge.

Ruth hatte natürlich vorher schon Jungs geküsst. Nicht viele Jungs, weil sie nicht viele kannte. Hätte sie die sieben Pommeroys küssen sollen? Nein, in Ruths Leben waren bis jetzt nicht viele Jungen aufgetaucht, die in Frage kamen. Nur wenn der Zufall es wollte, hatte sie manchmal einen geküsst.

Einmal einen fremden Jungen an Weihnachten in einem Bus nach Concord, und dann hatte sie den Sohn eines Cousins von Duke Cobb geküsst, der eine Woche aus New Jersey zu Besuch war. Aber diese Episoden waren nicht zu vergleichen mit dem Gefühl, Owney Wishnells großen, weichen Mund zu küssen.

Vielleicht sprach Owney deshalb die ganze Zeit so langsam, dachte Ruth; seine Zunge war zu groß und weich, um schnell Worte zu bilden. Sei's drum. Sie legte ihm die Hände um das Gesicht, er legte ihr die Hände um das Gesicht, und sie küssten sich wie verrückt. Jeder hielt fest den Kopf des anderen, so wie man ein freches Kind festhält und ihm ins Gesicht sagt: »Hör mir jetzt zu!« Sie hörten gar nicht mehr auf, sich zu küssen. Es war toll. Sein einer Schenkel drückte so fest hoch in ihren Unterleib, dass er sie beinahe vom Boden hob. Er hatte einen harten, muskulösen Schenkel. Gut für ihn, dachte Ruth. Ein netter Schenkel. Es war ihr egal, ob sie sich nur küssten und sonst nichts. Nein. Es war ihr nicht egal.

Sie nahm seine Hände von ihrem Gesicht, nahm seine großen Handgelenke in ihre Hände und schob seine Hände ihren Körper hinunter. Sie legte seine Hände auf ihre Hüften, und er drückte sich noch fester an sie und – er war jetzt mit seiner großartigen, süßen Zunge tief in ihrem Mund – er bewegte die Hände an ihrem Körper nach oben, bis seine Handflächen ihre Brüste bedeckten. Ruth stellte fest, dass sie sterben würde, wenn sie nicht bald seinen Mund auf ihren Brustwarzen hatte. Genau, dachte sie, ich werde sterben. Also knöpfte sie ihr Sommerkleid vorne auf, schob den Stoff zur Seite und drückte seinen Kopf nach unten, und – er war großartig! Er gab ein rührendes, leises, kleines Geräusch von sich. Es war, als wäre ihre ganze Brust in seinem Mund. Sie spürte es bis in die Lungen. Sie wollte stöhnen. Sie wollte sich zurückbeugen, aber zum Zurückbeugen war kein Platz, mit der Felswand hinter ihr.

»Können wir irgendwo hingehen?«, fragte sie.

»Wohin?«

»Irgendwohin, wo es weicher ist als an dem Felsen?«

»Okay«, sagte er, aber es dauerte eine Ewigkeit, bis sie sich voneinander getrennt hatten. Sie machten mehrere Versuche, weil sie ihn immer wieder zurückzog, und er rieb immer wieder seinen Unterleib an ihren. Es nahm kein Ende. Und als sie sich endlich getrennt hatten und den Weg weitergingen, rannten sie. Es war, als würden sie unter Wasser den Atem anhalten und versuchen, zur Oberfläche zu schwimmen. Wurzeln, Steine und Ruths rutschige Sandalen waren vergessen; seine stützende Hand unter ihrem Ellbogen ebenso. Es war keine Zeit, zimperlich zu sein, denn sie hatten es eilig. Ruth wusste nicht, wohin sie unterwegs waren, aber sie wusste, es würde ein Ort sein, wo sie weitermachen konnten, und dieses Wissen bestimmte ihr und sein Tempo. Sie hatten noch etwas vor. Sie rannten. Keine Zeit zu reden.

Schließlich kamen sie aus dem Wald hinaus auf einen kleinen Strand. Ruth sah Lichter auf der anderen Seite des Wassers und wusste, sie waren gegenüber von Fort Niles, also auf der Seite von Courne Haven, die weit weg von der Hochzeitsfeier war. Gut. Je weiter weg, desto besser. Auf einem kleinen Hügel über dem Strand stand ein Schuppen ohne Türen, also gingen sie einfach hinein. Stapel von alten Fallen lagen in der Ecke. Ein Ruder auf dem Boden. Eine Kinderschulbank mit einem kleinen Kinderstuhl daran. Ein Fenster war mit einer Wolldecke verhängt, die Owney Wishnell ohne zu zögern wegzog. Er schüttelte den Staub aus der Decke, kickte eine alte gläserne Boje von der Mitte des Bodens weg und legte die Decke aus. Jetzt schien Mondlicht durch das leere Fenster.

Als wäre das längst vorher genau geplant worden, zogen sich Ruth Thomas und Owney Wishnell aus. Ruth war schneller, weil sie nur das Sommerkleid trug, das ohnehin schon ziemlich aufgeknöpft war. Runter damit, dann noch die blaue Baumwollunterhose, die Sandalen weggeschleudert und – sie war bereit! Aber Owney brauchte eine Ewigkeit. Owney musste sein Sweatshirt ausziehen und das Flanellhemd darunter (mit Knöpfen an den Manschetten, die er erst aufkriegen musste) und das Unterhemd als unterste Schicht. Er musste einen Gürtel öffnen, seine hohen Arbeitsstiefel aufschnüren, die Socken ausziehen. Er zog die Jeans aus und – das dauerte eine Ewigkeit – schließlich seine weiße Unterwäsche, dann war er fertig.

Sie fielen nicht direkt übereinander her, aber sie klebten sehr schnell wieder aneinander, und dann begriffen sie, dass das Ganze auf dem Boden viel einfacher sein würde, also wurde das schnell erledigt. Ruth lag auf dem Rücken, und Owney kniete. Er drückte ihre Knie zurück an ihre Brust und öffnete ihre Beine, die Hände auf ihren Schienbeinen. Sie dachte an all die Leute, die empört wären, wenn sie das wüssten – ihre Mutter, ihr Vater, Angus Addams (wenn der wüsste, dass sie nackt mit einem Wishnell zusammen war!), Pastor Wishnell (entsetzlich, sich seine Reaktion auch nur vorzustellen), Cal Cooley (er würde den Verstand verlieren), Vera Ellis, Lanford Ellis (er würde sie umbringen! Teufel, er würde sie beide umbringen!) –, und sie lächelte und langte durch ihre Beine nach vorne, nahm seinen Schwanz und half ihm, in sie einzudringen. Einfach so.

Es ist erstaunlich, was Leute können, auch wenn sie es noch nie gemacht haben.

Ruth hatte sich in den letzten paar Jahren oft überlegt, wie es wohl wäre, mit jemandem zu schlafen. Vor allem hätte sie nie gedacht, dass Sex so leicht gehen und sofort so großartig sein würde. Sie hatte gedacht, es sei furchtbar kompliziert und müsse mit viel Gerede ausgetüftelt werden. Und sie konnte sich Sex auch deshalb nie richtig vorstellen, weil sie sich nicht vorstellen konnte, mit wem genau sie das alles austüfteln würde. Sie stellte sich ihren Partner viel älter vor, als jemanden, der wusste, was er tat und geduldig war und sie anleitete. *Das geht so; nein, nicht so; versuch's noch mal, versuch's noch mal.* Sie hatte gedacht, Sex wäre schwierig am Anfang, so wie Autofahren. Sie hatte gedacht, dass sie nach langer, angestrengter Übung langsam hineinwachsen würde und dass es am Anfang wahrscheinlich ziemlich wehtun würde.

Ja, es ist wirklich erstaunlich, was Leute können, auch wenn sie es noch nie gemacht haben.

Ruth und Owney nahmen die Sache wie Profis in Angriff, gleich von Anfang an. Dort, in dem Schuppen auf der schmutzigen Wolldecke, taten sie schmutzige, absolut befriedigende Dinge miteinander. Sie entdeckten Stellungen, die andere Partner vielleicht erst nach Monaten herausfänden. Sie war auf ihm; er war auf ihr. Es schien keinen Teil ihres Körpers zu geben, den sie dem anderen nicht in den Mund stecken wollten. Sie saß auf seinem Gesicht; er lehnte an dem Kindertisch, und sie hockte vor ihm und lutschte an ihm, während er ihre Haare packte. Sie lag auf der Seite, die Beine geöffnet wie ein Läufer mitten im Schritt, während seine Finger mit ihr spielten. Er schob seine Finger in ihre feuchten, engen Spalten und leckte sich die Finger. Dann schob er wieder die Finger in ihre feuchten, engen Spalten und steckte ihr seine Finger in den Mund, damit sie sich selbst auf seinen Händen schmecken konnte.

Unglaublich, sie sagte: »Ja, Ja, fick mich, fick mich, fick mich.«

Er drehte sie auf den Bauch, hob ihre Hüften in die Luft und, ja, ja, er fickte, fickte, fickte sie.

Ruth und Owney schliefen ein, und als sie aufwachten, war es windig und kalt. Schnell zogen sie sich an und machten sich auf den schwierigen Weg in die Stadt, durch den Wald und an dem Steinbruch vorbei. Ruth sah den Steinbruch jetzt deutlicher, denn der Himmel wurde schon heller. Es war ein gewaltiges Loch, größer als alles auf Fort Niles. Aus diesem Stein mussten sie Kathedralen gebaut haben.

Im Garten von Owneys Nachbarn kamen sie aus dem Wald heraus, stiegen über die niedrige Ziegelmauer und gingen in Pastor Wishnells Rosengarten. Pastor Wishnell saß auf den Verandastufen und wartete auf sie. In der einen Hand hielt er Ruths leeres Whiskyglas. In der anderen Mrs. Pommeroys Taschenlampe. Als er sie kommen sah, leuchtete er sie mit der Taschenlampe an, obwohl das eigentlich gar nicht nötig war. Es war schon hell genug, sodass er sehr gut erkennen konnte, wer sie waren. Trotzdem. Er leuchtete sie mit der Taschenlampe an.

Owney ließ Ruths Hand los. Sie steckte die Hand sofort in die Tasche ihres gelben Sommerkleids und umklammerte den Schlüssel, den Schlüssel zu dem Laden der Ellis Granitgesellschaft, den Schlüssel, den ihr Mr. Lanford Ellis erst vor wenigen Stunden gegeben hatte. Sie hatte gar nicht mehr an den Schlüssel gedacht, seit sie mit Owney im Wald verschwunden war, aber jetzt war es außerordentlich wichtig, zu wissen, ob er noch da war, sicherzugehen, dass sie ihn nicht verloren hatte. Ruth drückte den Schlüssel so fest, dass er sich ihr in die Handfläche bohrte – während Pastor Wishnell von der Veranda aus auf sie zuging. Sie hielt den Schlüssel ganz fest. Sie hätte nicht sagen können, weshalb.

12

In harten Wintern halten sich Hummer entweder im tieferen Wasser auf, oder, wenn sie im Hafen leben, suchen sie Schutz, indem sie sich im Schlamm vergraben, sollte es welchen geben.

Der amerikanische Hummer:
Lebensweise und Entwicklung. Eine Studie
Francis Hobart Herrick, Ph. D., 1895

Ruth verbrachte den größten Teil des Herbstes 1976 damit, sich zu verstecken. Ihr Vater hatte sie nicht ausdrücklich hinausgeworfen, aber nach dem Skandal gab er ihr auch nicht gerade das Gefühl, willkommen zu sein. Der Skandal war nicht, dass Ruth und Owney von Pastor Wishnell erwischt worden waren, als sie nach Dotty Wishnells Hochzeit bei Tagesanbruch aus dem Wald kamen. Das war unangenehm, aber der eigentliche Skandal fand vier Tage später statt, als Ruth ihren Vater beim Essen fragte: »Willst du nicht einmal wissen, was ich mit Owney Wishnell im Wald gemacht habe?«

Ruth und ihr Vater waren einander tagelang aus dem Weg gegangen, ohne zu reden, und irgendwie hatten sie es auch geschafft, nicht gemeinsam zu essen. An diesem Abend hatte Ruth ein Huhn gebraten, das bereits fertig war, als ihr Vater vom Fischen nach Hause kam. »Mach dir keine Umstände«, sagte er, als er sah, dass Ruth den Tisch für zwei deckte. »Ich ess was bei Angus drüben«, aber Ruth sagte: »Nein, Dad, lass uns hier essen, du und ich.«

Sie sprachen nicht viel beim Essen. »Das Huhn ist mir gut gelungen, nicht?«, fragte Ruth, und ihr Vater meinte, ja, es sei ihr wirklich gut gelungen. Sie fragte, wie es mit Robin Pommeroy liefe, den ihr Vater wieder eingestellt hatte. Stan sagte, der Junge sei so dämlich wie eh und je, was soll man auch erwarten? Über solche Dinge redeten sie. Sie beendeten das Essen schweigend.

Als Stan Thomas seinen Teller nahm und zum Spülbecken trug, fragte Ruth: »Dad. Willst du nicht einmal wissen, was ich mit Owney im Wald gemacht habe?«

»Nein.«

»Nein?«

»Wie oft muss ich dir das noch sagen? Es ist mir egal, mit wem du deine Zeit verbringst, Ruth, oder was du mit ihm machst.«

Stan Thomas spülte seinen Teller ab, kam zum Tisch zurück und nahm Ruths Teller, ohne zu fragen, ob sie fertig gegessen hatte, und ohne sie anzusehen. Er spülte ihren Teller ab, goss sich ein Glas Milch ein und schnitt sich ein Stück von Mrs. Pommeroys Blaubeerkuchen ab, der unter einem schwitzigen Zelt aus Frischhaltefolie auf der Theke stand. Er aß den Kuchen mit der Hand und beugte sich dabei über das Spülbecken. Mit beiden Händen wischte er sich die Krümel von seiner Jeans und deckte den Kuchen wieder mit der Folie zu.

»Ich geh rüber zu Angus«, sagte er.

»Weißt du, Dad«, sagte sie, »ich sag dir was.« Sie stand nicht von ihrem Stuhl auf. »Ich finde, du solltest dazu eine Meinung haben.«

»Hmm«, sagte er. »Hab ich aber nicht.«

»Solltest du aber. Weißt du, warum? Weil wir miteinander geschlafen haben.«

Er nahm seine Jacke von der Stuhllehne, zog sie an und ging Richtung Tür.

»Wohin gehst du?«, fragte Ruth.

»Zu Angus. Das hab ich schon gesagt.«

»Ist das alles, was du zu sagen hast? Ist das deine Meinung?«

»Ich hab keine Meinung.«

»Dad, ich sag dir noch was. Hier passieren viele Dinge, zu denen du eine Meinung haben solltest.«

»Hmm«, sagte er. »Hab ich aber nicht.«

»Lügner«, sagte Ruth.

Er sah sie an. »So redet man nicht mit seinem Vater.«

»Warum? Du bist ein Lügner.«

»So redet man mit niemandem.«

»Ich habe es nur ein bisschen satt, ständig zu hören, dass es dir egal ist, was hier passiert. Ich finde das ziemlich schwach.«

»Es tut mir nicht gut, wenn es mir nicht egal ist, was hier passiert.«

»Es ist dir egal, ob ich nach Concord gehe oder hier bleibe«, sagte sie. »Es ist dir egal, ob Mr. Ellis mir Geld gibt. Es ist dir egal, ob ich für immer auf einem Hummerkutter arbeite oder ob ich aufs College geschickt werde. Es ist dir egal, ob ich die ganze Nacht wach bin und mit einem Wishnell schlafe. Wirklich, Dad? Das alles ist dir egal?«

»Genau.«

»Ach, komm. Du bist ein Lügner.«

»Hör auf, das zu sagen.«

»Ich sage, was ich sagen will.«

»Es ist doch egal, was mich kümmert, Ruth. Was mit dir oder mit deiner Mutter passiert, hat nichts mit mir zu tun. Glaub mir. Ich habe nichts damit zu tun. Das habe ich vor langer Zeit gelernt.«

»Mir oder meiner Mutter?«

»Genau. Ich habe nichts zu melden bei Entscheidungen, die eine von euch beiden betreffen. Also, was soll's.«

»Meine Mutter? Willst du mich auf den Arm nehmen? Du würdest meine Mutter völlig in der Hand haben, wenn du dich darum bemühen würdest. Sie hat noch nie in ihrem Leben selbst eine Entscheidung getroffen, Dad.«

»Bei ihr habe ich nichts zu melden.«

»Wer denn dann?«

»Du weißt, wer.«

Ruth und ihr Vater sahen sich lange an. »Du könntest dich gegen die Ellis' wehren, wenn du nur wolltest, Dad.«

»Nein, das könnte ich nicht, Ruth. Und du auch nicht.«

»Lügner.«

»Ich habe dir gesagt, du sollst das lassen.«

»Weichei«, sagte Ruth zu ihrer eigenen immensen Überraschung.

»Du hast ein verdammt beschissenes loses Mundwerk«, sagte Ruths Vater und ging aus dem Haus.

Das war der Skandal.

Ruth machte die Küche fertig sauber und ging hinüber zu Mrs. Pommeroy. Sie weinte eine Stunde lang auf ihrem Bett, während ihr Mrs. Pommeroy über die Haare strich und sagte: »Erzähl mir doch, was passiert ist.«

Ruth sagte: »Er ist so ein Weichei.«

»Wo hast du denn dieses Wort gelernt, mein Schatz?«

»Er ist so ein beschissener Feigling. Es ist erbärmlich. Warum kann er nicht mehr wie Angus Addams sein? Warum kann er sich nie wehren?«

»Du würdest Angus Addams doch nicht wirklich als Vater wollen, nicht wahr, Ruth?«

Da musste Ruth noch mehr weinen, und Mrs. Pommeroy sagte: »Ach, meine Süße. Du hast es dieses Jahr aber wirklich nicht leicht.«

Robin kam ins Zimmer und sagte: »Was soll der Lärm? Wer flennt da?« Ruth rief: »Raus mit ihm!« Robin sagte: »Das ist mein Haus, du blöde Kuh.« Und Mrs. Pommeroy sagte: »Ihr beide seid wie Bruder und Schwester.«

Ruth hörte auf zu weinen und sagte: »Ich kann das alles nicht fassen hier.«

»Hier?«, fragte Mrs. Pommeroy. »Was meinst du mit hier, Süße? «

Ruth wohnte den Juli und den August und auch Anfang September über bei den Pommeroys. Manchmal ging sie nach nebenan in ihr Haus, ins Haus ihres Vaters, wenn sie wusste, dass er beim Fischen war, und holte sich eine frische Bluse oder ein Buch zum Lesen, oder sie versuchte zu erraten, was er gegessen hatte. Sie hatte nichts zu tun. Sie hatte keine Arbeit. Sie hatte sogar aufgehört so zu tun, als würde sie als Steuermann arbeiten wollen, und niemand fragte sie mehr, was sie für Pläne hatte. Arbeit auf einem Boot würde ihr sicher nie jemand anbieten. Und für Leute, die im Jahr 1976 auf Fort Niles nicht auf einem Boot arbeiteten, gab es nicht viel anderes zu tun.

Ruth hatte nichts, womit sie sich beschäftigen konnte. Mrs. Pommeroy hatte wenigstens ihre Stickerei. Und Kitty Pommeroy hatte den Alkohol, der ihr Gesellschaft leistete. Webster Pommeroy hatte den Schlick, den er durchsuchen konnte, und Senator Simon hatte seinen Traum von dem Naturkundemuseum. Ruth hatte nichts. Manchmal dachte sie, sie sei den ältesten Einwohnern von Fort Niles am ähnlichsten, diesen uralten, verhutzelten Frauen, die am Fenster zur Straße saßen und durch die Vorhänge spitzten, um zu sehen, was draußen los war, wenn jemand an ihrem Haus vorbeiging, was selten genug der Fall war.

Sie teilte Mrs. Pommeroys Haus mit Webster, Robin und Timothy Pommeroy, mit Robins fetter Frau Opal und ihrem dicken Baby Eddie. Sie teilte es auch mit Kitty Pommeroy, die von Ruths Onkel Len Thomas hinausgeworfen worden war. Len war jetzt ausgerechnet mit Florida Cobb, der letzten aller Frauen, zusammen. Florida Cobb, die erwachsene Tochter von Russ und Ivy Cobb, die selten ein Wort sprach und die ihr Leben damit verbracht hatte, zuzunehmen und Bilder auf Sanddollars zu malen, lebte jetzt mit Len Thomas zusammen. Kitty war deswegen in schlechter Verfassung. Sie hatte Len mit einer Schrotflinte bedroht, aber er hatte sie ihr weggenommen und die Ladung in ihren Ofen gefeuert.

»Ich dachte, Florida Cobb wäre meine gottverdammte Freundin«, sagte Kitty zu Ruth, obwohl Florida nie mit jemandem befreundet gewesen war.

Kitty erzählte Mrs. Pommeroy die ganze traurige Geschichte von ihrer letzten Nacht zu Hause mit Len Thomas. Ruth hörte, wie sich die beiden Frauen hinter verschlossener Tür in Mrs. Pommeroys Schlafzimmer unterhielten. Sie hörte Kitty eine Ewigkeit schluchzen. Als Mrs. Pommeroy schließlich herauskam, fragte Ruth: »Was hat sie gesagt? Was ist passiert?«

»Ich will das nicht zweimal hören, Ruth«, sagte Mrs. Pommeroy.

»Zweimal?«

»Ich möchte es nicht einmal aus ihrem Mund hören und ein zweites Mal aus meinem. Vergiss es einfach. Von jetzt an wohnt sie hier.«

Ruth wurde langsam klar, dass Kitty Pommeroy jeden Tag betrunkener aufwachte, als es die meisten Menschen in ihrem Leben je wurden. Nachts weinte sie unablässig, und Mrs. Pommeroy und Ruth brachten sie ins Bett. Sie schlug nach ihnen, wenn sie sich mit ihr die Treppe hochkämpften. Das passierte beinahe jeden Tag. Kitty haute Ruth sogar einmal ins Gesicht, sodass sie Nasenbluten bekam. Opal war gar keine Hilfe, wenn es darum ging, mit Kitty fertig zu werden. Sie hatte Angst, geschlagen zu werden, deshalb setzte sie sich in die Ecke und weinte, während sich Mrs. Pommeroy und Ruth um alles kümmerten.

Opal sagte: »Ich will nicht, dass mein Baby mit dem ganzen Geschrei aufwächst.«

»Dann zieh doch in dein eigenes gottverdammtes Haus«, sagte Ruth.

»Zieh doch du in dein eigenes gottverdammtes Haus!«, sagte Robin Pommeroy zu Ruth.

»Ihr seid genau wie Geschwister«, sagte Mrs. Pommeroy. »Immer zieht ihr euch gegenseitig auf.«

Ruth konnte Owney nicht sehen. Sie hatte ihn seit der Hochzeit nicht mehr gesehen. Pastor Wishnell sorgte dafür. Der Pastor hatte beschlossen, den Herbst auf einer großen Tour durch die Inseln von Maine zu verbringen, mit Owney als seinem Skipper. Er wollte mit der *New Hope* jeden Hafen im Atlantik anfahren, von Portsmouth bis Neuschottland, und predigen, predigen, predigen.

Owney rief nie bei Ruth an, aber wie sollte er auch? Er hatte keine Nummer von ihr, keine Ahnung, dass sie bei Mrs. Pommeroy wohnte. Ruth machte es gar nicht so viel aus, nicht angerufen zu werden; sie hätten sich am Telefon wahrscheinlich sowieso wenig zu sagen gehabt. Owney war nicht gerade ein Konversationsgenie, und sie konnte sich nicht vorstellen, stundenlang mit ihm an der Leitung zu hängen. Sie hatten noch nie sonderlich viel zu reden gehabt. Ruth wollte sowieso nicht mit Owney reden. Sie wollte mit Owney nicht den neuesten Tratsch austauschen, doch das bedeutete nicht, dass sie ihn nicht vermisste oder vielmehr sich nach ihm verzehrte. Sie wollte mit ihm zusammen sein. Sie wollte ihn bei sich in ihrem Zimmer haben, um wieder seinen Körper und seine Ruhe zu spüren. Sie wollte wieder Sex mit ihm, auf die schlimmste Art und Weise. Sie wollte nackt mit Owney sein, und der Gedanke daran nahm einen großen Teil ihrer Zeit in Anspruch. Sie dachte daran, wenn sie in der Badewanne und im Bett lag. Sie unterhielt sich immer wieder mit Mrs. Pommeroy über das eine Mal, als sie mit Owney geschlafen hatte. Mrs. Pommeroy wollte alle Einzelheiten wissen, alles, was die beiden gemacht hatten, und sie schien es gutzuheißen.

Ruth schlief im obersten Stockwerk des Hauses von Mrs. Pommeroy, in dem Zimmer, das Mrs. Pommeroy ihr damals geben wollte, als Ruth neun war – das Zimmer mit den schwachen, rostroten Blutspritzern an der Wand, wo sich vor langer Zeit der Pommeroy-Onkel mit der Schrotflinte in den Mund geschossen hatte.

»Nur wenn es dich nicht stört«, sagte Mrs. Pommeroy zu Ruth.

»Kein bisschen.«

Am Boden verlief ein Heizungsschacht, und wenn Ruth den Kopf daneben legte, konnte sie Gespräche im ganzen Haus hören. Das Lauschen tröstete sie. Sie konnte sich verstecken und aufpassen. Und in diesem Sommer war es Ruths Hauptbeschäftigung, sich zu verstecken. Sie versteckte sich vor ihrem Vater, was leicht war, weil er nicht nach ihr suchte. Sie versteckte sich vor Angus Addams, was ein wenig schwieriger war, weil Angus über die Straße gelaufen kam, wenn er sie erspähte, und ihr sagte, was für eine dreckige kleine Hure sie doch sei, mit einem Wishnell herumzuvögeln, ihren Vater dumm anzureden und durch die Stadt zu schleichen.

»Ja«, sagte er dann, »ich hab davon gehört. Glaub nicht, dass ich nichts von dieser Scheiße gehört hätte.«

»Lass mich in Ruhe, Angus«, antwortete Ruth. »Das geht dich nichts an.«

»Du miese kleine Schlampe.«

»Er zieht dich nur auf«, sagte Mrs. Pommeroy dann zu Ruth, wenn sie zufällig dabei war und die Beleidigungen mitbekam. Dann waren sowohl Ruth als auch Angus entrüstet.

»Das nennst du aufziehen?«, sagte Ruth.

»Ich ziehe verdammt noch mal überhaupt niemanden auf«, sagte Angus ebenso empört. Mrs. Pommeroy weigerte sich, sich darüber aufzuregen, und sagte: »Doch, doch, Angus. Das tust du immer.«

»Weißt du, was wir machen müssen?«, sagte Mrs. Pommeroy Ruth immer wieder. »Das muss sich alles setzen. Alle hier lieben dich, aber die Leute sind ein bisschen aufgebracht.«

Doch hauptsächlich versteckte sich Ruth im August vor Mr. Ellis, sprich vor Cal Cooley. Sie wollte Mr. Ellis auf gar keinen Fall besuchen, und sie wusste, dass Cal sie eines Tages holen und ins Haus Ellis bringen würde. Sie wusste, dass Lanford Ellis einen Plan für sie haben würde, und davon wollte sie nichts hören. Mrs. Pommeroy und Senator Simon halfen ihr, sich vor Cal zu verstecken. Wenn Cal zu den Pommeroys kam und nach Ruth suchte, sagte ihm Mrs. Pommeroy, sie sei bei Senator Simon, und wenn Cal drüben bei dem Senator nach Ruth fragte, hörte er, sie sei bei Mrs. Pommeroy. Aber die Insel war nur vier Meilen lang; wie lange konnte das Spiel dauern? Ruth wusste, wenn Cal sie wirklich erwischen wollte, dann schaffte er das. Und eines Morgens Ende August erwischte er sie auch, im Laden der Ellis Granitgesellschaft, als sie dem Senator half, Schaukästen für sein Museum zu bauen.

Der Laden der Ellis Granitgesellschaft war im Inneren dunkel und unfreundlich. Als man ihn vor fast fünfzig Jahren geschlossen hatte, wurde alles ausgeräumt, und jetzt war es ein leeres, trockenes Gebäude mit Brettern über den Fenstern. Trotzdem hätte der Senator nicht glücklicher über das seltsame Geschenk sein können, das Ruth ihm nach der Wishnell-Hochzeit gemacht hatte: den Schlüssel für das Vorhängeschloss, das ihm so lange den Zutritt verwehrt hatte. Er konnte sein Glück nicht fassen. Er war so aufgeregt darüber, das Museum einzurichten, dass er sogar Webster Pommeroy zeitweise alleine ließ. Er ließ Webster unten am Potter Beach wirklich alleine, um im Schlick nach dem letzten Elefantenstoßzahn zu suchen. Ihm fehlte momentan die Energie, sich um Webster Sorgen zu machen. Er verwendete seine gesamte Kraft auf die Renovierung des Gebäudes.

»Das wird ein großartiges Museum, Ruth.«

»Da bin ich mir ganz sicher.«

»Mr. Ellis war einverstanden damit, aus dem Haus ein Museum zu machen?«

»Er hat es nicht mit so vielen Worten gesagt, aber nachdem ich ihm gesagt habe, was du vorhast, hat er mir den Schlüssel gegeben.«

»Dann muss er einverstanden sein.«

»Wir werden sehen.«

»Er wird entzückt sein, wenn er das Museum sieht«, sagte Senator Simon. »Er wird sich fühlen wie ein Gönner.«

Ruth wurde langsam klar, dass ein bedeutender Teil von Senator Simons Museum eine Bibliothek für seine riesige Sammlung von Büchern werden würde – Bücher, die keinen Platz mehr in seinem Haus fanden. Der Senator hatte mehr Bücher als Artefakte. Deshalb musste der Senator Bücherregale bauen. Er hatte alles bereits geplant. Es sollte einen Bereich geben für Bücher über den Schiffsbau, einen Bereich für Bücher über Piraten, einen Bereich für Bücher über Entdeckungsreisen. Er wollte das gesamte Erdgeschoss seinem Museum widmen. Der Ladenbereich sollte eine Art Galerie werden für wechselnde Ausstellungen. Die alten Büro- und Lagerräume waren für Bücher und ständige Exponate gedacht. Der Keller sollte als Lager dienen. (»Archiv« nannte er es.) Er hatte keine Pläne für das oberste Stockwerk des Gebäudes, eine leer stehende Dreizimmerwohnung, wo der Geschäftsführer des Ladens mit seiner Familie gewohnt hatte. Aber unten war alles verplant. Der Senator wollte einen ganzen Raum der »Ausstellung und Diskussion« von Landkarten widmen. Soweit Ruth sehen konnte, ging es mit der Ausstellung nicht sehr schnell voran. Die Diskussion hingegen war schon recht fortgeschritten.

»Was ich nicht dafür geben würde«, erzählte Senator Simon Ruth an diesem Nachmittag im August, »ein Original der Mercator-Hondius-Karte zu sehen.« Er zeigte ihr die Abbildung eben dieser Karte in einem Bildband, den er vor Jahren bei einem Antiquariat in Seattle bestellt hatte. Die Tatsache, dass der Senator darauf bestand, Ruth jedes Buch, das er in die Hand bekam, zu zeigen, über jede interessante Illustration mit ihr zu reden, zog die Vorbereitung des Museums beträchtlich in die Länge. »Sechzehnhundertdreiunddreißig. Du siehst, die Faröer Inseln stimmen, und Grönland auch. Aber was ist das? Herrje. Was ist das denn für eine Landmasse? Weißt du es, Ruth?«

»Island?«

»Nein, nein. Das da ist Island, Ruth. Genau da, wo es hingehört. Das ist eine mythische Insel namens Frislant. Man sieht sie auf allen möglichen alten Karten. Doch diese Insel gibt es nicht. Ist das nicht seltsam? Sie ist ganz deutlich gezeichnet, als wären sich die Kartografen völlig sicher gewesen. Wahrscheinlich beruht es auf einem Fehler im Bericht eines Seemanns. Daher bekamen die Kartenzeichner nämlich ihre Informationen, Ruth. Sie haben ihre Heimat nie verlassen. Das ist erstaunlich, Ruth. Sie waren genau wie ich.«

Der Senator fasste sich an die Nase. »Aber manchmal haben

sie auch Fehler gemacht. Du siehst, dass Gerhardus Mercator immer noch überzeugt ist, dass es eine Nordostpassage zum Orient gibt. Er hatte offenbar keine Ahnung vom Polareis! Findest du nicht, die Kartografen waren Helden, Ruth? Ich finde schon.«

»Aber sicher, Senator.«

»Ich finde schon. Sieh nur, wie sie einen Kontinent von außen nach innen gezeichnet haben. Die Karten von Nordafrika aus dem sechzehnten Jahrhundert zum Beispiel sind am Rand völlig richtig. Sie wussten, wie sie diese Küsten erfassen müssen, die Portugiesen. Aber sie wussten nicht, wie es drinnen aussah oder wie groß der Kontinent war. Nein, das wussten sie sicher nicht, Ruth.«

»Nein. Meinst du, wir könnten ein paar von diesen Brettern von den Fenstern abmachen?«

»Ich möchte nicht, dass jemand sieht, was wir machen. Ich will, dass es für alle eine Überraschung wird, wenn wir fertig sind.«

»Was machen wir denn, Senator?«

»Wir machen eine Ausstellung.« Der Senator blätterte ein weiteres seiner Kartenbücher durch, und sein Gesichtsausdruck war ganz weich und liebevoll, als er sagte: »Ach, das haben sie aber ziemlich falsch gemacht. Der Golf von Mexiko ist riesig.«

Ruth blickte ihm über die Schulter auf die Abbildung einer unansehnlichen, uralten Karte, konnte aber die Schrift auf der Seite nicht lesen. »Ich glaube, wir brauchen mehr Licht hier drin. Findest du nicht, wie sollten ein bisschen sauber machen, Senator?«

»Ich mag die Geschichten von den vielen Verwechslungen. Cabral zum Beispiel. Pedro Cabral. Der ist 1520 nach Westen gesegelt, um Indien zu finden, und er ist in Brasilien gelandet! Und John Cabot wollte Japan entdecken und war am Ende in Neufundland. Verrazano hat eine westliche Passage zu den Spice Islands gesucht, und er landet im Hafen von New York. Er dachte, es wäre ein Seeweg. Was sie nicht alles riskiert haben! Und wie sie sich bemüht haben!«

Der Senator befand sich mittlerweile im Anfangsstadium einer Ekstase. Ruth machte sich daran, eine Kiste auszupacken, auf der SCHIFFBRUCH: FOTOS/SCHRIFTEN III stand. Es war eine der vielen Kisten, die Gegenstände für die Sektion enthielt, die der Senator entweder »Neptuns Sold« oder »Wir werden bestraft« nennen wollte, eine Sektion, die ausschließlich Unglücksfällen auf See gewidmet war. Das Erste, was sie herauszog, war ein Ordner, auf dem in Senator Simons auffälliger, alter Schrift *Medizinisches* stand. Sie wusste genau, was das war. Sie erinnerte sich, wie sie ihn als kleines Mädchen durchgeblättert und die Grauen erregenden Bilder von Überlebenden von Schiffbrüchen angesehen hatte, während ihr Senator Simon die Geschichte jedes Mannes und jedes untergegangenen Schiffs erzählte.

»Das könnte auch dir passieren, Ruth«, hatte er immer gesagt. »Das könnte jedem passieren, der auf einem Boot fährt.«

Ruth schlug den Ordner auf und sah sich jeden ihr so vertrauten, alten Albtraum an: der entzündete Blaufischbiss; das tellergroße Geschwür am Bein; der Mann, dem die Pobacken weggefault waren, nachdem er drei Wochen lang auf einer nassen Seilrolle gesessen hatte; die Salzwasserfurunkel; die schwarzen Sonnenbrände; die vom Wasser angeschwollenen, verätzten Füße; die Amputationen; die mumifizierte Leiche in dem Rettungsboot.

»Hier ist ein schönes Bild!«, rief Senator Simon. Er sah eine andere Kiste durch, auf der SCHIFFBRUCH: FOTOS/SCHRIFTEN VI stand. Aus einer Mappe mit der Aufschrift *Helden* zog der Senator eine Radierung von einer Frau an einem Strand. Ihre Haare waren lose zu einem Knoten zusammengesteckt, und ein schweres Seil hing ihr über eine Schulter.

»Mrs. White«, sagte er liebevoll. »Hallo, Mrs. White. Aus Schottland. Als ein Schiff in der Nähe ihres Hauses unterging, ließ sie sich von den Matrosen an Bord ein Seil zuwerfen. Dann stemmte sie die Füße in den Sand und zog die Matrosen ans Ufer, einen nach dem anderen. Sie sieht sehr kräftig aus, findest du nicht?«

Ruth stimmte zu, dass Mrs. White kräftig aussah, und vertiefte sich weiter in den Ordner *Medizinisches*. Sie stieß auf Karteikarten mit kurzen Notizen in Simons Handschrift.

Auf einer Karte stand nur: »Symptome: Gänsehaut, Kopfschmerzen, Widerwille gegen Bewegung, Schwindel, Trägheit, Tod.«

Auf einer anderen stand: »Durst: Urin trinken, Blut, Sekret aus den eigenen Blasen, Alkoholgemisch aus dem Kompass.«

Auf einer weiteren hieß es: »Dez. 1710, Schiffbruch der *Nottingham* vor Boon Island. 26 Tage. Die Crew aß den Schiffszimmermann.«

Und: »Mrs. Rogers, Stewardess auf der Stella. Half Damen ins Rettungsboot, gab ihre eigene Schwimmweste her. STIRBT! GEHT MIT DEM SCHIFF UNTER!«

Ruth reichte Senator Simon die letzte Karte und sagte: »Ich glaube, die gehört zu den *Helden*.« Er warf einen kurzen Blick auf die Karte. »Du hast völlig Recht, Ruth. Wie ist Mrs. Rogers überhaupt in *Medizinisches* gekommen? Und sieh mal, was ich gerade bei den *Helden* gefunden habe! Das gehört überhaupt nicht hierher.«

Er reichte Ruth eine Karteikarte, auf der stand: »Augusta M. Gott, gekentert, Golfstrom, 1868. Erasmus Cousins (aus BROOKSVILLE, MAINE!) wurde von den anderen ausgewählt, gegessen zu werden. Wurde nur verschont, weil Rettung in Sicht kam. E. Cousins stotterte den Rest seines Lebens; E. Cousins – WAR NIE WIEDER AUF SEE!«

»Hast du eine Kannibalismusakte?«, fragte Ruth.

»Das ist alles viel schlechter organisiert, als ich dachte«, sagte Senator Simon traurig.

In eben diesem Moment betrat Cal Cooley den Laden der Ellis Granitgesellschaft, ohne anzuklopfen.

»Da ist ja meine Ruth«, sagte er.

»Scheiße«, sagte Ruth nur voller Schrecken.

Cal Cooley hielt sich an diesem Nachmittag lange im Laden der Ellis Granitgesellschaft auf. Er durchstöberte die Sachen von Senator Simon, zog Dinge heraus und stellte sie wieder an einen falschen Platz zurück. Er brachte Senator Simon ziemlich aus der Fassung, indem er mit manchen Artefakten recht unsanft umging. Ruth versuchte den Mund zu halten. Sie hatte Bauchschmerzen. Sie versuchte, still zu sein und nicht im Weg zu stehen, damit er nicht mit ihr redete, aber es gab keine Möglichkeit, ihn von seiner Mission abzulenken. Nachdem er die anderen eine Stunde lang genervt hatte, sagte Cal: »Du bist im Juli nicht bei Mr. Ellis zum Essen erschienen. Er hatte dich eingeladen.«

»Das tut mir Leid.«

»Das bezweifle ich.«

»Ich habe es vergessen. Sag ihm, dass es mir Leid tut.«

»Sag es ihm selbst. Er will dich sehen.«

Senator Simon strahlte und sagte: »Ruth, vielleicht kannst du Mr. Ellis wegen des Kellers fragen!«

Senator Simon hatte vor kurzem ganze Reihen verschlossener Aktenschränke im Keller des Ladens der Ellis Granitgesellschaft gefunden. Senator Simon war sich ziemlich sicher, dass sie faszinierende Dokumente über die Ellis Granitgesellschaft enthielten, und der Senator wollte die Erlaubnis, sie durchzusehen und vielleicht einige ausgewählte Stücke im Museum auszustellen. Er hatte Mr. Ellis in einem Brief um Erlaubnis gebeten, aber keine Antwort erhalten.

»Heute schaffe ich es nicht, Cal«, sagte Ruth.

»Morgen geht es auch.«

»Morgen schaffe ich es auch nicht.«

»Er will mit dir reden, Ruth. Er hat dir etwas zu sagen.«

»Das interessiert mich nicht.«

»Ich glaube, es wäre zu deinem Vorteil, wenn du vorbeischauen würdest. Ich kann dich mitnehmen, falls dir das eine Hilfe ist.«

»Ich gehe nicht hin, Cal«, sagte Ruth.

»Warum willst du ihn nicht besuchen, Ruth?«, fragte Senator Simon. »Du könntest ihn wegen des Kellers fragen. Vielleicht könnte ich mitkommen ...«

»Wie sieht es dieses Wochenende aus? Vielleicht kannst du Freitagabend zum Essen kommen. Oder am Samstag zum Frühstück?«

»Ich gehe nicht hin, Cal.«

»Wie wäre es mit Sonntag? Oder am Sonntag darauf?«

Ruth dachte einen Augenblick nach. »Am Sonntag darauf ist Mr. Ellis doch nicht mehr da.«

»Wie kommst du darauf?«

»Weil er Fort Niles immer am zweiten Samstag im September verlässt. Am übernächsten Sonntag ist er wieder in Concord.«

»Nein. Er hat mir deutlich gesagt, dass er Fort Niles nicht verlassen wird, bevor er dich gesehen hat.«

Dazu fiel Ruth nichts mehr ein.

»Meine Güte«, sagte Senator Simon entgeistert. »Mr. Ellis hat vor, den Winter hier zu verbringen?«

»Das hängt wohl von Ruth ab«, sagte Cal Cooley.

»Aber das wäre erstaunlich«, sagte Senator Simon. »Das ist noch nie vorgekommen! Er ist noch nie hier geblieben.« Senator Simon blickte Ruth panisch an. »Was könnte das bedeuten?«, sagte er. »Meine Güte, Ruth. Was machst du bloß?«

Ruth hatte keine Antwort darauf, aber sie brauchte auch keine, weil das Gespräch abrupt durch Webster Pommeroy beendet wurde. Er kam mit einem Grauen erregenden Ding in den Laden der Ellis Granitgesellschaft gestürmt. Von der Brust an abwärts war er mit Schlamm bedeckt, und sein Gesicht war so verzerrt, dass Ruth glaubte, er müsse den zweiten Elefantenstoßzahn gefunden haben. Doch, nein, das war kein Stoßzahn, den er da trug. Es war ein runder, schmutziger Gegenstand, den er dem Senator entgegenstreckte. Ruth brauchte einen Moment, bis sie gesehen hatte, was es war, und als sie es gesehen hatte, erstarrte sie. Selbst Cal Cooley wurde bleich, als er begriff, dass Webster Pommeroy einen menschlichen Schädel in der Hand hatte.

Der Senator drehte und wendete ihn in seinen teigigen Händen. Der Schädel war noch intakt. Im Kiefer steckten noch Zähne, und eine gummiartige, verschrumpelte Haut, von der lange, schlammige Haare hingen, überzog den Knochen. Es war grausig. Webster zitterte wie Espenlaub.

»Was ist das?«, fragte Cal Cooley, und ausnahmsweise fehlte seiner Stimme jeder Sarkasmus. »Wer zum Teufel ist das?«

»Ich habe keine Ahnung«, sagte der Senator.

Doch er hatte eine Ahnung, wie sich herausstellte. Mehrere Tage später – nachdem die Polizei aus Rockland auf einem Boot der Küstenwache herausgekommen war, um den Schädel zu untersuchen und um forensische Tests zu machen – erzählte Senator Simon der entsetzten Ruth aufgeregt von seiner Vermutung.

»Ruthie«, sagte er. »Ich wette alles Geld der Welt, dass das der Schädel von Jane Smith-Ellis, deiner Großmutter, ist. Das werden sie herausfinden, wenn sie überhaupt etwas herausfinden. Der Rest von ihr liegt wahrscheinlich immer noch da draußen im Schlick, wo sie vermodert, seit die Welle sie 1927 weggespült hat.« Er packte Ruth an den Schultern, und zwar ungewöhnlich fest. »Erzähl deiner Mutter nie, dass ich das gesagt habe. Sie wäre völlig schockiert.«

»Warum hast du es dann mir gesagt?«, wollte Ruth wissen. Sie war empört.

»Weil du ein starkes Mädchen bist«, sagte der Senator. »Du kannst das verkraften. Und du willst immer alles genau wissen.«

Ruth fing an zu weinen; die Tränen flossen plötzlich und reichlich. »Warum lasst ihr mich nicht alle einfach in Ruhe?«, rief sie.

Der Senator wirkte niedergeschlagen. Er hatte sie nicht verärgern wollen. Und was meinte sie denn mit *ihr* alle? Er versuchte, Ruth zu trösten, aber sie ließ es nicht zu. In letzter Zeit machte sie ihn traurig und verwirrt; sie war die ganze Zeit so nervös. Er wurde zur Zeit nicht schlau aus Ruth Thomas. Er fand nicht heraus, was sie wollte, aber sie wirkte schrecklich unglücklich.

Es war ein trüber Herbst, in dem es ungewöhnlich früh kalt wurde, was alle überraschte. Die Tage wurden zu schnell kürzer, und die ganze Insel befand sich in einem gereizten, elenden Zustand.

Wie Cal Cooley vorhergesagt hatte, kam und ging das zweite Septemberwochenende, und Mr. Ellis rührte sich nicht von der Stelle. Die *Stonecutter* blieb im Hafen und schaukelte herum, wo jeder sie sehen konnte. Bald verbreitete sich auf der Insel die Neuigkeit, dass Mr. Ellis nicht wegfuhr und dass Ruth Thomas irgendwie mit ein Grund dafür war. Ende September empfand man die Anwesenheit der *Stonecutter* als Besorgnis erregend. Das Ellis-Boot so spät im Herbst noch im Hafen liegen zu haben, war merkwürdig. Es war wie eine Laune der Natur – eine totale Sonnenfinsternis, eine rote Flut, ein Albinohummer. Die Leute wollten Antworten. Wie lange hatte Mr. Ellis vor, noch hier zu bleiben? Was verlangte er? Warum ging Ruth nicht zu ihm und brachte es hinter sich? Was bedeutete das alles?

Ende Oktober beauftragte Cal Cooley mehrere einheimische Fischer damit, die *Stonecutter* aus dem Wasser zu holen, sie zu reinigen und an Land zu lagern. Offenbar fuhr Lanford Ellis nirgendwo hin. Cal Cooley kam nicht mehr, um nach Ruth Thomas zu suchen. Sie kannte die Bedingungen. Sie war bestellt worden, und sie wusste, dass Mr. Ellis auf sie wartete. Die ganze Insel wusste es. Das Boot lag jetzt in einem Holzgestell an Land, wo es jeder Mann auf der Insel sehen konnte, wenn er jeden Morgen zum Hafen unterwegs war, um Fischen zu gehen. Die Männer blieben nicht stehen, um es zu betrachten, aber sie waren sich seiner Anwesenheit bewusst, wenn sie daran vorbeigingen. Sie spürten das Große, Teure, Besondere daran … Es machte sie unruhig, so wie etwas Neues auf einem vertrauten Pfad ein Pferd nervös macht.

Mitte Oktober begann es zu schneien. Es würde ein früher Winter werden. Die Männer holten ihre Fallen endgültig aus dem Wasser, viel zeitiger, als es ihnen lieb gewesen wäre, aber es wurde immer schwieriger, hinauszufahren und mit den eisverkrusteten Sachen, den eisigen Händen zu hantieren. Die Bäume hatten die Blätter verloren, und jeder konnte deutlich das Haus Ellis oben auf dem Hügel sehen. Nachts brannte Licht in den oberen Zimmern.

Mitte November kam Ruths Vater hinüber zu Mrs. Pommeroy. Es war vier Uhr nachmittags und bereits dunkel. Kitty Pommeroy saß bereits sturzbetrunken in der Küche und starrte Puzzleteile an, die auf dem Tisch lagen. Robins und Opals kleiner Sohn Eddie, der vor kurzem Laufen gelernt hatte, stand in einer durchweichten Windel mitten in der Küche. Er hatte ein offenes Glas Erdnussbutter und einen großen Holzlöffel in der Hand. Er steckte den Löffel in das Glas und leckte ihn ab. Sein Gesicht war mit Erdnussbutter und Spucke verschmiert. Er trug eines von Ruths T-Shirts – an ihm sah es aus wie ein Kleid. Ruth und Mrs. Pommeroy hatten Brötchen gebacken. In der giftgrünen Küche war es glühend heiß, und es roch nach Brot, Bier und feuchten Windeln.

»Ich sag's euch«, sagte Kitty. »Wie viele Jahre war ich mit diesem Mann verheiratet und habe mich ihm nicht einmal verweigert. Das kann ich einfach nicht verstehen, Rhonda. Warum hat er mich sitzen lassen? Was wollte Len, das ich ihm nicht geben konnte?«

»Ich weiß, Kitty«, sagte Mrs. Pommeroy. »Ich weiß, mein Schatz.«

Eddie tauchte den Löffel in die Erdnussbutter, dann warf er ihn kreischend über den Küchenboden. Der Löffel schlitterte unter den Tisch.

»Herrje, Eddie«, sagte Kitty. Sie hob das Tischtuch an und suchte den Löffel.

»Ich hole ihn«, sagte Ruth, ging in die Knie und kroch unter den Tisch. Das Tischtuch flatterte hinter ihr herunter. Sie fand den Löffel, der voll Erdnussbutter und Katzenhaaren war, und sie fand auch ein volles Päckchen Zigaretten, das Kitty gehören musste.

»Hey, Kit«, wollte sie gerade sagen, aber sie hielt inne, denn sie hörte die Stimme ihres Vaters, der Mrs. Pommeroy begrüßte. Ihr Vater war wirklich hergekommen! Er war schon Monate nicht mehr hier aufgetaucht. Ruth setzte sich unter dem Tisch auf, lehnte sich an den Mittelfuß und hielt ganz still.

»Stan«, sagte Mrs. Pommeroy, »wie schön, dich zu sehen.«

»Na, das wurde aber auch verdammt noch mal Zeit, dass du vorbeikommst und deine gottverdammte Tochter besuchst«, sagte Kitty Pommeroy.

»Hey, Kitty«, sagte Stan. »Ist Ruth in der Nähe?«

»Irgendwo«, sagte Mrs. Pommeroy. »Irgendwo. Sie steckt immer irgendwo. Es ist schön, dich zu sehen, Stan. Lange her. Willst du ein Brötchen?«

»Gern. Ich probier gern eins.«

»Warst du heute draußen, Stan?«

»Hab mal nachgeguckt.«

»Und, hast du welche behalten?«

»Ein paar. Ich glaube, das war's jetzt für alle anderen. Aber ich fahr wahrscheinlich den ganzen Winter über raus. Mal sehen, was ich finden kann. Wie läuft's hier drüben?«

Eine angespannte Stille folgte. Kitty hüstelte sich in die Faust. Ruth machte sich unter dem großen Eichentisch so klein wie möglich.

»Wir haben es vermisst, dass du zum Essen vorbeikommst«, sagte Mrs. Pommeroy. »Hast du immer mit Angus Addams gegessen?«

»Oder allein.«

»Wir haben immer genügend zu essen hier, Stan. Du bist jederzeit willkommen.«

»Danke, Rhonda. Das ist nett von dir. Ich vermisse deine Kochkünste«, sagte er. »Ich habe mich gefragt, was Ruthie wohl für Pläne hat.«

Ruthie. Als Ruth das von ihrem Vater hörte, wurde sie ganz wehmütig.

»Darüber solltest du lieber selbst mit ihr reden.«

»Hat sie was zu euch gesagt? Irgendwas über das College?«

»Du solltest wahrscheinlich selbst mit ihr reden, Stan.«

»Keiner weiß etwas«, sagte Stan. »Ich habe einen Brief von ihrer Mutter bekommen.«

Ruth war überrascht. Sogar beeindruckt.

»Ist das wahr, Stan? Einen Brief. Das hat es aber schon lange nicht mehr gegeben.«

»Stimmt. Sie sagt, sie hat nichts mehr von Ruth gehört. Sie sagt, sie und Miss Vera sind enttäuscht, dass Ruth sich wegen dem College noch nicht entschieden hat. Hat sie sich denn entschieden?«

»Ich weiß von nichts, Stan.«

»Für dieses Jahr ist es natürlich zu spät. Aber ihre Mutter sagt, sie könnte vielleicht nach Weihnachten anfangen. Oder nächsten Herbst. Es liegt bei Ruth, ich weiß nicht. Vielleicht hat sie andere Pläne?«

»Soll ich gehen?«, fragte Kitty. »Willst du es ihm sagen?«

»Mir was sagen?«

Ruth wurde übel unter dem Tisch.

»Kitty«, sagte Mrs. Pommeroy. »Bitte.«

»Er weiß es nicht, oder? Willst du es ihm unter vier Augen sagen? Wer sagt es ihm? Sagt sie es ihm?«

»Das geht schon klar, Kitty.«

»Wer sagt mir was?«, fragte Stan Thomas. »Was unter vier Augen sagen?«

»Stan«, sagte Mrs. Pommeroy. »Ruth hat dir etwas zu sagen. Etwas, was dir nicht gefallen wird. Du musst bald mit ihr sprechen.«

Eddie wackelte hinüber zum Küchentisch, hob die Tischdecke an und guckte zu Ruth hinein, die mit angezogenen Knien dort saß. Er hockte sich über seine riesige Windel und starrte sie an. Sie starrte zurück. Sein Babygesicht wirkte verblüfft.

»*Was* wird mir nicht gefallen?«, fragte Stan.

»Darüber sollte wirklich Ruth mit dir reden, Stan. Kitty plappert zu viel.«

Kitty sagte: »Rate mal, Stan. Was soll's. Wir glauben, dass Ruth ein Baby bekommt.«

»Kitty!«, rief Mrs. Pommeroy.

»Was? Schrei mich nicht an. Herrgott, Rhonda. Ruth hat doch nicht den Mut, es ihm zu sagen. Bringen wir's hinter uns. Sieh dir den armen Kerl doch an. Er fragt sich, was zum Teufel überhaupt los ist.«

Stan Thomas sagte nichts. Ruth lauschte. Nichts.

»Sie hat es niemandem außer uns gesagt«, sagte Mrs. Pommeroy. »Niemand weiß davon, Stan.«

»Sie werden es bald genug wissen«, sagte Kitty. »Sie wird fett wie der Teufel.«

»Warum?«, fragte Stan Thomas verdutzt. »Warum glaubt ihr, dass meine Tochter ein Baby bekommt?«

Eddie krabbelte zu Ruth unter den Küchentisch, und sie gab ihm seinen schmutzigen Erdnussbutterlöffel. Er strahlte sie an.

»Weil sie seit vier Monaten ihre Periode nicht mehr hatte und weil sie fett wird!«, sagte Kitty.

»Ich weiß, du bist jetzt durcheinander«, sagte Mrs. Pommeroy. »Ich weiß, es ist nicht leicht, Stan.«

Kitty schnaubte verächtlich. »Mach dir keine Gedanken um Ruth!«, fügte sie laut und bestimmt hinzu. »Das ist keine große Sache!«

Schweigen hing im Raum.

»Komm schon!«, sagte Kitty. »Da ist nichts dabei, wenn man ein Baby bekommt! Sag's ihm, Rhonda! Du hast ja schon ungefähr zwanzig bekommen! Schwuppdiwupp! Das kann jeder, der saubere Hände und einen gesunden Menschenverstand hat!«

Eddie steckte sich den Löffel in den Mund, zog ihn heraus und gab einen verzückten Heuler von sich. Kitty hob die Tischdecke an und guckte darunter. Sie fing an zu lachen.

»Ich hab gar nicht gewusst, dass du da bist, Ruth!«, rief Kitty. »Ich hab dich ganz vergessen!«

EPILOG

Riesen kommen in allen höher entwickelten Gruppen von Tieren vor. Sie interessieren uns nicht nur wegen ihrer absoluten Größe, sondern auch, weil sie zeigen, bis zu welchem Grad Individuen über den gemeinen Durchschnitt ihrer Rasse hinauswachsen können. Die Frage ist, ob Hummer, die 20-25 Pfund wiegen, im technischen Sinn als Riesen gelten sollten oder nur als gesunde und kräftige Individuen, die im Überlebenskampf das Glück immer auf ihrer Seite hatten. Ich neige mehr zu letzterer Ansicht: dazu, den kolossalen Hummer einfach als Liebling der Natur anzusehen, der größer ist als seine Artgenossen, weil er schlichtweg älter ist. Das Glück hat ihn nie verlassen.

Der amerikanische Hummer:
Lebensweise und Entwicklung. Eine Studie
Francis Hobart Herrick, Ph.D., 1895

Im Sommer 1982 stellte die Fischereikooperative von Skillet County ein ziemlich einträgliches Geschäft für die drei Dutzend Hummerfänger aus Fort Niles Island und Courne Haven Island dar, die beigetreten waren. Das Büro der Kooperative lag in dem sonnigen Vorderzimmer des ehemaligen Ladens der Ellis Granitgesellschaft, der jetzt das Paninsulare Naturkundemuseum beherbergte. Gründerin und Geschäftsführerin der Kooperative war eine kompetente junge Frau namens Ruth Thomas-Wishnell. Während der letzten fünf Jahre hatte Ruth ihre Verwandten und die meisten ihrer Nachbarn mit viel Überredungskunst gedrängt, diesem feinen Netzwerk aus Vertrauen beizutreten.

Um es einfach auszudrücken, es war nicht einfach gewesen.

Die Idee zu der Kooperative war Ruth gekommen, als sie zum ersten Mal ihren Vater und Owneys Onkel Babe Wishnell zusammen im selben Raum gesehen hatte. Anfang Juni, im Jahr 1977, bei der Taufe von Ruths und Owneys Sohn David. Die Taufe fand im Wohnzimmer von Mrs. Pommeroy statt, die Zeremonie hielt der trübsinnige Pastor Toby Wishnell, und die Gäste waren ein paar finster dreinblickende Bewohner sowohl von Fort Niles als auch von Courne Haven. Das Baby David hatte wenige Augenblicke vor der Zeremonie das geborgte alte Taufkleid voll gespuckt. Ruth hatte ihn nach oben gebracht, um ihm etwas weniger Elegantes, aber weitaus Saubereres anzuziehen. Während sie ihn umzog, hatte er angefangen zu weinen, deshalb setzte sie sich eine Weile mit ihm in Mrs. Pommeroys Schlafzimmer und gab ihm die Brust.

Als Ruth nach einer Viertelstunde wieder ins Wohnzimmer kam, stellte sie fest, dass ihr Vater und Babe Wishnell – die sich den ganzen Vormittag nicht ein einziges Mal angesehen hatten und nun mürrisch so weit wie möglich auseinander saßen – beide ein kleines Notizbuch gezückt hatten. Mit identischen Bleistiftstummeln kritzelten sie, völlig in ihre Arbeit vertieft, in diesen Notizbüchern herum. Sie runzelten die Stirn und schwiegen.

Ruth wusste genau, was ihr Vater machte, weil sie ihm unzählige Mal dabei zugesehen hatte. Deshalb fiel es ihr nicht schwer zu erraten, womit Babe Wishnell beschäftigt war. Die beiden rechneten. Sie kümmerten sich um ihr Hummergeschäft. Sie schoben Zahlen hin und her, verglichen Preise, planten, wo sie Fallen ausbringen sollten, addierten Ausgaben, verdienten ihr Geld. Während der kurzen, unemotionalen Zeremonie behielt Ruth die beiden im Auge, und keiner der zwei Männer blickte auch nur einmal von seinen Zahlenreihen auf.

Ruth kam ins Nachdenken.

Sie kam noch stärker ins Nachdenken, als Cal Cooley ein paar Monate später unangemeldet im Naturkundemuseum auftauchte, wo Ruth, Owney und David jetzt wohnten. Cal stieg die steile

Treppe über dem wachsenden Durcheinander von Senator Simons umfangreicher Sammlung hinauf und klopfte an Ruths Tür. Er sah elend aus. Er sagte Ruth, er komme im Auftrag von Mr. Ellis, der ihr offenbar ein Angebot machen wollte. Mr. Ellis wollte Ruth die glänzende Fresnel-Linse von dem Leuchtturm auf Goat's Rock schenken. Cal Cooley gelang es kaum, diese Nachricht zu überbringen, ohne in Tränen auszubrechen. Ruth genoss das sehr. Cal hatte Monate damit verbracht, jeden Zentimeter Messing und Glas dieser wertvollen Linse zu polieren, aber Mr. Ellis zeigte sich unerbittlich. Er wollte, dass Ruth sie bekam. Cal konnte sich keinen Grund dafür vorstellen. Mr. Ellis hatte Cal ausdrücklich angewiesen, Ruth mitzuteilen, dass sie mit dem Ding anstellen könne, was sie wolle. Obwohl Cal, wie er sagte, den Verdacht habe, dass Mr. Ellis die Fresnel-Linse gerne als Glanzstück in dem neuen Museum präsentiert sehen würde.

»Ich nehme sie«, sagte Ruth und bat Cal, sofort wieder zu gehen.

»Übrigens, Ruth«, sagte Cal, »Mr. Ellis wartet noch auf deinen Besuch.«

»Gut«, sagte Ruth. »Danke, Cal. Und jetzt raus.«

Nachdem Cal gegangen war, dachte Ruth über das Geschenk nach, das man ihr angeboten hatte. Sie fragte sich, was das wohl bedeutete. Nein, sie war immer noch nicht bei Mr. Ellis gewesen, der den ganzen vorigen Winter auf Fort Niles verbracht hatte. Wenn er versuchte, sie damit hinauf ins Haus Ellis zu locken, dann hatte er sich verspekuliert, dachte sie. Sie weigerte sich. Obwohl ihr nicht ganz wohl bei dem Gedanken war, dass Mr. Ellis die ganze Zeit da war und auf ihren Besuch wartete. Sie wusste, es brachte die Chemie der Insel durcheinander, wenn Mr. Ellis Fort Niles dauerhaft bewohnte, und sie wusste auch, ihren Nachbarn war längst klar geworden, dass sie etwas damit zu tun hatte. Aber sie ging nicht hinauf. Sie hatte ihm nichts zu sagen und war an nichts interessiert, was er ihr zu sagen hatte. Aber die Fresnel-Linse würde sie annehmen. Und, ja, sie würde damit anstellen, was sie wollte.

An diesem Abend führte sie ein langes Gespräch mit ihrem Vater, Senator Simon und Angus Addams. Sie erzählte ihnen von dem Geschenk, und sie überlegten gemeinsam, was das Ding wert war. Aber sie hatten nicht die geringste Ahnung. Am nächsten Tag machte sich Ruth daran, Auktionshäuser in New York anzurufen, was einiges an Recherche und Grips erforderte, aber Ruth schaffte es. Drei Monate später ging die Fresnel-Linse des Leuchtturms von Goat's Rock nach komplizierten Verhandlungen in den Besitz eines wohlhabenden Mannes aus North Carolina über, und Ruth Thomas hielt einen Scheck über $22.000 in Händen.

Sie führte noch ein langes Gespräch.

Diesmal mit ihrem Vater, Senator Simon, Angus Addams und Babe Wishnell. Sie hatte Babe Wishnell mit der Aussicht auf ein großes Sonntagsessen, das am Ende dann Mrs. Pommeroy kochte, von Courne Haven herübergelockt. Babe Wishnell kam nicht gerne nach Fort Niles, aber die Einladung einer jungen Frau, die jetzt immerhin eine Verwandte war, konnte er nicht gut ablehnen. Ruth sagte zu ihm: »Ich hatte so viel Spaß bei der Hochzeit deiner Tochter. Ich würde mich gerne mit einem netten Essen bedanken.« Das konnte er nicht ausschlagen.

Das Essen verlief nicht sehr entspannt, aber es wäre weitaus weniger entspannt gewesen, hätte Mrs. Pommeroy nicht allen geschmeichelt und jeden verwöhnt. Nach dem Essen servierte Mrs. Pommeroy heißen Rum. Ruth saß am Tisch, ließ ihren Sohn auf ihrem Schoß hopsen und breitete ihre Idee vor Babe Wishnell, ihrem Vater und den Addams-Brüdern aus. Sie teilte ihnen mit, sie wolle mit Köder handeln. Sie sagte, sie wolle mit dem Geld am Hafen von Fort Niles ein Gebäude dafür errichten, und sie wolle Waagen und Gefrierschränke kaufen und auch ein schweres Boot, um den Köder alle paar Wochen von Rockland auf die Insel zu bringen. Sie zeigte ihnen ihre Kalkulationen, an denen sie wochenlang herumgedoktort hatte. Sie hatte alles genau ausgerechnet. Sie wollte von ihrem Vater und Angus Addams und Babe Wishnell nur die feste Zusage, ihren Köder zu kaufen, wenn sie ihnen einen guten, niedrigen Preis machte. Sie konnte ihnen auf der Stelle zehn Cent pro Scheffel ersparen. Und sie konnte es ihnen ersparen, jede Woche den Köder aus Rockland hertransportieren zu müssen.

»Ihr drei seid die angesehensten Hummerfänger auf Fort Niles und Courne Haven«, sagte sie und fuhr ihrem Sohn sanft mit dem Finger über das Zahnfleisch, um einen neuen Zahn zu ertasten. »Wenn alle sehen, dass ihr es macht, wissen sie, dass es ein gutes Geschäft ist.«

»Du bist verdammt noch mal völlig durchgedreht«, sagte Angus Addams.

»Nimm das Geld und zieh nach Nebraska«, sagte Senator Simon.

»Ich bin dabei«, sagte Babe Wishnell, ohne auch nur ein bisschen zu zögern.

»Ich bin auch dabei«, sagte Ruths Vater, und die beiden hochklassigen Fischer warfen sich gegenseitig einen anerkennenden Blick zu. Sie hatten verstanden. Das Konzept leuchtete ihnen sofort ein. Die Zahlen sahen gut aus. Sie waren keine Idioten.

Als sich nach sechs Monaten herausgestellt hatte, dass der Köderhandel enorm erfolgreich war, gründete Ruth die Kooperative. Sie machte Babe Wishnell zum Präsidenten, behielt das Büro aber auf Fort Niles, und damit waren alle zufrieden. Sie suchte sich nach sorgfältiger Überlegung einen Vorstand zusammen, der aus den vernünftigsten Männern beider Inseln bestand.

Jeder Mann, der Mitglied der Skillet County Kooperative wurde, bekam Spezialkonditionen für den Köder und konnte seinen Hummerfang an Ruth Thomas-Wishnell verkaufen, gleich vor Ort am Hafen von Fort Niles. Sie stellte Webster Pommeroy ein, um die Waagen zu bedienen. Er war so einfältig, dass ihn niemand beschuldigte, zu betrügen. Ihren Vater betraute sie damit, täglich die Hummerpreise festzusetzen. Um sie festzulegen, feilschte er am Telefon sogar mit Händlern aus Manhattan. Ruth stellte einen völlig neutralen Mann ein – einen vernünftigen jungen Mann aus Freeport –, um das Gehege zu beaufsichtigen, das Ruth hatte bauen lassen, um die gefangenen Hummer bis zum Transport nach Rockland aufzubewahren.

Jeder, der mitmachte, wurde gut bezahlt, und jeder Mann sparte sich mehrere Wochen pro Jahr, weil er seinen Fang nicht nach Rockland bringen musste. Natürlich gab es am Anfang Verzögerungen. Ruths Vater wurden die Fenster seines Hauses mit Steinen eingeworfen, Ruth erntete böse Blicke auf der Straße, und jemand drohte, das Naturkundemuseum niederzubrennen. Angus sprach zwei Jahre lang nicht mehr mit Ruth oder ihrem Vater, doch am Ende trat selbst er bei. Nicht umsonst waren die Bewohner beider Inseln bekannt für ihren Herdentrieb, und sobald die hochklassigen Fischer mit an Bord waren, fiel es nicht weiter schwer, Mitglieder zu finden. Das System funktionierte. Alles funktionierte wunderbar. Mrs. Pommeroy betreute das Sekretariat im Büro der Skillet County Kooperative. Sie erledigte ihre Aufgabe gut, geduldig und systematisch. Sie war auch sehr gut darin, Hummerfänger zu beruhigen, wenn sie zu aufgestachelt, zu paranoid oder zu sehr auf Konkurrenz aus waren. Immer wenn ein Hummerfänger in das Büro stürmte und sich lautstark beschwerte, dass Ruth ihn ausnehme oder dass jemand seine Fallen sabotiere, kam er ganz sicher zufrieden und besänftigt wieder heraus – und obendrein mit einem neuen Haarschnitt.

Ruths Mann und ihr Vater verdienten ein Vermögen, indem sie zusammen fischten. Owney arbeitete zwei Jahre lang als Steuermann von Stan; dann kaufte er sich ein eigenes Boot (aus Fiberglas, das erste auf beiden Inseln; Ruth hatte ihn dazu überredet), aber er und Stan teilten immer noch den Gewinn. Sie bildeten ihre eigene Handelsgesellschaft. Stan Thomas und Owney Wishnell gaben ein blendendes Paar ab. Beim Fischen entwickelten sie Zauberkräfte. Der Tag hatte nicht genügend Stunden für all die Hummer, die sie aus dem Meer zogen. Owney war ein begabter Fischer, ein Naturtalent. Jeden Nachmittag kam er nach Hause zu Ruth, glühend, summend, leise brummend vor Zufriedenheit und Erfolg. Jeden Nachmittag kam er zufrieden und stolz nach Hause und wollte Sex auf die schmutzigste Art und Weise. Ruth gefiel das. Ihr gefiel das sehr.

Was Ruth betraf, so war auch sie zufrieden. Sie war zufrieden und enorm stolz auf sich. Sie setzte sich durch. Ruth liebte ihren Mann, und sie liebte ihren kleinen Sohn, aber am meisten liebte sie ihr Geschäft. Sie liebte das Hummergehege und den Köderhandel, und sie war ungeheuer stolz, dass sie die Kooperative gegründet und diese ganzen großen, starken Hummerfänger überredet hatte, beizutreten. All diese Männer, die noch nie ein gutes Wort füreinander übrig gehabt hatten! Was sie ihnen angeboten hatte, war so clever und effizient, dass selbst sie die Vorteile erkannt hatten. Und das Geschäft lief großartig. Ruth dachte jetzt darüber nach, an den Häfen beider Inseln Tankstellen zu errichten. Es wäre eine kostspielige Investition, aber sie würde sich bald auszahlen. Und sie konnte es sich leisten. Sie verdiente viel Geld. Auch darauf war sie stolz. Mehr als nur ein wenig selbstgefällig fragte sie sich, was wohl aus all ihren pferdenärrischen Klassenkameradinnen aus dieser lächerlichen Schule in Delaware geworden war. Wahrscheinlich waren sie gerade mit dem College fertig und verlobten sich in diesem Augenblick mit irgendwelchen verhätschelten Idioten. Wer weiß? Wen interessierte das?

Doch mehr als alles andere machte es Ruth stolz, wenn sie an ihre Mutter und die Familie Ellis dachte, die sich so bemüht hatten, sie von diesem Ort zu vertreiben. Sie hatten darauf beharrt, dass es für Ruth keine Zukunft auf Fort Niles gebe, wo Ruth doch, wie sich herausstellte, selbst die Zukunft war. Ja, sie war ziemlich zufrieden.

Anfang Winter 1982 wurde Ruth wieder schwanger. Sie war vierundzwanzig und David ein stiller Fünfjähriger, der die meiste Zeit seines Tages damit verbrachte, Opal und Robin Pommeroys enormem Sohn Eddie aus dem Weg zu gehen, um keine Prügel zu beziehen.

»Wir müssen bald aus der Wohnung ausziehen«, sagte Ruth zu ihrem Mann, als sie sicher war, dass sie schwanger war. »Und ich will nicht in eine von diesen alten Bruchbuden da unten am Hafen. Ich habe es satt, die ganze Zeit zu frieren. Lass uns ein eigenes Haus bauen. Lass uns ein sinnvolles Haus bauen. Ein großes.«

Sie wusste genau, wo sie es haben wollte. Sie wollte oben auf Ellis Hill wohnen, auf dem höchsten Punkt der Insel, über den Steinbrüchen, wo man über den Worthy Channel und nach Courne Haven Island hinüber sehen konnte. Sie wollte ein prachtvolles Haus und schämte sich nicht, das zuzugeben. Sie wollte die Aussicht, und sie wollte das Prestige, das diese Aussicht mit sich brachte. Natürlich gehörte der Grund Mr. Ellis. Ihm gehörte so gut wie alles gute Land auf Fort Niles, deshalb würde Ruth mit ihm reden müssen, wenn sie ernsthaft dort bauen wollte. Und es war ihr ernst damit. Während ihre Schwangerschaft voranschritt und ihr die Wohnung immer kleiner vorkam, wurde es Ruth sogar noch ernster damit.

Deshalb fuhr Ruth Thomas-Wishnell, im siebten Monat schwanger und mit ihrem kleinen Sohn im Schlepptau, eines Nachmittags im Juni 1983 mit dem Lastwagen ihres Vaters die Ellis Road hinauf, um schließlich doch mit Mr. Lanford Ellis zu sprechen.

Lanford Ellis war in diesem Jahr ein Jahrhundert alt geworden. Mit seiner Gesundheit stand es nicht mehr zum Besten. Er lebte ganz allein im Haus Ellis, diesem wuchtigen Bau aus schwarzem Granit, der zu einem Mausoleum getaugt hätte. Er hatte Fort Niles seit sechs Jahren nicht mehr verlassen. Seine Tage verbrachte er mit einer Decke um die Beine vor dem Kamin in seinem Schlafzimmer, in dem Sessel, der seinem Vater Dr. Jules Ellis gehört hatte.

Jeden Morgen stellte Cal Cooley einen Spieltisch neben Mr. Ellis' Sessel und brachte ihm seine Briefmarkenalben, eine helle Lampe und eine stark vergrößernde Lupe. Manche der Briefmarken in den Alben waren alt und wertvoll. Dr. Jules Ellis hatte sie gesammelt. An jedem Morgen zündete Cal Cooley den Kamin an, egal in welcher Jahreszeit, weil Mr. Ellis immer fror. Und dort saß er auch an dem Tag, an dem Cal Cooley Ruth hineinführte.

»Guten Tag, Mr. Ellis«, sagte sie. »Es ist schön, Sie zu sehen.«

Cal dirigierte Ruth zu einem Plüschsessel, schürte den Kamin nach und ging aus dem Zimmer. Ruth hob den kleinen Jungen auf ihren Schoß, was sich schwierig gestaltete, weil sie derzeit keinen nennenswerten Schoß hatte. Sie sah den alten Mann an. Sie konnte kaum glauben, dass er noch lebte. Er sah tot aus. Seine Augen waren geschlossen. Seine Hände waren blau.

»Enkeltochter!«, sagte Mr. Ellis. Er schlug plötzlich die Augen auf, die hinter seinen dicken, insektenhaften Brillengläsern grotesk vergrößert wurden.

Ruths Sohn, der an sich kein Feigling war, schreckte zurück. Ruth holte einen Lutscher aus ihrer Tasche, wickelte ihn aus und steckte ihn David in den Mund. Zuckerschnuller. Sie fragte sich, warum sie ihren Sohn zu diesem Gespenst mitgenommen hatte. Vielleicht war das ein Fehler gewesen, aber sie war daran gewöhnt, David überall mit hinzunehmen. Er war ein braves Kind und beklagte sich nie. Sie hätte sich das vorher überlegen sollen. Jetzt war es zu spät.

»Du hättest am Donnerstag zum Essen kommen sollen, Ruth«, sagte der alte Mann.

»Am Donnerstag?«

»An einem Donnerstag im Juli 1976.« Er grinste verschmitzt.

»Ich hatte zu tun«, sagte Ruth und lächelte gewinnend, zumindest hoffte sie das.

»Du hast dir die Haare geschnitten, mein Mädchen.«

»Ja.«

»Du hast zugenommen.« Sein Kopf wackelte die ganze Zeit leicht.

»Na ja, dafür habe ich eine ganz gute Entschuldigung. Ich erwarte noch ein Kind.«

»Ich habe dein erstes noch nicht kennen gelernt.«

»Das ist David, Mr. Ellis. Das ist David Thomas-Wishnell.«

»Es freut mich, dich kennen zu lernen, junger Mann.« Mr. Ellis streckte Ruths Sohn einen zitternden Arm entgegen und wollte ihm die Hand schütteln. David klammerte sich entsetzt an seine Mutter. Der Lutscher fiel ihm vor Schreck aus dem Mund. Ruth hob ihn auf und steckte ihn David wieder hinein.

Mr. Ellis zog den Arm zurück.

»Ich möchte mit Ihnen reden, weil ich Land kaufen will«, sagte Ruth. Sie wollte dieses Treffen unbedingt so schnell wie möglich hinter sich bringen.

»Mein Mann und ich würden gerne auf Ellis Hill ein Haus bauen, gleich hier in der Nähe. Ich möchte Ihnen einen vernünftigen Preis dafür anbieten ...«

Ruth hielt inne, weil sie erschrak. Mr. Ellis hustete plötzlich, als würde er ersticken. Er röchelte, und sein Gesicht lief dunkelrot an. Sie wusste nicht, was sie machen sollte. Sollte sie Cal Cooley rufen? Sie hatte nur einen – berechnenden – Gedanken. Sie wollte nicht, dass Lanford Ellis starb, bevor der Grundstückskauf geregelt war.

»Mr. Ellis?«, sagte sie und wollte aufstehen.

Der zittrige Arm wurde wieder ausgestreckt und winkte sie fort. »Setz dich«, sagte er. Er holte tief Luft, dann fing der Husten wieder an. Nein, wurde Ruth nun klar, er hustete gar nicht. Er lachte. Das war wahrhaft graulich.

Endlich hörte er auf und wischte sich die Augen. Er schüttelte seinen alten Schildkrötenkopf. Er sagte: »Jedenfalls hast du jetzt keine Angst mehr vor mir, Ruth.«

»Ich hatte nie Angst.«

»Unsinn. Du warst starr vor Entsetzen.« Ein kleines weißes Speicheltröpfchen landete auf einem seiner Briefmarkenalben. »Aber jetzt nicht mehr. Ich muss sagen, Ruth, ich bin sehr zufrieden mit dir. Ich bin stolz darauf, was du hier auf Fort Niles erreicht hast. Ich habe deinen Weg mit großem Interesse verfolgt.«

Bei dem Wort »Interesse« sprach er alle Silben einzeln aus.

»Ähm, danke«, sagte Ruth. Das war ja eine seltsame Wendung. »Ich weiß, es lag nie in Ihrer Absicht, dass ich hier auf Fort Niles bleibe ...«

»Oh, das war genau meine Absicht.«

Ruth blickte ihn verständnislos an.

»Ich hatte immer die Hoffnung, dass du hier bleibst und diese Inseln organisierst. Ihnen ein bisschen Vernunft beibringst. Genau, wie du es getan hast, Ruth. Du siehst überrascht aus.«

Das war sie. Andererseits auch nicht. Sie dachte zurück.

Bedächtig überlegte sie, suchte sorgfältig nach einer Erklärung, betrachtete Einzelheiten in ihrem Leben ganz genau. Sie ließ längst vergangene Gespräche an sich vorüberziehen, längst vergangene Treffen mit Mr. Ellis. Was genau hatte er von ihr erwartet? Was waren seine Pläne für sie gewesen, wenn sie die Schule abgeschlossen hatte? Er hatte es nie gesagt.

»Ich hatte immer angenommen, Sie wollten, dass ich die Insel verlasse und aufs College gehe.« Ruths Stimme klang ruhig in dem großen Raum. Und sie war ruhig. Sie konzentrierte sich voll und ganz auf das Gespräch.

»So etwas habe ich nie gesagt, Ruth. Habe ich je mit dir über das College geredet? Habe ich je gesagt, ich möchte, dass du woanders lebst?«

Das hatte er in der Tat nicht, wie ihr nun klar wurde. Vera hatte es gesagt; ihre Mutter hatte es gesagt; Cal Cooley hatte es gesagt. Sogar Pastor Wishnell hatte es gesagt. Aber nicht Mr. Ellis. Das war äußerst interessant.

»Eins würde ich gerne wissen«, bat Ruth, »nachdem wir nun so offen sprechen. Warum haben Sie mich auf die Schule nach Delaware geschickt?«

»Es war eine ausgezeichnete Schule, und ich habe erwartet, dass du sie hasst.«

Sie wartete, aber er führte das nicht weiter aus.

»Gut«, sagte sie. »Das erklärt alles. Danke.«

Er seufzte rasselnd. »In Anbetracht deiner Intelligenz als auch deines Starrsinns hatte ich mir vorgestellt, die Schule würde zwei Zwecken dienen. Sie würde dich bilden, und sie würde dich zurück nach Fort Niles treiben. Ich muss ja wohl nicht deutlicher werden, Ruth.«

Ruth nickte. Das erklärte alles.

»Bist du verärgert, Ruth?«

Sie zuckte die Achseln. Merkwürdigerweise war sie es nicht. Große Sache, dachte sie. Er hatte sie also ihr ganzes Leben lang manipuliert. Er hatte das Leben aller manipuliert, über die er Macht hatte. Das war eigentlich gar keine Überraschung; es war sogar lehrreich. Und am Ende – was soll's? Ruth kam schnell und ohne Umstände zu diesem Schluss. Sie war froh, endlich zu wissen, was all die Jahre vor sich gegangen war. Es gibt Momente im Leben, in denen einem urplötzlich alles klar wird, und für Ruth Thomas-Wishnell war dies so ein Moment.

Mr. Ellis fing wieder an zu reden. »Du hättest auch nicht besser heiraten können, Ruth.«

»Mein Güte«, sagte sie. Weiter ging es mit den Überraschungen! »Wie gefällt Ihnen das?«

»Ein Wishnell und eine Thomas? Ja, das gefällt mir sehr. Du hast eine Dynastie gegründet, junge Dame.«

»Hab ich das?«

»Das hast du. Und mein Vater wäre außerordentlich erfreut gewesen, zu sehen, was du hier in den letzten paar Jahren mit der Kooperative erreicht hast, Ruth. Kein anderer Einwohner der Inseln hätte das schaffen können.«

»Kein anderer hatte je das Kapital, Mr. Ellis.«

»Nun ja, du warst klug genug, dir das Kapital zu besorgen. Und du hast es klug eingesetzt. Mein Vater wäre stolz und erfreut über den Erfolg deines Unternehmens gewesen. Er hat sich immer Sorgen über die Zukunft der Inseln gemacht. Er hat sie geliebt. So wie ich. So wie die gesamte Familie Ellis. Und nach allem, was meine Familie in diese Inseln investiert hat, würde ich nicht gerne mit ansehen müssen, wie Fort Niles und Courne Haven untergehen, nur weil es keine anständige Führung gibt.«

»Ich sage Ihnen etwas, Mr. Ellis.« Sie musste unvermittelt lächeln. »Es war nie meine Absicht, Ihre Familie stolz zu machen. Glauben Sie mir. Ich war nie daran interessiert, der Familie Ellis zu dienen.«

»Trotzdem.«

»Ja, wahrscheinlich.« Ruth fühlte sich seltsam leicht – und sie verstand nun alles. »Trotzdem.«

»Aber du bist gekommen, um mit mir über Geschäftliches zu sprechen.«

»Ja.«

»Du hast Geld.«

»Ja.«

»Und du möchtest, dass ich dir meinen Grund und Boden verkaufe.«

Ruth zögerte.

»Ne-ein«, sagte sie und zog das Wort in die Länge. »Nein, nicht ganz. Ich möchte nicht, dass Sie mir Ihren Grund verkaufen, Mr. Ellis. Ich möchte, dass Sie ihn mir schenken.«

Jetzt war es Mr. Ellis, der verständnislos dreinblickte. Ruth neigte den Kopf und erwiderte seinen Blick.

»Ja?«, sagte sie. »Verstehen Sie?«

Er antwortete nicht. Sie gab ihm Zeit, darüber nachzudenken, was sie gerade gesagt hatte, dann erklärte sie es geduldig. »Ihre Familie ist meiner Familie sehr viel schuldig. Es ist wichtig, dass Ihre Familie meiner Familie eine Entschädigung zahlt, für das Leben meiner Mutter und meiner Großmutter. Und für mein Leben. Das verstehen Sie doch?«

Das Wort gefiel Ruth – *Entschädigung*. Es war genau das richtige Wort.

Mr. Ellis dachte eine Weile darüber nach, dann sagte er: »Du drohst mir aber doch nicht mit rechtlichen Schritten, Miss Thomas?«

»Mrs. Thomas-Wishnell«, korrigierte ihn Ruth. »Nein, das wäre doch absurd. Ich drohe niemandem.«

»Das dachte ich mir.«

»Ich erkläre Ihnen nur, Mr. Ellis, dass sich Ihnen hier eine Gelegenheit bietet, das Unrecht, das Ihre Familie meiner Familie in all den Jahren angetan hat, zum Teil wieder gut zu machen.«

Mr. Ellis antwortete nicht.

»Wenn Sie Ihr Gewissen ein wenig erleichtern wollen, dann wäre das vielleicht Ihre große Chance.«

Mr. Ellis gab immer noch keine Antwort.

»Das muss ich ja wohl nicht genauer erklären, Mr. Ellis.«

»Nein«, sagte er. Er seufzte wieder, nahm seine Brille ab und klappte sie zusammen. »Das musst du nicht.«

»Sie verstehen also?«

Er nickte einmal und wandte den Kopf zum Feuer.

Ruth sagte: »Gut.«

Sie saßen schweigend da. David war mittlerweile eingeschlafen, und sein Körper drückte warm und feucht an Ruths Körper. Er war schwer. Und doch fühlte sich Ruth wohl. Dieser kurze und offene Austausch mit Mr. Ellis war wichtig und angebracht gewesen. Und ehrlich. Er war gut gelaufen. *Entschädigung*. Ja. Und es war an der Zeit. Sie fühlte sich ziemlich wohl.

Ruth betrachtete Mr. Ellis, der dem Feuer zusah. Sie war weder verärgert noch traurig. Auch er schien es nicht zu sein. Es war ungewöhnlich, aber nicht unangenehm, Mitte Juni so ein großes Weihnachtsfeuer lodern zu sehen. Mit den zugezogenen Fenstern und dem Duft von Holzrauch im Raum konnte man nicht wissen, dass es ein strahlender Tag war. Der Kamin war wunderschön, das Aushängeschild des Zimmers. Er bestand aus schwerem dunklen Holz, Mahagoni vielleicht – verziert mit Nymphen, Trauben und Delfinen. Den oberen Abschluss bildete ein Sims aus grünlichem Marmor. Ruth bewunderte lange, wie kunstvoll der Kamin gearbeitet war.

»Das Haus nehme ich auch«, sagte sie schließlich.

»Natürlich«, sagte Mr. Ellis. Er hatte die Hände auf dem Spieltisch vor sich gefaltet. Seine Hände waren fleckig und trocken wie Pergament, aber jetzt zitterten sie nicht.

»Gut.«

»Schön.«

»Wir sind uns einig?«

»Ja.«

»Und Sie verstehen, was das alles bedeutet, Mr. Ellis? Es bedeutet, dass Sie Fort Niles verlassen müssen.« Ruth sagte das nicht auf unfreundliche Art. Sie war einfach nur korrekt. »Sie und Cal Cooley sollten jetzt beide nach Concord zurückkehren. Finden Sie nicht?«

Er nickte. Er blickte immer noch ins Feuer. Er sagte: »Wenn das Wetter gut genug ist, um der *Stonecutter* Segel zu setzen ...«

»Ach, es besteht kein Grund zur Eile. Sie müssen das Haus nicht heute verlassen. Aber ich möchte nicht, dass Sie in diesem Haus sterben, verstehen Sie? Ich will nicht, dass Sie – gerade auf dieser Insel sterben. Das wäre unangemessen, und es würde alle zu sehr durcheinander bringen. Ich möchte mich damit nicht befassen müssen. Deshalb müssen Sie abreisen. Es besteht kein Grund zur Eile. Aber irgendwann in den nächsten paar Wochen packen wir Ihre Sachen und bringen Sie hier weg. Ich glaube nicht, dass das zu schwierig sein wird.«

»Mr. Cooley kann sich um alles kümmern.«

»Natürlich«, sagte Ruth. Sie lächelte. »Das ist die ideale Arbeit für Cal.«

Wieder saßen sie lange schweigend da. Das Feuer knisterte und leuchtete. Mr. Ellis klappte seine Brille auseinander und setzte sie sich wieder auf. Er wandte seinen Blick Ruth zu.

»Dein kleiner Junge ist müde«, sagte er.

»Ich glaube, er schläft sogar schon. Ich sollte ihn nach Hause zu seinem Vater bringen. Nachmittags ist er gerne mit seinem Vater zusammen. Er wartet immer auf ihn, wenn er vom Fischen nach Hause kommt.«

»Er ist ein hübscher Junge.«

»Ja, das finden wir auch. Wir lieben ihn.«

»Natürlich. Er ist ja euer Sohn.«

Ruth setzte sich aufrechter. Dann sagte sie: »Ich sollte jetzt zurück zum Hafen, Mr. Ellis.«

»Möchtest du nicht noch eine Tasse Tee?«

»Nein. Aber wir sind uns einig, ja?«

»Ich bin enorm stolz auf dich, Ruth.«

»Nun.« Sie lächelte breit und machte einen ironischen kleinen

Schwung mit der linken Hand. »Das gehört zum Service, Mr. Ellis.«

Mit einiger Anstrengung hievte sich Ruth aus dem tiefen Sessel hoch, David immer noch auf dem Arm. Ihr Sohn gab einen kleinen Protestlaut von sich. Sie verlagerte sein Gewicht und versuchte, ihn so zu tragen, dass es für sie beide bequemer war. Zu diesem Zeitpunkt in ihrer Schwangerschaft hätte sie ihn gar nicht mehr tragen sollen, aber sie genoss es. Sie trug David gerne, und sie wusste, sie konnte das nur noch wenige Jahre, bevor er zu groß und zu unabhängig wurde, um ihr das noch zu erlauben. Ruth strich ihrem Sohn seine hellen Haare aus dem Gesicht und nahm ihre Stofftasche, in der sie Kleinigkeiten zu essen für David und Hefter für die Kooperative hatte. Ruth ging auf die Tür zu, doch dann überlegte sie es sich anders.

Sie wandte sich um, um einen Verdacht zu bestätigen. Sie blickte hinüber zu Mr. Ellis, und, ja, genau wie sie erwartet hatte, strahlte er über das ganze Gesicht. Er machte keinen Versuch, sein Strahlen vor ihr zu verbergen. Er strahlte sogar noch breiter. Als sie das sah, verspürte Ruth eine merkwürdige und völlig unerklärliche Zuneigung für den Mann. Deshalb ging sie nicht hinaus. Noch nicht. Stattdessen ging sie zu Mr. Ellis' Sessel hinüber und beugte sich – mit dem ganzen Gewicht ihres Sohnes und ihrer Schwangerschaft – unbeholfen hinunter und küsste den alten Drachen mitten auf die Stirn.

DANKSAGUNG

Ich möchte der New York Public Library danken, die mir mit dem Allen Room eine dringend benötigte Zuflucht zur Verfügung gestellt hat. Den Mitarbeitern der Vinalhaven Historical Society bin ich verpflichtet, weil sie mir halfen, die bemerkenswerte Geschichte der Insel zu durchsieben. Unter den vielen Büchern, die ich während dieses Projekts zu Hand genommen habe, waren folgende besonders nützlich: *The Lobster Gangs of Maine, Lobstering and the Maine Coast, Perils of the Sea, Fish Scales and Stone Chips,* die gesammelten Werke von Edwin Mitchell, die unveröffentlichten, aber umfassenden »Tales of Matinicus Island«, und ein erschütternder Band aus dem Jahr 1943 mit dem Titel *Shipwreck Survivors: A Medical Study.*

Mein Dank geht an Wade Schumann, weil er mich zuerst auf die Idee gebracht hat, an Sarah Chalfant, die immer wieder nachgeholfen hat, an Dawn Seferian, die sie auf Vordermann gebracht hat, an Janet Silver, die alles durchgesehen hat, und an Frances Apt, die das Ganze in Ordnung gebracht hat. Äußerst dankbar bin ich den Einwohnern von Matinicus Island, Vinalhaven Island und Long Island, dafür, dass ich in ihre Häuser und auf ihre Boote durfte. Mein besonderer Dank geht an Ed und Nan Mitchell, Barbara und David Ramsey, Ira Warren, Stan MacVane, Bunky MacVane, Donny MacVane, Katie Murphy, Randy Wood, Patti Rich, Earl Johnson, Andy Creelman, Harold Poole, Paula Hopkins, Larry Ames, Beba Rosen, John Beckman und die legendäre Ms. Bunny Beckman. Danke, Dad, dass du auf der U. of M. warst und dich nach all den Jahren an deine Freunde erinnert hast. Danke, John Hodgman, dass du deine Arbeit unterbrochen hast, um mir in den letzten Momenten bei meiner zu helfen. Danke, Deborah Luepnitz, dass du mich Hummer um Hummer begleitet hast, und zwar von Anfang an. Und Gott segne die Fat Kids.

FRANCESCA MARCIANO

Keiner ist wirklich vor dem »mal d'Afrique« gefeit, der verzehrenden Liebe zum schwarzen Kontinent. Auch nicht die Italienerin Esmé, die sich in Kenia niedergelassen hat. Ihr Leben verstreicht ereignislos zwischen Dinnerparties und Cocktails am Pool. Bis sie eines Tages den britischen Kriegsreporter Hunter Reed kennen lernt ...

»Das Bild einer leidenschaftlichen Liebe zu Afrika – spannend und mitreißend!«
Abendzeitung

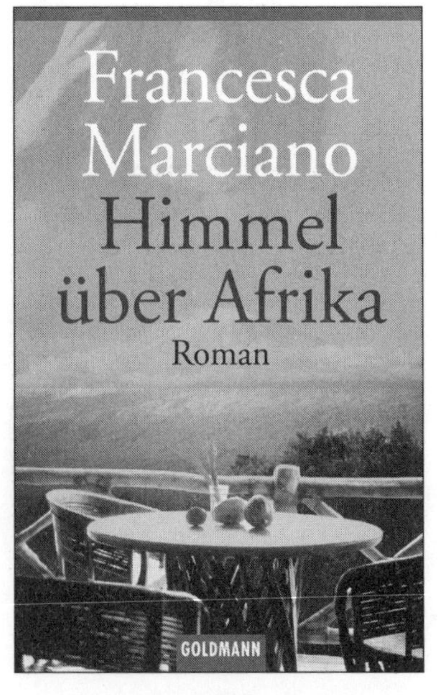

44585